PETER GRANDL

HÖLLEN FEUER

Thriller

PIPER

Mehr über unsere Autorinnen, Autoren und Bücher:
www.piper.de

Wenn Ihnen dieser Thriller gefallen hat, schreiben Sie uns unter Nennung des Titels »Höllenfeuer« an *empfehlungen@piper.de*, und wir empfehlen Ihnen gerne vergleichbare Bücher.

Von Peter Grandl liegen im Piper Verlag vor:
Turmschatten (Die Turm-Reihe 1)
Turmgold (Die Turm-Reihe 2)
Höllenfeuer

Unser Versprechen für mehr Nachhaltigkeit
Klimaneutrales Produkt
FSC®-zertifiziertes Papier
Hergestellt in Europa

FSC www.fsc.org
MIX
Papier | Fördert gute Waldnutzung
FSC® C083411

ISBN 978-3-492-06450-7
Originalausgabe

Redaktion: Lars Zwickies
Satz: Satz für Satz, Wangen im Allgäu
Gesetzt aus der Swift
Druck und Bindung: CPI Books GmbH, Leck
Printed in the EU

Diejenigen, die nicht an unsere Zeichen glauben,
die werden wir im Feuer brennen lassen:
So oft ihre Haut verbrannt ist,
geben wir ihnen eine andere Haut,
damit sie die Strafe kosten.
Die Unseligen werden dann im Höllenfeuer sein,
wo sie laut aufheulen und hinausschreien
und wo sie weilen, solange Himmel und Erde währen.
Wahrlich, Allah ist allmächtig, allweise.

Koran Sure 4 & 11/Islam

Wo auf Anordnung Gottes die Seelen
der Dahinscheidenden Todsünder sogleich
nach ihrem Tod zur Hölle hinabsteigen,
wo sie mit den Qualen der Hölle gepeinigt werden.

Benedictus Deus/römisch-katholische Kirche

PENTATEUCH

Inhalt

I GENESIS

Kain und Abel

OPERATION KAYLA MUELLER

26. Oktober 2019

Syrien

Die rote Erde, durchsetzt von dornigem Gestrüpp, verlor mit zunehmender Dämmerung ihre kräftige Farbe. Es war ungewöhnlich warm an diesem Abend, selbst für syrische Verhältnisse. Unweit des Dorfes Bārīšā, inmitten eines Olivenhains, standen drei Flachbauten, jeweils etwa hundert Meter voneinander entfernt. Zwei von ihnen verband eine Schotterstraße, das dritte Gebäude, das von einer hohen Mauer umgeben war, erreichte man nur über einen unbefestigten Feldweg.

Über der weiten Steppe lag eine unnatürliche Stille. Weder das Zirpen von Grillen noch das für die Region typische Blöken von Ziegenherden war zu vernehmen. Nur der Wind rauschte leise in den Blättern der Olivenbäume und brachte Staub mit sich, der die Fenster der Flachbauten mit einem matten Schleier belegte.

Blārīšā lag in einer Gegend, welche die Einheimischen die »Toten Städte« nannten. Gemeint waren damit über siebenhundert einst florierende Siedlungen aus der spätrömischen Zeit. Tausende von Sklaven hatten damals hier im Olivenanbau gearbeitet und das römische Imperium mit Öl versorgt. Heute zeugten nur noch unzählige Ruinen von dieser Epoche.

Kaum einer der Anwohner Bārīšās hatte davon Kenntnis, dass in ihrer Nähe, in einem von hohen Mauern geschützten

Haus, der einst mächtigste Mann des selbst ernannten »Islamischen Staats«, Abu Bakr Al-Baghdadi, lebte. Allein der Name der dschihadistisch-salafistischen Terrororganisation verbreitete Furcht und Schrecken in der Region; der IS hatte selbst die Großmächte in Bedrängnis gebracht.

Al-Baghdadi öffnete die Fenster im ersten Stock des Hauses, blickte hinaus auf die Steppe. Der Wind spielte mit dem weißen Leinengewand, das der rundliche Mann trug. Al-Baghdadi hatte einen ovalen Kopf mit nur wenigen Haaren, dafür aber einen vollen Bart. Die schmale Brille mit transparentem Kunststoffgestell saß streng auf seinem Nasenansatz und passte so gar nicht zu seiner sonst kräftigen Erscheinung.

Eine Böe wirbelte Staub auf und vernebelte den Blick auf den Horizont. Einen Moment lang erinnerte Al-Baghdadi sich daran, wie aus solchen Staubwolken die glorreiche Armee erschienen war, die er einst befehligt hatte. Panzer, Flugzeuge und Soldaten, so weit das Auge reichte.

Der feine Staub verflog, was blieb, waren wehmütige Erinnerungen an jene Zeit, als die Welt noch vor ihm gezittert hatte.

Am Höhepunkt seiner Macht, 2014, kontrollierten seine radikalen Gotteskrieger ein Territorium, das dreimal größer war als Israel. Innerhalb weniger Jahre hatten seine Armeen große Teile Syriens und des Iraks erobert und ihre Bewohner grauenvoll unterworfen. Im Juni jenen Jahres rief er in Mossul sein Kalifat aus und nannte sich fortan »Kalif Ibrahim«. Strafen wie öffentliche Enthauptungen, Kreuzigungen, Ertränkungen und Verbrennungen bei lebendigem Leib erwarteten von da an Staatsfeinde, Angehörige anderer Religionsgruppen sowie politische Gegner. Oder einfach all jene, die die strengen Gesetze des Kalifats nicht befolgten.

Die Brutalität, mit welcher der selbst ernannte Kalif Ibrahim sein neu geschaffenes Reich regierte, veranlasste im September mehr als hundertzwanzig islamische Gelehrte aus allen Teilen der Welt, einen offenen Brief in Form eines islamischen Rechtsgutachtens zu veröffentlichen. Darin sprachen sie ihm seine Kalifenwürde und die Legitimation, Recht zu sprechen, ab. Die Handlungsweisen des sogenannten Islamischen Staates seien nicht vereinbar mit den Grundsätzen des Islam.

Hätte er damals gekonnt, dann hätte er jeden Einzelnen von ihnen öffentlich vierteilen lassen. Wie konnten sie es wagen, sich gegen ihn zu stellen? Gegen ihn, der berufen war, die Söhne Mohammeds zu vereinen, der es sich zur Aufgabe gemacht hatte, die Welt von den Ungläubigen zu befreien. Und tatsächlich schlossen sich daraufhin nur noch mehr Freiwillige als Kämpfer dem IS an. Allein aus Westeuropa waren es fünftausend.

Auch politische und wirtschaftliche Sanktionen verfehlten ihre Wirkung. Denn wenn es etwas gab, wovon der IS noch mehr besaß als Waffen und Anhänger, dann war es Geld. Unendlich viel Geld.

Mit einem geschätzten Gesamtvermögen von zwei Milliarden US-Dollar war es die reichste Terrororganisation der Welt. Allein durch die Förderung und den Verkauf von Öl flossen täglich drei Millionen Dollar in die Kassen der Terroristen. Dazu kamen Einkünfte durch Kunstraub, Lösegeld und Sklaverei sowie Steuereinnahmen aus allen gewerblichen Geschäften in ihrem immer größer werdenden Einflussbereich.

Bereits im August hatte sich der amerikanische Präsident Barack Obama an die Öffentlichkeit gewandt und den ersten amerikanischen Luftschlag gegen IS-Streitkräfte gerechtfertigt. In den kommenden zwölf Monaten folgten fünftausend weitere Luftangriffe. Es dauerte jedoch vier weitere Jahre, bis der Islamische Staat durch eine Allianz aus mehr als vierzig verbündeten Staaten in die Knie gezwungen werden konnte. Die Gefahr, die von den verbliebenen radikalen Anhängern und ihren Anführern ausging, die allesamt untertauchten oder mit den Flüchtlingsströmen unerkannt ins Ausland gelangten, war damit aber nicht gebannt.

Eine Küchenschabe betastete mit ihren langen Fühlern den nackten Fuß von Al-Baghdadi. Er blickte hinab, betrachtete das Insekt geduldig, hob den Fuß leicht an, und schon schlüpfte die Kakerlake in einen vermeintlich sicheren Spalt im Fußboden. Seine Feinde würden sich genauso in Sicherheit wiegen, bevor er sie zerquetschte.

Sanft erhöhte er den Druck auf das Insekt, das nun verzweifelt nach einem Ausweg suchte. Die feinen Nervenzellen an Al-Baghdadis Fußsohle übertrugen das Zappeln des Ungeziefers.

Es knackte laut, dann hörten die Bewegungen auf, und unter seiner Sohle bildete sich eine klebrige Masse. Al-Baghdadi ging zurück in sein Arbeitszimmer, um letzte Anweisungen zu notieren. Er erwartete heute noch einen wichtigen Besucher.

Es war kurz vor fünf Uhr, als sich im Abendlicht aus der Ferne ein Fahrzeug dem Gebäude näherte. Lange bevor ein Wachtposten auf dem Flachdach des Hauses den Wagen sehen konnte, verriet eine dichte Staubwolke den nahenden Besuch.

Wie aus dem Nichts stellten sich dem Pick-up drei IS-Kämpfer in camouflagefarbenen Schutzwesten in den Weg. Sie zielten mit ihren Maschinenpistolen auf den Fahrer, der ein schwarzes Kopftuch und eine Sonnenbrille trug.

Tufan Baran Shirazi verringerte die Geschwindigkeit und blieb dann vor den drei Männern stehen. Einen vierten Kämpfer konnte er in der Nähe unter einem Tarnzelt im Schatten eines Baumes ausmachen. Seinem geschulten Auge entgingen auch nicht die Umrisse der Kornet-Panzerabwehrlenkwaffe, die dieser Mann auf ihn gerichtet hatte. Das beruhigte ihn. Bei der Schlacht um Al-Bab vor drei Jahren hatte seine Einheit mit solchen Raketenwaffen aus russischer Fertigung zehn Leopard-Panzer der türkischen Streitkräfte vernichtet.

Langsam öffnete er das Fenster und legte seine Hand auf

den Fensterrahmen. An seinem kleinen Finger funkelte ein goldener Ring mit einem grünen Smaragd im Sonnenlicht. Dann setzte er seine Sonnenbrille ab. Ehrfürchtig wichen die drei Männer zurück und verbeugten sich. Tufan erwiderte den Gruß, dann fuhr er weiter, ohne ein Wort mit ihnen zu wechseln.

Es tat gut, zu sehen, dass der Kalif für seine Sicherheit gesorgt hatte. Aber er hoffte, dass der Schutz des gesamten Gebäudes umfangreicher war als der schwach besetzte Vorposten mit einer Panzerabwehrwaffe. Seit dem verlorenen Krieg war der Kalif der meistgesuchte Mann der westlichen Allianz. Fünfundzwanzig Millionen US-Dollar hatten die amerikanischen Streitkräfte als Kopfgeld auf ihn ausgesetzt, fünfundzwanzig Millionen Dollar, die die Zungen seiner engsten Vertrauten lösen sollten.

Tufan parkte den Pick-up wenige Meter vor der Mauer, die Al-Baghdadis Unterschlupf schützte, dann stieg er aus und musterte die Umgebung. Er trug einen schwarzen Kaftan, der bis zum Boden reichte – einen Gallabija, wie er traditionell im Sudan getragen wird. Auf dem Dach hinter der Mauer erfasste sein prüfender Blick einen MG-Schützen hinter aufgetürmten Sandsäcken. Der Mann stand auf und winkte. Tufan nickte ihm nur zu und schritt mit großen Schritten auf ein Metalltor zu, das von zwei weiteren Kämpfern bewacht wurde. Sie verneigten sich und öffneten ihm die Pforte. Ohne sie eines Blickes zu würdigen, ging er durch den Torbogen und gelangte in einen saftig grünen Garten, dessen Anblick ihn innehalten ließ.

Es war, als hätte er die Welt des Kriegs mit einem einzigen Schritt hinter sich gelassen und stünde nun in einer Oase des Friedens. Zwei spielende Kinder kreuzten seinen Weg, ohne ihm Beachtung zu schenken. Augenblicklich verschwand seine grimmige Miene, und er sah ihnen lächelnd nach. Während er an seine unbeschwerte Kindheit in den Bergen dachte, band er sich das dunkle Tuch, das lose auf seinen Schultern hing, nach oben auf den Kopf. Zwei verschleierte Frauen knieten in der Nähe in einem Gemüsebeet und sahen ihn an. Mit einer angedeuteten Verbeugung sagte er leise: »As-salamu alaykum.«

Die beiden standen sogleich auf, verbeugten sich ebenfalls und erwiderten demütig den Gruß: »Waalaykum as-salam.«

Ohne ein weiteres Wort widmeten sie sich danach wieder eilig ihrer Arbeit. Hatten sie Angst vor ihm? Mit seiner Körpergröße von fast zwei Metern überragte er die meisten seiner irakischen Landsleute und konnte allein durch seine physische Präsenz bedrohlich wirken.

Im Krieg hatten ihn seine Truppen ehrfürchtig »aleazim Tufan« genannt, was so viel bedeutete wie »der große Sturm«. Womit nicht nur seine Erscheinung gemeint war, sondern auch die Gerissenheit und der Mut, mit denen er seine Männer von Sieg zu Sieg geführt hatte. Sein Ruf eilte ihm schließlich voraus.

Man sagte: »Wohin der große Sturm auch ziehen würde, allein sein Name versetzte seine Feinde bereits in Angst und Schrecken.«

Tufan war in einem Bergdorf im Nordosten des Irak, in den Ausläufern des Taurus-Gebirges, aufgewachsen. Im Winter bestimmten Schnee und Eis das beschwerliche Leben der Dorfgemeinschaft. Im Frühling jedoch wurden die Hügel grün, dufteten nach Blumen und Kräutern, und mit jedem erneuten Erwachen der Natur überwanden die Bewohner seines Dorfes die Entbehrungen der kalten Monate und dankten Allah für seine Gaben.

Seine Familie lebte von der Viehzucht, und schon als kleiner Junge oblag ihm die Aufsicht über eine Ziegenherde, die er von Weide zu Weide treiben musste, teils über steile Berghänge und felsige Schluchten. Er dachte gerne an diese unbeschwerte Zeit zurück, vor allem aber an die Berge. Er war fasziniert gewesen von ihrer majestätischen Pracht. Es schien ihm fast so, als würden die Felsen zu ihm sprechen und die Gipfel ihn herausfordern. Und so lernte er, sich fast so geschickt in den steil aufragenden Felswänden zu bewegen wie die Bergziegen, die er hütete. Dabei machte er eines Tages die Bekanntschaft eines Eremiten, der sich in einer verborgenen Felsenhöhle eine bescheidene Behausung eingerichtet hatte. Nur selten zog der Eremit in die umliegenden Dörfer, um zu predigen, wofür sich die Bewohner mit Nahrungsmitteln und Kleidung erkenntlich zeigten. Keiner wusste, woher der Eremit kam und wo er lebte, nur Tufan kannte sein Geheimnis. Er besuchte den einsamen Priester regelmäßig, um dessen Weisheiten zu lauschen. Dabei achtete er jedes Mal sorgsam darauf, den Priester mit ein paar Äpfeln oder einem Kanten Brot zu entlohnen, und so wurden sie Freunde.

Es war ein karges, aber friedliches Leben, das Tufan führte, ein Leben abseits der Weltpolitik, die seine Heimat zu zerreißen drohte.

Tufan war gerade sechzehn Jahre alt geworden, als er zum ersten Mal davon hörte, dass amerikanische Soldaten seine Heimat angriffen. Doch die Invasion der Amerikaner schien weit entfernt, und der Krieg würde sicher nicht nach den Bergen des Taurus-Gebirges greifen. Tufan irrte sich. Nur waren es nicht die Amerikaner, die Tod und Verderben in seine Region brachten, sondern kurdische Freiheitskämpfer der Peschmerga, die sich der »Koalition der Willigen« angeschlossen hatten, wie der amerikanische Präsident George W. Bush seine Allianz gegen die »Achse des Bösen« nannte.

Tufan verstand nicht, warum er und seine Familie plötzlich Feinde von irgendjemandem waren, aber darauf nahm das Schicksal keine Rücksicht.

Seine Kindheit endete in einem Sturzbach aus Blut und Gewalt an einem verregneten Nachmittag, eine Woche nach dem islamischen Opferfest. Er hatte die Ziegen diesmal nicht auf die hoch liegenden Bergwiesen getrieben, sondern war dem Flusslauf gefolgt, der in Jahrtausenden eine tiefe Schlucht in die Felsen getrieben hatte. Am Ende der Schlucht, dort, wo sich der schäumende Fluss in einen stillen Bach verwandelte, hatte er seine Ziegen auf einem Feld mit bunten Blumen, die im Regen ihre schweren Köpfe hängen ließen, weiden lassen. Er selbst suchte unter einem überhängenden Fels Schutz und beobachtete die düsteren Wolken am Himmel.

Das gleichmäßige Rauschen des Bachs verschluckte die Kampfgeräusche und Schreie der Bewohner seines Dorfes, die nur eine Viertelstunde entfernt unbarmherzig massakriert wurden. Erst als Tufan dichte Rauchschwaden am Ende der Schlucht aufsteigen sah, ahnte er, dass etwas Schreckliches geschehen war.

Mit brennender Lunge und aufgeschlagenen Knien erreichte er die rauchenden Hütten, die einst sein Zuhause gewesen waren. Doch am schmerzvollsten brannte sich ihm für alle Zeiten der auf dem Dorfplatz angehäufte Berg von Leichen ein, die man mit Benzin übergossen und angezündet hatte. Es waren ausschließlich Männer und Jungen, deren Gesichter man in den Flammen kaum wiedererkennen konnte. Auch sein Vater und seine zwei Brüder waren darunter, während von den Frauen jede Spur fehlte.

Zuerst hatte er verzweifelt versucht, das Feuer zu löschen, doch irgendwann verließen ihn seine Kräfte, und er kniete weinend vor dem Scheiterhaufen seiner Kindheit, bis seine Tränen und der Wille, am Leben zu bleiben, versiegten.

Nach zwei Tagen und zwei Nächten fand der Eremit den regungslosen Jungen, den er bereits tot wähnte, wäre da nicht eine der Ziegen gewesen, die mit scharrenden Hufen nicht von seiner Seite wich. Er brachte den Jungen in seine Berghöhle, gab ihm zu trinken und zu essen und betete täglich für ihn, bis sich sein Zustand langsam besserte.

Er führte dem Jungen schließlich vor Augen, dass es Allahs Wille gewesen war, dass er das Massaker überlebte. Und ebenso sei es Allahs Wille, dass er von nun an ein Gotteskrieger war im ewigen Kampf gegen die Ungläubigen. So lange, bis Allah ihn in sein Paradies Dschanna einladen würde. Bäche, in denen kühles Wasser und Milch fließt, und zweiundsiebzig Jungfrauen wären dann der Dank für all seine Opfer.

Jetzt empfing Abu Bakr Al-Baghdadi ihn im Madschlis, einem orientalisch geschmückten Raum mit türkisfarbenem Teppich, Sitzkissen und Bodensofa. Al-Baghdadi saß mit angezogenen Beinen vor einem niedrigen Tisch und bereitete Tee in einem Caydanlik zu, einer Konstruktion aus zwei aufeinandergestellten Kannen.

Er legte einige angefeuchtete Teeblätter in die obere Kanne, die von dem kochenden Wasser in der unteren erhitzt wurden. Der große Mann sah nur kurz auf, um seinen Gast zu begrüßen, dabei erhaschte er einen Blick auf dessen verstümmeltes linkes Ohr. Eine Verletzung aus dem Krieg, auf die sein Besucher sehr stolz war und die er wie eine Trophäe trug.

»Tufan, mein Sohn, setz dich zu mir! Mögest du Hoffnung und Glück in mein bescheidenes Heim bringen.«

Tufan entledigte sich seiner Kopfbedeckung und nahm auf einem Kissen gegenüber dem Sofa Platz.

Zu Beginn vermieden die beiden Männer politische Themen. Ihr Gespräch kreiste um die Familie Al-Baghdadis, Tufans beschwerliche Reise und das Wetter. Währenddessen schloss Al-Baghdadi die Zubereitung des grünen Tees damit ab, dass er das heiße Wasser aus der unteren Kanne auf die gedünsteten Blätter in der oberen Kanne goss. Wenige Minuten später reichte er Tufan ein Glas des Getränks, der sich bedankte und daran nippte.

Während Al-Baghdadi sich auch ein Glas einschenkte und ihn eingehend betrachtete, saß Tufan entspannt und hoch aufgerichtet auf dem Kissen. Auf seiner Stirn war deutlich ein Gebetsfleck zu erkennen. Ein Zeichen als Folge der Niederwerfung vor Gott durch das wiederkehrende Berühren des Bodens bei den fünf täglichen Gebeten.

Al-Baghdadi trank sein Glas zur Hälfte leer, stellte es ab und lehnte sich gegen das Rückenpolster des Sofas. Er sah müde und erschöpft aus. Im Namen Allahs hatte er alles gewonnen und alles wieder verloren. Der prachtvolle Gottesstaat, den er erschaffen wollte, war nur noch eine neblige Vision, die sich nach und nach verflüchtigte wie ein Traum, den man allmählich vergaß.

»Allah prüft uns.«

Tufan nickte und schwieg.

»Seine Wege sind weit und verschlungen, und auch wenn wir nicht wissen, wohin er uns führen wird, so müssen wir uns dennoch würdig erweisen und uns seiner Fügung hingeben.«

Al-Baghdadi beugte sich nach vorn und sah seinem Krieger tief in die Augen.

»Tufan Baran Shirazi, der Krieg ist nicht vorbei. Doch nun kämpfen wir nicht mehr nur um unsere Heimat, mein Freund, sondern werden die Flamme Allahs in die Dörfer und Städte unserer Feinde tragen. Wir werden ihre Häuser niederbrennen, ihre Frauen schänden und ihre Kinder töten. Also frage ich dich, Tufan Baran Shirazi, ob du dafür bereit bist. Ob du Allahs Willen erfüllen wirst, fern von deinen Brüdern und Schwestern, in einem Land, das dir fremd sein wird.«

Tufan verbeugte sich und blickte dann kurz nach oben.

»Ich werde mich würdig erweisen, Kalif. Ich werde Allahs Willen erfüllen. Ich werde keine Gnade zeigen. Mein Geist ist rein, mein Arm ist kräftig, und meine Klinge wird ein Meer aus Blut erschaffen. Ja, ich bin bereit!«

Die Sonne war bereits untergegangen, als Tufan in seinen Pick-up stieg und eine lange Reise antrat. Er wusste, er war nicht der einzige Gotteskrieger, den Al-Baghdadi auf künftige Missionen eingeschworen hatte. Er hatte folgsame Anhänger wie Tufan in alle Welt entsandt, damit sie am Ziel ihrer Reisen Keimzellen bildeten, die Tod und Verderben unter ihren Feinden säen sollten.

Die Hubschrauber kamen kurz nach der Waschung zum fünften Gebet, eine Stunde nach Beginn der Ischā'-Zeit. Al-Baghdadi rezitierte in sich gekehrt die Iqama, den zweiten Gebetsruf, und verbeugte sich auf einem Gebetsteppich stehend Richtung Mekka, das tausendfünfhundert Kilometer südwestlich in Saudi-Arabien lag. Knapp zwei Milliarden Angehörige des Islam taten es ihm weltweit gleich, darunter auch seine Frauen, seine Kinder, seine Gotteskrieger sowie seine Leibgarde, die die acht amerikanischen Kampfhubschrauber erst entdeckte, als es bereits zu spät war.

Einer von Al-Baghdadis engsten Vertrauten hatte ihn verraten. Die Macht des Geldes und die Aussicht darauf, mit einer neuen Identität in Amerika leben zu können, waren stärker als seine religiöse Überzeugung gewesen. Doch bevor der amerikanische Geheimdienst dem Verräter Glauben geschenkt hatte, forderte man einen DNA-Nachweis. In einem frankierten Umschlag schickte ihnen ihr Kontakt einen Umschlag mit einer getragenen Unterhose der Zielperson, deren Analyse keinen Zweifel mehr ließ: Al-Baghdadi war ihnen nach all den Jahren endlich ins Netz gegangen.

Während sich die Spezialeinheit der amerikanischen Streitkräfte Al-Baghdadis Unterschlupf näherte, saß Präsident Donald Trump im Situation Room des Weißen Hauses, umgeben von seinen engsten militärischen Beratern, und fieberte dem Zugriff auf einem Widescreenmonitor entgegen. Einen Tag zuvor hatten die Männer noch beim Lunch zusammengesessen und dem Präsidenten die Hand geschüttelt.

Jetzt waren sie Hunderte Kilometer weit vom Weißen Haus entfernt, aber die Wärmelichtkameras der Hubschrauber lieferten so gestochen scharfe Monochromaufnahmen, dass sie den Eindruck erweckten, der Einsatz würde in unmittelbarer Nähe von Washington stattfinden.

Fünf Monate lang hatte sich die Eliteeinheit Delta Force auf diese riskante Mission vorbereitet. Nun wollten die Befehlshaber ihrem obersten Dienstherrn und seinem Stab ein außergewöhnliches Livespektakel bieten, wenn sie Al-Baghdadi zur Strecke brachten.

Trump würde später in einer Presseerklärung sagen: »Wir haben es so deutlich gesehen ... Es war perfekt. Als ob man einen Spielfilm sehen würde.«

Al-Baghdadis Leibwachen auf dem Dach seines Hauses waren die ersten Opfer der US-Operation »Kayla Mueller«. Der Himmel bebte, als sich die Hubschrauber näherten, doch in der Dunkelheit war die unbeleuchtete Luft-Armada kaum zu erkennen. Die Leuchtspurmunition, die Al-Baghdadis Männer blindlings auf die schwarzen Objekte am Himmel schossen, zog gleißende Striche in die Nacht, ohne auch nur einem der Kampfhubschrauber gefährlich zu werden.

Für die Angreifer waren die Männer hinter ihren Sandsäcken hingegen ein leichtes Ziel.

»Für Kayla«, flüsterte der Richtschütze.

»Für Kayla!«, erwiderte der Pilot, dann verwandelte eine Lenkrakete das gesamte Dach in eine Feuersbrunst. Schreiend und brennend stürzten die MG-Schützen vom Dach. Sie waren tot, bevor sie am Boden aufkamen.

Kayla Mueller war eine amerikanische Menschenrechtsaktivistin gewesen, die 2013 im syrischen Aleppo gemeinsam mit ihrem Verlobten von IS-Kriegern entführt worden war. Daraufhin brachte man die junge Frau zu Al-Baghdadi, der sie eineinhalb Jahre lang als persönliche Gefangene hielt, folterte und mehrfach vergewaltigte. Zwei Jahre später gelangte der US-Geheimdienst in den Besitz von Fotos, auf denen zweifelsfrei ihre Leiche zu erkennen war. Ihr zu Ehren hatte das amerikanische

Militär der nächtlichen Operation gegen Al-Baghdadi ihren Namen gegeben.

Die Bordwaffen der Black Hawks rissen tiefe Furchen in die sorgsam gepflegten Beete des Gartens und töteten dabei zwei weitere Leibwächter des selbst ernannten Kalifen. Dann seilte sich ein Stoßtrupp aus den Hubschraubern ab. Suchscheinwerfer leuchteten den Männern den Weg und blendeten die Fenster des Gebäudes, ohne auf Gegenwehr zu stoßen.

Gleichzeitig setzten die Amerikaner in einem Radius von fünfzig Metern rund um den Zielpunkt Bodentruppen der Delta Force und einen Spürhund ab.

Die verbliebenen zwei Hubschrauber vom Typ Apache sicherten die Umgebung. Da über die Truppenstärke Al-Baghdadis in der Region keine gesicherten Informationen vorlagen, war die gesamte Operation höchst riskant. Die Task Force war siebzig Flugminuten in feindliches Territorium eingedrungen. An Verstärkung war nicht zu denken. Aus diesem Grund errichteten die Bodentruppen rund um den Zielpunkt einen Verteidigungsring, denn der Rückzug durfte erst erfolgen, wenn Al-Baghdadi tot oder in Gewahrsam genommen worden war.

Al-Baghdadi schrie nach seinen Kindern. Eine seiner vier Frauen brachte ihm den kleinen Jungen und das Mädchen. Beide weinten und klammerten sich verzweifelt an die Beine ihrer Mutter, die sie hastig fortstieß. Al-Baghdadi hingegen erstarrte förmlich. Er war sich nie sicher vorgekommen in seinem Versteck, hatte geahnt, dass er eines Tages verraten werden würde. Darum hatte er begonnen, einen Fluchtplan auszuarbeiten, aber dass seine Feinde ihn so schnell finden würden, damit hatte er nicht gerechnet. Ein Querschläger blieb nur wenige Zentimeter neben seinem Kopf in der Wand stecken und riss ihn aus seiner Lethargie.

Fast mechanisch zog er sich eine Stirnlampe auf und legte zitternd einen Sprenggurt um. Er war fest entschlossen, sich nicht zu ergeben. Die Frauen schrien wild durcheinander. Eine von ihnen verteilte kugelsichere Westen und Maschinenpistolen, während draußen die Erde bebte und Scheinwerfer grelle Lichtschneisen durch die Fenster schnitten. Al-Baghdadis persönlicher Adjutant Shihab Abdulkareem prüfte nervös ein letztes Mal den Sitz des Sprenggurts, dann drückte er seinem obersten Führer den Auslöser in die Hand. Einen Moment lang hielten die beiden Männer inne und sahen einander in die Augen.

»Allah wird mit dir sein ...«, sagte Abdulkareem.

»... und unsere Feinde zu Staub zermalmen!«, fügte Al-Baghdadi mit trockener Kehle hinzu.

Shihab beugte sich hinab und steckte zwei Kabel, die an der Weste lose herabhingen, zusammen.

»Sie ist jetzt scharf.«

Al-Baghdadi nickte, dann nahm er das Mädchen hoch, das sich an seinen Hals klammerte. Mit der freien Hand packte er den Jungen und zog ihn mit sich. Shihab Abdulkareem schob einen Teppich am Boden auf die Seite, unter dem sich eine Klappe befand. Draußen war es merkwürdig still geworden. Die Frauen kauerten mit ihren Maschinenpistolen neben den Fenstern und sahen zu, wie Abdulkareem die Klappe zu einem unterirdischen Tunnel öffnete und Al-Baghdadi mit den Kindern in der Öffnung verschwand. Sie weinten und klagten, denn sie ahnten, dass sie die drei nie wiedersehen würden. Abdulkareem schloss die Klappe und legte den Teppich darüber. Gerade als er nach seiner Kalaschnikow griff, brach um ihn herum die Hölle aus. Zwei synchrone Detonationen rissen gewaltige Löcher in die Hausmauern. Betonbrocken, so groß wie Stühle, fetzten durch die Luft. Der Luftdruck ließ seine Trommelfelle platzen und schleuderte ihn an die Wand, wo er bewusstlos liegen blieb. Die vier Frauen waren auf der Stelle tot.

»Alpha 1, wir gehen rein«, meldete einer der amerikanischen Soldaten über Funk seinem Vorgesetzten. An ihren ballistischen Helmen trugen die Männer des Stoßtrupps einen Augenschutz, der die Sicht der Soldaten behinderte, die im dichten Rauch der Explosion ohnehin kaum etwas erkennen konnten. Langsam tasteten sie sich in das Innere des Gebäudes vor, ohne auf irgendeine Gegenwehr zu stoßen. Nach und nach fanden sie fünf leblose Körper, deren Gliedmaßen grotesk angewinkelt waren, als wären sie Marionetten, die man lieblos auf den Boden hatte fallen lassen.

»Alpha 1, Zielpunkt gesichert. Fünf feindliche Personen kampfunfähig, keine eigenen Verluste. Conan kann jetzt mit seiner Suche beginnen.«

»Delta Leader, Conan ist auf dem Weg«, antwortete eine blecherne Stimme auf dem Helmlautsprecher.

Conan war der Name des Militärhundes, den man extra für diese Operation darauf trainiert hatte, Al-Baghdadi zu identifizieren. Er war ein belgischer Malinois, die Zuchtvariante eines Deutschen Schäferhundes, und sollte nun mit seinem Trainer Al-Baghdadi aufspüren.

In der Zwischenzeit hatten die stationierten IS-Kämpfer in den beiden umliegenden Häusern ihre Waffen geschultert und machten sich auf, ihren obersten Führer zu befreien. Jedoch nicht, ohne vorher ein codiertes Notrufsignal abzusetzen, um Verstärkung anzufordern.

Knapp zwanzig IS-Elitekämpfer näherten sich von zwei Seiten dem Verteidigungsring der amerikanischen Bodentruppen. Sie waren erfahrene Kämpfer und schwer bewaffnet. Jeder Trupp führte einen 82-mm-Mörser mit sich. Waren diese Granatwerfer erst einmal in Schussreichweite, würde es für den Verteidigungsring brenzlig werden. Doch so weit kam es nicht. Tief fliegende Kampfdrohnen der US-Streitkräfte bannten die Gefahr binnen weniger Minuten und lieferten dazu dramatische Liveaufnahmen direkt ins Weiße Haus. Schemenhaft zeigte die Monochromübertragung die hellen Umrisse der IS-Kämpfer, die sich auf die amerikanischen Stellungen zubewegten. Dann blitzten ihre Gestalten lautlos in einem gleißenden weißen Licht auf und erloschen. Per Funkübertragung meldete die Stimme eines taktischen Offiziers: »Feindzugriff verhindert, siebzehn Angreifer ausgeschaltet, keine eigenen Verluste.«

Trump und seine Männer jubelten und klatschten.

Conan hatte die leblosen, mit einer dicken Staubschicht bedeckten Körper beschnuppert, schlug aber nicht an. Der Hundeführer informierte den Einsatzleiter. Der gab sich mit der Nachricht nicht zufrieden und erwiderte: »Aber irgendwas muss der Hund doch gefunden haben. Die Hinweise waren stichhaltig und wurden mehrfach verifiziert. Die Zielperson muss in diesem Gebäude sein.«

»Negativ. Gesuchte Zielperson ist definitiv nicht unter den Opfern.«

In diesem Augenblick fing Conan an zu jaulen. Seine Nase war nach unten gerichtet. Dann begann er laut zu bellen und scharrte am Boden mit den Vorderläufen.

»Was ist los? Was hat Conan gefunden?«, fragte der Offizier, der außerhalb des Gebäudes bei den Bodentruppen kniete. Der Hundeführer kniete sich neben den Hund und befreite die Stelle vor ihm von Schutt und Dreck. Er stieß auf den Teppich.

»Vielleicht ein unterirdisches Versteck«, meldete er zurück.

»Ich bete zu Gott, dass Sie recht haben, Sergeant!«

Die Männer des Stoßtrupps mussten gemeinsam einen großen Betonbrocken beiseitewuchten, der auf dem Teppich lag, dann hatten sie den Zugang zu dem unterirdischen Fluchtweg freigelegt.

»Wir haben viel Zeit verloren, die Zielperson könnte uns in letzter Sekunde noch entkommen. Schicken Sie den Hund vor, und bleiben Sie ihm so gut wie möglich auf den Fersen«, lautete der Befehl des Einsatzleiters.

Al-Baghdadi kam in dem niedrigen engen Gang nur langsam voran. In gebückter Haltung zog er den Jungen hinter sich her, der keinen Laut mehr von sich gab. Es roch nach feuchtem Lehm, und die Luft war stickig. Im Licht der Stirnlampe konnte er kaum etwas erkennen. Das Mädchen in seinem Arm flehte ihn an, umzukehren, als Al-Baghdadi das Kläffen eines Hundes hörte, das schnell lauter wurde. Ein letztes Mal nahm er all seine Kräfte zusammen, um seinen Verfolgern zu entkommen, doch vor ihm endete der Tunnel in einer Sackgasse. Er sank zu Boden und drückte beide Kinder fest an sich.

Der Hund musste inzwischen ganz nah sein.

»Ich will zu Mama«, jammerte das Mädchen. Al-Baghdadi nickte ihr zu und streichelte ihre Wange.

»Du wirst gleich bei ihr sein«, sagte er mit tröstender Stimme. Dann drückte er den Auslöser seines Sprengstoffgürtels.

Die ersten Männer des Stoßtrupps, die dem unterirdischen Gang gefolgt waren, wurden durch die Druckwelle von den Füßen gerissen, dann hörten sie weit entfernt das Jaulen des Hundes.

Siebzig Minuten hatte der Einsatz gedauert, und erst als man Al-Baghdadi eindeutig verifiziert hatte, verließen die Einheiten der Delta Force den Einsatzort. Die Reste seiner Leiche hatte man in einen Plastiksack gepackt und mitgenommen. Danach machten zwei US-Kampfjets das Anwesen dem Erdboden gleich. Nichts sollte übrig bleiben, damit Al-Baghdadis letzter Zufluchtsort keine Wallfahrtsstätte für seine Anhänger werden konnte.

Nur eine Stunde nach der erfolgreichen Operation trat Präsident Trump sichtlich gut gelaunt vor die Presse und verkündete das Ende der IS-Terrororganisation.

Ganz besonders hob er dabei die Leistung des Spürhundes Conan hervor, der den Einsatz leicht verletzt überlebt hatte.

Einen Monat später empfing Trump unter großem Presseauflauf Conan im Weißen Haus und verlieh ihm eine Hundevariante der bronzenen Medal of Honor in Form einer Pfote mit dem Aufdruck *AMERICAN HERO*.

Tufan verfolgte die Übertragung davon live auf CNN, während er in Zürich auf seinen Anschlussflug wartete. Eine Durchsage an seinem Gate veranlasste ihn, seinen Laptop zuzuklappen und sich in die Schlange der Passagiere einzureihen.

»Ihr Flug LH 857 nach Frankfurt ist nun zum Einsteigen bereit.«

Tufan zeigte der freundlich lächelnden Flugbegleiterin seinen Boarding Pass und lächelte höflich zurück.

II EXODUS

Die zehn Plagen

TAG 1

Montag, 12. September 2022
6:30 Uhr – 10 Uhr

München

Martin Himmel stand auf einem Scheiterhaufen. Flammen schlugen bis zu seinem Gesicht empor. Und obwohl der Schmerz unerträglich war, entging ihm nicht, dass alle Menschen, die er je im Leben gekannt hatte, sich hier versammelt hatten, um tatenlos seinem Ableben beizuwohnen. Alles Schreien und Flehen half nichts, die Gäste dieses infernalen Schauspiels standen unbewegt wie Statuen da und sahen zu, wie er qualvoll verbrannte.

Ganz nah am Feuer, in der vordersten Reihe, standen seine erste Frau Christiane, ihre gemeinsame Tochter Antonia und seine zweite Frau Shohreh. In ihren Augen zuckten leuchtend rote Flammen vom Widerschein des Feuers.

Ein Junge von schmächtiger Gestalt und mit verweinten Augen trat aus dem Schatten heraus in den Kreis des Feuerscheins und spuckte verächtlich in die Flammen; Lukas, sein Sohn.

Martin flehte ihn mit letzter Kraft an, ihm zu verzeihen, aber seine Stimmbänder versagten. Und noch während er hoffte, in den Gesichtern der Geschöpfe Gottes Mitleid zu erkennen, wandten sich die Lebenden ab und überließen seinen Leib dem Feuer. Nur Shohreh blieb, mit einem gütigen Lächeln im Gesicht.

Furchtlos stieg sie die brennenden Holzbalken zu ihm hinauf, während seine Haut in der Hitze des Feuers aufplatzte und er das Bewusstsein zu verlieren drohte. Ihre kühle Hand berührte seine verkohlten Wangen.

»Du musst loslassen, Martin. Es ist vorbei, und ich bin bei dir, für immer!«

Dann küsste sie ihn zärtlich auf den Mund oder auf das, was davon noch übrig war.

Schweißgebadet wachte Martin auf.

Es war kurz vor sieben Uhr. Das schwache Licht der Morgendämmerung betonte sanft die Konturen des Raums, hob die Stehleuchte mit dem Tiffanylampenschirm hervor, den Shohreh so liebte, und legte sich behutsam über einen reich verzierten Schminktisch im Rokokodesign.

Shohreh lag neben ihm. Sie schlief noch. Ihr Hinterkopf war ihm zugewandt, und ihr langes schwarzes Haar breitete sich wild über das weiße Kopfkissen aus wie feine schwarze Adern, die genau an der Stelle endeten, wo sich ihre beiden Matratzen berührten. Kein einziges Haar hatte den Spalt überwunden. Er war wie eine Kluft, die sie trennte, nicht nur an diesem Morgen.

Bedacht darauf, seine Frau nicht zu wecken, erhob sich Martin vorsichtig aus dem Bett, griff nach seiner Brille mit dem dunklen Horngestell und ging ins Badezimmer, das direkt an das Schlafzimmer grenzte. Ein Bewegungssensor schaltete gedimmtes Licht im Bad ein. Leise lehnte er die Tür hinter sich an und betrachtete sein Antlitz in dem kunstvoll geschliffenen Art-déco-Spiegel.

Ein Mann von über sechzig Jahren mit schütterem Haar blickte ihm entgegen, mit listigen grau-grünen Augen und feinen Gesichtszügen. Glatt rasiert und gepflegt, ein wenig übergewichtig, aber immer noch sportlich.

Hinter ihm zeichnete sich im Spiegel eine frei stehende

Badewanne ab, daneben ein Holzgestell mit einer welken Zimmerpflanze sowie eine Vitrine aus Nussbaum, in der sich fein säuberlich blau-weiß gestreifte Handtücher stapelten.

Allem in diesem Haus hatte Shohreh ihren unvergleichlichen Stempel aufgedrückt. Jedes Kissen, jedes Schälchen und jeder noch so kleine Bilderrahmen war von ihr ausgewählt, platziert und angebracht worden – und doch mit einer bewussten Unvollkommenheit, die das Haus erst zu einem Ort machte, an dem man sich wohlfühlte. Ein Ort, an dem sie viele glückliche Jahre verlebt hatten.

Ein vertrautes Raunen drang aus dem Schlafzimmer zu ihm. Shohreh schien wach zu werden. Er glaubte zu hören, wie sie sich streckte, und sah vor seinem inneren Auge, wie sie einen Arm um den Kopf beugte und mit dem anderen Arm weit von sich zeigte.

»Martin ...?«

»Ich bin hier, mein Schatz!«

»Hast du gut geschlafen?«, fragte sie. Eine simple Frage, aber an diesem Morgen stutzte er. War das schon immer so gewesen, dass ihr erster Gedanke am Morgen seinem Wohlbefinden galt?

»Nein, ich hatte einen Albtraum. Ich wurde auf einem Scheiterhaufen verbrannt«, antwortete er wahrheitsgemäß, denn auch wenn er durch seinen Beruf gelernt hatte, die Wahrheit gewissermaßen zu beugen, vermied er ihr gegenüber jegliche Umschreibungen oder Ausflüchte. In Shohrehs Gegenwart die Wahrheit zu sagen, war so befreiend wie die regelmäßige Beichte in seiner Kirche.

»Oh, mein Armer, das ist ja fürchterlich! Komm wieder ins Bett.«

Seine Knie wurden weich bei dem Gedanken, sich an ihren warmen Körper zu schmiegen. In dem Duft ihrer wilden Haare würden sich die Probleme verflüchtigen, denen er sich Tag für Tag mit aller Kraft entgegenstemmte.

»Du weißt, ich kann nicht. Ich muss ins Ministerium.«

Sie antwortete nicht. Es war nicht ihre Art, ihn zu irgendetwas zu drängen. Aber vielleicht war das auch nur ein letzter Rest ihrer iranischen Erziehung, die schweigsame Frauen zum Idealbild stilisierte.

Jedenfalls hatte er ihre Zurückhaltung zeitlebens als Desinteresse interpretiert. Er hatte sich oft unverstanden und zurückgesetzt gefühlt, während sein dominantes Wesen sich unaufhaltsam, wie ein Bollwerk, zwischen ihre Liebe geschoben hatte.

Inzwischen war es zu spät, um diese Mauer einzureißen.

Und selbst wenn er sich jetzt, da ihm all diese Dinge bewusst geworden waren und er seine eigenen Schwächen als Wurzel allen Übels erkannt hatte, von Grund auf ändern würde, gäbe es keine Möglichkeit mehr, ihre Beziehung zu retten. Die Zeit ließ sich nicht zurückdrehen.

Er dachte an die große weiße Uhr, die im Inneren des Ministeriums über dem Haupteingang hing wie eine Bahnhofsuhr. Ihr galt sein erster und sein letzter Blick an jedem harten Arbeitsalltag. Sie war der Anfang und das Ende – und in all den Stunden und Minuten dazwischen wurde Martin, der Familienvater und Ehemann, von den gewaltigen Zahnrädern seiner Aufgaben als Innenminister zermalmt.

Hatte Shohreh ihn dann endlich einmal für sich, für ihre Familie, reichte die gemeinsame Zeit kaum aus, um tief in seinem Inneren den Menschen auszugraben, der liebevoll, aufmerksam und sensibel sein konnte, bevor die Zahnräder ihr zerstörerisches Werk fortsetzten.

Martin ging zum Urinal, das hinter einem kurzen Mauerstück verborgen war. Eines der wenigen Dinge, auf die er im Haus bestanden hatte und das sie so geschickt in das Badezimmer integriert hatte, dass man es kaum wahrnahm.

Auch das war eine ihrer großen Begabungen: die unangenehmen Dinge in ihrem Leben kunstfertig zu verbergen oder sie gar aus dem Bewusstsein ihrer Beziehung zu verdrängen, um für sie beide eine Scheinwelt der Harmonie zu erschaffen.

Martin konzentrierte sich auf die beschwerliche Entleerung seiner Blase. Ein Umstand, den sein zunehmendes Alter mit sich brachte. Erst als es endlich plätscherte, konnte er wieder einen neuen Gedanken fassen.

Sein Traum kam ihm erneut in den Sinn. Und schon formten seine Lippen eine rhetorische Frage, wie immer darauf erpicht, sein Wissen weiterzugeben, um unentwegt die Beachtung zu erhalten, ohne die er kaum noch leben konnte.

»Wusstest du, dass es in fast jeder Religion eine Hölle gibt?«

Sie antwortete wieder nicht, und so fuhr er in der festen Annahme fort, dass sie seine Ausführungen hören wollte.

»Bei der Beschreibung der Hölle gibt es zwischen den Religionen einen deutlich größeren Konsens als bei der des Himmels. Die Hölle ist immer ein Ort der Qual und des Martyriums, der all jenen gewiss ist, die im Diesseits Unrechtes getan haben. Was genau Unrecht bedeutet, obliegt den irdischen Oberhäuptern, was natürlich Tür und Tor für vielseitige Interpretationen öffnet.

Aber jetzt kommt der interessante Teil: Anders als in deinem islamischen Glauben, in dem Sünder ohne Umschweife direkt im Höllenfeuer brennen müssen, gibt mein Glaube den Verdammten nach ihrem Dahinscheiden noch eine Chance: das Fegefeuer. Ein tröstlicher Gedanke, oder?«

Er zog die Schlafanzughose hoch, ging zurück an den geschwungenen Waschtisch und betrachtete sich erneut im Spiegel, während er wie gewohnt zur Dose mit Rasierschaum griff und sie schüttelte.

»Das Fegefeuer ist nicht etwa die Hölle, sondern eher eine Art Vorzimmer zu Himmel oder Hölle. Die frühe Kirche bezeichnete es als ›refrigerium interim‹, als einen Ort, an dem sich die Seele erfrischen kann, bis das Jüngste Gericht über sie ein Urteil fällt. Und als einen Ort der Läuterung, der Selbstfindung, um in letzter Sekunde der Hölle doch noch zu entkommen.«

Mechanisch drückte er Rasierschaum aus der Dose und trug ihn auf Kinn und Wangen auf. Wieder hatte er das Bild von sich auf dem brennenden Scheiterhaufen vor Augen.

»Ich sollte den Erzbischof anrufen und das Thema mit ihm ein wenig vertiefen.«

Er hielt inne und horchte in den Raum hinein. Er war es gewohnt, dass sie ihm in seinen Sprechpausen mit einem leisen Raunen zustimmte, doch es blieb still. Shohreh war wohl wieder eingeschlafen. Ohne den Klang seiner Stimme wirkte die Stille erdrückend. Er fröstelte. Das Haus war einmal voller Wärme gewesen, jetzt fühlte es sich kalt und leer an.

Eine Viertelstunde später eilte Martin Himmel mit seiner Aktentasche die geschwungene Treppe hinunter in die großzügige Diele. Dort angekommen, warf er erneut einen prüfenden Blick in den Spiegel. Der dunkelblaue Maßanzug saß perfekt, kaschierte seinen Bauchansatz und ließ seine Schultern breiter wirken. Nur die dezent gemusterte Krawatte hatte am Hemdkragen ein wenig Spiel. Er stellte die Aktentasche ab und korrigierte den Fehler, dabei ließen ihn Geräusche aus dem angrenzenden Zimmer seines Sohnes aufhorchen.

Heute war der letzte Tag der großen Ferien, Lukas hatte in den vergangenen sechs Wochen nur selten zu Hause geschlafen. Martin zögerte und spielte mit dem Gedanken, einfach zu gehen, dann entschied er sich aber für einen kurzen Blick in Lukas' Zimmer. Er atmete tief durch, um sich auf die Begegnung vorzubereiten, ging hinüber zu Lukas' Zimmertür und klopfte sacht.

Es dauerte nur einen kurzen Augenblick, bis Lukas beiläufig öffnete, ohne den Blick von seinem Handy zu nehmen. Danach ließ er sich barfuß auf einem kreisrunden Designersessel nieder, den einen Fuß angezogen, mit dem anderen auf den

Boden tippend, um den Sessel langsam um die eigene Achse drehen zu können.

»Du bist zu Hause und begrüßt mich nicht mal?« Martins Stimme klang vorwurfsvoller als gewollt, aber das passierte ihm im Umgang mit Lukas ständig.

»Dein Zuhause, nicht meins.«

Martin unterdrückte den Wunsch, zu kontern – Shohreh wäre nicht glücklich, wenn es wieder zum Streit käme. Stattdessen sah er seinen Sohn nur an, wie er sich langsam auf dem Stuhl im Kreis drehte und seine ganze Aufmerksamkeit dem Handy widmete.

Lukas wurde in wenigen Wochen achtzehn Jahre alt, sein schmaler Körperbau und seine kindlichen Züge ließen ihn aber deutlich jünger aussehen. Er hatte das ebenmäßige Gesicht seiner Mutter, das Martin immer an eine griechische Statue erinnerte, mit einer geraden Nase, großen dunklen Augen und dichten schwarzen Haaren. Anscheinend hatte er nur die helle Haut von ihm geerbt – vielleicht noch seine Impulsivität.

»Morgen geht die Schule wieder los«, versuchte er ungeschickt, ein Gespräch in Gang zu bringen.

»Na und?«, antwortete Lukas gleichgültig.

»Hör mal, junger Mann, die letzte Klasse der Oberstufe kann entscheidend sein für dein ganzes Leben. Du solltest gut vorbereitet sein.«

»Ist das so?«

Martins Stimme schwoll an.

»Ja, das ist so, und leg das Handy weg, wenn ich mit dir spreche!«

Lukas ließ das Smartphone auf seinen Schenkel sinken und gab dem Stuhl einen Schubs, der sich daraufhin drehte, bis er Martin in die Augen schauen konnte.

»Du willst mit mir sprechen, ehrlich jetzt? Haben wir jetzt unsere ... Vater-Sohn-Quality-Time? Wenn ja, erklär mir bitte, wie das läuft, ich hab da nämlich so gut wie keine Erfahrung.

Erzählst du mir, was dich den ganzen Tag so umtreibt, welche ultrawichtigen Sachen du heute entscheiden musst und was ich von dir für 'nen heißen Scheiß lernen kann? Und ich komm dann rüber mit dem Scheiß, der mich fertigmacht – läuft das so? Und am Ende sitzen wir dann wie dicke Buddys auf der Couch und ziehen an 'ner Wasserbong, bis wir so dicht sind, dass wir ganz vergessen haben, wie scheißegal uns der andere eigentlich ist?«

In Ermangelung einer passenden Antwort schluckte Martin. Nervös wich er dem starren Blick seines Sohnes aus und sah auf die Uhr.

»Ich muss los.«

Er würde einen Zeitpunkt finden, um sich dieser Konfrontation zu stellen, aber nicht heute, vielleicht noch nicht einmal diese Woche.

Gerade als er die Tür wieder schließen wollte, setzte Lukas erneut an.

»Martin ...«

Das tat weh. Früher hatte er ihn noch Papa genannt.

»... hat gutgetan, sich mal richtig auszusprechen, das sollten wir bei Gelegenheit wiederholen.«

Lukas' Worte trafen ihn unvorbereitet und tief.

Seine Hand zitterte noch, als er die Aktentasche wieder hochnahm und das Haus verließ.

In der Auffahrt konnte er einen gepanzerten schwarzen 7er-BMW mit Blaulicht auf dem Dach erkennen. Es war sein Dienstwagen, mit dem er normalerweise täglich ins Ministerium am Odeonsplatz gefahren wurde. Außer montags.

Ein wenig ungehalten ging er zur Fahrerseite, klopfte gegen die Seitenscheibe und wartete, bis sie sich geöffnet hatte. Eine Frau mit kurzen grauen Haaren blickte ihn irritiert an.

»Herr Minister?«

»Heute ist Montag.«

»Verzeihung, Herr Minister, aber ich verstehe nicht.«

»Wer sind Sie, und wo ist Malik, mein üblicher Fahrer?«

»Herr Türkan ist ab heute in Elternzeit. Mein Name ist Wolf, Juliane Wolf, ich bin Ihnen jetzt für die nächsten vierundzwanzig Monate zugeteilt.«

Martin kochte innerlich. Vierundzwanzig Monate Elternzeit? Was war bloß aus den Männern in diesem Staat geworden?

Die Fahrerin ergänzte nervös: »Es tut mir wirklich leid, Herr Minister, aber Herr Türkan hat mir versichert, dass der Wechsel mit Ihnen abgesprochen war und ...«

Martin hob abwehrend die freie Hand. Niemals war so ein Wechsel mit ihm abgesprochen worden. Malik war kein Freund vieler Worte, weshalb er ihn als Fahrer sehr schätzte. Hätte sich Malik entsprechend geäußert, würde er sich daran erinnern.

»Hören sie, Frau ...«

»Wolf.« Sie klang jetzt streng und zeigte auf das Namensschild, das sie an ihrer Bluse trug.

»Hören Sie, Frau Wolf. Offensichtlich hat Malik, ich meine, Herr Türkan, einfach vergessen, Ihnen mitzuteilen, dass ich montags immer die U-Bahn nehme. Sie haben den Weg leider umsonst gemacht. Sie werden sehen, wenn Sie noch auf dem Ring im Stau stehen, ziehe ich mir bereits die erste Tasse Kaffee aus dem grässlichen Automaten im Ministerium.«

Das war natürlich eine Lüge, denn sein Assistent brühte ihm persönlich Tag für Tag eine frische Kanne Kaffee auf. Aber der Anflug von einem kurzen Lächeln machte die Geschichte glaubwürdig und Martin in den Augen von Juliane Wolf hoffentlich ein wenig menschlicher.

Die leichteste Übung für einen Vollblutpolitiker wie ihn. Kaum hatte sich die Seitenscheibe wieder geschlossen, verschwand der gütige Ausdruck in seinem Gesicht.

7:30 Uhr

Lukas stand seit Minuten seitlich an seinem Fenster und beobachtete aufmerksam die Szene in der Auffahrt. Er konnte zwar nicht hören, was gesprochen wurde, doch Martins Körperhaltung, seine Mimik und seine Gesten waren ihm sehr vertraut – aber vor allem waren sie ihm zuwider. Ganz offensichtlich hatte er die Fahrerin zurechtgewiesen, herablassend streng und am Ende ein wenig gönnerhaft.

Hatte es jemals eine Zeit gegeben, in der es zwischen ihnen irgendeine zwischenmenschliche Wärme gegeben hatte? Jene Wärme, die er empfand, wenn er an seine Mutter dachte? Er konnte sich nicht an einen solchen Augenblick erinnern.

Der Dienstwagen wirbelte die ersten Herbstblätter auf. Martin sah der schwarzen Limousine nach, bis sie in die schmale Allee einbog und verschwand, erst dann machte er sich mit großen Schritten auf den Weg in Richtung U-Bahn-Station.

Lukas sah selbst dann noch auf die Einfahrt hinab, als sein Vater längst aus seinem Blickfeld verschwunden war. Aber die Zeit blieb nicht stehen, war unaufhaltsam im Fluss, und mit jeder Minute entfernte Lukas sich mehr von einer scheinbar heilen Welt, die nur noch in seinen Erinnerungen existierte. Einer Welt, in der sein Vater kaum eine Rolle gespielt hatte, in der er morgens sofort zu seiner Mutter ins Bett gekrochen war, wenn Martin das Haus verlassen hatte.

Schwermütig verließ er sein Zimmer. Selbst sein Handy ließ er liegen. Stufe für Stufe schritt er die geschwungene Treppe mit dem eleganten Handlauf empor, die all den Luxus und den Einfluss seines Vaters repräsentierte, immer höher dem elterlichen Schlafzimmer entgegen. Früher war der Eingangsbereich ein beliebter Ort für Spiele mit seinen Freunden gewesen, bis sein Vater die Tollerei an der Treppe verboten hatte. Wie er nach und nach so vieles verboten hatte, was seine Ruhe hätte stören können. Lukas dachte oft darüber nach, ob er seiner Tochter Antonia genauso viele Regeln auferlegt hatte wie ihm, als sie noch hier gewohnt hatte. Lukas' Stiefschwester war längst erwachsen und lebte ihr eigenes Leben. Sicher ein Leben nach den Vorstellungen des Vaters. Ganz anders als er.

Oben angekommen, war er Mamas Schlafzimmer ganz nah. Er streifte einen silbernen Bilderrahmen, der auf einem schmalen Sideboard im Flur stand. Laut scheppernd zerbrach der Rahmen auf den Marmorfliesen. Er erschrak nicht einmal und wusste auch nicht, ob es ein Versehen gewesen war oder ob er das Hochzeitsbild seiner Eltern absichtlich auf den Boden gestoßen hatte. Scheinbar glücklich blickten sie ihm durch die zerbrochene Glasscheibe entgegen. Er spürte, wie sich seine Kehle zuschnürte, dann machte er einen großen Schritt, um nicht mit seinen nackten Füßen in die Scherben zu treten. Vergeblich.

Ein Splitter schnitt in seine Ferse und erinnerte ihn einmal mehr daran, wie schmerzvoll die Vergangenheit war und die Zukunft noch sein würde. Ohne Rücksicht auf den blutenden Fuß zu nehmen, betrat er leise das Schlafzimmer. Der helle, weiche Teppich fühlte sich vertraut an. Unzählige Male war er als kleiner Junge nachts über diesen Teppich gelaufen, wenn er nicht schlafen konnte, und immer hatte sie ihn gehört, hatte ihn erwartet und im Dunkeln die Decke weit aufgeschlagen – und immer war er danach sofort in ihren Armen eingeschlafen.

Nun war ihre Seite des Bettes unberührt, flach, ordentlich zurechtgemacht und mit einer Tagesdecke versehen. Martins Seite hingegen war unordentlich und aufgebauscht.

Lukas schenkte diesem Teil des Bettes keine Beachtung. Er ging auf Mamas Seite und kroch unter das kalte Plumeau. Sie fehlte ihm. Sie fehlte ihm so sehr, dass er jämmerlich zu weinen begann. Dabei zog er die Füße an den Unterleib und presste die angewinkelten Arme fest an sich, bis er sich einzubilden begann, wie sich von hinten der Leib seiner Mutter an ihn drückte und ihn ihre Arme fest umschlossen.

* * *

Die Orhan-Moschee im Münchner Norden lag in einem Hinterhof und war von außen kaum als solche zu erkennen. Es war ein einfach gehaltener, funktionaler Bau ohne Minarette oder prächtige Kuppel und eins von etwa vierhundert islamischen Gotteshäusern, die es in Bayern gab und die mehr als einer halben Million islamischen Gläubigen als Ort zum Gebet und zur Ausübung ihres Glaubens dienten. Obwohl der Islam das Gebet an jedem Ort erlaubte, war es in der Moschee laut Überlieferung des Propheten Mohammed fünfundzwanzigmal so viel wert wie ein Gebet zu Hause. Nur das Freitagsgebet war unbedingt an eine Moschee gebunden, sonst verlor es seine Gültigkeit. Entsprechend gut besucht waren die Gotteshäuser am Ende der Woche. An diesem wolkenverhangenen Montagmorgen war die Moschee jedoch fast leer. Nur ein einziger Gläubiger befand sich im Gebetsraum mit den sieben Kristallleuchtern, ein junger Mann in hellen Gewändern namens Safaa Al Aifuri.

Er war gekommen, um Kraft zu schöpfen und die letzten Zweifel abzuschütteln, die ihn marterten. Sein tiefschwarzer Vollbart wippte bei jeder Bewegung auf und ab. Er hatte einen Platz am Rande des Teppichs gewählt, dessen Gesamtfläche in zweihundert Felder unterteilt war. Jedes der Felder enthielt im Zentrum die grafische Darstellung eines Mihrab, einer Gebetsnische, wie es sie in größeren Moscheen gab. Die Spitze jedes Mihrabs war in Richtung der Kabaa in Mekka ausgerichtet.

Safaa wiederholte seit der Morgendämmerung immer und immer wieder das Fadschr-Gebet. Wenn Allah ihm beistand, würde er das Mittagsgebet bereits im Jenseits erleben, im Paradies voll sinnlicher Genüsse inmitten der *Huris, mit schönen gro-*

ßen Augen, gleich wohlverwahrten Perlen, wie es in den Versen 22 und 23 der Sure 56 heißt. Kamal Abdeslam, sein geistiger Führer, hatte ihm erklärt, dass Huris die Paradiesjungfrauen waren, von denen gleich zweiundsiebzig an der Zahl im Jenseits auf ihn warten würden. Safaa hatte nichts dergleichen im Koran finden können, aber er wagte es nicht, Kamals Verheißungen infrage zu stellen. Denn Kamal war mehr als nur sein geistiger Führer, er war auch Gottes General, dessen Schwert Safaa heute werden würde.

Wer sich wie Safaa bereit erklärte, sein irdisches Dasein zu opfern, um Allah einen Dienst zu erweisen, tat das nicht leichtfertig. Er hatte sich über viele Monate hinweg intensiv mit dem Leben im Paradies auseinandergesetzt, hatte Stunde um Stunde damit verbracht, die Lehren eines islamischen Gelehrten, eines Ulamā, in sich aufzunehmen, die ihm als Videofile auf einem goldenen USB-Stick feierlich von seinem Imam übergeben worden waren. Und er hatte in seinem sechshundertseitigen Koran alle Stellen markiert, an denen vom Dschanna, dem islamischen Paradies, die Rede war. Safaa wusste sehr wohl, dass sein Leben wertvoll war, nicht nur für ihn, sondern insbesondere für all jene, die in ihm eine Waffe sahen. Und wie alles, was etwas wert war, hatte deshalb auch sein Leben einen Preis.

Der Imam hatte ihm erklärt, der Gegenwert seines Lebens wäre nicht nur ein ewiges Leben im Dschanna, sondern die hundertprozentige Sicherheit, nicht im Dschahannam, im Höllenfeuer, zu enden.

Auf seine Frage, warum man sich dann überhaupt das irdische Dasein, das nur aus Kummer und Qualen bestand, antun sollte und nicht jeder gottesfürchtige Muslime sein Leben in jungen Jahren beendete, antwortete der Imam:

»Nicht jeder Gläubige erhält von Allah dem Allmächtigen eine so gewaltige und wertvolle Aufgabe, durch deren Erfüllung ihm Einlass in das Paradies gewährt wird. Im Koran steht über das Paradies, Dschanna, geschrieben: *Ein Ort, in dessen Niederungen Bäche fließen. Und es hat andauernd Früchte und Schatten. Das ist das letzte Ziel derer, die gottesfürchtig sind. Das letzte Ziel der Ungläubigen aber ist das Höllenfeuer.* Und du, mein gelehriger Schüler, wirst nach der Erfüllung deiner Aufgabe an der Seite Allahs sein, auf der höchsten aller Stufen. Du wirst für immer seine Gunst besitzen und ein Leben voll Freude, Gesundheit und Glück führen.«

FREUDE, GESUNDHEIT und GLÜCK.

Das schien Safaa ein fairer Gegenwert für seine irdische Existenz zu sein. Er wäre dann frei. Frei von all der Unbill des Lebens, die ihm so hart zugesetzt hatte.

Safaa Al Aifuri war 1998 in Bengasi geboren worden, der zweitgrößten Stadt Libyens, eines Landes an der Nordküste Afrikas. Obwohl 1959 die Entdeckung reicher Erdölvorkommen Libyen zu einem der bedeutendsten ölexportierenden Länder der Welt gemacht hatte, führten innere soziale Spannungen 1969 zum Sturz der Monarchie durch einen Militärputsch. Von da an herrschte Muammar al-Gaddafi bis 2011 ohne politisches Amt wie ein Diktator. Safaas Vater, der ein getreuer Anhänger des Machthabers und Funktionär seines politischen Apparats gewesen war, verlor bei der Entmachtung Gaddafis seine Stellung, sein Ansehen und sein ganzes Vermögen. Acht Monate lang hatte ein Bürgerkrieg das Land verwüstet. Gaddafi selbst wurde bei einem Feuergefecht kurz nach seiner Festnahme erschossen. Danach begann die Jagd auf Gaddafis Getreue. Sechsundsechzig Mitglieder seines letzten Konvois hatte man bereits einen Tag nach seinem Tod in einem Hotel standrechtlich erschossen.

Statt Freiheit und Demokratie folgten Denunzierungen, willkürliche Verhaftungen und Folter.

Für Safaa, seine Mutter, und vier Geschwister war das der Beginn eines furchtbaren Martyriums. Vom Vater fehlte jede Spur. Ihr nobles Haus im Regierungsviertel wurde gewaltsam geräumt, aber erst, nachdem Soldaten der Befreiungsarmee seine Mutter und seine Schwester vergewaltigt und ihn und seine kleinen Geschwister gezwungen hatten, dem grausamen Akt zuzusehen. Danach folgte ein Leben auf der Straße, ein Leben, das von Hunger und Verzweiflung geprägt war.

Am 11. September 2012, dem Jahrestag der Anschläge vom 11. September 2001 auf das World Trade Center in New York, stürmte eine aufgebrachte Menschenmenge teils schwer bewaffnet die amerikanische Botschaft in Bengasi, setzte sie in Brand und tötete vier Amerikaner, darunter auch den amerikanischen Botschafter. Safaas Vater, der sich angeblich der al-Quaida angeschlossen hatte, gehörte mutmaßlich zu den Drahtziehern hinter dem Anschlag. Wenige Tage später fand man seine Leiche. Man hatte ihn geköpft und ihm seine abgehackten Finger in den Mund gestopft.

Es dauerte weitere drei Jahre, bis Safaas Mutter mithilfe ehemaliger Freunde des Vaters genügend Geld zusammengebracht hatte, um das Land verlassen zu können. Drei Jahre, in denen sie geächtet, bespuckt und bedroht worden war. Drei Jahre, in denen sie täglich Angst um ihr Leben und das ihrer Kinder haben musste.

Am 19. April 2015 bestieg die Familie Aifuri in Mahdia, Tunesien, einen Flüchtlingskutter. Nach Bezahlung der Schleuser blieb ihnen nichts als ihr Leben und die zerschlissene Kleidung an ihren Leibern – und die Hoffnung. Die Hoffnung, mit diesem Kutter ein Land zu erreichen, das ihnen eine bessere, eine sichere Zukunft bieten würde. Aber ihr Traum von einem besseren Leben erfüllte sich nicht.

Der siebzehnjährige Safaa befand sich bei der nächtlichen Überfahrt auf Deck. Seine kleine Schwester Ranai, erst fünf Jahre alt, plagte der Hunger. Seit knapp achtundvierzig Stunden hatten sie keine feste Nahrung mehr zu sich genommen. Safaa hatte sich deshalb zwischen all den schwitzenden Leibern im Frachtraum nach oben geschlichen, vorbei an zwei schlafenden Wachen. Als er an Deck stand, tauchte plötzlich aus der Dunkelheit der Rumpf eines Frachtschiffs über ihm auf wie eine riesige Wand. Geistesgegenwärtig sprang Safaa in die eiskalten Fluten des Mittelmeers. Einen Wimpernschlag später zerbarsten die Holzplanken des Kutters an der massiven Metallhülle des Frachters. Ein Geräusch, das Safaa sein Leben lang verfolgte.

Aber das Entsetzlichste war die Stille danach. Es gab keine Schreie, keine panischen Menschen, die versuchten, ihr Leben zu retten. Die Wassermassen drangen so schnell und mit solcher Wucht in das Innere des Kutters ein, dass die fünfhundert Passagiere unter Deck keine Zeit hatten, um ihr Leben zu retten. Nur zwanzig Sekunden später verschwand das Flüchtlingsboot unter der schwarzen Meeresoberfläche und mit ihm seine Mutter und seine Geschwister.

Immer wieder war Safaa in den Abgrund hinabgetaucht, um seine Familie zu finden. Hatte die Hände nach unten gestreckt, in der Hoffnung, im Dunkeln etwas greifen zu können, irgendetwas tun zu können, aber vergeblich. Es grenzte an ein Wunder, dass schließlich ein Schiff den regungslos im Wasser treibenden Körper entdeckte. Safaa und siebenundzwanzig weitere Überlebende wurden gerettet.

2019 stellte der Schweizer Künstler Christoph Büchel das geborgene Wrack als Mahnmal auf der Biennale de Venezia aus. Ungefähr zu diesem Zeitpunkt setzte Safaa Al Aifuri mithilfe des Flüchtlingshelfers Abu Yahya Elkekli zum ersten Mal seinen Fuß auf deutschen Boden. Abu war im Flüchtlingscamp von Lampedusa auf Safaa aufmerksam geworden. Jemand wie Safaa war der Grund, warum er sich hier engagierte. Safaa war alleine, hatte keine Familie, er war jung, gesund und vor allem verzweifelt. So verzweifelt, dass ihm sein eigenes Leben nichts mehr wert zu sein schien. Und so schenkte Abu Yahya Elkekli ihm seine Freundschaft und verkaufte Safaa gegen ein gebührendes Kopfgeld schließlich an den Chef der IS-Terrorzelle in

Deutschland, Ahmed al-Bāṭin, der Safaas Ankunft als Geschenk Allahs feierte.

Eine Hand legte sich jetzt auf Safaas Schulter, der tief ins Gebet versunken war. Die Berührung kam nicht unerwartet, aber für Safaa war es ein unmissverständliches Zeichen, dass die Zeit des Gebets für ihn vorüber war. Seine Füße fühlten sich schwer wie Zement an, als er sich erhob, während der Mann neben ihm nun selbst mit seinen Gebeten begann. Ohne ein weiteres Wort verließ Safaa den Gebetsraum und führte den Auftrag aus, dessen einzelne Schritte man Woche für Woche immer wieder minutiös mit ihm durchgegangen war.

Hinter einer losen Kachel in der Wandvertäfelung des Vorraums befand sich ein Schlüssel. Er nahm ihn an sich und ging damit in den Keller. Modriger Geruch von Schimmel und Feuchtigkeit stieg ihm in die Nase. Licht kam nur von einer einzigen Glühbirne, die an einem Kabel von der Decke baumelte. Am Ende eines Ganges öffnete er mit dem Schlüssel die Tür zu einem schmalen Raum. Darin stand auf einem vergammelten Tisch ein breiter grüner Kanister mit zwei Schultergurten, aus dem ein schwarzer Schlauch ragte, an dessen Ende ein Stab mit einem pistolenartigen Griff angebracht war. Außerdem befanden sich auf dem Tisch ein paar weiße Turnschuhe, eine zusammengelegte Jeans und ein dunkelgrauer Pullover. Daneben lagen eine FFP2-Maske, eine Geldbörse, ein Handy und eine Kleinkaliberpistole.

Safaa zog ein zerknittertes Bild aus seiner Tasche, das er aus einer Zeitung ausgeschnitten hatte. Es zeigte eine glückliche arabische Familie. Dies war nicht seine Familie, aber er stellte sich oft vor, dass sie es wäre. Die Frau, umgeben von Kindern, neben einem stattlichen Mann mit kräftigem Bartwuchs, hatte Ähnlichkeit mit seiner Mutter. Aber vielleicht auch nicht, denn die Gesichter seiner Geschwister, seines Vaters und seiner Mutter waren in seinen Erinnerungen längst verblasst. Er küsste den Zeitungsschnipsel, faltete ihn wieder zusammen und steckte ihn in das Portemonnaie, das auf dem Tisch lag. Jetzt gab es kein Zurück mehr.

Zwei zivile Kriminalbeamte einer aus fünfzehn Mann bestehenden operativen Einheit für Observationen warteten vor der Orhan-Moschee im Auto darauf, dass Safaa Al Aifuri das Gebäude wieder verlassen würde. Seit 5:30 Uhr war die Moschee geöffnet, um sieben Uhr hatte die Zielperson das Gotteshaus betreten.

Safaa Al Aifuri war bereits vor Monaten als gefährlich eingestuft worden und galt mit über tausend anderen Personen im Bundesgebiet als ausländerrechtlicher Gefährder. So nannte man Personen mit Plänen, die freiheitlich demokratische Grundordnung anzugreifen. Für diese Einstufung mussten zum Beispiel Tatsachen den Schluss zulassen, dass sie vor ihrem Asylantrag in Deutschland einer Organisation angehört hatten, die von der Bundesregierung als terroristische Vereinigung eingestuft wurde, wie es bei den Taliban oder dem IS der Fall war. Doch selbst in diesem Fall durfte die betreffende Person nicht automatisch polizeilich überwacht werden. Auf die Liste der Gefährder gelangte man erst, wenn der dringende Tatverdacht vorlag, dass man eine kriminelle politische Aktion plante. Safaa Al Aifuri war erstmals in den Fokus der Ermittler geraten, als man herausfand, dass sein Vater ein mutmaßlicher al-Quaida-Terrorist und ein Anhänger Gaddafis gewesen war. Und der Mann, der ihm dabei geholfen hatte, nach Deutschland zu kommen, Abu Yahya Elkekli, stand in Italien inzwischen vor Gericht, da man ihn verdächtigte, Flüchtlinge für extremistische Organisationen anzuwerben. Seitdem wurde Safaas Telefon abgehört. Als bei einem auf Arabisch geführten Telefonat das Wort »Anschlag« fiel, gab die Staatsanwaltschaft grünes Licht für eine durchgehende Beschattung Safaas.

Kriminaloberkommissar Dimuro und Kriminalhauptmeister Krüger waren wegen Personalmangels bereits zum zweiten Mal innerhalb eines Tages für die Überwachung von Safaa Al Aifuri zuständig. Heute bestand das Observationsteam außer ihnen nur noch aus drei weiteren Kollegen, die in Bereitschaft auf ihren Einsatz warteten, sollte Krüger und Dimuro die Enttarnung drohen. Viel zu wenig, wie sie aus Erfahrung wussten.

»Das ist doch Schwachsinn, wie sollen wir denn all die Gefährder da draußen lückenlos überwachen, wenn ... ich sag's mal ganz deutlich, wenn kein Schwanz mehr Polizist werden will?«, murrte Krüger. Seit der Pandemie fiel es schwer, alle neuen Planstellen zu besetzen. Gerade operative Einheiten fanden kaum geeigneten Nachwuchs.

Krüger, der zu der Gruppe jener Menschen zählte, die für jedes Problem immer eine ganz einfache Lösung parat hatten, wartete die Antwort seines Kollegen gar nicht erst ab und fuhr fort: »Wenn du mich fragst, sollten wir den Mann einfach abschieben. Fall erledigt. Dann ist das nicht mehr unser Ding. Ich mein, sollen die sich doch da um ihn kümmern, wo er hergekommen ist.«

Dimuro kippte den letzten Schluck kalten Kaffee aus seinem Pappbecher hinunter. Er hatte Nachsicht mit seinem neuen Kollegen, der erst vor Kurzem zu seiner Einheit versetzt worden war.

»Du hast echt keine Ahnung, oder?«

»Na, dann erklär's mir, du Schlaumeier.«

Dimuro kratzte sich an der Schläfe und drehte sich zu seinem Kollegen, der am Steuer saß.

»Wir können die nicht abschieben, wenn das Land, aus dem sie kamen, von unserer Regierung nicht als sicher eingestuft wird.«

»Was meinst du mit sicher?«

»Mann, du weißt ja gar nichts! Also wenn die Regierung des Herkunftslandes, wenn die zum Beispiel gegen die Menschenrechtskonventionen verstoßen, die wir hier in Europa haben, wenn ihnen, keine Ahnung, in ihrem Heimatland Folter oder Tod drohen, dann können wir sie nicht wegschicken.«

»Soll heißen, wir löffeln die Suppe aus, weil wir die bösen Jungs mit Samthandschuhen anfassen.«

»Glaubst du tatsächlich, es ist so einfach, Gut von Böse zu unterscheiden?«

Krügers Augen verengten sich zu schmalen Schlitzen. Das geschah immer, wenn er wütend wurde.

»Der Typ hier«, er zeigte mit dem Finger auf die Moschee, »der plant wahrscheinlich irgendein Attentat – und selbst dann können wir ihn nicht abschieben, weil ihn die Leute bei sich zu Hause noch härter anpacken, als wir es tun würden? So ist es doch, oder?«

Dimuro blieb ruhig und antwortete: »Genau so ist es – das nennt sich Rechtsstaat, Krüger.«

»Und warum sperren wir ihn dann nicht einfach ein?«

»Noch mal, das nennt sich Rechtsstaat. Wir können nicht einfach jeden x-beliebigen Verdächtigen ins Gefängnis stecken.«

»Hier geht's doch nicht mehr um einen ...«, Krüger deutete Gänsefüßchen in der Luft an, »... x-beliebigen Verdächtigen, sonst wären wir ja gar nicht hier. Hier geht es um ganz klare Verdachtsmomente, die die Schlussfolgerung zulassen, dass dieser Al Aifuri ernsthaft irgendein Ding plant.«

Dimuro nestelte an seinem Kragen. So unrecht hatte Krüger vielleicht nicht. Er musste an den tunesischen Attentäter Anis Amri denken, der am 19. Dezember 2016 mit einem Sattelschlepper in Berlin zahlreiche Passanten getötet oder schwer verletzt hatte. Amri war 2015 nach Deutschland gekommen und als Flüchtling registriert worden. Ab März 2016 hatte die Generalstaatsanwaltschaft in Berlin Amri wegen Verdachts der Vorbereitung einer schweren staatsgefährdenden Straftat auf dem Schirm. Von da an wurde sein Telefon abgehört.

In der Datei der Sicherheitsbehörden war vermerkt worden: *Der Verdächtige wirbt im gesamten Bundesgebiet offensiv bei an-*

deren Personen darum, gemeinsam mit ihm islamistisch motivierte Anschläge zu begehen. Zum gegenwärtigen Zeitpunkt ist davon auszugehen, dass A. seine Anschlagsplanungen ausdauernd und langfristig verfolgen wird.

Im Juni 2016, Monate vor der Tat, war sein Asylantrag abgelehnt worden. Nur galt Anis Amri trotzdem nicht als *vollziehbar ausreisepflichtig,* da die tunesische Regierung bestritt, dass Amri Tunesier sei. Außerdem besaß er keine Ausweispapiere – ohne die aber durften ihn die deutschen Behörden nicht abschieben. Er erhielt den Status *Geduldeter Ausländer.*

Amri zog nach Berlin. Drei Monate später wurde Amris Überwachung beendet. Danach tauchte er ab und verschwand vom Radar des Berliner LKA. Im November zeigten LKA-Observationsbilder mit hoher Wahrscheinlichkeit Amri vor einer Moschee in Berlin Moabit, die andere Berliner Moschee-Vorstände wortwörtlich als die »Moschee der ISIS-Leute in Berlin« bezeichneten – der Berliner LKA-Leiter bestritt später, Kenntnis von den Bildern gehabt zu haben, und so blieb Amris Aufenthaltsort weiter unbekannt. Einige Wochen später kam es zu seinem Attentat auf dem Berliner Weihnachtsmarkt an der Gedächtniskirche, bei dem dreizehn Personen starben und siebenundsechzig schwer verletzt wurden.

Einen Tag danach verbreitete der IS auf seiner Website die Meldung, der Täter habe als »Soldat des Islamischen Staates« gehandelt.

Dimuro sah angespannt auf die Uhr. Al Aifuri war schon viel zu lange in der Moschee. In diesem Moment trat ein Mann um die vierzig heraus. Er trug einen blauen Anzug und war glatt rasiert.

»Ist er das?«, fragte Krüger.

»Unser Mann hat einen Vollbart, trägt eine Jeans und einen hellblauen Hoodie.«

»Könnte sich doch umgezogen und rasiert haben?«

Krüger richtete die Überwachungskamera am Wagen aus

und vergrößerte das Gesicht auf dem Tablet, das am Armaturenbrett angebracht war.

»Okay, der ist auch viel älter, das ist er nicht«, bestätigte er knapp.

Der Mann im Anzug stieg in einen geparkten Ford Mondeo und fuhr weg.

Dimuro atmete tief durch. Irgendetwas stimmte nicht.

»Du verständigst die Zentrale, wir brauchen einen Durchsuchungsbeschluss und Verstärkung.«

Dimuro löste den Sicherheitsgurt und stieg aus dem Wagen.

»Was hast du vor?«, rief Krüger ihm nach.

Aber sein Kollege hatte schon die Tür zugeworfen und eilte mit großen Schritten auf die Moschee zu. Er öffnete die Eingangstür und stand dann in einem Vorraum, in dem ein Gläubiger ein Paar abgetragene Turnschuhe abgestellt hatte. Dimuro schloss daraus, dass sich in der Moschee im Augenblick nur eine Person befand, vermutlich Safaa Al Aifuri. Er selbst dachte überhaupt nicht daran, die Schuhe auszuziehen, sondern betrat zügig die Moschee, dann überprüfte er alle Räume. Entweder waren sie verschlossen oder leer. Auch in dem großen Gebetsraum befand sich kein Mensch. Über eine schmale Treppe gelangte er schließlich in den Keller. Eine schwache Glühbirne hing von der Decke und beleuchtete die unverputzten Betonwände nur spärlich. Das war der Moment, als ihm bewusst wurde, dass er sich in eine potenziell gefährliche Situation gebracht hatte. Trotzdem entschied er sich dagegen, seine Dienstwaffe aus dem Schulterholster zu nehmen. Ohne Durchsuchungsbeschluss in einer privaten Liegenschaft angetroffen zu werden, war eine Sache, die sich vielleicht erklären ließ. Dabei die Dienstwaffe schussbereit zu haben, stand auf einem ganz anderen Blatt.

»Hallo, ist da jemand? Hier spricht die Polizei«, gab er laut von sich. Der Klang der eigenen Stimme in dem modrigen Keller beruhigte ihn.

»Safaa Al Aifuri, ich weiß, dass Sie da sind. Also wenn Sie mich hören können, kommen Sie raus. Es geschieht Ihnen nichts, ich habe nur ein paar Fragen.«

Im Keller blieb es vollkommen still. Gerade als Dimuro eine der Kellertüren öffnen wollte, ging das Licht aus.

Scheiße. Dimuro dachte an die Taschenlampe im Handschuhfach des Dienstwagens. Einen Vorteil hatte die Dunkelheit aber, denn nun konnte er deutlich erkennen, dass hinter einer von zwei Kellertüren Licht durch das Schlüsselloch fiel.

Dann ging das Licht wieder an, und irgendjemand kam geräuschvoll die Kellertreppe herunter. Ganz automatisch griff Dimuro nach seiner Waffe, löste blitzschnell den Sicherheitsverschluss des Holsters und richtete die Pistole gesichert auf den Boden.

»Dimi, bist du da unten?«, konnte er Krügers raue Stimme hören, da stand er auch schon vor ihm. Auch er hatte seine Dienstwaffe in der Hand.

»Gott, ja. Warst du das mit dem Licht?«

Krüger nickte.

»Und wo ist unser Mann? Oben ist er jedenfalls nicht.«

Dimuro zeigte auf die Kellertür.

»Ich war gerade dabei, das herauszufinden.«

Die Kriminalbeamten brachten sich seitlich von der Tür in Position, hinter der Licht brannte. Dann drückte Dimuro die Klinke nach unten, schlug die Tür auf, und beide zielten mit ihren Pistolen in den Raum.

Er war leer, bis auf einen alten Tisch.

Safaas Kleidung lag auf einem Haufen in der Ecke neben mehreren leeren Plastikkanistern. Dimuro ging angespannt zu dem Tisch, auf dem sich eine kleine Lache befand. Er tippte vorsichtig mit dem Zeigefinger in die Flüssigkeit und roch daran.

»Lass den Scheiß, das kann alles Mögliche sein«, raunzte ihn Krüger an.

»Riecht nach nichts ...«

Er streifte den Finger an der Hose ab.

»Er muss hier noch irgendwo sein.«

Krüger hatte den Raum schon wieder verlassen und nickte ihm zu. Dimuro folgte ihm.

Diesmal war es Krüger, der versuchte, Safaa aus seinem Versteck zu locken.

»Aifaru ... Zeigen Sie sich, wir möchten nur mit Ihnen reden.«

»Aifuri«, verbesserte ihn Dimuro.

»Was?«

»Aifuri, der Mann heißt Aifuri, nicht Aifaru!«

Mit einem kräftigen Fußtritt knallte Dimuro die zweite Kellertür auf. Doch die führte nicht in einen weiteren Raum, sondern in einen winzigen Hinterhof mit einem kreisrunden Gullydeckel und quer gespannten Wäscheleinen, ohne Ausgang oder Fenster zu anderen Gebäuden. Von Safaa fehlte jede Spur.

»Das ist nicht gut«, stellte Krüger nüchtern fest, und auch Dimuro hatte plötzlich eine Heidenangst, dass ihnen der Gefährder entkommen sein könnte. Er hetzte den verwinkelten Kellergang entlang, ohne an einer weiteren Tür vorbeizukommen. Der Gang mündete in einer Sackgasse, an deren Ende eine alte Matratze lehnte.

»Fuck, fuck, fuck!«, schrie Dimuro außer Atem, als Krüger zu ihm stieß.

»Mann, Dimi, spinnst du? Wenn der Kerl an irgendeiner Ecke auf dich gewartet hätte ...«

»Hat er aber nicht«, keuchte Dimuro. »Und jetzt?«

Er wartete die Antwort nicht ab und fluchte: »So eine verdammte Scheiße!«

Krüger ging wortlos an ihm vorbei und riss mit einem kräftigen Ruck die Matratze zu Boden, in der Hoffnung, dahinter einen verborgenen Fluchtweg zu finden. Aber mehr als eine grob verputzte Wand, auf der sich die Ränder der Matratze abzeichneten, kam nicht zum Vorschein.

»Fuck!«, spuckte Dimuro aus.

»Wie zum Teufel ist der Kerl hier nur rausgekommen?«

***

Oberregierungsrätin Antonia Borchardt-Himmel war wie an jedem Morgen pünktlich um 7:30 Uhr aufgestanden. Bereits beim Zubettgehen hatte sie sich die Kleidung für den kommenden Tag bereitgelegt, Kaffee in den Filter gegeben, eine Scheibe Toast in den Toaster gesteckt sowie Tasse, Teller, Messer und Kaffeelöffel auf einem Tisch in der Küche angerichtet. Und wie an jedem Morgen hatte ihre innere Uhr sie zuverlässig eine Minute vor dem Wecker geweckt. Sie war im Dunkeln wie ferngesteuert in die Küche gegangen, hatte Kaffeemaschine und Toaster angeschaltet und sich danach ins Bad begeben. Neuneinhalb Minuten später saß sie mit streng nach hinten gebundenen Haaren fertig angezogen und geschminkt beim Frühstück. Kurz darauf fuhr sie ihren Mini aus der Garage. Um 8:30 Uhr betrat sie dann wie an jedem Morgen die gesicherte Pforte der ausgelagerten Dienststelle des Staatsministeriums des Inneren in der Klosterhofstraße und war damit eine der ersten Personen im Gebäude.

Mit gerade mal einunddreißig Jahren hatte Antonia es zur Leiterin der AG BIRGiT des Staatsministeriums des Inneren in München gebracht. BIRGiT stand für »Beschleunigte Identifizierung und Rückführung von Gefährdern aus dem Bereich des islamistischen Terrorismus«. Nach ihrem Jurastudium in Bayreuth hatte sie zwei Jahre am Gericht als Proberichterin gearbeitet, danach war der Wechsel ins Bayerische Staatsministerium des Inneren, kurz StMI, gefolgt.

Die Aufgabe ihrer Arbeitsgruppe bestand darin, alle Informationen von in- und ausländischen Behörden über islamistische und weitere Gefährder mit ausländischer Staatsangehörigkeit zu bündeln, zu analysieren und, wenn möglich, diese

Gefährder auszuweisen und abzuschieben. Wenn eine Abschiebung aus rechtlichen Gründen nicht möglich war, oblag es ihrer Abteilung, den Bewegungs- und Handlungsspielraum der Gefährder einzuschränken – was sich in der Praxis angesichts der komplizierten Rechtslage als gar nicht so einfach darstellte.

Der gepflegte, rüstige Mann hinter der Panzerglasscheibe im Eingangsbereich des Ministeriums begrüßte die hochgewachsene junge Frau im Hosenanzug mit den dunkelblonden Haaren höflich.

»Guten Morgen, Frau Oberregierungsrätin Borchardt.« Dabei strahlte er über das ganze Gesicht.

Antonia deutete ein Lächeln an und gab ein knappes »Morgen« als Antwort zurück. Ihren zweiten Nachnamen Himmel hatte sie aus den Datensätzen ihres Arbeitgebers löschen lassen, so wie ihr Vater auch sein Eheversprechen gelöscht hatte.

Während sie auf den Fahrstuhl wartete, warf sie einen Blick in die aktuellen Nachrichten auf ihrem Handy. Ganz bewusst tat sie das immer erst dann, wenn sie das Gebäude betreten hatte. Es gab ihr Schutz und das Gefühl, vernetzt zu sein, um sofort agieren zu können, wenn die Umstände es erforderten. Aus demselben Grund hatte sie auch im Auto keine Nachrichten gehört.

Ihr Puls beschleunigte sich leicht – aber keine der aktuellen Schreckensmeldungen betraf ihre Abteilung. Sie atmete erleichtert auf. »Ihre« Gefährder waren in der vergangenen Nacht unauffällig geblieben.

Antonias Amtsvorgänger Manfred Brunner hatte ihr damals zum Abschluss der Übergabe anvertraut: »Nur ein toter Terrorist ist ein guter Terrorist!«

Diese Aussage kam vollkommen ohne Kontext. Sie war auch nicht die Antwort auf eine Frage gewesen oder ein laut ausgesprochener Gedanke. Vielmehr hatte er damit die Essenz seiner Erfahrungen als Leiter der AG BIRGiT ausdrücken wollen.

Damals war ihr erster Gedanke gewesen, nicht darauf einzugehen, um ihm keinen Anlass zu geben, sein Statement zu begründen. Aber ihr Mundwerk hatte bereits geantwortet: »Ich denke, nicht jeder Gefährder ist auch unweigerlich ein Terrorist, oder?«

»Wenn Sie großes Glück haben, stimmt das. Aber besser, Sie gehen vom Gegenteil aus. Denn nur so schaffen Sie es, den Schock zu lindern, wenn einer von diesen ...« Brunner machte eine Pause und rang nach den richtigen Worten. »... wenn einer von *denen* unschuldige Menschen ermordet hat. Sie werden sehen, die Last, die Sie von nun an auf Ihren schmalen Schultern tragen, ist schwer genug – auch ohne dass irgendetwas Schlimmes passiert!«

Schon nach den ersten Wochen im neuen Job verstand sie, was Brunner ihr wirklich hatte sagen wollen. Die bloße Vorstellung, dass es einem Gefährder aus ihrem Verantwortungsbereich gelingen könnte, einen Anschlag durchzuführen, führte zu grauenvollen Albträumen und manchmal sogar zu Panikattacken. Etwa wenn der Verfassungsschutz ihr mitteilte, dass man den Kontakt zu einem Gefährder, der als besonders extremistisch eingestuft worden war, verloren hatte.

Antonia malte sich dann schreckliche Szenarien aus von Sprengsätzen, die in Menschensammlungen explodierten, oder von Amokläufern, die mit Macheten auf Passanten einschlugen. Erst wenn ihre Kollegen vom BKA oder LKA meldeten, dass der untergetauchte Gefährder wiedergefunden worden sei, ließen die Angstzustände nach.

Die Bestätigung für einen solchen Anschlag wollte sie auf keinen Fall zu Hause entgegennehmen, wo die Möglichkeiten zur Recherche extrem eingeschränkt waren, wo sich die Details einer solchen Meldung nicht verifizieren ließen. Noch schlimmer war die Vorstellung, eine solche Meldung während der Fahrt ins Büro aus dem Radio zu erfahren. Wäre sie noch imstande, den Verkehr im Auge zu behalten, wenn einer ihrer

Gefährder gerade den Tod von unschuldigen Menschen verursacht hätte? Wenn sie versagt hätte?

Das war ein weiterer Grund, warum sie Morgen für Morgen die Nachrichten erst las, wenn sie in der Dienststelle auf den Fahrstuhl wartete. Durch die Meldungen zu scrollen, fühlte sich dann immer an, als würde sie russisches Roulette spielen. Hinter jeder neuen Bildschirmseite konnte die Kugel stecken. Doch heute war ein guter Morgen, der zweihundertelfte gute Morgen, seit sie dieses Amt übernommen hatte.

Die Aufzugtür öffnete sich.

»Frau Oberregierungsrätin, einen Moment bitte noch …«

Antonia stellte den Fuß in die Lichtschranke und wandte dem Wachmann den Kopf zu, der sich in seiner schusssicheren Kabine an ein Mikrofon beugte.

»Ich wollte Ihnen nur zu Ihrem Geburtstag gratulieren und wünsche Ihnen alles Gute und vor allem beste Gesundheit.«

Antonia nickte ihm zu und zwang sich erneut, die Lippen ein wenig zu dehnen.

Sicher war die Nachricht über den Dienstkalender im Haus gestreut worden. Das konnte ja heute ein toller Spießrutenlauf werden, schoss es ihr durch den Kopf. Laut sagte sie nur: »Danke, Herr …«

»Wiesner. Wiesner ist mein Name.«

»Danke, Herr Wiesner.«

Ein hoher Pington lenkte ihre Aufmerksamkeit auf das Smartphone in ihrer Hand. Eine Pushnachricht auf dem Startbildschirm zeigte einen verpassten Anruf ihrer Mutter an. Irgendwann würde sie heute wohl ihre Glückwünsche annehmen müssen.

Sie betrat den Aufzug. Die Türen schlossen sich. Die kleine, helle Kabine, isoliert von der Außenwelt und ohne Handyempfang, gab ihr ein sicheres Gefühl.

* * *

Martin Himmel eilte die Rolltreppe zur U-Bahn hinunter. Das Gespräch mit Lukas hatte seinen Zeitplan durcheinandergebracht, aber vor allem wollte er der Fahrerin beweisen, dass er vor ihr im Ministerium ankommen würde. Noch konnte er es schaffen, die U-Bahn rechtzeitig zu erreichen, zwei Minuten blieben ihm. Er drückte sich links an einer beleibten Frau vorbei.

»Verzeihung ... Verzeihung, darf ich mal ...«

Doch schon kurz darauf versperrte ihm ein Rollstuhlfahrer den Weg. Der Rollstuhl war ihm zugewandt, sein Besitzer trug eine FFP2-Maske und hielt sich mit beiden Händen links und rechts am Handlauf fest. An ein Durchkommen war nicht zu denken. Resigniert blieb Martin Himmel stehen und blickte auf seine Jaeger-LeCoultre-Reverso, ein Geschenk von Shohreh zu seiner Ernennung zum Minister.

»Sind Sie nicht ...?«, begann der Mann im Rollstuhl. Unter der Maske quoll ein dichter Vollbart hervor, sein wildes dunkles Haar hing ihm tief in die Augen.

Himmel zögerte kurz, dann nahm er den Blick von seiner Uhr und sah freundlich auf.

»Ertappt, ja, ich bin Martin Himmel. Und mit wem habe ich die Ehre?«

Erst jetzt fiel Martin auf, dass der Rollstuhl verschrammt und stark abgenutzt aussah. Der Mann musterte ihn mit einem strengen Blick.

»Sie sind irgendwie kleiner in echt.«

Martin runzelte die Stirn.

»Ach so, Hasan Bicici mein Name. Tut mir jetzt echt leid, Sie sind in Eile, und ich mach Weg zu. Wenn ich lass los, geht schneller nach unten.«

Martin konnte an seinen Augen sehen, dass der Mann grinste, und schüttelte den Kopf. Ein starker Luftzug aus dem Bahnhof kündigte die U-Bahn an. Noch konnte er es schaffen, das Ende der Rolltreppe war nicht mehr weit.

»Nein, nein. Ich habe Zeit, kein Problem.«

»Sie lügen.« Hasan Bicicis Augen waren nun weit aufgerissen.

Martin schluckte. Hatte der Mann nur nicht die passenden Worte gefunden, oder wollte er ihn beleidigen? Er setzte ein entwaffnendes Lächeln auf.

»Ich lüge nie.«

»Aber Sie doch Politiker, oder?«

Noch bevor Martin eine passende Antwort einfiel, blieb die Rolltreppe mit einem heftigen Ruck stehen. Martin wäre beinahe auf den Rollstuhlfahrer gefallen.

»So ein Mist!«, entfuhr es ihm.

»Ich doch gesagt, Sie in Eile, blicken auf Uhr, Sie überlegen, wie Sie vorbeikommen, aber ich hier im Weg.«

Die U-Bahn rauschte hinter ihnen in den Bahnhof.

»Jetzt verpassen wir U-Bahn beide«, kommentierte Hasan frustriert die Situation.

Martin schüttelte den Kopf, so leicht würde er sich nicht geschlagen geben. Er machte kehrt, rannte die Rolltreppe hinauf und schließlich die Stufen daneben wieder hinunter. Hasan sah ihm nach, während sich die Rolltreppe erneut in Bewegung setzte.

Doch der Ehrgeiz des Politikers wurde nicht belohnt. Die Türen des stromlinienförmigen Gliederzugs schlossen sich, bevor er den Bahnsteig erreicht hatte.

Wütend und außer Atem musste Martin machtlos mit ansehen, wie sich die U-Bahn in Bewegung setzte. Ein wenig peinlich berührt fühlte er die Blicke des Rollstuhlfahrers in seinem Nacken. Hatten ihn auch andere Passanten erkannt? Gut möglich, dass irgendjemand in diesem Augenblick ein Video von seiner Aktion ins Netz stellte.

Innenminister Himmel im Wettlauf mit der Zeit.

Die Schlagzeile war ihm spontan in den Sinn gekommen, und sie passte zu seinem ganzen Leben. Neugierig drehte er sich um, versuchte es aber so aussehen zu lassen, als würde er nur zufällig in Richtung der Rolltreppe blicken. Erstaunlicherweise war der Rollstuhlfahrer auf die Schnelle nicht zu sehen. Gespielt entspannt schlenderte Martin auf eine der Sitzgruppen in der Mitte der Röhre zu. Es waren nur noch wenige Menschen auf dem Bahnsteig. Die meisten hatte der Zug in sich aufgenommen. Der Sog war immer noch spürbar, obwohl die Bahn längst in einem der Tunnel verschwunden war, die auf knapp hundert Kilometern die Stadt unterhöhlten wie einen Maulwurfshügel.

Er fragte sich, wie schnell jemand mit so einem Rollstuhl sein konnte. Hatte Hasan Bicici die U-Bahn noch erreicht? Dann blieb sein Blick am Ende der U-Bahn-Station hängen. Dort, wo die Gleise in den Tunnel mündeten, stand unzweifelhaft ein verlassener Rollstuhl.

Fast zeitgleich saß Safaa Al Aifuri an einer anderen U-Bahn-Station allein auf einer der wenigen Sitzbänke und wippte nervös mit dem Oberkörper vor und zurück. Dabei starrte er unablässig auf sein Handy.

Viele Stunden später würde die Auswertung zweier Überwachungskameras Schwarz-Weiß-Videos von ihm liefern, die den Analysten des BKA zwar einige Fragen beantworteten, aber ebenso viele neue Fragen mit sich brachten.

Die Aufnahmen würden auch zeigen, wie sich der Bahnsteig füllte und nur eine alte Frau es wagte, sich mit großem Abstand zu dem jungen dunkelhäutigen Mann zu setzen.

Verschwommen fuhr eine U-Bahn in den rechten Bereich der Aufnahme, blieb stehen und nahm die wartenden Fahrgäste auf. Al Aifuri war sitzen geblieben. Die Anzeigetafel, die über ihm den nächsten Zug ankündigte, schien für ihn nicht von Belang. Seine ganze Aufmerksamkeit galt dem leuchtenden Display in seiner Hand. Und wieder füllte sich der Bahnhof. Noch bevor der nächste Zug einfuhr, stand Safaa Al Aifuri plötzlich auf, nahm den Kanister, der zwischen seinen Beinen gestanden hatte, hoch und hängte ihn sich auf den Rücken. Dann ging er zu einem der Mülleimer und warf etwas hinein. Was genau es war, konnte selbst auf den hochauflösenden Kamerabildern nicht identifiziert werden.

»Der Mann hat unglaublich gestunken«, würde später ein Augenzeuge berichten.

»Sein Gesicht war klatschnass, voller Schweiß, obwohl es überhaupt nicht warm war«, sagte ein anderer Zeuge aus, der mit ihm die Rolltreppe hinabgefahren war, dann aber den Zug verpasste, weil er oben am Kiosk seine Kreditkarte liegen gelassen hatte. Ein Umstand, für den er später einem gemeinnützigen Verein ein ganzes Monatsgehalt spenden würde.

Als Safaa Al Aifuri schließlich die U-Bahn in die Innenstadt bestieg, zeigte der Timecode der Sicherheitskamera *07:57:38 Uhr* an.

Das Standbild der Aufnahme war als JPG an ein PDF angehängt worden, mit den technischen Daten der betroffenen Bahn: *Gliederzug Typ C 2, innen durchgehend begehbar mit einer Länge von 115 Metern, Kapazität 220 Sitzplätze, 720 Stehplätze.*

Bis Safaa Al Aifuri sich entschloss, sein heiliges Gelöbnis zu erfüllen, waren fast fünfhundert Menschen zugestiegen. Zweihundert weniger, als sich General Kamal Abdeslam erhofft hatte.

Eine Durchsage kündigte die Einfahrt der nächsten U-Bahn an. *Endlich,* dachte Martin, der hinter dem schraffierten Sicherheitsbereich des Bahnsteigs stand. Er war in Gedanken versunken und überlegte, wie er seine Verspätung erklären konnte. Nicht, dass ihn jemand darauf ansprechen würde, aber seine kleine Misere könnte seiner Fahrerin zu Ohren kommen. Ein Triumph, den er ihr nicht gönnen wollte.

Die Worte des Rollstuhlfahrers kamen ihm wieder in den Sinn. *Sie lügen.*

Nein, er log nicht. Er tauschte nur die Wahrheit gegen eine

andere aus. Schließlich hatte er wegen des Mannes im Rollstuhl *seinen* Zug verpasst. Aber es war politisch sicher nicht korrekt, die Schuld auf einen Menschen mit Behinderung zu schieben. Was blieb ihm also anderes übrig, als eine neue Wahrheit zu erfinden?

Ein leichter Wind blies ihm ins Gesicht. Wie auf ein geheimes Zeichen hin machte er einen großen Schritt nach vorn in den Sicherheitsbereich. Nur wenige Zentimeter trennten ihn noch von dem Abgrund des Gleisschachts. Der Wind, der aus dem Tunnel kam, wurde immer stärker und blies ihm nun mit voller Wucht ins Gesicht. Nur ein kleiner Schritt, und sein Leben wäre zu Ende.

Er empfand es als erhebendes Gefühl, dem Tod so nah zu sein. Aber so verlockend der Gedanke auch war, sein christlicher Glaube verbot ihm eine solche Tat. Sich an Gottes Geschenk des Lebens zu versündigen, würde Verdammnis mit sich bringen, und der Weg in den Himmel wäre ihm für immer verschlossen. Und so blieb Martin regungslos stehen, während die U-Bahn mit lautem Getöse an ihm vorbeiglitt und schließlich zum Stillstand kam. Ein dunkelhäutiger Jugendlicher mit Rastalocken und AirPods in den Ohren schüttelte mit einem Seitenblick auf ihn den Kopf, ging an ihm vorbei und öffnete die Türen, die sich geräuschvoll auseinanderschoben.

Martin Himmel folgte ihm. Die endlos wirkende Fahrgaströhre war nur spärlich gefüllt. Geschwungene Handläufe aus Aluminium, königsblau gepolsterte Sitzbänke vor getönten Panoramaglasscheiben und anthrazitgraue Böden entwickelten im Zusammenspiel mit den kreisrunden Neonringen an der Decke den Eindruck, man befände sich in einem Shuttle zum Mond. Eine Meisterleistung von Design und Technik, zu der er während seiner Amtszeit als Bayerischer Staatsminister für Verkehr viel beigetragen hatte. Es war ein weiterer Grund, warum er einmal in der Woche die Fahrt in *seiner* U-Bahn bevorzugte.

Routiniert zog er sich erst jetzt eine FFP2-Maske über Mund und Nase und blieb im Gang stehen.

Der Jugendliche mit den Rastalocken schien hingegen der einzige Gast zu sein, der bewusst die Maskenpflicht missachtete und stattdessen an einem Softdrink aus der Dose saugte. Offensichtlich hatte Martin ihn eine Sekunde zu lange angesehen.

»Was?«, schallte es ihm entgegen.

Martin wandte sich ab. Es waren diese unangenehmen Begegnungen – genau wie zuvor die mit dem Rollstuhlfahrer –, die ihm die Freude an der Fahrt nahmen.

Sehr viel schlimmer konnte der Tag eigentlich nicht mehr werden. Vor ihm lagen noch elf Stationen. Eine lange Fahrt, die er ganz gewiss nicht neben diesem Halbstarken verbringen wollte. Vor allem nicht dann, wenn sich, wie jeden Montag, die Bahn von Station zu Station weiter füllen würde. So entschloss er sich – entgegen seiner Gewohnheit, während der Fahrt stehen zu bleiben –, gegenüber einem Mann mit dunkler Haut und dichtem schwarzem Haar Platz zu nehmen. Der Mann nahm keine Notiz von ihm, sondern war in ein abgegriffenes Buch vertieft, dessen Umschlag Martin beim Umblättern kurz in Augenschein nehmen konnte: *Deutsch für Fortgeschrittene.*

Gott sei Dank, wahrscheinlich niemand, der mich erkennen wird, schlussfolgerte er und entspannte sich allmählich. Dann widmete er sich den aktuellen Nachrichten auf einer App seines Handys.

Wie erwartet füllte sich die Bahn bei jedem weiteren Stopp, bis alle Sitzplätze einen dankbaren Abnehmer gefunden hatten und es auch in den Gängen immer enger wurde.

Martins stumm geschaltetes Telefon zeigte einen eingehenden Anruf an. Auf dem Display stand *BORCHARDT,* der Name seiner Ex-Frau Christiane. Er steckte sich einen Kopfhörer ins Ohr, runzelte genervt die Stirn und nahm das Gespräch an.

»Ja?«

Der Mann mit dem Deutschlehrbuch blickte auf und schenkte ihm ein Lächeln. Er hatte wohl den leicht aggressiven Unterton in Martins Stimme bemerkt und versuchte, ihn offensichtlich aufzuheitern – erfolglos. Martin wich seinem Blick aus. Die beißende Stimme seiner Ex-Frau ertönte.

»Du weißt schon, was heute für ein Tag ist, oder?«, kam Christiane sofort zur Sache.

Noch bevor sie den Satz beendet hatte, fiel es Martin wie Schuppen von den Augen.

»O nein!«

Dass er Christianes unterschwelliger Zurechtweisung nichts Besseres entgegenzusetzen hatte als diesen jämmerlichen Ausruf, machte ihn noch wütender.

»Du bist unmöglich, Martin. Du hast wirklich den Geburtstag unserer Tochter vergessen? Gute Väter haben das im Kopf, schlechte Väter lassen sich wenigstens durch ihren Terminkalender oder durch die Assistentin daran erinnern, aber du ...«

Er unterbrach sie.

»Ich habe ganz vergessen, wie charmant du sein kannst«, war sein vorsichtiger Versuch, dagegenzuhalten.

»Und ich habe ganz vergessen, wie wenig dir Familie bedeutet«, kam ihre Retourkutsche. Damit hätte er leben können, aber Christiane war noch nicht fertig – so einfach wollte sie ihn nicht davonkommen lassen. »Lass mich nachdenken, vielleicht tu ich dir unrecht, es gibt ja Ausnahmen ... Den Hochzeitstag deiner zweiten Frau hast du nie vergessen, ebenso wenig wie ihren Todestag.«

Martin schluckte. Der Mann ihm gegenüber schenkte ihm ein weiteres Grinsen. Er spürte, wie sein Puls raste, aber er war unfähig zu reagieren. Auch Christiane blieb einen Moment lang stumm. Weil sie zu weit gegangen war?

Ihre Stimme klang jetzt versöhnlicher.

»Es tut mir leid.«

Martin atmete tief ein.

Vielleicht hatte sie ja recht, dachte er.

»Bist du noch da?«, fragte sie leise.

Martin wandte den Kopf zum Fenster, in dem sich sein Gesicht spiegelte.

»Ich ... Auch wenn ich wollte, ich kann die Zeit nicht zurückdrehen«, stammelte er, und neben seinem Spiegelbild erschienen die Umrisse von Shohreh. Er sah ganz deutlich ihre Augen vor sich. Sie war so präsent, so nah, so echt, dass er sich unwillkürlich umschaute. Doch neben ihm saß nur ein junges Mädchen mit lockigen Haaren, das seinem Blick auswich.

»Heuchler!«, knallte Christiane ihm plötzlich entgegen. Sie schien das Selbstmitleid in seinen Worten gehört zu haben. »Wie weit würdest du die Zeit denn zurückdrehen? Bis zu dem Zeitpunkt, wo du uns sitzen gelassen hast für eine Frau, die deine Tochter hätte sein können? Oder würde ein Jahr reichen, um diese ... um *sie* wieder in die Arme nehmen zu können?«

Es war noch kein Jahr, nicht ganz, dachte er. Er wusste es genau, denn er zählte jeden Tag und jede Stunde, seit Shohreh gestorben war. Aber das behielt er für sich. Er unterbrach die Verbindung und schaltete das Telefon aus.

Er würde es wiedergutmachen, beschloss er und steckte das Handy in seine Manteltasche. Dabei berührte er einen zusammengefalteten Zettel. Er zog ihn heraus und faltete ihn auf. Es war ein verknitterter Abholschein, den er seit einer Ewigkeit mit sich herumtrug.

* * *

Safaa war an der letzten Tür des Zuges eingestiegen, dessen sechs Glieder einen durchgehenden Fahrgastraum bildeten. Das hundertzweiundachtzig Tonnen schwere Hightechvehikel setzte sich sanft in Bewegung, bis es gänzlich vom schwarzen U-Bahn-Tunnel verschluckt wurde.

Safaa nahm auf der hintersten Bank mit Blickrichtung auf

den unendlich lang wirkenden Fahrgastraum Platz, der sich vor ihm in den Kurven wand wie eine Schlange. Den grünen Kanister mit den Schultergurten stellte er neben sich auf dem Fensterplatz ab, behielt aber die Tragegurte mit seiner linken Hand fest im Griff.

Kaum jemand war in ein Gespräch verwickelt, die meisten Passagiere waren in ihr Handy vertieft, lasen ein Buch, eine Zeitung oder betrachteten ihr Spiegelbild in den schwarzen Fenstern. Keiner nahm Notiz von ihm, obwohl sich große Schweißflecken unter den Achseln seines grauen Pullovers gebildet hatten.

Nur die junge Mutter, die Safaa mit ihrer kleinen Tochter gegenübersaß, hatte kurz von ihrem Handy aufgesehen, als er sich gesetzt hatte. Sekunden später galt ihre Aufmerksamkeit jedoch wieder dem farbenprächtigen Spiel auf ihrem Telefon.

Indes fand ihre kleine Tochter deutlich mehr Gefallen an Safaa. Er begann mit geschlossenen Augen seinen Oberkörper vor- und zurückzubewegen, während er leise vor sich hin murmelte. Etwas berührte seine Turnschuhe – als Safaa aufsah, erkannte er, dass das kleine Mädchen vom Sitz gerutscht war, um ihm näher zu kommen. Noch einmal drückte sie ihre Schuhspitzen gegen seine Turnschuhe, dann grinste sie frech zu ihm hoch, hielt dabei aber ihre Stoffpuppe fest umklammert, die rosa Haare und kleine blaue Flügel hatte.

Safaa sah sie regungslos an.

»Das hier ist Tine«, sagte die Kleine und hielt ihre Stoffpuppe ein wenig hoch. »Tine ist ein Schutzengel. Mit ihr kann mir nichts passieren. Hast du auch einen Schutzengel?«

Safaa wandte den Kopf. Es war vielleicht das letzte Mal, dass er in seinem irdischen Leben beten würde. Doch das Mädchen gab sich nicht so schnell geschlagen. Sie tippte ihm auf das Knie und zeigte dann auf den grünen Kasten, der neben ihm stand.

»Was ist das?«

Safaa starrte sie wieder regungslos an. Sie wich zurück und klammerte sich an das Bein ihrer Mutter. Diese hob den Blick und sah zu ihrem Kind.

»Liebes, setz dich wieder auf den Sitz und spiel mit deiner Puppe, wir sind ja gleich da. Noch drei Stationen, dann steigen wir aus.« Doch die Kleine gab nicht auf.

»Ist das eine Wasserspritzpistole da an dem Kasten?«, wollte sie wissen. Ihre Mutter folgte ihrem Blick und erklärte leise: »Das ist ein Behälter, wie ihn dein Onkel in seiner Treibhausfarm hat. Damit besprüht er Pflanzen.«

»Wieso?«

»Um Schädlinge zu bekämpfen, Mäuschen. In den Kanister füllt man eine Art Gift, und mit dieser Pistole da an der Seite sprüht man die Flüssigkeit auf die Pflanzen.«

»Sterben die Pflanzen dann nicht an dem Gift?«

»Nein, nur die ganzen Käfer und Raupen, die die Pflanzen auffressen würden, Mäuschen.«

Die Kleine dachte angestrengt nach und blickte schweigend auf den Kanister.

Die U-Bahn erreichte die nächste Station und verlangsamte die Fahrt. Die Türen öffneten sich. Noch mehr Fahrgäste stiegen zu. Safaa wartete ab, bis sich die elektrischen Schwenkschiebetüren wieder schlossen, um sein Gebet beenden zu können.

Die U-Bahn fuhr an und beschleunigte fast lautlos. Doch nur wenig später wurde sie mitten im Tunnel langsamer und blieb schließlich ganz stehen.

Safaa hörte auf zu wippen und öffnete die Augen. Eine Durchsage ertönte blechern aus den Deckenlautsprechern: »Liebe Fahrgäste, wegen einer Komplikation an dem Bahnhof vor uns wird sich unsere Weiterfahrt um einige Minuten verzögern. Wir bitten um Ihre Geduld.«

Safaa stand unvermittelt auf. Nervös wischte er sich mit dem Unterarm über das Gesicht, danach küsste er seinen Zeigefinger und reckte ihn weit nach oben.

Die Mutter der Kleinen folgte der Bewegung. Sie sah inzwischen besorgt aus und drückte ihr Kind eng an sich. Gut so, dachte sich Safaa. Er hatte seinen Zeigefinger der Überwachungskamera entgegengestreckt, die verborgen hinter einer gläsernen Schutzabdeckung an der Decke montiert war. Die Frau presste das Kind noch fester an sich, dabei entglitt ihr das Handy und schlitterte zu Boden.

Doch außer ihr nahm niemand in seiner Umgebung Notiz von ihm. Alle warteten nur darauf, dass sich der Zug wieder in Bewegung setzen würde, aber das geschah nicht.

Safaa wuchtete den grünen Kanister auf seinen Rücken und zog die Schultergurte stramm, dann nahm er die Spritzpistole ab, zielte mit dem kurzen Metallstab nach unten und drückte den Abzug. Ein feiner Sprühnebel entwich dem Metallende und bildete feine Tropfen auf dem Boden. Die Mutter ihm gegenüber hielt die Luft an. Ihre fest aufeinandergepressten Lippen begannen dabei zu zittern. Sie merkte nicht einmal, wie ihre Tochter unter dem Druck ihrer Arme zu weinen begann.

Da beugte sich Safaa dem kleinen Mädchen entgegen und blickte ihr tief in die Augen: »Es ist nur Wasser.«

Im selben Moment bedeckte ein feiner Nebel der geruchlosen Flüssigkeit den Kopf des Mädchens und ihrer Mutter.

Erschrocken kreischte die Kleine auf.

»Was soll das, hören Sie auf ...«, schrie ihn ihre Mutter an, da lächelte Safaa zum ersten Mal. Es war ein entwaffnendes Lächeln voller Zuversicht und Hoffnung, und wieder sprach er dieselben vier Worte: »Es ist nur Wasser.«

Zornig, aber auch erleichtert wischte die Frau ihrer Tochter die Flüssigkeit aus dem Gesicht.

»Es ist nur Wasser, Kleines ...«, versuchte sie nun auch, das Kind zu beruhigen, das wimmernd seinen Schutzengel an sich drückte. Kopfschüttelnd sah sie Safaa nach, als er sich langsam von ihnen entfernte.

Er schritt bedächtig voran. Den nach oben gerichteten Teleskoparm schwenkte er sacht hin und her. Dabei dachte er unentwegt an das, was man ihm monatelang wie ein Mantra eingebläut hatte.

Beweg dich langsam. Lächle. Versuch, Allahs Geschenk jedem zuteilwerden zu lassen. Du hast Zeit. Lächle unentwegt. Niemand darf in Panik geraten. Und besänftige die Ungläubigen, indem du immer und immer wieder dieselben Worte sprichst: ES IST NUR WASSER.

Viele der Fahrgäste nahmen die Attacke kaum wahr, so fein war die austretende Flüssigkeit, die durch einen Kompressor mit einem Druck von 3 Bar zerstäubt wurde. Andere wichen zurück oder versuchten, sich unter dem schmalen Metallstab wegzuducken. Aber niemand brachte den Mut auf, Safaa daran zu hindern, seine Tat auszuführen. Nur wenige schimpften ihm lauthals hinterher, wenn er an ihnen vorbeiging.

Ein arabisch aussehender Mann mit dichtem schwarzem Haar und einem Deutschlehrbuch in der Hand saß auf einem der Gangplätze und blickte zu Safaa hoch, der mittlerweile fast die Mitte des Zuges erreicht hatte. Er legte sein Buch beiseite und sprach ihn freundlich auf Arabisch an: »As-salāmu ʿalaikum. Der Frieden auf Euch!«

Safaa hielt inne und erwiderte: »Wa-'alaikumu s-salām. Und auf Euch der Frieden!« Dann setzte er seine Aktion erst in der nächsten Sitzreihe fort.

»Warum, mein Freund, spendest du nicht auch mir dein kühlendes Wasser?«, rief ihm der Mann mit dem Buch auf Arabisch nach.

Safaa drehte sich um und erwiderte ebenfalls in seiner Muttersprache: »Bist du ein Mann des Glaubens, betest du zu Allah?«

»Fünfmal am Tag, wie es uns der Prophet gelehrt hat«, antwortete der Sitzende höflich.

»Dann, mein Freund, brauchst du dieses Geschenk Allahs nicht, denn es ist nur für die Ungläubigen.«

Der Mann schien über Safaas Worte nachzudenken. Seine Miene verfinsterte sich. Inzwischen war Safaa weitergegangen und auf einen breitschultrigen Hünen getroffen, der ihm den Weg versperrte.

»Mach das mit mir, und ich schlag dir die Fresse ein!«

»Es ist nur Wasser«, entgegnete Safaa monoton.

»Das kannst du dir in den Arsch schieben. Also verpiss dich aus meinem Dunstkreis, und geh dahin zurück, wo du hergekommen bist!«

Der Mann mit dem Buch stand indessen auf und rief laut in gebrochenem Deutsch: »Das nicht Wasser, das wahrscheinlich gefährlich!«

All jene, die der Nebel bereits benetzt hatte, begannen erneut, an ihrer Kleidung zu riechen.

Zuerst waren nur vereinzelte Stimmen zu hören, dann bildete sich in der Enge des stehenden Zuges ein lauter Mob. Der bullige Hüne sah sich deshalb aufgefordert, seine Drohungen in die Tat umzusetzen. Er machte einen Schritt auf Safaa zu und schlug ihm mit der Faust mitten ins Gesicht. Safaa stürzte zu Boden. Aus seiner Nase schoss Blut.

Die Menge verstummte. Nach und nach erhoben sich die Passagiere von ihren Sitzen, um einen Blick auf das Spektakel erhaschen zu können. Die nach oben fahrenden Köpfe breiteten sich wie eine Welle in beide Richtungen des Zuges aus.

»Was glotzt ihr so!«, schrie der Hüne, der inzwischen von mehreren Smartphones ins Visier genommen wurde. »Ich lass mich doch nicht von so einem Kanaken nass machen.«

Die auf ihn gerichteten Kameras fachten seinen Zorn zusätzlich an.

»Macht die Scheißdinger aus!«, forderte er lauthals, wobei seine Halsschlagader deutlich anschwoll. Die Gefahr schien jetzt eindeutig von ihm auszugehen. Man spürte förmlich, dass er gleich ein weiteres Mal die Beherrschung verlieren würde. Sein nächstes Opfer war ein Teenager, der ihn aus kurzer Distanz filmte. Mit hochrotem Gesicht schlug er ihm das Handy aus der Hand. Das iPhone flog mit voller Wucht einem tätowierten Mädchen ins Gesicht, das laut aufschrie. Angesichts dieser Ungerechtigkeit begannen immer mehr Fahrgäste auf den cholerischen Schläger zu schimpfen, der sich laut krakeelend wehrte.

Safaa sah sich um. Er war am Boden liegen geblieben und erkannte nun, dass man ihn kollektiv ausgeblendet hatte. Nur der Araber mit dem Buch in der Hand eilte in dem Tumult auf ihn zu und streckte ihm hilfsbereit seine Hand entgegen. Er war nur noch wenige Schritte entfernt, da bereitete ein ohrenbetäubender Knall dem Geschrei ein jähes Ende.

Manche waren dadurch so erschrocken, dass sie mit offenem Mund innehielten und nach Luft schnappten. Andere sahen entsetzt zu dem Hünen, auf dessen weißem T-Shirt sich ein roter Fleck ausbreitete. Kraftlos sackte er in sich zusammen, knallte im Sturz mit dem Kopf gegen einen metallenen Handlauf und blieb dann regungslos liegen.

Safaa hielt eine Pistole in der Hand, und noch bevor irgendjemand richtig begriff, was geschehen war, sprang er auf und schoss ein zweites Mal, diesmal auf den Araber, der ihm zu Hilfe eilen wollte. Alles ging so schnell, dass den Menschen nicht vollends bewusst wurde, dass sie in Lebensgefahr schwebten. Erst als Safaa mit zwei gezielten Kopfschüssen zwei Mädchen niederstreckte, die unmittelbar in seiner Nähe saßen, brach Panik aus, und die Menschen stoben schreiend auseinander, so weit es die enge Röhre des Gliederzuges zuließ.

Weitere Schüsse fielen und trafen willkürlich Flüchtende, die schwer verletzt zu Boden gingen. Niemand half ihnen, jeder versuchte nur noch, sein eigenes Leben zu retten. Eltern rissen ihre Kinder mit, eine alte Frau wurde umgestoßen, manche suchten Schutz unter den Sitzbänken. Dann endete der Kugelhagel. Safaa nahm die Teleskoplanze wieder zur Hand und setzte sein Werk fort. Noch lagen fünfzig Meter und Dutzende von Ungläubigen vor ihm, die in eine tödliche Sackgasse flüchteten.

Vorsichtig stieg er über eine Frau mit einer hellgrünen Bluse, die sich schreiend eine Hand an ihr blutverschmiertes Gesicht presste. Ein Streifschuss hatte ihr das Ohr zerfetzt. Safaa hatte kein Mitleid mit ihr. Das Letzte, was die Frau sah, war das Ende des Teleskoparms vor ihren Augen, aus dem sich ein feiner Nebel wie ein Schleier über ihre Augen legte, dann verlor sie das Bewusstsein.

»Allahu akbar, Allah ist größer, Allah ist allmächtig!«, rief Safaa nun unentwegt aus. Die Schreie der Verletzten und Verängstigten, die ihm hilflos ausgeliefert waren, ignorierte er. Genau wie die verzweifelten Versuche, ihm zu entkommen.

Irgendjemand hatte den weißen SOS-Knopf gedrückt, der rechts von der Tür in eine rote Hinweistafel eingelassen war. Der Fahrer der U-Bahn meldete sich kurzatmig: »Ich habe die Polizei schon informiert.«

»Wir müssen hier raus, wir müssen hier raus … Öffnen Sie die Türen, der Wahnsinnige wird uns alle umbringen!«, schrie ein Mann im Anzug, andere taten es ihm gleich.

»Ich kann die Türen nicht öffnen«, antwortete der Fahrer. »Außerhalb eines Bahnhofs habe ich keinen Zugriff auf die Schließanlage. Sie müssen die Türen selbst öffnen.«

Im Geschrei der Menschen war die Stimme des Fahrers kaum zu hören. »Hören Sie mich? Hallo? Hören Sie mich?«

»VERDAMMT – HALTET ALLE EURE FRESSE!«, schrie ein sportlicher Typ mit Baseballcap, dessen Stimme alle anderen übertönte. Erstaunlicherweise war es danach leise, bis auf Safaas Rufe und einzelne Schreie, die vom anderen Ende des Zuges kamen.

»Los, erklären Sie! Wie kommen wir hier raus?«, fauchte er in die Gegensprechanlage.

Die zittrige Stimme des Fahrers meldete sich wieder: »Links, links an der Tür …«

Der Typ mit der Cap zwängte sich zwischen den eng aneinandergepressten Leibern an der Schiebetür entlang.

»Los, los, los! Reden Sie schon!«

»Dort muss es einen versenkten Griff geben, rot ... einen roten Griff. Ziehen Sie den ganz nach unten.«

Der Mann fand den Griff und riss ihn nach unten. Eine silberne Plombe sprang ihm entgegen. Die Umstehenden hatten erwartet, dass dadurch die Tür aufgehen würde, aber nichts geschah.

Plötzlich fielen wieder Schüsse. Die Schreie schwollen erneut an.

»Er kommt zurück, er kommt zurück ... Ich weiß es!«, kreischte eine Frau, die am Rand der zusammengedrängten Menge stand. Panisch fiel sie auf die Knie und versuchte, sich zwischen den Beinen der anderen einen Weg zur Tür zu bahnen. Augenblicklich wurde der Druck der Leiber auf den Mann an der Tür so groß, dass er sich kaum noch rühren konnte.

»Es bewegt sich nichts«, schrie er, so laut er konnte.

»Sie müssen die beiden Türen erst nach außen drücken. So fest, wie es nur geht. Dann erst können Sie sie auseinanderschieben – aber Vorsicht, um Himmels willen! Bis zu den Gleisen unter ihnen ist es knapp ein Meter.«

Safaa blickte sich um. Der Mann mit der Cap arbeitete sich wieder zur Mitte der Schiebetüren vor. Dort stemmten sich bereits eine dunkelhäutige Frau und ein kahl geschorener Mann gegen die Glasscheiben und drückten die Türen nach außen. Dann schoben sie gemeinsam ihre Hände durch die Dichtungsgummis und zogen sie mit aller Kraft auseinander. Sie hatten kaum Bewegungsfreiheit, denn hinter ihnen pressten sich die ersten Menschen in den immer größer werdenden Spalt.

Kaum war er breit genug, stürzten auch schon die ersten Fahrgäste in die Dunkelheit. Weitere folgten und landeten unsanft auf den Körpern unter ihnen. Der Mann mit der Cap umklammerte einen der Handläufe neben der Tür, um nicht selbst in die Tiefe gerissen zu werden. Aber der Strom der Menschen, die in den dunklen U-Bahn-Schacht zu entkommen versuchten, nahm kein Ende. Und so sprang auch er schließlich in das schwarze Nichts. Safaa war es egal, sein Werk war vollbracht.

* * *

Der leuchtend rote Rettungswagen kam mit heulender Sirene direkt neben einer Polizeistreife und einem Feuerwehrwagen vor dem Zugang zur U-Bahn-Station auf dem Gehweg zum Stehen. Hamid Benhassi stellte den Motor ab und verließ fast zeitgleich mit dem Notfallsanitäter Alex Friedl den Kleinbus.

Hamid war vor elf Jahren als achtzehnjähriger Flüchtling aus Marokko nach Deutschland gekommen. Vor einem Jahr hatte er seine Ausbildung zum Rettungssanitäter erfolgreich abgeschlossen, in der ihm die Grundlagen der Notfallmedizin beigebracht worden waren. Parallel dazu hatte er dank einer staatlichen Förderung den Führerschein der Klasse C1 erworben, der ihm erlaubte, die Spezialausführung eines Mercedes Sprinter mit Kastenaufbau zu fahren, wie er im Rettungsdienst in ganz Deutschland weit verbreitet war. Hamid hatte ganz bewusst diesen Beruf gewählt, um dem Land, das ihm und seiner Familie ein neues Zuhause gegeben hatte, etwas zurückzugeben. Wenn er am Morgen seine Schicht antrat und in die gelbrote Jacke des Rettungsdienstes schlüpfte, tat er das voller Stolz und mit dem Bewusstsein, Menschen helfen zu können und notfalls auch Leben zu retten. Und noch etwas hatte er diesem Land zu verdanken: die wunderbarste Frau auf Gottes Erdball, wie er Indira Kohli bei jeder Gelegenheit nannte, wenn er sie Kollegen oder Freunden vorstellte. Indira war Assistenzärztin in der Infektiologie in der München Klinik Schwabing. Hamid kam es wie ein Wunder vor, dass diese gebildete und wunderschöne Frau, die noch dazu ein paar Jahre älter war als er, seinem Verlobungsantrag am gestrigen Sonntagabend unter Tränen zugestimmt hatte. Die darauffolgende Nacht war wie der Abschluss eines hoffnungslos kitschigen Märchens gewesen.

Sie hatten getanzt, getrunken und waren schließlich in einer Ekstase aus Lust und Liebe verschmolzen, die, so schworen sie sich, selbst den Tod überdauern würde.

Hamid war vor Liebe – und auch ein wenig von dem schweren Rotwein, der die Verlobungsnacht begleitet hatte – noch immer ganz trunken gewesen, als er und sein Kollege Alex Friedl vor wenigen Minuten per Funk ihren Einsatzbefehl erhalten hatten.

An der U-Bahn-Station Universität war eine Person auf die Gleise gefallen und von der einfahrenden U-Bahn erfasst worden. Die Informationen, die der Fahrer der U-Bahn selbst durchgegeben hatte, waren spärlich gewesen. Die Person schien unter dem Triebwagen zu liegen; ob sie noch lebte, war unklar.

Hamid und Alex öffneten die Hecktüren des Sprinters, griffen nach ihren Notfallkoffern und hetzten die Stufen zur U-Bahn-Station hinunter.

»Die Masken!«, rief Hamid Alex im Laufen zu, wobei seine dichten Naturlocken auf dem Kopf auf- und abfederten.

»Wir müssen die Masken aufsetzen.«

Alex war immer wieder erstaunt darüber, wie fließend und fast akzentfrei Hamid der deutschen Sprache inzwischen mächtig war. Er hatte den pflichtbewussten Marokkaner innerhalb kurzer Zeit lieb gewonnen, der immer gute Laune verbreitete und seine Mitmenschen gerne zum Lachen brachte.

»Jetzt nicht, Hamid, jetzt zählt jede Sekunde«, antwortete Alex, der ganz auf die Treppenstufen konzentriert war und immer zwei auf einmal nahm.

Am Bahnsteig angekommen, mussten die beiden sich erst einen Weg durch die wartenden Fahrgäste bahnen. Nur gemächlich reagierten diese auf die Durchsagen aus den Lautsprechern, den Bahnsteig zu räumen.

Endlich konnten sie die U-Bahn sehen, die das Ende des Bahnhofs nicht mehr erreicht hatte und stattdessen im vorderen Drittel des Bahnhofs stehen geblieben war. Der Anblick war ungewöhnlich. Für die beiden sah es fast so aus, als hätte man bei einem Video die Stopptaste gedrückt.

Als sie im Laufschritt näher kamen, bemerkten sie einen Polizisten, der Schaulustige verscheuchte und gleichzeitig quer vor dem Triebwagen ein rotes Absperrband über den Bahnsteig spannte. Am Gleisende waren bereits Männer der Berufsfeuerwehr bei der Arbeit. Hinter dem Absperrband war der Bahnsteig menschenleer. Nur auf einer Sitzbank saß ein Mann mit einer dunkelblauen Weste und Krawatte. Sein Wehklagen war bis zu ihnen zu hören.

Außer Atem schlüpften Hamid und Alex unter der Absperrung durch. Kurzatmig deutete Alex in Richtung des weinenden Mannes.

»Der Fahrer?«, wollte er von dem Polizisten wissen.

Der Beamte nickte nur, ohne seine Arbeit zu unterbrechen. Der Vorfall schien ihm selbst nahezugehen.

»Und wo ...«, setzte Alex an, wurde aber von dem Polizisten unterbrochen.

»Mein Kollege ist unten, bei den Gleisen.«

Er zeigte mit dem Finger auf die Schnauze des Triebwagens. Die Tür zur Fahrerkabine stand offen. Ein Mann der Berufsfeuerwehr kam erbost hinzu und schüttelte den Kopf.

»Konnte es nicht abwarten! Ganz schön leichtsinnig, da unten fließen siebenhundertfünfzig Volt.« Er wischte sich über seinen Schnauzer. »Der Strom ist jetzt aus, ihr könnt runter. Bleibt aber trotzdem von den Stromschienen fern, da liegt immer noch eine Restspannung an.«

Hamid hatte den letzten Satz nicht mehr gehört. Er war bereits an der Bahnsteigkante angekommen und sprang hinunter. Alex folgte ihm.

Vor Hamid kniete der zweite Streifenpolizist und leuchtete mit seiner Taschenlampe unter den Zug. Er fuhr herum, als er Hamid bemerkte.

»Lebt sie noch?«, wollte er von dem Polizisten wissen.

»Ich weiß es nicht, sie antwortet nicht. Ich hab alles probiert, aber ich kann sie kaum sehen.« Auch seine Stimme klang unruhig und besorgt.

»Ich wollte hinkriechen, aber ich … ich …«

Der Mann hatte offensichtlich Angst davor, was ihn unter dem Zug erwarten könnte. Hamid hatte während seiner Ausbildung Aufnahmen von Zugopfern gesehen. Die Bilder von abgetrennten Gliedmaßen und sogar vollständig zerteilten Körpern waren ihm wochenlang nicht mehr aus dem Kopf gegangen.

Die meisten dieser Opfer hatten ihrem Leben freiwillig ein Ende setzen wollen. Menschen, die versehentlich auf die Gleise stürzten, krochen in der Regel noch rechtzeitig unter die überhängende Bahnsteigkante oder legten sich flach auf den Boden zwischen die Gleise. Beide Maßnahmen boten hohe Überlebenschancen. Wer jedoch von dem einfahrenden Zug erfasst wurde, starb entweder sofort oder kurz darauf infolge der schweren Verletzungen.

»Soll ich?«, fragte Alex.

Hamid schüttelte den Kopf, schnürte ein Seil um seine Taille und befestigte den Karabinerhaken am anderen Ende an seinem Notfallkoffer. Dann robbte er mit der schmalen Stabtaschenlampe im Mund unter den Zug. Viel Platz war hier nicht, und der beißende Geruch der stinkenden Scheibenbremsen des Zuges trieb ihm Tränen in die Augen. Meter für Meter setzte er vor allem die Ellenbogen ein, um sich auf dem steinigen Untergrund fortzubewegen, was ziemlich schmerzhaft war. Wie lang mochte der Bremsweg wohl gewesen sein, bevor der Zug endlich zum Stillstand gekommen war? Zehn Meter, zwanzig Meter?

Hamid legte eine Pause ein und verschaffte sich mit der Taschenlampe einen Überblick. Nur wenige Meter vor ihm erfasste der Lichtkegel einen unförmigen Körper, der verbogen zwischen den Gleisen lag.

»Hallo, hören Sie mich? Sollten Sie mich hören, geben Sie bitte irgendeinen Laut von sich«, rief er, aber die Person blieb stumm.

»Kannst du schon was sehen?«, rief ihm Alex zu.

»Ich denke, es ist eine Frau. Trägt einen Rock, den Kopf kann ich nicht sehen, nur die Beine«, antwortete Hamid. Dann erfasste sein Lichtkegel das Ende der Beine, und er verstummte.

Beide Füße fehlten. Nur zwei blutige Stümpfe reckten sich ihm unförmig entgegen.

Hamid war nicht erschrocken. Dazu brauchte es mehr als abgetrennte Gliedmaßen. Die Situation forderte nur seine absolute Konzentration.

Beide Beine so schnell wie möglich mit Torniquets abbinden, damit der Körper kein Blut mehr verliert, danach Unfallopfer bergen und im letzten Schritt die fehlenden Gliedmaßen finden und sicherstellen.

In Gedanken ging er die Reihenfolge der Aufgaben durch, die man ihm während seiner Ausbildung für so einen Fall eingetrichtert hatte. Sollte die Frau nicht bereits an den anderen Verletzungen gestorben sein, hatte sie Glück im Unglück. Denn wären die Glieder über den Knien abgetrennt worden, dann wäre sie bereits verblutet. Es bestand noch Hoffnung.

»Ich brauche mehr Licht!«, schrie er über seine Schulter hinweg Alex zu, dann zog er an dem Seil. Geräuschvoll schlitterte sein Notfallkoffer über die Steine und landete neben seinem Gesicht. Hamid setzte sich auf, so weit es der begrenzte Platz unter dem Zug zuließ, öffnete den Koffer, entnahm zwei Aderpressen und begann die Beine der Frau abzubinden.

Alex hatte zwischenzeitlich über Funk die Mitteilung erhalten, dass weitere Hilfe auf dem Weg war. Minuten später kamen Männer vom THW mit Spezialausrüstung sowie noch mehr Sanitäter und ein Notarzt. Ein psychologisches Betreuungsteam hatte bereits den Fahrer der U-Bahn abtransportiert, und weitere Polizisten hatten die Absperrung vergrößert.

»Die Frau lebt noch«, meldete Hamid unter dem Zug, während die Helfer vom THW mit LED-Strahlern das dunkle Gleisbett in grelles Licht tauchten. Einer der beiden abgetrennten Füße wurde dabei sichtbar. Er steckte noch immer in einem eleganten schwarzen Damenschuh.

»Sie ist nicht eingeklemmt ... Ich wiederhole, die Frau ist nicht eingeklemmt. Sie hat auch keinen Kontakt zu den Stromleitungen. Ihr könnt jetzt loslegen«, rief Hamid.

Der Einsatzleiter des THW hatte verstanden und gab lauthals Befehle für die nächsten Schritte.

Die Feuerwehr setzte daraufhin das Gleis wieder unter Strom, und ein Ersatzfahrer bestieg den Führerstand. Laut surrend erwachten die vierundzwanzig E-Motoren des Triebwagens mit einer Gesamtkraft von nahezu fünftausend PS zum Leben. Der gesamte Zug musste äußerst vorsichtig zurückgesetzt werden. Dabei war der Zugführer in ständigem Blick- und Audiokontakt mit dem Leiter des THW, der seinerseits auf die Anweisungen von Hamid hörte. Er hatte sich unter dem Zug flach auf den Boden neben die Frau gelegt.

Gerade als der Zug die ersten Meter rückwärtsfahrend zurückgelegt hatte, setzte bei den Rolltreppen lauter Tumult ein.

Hamid überlegte, ob das noch mehr Polizeikräfte sein konnten.

Ein Dutzend Männer in schwarzen Kampfanzügen mit schwerer Bewaffnung hastete die Stufen hinab. »Runter, runter mit den Köpfen! Legen Sie sich flach auf den Boden!«, brüllten sie und zielten mit ihren Maschinenpistolen auf das Ende des Bahnsteigs, wo der Zug noch immer ein gutes Stück aus dem Tunnel ragte. Notgedrungen stoppte der Zugführer die Bahn und ging in Deckung. Auch die Rettungskräfte warfen sich angesichts der geballten Präsenz von Spezialeinheiten auf den Boden.

Nur Hamid waren die Ereignisse über ihm vollkommen egal. Er hatte bei der Frau einen leichten Puls gefühlt und war nicht gewillt, jetzt zuzusehen, wie sie neben ihm starb. Was immer da oben passierte, seine Gedanken drehten sich einzig und allein darum, das Leben dieser Frau zu retten. Entschlossen packte er sie unter den Armen und zog sie mühsam Stück für Stück die Gleise entlang.

Einer der Männer mit kugelsicheren Westen und Kampfhelmen beugte sich zu den Rettungskräften im Gleis hinab und schrie: »Sie müssen sofort den Bahnsteig räumen! SOFORT!« Er klang, als würde er keinen Widerspruch dulden.

»Das geht nicht, beim besten Willen, wir können hier ...«, widersprach Alex.

»Sie müssen verschwinden, es könnte jeden Moment zu einem Schusswechsel kommen!«

»Mein Kollege ist unter dem Zug und versucht, eine schwer verletzte Frau zu bergen. Wir können hier nicht weg, sonst stirbt sie.«

Der Mann fasst sich an den Kragen seiner Kampfjacke und drückte das eingenähte Mikrofon näher an seinen Mund: »47, melde, wir haben ein Problem. Unter dem Zug befindet sich eine verletzte Zivilistin, zusammen mit einem, einem ...«

»Sanitäter«, erklärte Alex.

»... mit einem Sanitäter«, wiederholte der Polizist.

Die Antwort aus dem Helmlautsprecher konnte sogar Alex verstehen: »Bleiben Sie in Position, und geben Sie den Rettungskräften Deckung, wenn es die Situation erfordert. Sorgen Sie aber dafür, dass die Zivilistin so schnell wie möglich geborgen und entfernt wird.«

Die letzten Worte gingen fast in einem aufkeimenden Tumult unter. Befehle hallten unverständlich durch den beinahe leeren Bahnhof und wurden von den gekachelten Wänden zurückgeworfen.

Die Männer der Bereitschaftspolizei warfen sich jetzt selbst auf den Boden oder gingen hinter Sitzbänken und Mülleimern in Deckung, soweit das möglich war. Dann wurde es wieder leise, und der Helmlautsprecher des Mannes, der nun auf dem Bahnsteig über Alex lag, war erneut gut zu verstehen.

»An alle, ich wiederhole, Bewegung auf zwölf Uhr. Unbekannte Person nähert sich aus dem Tunnel.«

Offensichtlich sprach jetzt eine andere Person.

»Können Sie die Person identifizieren?«

»Negativ, negativ!«, kam es blechern aus dem Helmlautsprecher.

Dort, wo die stehende U-Bahn in der Schwärze des Tunnels verschwand, führte vom Bahnsteig aus auch ein schmaler Fußgängerweg in den Schacht, der zur Gleisseite nur mit einem schmalen Handlauf gesichert war. Schemenhaft war wie aus dem Schatten ein Mensch aufgetaucht, der soeben in das grelle Licht des Bahnhofs hinaushumpelte.

»Hilfe, wir brauchen Hilfe ...«, stammelte der Mann. Es dauerte ein paar Sekunden, bis die Spezialeinheit ihn als ungefährlich einschätzte, dann rannte einer der bewaffneten Männer auf ihn zu, hakte sich unter und stützte ihn. Dabei warf er für einen Moment einen Blick in den Tunnel und riss die Augen auf. Der Mann war nicht allein, ihm folgten unzählige weitere Gestalten und mit ihnen ein Wehklagen aus Schmerzen und Verzweiflung.

* * *

Antonia Borchardts Bürotür flog auf, und ihr Kollege Sami Nazari stürzte herein.

»Hast du's schon gehört?«

Sie nahm die Hände von der Computertastatur und wandte sich ihm zu, ohne besonders großes Interesse zu bekunden. Sami war bekannt für seinen Flurfunk und sein Getratsche. Manchmal konnte das amüsant sein, manchmal störte es aber einfach auch nur bei der täglichen Arbeit.

»Was gehört?«, wollte sie dennoch wissen.

»Es hat einen Anschlag gegeben in der U-Bahn.«

Jetzt hatte er Antonias volle Aufmerksamkeit.

»Welche U-Bahn, was genau ist passiert?«

»U6, irgendwo zwischen Giselastraße und Universität. Ein bewaffneter Mann. Es sollen Schüsse gefallen sein ... dabei hat er wohl ›Allahu akbar‹ gerufen. Mehr weiß ich auch nicht.«

Was nicht hätte passieren dürfen, war passiert. Aber vielleicht war es ja ein Amokläufer? Im Gegensatz zu Gefährdern fielen diese nicht in ihre Zuständigkeit. Menschen wie der achtzehnjährige David Sonboly, der im Juli 2016 im Münchner Olympia-Einkaufszentrum neun Menschen mit einer 9-mm-Pistole erschossen und fünf weitere schwer verletzt hatte. In der Regel waren es Einzeltäter, die keiner Organisation angehörten, auch wenn sie sich oft einer extremistischen Bewegung zugehörig fühlten. Ihre Attentate waren selten gut geplant und eher von einem emotionalen Momentum bestimmt als von einer rationalen Strategie. Genau das machte sie unvorhersehbar und dadurch nicht kontrollierbar. Für Antonia waren Amokläufe wie Blitzeinschläge bei schwerem Gewitter – man konnte unmöglich voraussagen, wen es wann treffen würde.

Sie stand auf, ohne weitere Fragen zu stellen, drückte sich an Sami vorbei und eilte in den Gang hinaus. Sie musste Gewissheit bekommen – und sie wusste auch, an wen sie sich wenden konnte.

»Wo willst du hin?«, wollte Sami wissen.

»Hoch zu Abteilung C, zu Erdmann. Vielleicht kann er mir mehr sagen. Du bleibst hier und nimmst Kontakt mit allen zuständigen Behörden auf, vor allem mit den Kapizetten. Carmen und Pia sollen dich unterstützen. Und sei hartnäckig! Bis ich zurück bin, brauch ich einen kompletten Bericht zur Lage. Und ruft mich um Himmels willen sofort an, wenn ihr wisst, ob es einer von unseren ist.«

Sami schmunzelte wegen Antonias unfreiwilligen Wortwitzes, dann holte ihn die schreckliche Realität wieder ein. Irgendwo in einer Münchner U-Bahn tötete ein Unbekannter wehrlose Menschen. Dauerte das Massaker noch an oder war es schon vorbei? Wie viel Munition hatte der Attentäter? Saßen in der U-Bahn vielleicht Freunde oder Verwandte? Sein Bruder fuhr jeden Tag diese Strecke, zwar nicht um diese Uhrzeit, aber es war möglich. Nervös wählte er Davids Nummer, aber der Anschluss war nicht erreichbar.

Antonia rannte an der Aufzugtür vorbei und stieß die Feuertür zum Treppenhaus auf. Abteilung C lag im vierten Stock. Es handelte sich um die Aufsichtsbehörde der Bayerischen Polizei, zuständig für Öffentliche Sicherheit und Ordnung. Doch die Abteilung war viel bedeutender, als der unscheinbare Name vermuten ließ, und selbst dem mächtigen Bayerischen Landeskriminalamt übergeordnet. In der Abteilung C liefen alle Fäden zusammen, und dort saß auch Erster Kriminalhauptkommissar Markus Erdmann, der als Mitarbeiter des BLKA als Schnittstelle zur Abteilung C fungierte und darüber hinaus in alle Abschiebungen der AG BIRGiT involviert war.

Erdmanns Aufgaben waren vielfältig. Aber immer, wenn Gefährder überwacht, abgeschoben oder in Gewahrsam genommen werden mussten, kamen auch er und seine Mitarbeiter vom BLKA zum Einsatz. Hatte die erfolgreiche Abschiebung eines Gefährders stattgefunden, fand sich in den Polizeiprotokollen der Hinweis: *Keine neuen relevanten oder beunruhigenden Erkenntnisse.* Was Antonia jedes Mal ein beruhigendes Gefühl gab. Doch diesmal war ihr nicht nach einem Protokoll zumute. Diesmal wollte sie schnell und unbürokratisch an Informationen kommen. Und Markus Erdmann war vermutlich der einzige Mensch, der ihr hinter vorgehaltener Hand mehr zu dem laufenden Attentat preisgeben würde.

Das Telefon in ihrer Hand vibrierte. Ihre Mutter hatte sich

nicht mit einer SMS begnügt. Antonia ging dran und hoffte, das Gespräch auf dem Weg nach oben schnell beenden zu können.

Nicht, dass dies der richtige Zeitpunkt war, um Geburtstagsglückwünsche entgegenzunehmen. Doch es war allemal effizienter, als Mama den ganzen Tag im Nacken zu haben. Noch bevor ihre Mutter ein Wort sagen konnte, begann sie kurzatmig: »Danke, Mama, ich bin nur leider in Eile.«

»Du bist immer in Eile – und ja, ich wollte dir zum Geburtstag gratulieren. Am liebsten persönlich. Ich bin bis morgen auf einem Ärztekongress in Hamburg, könnte dich aber am Mittwoch zum Mittagessen besuchen, Liebling.«

»Hör zu, Mama, ich kann im Augenblick keine Pläne machen. Aber vielleicht am Wochenende?«

»Na, dann wenigstens am Mittwoch zum Abendessen. Du kommst doch sonst überhaupt nicht mehr raus, lebst nur für die Arbeit. Du wirst deinem Vater immer ähnlicher.«

»Stopp, Mama. Ich kann nicht. Ich melde mich, sobald ich kann, versprochen.«

»Vielleicht doch Donnerstag?«, erwiderte Christiane frustriert.

»Können wir jetzt bitte Schluss machen?« Antonia war im vierten Stock angekommen und wartete schnaufend vor der Feuertür auf das Ende des Gesprächs.

»Eine Sache noch: Hat sich dein Vater bei dir gemeldet?«

»Nein, Mama. Und das ist jetzt auch egal. Bitte.«

»Hab ihn heute Morgen angerufen und an deinen Geburtstag erinnert.«

Antonia schüttelte den Kopf. Für einen kurzen Augenblick raubte ihr die Dreistigkeit ihre Mutter den Atem. Sie neigte geradezu notorisch dazu, ihr die schlechten Seiten ihres Vaters unter die Nase zu reiben.

»Wie mitfühlend von dir! Und danke, dass du es mir erzählst.«

Christiane ging auf die ironische Bemerkung nicht ein, sondern fuhr fort:

»Und weißt du, was? Er hat einfach aufgelegt ...«

»Mich wundert eher, dass er drangegangen ist.«

»Was soll das denn heißen, junge Dame? Natürlich geht er dran, wenn ich ihn anrufe. Außerdem kann es auch sein, dass die Verbindung in der U-Bahn abgerissen ist. Das kommt ja hin und wieder vor ...«

»In der U-Bahn?«, unterbrach Antonia sie überrascht.

»Ja, wieso fragst du? Er fährt doch am Montag immer mit der U-Bahn.«

Antonia spürte, wie sich ihr Hals verengte.

»Wann war das? Wann genau hast du mit ihm telefoniert?«

Antonia war inzwischen besorgt, auch wenn sie versuchte, sich das nicht anmerken zu lassen.

»Vielleicht vor einer halben Stunde. Liebling? Was ist los? Du klingst komisch. Du weißt, du kannst mir alles sagen.«

Für einen kurzen Moment dachte sie daran, ihre dunklen Vorahnungen mit ihrer Mutter zu teilen. Die Worte hatten sich bereits in ihrem Kopf geformt: *Papa wurde vielleicht von einem Amokläufer ermordet.* Aber sie riss sich zusammen und zwang sich, entspannt zu klingen, was ihr nur zum Teil gelang.

»Alles gut, Mama. Ich bin nur durcheinander wegen einer anderen Sache, die hier gerade am Laufen ist. Papa wird sich schon melden. Alles ist gut ... Alles ist gut, Mama. Du musst dir keine Sorgen machen, wirklich nicht.«

»Ich mach mir keine Sorgen, wieso sollte ich?«

Richtig. Warum sollte sie? Seit der Trennung hatte sie sich bestimmt schon hundertmal gewünscht, dass Martin verunglückte.

Antonia presste die Hand auf den Mund. Wie konnte sie nur so etwas Gemeines denken?

»Alles okay, Liebling?«

Antonia nahm die Hand vom Mund und antwortete gepresst: »Ich muss jetzt Schluss machen. Hab dich lieb, Mama.«

»Kleines, ich merk doch, dass was nicht stimmt ...«

»Nicht, Mama, nicht jetzt. Bitte!«

U6, irgendwo zwischen Giselastraße und Universität. Ein bewaffneter Mann. Es sollen Schüsse gefallen sein ... Sie dachte an Samis Worte. Es war genau die U-Bahn-Linie, die Papa am Montagmorgen immer nahm – und es war genau seine Zeit.

Falls ihre Mutter jetzt noch ein weiteres Mal nachhakte, würde sie die Tränen nicht zurückhalten können. Aber Christiane hatte ein feines Gespür dafür, wann sie ihre Tochter nicht weiter bedrängen durfte. Wie immer würde Antonia zu einem späteren Zeitpunkt ganz von selbst auf sie zukommen und ihr ihre Sorgen anvertrauen.

»Hab dich auch lieb, mein Schatz – und vergiss nicht, anzurufen wegen unserem Treffen am Wochenende.«

»Mach ich«, bekam Antonia noch heraus, dann legte sie auf.

Sie hatte das Gefühl, als würde sich der Boden unter ihr auftun. Kraftlos öffnete sie die Feuertür und betrat den Flur zu Abteilung C. Mit zitternden Fingern tippte sie auf Martins Privatnummer. Eine Bandansage mit seiner Stimme meldete sich.

»Hier sind Martin ...«, dann mit der Stimme ihrer Stiefmutter, »... und Shohreh.« Danach sprachen beide im Chor weiter: »Gerade können wir nicht drangehen. Und dafür könnte es tausend Gründe geben.« Beide lachten laut, dann kam der Piepton.

Sie war damals dabei gewesen, als Shohreh und ihr Vater diese Ansage aufgenommen hatten. Sie waren betrunken gewesen und hatten nicht aufhören können zu lachen. Es hatte mehrere Anläufe gebraucht, bis sie mit dieser Version schließlich zufrieden waren. Es schmerzte sie, dass Papa bis heute offensichtlich nicht die Kraft gefunden hatte, die Aufnahme zu löschen.

»Papa, ruf mich an, es ist wichtig.«

Antonia wählte die Nummer seines Büros. Sein Assistent meldete sich: »Büro des Innenministers Himmel, Weimar am Apparat.«

»Ist mein Vater schon im Büro?«

»Antonia?« Er klang irritiert.

»Ja, Antonia! Mein Vater, ist er da?«

»Ich weiß nicht, ob ich das sagen soll, aber ...«

»Was?« Eine dunkle Vorahnung schnürte ihr die Kehle zu. »Was sagen? Reden Sie schon!«

Ohne sich dessen bewusst zu sein, ging sie langsam in die Knie und rutschte mit dem Rücken die Wand hinab.

»Ich darf es Ihnen eigentlich nicht sagen ...«

Antonia hatte Bilder von ihrem Vater vor Augen, der blutend in der U-Bahn lag.

»Was ... Was ist passiert, bitte reden Sie«, flehte sie ihn leise an.

Reinhard Weimar machte eine Pause. Offensichtlich rang er mit sich, entschloss sich aber dann dazu, Antonia die Wahrheit zu sagen.

»Er ist auf dem Weg zu Ihnen. Er will Sie überraschen. Hat mich vorher extra aus der U-Bahn angerufen und mir gesagt, dass er später kommen wird. Aber verraten Sie mich nicht ... Tun Sie bitte so, als wären Sie überrascht. In Ordnung?«

Antonia hätte beinahe hysterisch aufgelacht, aber die Sorge um ihren Vater hatte sie fest im Würgegriff.

»Ist er denn noch nicht da?«, hakte Weimar nach.

»Er ... Er wird sicher jeden Moment auftauchen«, versuchte sie den Mann, aber vor allem sich selbst zu beruhigen.

»Das glaube ich auch. Am Montag ist der Teufel los im Untergrund. Da kann schon mal eine U-Bahn zu spät kommen.«

Von Antonia kam keine Antwort.

»Ist alles in Ordnung?«, fragte er neugierig, dann wurde die Verbindung unterbrochen.

Weimar schüttelte irritiert den Kopf. Er stand im obersten Stockwerk des Ministeriums und hatte von dort einen wunderbaren Blick auf die Theatinerkirche, die in goldenes Morgenlicht getaucht war. Was für ein Glück, die morgige Taufe seiner Enkeltochter würde bei strahlendem Sonnenschein stattfinden.

Ein Mann von gedrungener Statur im dunkelblauen Anzug kam den langen Flur entlang. Antonia erkannte ihn sofort, es war Erster Kriminalhauptkommissar Markus Erdmann. Er konnte sicher helfen. Allein sein Anblick gab ihr neue Kraft und Hoffnung.

Markus Erdmann wurde schneller, als er am Ende des Ganges eine Person am Boden sitzen sah. Beim Näherkommen erkannte er, dass es Antonia Borchardt war.

Markus und Antonia kannten sich über ihren Vater, der Markus vor zwei Jahren mit der Bayerischen Rettungsmedaille ausgezeichnet hatte. Damals hatte Markus am Westberg zehn Kinder und zwei Betreuerinnen aus den Fängen rechtsradikaler Terroristen in einem Hochbunker befreit. Der Minister war auf Anhieb von dem Kriminalkommissar sehr angetan gewesen, weil er ihn als bescheiden, diszipliniert und couragiert empfand. Eigenschaften, die er in dieser Kombination bei vielen Untergebenen vermisste. Vor allem, dass der mediale Wirbel, der nach der Geiselnahme um Erdmann entstand, dem Kriminalkommissar zutiefst unangenehm war, hatte Martin Himmel als besonders positiven Wesenszug gewertet.

Himmel begann Erkundigungen einzuziehen und vermittelte dem zweifach geschiedenen Kriminalhauptkommissar und Vater einer Tochter eine leitende Position in einer Spezialabteilung des BLKA, deren zentrale Aufgabe die Bekämpfung extremistischen Terrors war.

Wenige Wochen später trat Markus die anspruchsvolle Aufgabe an, die überwiegend im Büro vor einem Computer erledigt wurde und ihm endlich mehr Zeit gab, seine Tochter zu sehen, die in München studierte. Immer wieder bat ihn Himmel aber auch bei kniffligen Entscheidungen um Rat, da er sein pragmatisches Urteilsvermögen zu schätzen wusste. Auch privat waren sie hin und wieder zusammengekommen. Bei einer dieser außerdienstlichen Zusammenkünfte hatte Markus Antonia kennengelernt. Vater und Tochter waren dabei in seiner Gegenwart heftig aneinandergeraten, und nur Markus' besonnenes und sensibles Eingreifen hatte dazu geführt, dass der Abend doch noch glimpflich verlaufen und sogar ganz amüsant geworden war.

Für Antonia und Markus war das der Beginn einer engen Freundschaft gewesen. Sie hatte endlich jemanden gefunden, der ihre Wut auf ihren Vater zu dämpfen wusste. Und er war glücklich, dass es noch jemanden gab, der ihn brauchte.

»Antonia, geht es dir nicht gut?«, fragte er besorgt und half ihr auf.

»Der Anschlag heute«, begann sie. »Weißt du mehr?«

Er schüttelte den Kopf. Markus gehörte zu den Menschen, die wenig Worte machten und angesichts einer Tragödie vor allem die nüchternen Fakten vor Augen hatten.

»Hab gerade erst die interne Mitteilung gelesen. Schüsse in der U 6, vermutlich mit islamistischem Hintergrund.«

»Ein Amokläufer?«

»Das weiß ich im Augenblick noch nicht.«

»Was wisst ihr denn schon?«

»Alles noch sehr dürftig, auch zu der Anzahl der Opfer liegen uns noch keine Informationen vor. Spezialkräfte sind aber auf dem Weg. Du musst dir keine Gedanken machen – wir bekommen das in den Griff. Der Attentäter sitzt in der Falle und kann uns nicht entkommen.«

Die Worte ihres Vorgängers kamen ihr wieder ins Gedächtnis. *Nur ein toter Terrorist ist ein guter Terrorist!*

»Das ist es nicht«, erwiderte sie.

»Was dann?« Markus' Stirn legte sich in Falten.

»Martin, keine Ahnung, aber Papa ... Es könnte sein, dass er in dieser U-Bahn sitzt!«

Markus warf ihr einen raschen Blick zu, dann zog er das Diensttelefon aus der Innentasche seines Anzugs und tippte eine Kurzwahl. Sofort hob jemand ab.

»Orlich, nehmen Sie unverzüglich Kontakt auf mit dem operativen Leiter des Spezialkommandos, das für den Zugriff in der U6 zuständig ist. Ich habe Grund zur Annahme, dass sich Innenminister Himmel in diesem Zug befindet. Die Sicherheit des Ministers hat oberste Priorität.«

Sobald Orlich bestätigt hatte, dass er sich darum kümmern würde, legte Markus auf und wandte sich an Antonia.

»Das Spezialkommando ist soeben an zwei Bahnhöfen in den U-Bahn-Tunnel eingedrungen und nähert sich dem Zug. Bald wissen wir mehr.«

* * *

Der unterirdische Tunnel war hell beleuchtet. Acht Männer eines schwer bewaffneten Spezialeinsatzkommandos der Polizei hatten den U-Bahn-Tunnel an der Station Giselastraße betreten. Ihre ballistischen Helme dämmten bei jedem Schritt das Geräusch der schweren Kampfstiefel auf dem Schotter. Acht weitere SEK-Kräfte sollten von der U-Bahn-Station Universität aus auf den in der Röhre stehenden Gliederzug vorrücken, waren aber bislang durch Fahrgäste aufgehalten worden, die aus dem Tunnel strömten.

Die erfahrenen Männer des Einsatztrupps hatten sich auf die beiden Röhren der Zugverbindung aufgeteilt, die in regelmäßigen Abständen durch Feuertüren miteinander verbunden waren. Der Schacht gehörte zum ersten U-Bahn-Streckenabschnitt, der in München zwischen 1967 und 1971 gebaut worden war. Polizeihauptkommissar Sprenger führte die Männer an, die mit Mitteldistanzsturmgewehren ausgerüstet waren, während er selbst ein Präzisionsschützengewehr trug, mit dem er auch auf große Distanz einen tödlichen Schutz setzen konnte.

Die Entfernung zur U-Bahn-Station Universität betrug einen halben Kilometer. Oberirdisch war das in knapp zehn Minuten zu schaffen. Das steinige Gleisbett und die Gefahr, plötzlich beschossen zu werden, verhinderten allerdings hier unten ein schnelles Vorrücken. Jeder von Sprengers Männern hatte einen anderen Bereich des Tunnels vor ihnen zu sichern.

Sprenger flüsterte einen Befehl in sein Helmmikrofon: »Einsatztrupp halt. Nachtsichtgeräte aufsetzen.«

In beiden Röhren blieben seine Männer stehen. Fast synchron ging jeder Einzelne von ihnen mit einem Knie auf den Boden, während das andere Bein angewinkelt blieb und so eine sichere Schussposition gewährleistete. Mit einem geübten Griff schoben sie die Nachtsichtgeräte ihrer Helme über die Augen.

»Wir sind drin. Schalten Sie jetzt das Licht aus«, befahl Sprenger über Funk. Wenige Sekunden später erlosch erst das Hauptlicht im Tunnel, dann die roten Orientierungsleuchten. Danach war es um die Polizisten herum rabenschwarz.

»Nachtsichtgeräte aktivieren und bestätigen!«, wies er die Mitglieder seines Teams an, die den Befehl sofort ausführten. Die elektronisch verstärkten binokularen Kameras erzeugten zwar nur grün-schwarze Bilder, doch jetzt lag der Tunnel wieder sichtbar vor ihnen.

»Aktiviert und funktionstüchtig«, bestätigten die Männer nacheinander, dann setzte sich der Trupp in beiden Röhren wieder langsam in Bewegung, die Gewehre immer im Anschlag.

Da Sprenger und sein Spezialeinsatzkommando nicht wussten, ob und wie umfangreich der Terrorist noch bewaffnet war, wollten sie ihm kein leichtes Ziel bieten. Sie konnten sich nun in der Dunkelheit unbemerkt der stehenden U-Bahn nähern, während der Waggon selbst innen hell beleuchtet blieb. Rein theoretisch wäre der Terrorist damit ein leichtes Opfer, vor allem für den Präzisionsschützen Sprenger, aber es gab noch eine Reihe von Variablen, die den Zugriff kompliziert gestalten konnten. So war es zum Beispiel möglich, dass die Zielperson Geiseln genommen hatte. Oder, was Springer noch mehr Bauchschmerzen bereitete, dass man den Terroristen nicht identifizieren konnte. Kurz vor ihrem Einsatz hatte man Sprenger im Einsatzbus das Schwarz-Weiß-Bild einer Überwachungskamera übermittelt. Mehr als ein dunkelhäutiger Mann mit dichtem schwarzem Haar und Vollbart war darauf aber nicht zu erkennen gewesen.

Der vorderste Mann in Sprengers Team blieb stehen und hob die Hand. Die anderen taten es ihm gleich.

»Annäherung von unbekannten Personen direkt vor uns, vermutlich Zivilisten aus dem Zug«, vernahm der Hauptkommissar über die Kopfhörer in seinem Helm.

Sprenger hatte gehofft, dass alle Fahrgäste in dieselbe Richtung zum Bahnhof Universität gegangen waren. Tatsächlich hatte er falschgelegen.

»Sperre bilden und Zivilisten nicht passieren lassen«, befahl er. Da er zum Paralleltunnel im Augenblick keinen Sichtkontakt hatte, ergänzte er: »Team Beta, erstatten Sie Meldung.«

»Lage unverändert, alles ruhig, keine Zivilisten.«

»Team Beta, weiter vorrücken und bei nächster Gelegenheit die Röhren wechseln. Melden Sie sich, wenn Sie Sichtkontakt zur U-Bahn haben.«

»Befehl verstanden, wir rücken weiter vor.«

Kaum hatte Sprenger das Gespräch beendet, meldete sich der Einsatzleiter zu Wort.

»Ein Zug der USK kommt Ihnen entgegen und übernimmt die Zivilisten.« Das war ein Unterstützungskommando, ein Spezialteam der Bereitschaftspolizei, das für solche Fälle ausgebildet worden war. In ihrem Schlepptau hatten zahlreiche Rettungs- und Hilfskräfte die beiden Bahnhöfe in Beschlag genommen. Kurz zuvor hatte das Bundesamt für Bevölkerungsschutz und Katastrophenhilfe einen MANV ausgerufen, einen

»Massenanfall von Verletzten«. Somit waren nicht nur alle verfügbaren Notärzte und Rettungskräfte in Alarmbereitschaft versetzt worden, sondern auch alle umliegenden Krankenhäuser. Man war auf das Schlimmste vorbereitet.

In diesem Moment sah auch Sprenger, wie sich grün schimmernde Gestalten langsam auf sein kleines Team zuschleppten. Erst waren es nur einige wenige, doch dann füllte sich der Tunnel in seiner ganzen Breite mit Frauen, Männern und Kindern. Mit kleinen Schritten und ausgestreckten Händen versuchten sie, in der Dunkelheit den Weg zu finden. Immer wieder blieben einige von ihnen stehen, beugten sich nach vorne und übergaben sich. Ein Mann hatte ein kleines Mädchen auf den Schultern. Ihr Oberkörper hing schlaff und kraftlos über seinen Kopf.

Was zum Teufel war in diesem Zug geschehen? Oder waren es nur die psychischen Begleiterscheinungen des Schocks, mit denen diese geschundenen Menschen zu kämpfen hatten?

»Bitte bleiben Sie stehen, bleiben Sie stehen. Jeden Augenblick kommt Hilfe«, rief jemand von Sprengers Team den Gestalten entgegen, doch niemand hörte auf ihn.

Wie sollten sie zu viert die Menschenmenge aufhalten, und welche Qual würden sie diesen Menschen damit antun? Und was, wenn der Terrorist unter den Zivilisten war?

Noch bevor Sprenger eine Entscheidung fällen konnte, hörte er hinter sich Dutzende von Stiefelpaaren über den Schotter laufen. Die Lichtstrahlen von Stirnlampen tanzten wie wild durch den Tunnel und kreuzten sich an den Wänden.

Ein Megafon beendete das Schaben und Kratzen der unzähligen Füße auf dem Schotter.

»Hier spricht die Polizei!«, schmetterte es den leichenblassen Gestalten entgegen, die geblendet von den Stirnlampen innehielten.

»Sie befinden sich jetzt in Sicherheit! Bewahren Sie Ruhe. Ärztliche Notfallteams erwarten Sie am nächsten Bahnhof. Dieser ist nur hundert Meter von hier entfernt. Ich wiederhole, Sie befinden sich jetzt in Sicherheit. Bewahren Sie Ruhe!«

In die Pause hinein begann ein Baby zu schreien. Sofort setzte der Polizist am Megafon wieder an: »Wir bringen Sie nun einzeln oder in kleinen Gruppen zu den Rettungskräften. Bitte Verletzte zuerst, dann alle Personen über siebzig, dann Frauen und Kinder und dann die Männer.«

Die Augen der Zivilisten hatten sich in der Zwischenzeit an die hellen Stirnlampen gewöhnt. Die Hoffnung auf Rettung schien ihnen neue Kraft zu geben, und die Menge setzte sich wie eine Walze in Bewegung. Ungeachtet des Alters, der Verfassung oder des Geschlechts versuchte jeder als Erster aus diesem düsteren, kalten Schacht zu entkommen. Ein vergleichbares Chaos hatte Hauptkommissar Sprenger noch nie erlebt. Die ersten Reihen der Bereitschaftspolizisten konnten der Wucht des Zusammenpralls kaum standhalten. Eine alte Frau wurde aus den Armen ihres Mannes gerissen und stürzte mit dem Kopf auf die Gleise, während ein junges Mädchen über sie stolperte und sich erbrach.

Polizeioberkommissar Waschke führte das Team Beta wie befohlen die zweite Röhre der U-Bahn-Strecke entlang, bis sie an eine Feuertür kamen, welche die beiden Röhren miteinander verband. Die vier Männer verteilten sich links und rechts davon, dann riss Waschke die Tür mit einem kräftigen Schwung auf.

Aus der Ferne drang lauter Tumult zu ihnen.

»Sollen wir umdrehen?«, fragte einer der Polizisten.

Waschke schüttelte den Kopf.

»Wir haben unsere Befehle.« Er zeigte auf die hell erleuchtete U-Bahn, die etwa hundert Meter vor ihnen im Tunnel stand wie ein großer metallischer Wurm.

Die vier SEK-Männer verteilten sich über die gesamte Breite des Tunnels, wobei die äußeren beiden Polizisten die Führung übernahmen und ihre Kollegen in der Mitte des Tunnels sich leicht zurückfallen ließen, um ihnen Deckung geben zu können. Meter für Meter näherten sie sich in dieser Formation mit schussbereiten Sturmgewehren dem Ende des Zuges. Bereits auf der Hälfte der Strecke konnten sie am letzten Glied des Zuges halb aufgedrückte Schiebetüren erkennen, vor denen mehrere Körper regungslos auf den Gleisen lagen.

»Hier Team Beta, wir haben Sichtkontakt zum Zugende. Mehrere Personen liegen direkt vor uns leblos auf dem Boden des U-Bahn-Schachts.«

»Hier Einsatzleitung. Rettungskräfte stoßen soeben im Schutz von Kollegen aus Richtung Universität zu Ihrer Position vor. Finden und neutralisieren Sie die Zielperson nach eigenem Ermessen, damit die Sicherheit der medizinischen Notfallversorgung so schnell wie möglich gewährleistet ist.«

»Haben verstanden, Neutralisierung der Zielperson nach eigenem Ermessen freigegeben!«

Waschkes Team hatte jedes Wort mitgehört. Das Leben der verbliebenen Zivilisten und die Unversehrtheit der Polizisten hatten oberste Priorität. Beim geringsten Anzeichen von Gefahr durften die Männer gezielt tödliche Schüsse abfeuern – nur auf wen?

Beim weiteren Annähern an den Zug stoppte die Formation ein letztes Mal.

»Hier Team Beta, wir haben den Zug erreicht. Keine verdächtigen Bewegungen im Inneren zu erkennen. Zielperson nicht auszumachen.«

Das Team hatte mit den Spezialsichtgeräten, die auch entfernte Objekte auf ein Vielfaches vergrößern konnten, die Scheiben aufmerksam im Visier. Waschke hatte gehofft, der Terrorist würde an irgendeiner der Panoramascheiben kauern und hinaus in die Dunkelheit spähen. Doch es gab an keinem der Fenster auch nur die kleinste verdächtige Bewegung. Der beleuchtete Fahrgastraum bot somit keinen Vorteil mehr für den Zugriff.

»Hier Team Beta, bitten um Abschaltung der Innenbeleuchtung.«

Wie von Geisterhand erloschen die Lichtröhren im Inneren des Zuges. U-Bahn und Tunnel waren nun so schwarz, dass man die Hand nicht mehr vor den Augen sehen konnte. Der Terrorist war den Männern mit den Nachtsichtgeräten ausgeliefert.

Waschke erreichte den Zug als Erster. Seine drei Kollegen lösten die Formation auf, verteilten sich in geduckter Haltung auf der linken Seite des Zuges. Vor Waschkes Füßen lagen vier Menschen, zwei davon waren bewusstlos oder tot. Über ihnen kauerte eine Frau, die in die Dunkelheit starrte. Nur hin und wieder zeugten ihre zuckenden Augenlider davon, dass sie noch am Leben war. Ihr nach oben geschobener Rock gab eine Schusswunde auf dem Oberschenkel preis. Eine Hand hatte sie auf die Wunde gepresst, mit der anderen hielt sie die Hand eines Mannes, dessen Gesicht blutüberströmt war.

Waschke befahl einem der Männer per Handzeichen, sich um die Frau zu kümmern. Ein Zweiter zielte mit seinem Sturmgewehr in die Türöffnung über ihnen. Dann hängte er sich ein Gewehr um, stieg über die Körper und zog sich fast lautlos an dem Türschweller empor, bis er zwischen den Schiebetüren in der U-Bahn kniete. Der Boden unter ihm war voller Blut. Jetzt erst zog er seine Pistole aus dem Holster und entsicherte sie. Von irgendwo aus dem Zug drang ein wiederkehrendes Klickgeräusch an seine Ohren, er konnte die Quelle aber nicht genau orten.

Direkt vor ihm lagen zwei weitere Opfer, deren Gesichter zum Glück von ihm abgewandt waren. Vorsichtig kroch er vor bis zum Mittelgang, während sich hinter ihm ein weiterer Polizist nach oben in den Waggon zog. Das Klicken schien lauter zu werden.

Auf und neben den Sitzbänken lagen mindestens vier weitere Körper, regungslos, mit aufgerissenen Augen.

Vier Sitzbänke von ihm entfernt zuckte etwas. Fast hätte Waschke es übersehen. Blitzschnell zielte er mit seiner Pistole auf die Position, wo er die Bewegung wahrnahm. Es war ein kleiner Junge, der flach unter einer der Sitzbänke lag. Dünne Speichelfäden rannen ihm aus Mund und Nase. Obwohl der Junge in der Dunkelheit sicher nichts sehen konnte, fixierten seine Augen einen Punkt auf der gegenüberliegenden Seite des Mittelgangs. Waschke robbte vorsichtig auf dem Bauch den Gang entlang, um selbst einen Blick auf den Bereich werfen zu können, vor dem der Junge ganz offensichtlich panische Angst hatte. Das Klicken in seinen Ohren wurde immer deutlicher.

Schließlich konnte er einen Mann erkennen, der mit dem Rücken zu ihm saß und leicht mit dem Oberkörper vor- und zurückwippte. Mit gestrecktem Waffenarm stand Waschke auf und hielt dem Mann seine Pistole an den Hinterkopf. In der absoluten Schwärze konnte er die Anwesenheit des Polizisten nicht bemerken. Leise umrundete Waschke den Mann, bis er direkt vor ihm stand. Er war jung, hatte dichtes lockiges Haar und einen kräftigen Vollbart. Zu seinen Füßen lag ein grüner Kanister, und jedes Mal, wenn er murmelnd nach vorne wippte, hielt er sich eine Pistole an die Stirn und drückte ab.

KLACK ... KLACK ... KLACK ...

* * *

Hamid Benhassi saß erschöpft auf dem scharfkantigen Schotter im Gleisbett, zog seine Einmalhandschuhe von den Fingern und sah zu, wie Hiromi Ogawa abtransportiert wurde; das war zumindest der Name, der in dem Pass stand, den die Frau bei sich trug. Hamid war am ganzen Körper klitschnass, er hatte die fünfundsechzigjährige und gut neunzig Kilo schwere Asiatin ganz allein unter dem Zug hervorgezogen. Erst auf den letzten Metern hatte er von Alex und einem weiteren Sanitäter Unterstützung erhalten, die zwischenzeitlich auch Hiromis zweiten Fuß gefunden und in einer Kühlbox verstaut hatten, während über ihnen das Chaos tobte.

Es mussten Hunderte von Menschen sein, die aus dem Tunnel gekommen waren. Bereitschaftspolizisten, Spezialeinheiten und Rettungskräfte versuchten verzweifelt, des Ansturms Herr zu werden. Die Enge des unterirdischen Bahnsteigs verschlimmerte die Situation noch. Hamid rechnete jeden Augenblick damit, dass einer der Passanten auf das Gleisbett stürzte. Immer und immer wieder tönte aus den Lautsprechern eine blecherne Stimme und rief zur Besonnenheit auf, erreichte aber das genaue Gegenteil in dem ohnehin hohen Geräuschpegel von schreienden Kindern, wütenden Eltern und verzweifelten Menschen, die nur noch eines wollten – raus! Raus ans Tageslicht, raus aus der Enge dieser Röhre, um frische Luft zu schnappen und endlich das Entsetzen hinter sich lassen zu können.

Das wiederum widersprach der Direktive, die die Einsatzkräfte erhalten hatten: Jede Person sollte registriert, befragt und untersucht werden, bevor man sie gehen ließ. Zu diesem Zweck hatte die Polizei einen Korridor gebildet, der über die Treppenaufgänge bis an die Oberfläche führte und in einem Auffanglager endete. Die sechsspurige Leopoldstraße, nicht weit vom Siegestor entfernt, war auf ganzer Breite für den Straßenverkehr und für Fußgänger gesperrt worden. Das BBA hatte innerhalb der Absperrung Dutzende Zelte aufgebaut, in denen die Registrierungen und Untersuchungen vorgenommen wurden. Jaulende Sirenen der ankommenden und abfahrenden Ambulanzen dominierten dort oben die Geräuschkulisse und zerrten an den Nerven der Betroffenen. Und trotz dieser logistischen Meisterleistung in der Kürze der Zeit stauten sich die Menschen am Bahnsteig und vor allem auf der Treppe, die wie eine Schneise ins Licht führte. Immer wieder kollabierten Personen in der schiebenden und schwitzenden Masse, brachen erschöpft zusammen oder verloren das Bewusstsein.

Zwar gab es auch hier unten am Bahnhof zahlreiche Sanitäter, die versuchten, die Betroffenen aus der Menge zu zerren, um sie über einen zweiten, gesicherten Aufgang direkt in ein Krankenhaus zu überstellen, aber auch für sie war die physische und psychische Belastung enorm. Sie wurden angeschrien, bespuckt und manchmal sogar geschlagen, wenn Resignation sich in Wut verwandelte angesichts der Tatsache, dass es einen zweiten Treppenaufgang gab, der aber ausschließlich Sanitätern und der Polizei vorbehalten war. Bereitschaftspolizisten mit körpergroßen Plexiglasschildern mussten den Helfern Deckung geben, damit diese ihre Patienten aus dem Tumult bergen konnten.

Hamid kam langsam wieder zu Kräften und erhob sich. Alex war zwischenzeitlich in der Menschenmenge verschwunden, um zu helfen.

»Ruh dich aus, wir sehen uns oben wieder«, waren seine letzten Worte gewesen. In der ganzen Hektik hatte er kein Wort über das verloren, was hier vorging. Vielleicht hatte er es selbst nicht gewusst.

Ein Mann im Anzug, der mit einem Arm verkrampft eine Aktentasche umklammerte, winkte Hamid aufgeregt zu und schrie zu ihm hinunter, aber Hamid konnte seine Stimme in dem Lärm kaum verstehen. Trotzdem war ihm sofort bewusst, dass er helfen sollte. Er griff nach seinem Rettungskoffer und lief das Gleisbett entlang, bis er bei dem Mann angekommen war, der ihm einen Arm entgegenstreckte.

»Ich helfe Ihnen hoch. Geben Sie mir die Hände.«

Hamid schüttelte den Kopf und reichte ihm nur seinen Koffer, dann schwang er sich aus eigener Kraft auf den Bahnsteig und fand sich unmittelbar am Rand einer wogenden Menschenmenge wieder. Vor seinen Augen lag ein junger Mann in Skaterkleidung zusammengekrümmt auf dem Boden. Menschen strömten an ihm vorbei wie Wasser an einem Felsen. Kaum einer nahm Notiz von ihm. Jeder versuchte, so schnell wie möglich nach oben zu gelangen. Nur der Mann mit der Aktentasche war stehen geblieben und fühlte sich irgendwie verantwortlich.

»Der junge Mann hier braucht Hilfe ... Ich habe ihn nicht angefasst, Sie müssen mir glauben, er ist einfach umgekippt«, erklärte er laut, um die Geräuschkulisse zu übertönen.

Hamid entnahm den Worten des Mannes, dass die beiden wenige Minuten zuvor aneinandergeraten waren und sich angeschrien hatten, weil einer den anderen beschuldigte, sich vorzudrängeln. Schließlich war es zu einer Rangelei gekommen, und obwohl der Jüngere von beiden deutlich kräftiger schien, war dieser plötzlich umgekippt und mit Krämpfen am Boden liegen geblieben.

»Ich war das nicht, Sie müssen mir das glauben ... Er ist einfach umgefallen.«

Hamid glaubte ihm. Der junge Mann hatte weißen Schaum auf den Lippen. Sein Körper wurde von heftigen Zuckungen durchgeschüttelt. Alles sah nach einem epileptischen Anfall aus, nur der Schaum, der ihm aus dem Mund trat, war ungewöhnlich.

Hamid war kein Arzt, für so einen Fall war er nie ausgebildet worden. Mitfühlend beugte er sich über den Kranken und wischte ihm ohne Einmalhandschuhe intuitiv den Schaum vom Mund, dann nahm er seinen Kopf zwischen die Hände. Langsam schienen die Krämpfe des Mannes nachzulassen.

»Hören Sie mich?«

Der Mann nickte. Hamid sah sich verzweifelt um. Weder Polizisten noch irgendwelche Rettungskräfte waren in Sichtweite. Auf professionelle Unterstützung oder eine Krankentrage konnte er nicht hoffen. Er musste es allein versuchen.

»Ich bringe Sie jetzt hier weg. Glauben Sie, Sie können stehen, wenn ich Sie stütze?«

Plötzlich begann der junge Mann zu weinen. Tränen liefen über ein Tattoo, das von der Wange bis zum Hals reichte.

Er versuchte etwas zu sagen, dabei drang weiterer Schaum aus seinem Mund. Hamid beugte sich weit zu ihm hinab, um ihn besser zu verstehen.

»Werde ich sterben?«, flüsterte der junge Mann.

Hamid schüttelte den Kopf.

»Sag mir deinen Namen, wie heißt du?« Hamids Stimme hatte einen beruhigenden, warmen Klang angenommen.

»Kosta, Kosta Stefanidi ...«

»Hör gut zu, Kosta, du wirst nicht sterben. Verstehst du mich? Wir werden dich hier rausschaffen, aber dazu brauchen wir deine Hilfe, Kosta.«

Hamid blickte hinauf zu dem Mann mit der Aktentasche.

»Wieso sehen Sie mich an, ich muss zu meiner Familie. Ich ... Ich kann Ihnen nicht helfen ...«

»Sie wollen zu Ihrer Familie? Dann helfen Sie mir und kommen mit mir sofort nach oben. Oder ich finde jemand anderen, und Sie stellen sich wieder in die Menge. Ihre Entscheidung!«

Der Mann blickte kurz zum zweiten Aufgang, wo soeben zwei Sanitäter eine Frau auf einer Krankenbahre nach oben trugen. Dann nickte er Hamid stumm zu.

»Wie heißen Sie?«, wollte Hamid auch von ihm wissen.

»Langstein.«

»Okay, Langstein. Du stellst jetzt deine Aktentasche ab und hakst Kosta links unter und ich rechts. Dann helfen wir ihm hoch, verstanden?«, sagte Hamid sanft.

»In meiner Aktentasche ist ...«

»Entscheide dich, Langstein. Du oder jemand anders.«

Langstein stellte seine Tasche ab und half Hamid dabei, Kosta aufzurichten. Sofort danach griff er wieder nach seiner Tasche, hatte aber weiterhin mit dem anderen Arm Kosta untergehakt. Er fuhr zusammen, als Hamid vollkommen unerwartet aus vollem Hals zu schreien begann: »Machen Sie den Weg frei, gehen Sie auf die Seite! Los, machen Sie schon!«

Und wie durch ein Wunder teilten sich die Massen vor den

drei Männern. Niemand hatte Lust, sich dem schreienden, arabischen aussehenden Mann mit dem Vollbart und den schwarzen Haaren in den Weg zu stellen.

Auf den letzten Metern bis zur Absperrung kamen ihnen Polizisten entgegen, die eine Schneise für sie bildeten. Hamids Stimme war bereits heiser, seine Kehle kratzte. Er war heilfroh, als er endlich aufhören konnte, die Menschen vor sich anzuschreien. Am Treppenaufgang nahmen ihnen zwei Sanitäter Kosta ab und trugen ihn auf einer Bahre nach oben.

Langstein setzte sich auf die Stufen und holte zitternd eine Packung Zigaretten aus seiner Aktentasche. Sofort kam einer der Polizisten zu ihm und blaffte ihn an. Eine Maschinenpistole hing quer über seiner Brust.

Was um alles in der Welt war hier los?, dachte Hamid erneut bei diesem Anblick.

»Sie dürfen hier nicht rauchen – und machen Sie die Treppe frei.«

Hamid schob sich zwischen den Polizisten und Langstein.

»Geben Sie ihm doch bitte eine Minute. Sie sehen ja, dass der Mann am Ende ist.«

Hamids entwaffnende Freundlichkeit verfehlte ihre Wirkung nicht. Der Polizist musterte Langstein, der ihm keine Beachtung schenkte und sich apathisch eine Zigarette anzündete. Dann wandte er sich wieder Hamid zu.

»Eine Minute, und dann schaffen Sie ihn hoch zur Registrierung!«

»Versprochen, wir sind in einer Minute weg hier.«

Der Polizist drehte sich um und ging zurück zu seinen Kameraden, die die Absperrung sicherten. Hamid konnte von hier aus sehen, dass sich der Bahnsteig langsam lichtete. Er setzte sich neben Langstein, um endlich die entscheidende Frage zu stellen.

»Was ist passiert?«

Langstein nahm einen tiefen Zug von der Zigarette.

»Ich saß ganz vorne in der U-Bahn, wollte meine Zeitung lesen, konnte aber nur an meine Frau denken. Wir hatten Streit heute Morgen, ich hab ihr schlimme Sachen an den Kopf geworfen. Sie hat geweint, wollte mich dann umarmen. Ich hab sie zurückgestoßen, hab gesagt, ich bräuchte eine Auszeit. Dann hat es irgendwo in der Bahn laut geknallt, sehr laut, als hätte jemand eine Papiertüte direkt an meinem Ohr zum Platzen gebracht. Ich war wütend ... Dann schrie jemand, und es knallte wieder. Menschen sind den Gang entlanggerannt, viele Menschen. Alle waren plötzlich in Bewegung. Dann knallte es wieder und noch mehr Schreie. Ich glaube, ich bin aufgestanden, um etwas zu sehen, dann zersplitterte die Glasscheibe neben mir, und ich bin gerannt. Es war ... Es war schrecklich. Und ich habe immer nur gedacht, wie sehr ich meine Frau liebe und dass ich sie vielleicht nie wiedersehen werde ...«

Wieder zog Langstein an der Zigarette.

»Haben Sie sie schon angerufen?«, fragte Hamid.

Langstein schloss für ein paar Sekunden die Augen. »Ich hatte sie am Apparat, hab ihr gesagt, dass ich sie liebe und ... und dass es mir leidtut ... Dann wollte dieser junge Kerl ...«

»Kosta?«

Langstein nickte.

»Genau ... Er wollte mein Handy, um irgendjemanden anzurufen, und ich weiß nicht mal mehr, warum ich ihm das blöde Ding nicht einfach gegeben habe. Dann hat er es mir aus der Hand gerissen. Ich war so zornig, packte ihn am Arm, wirklich nur so ...«

Langstein griff nach Hamids Handgelenk.

»Und dann ist er umgekippt. Meinen Sie, ich könnte seine Nummer bekommen? Die von Kosta ... Ich muss wissen, wie es ihm geht.«

Das Polizeiteam vor ihnen kam in Bewegung und folgte in einer geschlossenen Kette der Menschenmenge, die zwischenzeitlich fast gänzlich vom Bahnsteig verschwunden war. Nur der Polizist, der sie zuvor ermahnt hatte, blieb stehen und warf ihnen einen strengen Blick zu.

»Ja klar, ich tu mein Bestes. Aber wir müssen jetzt hoch.«

Langstein nickte. In diesem Augenblick läutete Hamids Telefon. Er stand auf und stellte sich ein wenig abseits von Langstein an den Treppenaufgang. Ein Foto von Indira, auf dem sie ihm einen Kuss zuwarf, füllte das Display. Sofort spüre er sie am ganzen Körper, konnte ihren Duft riechen und sehnte sich nach ihrer Umarmung. Trotz des Chaos um ihn herum musste er bei dem Gedanken an seine Verlobte unweigerlich lächeln, als er den Anruf entgegennahm.

»Bist du okay? Ich mach mir solche Sorgen, wo bist du?«, kam sie unruhig sofort auf den Punkt.

»U-Bahn-Station Universität«, antwortete er.

»O no! Du bist mittendrin. Ich wusste es, du bist mittendrin. Du verdammter Idiot!« Ihre Stimme klang schrill und abgehackt.

»Hey, mir geht es gut. Mach dir keine Sorgen.«

»Verdammt, natürlich mach ich mir Sorgen. Du musst da sofort raus. Ich bin im Krankenhaus. Sieh zu, dass du herkommst. Und berühr niemanden, hörst du mich? Berühr niemanden!«

»Was redest du da? Irgendein Wahnsinniger hat um sich geschossen, den haben die doch schon längst unschädlich gemacht. Du solltest mal das Polizeiaufgebot hier sehen.«

»Das scheint nicht alles zu sein. Wir sind soeben angewiesen worden, alle neu eintreffenden Patienten zu isolieren. Wir selbst müssen Schutzanzüge und Atemmasken tragen – also auch hier in der Mikrobiologie! Verstehst du jetzt, warum ich mir Sorgen mache?«

Hamid verstand sehr wohl. Warum war ihm das nicht schon früher aufgefallen? All die Menschen, die zusammengebrochen waren, die sich übergeben hatten. Kosta, ein junger Mann, der Schüttelkrämpfe bekam. Und dann der Schaum vor seinem Mund.

Hamid betrachtete seine Hand, mit der er Kosta den Mund abgewischt hatte.

»Das BBK hat den Massenanfall für Verletzte erweitert. Jetzt ist es ein Massenanfall für Infizierte«, erklärte Indira.

»Was soll ich jetzt machen?«, stammelte Hamid.

»Du kommst jetzt sofort zu mir ins Krankenhaus. Ich will dich hier haben, hörst du mich? Und lass dich nicht vorher von irgendeiner ATF-Einheit untersuchen. Wer weiß, wohin die dich sonst verfrachten. Wenn du im Krankenhaus bist, stecken die dich wenigstens hier in Quarantäne. Und dann ...« Sie verstummte.

»Und dann?«

»Ich ... Was willst du von mir hören? Ich weiß es jetzt nicht, aber mir wird schon irgendwas einfallen.«

»Indira, hey, beruhige dich. Mir fehlt überhaupt nichts, verstehst du? Mir geht's gut. Lass mich erst mal Alex finden, der steckt irgendwo hier in dem Chaos, keine Ahnung. Und dann fahren wir zusammen zu dir. Alles wird gut, hörst du mich, beruhig dich ... Alles wird gut.«

Hamid hatte keine Ahnung, wie unrecht er damit hatte.

* * *

Antonia saß mit ihrem Team in einem dunkel getäfelten Meetingraum, dessen nach oben gerichtete Deckenfluter eine weiche, indirekte Beleuchtung schufen. Trotzdem hatte der Raum etwas Düsteres, Beklemmendes an sich. Die Vermisstenmeldung des Innenministers hatte inzwischen die Runde gemacht, aber in Antonias Gegenwart wagte niemand, darüber zu sprechen. Sogar sie selbst versuchte, nicht darüber nachzudenken, sondern hatte beschlossen, mit ihrem gesamten Team in einem Besprechungsraum zu arbeiten, um einen effizienten Informationsaustausch gewährleisten zu können. Sami hatte von der Idee nicht viel gehalten.

»Es wird laut werden, wenn wir alle gleichzeitig telefonieren, wie soll man sich da konzentrieren können?« Doch Antonia hatte seinem Argument keine Bedeutung beigemessen, da Sami grundsätzlich zu den *Bedenkenträgern* gehörte, wie sie diese Leute gerne betitelte.

»Danke für den Einwand, aber abgelehnt«, hatte sie trocken erklärt.

»Darf ich fragen, wieso?«

»Nein, Sami, finde dich einfach damit ab.«

»Wir könnten abstimmen.«

»Sami«, hatte sie deutlich impulsiver geantwortet, als er es von ihr gewohnt war. »Das hier ist kein Debattierclub. Wann begreifst du endlich, dass ich deine Vorgesetzte bin und du verdammt noch mal zu tun hast, was ich dir sage? Wenn dir das nicht passt, nehme ich gerne deinen Versetzungsantrag entgegen. Haben wir uns da jetzt ganz klar verstanden?«

Sami war jeglicher Konter im Hals stecken geblieben; so hatte er Antonia noch nie erlebt.

Nun saß er seit zwanzig Minuten mit aufgeklapptem Laptop – genau wie Carmen, Pia und Leo, ein junger Neuzugang von der Universität – konzentriert an einem ovalen Besprechungstisch. Gemeinsam verfolgten sie die zahlreichen Meldungen im Netz oder recherchierten im System. Antonia hatte sich am Kopfende positioniert, verteilte Aufgaben oder übertrug Erkenntnisse ins Intranet des Ministeriums, zu dem wiederum andere Task Forces Zugriff hatten.

»Das BBK hat die Warnstufe geändert«, teilte Carmen mit, die als Dienstälteste immer noch einen Block vor sich liegen hatte, auf dem sie handschriftliche Notizen machte. Wenn sie den Bleistift, den sie dazu benutzte, nicht gerade nervös an einem Ende abkaute.

»Wer?«, hakte Leo nach, der mit den Abkürzungen der ganzen Behörden noch nicht klarkam.

»Das Bundesamt für Bevölkerungsschutz und Katastrophenhilfe«, ergänzte Carmen. »Aus dem Massenanfall von Verletzten haben sie jetzt einen MANI gemacht, einen Massenanfall von Infizierten. Es gibt auch keine numerische Einstufung mehr. Das klingt nicht gut ...«

Etwas Derartiges hatte Antonia noch nie gehört. Die numerische Einstufung stand für die Menge der Betroffenen. MANV-30 bedeutete etwa dreißig bis fünfzig Verletzte.

Antonia richtete sich an Sami: »Von welcher Art Infizierung sprechen wir?« Sami hatte die Aufgabe, den Kontakt zur Einsatzleitung des BBK und zur Sanitätseinsatzleitung der Landeshauptstadt aufrechtzuerhalten.

»Die offizielle Verlautbarung ist sehr vage. Man spricht von einer reinen Vorsichtsmaßnahme. Noch haben sie keine sicheren Erkenntnisse, ob überhaupt eine Infizierung vorliegt – nur das Video.«

Das Video. Markus hatte Antonia in seinem Büro einen Blick darauf werfen lassen. Es waren Aufnahmen aus dem Inneren der U-Bahn, die zeigten, wie der Terrorist irgendeine Flüssigkeit auf die Fahrgäste sprühte, bevor er begann, um sich zu schießen.

»Dann sind die Schutzmaßnahmen der Rettungskräfte also reine Vorsichtsmaßnahme?«

»Was meint sie?«, flüsterte der Praktikant Carmen zu, die leise antwortete.

»Das bedeutet, dass die ganzen Sanis da draußen ABC-Anzüge und Masken tragen müssen, also spezielle Overalls, die gegen atomare Strahlung, biologische und chemische Kampfstoffe schützen.«

Sami hatte diese Erklärung gehört und ergänzte: »Nicht nur die Sanis, auch die Polizeikräfte, die die Sammelplätze für Patienten oder die Krankenhäuser bewachen. Ich hab mal so ein

Ding mit Atemmaske angehabt, nur so zum Spaß – das ist die Hölle. Man kommt sich vor wie ein Astronaut und schwitzt wie ein Schwein.«

Antonia verdrehte die Augen.

»Sami, beantworte meine Frage.«

»Die war noch mal?«

Antonia klatschte mit der flachen Hand auf den Tisch. Ihre Nerven lagen blank, da noch immer unklar war, wo ihr Vater steckte.

»Ach ja«, erinnerte sich Sami. »Auch die Anzüge: alles angeblich Vorsichtsmaßnahmen. Eine Freundin bei der Sanitätseinsatzleitung hat mir aber gesteckt, dass es unter den Betroffenen ungewöhnlich viele Fälle von Erbrechen und Krämpfen gibt.«

»Definiere ›ungewöhnlich viele‹.«

»Sie schätzte einer von zehn.«

»Macht fünfzig bei fünfhundert Menschen, die in der U-Bahn waren«, rechnete Carmen laut.

»Macht ein Vielfaches davon, wenn der Araber wirklich ein Virus verbreitet hat!«

Auf dem Video hatte der Mann unzweifelhaft wie ein Araber ausgesehen, aber noch lagen keine gesicherten Erkenntnisse über seine Identität vor.

»Wie weit ist das Bundeskriminalamt mit der Identifizierung, Pia?«

»Ich bin dran am BKA. Die blocken noch, haben mir aber versprochen, uns sofort zu informieren, wenn sie mehr wissen.«

Antonias Blick blieb auf einer Livereportage des Bayerischen Rundfunks hängen, die ihr gerade auf dem Laptop ausgespielt wurde. Eine Kameradrohne zeigte die Absperrung auf der Leopoldstraße aus der Luft. Innerhalb des Areals, das über die gesamte Breite der Fahrbahnen und Fußgängerwege ging, konnte man eine Zeltstadt sowie unzählige blinkende Rettungsdienste und Einsatzwagen der Polizei erkennen.

Ein Mann berichtete gerade verärgert der Reporterin, dass er nicht zu seinem Auto durfte, das innerhalb der Absperrung stand. Anschließend äußerte sich eine Passantin verängstigt darüber, dass die Polizisten und Sanitäter alle »Gasmasken« trugen.

In diesem Augenblick öffnete sich leise die Tür, und ein stattlicher Mann mit schütterem Haar betrat den Raum. Er hatte den Zeigefinger auf die Lippen gelegt und lächelte in die Runde. Antonia bemerkte ihn erst, als sich sanft von hinten zwei Hände auf ihre Augen legten. Sie zuckte erschrocken zusammen.

»Herzlichen Glückwunsch zum Geburtstag«, flüsterte ihr eine nur zu bekannte Stimme ins Ohr. Augenblicklich entspannte sie sich, und ihr wurde warm ums Herz.

»Papa!«

Ohne sich umzudrehen, nahm sie seine Hände und drückte sie fest auf ihre Lippen und Wangen.

Antonias Team nutzte die Gelegenheit, endlich den Raum verlassen zu können, um sich nach Freunden und Angehörigen zu erkundigen. Nur Sami blieb, zögerte für einen Augenblick und richtete sich dann an den Innenminister, der ratlos hinter seiner Tochter stand.

»Herr Innenminister, wir sind so froh, dass es Ihnen gut geht.«

Martin verstand nicht, was das zu bedeuten hatte. Doch bevor er seine Frage laut aussprechen konnte, hatte sich schon die Tür hinter Sami geschlossen. Martin setzte sich neben Antonia und lächelte sie an.

»Kleines, was ist los?«, fragte Martin und stellte eine kleine, hübsch verpackte Schachtel vor ihr auf dem Tisch ab. Antonia sah auf das Geschenk und wieder zurück zu ihrem Vater, der sichtlich irritiert war. Dann schüttelte sie ungläubig den Kopf.

»Du weißt es nicht?«

»Was weiß ich nicht?«

»Es gab einen Anschlag in der U-Bahn, und ich dachte ...« Sie schnappte nach Luft. »Ich dachte, du könntest tot sein!«

Martins Gesichtszüge verhärteten sich. Hastig suchte er in der Innentasche des Mantels nach seinem Handy. Er hatte nach dem unangenehmen Telefonat mit Christiane den Ton abgeschaltet. Es zeigte vierundzwanzig verpasste Anrufe und fast ebenso viele WhatsApp-Nachrichten an.

»Wo genau? Was ist passiert?«, wollte er wissen.

Nervös rutschte er auf seinem Stuhl zurück, um etwas Abstand zu Antonia zu bekommen.

»Erzähl, was du weißt!«

Antonia hatte das Gefühl, als wäre ihr Vater plötzlich verschwunden und sie müsse nun dem Innenminister Bericht erstatten. Sie atmete tief durch.

»Ungefähr um halb neun, irgendwo zwischen den U-Bahn-Stationen Giselastraße und Universität, hat ein Unbekannter – laut BKA mutmaßlich ein Islamist – eine Flüssigkeit auf die Fahrgäste gesprüht. Als jemand versucht hat, ihn daran zu hindern, hat er um sich geschossen.«

»Was war das für eine Flüssigkeit?«

»Darüber haben wir noch keine Erkenntnisse.«

Martin fuhr sich hektisch durch das schüttere Haar.

»Ich muss sofort zurück ins Ministerium.«

Entschlossen stand er auf und rief in seinem Büro an. Fast augenblicklich stand die Verbindung.

»Weimar, hören Sie ... Ja, mir geht es gut. Ich bin gerade bei meiner Tochter ... Nein, ich war nicht in der U-Bahn, ich bin ausgestiegen, um etwas abzuholen. Ich weiß ... Schicken Sie mir einen Fahrer. Was? Meinen Sie wirklich, dass das nötig ist? Von mir aus, aber beeilen Sie sich.«

Martin steckte das Handy weg. Antonia erhob sich ebenfalls.

»Ist der Täter gefasst worden?«

Antonia nickte. »Vor einer halben Stunde hat ihn ein Spezialkommando verhaftet.«

»Warum will Weimar dann, dass ich Personenschutz bekomme? Vollkommen absurd und übertrieben.«

Antonia reagierte nicht auf die Frage, stattdessen griff sie nach seiner Hand.

»Ich dachte, du wärst in dieser U-Bahn gewesen.«

Für einen Moment wurde aus dem Innenminister wieder ihr Vater, und seine Hand umschloss fest ihre kalten Finger.

»Wir müssen das verschieben, Antonia.«

Er beugte sich vor und gab ihr mechanisch einen Kuss auf die Wange.

»Nochmals alles Gute zum Geburtstag, Liebes.« Dann ließ er ihre Hand los und öffnete die Tür. Ein letztes Mal wandte er sich ihr zu.

»Wie viele Opfer gab es?«

»Vier Tote ... und die Anzahl der Verletzten ist noch unklar.«

»Grauenvoll«, kommentierte Martin, aber es klang, als wäre er mit seinen Gedanken schon wieder woanders. Ohne die Tür zu schließen, ging er mit großen Schritten hinaus auf den schwarz gefliesten Gang, drückte sein Handy ans Ohr und eilte davon.

Antonia sah ihm noch eine Weile nach. Erst als sie ihn aus den Augen verlor, setzte sie sich wieder auf einen der mit Leder bespannten Stühle, der federnd nachgab. Wäre es nicht wunderbar, hier einfach sitzen zu bleiben und zu warten, bis alles vorbei war?

Ihr Blick fiel auf das kleine Geschenk, das ihrem Vater vielleicht das Leben gerettet hatte. Vorsichtig nahm sie es in die Hand. Es war eine leicht abgenutzte, quadratische Schachtel von Tiffany. Sie zögerte einen Moment, dann öffnete sie die Schachtel. Zum Vorschein kam ein goldenes Armband mit einem Herzanhänger. Stirnrunzelnd nahm sie das Schmuckstück heraus. Es war unzweifelhaft dasselbe Armband, das Martin einst ihrer Stiefmutter geschenkt hatte. Wütend feuerte sie den Schmuck in die Ecke.

* * *

Der Waldfriedhof lag im Südwesten von München und war mit fünfzig Hektar und knapp sechzigtausend Gräbern der größte der Stadt. Die Wege durch die dicht stehenden Bäume folgten keinem am Reißbrett entstandenen Muster, sondern liefen scheinbar kreuz und quer über das gewaltige Areal. Für Fremde konnte sich daher nicht nur die Suche nach einem bestimmten Grab als unlösbar gestalten, sondern auch der Rückweg aus diesem Labyrinth.

Lukas Himmel hingegen hätte das Grab seiner Mutter auch blind gefunden. Wann immer es ging, schwänzte er die Schule und setzte sich in den Bus, der ihn direkt vor dem Haupteingang des Friedhofs absetzte. Es erstaunte ihn jedes Mal aufs Neue, denn kaum durchquerte er die steinernen Pforten mit den Statuen zweier liegender Löwen mit Frauenköpfen, umgab ihn das Gefühl friedlicher Ruhe, die umso intensiver wurde, je tiefer er in den Wald aus Gräbern und Bäumen gelangte. Inmitten des hektischen Treibens der Großstadt war dies eine Oase der Stille und der Besinnung. Ein Ort der Begegnung mit den Verstorbenen, ein Ort, an dem Lukas die Nähe seiner Mutter spürte. Hier konnte er ihr nahe sein, so lange er wollte, vor allem aber konnte er an ihrem Grab mit ihr sprechen.

Als er das zum ersten Mal getan hatte, verspürte er Angst vor dem Klang seiner eigenen Stimme. Doch diese Angst hatte sich mit jedem neuen Besuch verflüchtigt. Und so sprach er nun jedes Mal laut aus, was er dachte, hörte danach dem Rauschen der Blätter zu und glaubte, irgendwo dazwischen die flüsternde Stimme seiner Mutter zu vernehmen. An Montagen gab es vormittags ohnehin nie sonderlich viele Besucher, ein paar wenige alte Frauen, manchmal auch ein paar Greise, die mühsam gebückt Unkraut jäteten oder die Grablichter ersetzten. Aber heute war der Friedhof wie ausgestorben.

Das gleichmäßige Knirschen seiner Schuhe auf dem Kiesweg verstummte, als er das Grab seiner Mutter erreichte. Es lag im Schatten einer ausladenden Esche, deren dicht bewachsene Zweige sich um das Grab senkten wie schützende Hände.

Der breite, massive Grabstein, der nach oben in schräg zulaufenden Giebeln mündete, die an ein Dach erinnerten, sowie die reichlich in Stein geschlagenen Ornamente und das erhaben ausgeführte Kreuz, von dem Strahlen in alle Richtungen abgingen, wirkten auf Lukas monströs und sogar ein wenig abstoßend. Verwitterte, eingemeißelte Schriften, die kaum zu entziffern waren, erinnerten an seine verstorbenen Vorfahren der Familie Himmel. Sie hatten alle keine Bedeutung für ihn. Nur der Name in der untersten Zeile, dessen Buchstaben hell und klar aus dem mit Moos bedeckten Stein hervorstachen, strahlte Geborgenheit und Wärme aus.

SHOHREH HIMMEL
geb. Farhadi
*17. April 1981 † 9. Oktober 2021

Ein warmer Sonnenstrahl fiel durch die Baumkrone der Esche und blendete ihn. Lukas setzte sich auf den Boden vor dem Grab, schloss die Augen und glitt in seinen Gedanken zurück in eine andere Zeit an einen anderen Ort.

Der laute Rufton seines iPhones weckte ihn Minuten später aus seinem Tagtraum. Eine Wolke hatte sich vor die Sonne geschoben, und ein Windstoß wirbelte Blätter von der Esche auf das Familiengrab. Das Display zeigte einen Anruf seines Vaters an. Lukas wollte den Anruf wegdrücken, doch seine Mutter lächelte ihn an und schien zu sagen: *Heb ab, alles andere hat Zeit.*

Lukas nahm den Anruf an, und augenblicklich tönte Martins Stimme aus dem Lautsprecher: »Gott sei Dank! Wo steckst du?«

»Ich bin bei Mama.«

Lukas' Antwort ließ Martin einen Moment lang verstummen.

»Wir hätten sie zusammen besuchen können«, setzte er wieder an – und noch bevor Lukas eine gehässige Antwort finden konnte, hörte er wieder seine Mutter.

Gib ihm eine Chance, mir zuliebe.

»Ich wollte allein sein mit ihr«, antwortete er seinem Vater leise.

Am anderen Ende der Leitung verstummte Martin, denn er kannte das Gefühl. Er saß an seinem Schreibtisch, und das Bewusstsein, dass Lukas ihr gerade ganz nahe war, ließ die Distanz schwinden. Bis er das Gefühl hatte, ebenfalls vor dem Grab zu stehen, Seite an Seite mit seinem Sohn.

»Ich schicke einen Wagen.«

»Ich werde aber nicht gehen.«

»Sie werden warten, ich verspreche es dir. Sie werden warten, egal, wie lange du brauchst!«

»Aber sie kommen nicht auf den Friedhof!«

»Nein, sie werden vor dem Friedhof warten.«

Lukas hatte das Gefühl, dass sein Vater irgendwie ungewohnt klang. Schwang da so etwas wie Sorge in seiner Stimme mit? Ein Blatt verfing sich in seinen Haaren. Es fühlte sich an wie eine leichte Berührung seiner Mutter.

Du musst euch Zeit geben, dann wird alles gut.

»Versprichst du mir, dass du dich nach Hause fahren lässt?«, wollte Martin wissen.

Die Sorge in der Stimme seines Vaters war jetzt ganz deutlich zu hören. Es fühlte sich gut an. Und gerade deshalb wollte Lukas den Grund für seine Sorge nicht erfragen. Es hätte den Moment kaputt gemacht.

»Ich hätte eh schwarzfahren müssen, und ich hasse diese

blöden Masken. Also klar, wenn du Steuergelder so leicht verprassen kannst, wieso dann nicht auch mal für mich? Kann aber noch dauern.«

Martins Vorstellung, soeben neben seinem Sohn am Grab seiner Frau zu stehen, zerplatzte wie eine Seifenblase. Er wischte sich den Schweiß von der Stirn und lehnte sich mit angewinkelten Armen auf seinen Schreibtisch.

»Wir sehen uns dann zu Hause«, sagte er schließlich.

Ohne den Blick von dem Grabstein zu nehmen, beendete Lukas die Verbindung und steckte das Handy in seine Hosentasche.

Du musst ihm endlich vergeben!

»Ich soll ihm vergeben? Niemals. Das kannst du nicht von mir verlangen.«

Wieso nicht?

»Weil er dich umgebracht hat!«

TAG 1

Montag, 12. September 2022
10:00 Uhr – 12:00 Uhr

Karlsruhe

Schritt für Schritt. Jeder Atemzug abgestimmt auf die nächste Bewegung. Salz in den Augen. Den Blick nach vorne auf den Weg gerichtet. Die Kraft genau dosiert für eine Strecke von über vierzig Kilometern. Die Welt um ihn herum ausgeblendet, die Gedanken fokussiert auf den inneren Rhythmus von Körper und Geist. Berauscht von Dopamin, unaufhaltsam, glücklich, zumindest jetzt und hier.

Die Tageshöchsttemperaturen waren in den letzten zwei Wochen von dreißig Grad auf fünfzehn Grad gesunken. Ein Segen für Torge Prager, der an seinem ersten Urlaubstag endlich Zeit fand, sein Triathlontraining zu beginnen. Im Juli des kommenden Jahres stand die nächste große Herausforderung an, der Ironman Schweiz in Thun. Und im November der Ironman in Florida. 3,8 Kilometer Schwimmen, 180 Kilometer Radfahren und 42 Kilometer Laufen. Wenn es außerhalb seines Berufes etwas gab, wofür er wirklich brannte, dann war es das.

2016 hatte das Fieber für diesen Sport Prager gepackt. Zu Beginn wollte er sich nur beweisen, dass er es schaffen würde, ins Ziel zu kommen – inzwischen bestand die weit größere Herausforderung darin, das Training in den Alltag und in sein Berufsleben zu integrieren. Fünfzehn Stunden Trainingseinheiten pro Woche waren sein Minimum, fünfundzwanzig Stunden, wenn die Arbeit es zuließ.

Mit jedem Schritt, mit jedem Atemzug schuf er ein Gegengewicht zu seinem Job, zu den Perversionen der menschlichen Existenz, mit denen er tagtäglich konfrontiert wurde. Schritt für Schritt, Stunde um Stunde die Balance haltend, um nicht von innen zerfressen zu werden. Die Beine immer in Bewegung, die Arme, die vor ihm das Wasser teilten, die Füße, die in die Pedale traten. Einsam, das Ziel immer vor Augen, keine Zeit, um nach links oder rechts zu sehen, während das Leben an ihm vorbeiströmte wie kühler Wind, der den Schweiß auf seiner Haut trocknete.

Schritt für Schritt. Zufrieden, wenn das Blut in den Adern kochte, wenn der monotone Ablauf von Geist und Körper die Einsamkeit unter sich begrub wie feuchte Erde einen lebenden Toten.

Ein heller Piepton bohrte sich nach und nach in diesen tranceartigen Zustand, der ihm ermöglichte, bis an die Grenzen seiner physischen Leistungsfähigkeit zu gehen – und manchmal darüber hinaus, wie vor zwei Jahren, als er bei einem Turnier mit dem Fahrrad gestürzt war. Filmriss – eine Stunde lang. Schulter und Schlüsselbein gebrochen. Die Balance verloren. Der Entzug war schlimmer als die Frakturen. Sechs Wochen später bei einem Ski-Tourenwettkampf dagegen ankämpfend, bandagiert, fast ohnmächtig vor Schmerzen, aber am Ende das Ziel erreicht. Das Gleichgewicht war wiederhergestellt.

Das Piepen war nicht mehr zu überhören. Schritt für Schritt ... Vielleicht würde es stoppen, aber das tat es nicht, und schließlich siegte die Vernunft. Stillstand.

Keuchend stützte er sich mit ausgestreckten Armen auf die Oberschenkel und rang nach Luft – der Pager in seinem Brustbeutel malträtierte unablässig sein Bewusstsein.

Es war sein erster freier Tag seit Wochen. Nichts konnte seiner Meinung nach so wichtig sein, dass man ihm diese Auszeit nicht gönnte. Wütend zog er das Gerät aus der Tasche und deaktivierte den Signalton, dann las er die Kurznachricht auf dem einzeiligen Display.

NOTFALL – UMGEHEND IN ZENTRALE MELDEN

Was auch immer das zu bedeuten hatte, eines war klar: Sein Urlaub war hiermit beendet.

* * *

Das beeindruckende fünfstöckige Gebäude der Generalbundesanwaltschaft in Karlsruhe, dessen Front sich halbkreisförmig nach innen wölbte, war 1998 im Stil eines Stadtpalais erbaut worden und stand im Zentrum eines zehntausend Quadratmeter großen Gartens, der von hohen Mauern umgeben war. Das Bauwerk wirkte durch seine geschwungenen Linien einerseits einladend, andererseits durch seine massive Gesamtkonstruktion wie eine Festung. Und wahrscheinlich war es das auch, denn die hier untergebrachte Institution war schlichtweg das mächtigste Bollwerk zum Schutz der Republik vor Terrorismus und Spionage. Wann immer die demokratische Grundordnung des Staates in Gefahr war, übernahm die Generalbundesanwaltschaft die Leitung der Strafverfolgung und die Anklage der Täter.

Oberstaatsanwältin Dr. Frederike Oster war eine von dreihundert Mitarbeiterinnen und Mitarbeitern der mächtigen Behörde. Als Leiterin der Terrorismusabteilung verantwortete sie die Bereiche »Rechtsextremistischer Terrorismus«, »Linksextremistischer Terrorismus«, »Islamistisch motivierter Terrorismus« und »Internationaler Terrorismus mit linksextremistischem oder separatistischem Hintergrund«. 2016, einige Monate nach der Ernennung von Peter Frank zum neuen Generalbundesanwalt, hatte man ihr die Verantwortung für diesen brisanten Bereich übertragen. Seit damals hatte sich die Anzahl der Terrorverfahren verfünffacht. Von jährlich etwa tausendzweihundert Fällen hatten etwa tausend einen islamistischen Hintergrund. Doch kein einziger davon hatte in Frederike Osters sechsjähriger Amtszeit auch nur annähernd die Ausmaße angenommen wie jener, der sich gerade in München abzeichnete. Im Schnelldurchlauf war sie von ihren Mitarbeitern über die schrecklichen Vorgänge unterrichtet worden. Die Fakten waren zwar noch dürftig, aber alle Expertenprognosen, die ihr bislang vorlagen, deuteten auf einen islamistischen Anschlag von unfassbarem Ausmaß hin.

Ein Mann im grauen Anzug öffnete schwungvoll die Tür.

»Frau Oberstaatsanwältin, Erster Kriminalhauptkommissar Prager wäre jetzt da.«

»Worauf warten Sie noch, schicken Sie ihn rein.«

Sie hatte ihren Wunsch bewusst laut und deutlich geäußert, sodass der Mann in Sportkleidung, der im Schatten ihres Assistenten stand, sich angesprochen fühlte und eintrat.

»Und, Kreuzer – keine Anrufe in den nächsten zwanzig Minuten.«

»Jawohl, Frau Oberstaatsanwältin.«

Daraufhin verschwand der Mann im grauen Anzug mit gesenktem Kopf und schloss leise die schwere Eichentür hinter sich. Prager machte ein paar Schritte auf den massiven Schreibtisch zu, dann blickte er seiner Vorgesetzten mit den hellgrauen Haaren fest in die Augen.

Er schüttelte ihr über den breiten Tisch hinweg die Hand und begrüßte sie knapp: »Frau Oberstaatsanwältin.«

»Prager«, erwiderte sie die Begrüßung mit freundlicher Kühle und Souveränität. Beide verband eine lange Vorgeschichte, die nicht immer reibungslos verlaufen war. Dann ergänzte sie: »Es tut mir leid.« Was aus ihrem Mund keine Floskel war, sondern das Maximum an Empathiebekundung.

»Mir auch«, antwortete Prager trocken.

»Soll ich Ihnen ein Handtuch bringen lassen?«

Er schüttelte den Kopf.

»Ich hab nicht vor, lange zu bleiben.«

»Setzen Sie sich doch.«

Prager zog einen der Lederstühle zu sich und nahm Platz.

»Es gab in München einen Anschlag«, begann sie ohne Umschweife. Das schätzte er an ihr.

»Es gibt immer irgendwo einen Anschlag«, konterte er.

»Das hier ist anders.«

Prager runzelte fast unmerklich die Stirn.

Oster war in der Regel pragmatisch, sie hatte immer den Fall vor Augen, nicht die Menschen, die damit in Verbindung standen. Dadurch bewahrte sie sich eine objektive, neutrale Perspektive bei der Beurteilung der Vorgänge. Doch diesmal schien sie beunruhigt, ganz so, als würde ihr der Fall persönlich nahegehen. Er waren Kleinigkeiten, an denen Prager das festmachte, wie etwa das nervöse Tippeln mit ihrem silbernen Kugelschreiber auf der Schreibtischunterlage oder die langen Pausen zwischen ihren Sätzen.

»Inwiefern?«, wollte er wissen.

»Ein Attentäter, vermutlich mit islamistischem Hintergrund, hat in München in einer U-Bahn willkürlich auf Fahrgäste geschossen. Es gab sieben Tote.« Sie blickte auf den Bildschirm neben sich, dann korrigierte sie ihre Aussage: »Acht, inzwischen sind es acht, und zahlreiche Verletzte.«

»Hört sich nach einem Fall für das LKA Bayern an.«

Oster legte den Silberstift weg und erhob sich.

»Das ist noch nicht alles. Der Mann sprühte eine bisher unbekannte Flüssigkeit auf die Fahrgäste. Dem BBK zufolge gibt es unter den geretteten Fahrgästen inzwischen Dutzende Fälle mit schweren Krankheitssymptomen.«

Prager musste unweigerlich an den Giftgasanschlag mit Sarin in der U-Bahn von Tokyo 1995 denken. Dreizehn Menschen waren damals gestorben, Tausende waren durch die giftigen

Dämpfe verletzt worden. Nur einem Fehler der Attentäter war es zu verdanken, dass die Zahl der Todesopfer so gering geblieben war.

Oster stand auf und fuhr sich mit der Handfläche über den Mund, als könne sie dadurch verhindern, dass das ausgesprochene Unheil zur Wahrheit wurde.

Auch Pragers Kopf füllte sich mit entsetzlichen Bildern. Er musste an die Menschen denken, die er in München kannte, spürte Angst und Sorge in sich hochkriechen. Seit er für die Terrorismusbekämpfung arbeitete, war ein terroristischer Anschlag mit einem biologischen, chemischen oder atomaren Kampfstoff ein allgegenwärtiges Schreckgespenst gewesen. Wie ein Monster, das irgendwo im Dunkeln lauerte. Und dennoch – bei allen Szenarien, mit denen sich die Abteilung auseinandersetzte, bei allen Planspielen, die sie inszenierten, zeigten sich ihre Experten und Analysten immer zurückhaltend mit Prognosen.

Das Fazit lautete stets, dass der internationale Terrorismus noch nicht so weit sei, dass dafür Labore, Infrastruktur, Geld und Know-how fehlten.

Und jetzt stand er da und musste mit ansehen, wie seiner Vorgesetzten die Worte fehlten.

Die Analysten hatten Bullshit erzählt, denn irgendwer hatte das Monster rausgelassen.

»Was haben wir?«, fragte Torge.

»Das Bundesamt für Bevölkerungsschutz und Katastrophenhilfe hat das Krisenmanagement übernommen und setzt soeben eine Reihe von Maßnahmen um. Über deren Lagezentrum läuft auch die Evaluierung der Substanz, die der Attentäter verspritzt hat. Das Gesundheitsministerium wurde in erhöhte Alarmbereitschaft versetzt. Analytische Task Forces der BBK werden aus dem gesamten Bundesgebiet zusammengezogen. Dazu kommen Hundertschaften der Bereitschaftspolizei, Feuerwehr, Rettungskräfte, Notärzte und mehr. Das alles passiert soeben in einem Ausmaß, das dieses Land seit dem Krieg noch nie erlebt hat.«

Prager hob ein wenig die Hand, fast wie ein Schüler, der sich zu Wort meldete.

Oster deutete ein Nicken an.

»Könnte doch auch sein, dass die alle nur Angst haben? Nach dem Sarin-Anschlag in Tokyo meldeten sich fünfeinhalbtausend Menschen in den Krankenhäusern, die meisten davon wurden später als Psychos eingestuft, also ohne echte körperliche Symptome.«

Oster runzelte die Stirn. Prager neigte mitunter zu verbaler Schlichtheit.

»Woher wissen Sie das?«

»Der Anschlag ist einer der Präzedenzfälle in der Ausbildung zur Terrorismusbekämpfung.«

Oster beugte sich vor und blickte auf Prager hinab.

»Sehen Sie, und um das zu beurteilen, brauchen wir vor Ort einen Mann mit einem kühlen Kopf. Deshalb will ich, dass Sie den Einsatz und die Ermittlungen in diesem Fall leiten.«

Prager zog die Unterlippe ein. Das machte er immer, wenn er sich einer Sache nicht gewachsen fühlte.

»Scheiße.« Das war alles, was er dazu sagte.

Angesichts der kritischen Lage verzichtete Oster dieses Mal darauf, ihn zu tadeln.

»Sie werden unverzüglich von einem Sonderflugzeug nach ...«

»Warum ich?«, unterbrach er sie.

»Ich könnte jetzt irgendetwas Motivierendes sagen. Weil Sie der Beste sind oder so. Aber das wäre gelogen und dem Ernst der Lage nicht angemessen. Herr Prager, wir beide hatten schon des Öfteren unsere Differenzen, aber ... Ich versuche mich mal mit Ihren Worten auszudrücken: Sie sind ein verdammt sturer Mensch und behalten immer die Nerven. Und wenn der Einsatzleiter in dieser Lage etwas besonders dringend braucht, dann ist es die Fähigkeit, Übersicht und Ruhe zu bewahren, statt Panik und Aktionismus zu befördern.«

Prager konnte mit Komplimenten schlecht umgehen. Außerdem hatte er es satt, ständig zu seiner Chefin aufsehen zu müssen.

»Können Sie sich wieder setzen? Das macht mich nervös.«

Oster strich sich die Haare aus dem Gesicht, die ihr in die Augen gefallen waren, dann tat sie ihm den Gefallen und ließ sich wieder auf ihren Ledersessel nieder.

»Hören Sie, wir dürfen keine Zeit verlieren. Eine Polizeieskorte wartet bereits vor dem Haupteingang auf Sie. Man wird Sie mit einem Sonderflugzeug nach München bringen. In spätestens fünfundvierzig Minuten sitzen Sie in der Einsatzzentrale. Dort treffen Sie auf den Innenminister Himmel und den Einsatzleiter des BLKA Erster Kriminalhauptkommissar Markus Erdmann.«

Prager horchte auf.

»Erdmann? *Der* Erdmann?«

»Ja, exakt der Erdmann, der vor zwei Jahren zehn Kinder und zwei Erzieherinnen lebend aus dem Turm-Geiseldrama rausgeholt hat. Ein erfahrener Polizist, dessen Unterstützung Sie dringend benötigen werden.«

»Dann übergeben Sie doch ihm die ganze Sache.«

Oster klopfte rhythmisch mit ihren Fingernägeln auf den Tisch.

»Sie wissen genauso gut wie ich, dass dies nicht mehr Ländersache ist, sondern in unsere Zuständigkeit und die des BKA fällt.«

Ohne den Blick von Prager abzuwenden, betätigte Oster entschlossen einen Knopf an der Gegensprechanlage.

»Kreuzer, Herr Prager wäre jetzt bereit für den Transfer zum Flughafen.«

»Jawohl, Frau Oberstaatsan- ...«

Der Rest wurde abgeschnitten, Oster hatte bereits den Finger von der Sprechanlage genommen.

»Noch Fragen, Prager?«

»Und meine Sachen?«

»Die Kollegen in Bayern werden ganz sicher was Passendes für Sie finden, notfalls eine Uniform.«

München

Der Rettungswagen raste mit überhöhter Geschwindigkeit und unter dem ohrenbetäubenden Geheul der Sirene durch die Straßenschluchten der Großstadt. Alex Friedl saß am Steuer und hatte nur einen Gedanken im Kopf: seinen Freund Hamid in die Notaufnahme von Indiras Krankenhaus zu schaffen.

Die Stadt war im Ausnahmezustand. Je näher er dem Krankenhaus kam, desto mehr blinkende Blaulichter kreuzten seinen Weg. Etwas Vergleichbares hatte er noch nie erlebt. Der reguläre Verkehr war an zahllosen Stellen zum Stillstand gekommen. Kolonnen von Pkw standen mit zwei Reifen auf Bürgersteigen und Fahrradwegen, um den Einsatzkräften den Weg frei zu machen. Viele der Fahrer waren mittlerweile ausgestiegen, hatten ihre Handys am Ohr oder filmten das, was sich mit Worten nur noch schwer beschreiben ließ.

»Hamid, bleib wach! Hamid, Hamid, hör auf meine Stimme!«, schrie Alex den jungen Marokkaner an, der kraftlos neben ihm saß und von Schüttelfrost gebeutelt wurde. Nur der Sicherheitsgurt über seiner Brust verhinderte, dass er auf die schwarzen Plastikarmaturen des Rettungsfahrzeugs kippte.

»Ich bin auf dem Weg ins …«

Alex wich einem Kleinwagen aus, der wie aus dem Nichts aus einer Seitenstraße hervorgeschossen kam.

»Das gibt's doch nicht, so eine Scheiße!«, fluchte Alex wütend und hämmerte mit der Faust auf sein Lenkrad.

»Hamid ... Bist du noch da?« Panisch drehte er sich seinem Freund zu, dessen Augen nur noch einen schmalen Spaltbreit geöffnet waren.

»Mach jetzt bloß keinen Scheiß«, rief er. Dann verpasste er ihm eine schallende Ohrfeige, die ihre Wirkung nicht verfehlte. Erschrocken riss Hamid die Augen auf, blieb aber stumm.

Aus dem Funkgerät tönte überraschend Indiras Stimme: »Wo steckt ihr denn?«

»Wir sind vielleicht noch zehn Minuten vom Krankenhaus ...«

»Zehn Minuten, das gibt's doch nicht!«

»Hier ist die Hölle los«, konterte Alex verzweifelt.

Rote Bremslichter flammten auf. Reflexartig stieg er auf die Bremse. Hamids Körper schnalzte nach vorne und wurde sogleich von dem Sicherheitsgurt zurückgerissen. Der Verkehr kam zum Stillstand. An ein Durchkommen war nicht zu denken. Zwei weitere Rettungswägen mit Blaulicht waren vor ihm bereits in einem Pulk von hupenden Pkw eingekesselt.

Alex entdeckte auf der zweispurigen Gegenfahrbahn eine Lücke, fuhr mit quietschenden Reifen an, kreuzte die Straße und bog in eine Seitenstraße ein, in der Hoffnung, hier schneller vorwärtszukommen.

»Wie geht es ihm? Was für Symptome hat er?« Indiras Stimme überschlug sich.

Alex hatte die Assistenzärztin einst Hamid vorgestellt, und er war es auch gewesen, der ihn ermutigt hatte, Indira schließlich einen Antrag zu machen. Die letzte Nacht und Indiras Jawort waren deshalb heute Morgen das einzige Thema der beiden Freunde gewesen. Alex hatte sich so sehr für Hamid gefreut, dass er fast das Gefühl hatte, dabei gewesen zu sein. Umso schockierter war er gewesen, als Hamid vor wenigen Minuten zitternd in den Wagen gestiegen war.

»Sein ganzer Körper ... Er zittert am ganzen Leib.«

»Diese Krämpfe, kommen die in Wellen oder hast du das Gefühl, dass sie kontinuierlich ...«

»Ich weiß es nicht, Indira!«, schrie er zurück.

Und wieder fuhr er in der einspurigen Straße auf eine fast stehende Fahrzeugkolonne auf. Sosehr die Wägen vor ihm auch versuchten, für den kreischenden Rettungswagen Platz zu schaffen, es war zu eng. Die gesamte rechte Seite war von parkenden Autos blockiert, während die linke Straßenseite an ein Straßenbahngleis grenzte, das durch einen hohen Bordstein gesichert war.

»Ist er bei Bewusstsein, musste er brechen, hat er Schaum vor dem Mund?«, knallte ihm Indira eine Frage nach der anderen um die Ohren.

»Indira, selbst wenn es so wäre, kann ich im Augenblick nichts für ihn tun, also lass mich jetzt einfach meinen Job machen. Ich schaff ihn so schnell wie möglich in die Notaufnahme.«

Entschlossen setzte Alex den Rettungswagen zurück, rammte einen blauen Mercedes hinter sich, schlug dann das Lenkrad ein und donnerte mit den Vorderreifen auf den Bordstein, der die Fahrbahn von den erhöhten Straßenbahngleisen trennte.

»Glaub mir, ich tu alles, was in meiner Macht steht.« Noch bevor Indira antworten konnte, schaltete Alex den Funk ab.

Die vordere Achse hatte inzwischen das hohe Hindernis überquert, setzte kurz auf dem geteerten Gleisbett auf, federte dann aber leicht zurück. Dabei krachte der Unterboden des Fahrzeugs laut auf den Bordstein.

Alex hielt die Luft an.

»O fuck!«

Ein Blick aus dem Seitenfenster bestätigte seine Befürchtung.

Der Rettungswagen saß aufgebockt wie auf einer Hebebühne auf der gemauerten Kante aus Pflastersteinen. Während die vorderen Reifen leicht in der Luft hingen, hatte die hintere Achse zum Glück noch Berührung mit dem Boden. Jetzt gab es kein Zurück mehr. Alex trat das Gaspedal durch, und alle vier Reifen des Allradantriebs begannen sich wild zu drehen. Doch nur die hintere Achse berührte den Boden und schob mit qualmenden Reifen den Rettungswagen langsam nach vorne. Es klang, als würde eine Kreissäge durch Stein schneiden.

Der Mercedes-Fahrer, der ausgestiegen war, um Alex zur Rede zu stellen, sah fassungslos zu, wie sich der Rettungswagen, Funken schlagend, über das steinige Hindernis schob, bis auch die Vorderachse wieder den Boden berührte und mit einem gewaltigen Satz im Gleisbett landete.

Alex lief der Schweiß von der Stirn. Weißer Rauch stieg an seinem Seitenfenster empor. Der Motor lief noch, aber der Auspuff war sicher stark in Mitleidenschaft gezogen worden. Er hatte keine Ahnung, ob er es mit einem derartigen Schaden bis zur Notaufnahme der Klinik Schwabing schaffen würde. Hamid neben ihm reagierte nicht mehr. Seine Augen waren geschlossen.

In Gedanken schickte er ein Stoßgebet gen Himmel, Hamid möge diesen Tag überleben. Dann fuhr er an, irgendetwas unter dem Fahrzeug klapperte, aber darauf konnte er keine Rücksicht nehmen. Der blau blinkende Rettungswagen wurde schneller und schneller, bis er schließlich den Stau hinter sich gelassen hatte und an einer Kreuzung wieder auf die reguläre Fahrbahn wechselte. Hinter der nächsten Abzweigung lag das Krankenhaus.

Hamid bekam von alledem nur noch wenig mit. Die Ohrfeige, der rumpelnde Transport, das schrille Kreischen – alles lag hinter einem Schleier verborgen, der nur ein unscharfes Bild von dem abgab, was hinter dem milchigen Vorhang wohl als Realität galt. Selbst die Krämpfe, die seinen Körper in regelmäßigen Abständen wie Wellen durchfluteten, nahmen von Mal zu Mal an Bedeutung ab. Nicht, dass sie an Heftigkeit verloren hatten, er spürte sie nur kaum noch. In seiner Mundhöhle konnte er hingegen einen Klumpen wahrnehmen, der schwer auf seiner Zunge lag. Ohne Geschmack, weder weich noch hart. Seine verbliebenen Sinne verrieten ihm nur, dass er groß sein musste, denn es schien ihm unmöglich, seine Zunge zu bewegen. Oder war es seine Zunge selbst, die sich wie ein faulender Fleischklumpen an seine Zahnreihen und den Gaumen presste? Fühlte sich so der Tod an? Würde er jetzt sterben, einfach so, ohne Vorwarnung? Sollte er weinen? Aber wie? Er hatte keine Kontrolle über seine Augen, die in den weißen Vorhang hineinstarrten, hinter dem sich das Leben abspielte. Das Leben, das ihm noch gestern so viel geschenkt, so viel Lust und Freude bereitet hatte, dass er dachte, er würde fortan Unmenschliches leisten müssen, um sich all des Guten in seinem Leben würdig zu erweisen. Indiras Gesicht nahm Gestalt an, sie lächelte, war ganz nah, er spürte, wie ihre Lippen seine berührten. War sie ein Engel? Oder sahen Engel einfach nur so aus wie der Mensch, den man im Leben am meisten geliebt hatte, damit man ihnen Vertrauen schenkte, während sie einen hinüberbrachten, irgendwohin, jenseits unserer Vorstellungskraft ... ins Licht.

* * *

Indira war weit über Hamid gebeugt, der unter einer Kunststoffhaube auf einer Bahre lag. Gemeinsam mit einer Arzthelferin hatte sie Hamid in die Infektiologie geschoben, deren Aufnahmekapazität mit vierunddreißig Betten bereits fast ihre Grenze erreicht hatte. Auch die Körper der beiden Frauen steckten in ABC-Schutzanzügen, die am Kopf in durchsichtigen Kunststoffhauben endeten, in die kreisrunde Mikrofonkapseln integriert waren und die nach außen in Lautsprecher von der Größe eines Objektivdeckels mündeten.

»Hamid, tu mir das nicht an, bitte.«

Indiras verzweifelte Stimme klang durch den Lautsprecher wie aus einem alten Kofferradio. Während die Arzthelferin Blutproben von Hamid nahm, überwachte Indira die Ergebnisse der Geräte, an die sein Körper angeschlossen worden war. Dabei sah sie immer wieder in Hamids Augen. Er hatte sie weit geöffnet, und obwohl seine Pupillen so winzig waren wie Stecknadelköpfe, hatte sie das Gefühl, als würde er sie erkennen. Wie in Zeitlupe schien er ihr Gesicht zu fixieren. Wollte er vielleicht sogar etwas sagen? Sein Mund öffnete sich, Speichel floss an seinen Wangen hinab, während sich Speisereste wie dunkler Brei durch seine Lippen quetschten.

»Wir müssen ihn auf die Seite drehen!«

Noch während sie das sagte, schob Indira ihre Hände unter die Kunststoffhaube und drehte Hamid mithilfe der Arzthelferin in eine stabile Seitenlage. Einem inneren Instinkt folgend hätte sie ihm am liebsten die Essensreste mit den Fingern aus dem Mund gepult. Dabei könnte aber der Kiefer automatisch zuklappen und ihre Finger durchtrennen. Also verwendete sie eine Handabsaugpumpe, die einer Pistole ähnelte und aus der ein kurzer Schlauch ragte, den sie in seinen Mund einführte. Mit einem schlürfend röchelnden Geräusch nahm der Apparat seine Arbeit auf.

Ein weiterer Arzt, ebenfalls in einem ABC-Anzug, kam mit großen Schritten auf sie zu. Sein faltiges Gesicht unter der Maske war von Schweiß bedeckt, seine blond gefärbten Haare hingen ihm in dicken Strähnen ins Gesicht. Unwillkürlich führte er die behandschuhten Hände zum Gesicht, um die Strähnen aus den Augen zu wischen, aber vergeblich.

Professor Doktor Rüdiger Struve, ärztlicher Leiter der Hämatologie, Onkologie, Immunologie und Palliativmedizin, hatte eigentlich nur eine kurze Stippvisite machen wollen, um im Anschluss zu einer Fachtagung nach Frankfurt zu reisen. Struve war so etwas wie der geborene Optimist. Eine der vielen Weisheiten, die der kleine, aber sportliche Mann gerne und oft von sich gab, lautete: »Chaos entsteht schon, lange bevor eine Notlage wirklich ein Chaos verursacht. Wir sollten die Ruhe bewahren und warten, ob das Chaos tatsächlich ausbricht – was in der Regel nur selten der Fall sein wird.«

Gerade erst vor einer Woche hatte er den leitenden Oberarzt zurechtgewiesen, der zu bedenken gegeben hatte: »Und was sollten wir angesichts der schrumpfenden Personaldecke tun, wenn wir von einem unbekannten Virus überrascht würden? Oder falls das Coronavirus in einer Art und Weise mutieren würde, die ...«

Rüdiger hatte ihm süffisant lächelnd das Wort abgeschnitten.

»Wenn, falls, lieber Kollege, nein, nein, nein. Ich bitte Sie. Wissen Sie, warum die Bezeichnung ›Irrealis‹ für den Konjunktiv in diesem Fall besonders gut passt? Ich verrate es Ihnen: Weil die Bedingungen, die zu so einer prekären Situation führen würden wie der, die Sie gerade geschildert haben, höchst irreal sind. Also lassen Sie das Chaos doch bitte erst einmal kommen, dann sehen wir weiter.«

Seit heute, 9:30 Uhr war das Irreale real geworden, und das Chaos hatte Rüdiger Struve und sein Team so heftig erwischt wie ein Tsunami eine hilflose Insel im Ozean.

In immer kürzer werdenden Abständen trafen Rettungswägen mit Notärzten ein, die nicht nur immer wieder neue Patienten brachten, sondern in vielen Fällen selbst Opfer einer unbekannten Infektion geworden waren. Wie ganz offensichtlich auch dieser junge Mann vor ihm auf dem Krankenbett, der die leuchtend rote Hose eines Sanitäters trug.

»Was haben wir hier?«, wandte er sich an Indira.

»Speichel- und Tränenfluss, Miosis, erhöhte Bronchialsekretion, Bronchospasmen, Peristaltik und Spasmen des Gastrointestinaltraktes, Bradykardie, Muskelzuckungen, Krämpfe, Tremor und Lähmungen«, antwortet Indira ihrem Vorgesetzten, der zudem auch ihr Doktorvater war.

Lange hatte sie den Mann verehrt, der weit über die Landesgrenzen hinaus in Fachkreisen als Koryphäe galt. Als er zu Beginn ihrer Facharztausbildung schließlich einwilligte, sie bei ihrer Promotion zu unterstützen, erfüllte sich ein lang gehegter Traum, der wie eine Seifenblase platzte, als sie schon bald feststellen musste, dass Rüdiger Struve nicht nur ein hochkarätiger Wissenschaftler, sondern auch ein abscheulicher Chauvinist war. Offensichtlich leitete er allein von seinem Geschlecht einen Überlegenheitsanspruch gegenüber Frauen ab. Hinzu kamen regelmäßig anzügliche Bemerkungen über ihr Aussehen, ihre Kleidung oder intime Fragen über ihr Liebesleben, immer geschickt verpackt in fürsorgliches Wohlwollen. Sie hatte Hamid davon erzählt, doch der hatte nur milde gelächelt.

»Lass ihn doch. Du bist eine hübsche junge Frau. Da ist doch nichts dabei, wenn er dir mal Komplimente macht.«

Wütend antwortete sie: »Du meinst, das ist okay, wenn er mir sagt, wie toll meine langen Beine aussehen? Oder wenn er andeutet, dass er es gerne mit mir treiben würde?«

Hamid legte die Stirn in Falten.

»Komm schon, das hat er doch nicht genau so gesagt, oder?«

»Irgendwie schon.«

»Was meinst du damit, irgendwie schon? Wortwörtlich?«

Indira nickte. Dann griff sie sich zwischen die Beine wie Michael Jackson bei seinem Moonwalk, äffte den Professor nach und sagte mit tiefer Stimme: »Also wenn ich noch mal jung wäre, dann, mein liebes Fräulein Kohli, dann würde ich mein feuriges Temperament nicht mehr zügeln können.«

Lachend beendete sie ihre Imitation, und Hamid nahm sie in seine Arme.

»Das hat er gesagt?«

»Nicht wirklich, aber er hat mal eine Anspielung gemacht, als ich mit einem kurzen Rock ins Krankenhaus kam.«

»Hey.« Er hatte ihr Kinn ganz vorsichtig mit Daumen und

Zeigefinger genommen und ihr Gesicht angehoben. »Ich bin immer da und werde dich vor aufdringlichen Verehrern beschützen.«

»Auch vor Dr. Rüdiger TRUMP Struve?«

»Auch vor dem, versprochen.«

Dann hatte er sie zärtlich auf den Mund geküsst, mit dem wunderschönen, weichen Mund, aus dem sie soeben Essensreste gesaugt hatte. Nichts war jetzt mehr von Bedeutung, außer Hamids Leben zu retten. Und das würde sie auch tun.

Karlsruhe

Die Kolonne bestand aus einem Streifenwagen, drei Polizeimotorrädern sowie einer schwarzen Mercedes-Limousine und fuhr mit hoher Geschwindigkeit, Blaulicht und Sirenen auf der Autobahn A 5 Richtung Baden-Airpark. Dort wartete bereits ein Airbus A350–900 Regierungsflieger der Bundeswehr darauf, Torge Prager nach München zu bringen.

Torge trug noch immer seine Sportkleidung. Oberstaatsanwältin Oster hatte es tatsächlich ernst gemeint – direkt nach ihrem Gespräch hatte die Eskorte ihn vor der zweigeschossigen Eingangshalle der Generalbundesanwaltschaft in Empfang genommen und ohne Umschweife in die gepanzerte Limousine gesetzt. Zuvor hatte man ihm noch eine Aktentasche mit Dokumenten und einem Laptop ausgehändigt. Er versuchte sich erst gar nicht auszumalen, wie grotesk er in diesem Aufzug auf die Kollegen in München wirken musste.

Die Tasche lag neben ihm, der Laptop geöffnet auf seinem Schoß. Über eine Verschlüsselungssoftware hatte er Zugriff auf die Datenbank der Generalbundesanwaltschaft und somit auf alle bekannten Terrorfälle, Dossiers zu mutmaßlichen Terroristen, Gefährdern, laufenden Ermittlungen, Protokollen von V-Männern und vieles mehr. Ein Berg an Daten und Bildern, so groß, dass er zunächst überfordert war und nicht wusste, wo er beginnen sollte.

Zum Glück stand ihm in Karlsruhe ein Team von Analysten zur Seite, die ihn in drei Schichten rund um die Uhr bei der Recherche und Abwicklung unterstützten. Geleitet wurde das Team von Camille Milloz, die erst vor Kurzem von Interpol zur GBA gekommen war und jetzt mit ihm telefonierte.

»Der Attentäter wurde von einer Spezialeinheit festgenommen und wird soeben in die – einen Augenblick – in die München Klinik Schwabing gebracht.«

»Wurde er verletzt?« Torge hatte den Lautsprecher seines Handys auf laut gestellt und hielt das Smartphone waagerecht vor seinen Mund.

»Nein, der Mann hat versucht, sich beim Zugriff das Leben zu nehmen, hat sich dann aber kampflos ergeben. Allerdings zeigt auch er – hier steht: Vergiftungserscheinungen oder Symptome einer Virusinfektion«, erklärte Camille Milloz mit ihrem leichten französischen Akzent.

»Was wissen wir über den Attentäter?«

»Bislang nichts, außer dass er mit hoher Wahrscheinlichkeit einen Migrationshintergrund hat. Wir gehen davon aus, dass er deshalb in einer der staatlichen Datenbanken registriert ist. Bilder und Videoaufnahmen des Täters sind bereits bei der Ausländerbehörde in München, dem LKA, BKA, BAMF, dem Bundesamt für Migration und Flüchtlinge und dem Verfassungsschutz sowie beim LfAR und der AG BIRGiT. Für den Fall, dass es sich um einen Gefährder handelt.«

»Was wir mal nicht hoffen wollen, denn dann fliegt uns das Ding auch noch politisch um die Ohren.«

Camille quittierte diese Bemerkung mit einer kurzen Pause, dann ergänzte sie sachlich: »Ich gehe davon aus, dass wir bis zu Ihrer Landung um 12:04 Uhr in München die Identität des Mannes ermittelt haben.«

»Wer übernimmt die Vernehmung des Attentäters?«

»Erster Hauptkommissar Erdmann, Ihr Verbindungsmann aus dem BLKA. Er ist bereits auf dem Weg ins Krankenhaus.«

Ein Anklopfsignal auf Torges Smartphone kündigte ein weiteres Gespräch an.

»Frau Milloz, ich muss Schluss machen, hab ein anderes Gespräch in der Leitung.«

»Für den Augenblick sind wir eh durch, Herr Prager. Wir hören uns nach der Landung wieder. Viel Glück.«

Noch bevor Torge etwas erwidern konnte, war die neue Anruferin am Apparat. Die Kolonne verließ soeben die Autobahn und steuerte den Flughafen an. Torge konnte eines der startenden Flugzeuge sehen, das gerade in den Wolken verschwand.

»Herr Prager?«

»Am Apparat.«

»Mein Name ist Brinkmann. Ich bin Einsatzleiterin des BKK. Die Oberstaatsanwältin Dr. Oster bat mich, Sie direkt zu kontaktieren und auf den neuesten Stand zu bringen.«

Torge konnte an ihrer Stimme hören, dass sie es nicht gewohnt war, Anweisungen entgegenzunehmen.

»Frau Dr. Brinkmann, das weiß ich sehr zu schätzen. Vielen Dank für Ihren Anruf.«

»Brinkmann, einfach nur Brinkmann«, stellte sie in trockenem Tonfall fest.

»Wie ist die Lage im Augenblick?«, tastete sich Torge einfühlsam in das sensible Gespräch vor.

Brinkmann räusperte sich, dann hörte Torge, wie sie tief Luft holte und schließlich nur ein Wort sagte.

»Verzweifelt.«

Der Wagen wurde langsamer und passierte die Kontrollen an der Zufahrt zum Flughafen. Torges Fahrer wandte sich ihm zu.

»Nur noch ein paar Minuten, dann erreichen wir das Rollfeld der Bundeswehr.«

Torge nickte.

»Ich höre schon, Herr Prager, wir werden das Gespräch verschieben müssen. Aber ich sage Ihnen, wo wir im Augenblick stehen«, fuhr Brinkmann fort. »Der Terrorist hat auf einen Großteil der Fahrgäste des betroffenen U-Bahn-Zuges eine uns noch unbekannte Flüssigkeit versprüht. Abgesehen davon, dass die Opfer fast allesamt ähnliche Vergiftungserscheinungen haben, irritiert uns die Tatsache, dass es inzwischen auch zahlreiche Dritte gibt, die nicht unmittelbar betroffen waren und dennoch ähnliche Symptome aufweisen.«

Torge versuchte, eine naheliegende Schlussfolgerung zu finden. »Dann war es kein Gift, sondern ist infektiös?«

»Im Augenblick können wir diese Option zumindest nicht ausschließen. Da man zu einem frühen Zeitpunkt der Lage davon ausging, dass der Attentäter seinen Anschlag nur mit einer Pistole verübt hat, wurden viele der Fahrgäste, nachdem man ihre Personalien aufgenommen hat ... entlassen!«

»Fuck«, sagte Torge leise.

Brinkmann tat so, als hätte sie es nicht gehört, und sprach ruhig weiter: »Die Behörden vor Ort hatten keine andere Wahl. Ohne dringenden Verdacht kann man niemanden festhalten, schon gar nicht nach einem solchen Erlebnis.«

»Ich habe soeben das Protokoll eines Sanitäters gelesen. Da stand drin, dass es bereits auf den Bahnhöfen zu ersten Krankheitsfällen kam.«

»Das mag sein, aber es ist nach einem solchen Schock nichts Ungewöhnliches, dass sich Menschen übergeben, die Besinnung verlieren oder andere Anzeichen von körperlicher Schwäche zeigen.«

»Wie viele?« Das war die entscheidende Frage, und Brinkmann wusste genau, was er damit meinte.

»Vierhundertdreiundzwanzig«, antwortete sie.

»Vierhundertdreiundzwanzig Personen, die nun in ganz München auf freiem Fuß sind und im schlimmsten Fall ein gefährliches Virus verbreiten?«, ergänzte er.

Die Vorstellung raubte ihm den Atem, während er durch die Windschutzscheibe in einiger Entfernung einen schneeweißen Airbus mit den Hoheitsabzeichen der BRD erkannte.

»Über die Hälfte der betroffenen Personen sind mittlerweile wieder in Gewahrsam. Die Leitung der ATF hat mir versichert, dass auch die übrigen in Kürze in Quarantäne gebracht sein werden.«

»Dann haben wir die Situation rechtzeitig unter Kontrolle gebracht?«

Die Kolonne kam neben dem Regierungsflieger zum Stehen.

»Nein. Das Gegenteil ist der Fall.« Brinkmanns Stimme hatte wieder diesen nüchternen, sachlichen Tonfall angenommen.

»Wir haben Meldungen aus der ganzen Stadt zu zahlreichen Personen, die nicht zum besagten Zeitpunkt in der U-Bahn waren und trotzdem dieselben, teils lebensbedrohlichen Symptome zeigen.«

Einer der Polizisten war vom Motorrad gestiegen und klopfte neben Torge vorsichtig an die Scheibe, um ihm anzuzeigen, dass der Airbus startbereit war. Torge winkte nervös ab.

»Was bedeutet das jetzt?«

»Das bedeutet, solange wir nicht wissen, womit wir es genau zu tun haben, müssen wir zu extrem drastischen Maßnahmen greifen – und zwar sofort.«

»Und die wären?« Torge konnte sich die Antwort denken, hoffte aber, dass er falschlag.

»Wir werden dem Innenminister in Kürze eine Empfehlung zu einer restriktiven Massenquarantäne vorlegen.«

»Einem Lockdown?«

Torge hatte sofort die Bilder von leer gefegten Innenstädten während der Coronapandemie vor Augen.

Brinkmann ließ sich mit ihrer Antwort Zeit. Ganz offensichtlich suchte sie nach einer passenden Formulierung.

»Herr Prager, allegorisch formuliert würde ich sagen, gegen das, was wir einfordern, war der COVID-Lockdown nur die

Spitze des Eisbergs. Wir halten ein Konglomerat von unterschiedlichen strikten, nicht pharmazeutischen Interventionen in der gegenwärtigen Situation für unabdingbar.«

Torge hatte in einem amerikanischen Fachartikel über solch eine Maßnahme gelesen. Die Amerikaner nannten es *Circuit Breaker.* In deutschen Strategiepapieren zur Eindämmung von Pandemien wurde es als *Überlastschalter* oder *Wellenbrecher-Lockdown* bezeichnet. Brinkmann hatte recht, die Maßnahmen gingen weit über das hinaus, was man der Zivilbevölkerung während der COVID-Pandemie zugemutet hatte.

»Wir müssen eine Ausgangssperre für die ganze Stadt verhängen. Niemand darf mehr seine Wohnung verlassen. Wer zum Zeitpunkt der Maßnahme nicht zu Hause ist, muss sich auf direktem Weg dorthin begeben. Alle Firmen, Geschäfte und öffentlichen Einrichtungen werden geschlossen. Nach Inkrafttreten der Ausgangssperre dürfen nur noch Ordnungskräfte, Notdienste und Personen mit schriftlichen Sondergenehmigungen auf den Straßen sein.« Brinkmann holte tief Luft und fuhr fort: »Der öffentliche Verkehr wird eingestellt. Der gesamte Zugverkehr wird ausgesetzt. München wird hermetisch von innen und außen abgeriegelt. Alle Zufahrten in die Stadt, egal ob Autobahnen oder Feldwege, werden durch Einsatzkräfte der Polizei blockiert.«

»Und die Flüge?«

»Werden umgeleitet. Alle Start- und Landeerlaubnisse werden gecancelt. Da sich der Ausschuss über die Maßnahmen einig ist, rechnen wir mit einer schnellen Freigabe. Ihr Sonderflug ist wahrscheinlich einer der letzten genehmigten Flüge, die in München landen dürfen.«

In Gedanken stellte Torge die nächste Frage und beantwortete sie sich gleich selbst. Was wäre das schlimmste denkbare Szenario? Ein schnell tötendes Virus, das sich innerhalb weniger Tage auf der ganzen Welt ausbreitet und in einer unvorstellbaren Apokalypse endet.

Torges Chauffeur riss die Tür neben ihm auf.

»Sie müssen jetzt los.«

Torge reagierte nicht. Er wünschte sich, er könnte den Lauf der Dinge einfach anhalten, wie einen Film, den man mit dem Pausenknopf auf der Fernsteuerung einfach stoppte. *Freeze.* Auszeit.

Aber da war Brinkmanns Stimme, auf die der Knopf mit dem doppelten Strichsymbol in seinem Kopf keine Wirkung hatte.

»Hören Sie, Herr Prager. Bis Sie gelandet sind, habe ich einen vollständigen Überblick zur Lage und zu den Beschlüssen der Regierung.«

»Sind wir denn auf so etwas vorbereitet? Ich meine, die Menschen müssen doch alle versorgt werden. Was passiert mit den Kranken ...«

Unzählige Fragen schossen ihm durch den Kopf. Doch Brinkmann unterbrach ihn.

»Herr Prager, im Vertrauen: Wir wussten nicht, wann und in welchem Umfang eine solche Katastrophe über uns hereinbrechen wird – aber wir wussten, dass dieser Tag kommen würde. Also ja, wir sind darauf vorbereitet. Wie gut? Das ist die eigentliche Frage, und die wird sich wohl erst in achtundvierzig Stunden beantworten lassen. Ich bin kein sehr gläubiger Mensch, Herr Prager, aber vielleicht wäre jetzt der Zeitpunkt gekommen zu beten.«

Bonn

Die Hauptliegenschaft des Bundesamtes für Bevölkerungsschutz und Katastrophenhilfe, kurz BBK, befand sich in einem schmucklosen, weiß getünchten Zweckbau in Bonn Lengsdorf. Nichts deutete von außen darauf hin, dass in diesem Gebäude gerade über das Schicksal von 1,5 Millionen Menschen entschieden wurde. Der Tag für die dreihundertvierundvierzig Bediensteten hatte begonnen wie ein x-beliebiger Montagmorgen. Der Small Talk in der Kaffeeküche drehte sich vornehmlich um den gestrigen Tatort mit dem blumigen Titel *Der Mörder in mir*, um Ausflüge mit der Familie oder amouröse Liebesgeschichten, die augenzwinkernd angedeutet, aber nie im Detail erzählt wurden.

Dann erreichten die ersten Meldungen aus München die Abteilung I, die für das nationale Krisenmanagement zuständig war. Was zunächst für Frau Dr. Brinkmann, die Leiterin der Abteilung, wie die Meldung zu einem Planspiel klang, wurde mit zunehmender Gewissheit blutiger Ernst. Die Abteilung GMLZ, das Gemeinsame Melde- und Lagezentrum, begann augenblicklich mit ihrer Arbeit und aktivierte ein bundesweites Netzwerk von Spezialisten und Einsatzkräften sowie das System MoWaS, das Modulare Warnsystem, das nicht nur über die Warn-App NINA (Notfall-Informations- und Nachrichten-App) verfügte, sondern auch die Möglichkeit bot, über den Rundfunk Gefahren anzukündigen und Handlungsempfehlungen an die Bevölkerung auszugeben. Das gesamte System erlaubte es, in Sekundenschnelle Warnmeldungen und Gefahrendurchsagen mit höchster Priorität über Satellit zu verbreiten.

Fast zeitgleich nahm im BKK auch die Koordinationsstelle NOAH, die Nachsorge, Opfer- und Angehörigenhilfe, ihre Arbeit auf. Denn mit zunehmender Expansion der Lage war damit zu rechnen, dass die Anzahl verletzter oder verstorbener Personen exponentiell steigen würde.

Um die Ausbreitung des Virus im ersten Schritt einzudämmen – niemand in Abteilung I war noch so naiv, zu hoffen, dass sich die Katastrophe abwenden ließ –, gab es die ATF, die Analytische Task Force. Die Einsatzleitung dieser Spezialabteilung war heute Vormittag die wohl am härtesten betroffene Einheit in Bonn. Sie koordinierte in Zusammenarbeit mit den acht ATF-Standorten in Deutschland die massive Verstärkung von

Einsatzfahrzeugen und Fachpersonal zur Unterstützung in München.

Die Flachbildschirme der Koordinatoren zeigten eine dunkelgrau schattierte 2D-Grafik von München, auf der leuchtend rote Punkte den Einsatzort der vorhandenen ATF-Einheiten markierten. Giftig grüne Punkte symbolisierten die potenziellen Standorte von möglichen Infizierten. Obwohl sich immer mehr ATF-Einheiten zur Verstärkung auf die Stadtgrenze zubewegten, war schon jetzt zu erkennen, dass die Anzahl der grünen Punkte nicht nur deutlich größer war, sondern regelmäßig wuchs. Nämlich immer dann, wann im GMLZ neue Meldungen eintrafen.

Sobald eine ATF-Einheit einen potenziellen Infizierten erreicht hatte, verschwand der grüne Punkt. Die Anmutung der Einsatzlage war einem Computerspiel nicht ganz unähnlich. Der Tonfall der Einsatzbefehle und Rückmeldungen suggerierte dazu einen abstrakten, beinahe aseptischen Ablauf: »Zentrale an Wagen 43, Ihr nächster Einsatzort ist die Vingerstraße 13, bitte bestätigen Sie.«

»Wagen 43 an Zentrale, wir sind auf dem Weg und treffen um 11:37 Uhr ein.«

»Polizeikräfte sind bereits vor Ort, um Sie zu unterstützen. Der nächste medizinische Versorgungsbereich und Behandlungsplatz befindet sich im Erasmus-Grasser-Gymnasium an der Fürstenrieder Straße 159.«

»Verstanden, Zentrale.«

Doch die Realität sah anders aus.

Louie, ein quirliger brauner Mischling, bellte laut, als am hinteren Gartenzaun zwei Männer in schwarzen Uniformen und mit Atemmasken an den Gartenzaun traten und dort regungslos Posten bezogen. Sie mussten über die Verbindungswege gekommen sein, welche die Gärten der Reihenhaussiedlung miteinander verbanden. Fiona, gerade erst sechs Jahre alt, hatte zwischen den Beeten und Büschen mit Louie gespielt, als plötzlich einer der Männer vor ihr aufgetaucht war. Schreiend war sie ins Haus gelaufen, während sich Louie in sicherer Entfernung zum Zaun vor die Polizisten stellte und mit gefletschten Zähnen kläffend sein Revier verteidigte.

Fionas Vater Florian nahm das Mädchen irritiert in seine Arme und hob es hoch.

»Was hast du denn, mein Schatz?«

»Schwarze Männer sind da, mit ganz komischen Gesichtern.«

Florian wischte ihr ein Tränchen von der Wange und küsste sie auf die Nase.

»Na, dann komm ich mal mit und schau mir das an«, sagte er und trug sie hinaus auf die Terrasse.

Kurz darauf läutete es mehrmals und sehr energisch an der Haustür. Hannah, eine etwas kräftige Frau um die vierzig, festlich gekleidet, kam schimpfend die enge Treppe des Reihenhauses herunter.

»Florian, wo steckst du denn? Das darf doch nicht wahr sein! Angela ist doch eh schon ein Nervenbündel.«

Wieder läutete es, diesmal ohne Unterbrechung.

Genervt riss Hannah die Haustür auf.

»Haben Sie noch alle Tassen im Schrank?«, schrie sie den Mann an, der soeben den Finger von der Klingel nahm, dann verstummte sie.

Der leuchtend rote Overall war nicht das Einzige, was ihr die Sprache verschlug. Es war vor allem das gespenstisch anmutende Polycarbonatvisier seiner Gasmaske, das ihr Angst einjagte.

»Sind Sie Hannah Schneider?«

Hannah brauchte eine Sekunde, um auf die einfache Frage reagieren zu können. Aus dem Augenwinkel nahm sie wahr, dass hinter dem Mann zwei weitere rote Gestalten in derselben Aufmachung standen, links und rechts von ihm schwarz gekleidete Polizeikräfte.

»Ich, äh, ja ... Das bin ich«, stotterte sie.

Der Mann nickte seinen Kollegen zu.

»Ist Ihr Mann Florian Schneider ebenfalls im Haus?«

»Ja, wieso? Was soll das denn? Wer sind Sie überhaupt?«

Der Mann griff mit seinen dicken gepolsterten Handschuhen nach einer Plastikkarte, die um seinen Hals baumelte.

»ATF, Katastrophenhilfe. Wie viele Personen befinden sich im Moment noch im Haus?«

»Meine Schwester Angela, sie heiratet heute. Und meine Tochter. Aber das ist doch völlig egal. Wir ... Wir sind in Eile. Was ist denn passiert?«

»Wir müssen Sie alle leider auffordern, mit uns mitzukommen.«

Hannah hatte das Gefühl, keine Luft mehr zu bekommen. Sosehr sie auch hoffte, dass alles nur ein dummes Missverständnis war, so sehr spürte sie, dass diese Männer genau wussten, was sie taten. »Aber wir haben ... wir fahren doch ... Meine Schwester heiratet heute!«

Laut polternd kam Florian mit hochrotem Gesicht hinzu. Er hatte gerade die Einsatzkräfte auf der Rückseite des Hauses angeblafft, doch die waren nur regungslos und stumm hinter dem Zaun stehen geblieben.

»Fiona, nimm Louie, geh nach oben zu Tante Angela ins Schlafzimmer und verriegelt die Türe«, befahl er seiner Tochter, die daraufhin weinend mit dem Hund die Stufen hinauflief. Dann erst wandte er sich den Männern an der Haustür zu.

»Sie machen jetzt sofort, dass Sie von meinem Grundstück verschwinden!«, schrie er den Mann mit dem roten Overall an, zog Hannah vom Eingang weg und schmiss mit voller Wucht die Tür zu.

Doch darauf schienen die Einsatzkräfte vorbereitet zu sein. Es war wohl nicht der erste Einsatz heute, bei dem einer der Betroffenen aggressiv reagierte. Der mehrfach beschichtete ABC-Stiefel des Teamleiters stand im Türpfosten. Die Tür prallte an dem Schuh zurück und brach dabei fast aus den Angeln. Innerhalb weniger Sekunden stürmten die Polizeikräfte das Haus, überwältigten Florian, legten ihm Handschellen an und fixierten ihn kniend am Boden. Hannah sah alles sprachlos mit an.

Der Teamleiter sah von oben auf ihn hinab.

»Herr Schneider, beruhigen Sie sich. Wir sind hier, um zu helfen. Je mehr Sie kooperieren, umso schneller ist das alles vorbei.«

Angesichts der Übermacht schlug Florians Zorn in Angst um.

»Was, was haben Sie mit uns vor? Wir haben doch überhaupt nichts getan. Begreifen Sie denn nicht, heute ist Angelas Hochzeit ... Das müssen Sie doch verstehen?«

»Herr Schneider. Bitte beantworten Sie meine Fragen. Hatten Sie heute Kontakt mit ihrem Arbeitskollegen Bertram Riedl?«

Florian nickte.

»Ja, ich hab ihn abgeholt. Er war in der U-Bahn, die man überfallen hat. Ich hab ihn nach Hause gefahren. Ich musste doch zurück wegen der Hochzeit. Ich kann Ihnen sagen, wo Bertram wohnt, und dann können Sie uns ...«

»Herr Riedl befindet sich bereits in unserem Gewahrsam. Hatten Sie heute sonst noch mit irgendjemandem Kontakt? Bitte denken Sie nach.«

»Ich weiß nicht, ich ... Ich kann mich nicht erinnern.«

Hannah hielt es nicht mehr aus. »O bitte, lassen Sie meinen Mann los«, schluchzte sie.

»Bitte denken Sie nach. Auch Sie, Frau Schneider. War heute noch irgendjemand in Ihrem Haus, oder hatten Sie Kontakt zu Personen, die sich jetzt nicht im Haus befinden?«, insistierte der Teamleiter.

Hannah dachte verzweifelt nach, dann nickte sie.

»Ein DHL-Fahrer war heute hier, er hat ein Paket abgegeben.«

»Wann war das genau?«

»Vor vielleicht einer Viertelstunde.«

Einer der anderen roten Männer wandte sich ab und meldete die Information der Zentrale. Schon nach wenigen Minuten war den ATF-Koordinatoren dort die Tour des Fahrers bekannt. An seiner aktuellen Position auf der Lagegrafik des Bildschirms tauchte ein grünes Licht auf, außerdem drei weitere grüne Lichter bei den Empfängern von Paketen, die er zuvor besucht hatte.

In diesem Moment erschien im Haus der Schneiders am oberen Ende der Treppe wie ein Engel Angela, die Braut in ihrem Hochzeitskleid. An ihrer Seite Fiona, die den kleinen braunen Hund trug, der nicht weniger Angst hatte als der Rest der Familie.

Die Türen der umliegenden Reihenhäuser standen weit offen, als man die Schneiders samt Braut und Hund in die Einsatzwagen verfrachtete. Noch während einige der Polizeikräfte das Haus der Schneiders mit gelben Signalbändern versiegelten, rückte die Kolonne ab.

Die Fahrt endete kurz darauf auf dem Gelände des Erasmus-Grasser-Gymnasiums in München, das vom BKK gänzlich okkupiert wurde und zum Versorgungsbereich und Behandlungsplatz in diesem Stadtviertel umgewandelt worden war. Schon beim Aussteigen wurden die Frauen von Florian getrennt.

»Keine Sorge, Frau Schneider, Sie bekommen ihn bald unversehrt zurück.«

Für Hannah fühlte es sich an wie eine Lüge. Außerdem nahm man Fiona den kleinen Hund weg. Sie schrie und trat um sich, aber vergeblich. Irgendwann verschwand der Mann, der den drolligen Hund gepackt hatte wie einen klumpigen Wäschesack, hinter einer milchigen Plastikplane, und Louies ängstliches Jaulen verstummte. Danach brachte man sie alle in eine

Turnhalle, die mithilfe von Stellwänden und Plastikplanen in ein undurchsichtiges Labyrinth aus Gängen und Räumen aufgeteilt worden war.

Die Einsatzkräfte hier trugen ebenfalls Schutzanzüge mit Atemmasken, waren aber überwiegend weiß gekleidet. Nur vereinzelt waren an Knotenpunkten schwarz uniformierte Polizisten zu sehen. Ein junger Mann, ebenfalls im Schutzanzug, kam in ihre Kabine, die von innen wie ein kleines Partyzelt wirkte. Er setzte sich auf einen hellgrünen Klappstuhl. Auch Angela, Fiona und Hannah saßen auf solchen Stühlen. Der Mann war offensichtlich etwas irritiert von Angela in ihrem ausladenden Hochzeitskleid und berichtete ihnen schließlich mit einem künstlichen Lächeln im Gesicht von der Möglichkeit, dass sie einer gefährlichen Substanz ausgesetzt gewesen waren. Dann händigte er ihnen drei Fragebögen auf Klemmbrettern aus, an denen kurze Einwegstifte baumelten, und bat sie, diese auszufüllen. Währenddessen spulte er weitere Informationen ab, als hätte er den Text auswendig gelernt. Kaum etwas von dem, was er sagte, nahmen die beiden Schwestern richtig wahr. Er redete schnell, und er redete viel, dann nahm er die ausgefüllten Fragebögen an sich.

»Ich bin mir sicher, dass alles gut gehen wird. Kooperieren Sie, und Sie werden sehen, dass Ihnen das alles morgen schon so vorkommen wird, als wäre es nur ein böser Traum gewesen. Alles Gute!«, sagte er und verschwand.

Eine Zeit lang hatte Fiona noch in den Armen ihrer Mutter geweint, die sich ihrerseits fest an Angela drückte, dann verstummte sie und begann nach und nach am ganzen Körper zu zittern. Hannah geriet in Panik, legte ihr eine Strickjacke um und rief verzweifelt nach Hilfe.

»Wir brauchen einen Arzt!« Dann lauter: »WIR BRAUCHEN EINEN ARZT!«

Von irgendwoher eilten Schritte heran, schneller, als Hannah erwartet hatte. Die weiße Plane, die als Trennung zu ihrer

Kabine diente, wurde auf die Seite gerissen, und eine weiß gekleidete Frau trat ein.

»Meine Tochter ... Meine Tochter ist krank!«

»Ich bin Frau Dr. Stahl, darf ich?«, fragte die Ärztin und kniete sich vor Fiona auf den Boden, ohne eine Antwort abzuwarten. Sie leuchtete ihr mit einer Stablampe in die Augen und prüfte mit einem Sensor ihren Puls.

»Seit wann hat sie die Symptome?«

Noch bevor Hannah antworten konnte, erbrach sich das Mädchen.

Die Frau hatte offensichtlich genug gesehen.

»Wir haben hier einen Code Red«, sagte sie in das Funkmikro ihres Schutzhelms, erhielt offenbar eine Antwort und nickte.

»Was bedeutet das?« Hannah zog das Mädchen fest an sich, das kaum noch reagierte.

»Das bedeutet, dass Ihr kleines Mädchen sofort Hilfe benötigt und Sie sie uns überlassen müssen. Bitte«, erklärte die Ärztin freundlich, aber bestimmt. Zwei Männer mit einer Tragbahre schlüpften durch die Plane. »Wir werden keine Trage brauchen, es ist nur ein kleines Mädchen. Ich nehme sie selbst.«

Hannah hatte aber nicht vor, Fiona der Ärztin zu überlassen.

»Was tun Sie mit ihr? Was hat sie denn?«

»Wir müssen sie erst gründlich untersuchen – und das kann ich unmöglich hier tun. Bitte geben Sie sie mir.«

»Ich komme mit, ich gebe sie Ihnen nicht. Ich trage sie selbst.«

»Hören Sie, Frau Schneider ...«

Hannah war verblüfft, dass die Ärztin ihren Namen kannte.

»An Ihrer Kleidung, an Ihren Händen, selbst in Ihren Haaren könnten sich giftige Stoffe befinden, die das Mädchen krank machen. Bitte, Frau Schneider, Sie müssen zuerst durch die Dekontamination, dann lassen wir Sie sofort wieder zu Ihrer Tochter.«

»Kann ich sie denn nicht einfach mitnehmen zu diesem De... Dekonter...«

Dr. Stahl schüttelte den Kopf.

»Glauben Sie mir, wir müssen jetzt sofort handeln. Jede Sekunde ist entscheidend. Vertrauen Sie mir, bitte.«

Die Ärztin legte ihre Hand auf die Brust des Mädchens. Einer der beiden Männer trat an Mutter und Kind heran. Vorsichtig schob er seine Hand unter Hannahs und löste ihren Griff, bis Dr. Stahl das Mädchen hochnehmen konnte.

»Ich verspreche Ihnen, in wenigen Minuten sind Sie wieder bei Ihrer Tochter.« Die drei schlüpften mit Fiona aus dem Zelt und verschwanden.

Hannahs Mund begann zu zittern, dann schluchzte sie hemmungslos und verbarg ihr Gesicht in den Händen. Angela, die bislang wie erstarrt alles nur beobachtet hatte, beugte sich zu ihr, legte die Arme um ihre Schwester und begann ebenfalls bitterlich zu weinen.

Wieder drückte sich eine Frau im weißen Overall durch die überlappenden Planen. War es dieselbe wie zuvor oder eine andere? Es hatte keine Bedeutung mehr.

»Sie sind jetzt dran, bitte folgen Sie mir. Sie haben es gleich überstanden.«

Hannah erhob sich wie eine Marionette. Sie würde alles mit sich geschehen lassen, nur um so schnell wie möglich wieder bei ihrer Tochter zu sein. Sie schluckte die Tränen hinunter, wischte sich die Speichelfäden aus dem Gesicht, nahm ihre Schwester an der Hand und zog sie hinter sich her.

Kaum hatten sie die Kabine verlassen, blieb die Frau in Weiß stehen und zeigte auf einen blauen Streifen auf dem Boden der Turnhalle.

»Bitte folgen Sie der blauen Markierung, bis Sie in der Dekontamination angekommen sind. Dort warten Sie auf weitere Anweisungen.«

Wie in Trance folgten die beiden Frauen der blauen Linie,

bis sie einen Gang aus milchigem Kunststoff erreichten, der etwa zwei Meter breit und ebenso hoch war. Dabei hatten sie ständig den blauen Streifen im Auge, der die Handball-Markierungen kreuzte und nicht genau mittig im Gang verlief. Offensichtlich war er in großer Eile angebracht worden. In ihrem Kopf konnte Hannah Stimmen von aufgekratzten Schülerinnen hören, die sich den Ball zuwarfen. Dann verstummten die Stimmen wieder, und alles, was noch zählte, war diese blaue Linie, die ihnen den Weg in eine ungewisse Zukunft wies.

Schließlich endete ihr Weg auf dem gekachelten Boden der Duschräume. Das Neonlicht an der Decke schien hier noch heller, der reflektierte Schall noch lauter.

Zwei medizinische Assistentinnen kamen auf sie zu. Über ihren Overalls trugen sie Latexkittel. Sie erinnerten Hannah an die Arbeiter auf Schlachthöfen.

»Frau Hannah Schneider und Frau Angela Künne?«, begann die Größere der beiden den Abgleich der persönlichen Daten. Ihr strenger, tiefer Tonfall weckte bei Hannah und Angela das Gefühl, dass sie verhört wurden. Sie nickten und beantworteten all die Fragen, die man ihnen bereits auf dem Fragebogen gestellt hatte. Besonders auf die Punkte *Regelmäßige Medikamenteneinnahme* und *Allergien* legten die Frauen in den Kitteln Wert.

»Sie wissen, Sie kamen mit großer Wahrscheinlichkeit mit einer gefährlichen Substanz in Verbindung. Alles, was wir wollen, ist, Ihnen die folgende Prozedur so leicht wie möglich zu machen und Sie nicht weiteren Irritationen auszusetzen.«

Irritationen auszusetzen, wiederholte Hannah in Gedanken. Irritationen hat man auf der Haut, das hier ist ein verdammter Tumor!

»Wie geht es meiner Tochter?« Das war die einzige Frage, die Hannah interessierte. Pochend, fast schmerzhaft wütete sie wie ein Berserker in ihrem Kopf und in ihren Eingeweiden.

»Ihre Tochter ist in besten Händen. Tun Sie, was wir Ihnen sagen, dann können Sie nach der Dekontamination sofort zu ihr.«

»Sie lügen«, sagte Hannah ohne Zorn und mit flacher Stimme. Es war mehr eine Feststellung als ein Vorwurf.

»Nein, ich lüge nicht.« Die kleinere der beiden Frauen schien Verständnis für Hannah zu haben. »Lassen Sie uns das hier erledigen, dann verspreche ich Ihnen, dass Sie Ihre Tochter wiedersehen.«

Hannah nickte nur.

»Wir müssen Sie aus Ihrer Kleidung befreien – aber Sie dürfen sich nicht selbst ausziehen. Haben Sie verstanden? Bitte bleiben Sie einfach aufrecht stehen. Wir werden das für Sie erledigen.«

Wie aus dem Nichts hatte jede der beiden Assistentinnen plötzlich eine vernickelte Schere in der Hand.

»Bitte halten Sie still, diese Scheren sind sehr scharf. Wir wollen auf gar keinen Fall, dass Sie verletzt werden.«

Angelas Knie fingen an zu zittern. Sie hatte bisher alles anstandslos hingenommen, in der Hoffnung, dass ihre seit Monaten geplante Hochzeit irgendwie doch noch stattfinden könnte. Aber die seltsam gebogene Schere vor ihren Augen zerschnitt nicht nur ihr schneeweißes Hochzeitskleid wie dünnes Papier, sondern auch den letzten Rest Hoffnung, der wie ein seidener Faden die Verbindung zu einer glücklichen Zukunft zusammengehalten hatte.

Stück für Stück befreite die Schere sie von etwas, das sich jetzt nur noch anfühlte wie die Erinnerung an eine Illusion. Bis sie gänzlich nackt, ihre Scham bedeckend, in einer neuen, erschreckenden Realität angekommen war, die sie niemals zuvor für möglich gehalten hätte.

Angela konnte sehen, wie die große Frau mit ihr sprach, doch die Worte drangen nicht mehr zu ihr durch. Kraftlos und ohne Widerspruch legte sie sich auf den Tisch. Sie spürte das kalte Lochblech an ihrem Rücken, dann schloss sie ihre Augen und dämmerte hinüber in eine Scheinwelt voller lachender Menschen, die ihr zur Hochzeit gratulierten, spürte die Küsse und Umarmungen von Freunden, Verwandten und von Thomas, der sie beim Tanzen im Kreis wirbelte und versprach, sie ihr ganzes Leben glücklich zu machen.

Als Angela die Augen wieder öffnete, war ihr gesamter Körper mit weißem Schaum überzogen, der einen scharfen Geruch absonderte.

»Es ist gleich vorbei«, hörte sie die große Frau sagen.

Nichts ist vorbei, gar nichts, dachte sie, war aber nicht in der Lage, ihre Gedanken laut zu artikulieren. Stattdessen suchten ihre Augen nach Hannah und fanden sie.

Sie lag nicht weit von ihr auf dem zweiten Tisch. Auch ihr wurde soeben der weiße Schaum mit einer Handbrause vom Körper gewaschen.

»Hannah?«, brachte Angela hervor, aber Hannah reagierte nicht. Sie starrte bloß an die Decke wie ein Mordopfer bei der Obduktion. Nur das sanfte Heben und Senken ihres Brustkorbes war ein Indiz dafür, dass sie noch lebte.

Die Stimme der großen Frau forderte wieder ihre Aufmerksamkeit.

»Bitte gehen Sie jetzt hier rüber in die Duschen, und spülen Sie die Dekontaminationsflüssigkeit gründlich ab.«

Die Assistentinnen halfen den beiden auf und stützten sie, bis sie mit den Füßen sicher auf dem gekachelten Boden standen. Dann reichten sie Hannah und Angela blaue Einmalkittel aus hauchdünnem Vlies. Dankbar, sich endlich bedecken zu können, schlüpften sie hinein.

»Nach der Dusche benutzen Sie die bereitgelegten Handtücher«, fuhr die große Frau fort. »Wenn Sie damit fertig sind, werfen Sie die Handtücher bitte in die schwarzen Beutel in den Kabinen. Die Einmalkittel dürfen Sie anbehalten. Danach folgen Sie wieder der blauen Linie und gehen zügig durch die

Luftschleuse. Dahinter warten zwei Kolleginnen und geben Ihnen frische Kleidung.«

Hannah dachte nicht daran, der Aufforderung zu folgen. Nicht, bevor sie mehr über ihre Tochter erfahren hatte.

»Wie geht es Fiona, wie geht es meinem Kind?«

»Ich weiß es leider nicht, Frau Schneider.«

Hannah blieb trotzig auf der Stelle stehen.

»Ich mach hier nur meinen Job, Frau Schneider«, ergänzte die Assistentin. »Die Kolleginnen, die hinter der Schleuse auf Sie warten, bringen Sie ganz sicher so schnell wie möglich wieder mit Ihrer Tochter zusammen.«

Angela legte fürsorglich ihren Arm um Hannah. Die wand sich jedoch kopfschüttelnd aus der Umarmung und eilte auf die Duschkabinen zu.

Angela folgte ihr, verharrte aber auf dem Weg zur Dusche, weil ihr eine Frage einfach nicht aus dem Kopf gehen wollte.

Hilflos wandte sie sich der großen Frau zu, die bereits mit einem Wasserschlauch die Tische absprühte. Für einen Moment trafen sich ihre Blicke. Die große Frau hielt inne und stellte den Wasserstrahl ab. Der chemische weiße Schaum tropfte wie in Zeitlupe durch das Lochblech der Liegefläche, kroch in kleinen Bächen den Fliesenboden entlang und verschwand als dunkle Brühe im Abfluss.

Angela musste ihre Frage gar nicht laut aussprechen. Die Frau hatte sie auch so verstanden. Sie schüttelte den Kopf und sagte: »Es tut mir leid, Ihr Hochzeitskleid ist bereits auf dem Weg zur Verbrennung, zusammen mit dem Rest Ihrer Kleidung.«

Angela fühlte sich geschunden, erniedrigt, schmutzig. Aber auch schuldig, weil sie dem Kleid so viel Bedeutung beigemessen hatte.

»Es war nur ein Kleid«, sagte sie leise – wohl mehr zu sich selbst als zu der großen Frau. Die lächelte sie jedoch verständnisvoll an, und in ihren Augen meinte Angela eine Antwort zu lesen: *Es war nicht nur ein Kleid. Aber Sie werden ein neues bekommen, ein noch schöneres, und Sie werden die Hochzeit nachholen und eine glückliche Braut sein.*

Mit ein wenig Hoffnung im Herzen nickte Angela dankbar. Sie wollte sich nun voll und ganz ihrer Schwester und ihrer Nichte widmen, als plötzlich die Tür der Duschkabine aufflog und Hannah in ihrem halb offenen blauen Kittel herausstürzte.

»Hannah!«, rief Angela, aber ihre Schwester reagierte nicht, sondern rannte wortlos die blaue Linie entlang und verschwand in der Luftschleuse.

Und wieder fühlte sich Angela schuldig. In der Duschkabine legte sie den blauen Kittel ab und drehte das Wasser auf, als Hannahs lauter, verzweifelter Schrei erklang. Erschrocken drehte Angela das Wasser wieder ab. Erneut schrie Hannah den Namen ihrer Tochter. Der Schrei war diesmal leiser, klagender und schmerzvoller, bis Hannes Stimme nicht mehr zu hören war.

Angela ließ sich auf ihre Knie fallen, begann zu schluchzen, schob sich dabei eine Faust zwischen die Zähne und biss zu, bis Blut auf ihre Schenkel tropfte und den weißen Kachelboden rot färbte.

* * *

Indira rannte keuchend den langen Krankenhausflur entlang, der zu den Büros der Chefärzte führte. Gasmaske und ABC-Anzug hatte sie an der Schleuse zurückgelassen. Luft, endlich wieder frische Luft, die jetzt in ihrer Lunge brannte, nachdem sie, so schnell sie konnte, vier Stockwerke emporgehastet war. Sie steckte voller Tatendrang, denn sie war sich jetzt tausendprozentig sicher, zu wissen, woran all die Patienten erkrankt waren. Es war nicht eines der Symptome, es war die Summe aller Symptome, mit denen sie kurzerhand Google gefüttert hatte, um vielleicht eine Spur zu finden. Einen Brotkrumen auf dem Weg durch den dunklen Wald. Gefunden hatte sie stattdessen eine Goldader. Eine halbe Stunde hatte sie danach damit zugebracht, ihre Hypothese durch umfangreiche Onlinerecherche zu untermauern – und so unglaublich ihr das am Anfang auch erschienen war, der anfängliche Verdacht erhärtete sich mit jeder neuen Information, die sie zu der Thematik finden konnte.

Mit wissenschaftlicher Arbeit hatte das nichts zu tun, und genau das machte ihr Angst. Wissenschaftliche Arbeit erforderte ein methodisch-systematisches Vorgehen, das Auswerten unzähliger Daten und am Ende objektiv nachvollziehbare oder wiederholbare Ergebnisse. Oder anders gesagt, wissenschaftliche Forschung kostete Zeit, viel Zeit – und die hatte sie nicht, wenn sie Hamid und allen anderen Patienten das Leben retten wollte.

Professor Struve würde das aller Wahrscheinlichkeit nach nicht verstehen und auch nicht akzeptieren. Aber die Fakten waren so deutlich, so unmissverständlich, dass sie trotz allem hoffte, er würde ein Einsehen haben. Selbst wenn er am Ende die Entdeckung als seine eigene ausgeben würde, war ihr das egal. Entscheidend war nur, dass er zustimmte und sie die Behandlungsmethode erweitern durfte.

Kurz vor seiner Tür kam ihr der Gedanke, dass Professor Struve vielleicht gar nicht mehr im Haus war. An wen sollte sie sich dann wenden? Energischer als geplant öffnete sie die Tür zu seinem feudalen Büro mit altenglischen Möbeln und blieb atemlos stehen. Ihre Befürchtung war unbegründet gewesen, Struve stand mit einer qualmenden Zigarette in der Hand am geöffneten Fenster und blickte hinab auf die an- und abfahrenden Notärzte.

Erschrocken wandte er sich seiner stürmischen Besucherin zu.

»Mein Gott, Frau Kohli, wieso sind Sie nicht auf Station?«

Struve versuchte seine Erregung zu überspielen, zog ein letztes Mal an seiner Zigarette und schnippte sie dann aus dem Fenster. Er hatte eine schwere Entscheidung zu fällen und musste Abstand gewinnen, um dafür die notwendige Kraft zu sammeln. Es zeichnete sich ab, dass es zu viele Notfälle werden würden und man nicht alle lebensbedrohlichen Fälle behandeln konnte. Das Gesundheitsministerium hatte deshalb bereits die Warnung ausgesprochen, dass die Krankenhäuser sich auf eine Triage einstellen mussten. Falls die Versorgung von Patienten mit lebensgefährdenden Symptomen an die Kapazitätsgrenze käme, müsste man bereits in der Notaufnahme nach einem fest vorgeschriebenen Schema eine Selektierung vornehmen.

Neue Patienten würden dann sichtbar mit einem Filzstift auf der Haut durchnummeriert und mit einer farbigen Verletztenanhängekarte markiert.

Vier Farben standen dafür zur Auswahl.

Grün (leicht verletzt, spätere Behandlung).

Gelb (schwer verletzt, aufgeschobene Dringlichkeit).

Rot (akute vitale Bedrohung, Sofortbehandlung).

Blau (ohne Überlebenschance).

Was auf dem Papier einigermaßen verständlich wirkte, wurde in der Praxis für jeden Arzt und jede Ärztin zu einem brutalen Kampf mit dem eigenen Gewissen. Angenommen, eine Frau im Alter von neunzig Jahren hatte dieselbe Einstufung wie ein fünfjähriges Mädchen. Wer von beiden sollte bevorzugt behandelt werden? Laut Bundesverfassungsgericht wäre eine Abwägung nach dem Alter unzulässig. *Jedes menschliche Leben ist gleich wertvoll und kann deswegen keiner irgendwie gearteten unterschiedlichen Bewertung oder gar zahlenmäßigen Abwägung unterworfen werden,* hieß es in einem Beschluss.

Eine Triage war daher immer eine äußerst schwierige Aufgabe, die mit großer Wahrscheinlichkeit den Tod von Betroffenen bedeutete, die man unter anderen Umständen hätte retten können. Oft hatten die Entscheider im Nachgang einer Triage mit schweren Schuldgefühlen und posttraumatischen Belastungsstörungen zu kämpfen.

Professor Struve schloss das Fenster, und noch während er das tat, blaffte er Indira heftiger an, als er gewollt hatte: »Jetzt reden Sie schon.«

Er setzte sich in seinen Stuhl und blicke Indira mit zusammengekniffenen Augen an. Struve schätzte die indischstämmige Ärztin sehr. Vor allem ihren Ehrgeiz und ihr unermüdliches Engagement. Er war sogar ein wenig stolz darauf, ihr Doktorvater sein zu dürfen. In dieser Sekunde war Indira Kohli für ihn aber nicht mehr als ein ungebetener Störenfried, ein kleines Problem, das ihm die Sicht auf ein großes Problem verstellte.

»Frau Kohli, wir stecken in einer ausgewachsenen Katastrophe, und ich habe alle Hände voll zu tun, also bitte!«

Und deswegen stehst du qualmend am Fenster und schaust zu, wie deine Mitarbeiter ihren Job erledigen?, schoss es Indira durch den Kopf. Doch dann konzentrierte sie sich wieder auf den Grund ihres Besuches, was ihr nicht leichtfiel, da Struve sie mit seinen dunklen Knopfaugen fixierte.

»Ich weiß, woran die Menschen erkranken!«, platzte es aus ihr heraus.

»Sie wissen, woran die Menschen erkranken? Alle?«, fragte er leicht amüsiert.

Du machst dich also lustig über mich? Hast du mich eigentlich jemals ernst genommen, du verdammter alter Mann?

Indira überspielte ihre Wut und fuhr unerschrocken fort: »Es ist Nowitschok.«

Der abweisende, fast strenge Blick in Struves rundlichem Gesicht verschwand. Ihre Erkenntnis hing noch immer schwer in der Luft und hatte ihn offensichtlich neugierig gemacht.

»Es ist kein Virus, es ist ein Gift. Und wenn ich richtigliege, können wir alle erkrankten Personen retten, wenn wir nur schnell handeln und Atropin verabreichen. Als kompetitiver Antagonist an ACh-Rezeptoren würde es die Wirkung des Acetylcholins hemmen und ...«

Struves Finger tippelten nervös auf der grünen Schreibtischauflage aus Leder.

»Verehrte Kollegin, ich weiß, wie Atropin wirkt«, sagte er mit scharfer Stimme. »Sie kommen hier in mein Büro, stellen eine gewagte These auf und fordern allen Ernstes von mir, die Behandlung mit einem toxischen Tropan-Alkaloid freizugeben?«

So wie Struve es zusammenfasste, verlor ihr Vorschlag augenblicklich an Überzeugungskraft. Trotzdem nickte sie. »Ja, genau ...«

»Und was hat Sie zu der Annahme gebracht, dass Ihr Verdacht begründet ist?«

Indira hätte ihm in dieser Sekunde gerne ausführlich erklärt, was sie herausgefunden und wie sich ein Detail zum anderen gefügt hatte. Aber so, wie es Struve an Geduld fehlte, fehlten ihr in dieser Sekunde die passenden Worte. Ihre Antwort fiel daher äußerst knapp aus: »Google!«

Langsam und bedrohlich stand Struve auf und stützte sich dabei mit seinen kurzen Armen wie ein Gorilla auf seinen rustikalen Schreibtisch.

»Google? Angesichts des emotionalen Ausnahmezustandes, in dem wir uns alle befinden, tue ich jetzt einfach mal so, als hätte dieses Gespräch nicht stattgefunden. Und Sie verlassen auf der Stelle mein Büro, bevor ich mich noch vergesse!«

Doch Indira dachte nicht daran, so schnell klein beizugeben. Viel zu viel stand auf dem Spiel. Fahrig zog sie einen gerollten Stapel Papier aus ihrem weißen Kittel und legte ihn auf Struves Schreibtisch.

»Sehen Sie sich wenigstens die Studien an.«

»Studien? Ein paar Webseiten, vielleicht Wikipedia ... Was noch, *Bild am Sonntag*? Sie würden aufgrund dieser lächerlichen Recherche das Leben von Menschen riskieren?«, zischte er.

Indira machte einen Schritt zurück. Sie hatte endgültig verstanden, dass diese Unterredung sinnlos war.

»Sie haben vollkommen recht, es tut mir leid«, entschuldigte sie sich, dann machte sie Anstalten, das Büro zu verlassen.

Struve schien mit vielem gerechnet zu haben, nur nicht mit Indiras Einsicht. Noch nie hatte sie bei einem Disput freiwillig eingelenkt.

»Was haben Sie jetzt vor?«, fragte er verunsichert und richtete sich auf.

»Ich werde zurück in die Infektiologie gehen und mich um meine Patienten kümmern«. *Solange sie noch leben.* »Sie haben Ihren Standpunkt überzeugend dargelegt, und es war töricht vor mir, Sie mit meinem Anliegen zu behelligen.«

Ohne ein weiteres Wort hinzuzufügen, drehte sich Indira um und ging auf die Tür zu.

»Frau Kohli ...«

Indira hatte bereits den Türgriff in der Hand, drehte sich aber noch einmal zu Struve um, der sie ermahnte: »Sie machen keine Dummheiten?«

»Ich verstehe nicht?«

»Ich drücke mich jetzt unmissverständlich aus. Sie verabreichen ohne meine ausdrückliche Genehmigung kein Atropin! Haben Sie mich verstanden?«

»Sie sprechen ja laut genug, Herr Professor Struve.«

Struve schüttelte den Kopf, dann fügte er ruhiger hinzu: »Frau Kohli, ich stehe in direktem Kontakt mit dem Robert Koch-Institut und dem IMB. Die Labore dort analysieren Blutproben auf Erreger und Giftstoffe – und glauben Sie mir, sie tun alles Menschenmögliche, um die Ursachen für diese ... diese schreckliche Tragödie zu finden. Sie müssen Geduld haben, mehr erwarte ich nicht von Ihnen.«

Geduld? Mein Verlobter liegt da unten im Sterben, und Geduld wird ihn ganz sicher nicht retten.

Sie behielt den Gedanken für sich. Stattdessen fragte sie nur: »Kann ich jetzt gehen?«

Struve steckte beide Hände in die Taschen seines weißen Kittels, ohne zu antworten. Indira wertete das als ein Ja und verließ das Büro.

Kaum hatte sich die Tür hinter ihr geschlossen, verlor sie die Zurückhaltung, die sie in Struves Gegenwart so viel Kraft gekostet hatte. Sie rannte den Gang zurück, vorbei an den Panoramafenstern mit Sicht auf die kunstvoll angelegte, menschenleere Parkanlage. Indira hatte keinen Blick dafür. Sie konnte nur an Hamid denken, der in ihrer Abwesenheit um sein Leben kämpfte.

Zusätzlich zu den Symptomen, die er bereits bei der Einlieferung gezeigt hatte, waren dann vor allem die neurotoxischen Effekte angestiegen. Für Indira bestand kein Zweifel: Hamid und all die anderen Patienten litten an einer schweren Vergiftung durch den chemischen Kampfstoff Nowitschok. Mit diesem hatte der russische Geheimdienst 2018 den Überläufer Oberst Sergei Skripal zusammen mit seiner Tochter in England vergiftet, ebenso wie 2020 den russischen Oppositionspolitiker Alexei Nawalny auf einem Flug nach Moskau. Bei ihren Recherchen war sie auch auf eine Variante des Nervengifts gestoßen. Damit war 2017 der Bruder des nordkoreanischen Machthabers Kim Jong Un auf offener Straße ermordet worden. Jemand hatte zwei unwissende Frauen für einen angeblichen Videostreich angeheuert, woraufhin die beiden dem ahnungslosen Kim Jong Nam das Gift mit einer Wasserspritzpistole ins Gesicht spritzten. Der Mann starb noch am selben Tag. Die Hintermänner des Anschlags waren nie gefasst worden.

Falls Indira recht behielt, dann blieben Hamid nur noch wenige Stunden, bevor seine Organe irreparablen Schaden nahmen. Danach käme der sichere Tod.

Ich habe keine andere Wahl, Hamid. Du würdest es verstehen, oder? ICH würde es verstehen, wenn ich an deiner Stelle wäre. Ich würde wol-

len, dass du versuchst, mein Leben zu retten, auch wenn es meinen Tod bedeuten könnte. Ich liebe dich.

Sie nahm einen Schlüssel aus ihrer Tasche, öffnete damit die Tür zu einer der speziell gesicherten Apotheken des Krankenhauses und trat in den leicht gekühlten Raum. Schon nach wenigen Minuten hatte sie die Gegengifte gefunden, die Hamids Leben retten sollten, Antropin und Obidoxim. Sie packte die beiden Fläschchen zusammen mit Spritzbesteck in die Taschen ihres weißen Kittels, verließ den Raum und schloss ab, wobei sie sich mehrmals umblickte, aber der Gang blieb leer. Dann machte sie sich mit pochendem Herzen auf den Weg zu Hamid in die Quarantäne. Ihr Schritte hallten im gefliesten Treppenhaus von den Wänden wider. Und mit jeder weiteren Stufe hinab in die Infektiologie begannen die Zweifel an ihr zu nagen.

Was, wenn ich falschliege? Was, wenn das Gegengift ihn umbringt? Antropin könnte tödlich sein. Wie wahrscheinlich ist es, dass ich als Einzige die Ursache für die schweren Krankheitssymptome herausgefunden habe?

Zwei Oberärzte rissen im Erdgeschoss die Tür zum Treppenhaus auf und hasteten an ihre vorbei nach oben. Sie schienen Indira überhaupt nicht wahrzunehmen. Unentschlossen blieb sie in der Tür stehen.

Was, wenn er durch meine Schuld stirbt? Ich könnte mir das nie verzeihen.

Die Oberärzte waren bereits außer Sichtweite, aber sie konnte immer noch Gesprächsfetzen ihres angespannten Austausches hören.

»Zwei Tote in der letzten Stunde.«

»Auf meiner Station schweben vier Patienten in Lebensgefahr, und wir sind absolut machtlos.«

Indira schüttelte fast unmerklich den Kopf. Nein, machtlos war sie nicht. Nur unsicher, verängstigt, zweifelnd und besorgt. Aber nicht machtlos! Sie griff in die Taschen ihres Kittels und spürte die kleinen kühlen Fläschchen mit dem Gegengift.

Hamid lächelte sie an. Sie strich ihm eine Strähne aus der Stirn, dann öffnete er die Lippen und flüsterte leise: *Tu es!*

Indira nickte, ließ die Tür hinter sich zufallen und rannte den nächsten Gang entlang, Hamid entgegen.

TAG 1

Montag, 12. September 2022
12:00 Uhr – 22:00 Uhr

München

Kurz nach zwölf Uhr war der Airbus A 350–900 der Bundeswehr mit Torge Prager an Bord am GAT-Terminal des Flughafens Franz Josef Strauß gelandet. Der Flughafen lag gut dreißig Kilometer von München entfernt. Eine gepanzerte BMW-Limousine der Bayerischen Staatsregierung hatte ihn direkt auf der Rollbahn in Empfang genommen und war seitdem mit hoher Geschwindigkeit in Begleitung von Polizeifahrzeugen und Motorrädern auf dem Weg ins Stadtzentrum. Sofort nach der Landung hatte man Torge eine Sondermeldung aus dem Innenministerium eingespielt, die kurz nach seinem Abflug über den Äther gegangen war.

Nach eingehender Prüfung aller Optionen und Rücksprache mit den Experten des Robert Koch-Instituts und des Gesundheitsministeriums hat sich Innenminister Himmel entschieden, einen sofortigen Lockdown in der Landeshauptstadt zu verhängen.

Es war also geschehen. Der Wellenbrecher-Lockdown war ab sofort nicht mehr nur ein Schreckgespenst auf einem Strategiepapier eines Katastrophenplanspiels. Er war Realität.

Ministerpräsident Markus Söder betonte, dass die aktuelle Lage diesen Schritt erfordere. Es werde nun alles getan, um die Krisensituation in den Griff zu bekommen und …

Torge blickte hinaus auf die leer gefegte Autobahn und nahm nur noch einzelne Wortfetzen aus der Sondermeldung wahr.

... tritt ab 14 Uhr eine Ausgangssperre in Kraft ... daher sind alle Flüge gestrichen worden ... wurden jetzt bereits die Stadtgrenzen abgeriegelt ... Betriebe werden aufgefordert, die Tätigkeit einzustellen ... bittet Innenminister Himmel darum, Ruhe zu bewahren und sich auf direktem Weg nach Hause zu begeben ...

Torge konnte nicht verhindern, dass mit jedem weiteren Detail schreckliche Bilder in seinem Kopf entstanden. Autokolonnen an den Stadtgrenzen. Besorgte Menschen, die verzweifelt versuchten, ihre Angehörigen zu erreichen, oder einfach nicht wussten, wie sie nach Hause kommen sollten. Supermärkte, die regelrecht geplündert wurden. Es würde Verletzte und vielleicht sogar Tote geben. Nicht wegen der mutmaßlichen Seuche, nicht wegen des Attentats, sondern weil sich Menschen in Panik immer von ihrer schlechtesten Seite zeigten.

»Ich habe genug gehört, schalten Sie es ab!«

Der Fahrer der Limousine folgte seiner Aufforderung wortlos. Die Lautsprecher verstummten. Doch die Bilder in Torges Kopf verschwanden nicht. Das Grauen ließ sich nicht einfach abschalten. So friedlich der Anblick dieser ausgestorbenen Autobahn auch wirken mochte – es war nur ein Trugbild, das verschleierte, was gerade in den Straßen und Häuserschluchten von München vor sich ging.

Er hatte den Klingelton seines Handys abgeschaltet, doch das Display leuchtete immer wieder auf. Camille Milloz' Name erschien auf dem Display. Es erinnerte ihn daran, dass er hier war, um einen Job zu erfüllen. Er musste die Terrorzelle finden und unschädlich machen, die für das Attentat verantwortlich war. Und er musste verhindern, dass die Terroristen einen weiteren Anschlag verübten. Um den Lockdown hatten sich andere zu kümmern.

Torge nahm das Gespräch entgegen. Das Audiosignal wurde über die Freisprecheinrichtung des BMW übertragen. Milloz meldete sich: »Herr Prager, die Leiterin der AG BIRGiT wäre jetzt in der Leitung. Sie hat Informationen zu dem Attentäter.«

»Stellen Sie durch!«

Es klickte in der Leitung.

»Prager am Apparat«, meldete sich Torge.

»Herr Prager, Borchardt-Himmel von der AG BIRGiT. Sie baten um einen persönlichen Rückruf.«

Torge erstarrte, er fühlte sich, als hätte ihn ein Stromschlag getroffen. Er kannte die Stimme, die nach einer kurzen Pause fortfuhr.

»Ich soll Sie auf den aktuellen Stand bringen, ich denke aber, der Einsatzleiter Erdmann vom LKA wäre der geeignetere Ansprechpartner.«

Torge war nicht mehr in der Lage, den Worten zu folgen. Der vertraute Tonfall verhinderte jeden klaren Gedanken.

»Antonia? Antonia, bist du es?«, unterbrach er sie.

Die Frage war eigentlich überflüssig, denn schon nach dem ersten Wort hatte er gewusst, dass sie es war. SIE.

Die Stimme am anderen Ende der Leitung verstummte. Wollte ihm das Schicksal einen Streich spielen? Um ihn herum stürzte die Welt ein, und trotzdem schien alles, was von Bedeutung war, in diesem Moment zu verblassen. Er blickte erneut auf die vorbeiziehende leere Autobahn und hatte das Gefühl, im Leben noch nie einsamer gewesen zu sein.

»Antonia ...?«, wiederholte Torge langsam und richtete sich auf.

»Torge?«, kam als Antwort zurück, und die eindringliche Betonung seines Namens ließ keinen Zweifel daran, dass die Wucht der Erkenntnis auch ihr die Luft abschnürte.

Antonia stand mit verwischter Wimperntusche in einem weiß gefliesten Waschraum des Ministeriums und sah im Spiegel durch sich hindurch. Torge Prager. Warum jetzt? Warum ausgerechnet heute, nach so vielen Jahren? Das Schicksal konnte so grausam sein. Sie hatte alle Erinnerungen an ihn verdrängt. Das hatte Jahre gedauert. Doch mit einem Mal war die Zeit mit Torge so präsent, als hätte sie ihn erst gestern das letzte Mal gesehen.

Torge schaltete die Freisprecheinrichtung ab, drückte das Telefon fest an sein Ohr und presste sich in die Ecke hinter dem Fahrer. Tausend Fragen schossen ihm durch den Kopf, doch keine davon konnte er jetzt stellen. Nicht hier, nicht unter diesen Umständen und nicht am Telefon. Also sagte er nichts, sondern hörte nur ihrem Atem zu und stellte sich vor, wie ihre Lippen dem Handy ganz nah waren. Er erinnerte sich an die Grübchen in ihren Wangen, wenn sie lächelte.

»Toni«, flüsterte er ihren Kosenamen, ohne auch nur im Geringsten zu ahnen, welche Lawine an Gefühlen er damit bei Antonia auslöste.

Antonia schlug die Hand vor den Mund. Sie erinnerte sich, wie sein Aftershave geduftet und wie sie ein Taschentuch damit getränkt hatte, nur um daran riechen zu können, wenn er nicht da war.

»Torge«, begann sie und versuchte, dabei sachlich zu klingen. Sie war immer schon die Stärkere von ihnen gewesen, wenn es darum ging, das »Richtige« zu tun. »Wir sind jetzt erwachsen ...«

Ja?, dachte Torge. *Sind wir das? Sind wir jetzt scheiß erwachsen oder bist nur du es? Ich bin es nämlich nicht. Ich war es nie. Auch nicht, als du uns mit diesem Spruch damals schon erklären wolltest, dass es keinen anderen Weg gibt. Was zur Hölle hat Erwachsensein damit zu tun? Es ist nicht besser geworden, es ist nicht leichter geworden. Und es hat verdammt noch mal nie aufgehört zu schmerzen.*

»Du hast recht«, sagte er stattdessen laut und wiederholte es, auch wenn es dadurch nicht glaubwürdiger wurde.

»Du hast recht, wir sind jetzt erwachsen und sollten ... Wir sollten uns professionell verhalten.«

Eine Scheißlüge – und du weißt, dass es eine Lüge ist! 4 Kilometer schwimmen, 180 Kilometer Rad fahren und 42 Kilometer laufen, immer und immer wieder, nur um von dir wegzukommen. Und was hast du getan, um alles zu vergessen?

»Wir …« Sie räusperte sich und versuchte ihrer Stimme wieder einen nüchternen, sachlichen Klang zu geben, was ihr aber nur leidlich gelang.

»Wir konnten den Attentäter identifizieren. Sein Name ist Safaa Al Aifuri aus Libyen, geboren 1998 in Bengasi. Die Mutter flüchtete im libyschen Bürgerkrieg 2015 mit ihren Kindern nach Italien. Bis auf Safaa kam die ganze Familie bei der Überfahrt ums Leben, er war damals siebzehn. Danach folgten Aufenthalte in verschiedenen Flüchtlingslagern in Italien. Nach unseren letzten Erkenntnissen wurde er dort bereits von Anhängern des IS radikalisiert. 2020 kam er illegal nach Deutschland und beantragte Asyl. Er wurde abgelehnt, eine Abschiebung nach Libyen war jedoch nicht möglich, da befürchtet werden musste, dass man ihn dort verfolgen oder foltern würde.«

Torge schaffte es, sich nach und nach wieder auf seine Mission zu konzentrieren.

»Wieso, was war der Grund dafür?«

Antonia nahm die Rückfrage erleichtert zur Kenntnis, zeigte sie doch, dass es vielleicht einen Weg gab, um ihre aufwühlende Vergangenheit in einen Mantel des Schweigens zu hüllen.

»Sein Vater war ein mutmaßlicher al-Quaida-Anführer.«

»Was ist aus ihm geworden?«

»Er wurde 2012 ermordet. Vermutlich war die CIA darin verwickelt, das war kurz nach …«

Er unterbrach sie. So genau wollte er im Augenblick die Lebensgeschichte des Terroristen nicht kennen.

»Hattet ihr ihn auf dem Schirm? War er als Gefährder gelistet?«

Antonias Schweigen fühlte sich an wie ein Schuldeingeständnis.

Dann bestätigte ein leises Ja seine Vermutung. Und wieder öffnete sich ein Fenster in die Vergangenheit. Es war dasselbe leise Ja wie damals, als sie ihre Beziehung ohne Vorwarnung beendet hatte. Er hatte es in ihren Augen gesehen, hatte es mit jeder Faser seines Körpers gespürt. Und weil sie zu schwach war, um es auszusprechen, hatte er die Frage gestellt.

Ist es aus?

Ja.

Er spürte den Stich in seiner Brust, ignorierte ihn, so gut er konnte, und versuchte, seine Gefühle zu unterdrücken. Aber es gelang ihm nicht.

»Ist das eine deiner einsilbigen Antworten, die immer dann kommen, wenn dir die Worte fehlen?«

Sie verstand die Anspielung, und ihre Hoffnung löste sich in Luft auf. Der Mantel hatte Risse, war nicht dicht und nicht groß genug, um alles darunter zu verbergen. Sie schob den Gedanken beiseite, um seine Frage nicht mit einem weiteren Ja beantworten zu müssen.

»Safaa Al Aifuri war aktuell einer von zwanzig Ausländern, die von der Polizei als Gefährder eingestuft wurden.«

Für einen Moment wurden die Gespenster der Vergangenheit in Torges Kopf hinweggefegt. Der Attentäter war den Behörden nicht nur bekannt gewesen, sondern man hatte bereits vermutet, dass er eine Straftat begehen würde.

»Ich will nochmals betonen, dass wir wirklich alles versucht haben, um den Mann abzuschieben – und als das aus rechtlichen Gründen nicht möglich war, wurde er vom LKA rund um die Uhr observiert.«

»Wurde er das?«, antwortete Torge zynisch und blickte hinaus auf die freien Spuren der Autobahn. In diesem Augenblick verfluchte er seinen Job.

Was ist unser ganzes Rechtssystem wert, wenn es im entscheidenden

Augenblick versagt? Wenn der rechtliche Spielraum von den Gegnern unserer Demokratie so weit ausgereizt werden kann, dass zwangsläufig Fehler passieren müssen?

Antonia ließ seine rhetorische Frage unbeantwortet.

Ermattet stellte er eine weitere Frage, um sich wie ein Dieb aus der Unterhaltung zu stehlen.

»Sonst noch was?«, sagte er.

»Nein.« Diesmal schwang Erleichterung in ihrer Antwort mit. Vielleicht, weil das Gespräch gleich vorbei sein würde, vielleicht aber auch wegen der abgelegten Beichte, die ihren Schmerz ein wenig gelindert hatte. Christliche Werte und Regeln waren ihr quasi in die Wiege gelegt worden. Er hatte das am eigenen Leib schmerzlich erfahren müssen.

»Wir haben um 12:45 Uhr eine Krisensitzung im Innenministerium. Ich möchte, dass du dabei bist«, sagte Torge.

Es gibt kein Wir, es kann kein Wir mehr geben, dachte sie und spürte, wie sich alles in ihr gegen das Wiedersehen sträubte.

»Du ... Du willst mich dabeihaben? Ich habe alle Fakten zu dem Attentäter aufbereitet und im System freigegeben. Wozu sollte das gut sein, dass ich ...«

»Wir könnten irgendetwas übersehen ... Ich habe keine Ahnung ... Ich ...«

Ich will dich wiedersehen.

»Ich denke, es ist gut, wenn alle leitenden Mitarbeiter bei dieser Sitzung dabei sind, die Kenntnisse zu dem Attentäter haben.«

»Aber ...«

»Kein Aber! Wir wollten doch professionell mit der Situation umgehen. Waren das nicht deine Worte?«

Deine verdammten Scheißworte.

Er spürte förmlich, dass sie sich erinnerte. Dass sie in diesem Augenblick dieselben Bilder im Kopf hatte wie er. Die Erinnerung daran, wie sie damals grundlos ihrer beider Leben zerstört hatte.

Es vergingen einige Sekunden, bis Antonia antwortete.

»Ich werde da sein.«

Diesmal klang es wie eine Drohung.

* * *

Markus Erdmann hatte sich in der München Klinik Schwabing bislang keine Freunde gemacht. Eigentlich war er ein geduldiger Mensch, aber die Sorge um seine zwanzigjährige Tochter Kornelia, die nicht weit vom Tatort an der Ludwig-Maximilians-Universität studierte, brachte ihn fast um den Verstand. Wenigstens war seine Schwester mit ihrem Sohn in Griechenland im Urlaub. Mit ihr hatte er sofort telefoniert, um ihr zu versichern, dass sie sich keine Sorgen machen müsse – obwohl das gelogen war. Denn so, wie es im Augenblick aussah, konnte jeder der Nächste sein, den die Infektion erwischte. Kornelia hatte er hingegen nicht erreicht. Sie reagierte weder auf seine Nachrichten, noch konnte er sie über sein Handy lokalisieren. Nachdem er seine Tochter vor ein paar Wochen um drei Uhr nachts vor einem Club abgepasst hatte, um sie in ihre Studentenbude zu fahren, hatte sie die Suchfunktion gesperrt.

»Du bist echt der peinlichste Vater der Welt, weißt du das?«, hatte sie ihm wütend vorgeworfen. »Ich bin verdammt noch mal erwachsen, wann kapierst du das endlich?«

Nichts hatte er kapiert. In seinen Augen war Kornelia noch immer ein kleines Mädchen, das auf seine Hilfe und seinen Schutz angewiesen war. Jetzt war sie irgendwo da draußen in diesem Chaos, und er musste sich frustriert eingestehen, dass es keinen Sinn ergab, nach ihr zu suchen. Also stürzte er sich in die Ermittlungen.

Der schwerkranke Terrorist, der hier in der Schwabinger Klinik lag, war nach jüngsten Erkenntnissen kein Einzeltäter. Die extrem gefährliche Substanz, die er versprüht hatte, ließ keine andere Schlussfolgerung zu. Aufgrund dieser Erkenntnis hatten die Ermittler zwei alternative Szenarien entwickelt. Entweder war die Substanz illegal nach Deutschland gebracht worden; allein die Beschaffung, Bezahlung und der Transport hatten in diesem Fall ein ganzes Netzwerk von Mittätern erfordert. Oder die Substanz war in Deutschland produziert worden, wozu es enorme Fachkenntnisse und ein gut ausgestattetes Labor brauchte. Auch in diesem Fall ging Erdmanns Team davon aus, dass mehrere Personen in den Anschlag verwickelt waren.

Aber im Augenblick hatten sie nur den Attentäter selbst. Safaa Al Aifuri war das winzige Nadelöhr, das zu den Hintermännern führen konnte – vorausgesetzt, er war noch am Leben und vernehmungsfähig, wenn Erdmann zu ihm kam.

Wertvolle Zeit war nach Erdmanns Eintreffen im Krankenhaus vergangen, bis sich in dem ganzen Trubel ein junger Arzt bemüßigt fühlte, ihn zu Haus 6 zu bringen. Dort hatte man Safaa in der Infektiologie untergebracht.

»Können Sie sich eigentlich vorstellen, wie wichtig es ist, dass ich diesen Mann so schnell wie möglich verhöre?«, hatte er den Arzt wütend angeblafft.

Dieser entgegnete genervt: »Und können Sie sich vorstellen, wie wenig ich darauf gebe, ob dieser Mann am Leben bleibt?«

Angesichts der Zustände in der Notaufnahme war das nur allzu verständlich. Also hielt Erdmann danach den Mund, denn insgeheim gab er dem Arzt recht.

Es dauerte eine gefühlte Ewigkeit, bis sie das gesamte Gelände durchquert hatten und schließlich am Zielort eintrafen. Schweißgebadet schlüpfte Erdmann in einen beigen ABC-Anzug und ließ sich dabei helfen, den Schutzhelm zu arretieren und luftdicht zu verschließen. Sofort wurde es in dem Anzug brütend heiß und stickig. Ein eingebauter Luftfilter konnte selbst gefährlichste Viren abhalten, sorgte aber dafür, dass Erdmann das Gefühl hatte, in dem Anzug zu ersticken.

»Sie können jetzt hinein«, signalisierte ihm ein Pfleger mit nach oben gestrecktem Daumen. Unsicher stapfte er durch die Luftschleuse und stand – kaum dass er die zweite Tür der Schleuse passiert hatte – vor einem Krankenbett, in dem ein dunkelhäutiger Mann unter einem Sauerstoffzelt lag.

Er wirkte irgendwie – friedlich. Wenn seine jahrelange Erfahrung als Kriminalkommissar Erdmann etwas gelehrt hatte, dann war es die Erkenntnis, dass der Großteil der Kriminellen selten dem Bild entsprach, das man sich von ihnen gemacht hatte.

Safaa Al Aifuri war schlank, groß und besaß feine Gesichtszüge. Hätte Erdmann seinen ersten Eindruck mit einem Wort beschreiben müssen, er hätte wohl das Adjektiv *gütig* gewählt.

Daraus ergab sich ein Widerspruch, durch den sich eine einzige Frage förmlich aufdrängte.

Warum? Warum hast du das getan?

Doch das war im Augenblick auch die Frage, die für seine Ermittlungen am wenigsten bedeutete.

Safaa zitterte am ganzen Körper. Er drehte den Kopf und blickte ihn stumm an.

Eine Schwester – vielleicht war es auch eine Ärztin, das konnte Erdmann in dem Schutzanzug schwer beurteilen – stand neben Safaas Bett. Sie hantierte an den Geräten, die durch ein Gewirr aus Kabeln und Schläuchen mit dem Körper des Attentäters verbunden waren.

»Sie müssen der Kommissar sein?«, ertönte es blechern aus dem Lautsprecher an ihrer Atemmaske. Erdmann nickte.

»Erdmann ist mein Name.«

»Ich bin Dr. Salzberg«, stellte sie sich vor, ohne ihn anzusehen.

»Versteht er mich?«, wollte Erdmann wissen und näherte sich dem Bett. Erst jetzt bemerkte er den Brustgurt und die Klettbänder, mit denen Safaas Arme und Beine am Bett fixiert waren.

»Ich glaube, ja. Wenn ich ihn anspreche, bewegt er leicht

den Kopf, und seine Augen folgen mir. Aber seine Werte sehen nicht gut aus, und ich rechne fest damit, dass er bald das Bewusstsein verliert.«

Erdmann hätte jetzt aus Gewohnheit gerne über seinen ungepflegten Dreitagebart gestrichen, aber der Helm verhinderte das.

»Bleiben Sie dabei, während ich ihn vernehme? Oder es zumindest versuche?«

Resolut schob Dr. Salzberg Erdmann beiseite, um einen Infusionsbeutel an einem Stativ zu befestigen, von dem ein Schlauch zu Safaas Arm führte. Erst dann antwortete sie ihm.

»Ich werde gleich gehen. Doch vorher sollten Sie wissen, dass nebenan meine Mutter liegt. Sie ist fünfundachtzig Jahre alt, war bis gestern in erstaunlicher Verfassung für ihr Alter, und jetzt sieht es so aus, als ob sie wegen dieses Mannes die kommende Nacht nicht überleben wird. Noch irgendwelche Fragen?«

Markus schüttelte den Kopf. Ohne eine Emotion zu zeigen, ging die Ärztin schweigend an ihm vorbei zur Schleuse, hielt dort aber noch einmal inne.

»Wir machen alle nur unseren Job, Herr Erdmann – und ich hoffe bei Gott, dass Sie Ihren Job gut machen.«

Kaum hatte sich die Luftschleuse hinter der Ärztin geschlossen, vernahm Erdmann Safaas Stimme. Sie war nicht lauter als ein raues Flüstern: »Sie vergiftet mich.«

Erdmann trat ans Bett und beugte sich über Safaa, der ihn erneut mit großen Augen ansah. Seine Krämpfe hatten nachgelassen, doch für wie lange?

»Was?«

»Sie mich töten ... Sie Gift in diesen Beutel getan, ich gesehen.«

Erdmann runzelte die Stirn. Der Mann hatte tatsächlich Angst. Für einen Moment hatte er Mitleid mit ihm.

»Diese Frau versucht, Ihr Leben zu retten. Der alleinige

Grund für Ihren Zustand ist das Gift, das Sie selbst auf die Menschen in der U-Bahn gesprüht haben.«

Safaa versuchte, sich aufzubäumen, aber die Gurte verhinderten es.

»Ihr alle Ungläubige, alle Abschaum. Deshalb hat man gemacht mich zum Boten – und Safaa ist stolz darauf, für Allah ein Bote zu sein. Allah ist allmächtig. Ihr werdet alle sterben.«

Der Mann begann wieder zu zittern.

»Und du mit ihnen!«, ergänzte Erdmann wütend.

Safaas Augen verengten sich. Er japste, seine Worte kamen nur noch schwer verständlich aus seinem Mund. Dann verebbte der Schüttelfrost. Safaas Körper entspannte sich und fiel zurück auf das Kissen. Er rang nach Luft, und seine Augen schlossen sich.

Erdmann blickte an die Decke. Wo kam nur all der Hass her? Plötzlich spürte er durch den Schutzanzug, wie Safaa kraftlos nach seiner Hand griff.

»Ich versagt ... Fast alle weggelaufen, bevor ich fertig. Jetzt ich Angst vor Allah. Ich will nicht sterben, bevor Allah nicht stolz ist auf Safaa.«

Erdmann dachte an all die Toten und Kranken, für die der Mann vor ihm verantwortlich war. Zornig zog er seine Hand zurück, richtete sich auf und packte den Infusionsbeutel, der wahrscheinlich nur eine Kochsalzlösung enthielt.

»Du hast recht«, sagte er bedrohlich. »In diesen Beutel haben wir Gift gefüllt, und du wirst schneller bei deinem Allah landen, als dir recht sein kann. Und weißt du, wie viele Ungläubige du in eure Hölle geschickt hast?«

Safaas Augen weiteten sich. Er glaubte jedes Wort.

»Gar keinen. Null. Nicht mal mit deiner Pistole hast du jemanden getötet. Verwundet? Ja. Aber getötet? Nein. Die liegen alle hier im Krankenhaus und werden wieder gesund gepflegt. Du hast versagt, Safaa. Allah wird nicht froh sein, das zu hören – und ich schätze, deine Auftraggeber auch nicht.«

»Du musst Gift abstellen. Bitte, bitte«, flehte Safaa. »Ich komme sonst auch in Dschahannam.«

Erdmann legte den Finger auf einen Hebel, mit dem sich der Tropf stoppen ließ.

»Wer sind deine Auftraggeber?«

»Ich immer nur einen Mann getroffen, einen großen Führer.«

»Wie sah er aus?«

»Wie ein großer Krieger.« Safaa begann wieder zu zittern, diesmal noch heftiger als zuvor.

Erdmann ballte die Fäuste.

Nicht jetzt.

Er beugte sich wieder hinab zu Safaa, riss das Sauerstoffzelt beiseite und packte ihn an den Schultern.

»Einen Namen, Safaa, sag mir den Namen!«

Doch Safaas Augen hatten sich verdreht, sodass fast nur noch die weißen Augäpfel zu sehen waren. Schaum triefte aus seinem Mund.

»Einen Namen, Safaa!«

»Ahmed al-Bāṭin, große Führer«, stammelte er. »Du musst vergeben, Safaa unwürdig. al-Bāṭin, bitte vergib mir, al-Bāṭin. Möge dein nächster Bote erfolgreicher sein.«

Erdmann packte verzweifelt den Kopf des Terroristen, der zunehmend das Bewusstsein verlor.

»Was soll das heißen, der nächste Bote?«, schrie Erdmann und schüttelte ihn.

Safaas Blick klärte sich.

»Ihr alle bald kommt in das sechste Tor des Dschahannam, wo ihr auf ewig brennen werdet im Höllenfeuer.« Safaas Körper erschlaffte. Augenblicklich schlugen die Geräte Alarm.

Erdmann ließ erschrocken von Safaa ab und zog das Sauerstoffzelt über dessen Körper. Sekunden später kam die Ärztin mit einer Schwester durch die Schleuse. Sie würdigten ihn keines Blickes, sondern kümmerten sich sofort um den Patienten.

Safaa Al Aifuri war in ein tiefes Koma gefallen. Jetzt hierzubleiben war reine Zeitverschwendung.

Da signalisierte sein Handy mit einem lauten Ton den Eingang einer Nachricht. Eilig trat er durch die Luftschleuse, legte die Schutzkleidung ab und schaute auf das Display. Es war eine Sprachnachricht von Kornelia.

»Hi, Papa«, hörte er die vertraute Stimme seiner Tochter. »Ich bin bei Sally. Was ist passiert? Wir sind total durcheinander. Hab deine Nachrichten gesehen, was sollen wir denn jetzt machen? Bitte ruf an, ich ... Ich mach mir solche Sorgen, auch um dich. Bitte ruf an, ich hab das Telefon auf laut gestellt.«

* * *

Ahmed al-Bāṭin hatte die letzten zwei Stunden damit zugebracht, die Nachrichten zu verfolgen. Seit Safaa seine letzte Reise angetreten hatte, war er selbst für den innersten Zirkel seiner Zelle nicht erreichbar gewesen. Er hatte sich zurückgezogen und gebetet, hatte Allah um Unterstützung gerufen, um eine Sturmwelle des Todes über die Ungläubigen hereinbrechen zu lassen. Und Allah hatte ihn erhört. Allah war allmächtig, und seine Rache kannte keine Gnade.

Bei jeder Schreckensmeldung, die al-Bāṭin erreichte, spürte er die Macht Allahs in sich. Al-Baghdadi, der Gründer und Anführer des Islamischen Staates, hatte recht behalten. Der Krieg wurde nicht mehr in der Heimat der Gläubigen geführt; sie hatten den Krieg in die Städte der Ungläubigen gebracht. Paris, Berlin, Istanbul, Brüssel, Orlando, Nizza, Wien ... Die Namen der Märtyrer füllten inzwischen eine ganze Liste auf Wikipedia, mit über siebzig erfolgreichen Anschlägen seiner Glaubenskrieger allein in den letzten fünf Jahren.

Heute hatte er der Liste einen neuen Eintrag hinzugefügt und nach seinen Schätzungen den weitaus erfolgreichsten. Zwei Punkte in ihrem umfangreichen Plan hatten sich jedoch nicht so entwickelt wie erhofft. Zum einen war laut Nachrichten ihr Bruder Safaa Al Aifuri noch immer am Leben und hatte sich am Ende seiner Mission nicht ins Paradies begeben, wie es sein Wunsch gewesen war. Darum würde sich Kamal Abdeslam kümmern.

Um den anderen Punkt, dem er eine wesentlich größere Bedeutung beimaß, würde er sich selbst kümmern.

Hoch motiviert schnallte al-Bāṭin sich eine Biathlon-Gewehrtasche auf den Rücken, hing sich eine flache runde Tasche über die Schulter und machte sich in einem dunklen Joggingdress zu den begrünten Parkanlagen an der Isar auf.

Wo immer er auch hinblickte, die Menschen hatten Angst. Niemand saß entspannt in einem Straßencafé oder las Zeitung auf einer Parkbank, alle hasteten oder rannten. Aus dem kleinen Supermarkt an der Ecke strömten Menschen mit vollgepackten Einkaufswägen. Andere versuchten verzweifelt, in den überfüllten Markt hineinzukommen, in der Hoffnung, noch irgendwelche Lebensmittel kaufen zu können, bevor die Ausgangssperre in Kraft trat und die Geschäfte schließen mussten.

Erst als al-Bāṭin die Grünanlage der Isar erreichte, wo sich um diese Uhrzeit für gewöhnlich Fahrradfahrer, Mütter mit Kinderwagen, Hundebesitzer und Jogger die schmalen Kieswege und Wiesen teilten, war es menschenleer. al-Bāṭin hatte den Weg bewusst gewählt, denn in dieser Umgebung würde es ihm viel schneller auffallen, wenn er observiert wurde, als im hektischen Treiben von Haidhausen.

In der Nähe der Maximiliansbrücke hielt er bei einem Kanaldeckel inne. Der Deckel markierte den Eingang zu einem unterirdischen Tunnelsystem von gigantischen Ausmaßen. Ein zweitausendvierhundert Kilometer langes, weitverzweigtes Kanalisationsnetz, das zu sechzig Prozent begehbar war. Manche der Kanäle hatten eine Breite von dreieinhalb Metern und waren fünf Meter hoch. Betreten konnte man dieses unterirdische Reich über fünfunddreißigtausend Einstiege, die über ganz München verteilt waren. al-Bāṭin drehte sich ein letztes Mal um. Er war allein. Dann nahm er die Gewehrtasche von seinem Rücken und öffnete sie. Eine lange, schmale Metallstange kam zum Vorschein, die an einer Seite einen Griff, an der anderen einen Haken hatte. Geschickt führte er das Werkzeug in einen der seitlichen Schlitze der Abdeckung aus Beton und Gusseisen und schob den schweren Deckel auf die Seite, als wäre er aus Pappe. Vor ihm tat sich ein schwarzes Loch auf, an dessen Wand stählerne Steigbügel hinab in die Tiefe führten.

Er verstaute die Stange wieder in der Gewehrtasche, zog sich eine Stirnlampe über den Kopf, schaltete sie ein und aktivierte das elektronische Gaswarngerät, das an seinem Gürtel baumelte. Ohne einen solchen Lebensretter betrat kein Kanalarbeiter das Labyrinth. Es konnte giftige Gase und Dämpfe erkennen, lange bevor der menschliche Geruchssinn Alarm schlagen würde. Die zweite große Bedrohung für Kanalarbeiter kam aus dem Himmel. In der Regel füllten sich die Kanäle nur bis zur Hälfte mit Abwasser, doch schon bei leichtem Regen stieg der Wasserpegel innerhalb weniger Minuten selbst in den breiten Kanälen bis an die Decke. Aus diesem Grund blieb bei Kanalarbeiten auch immer ein Mann im Freien und beobachtete das Wetter, um seine Kollegen vor einem Regenschauer warnen zu können.

Ein Warnsystem, auf das al-Bāṭin verzichten musste. Skeptisch prüfte er daher den leicht bewölkten Himmel, dann stieg er hinab in das Loch und zog den Kanaldeckel über sich wieder in die Öffnung. Tritt für Tritt ging es von da an hinab in den engen Schacht. Die Luft wurde schwer wie in einem tropischen Gewächshaus, bis er schließlich das Bankett eines breit gewölbten Tunnels aus roten Klinkersteinen erreichte, in dessen Mitte sich ein mächtiger Fluss aus trübem Wasser zu zwei Seiten in der Dunkelheit verlor. Der Boden des Banketts war mit glibberigem Schleim überzogen, ebenso die Wände, die im Lichtkegel seiner Stirnlampe glänzten wie die Oberfläche eines Organismus. Er musste vorsichtig sein. Hier unten konnte man leicht ausrutschen und in der Brühe landen.

Die Wege in dieser unterirdischen Welt waren nicht gesichert und die Flüsse an manchen Stellen so reißend schnell, dass die Konstrukteure breite Stufen und Wasserbrecher eingebaut hatten, um den Strom zu verlangsamen. Ein Sturz konnte lebensgefährlich sein. al-Bāṭin bewegte sich jedoch geschickt und sicher über den rutschigen Boden. Monatelang hatte er die Kanäle erkundet, Pläne angelegt und sich die wichtigsten Wasserstraßen eingeprägt, die teils so breit waren, dass die Arbeiter hier unten Gummiboote für ihre Wartungsarbeiten einsetzten. Die Geräusche, die von oben bis hinab in die Kanalisation drangen, halfen al-Bāṭin bei der Orientierung. Es gab Kanäle, die waren so still, und das schwarze Wasser floss so ruhig und langsam, dass man bisweilen das Fiepen der Ratten hören konnte, die hier unten lebten. Andere hingegen verliefen direkt unter den Hauptstraßen der Stadt, wo die Einstiegsschächte die Motorengeräusche direkt in die Tiefe brachten und sie dabei verstärkten, als käme das donnernde Grollen direkt aus dem Schlund von düsteren Kreaturen.

Furchtsame Menschen würden diesen Ort meiden wie die Pest, und genau aus diesem Grund fühlte sich al-Bāṭin hier auf seltsame Weise sicher.

Sein Weg war ihm längst vertraut, und so dauerte es auch nicht lange, bis er sein Ziel erreichte: ein Regenrückhaltebecken von der Größe eines großen Hallenbads, sechzehn Meter unter der Oberfläche, in dem unzählige Säulen aus dem seichten Wasser ragten und die Deckenkonstruktion stützten. Vierzehn solcher Becken gab es unterhalb der Stadt. Das größte davon fasste neunzigtausend Kubikmeter Wasser. Diese gewaltigen Becken waren notwendig, um bei Regen ein Überlaufen von Straßen und Kellern zu verhindern. Innerhalb von nur zehn Minuten füllten sie sich dann bis zum Rand mit Wasser und schützten die Stadt vor Überschwemmungen.

Im Normalfall waren die Regenrückhaltebecken aber nur leicht mit Wasser bedeckt, an vielen Stellen sogar trocken. Ein direkter Blickkontakt von einer Seite zur anderen war wegen der unzähligen Säulen praktisch unmöglich. Jedes Geräusch und jeder Lichtstrahl würde einen Neuankömmling sofort verraten.

Es war der perfekte Ort für konspirative Treffen. al-Bāṭin steuerte auf dem matschigen Boden eine der Säulen in der Mitte der Halle an, dann wartete er auf seinen Gast.

Mahdi Walaa, dessen bürgerlicher Name Sven Falk lautete, hasste es, in diese stinkende, nasse Kloake hinabzusteigen, um Ahmed al-Bāṭin, den Anführer der Münchner Terrorzelle, zu treffen. Wegen Unterstützung einer ausländischen terroristischen Vereinigung war Falk inhaftiert, 2019 aber vorzeitig aus der Haft entlassen worden, da er sich nach Auffassung des Gerichts vom Salafismus distanziert habe. Man hatte sich getäuscht. Nach seiner Freilassung nutzte er die Onlineplattformen YouTube und TikTok für ein fulminantes Comeback. Bis zu einer Million Aufrufe erreichten seine Videos, in denen er zum Beispiel die Gleichstellung von Frauen kritisierte oder die Züchtigung von Ehefrauen durch ihren Ehemann befürwortete. Obwohl er dabei immer betonte, er habe nur friedliche Absichten, kamen zwei Politikwissenschaftler in ihrem Buch über Extremismus zu dem Ergebnis, dass Sven Falk alias Mahdi Walaa die *derzeit aktivste Person und das öffentlich prominenteste Gesicht der salafistischen Szene* sei.

Seine kriminelle Karriere hatte in den 1980ern begonnen. Damals war er noch Mitglied in der linksradikalen Terrorgruppe Antiimperialistische Zellen gewesen. 1996 wurde er zu dreizehn Jahren Gefängnis wegen Durchführung mehrerer Sprengstoffanschläge und des geplanten Mordes an einem

SPD-Bundestagsabgeordneten verurteilt. 2008 entließ man ihn erstmals wegen guter Führung aus der Haft. Danach konvertierte er zum sunnitischen Islam und nannte sich seitdem Mahdi Walaa. Bei einem längeren Aufenthalt in Mekka hatte er zum ersten Mal Kontakt mit deutsch-islamistischen Terroristen, der sogenannten Sauerland-Gruppe. Die Terrorzelle hatte zuvor einen Sprengstoffanschlag von *historischem Ausmaß* vorbereitet. Sie hatten siebenhundert Kilo der Chemikalie Wasserstoffperoxid nach Deutschland geschmuggelt und waren bereits dabei, in einem geheimen Labor eine halbe Tonne Sprengstoff damit herzustellen. Das BKA durchkreuzte zum Glück die Anschlagspläne, stürmte am 4. September 2007 das Labor in Oberschledorn im Sauerland und vereitelte dadurch den barbarischen Anschlag.

Nach seiner Rückkehr aus Mekka trat Sven Falk dem Verein *Islamschule und Einladung zum Paradies* in Braunschweig bei und war zeitweise dessen bekanntester Repräsentant. Der Verfassungsschutz in NRW und Niedersachsen observierte die Gruppierung und sah es als erwiesen an, dass der Verein *einen Islam lehre, der den Terrorismus fördere*. 2010 erhärteten sich Verdachtsmomente, dass mehrere Schüler des Vereins mit terroristischen Aktivitäten in Verbindung standen. Einer von ihnen wurde daraufhin verhaftet, weil er sich für die libanesische Hisbollah in die Luft sprengen wollte. Ein anderer stand in Kontakt mit den Attentätern des Anschlags am 2. März 2011 in Frankfurt, bei dem ein Islamist in einem öffentlichen Bus mehrere amerikanische Soldaten erschossen hatte.

Jetzt lief Mahdi Walaa gebückt und mit einer Taschenlampe in der Hand durch einen der niedrigeren Tunnel. Von oben hallten der Straßenlärm und Sirenen von Einsatzfahrzeugen zu ihm hinab.

Der Tag hatte sich prächtig entwickelt. Vielleicht würde man ihn eines Tages ebenso ehren wie Osama bin Laden, für den der deutsche Prediger Pierre Vogel 2011 vor über tausendfünfhundert Anhängern in der Frankfurter Innenstadt ein öffentliches Totengebet abgehalten hatte, nachdem der berühmte Terrorist wenige Tage zuvor von amerikanischen Navy Seals in Pakistan liquidiert worden war. Mahdi Walaa träumte davon, in einem letzten Gefecht die Kämpfer der Ungläubigen mit einer Maschinenpistole niederzumähen, um nach einem tödlichen Treffer ebenfalls für immer zum Märtyrer werden zu können.

Als er vor zwei Jahren durch Zufall den Klarnamen eines V-Mannes ermittelt hatte, zögerte er keine Sekunde und veröffentlichte diesen auf seinen Onlineportalen. Eine impulsive Dummheit, die ihn wieder in den Fokus des Verfassungsschutzes rückte. Andererseits kam so der Kontakt zum Deutschland-Chef der IS-Terrorgruppe Ahmed al-Bāṭin zustande, der umgehend öffentlich zur Ermordung des Polizisten auf dem Messengerdienst Telegram aufrief. Ahmed al-Bāṭin war es auch gewesen, der ihm den ehemaligen Offizier des IS Kamal Abdeslam an die Seite stellte, um die Münchner Terrorzelle zu gründen. Kamal war für das Bestimmen von Anschlagszielen, die Beschaffung des notwendigen Materials und die Durchführung verantwortlich. Mahdi kümmerte sich um die Rekrutierung von Botschaftern; so nannten sie die jungen Männer, die ihr Leben für Terroranschläge im Namen Allahs opferten. Und Ahmed al-Bāṭin stand über allem. Er überwachte und finanzierte die Terrorzelle, da er Zugriff auf immer noch existierende Geldreserven des einstigen IS hatte und über ein weltweites Netzwerk von Förderern verfügte.

Seit der Zeit verstärkte Mahdi die Anstrengungen, junge Gläubige in sein digitales Spinnennetz zu locken, die sich bereit erklärten, *safir* zu werden. Botschafter.

Vor zwei Monaten war ihm schließlich ein vielversprechender Aspirant ins Netz gegangen. Parallel dazu hatten er und Kamal den einundzwanzigjährigen Safaa Al Aifuri aus Libyen auf ihre Vorstellung einer neuen Weltordnung eingeschworen.

Heute hatte Safaa dann mit seiner Botschaft Freude in die Herzen aller Gläubigen gebracht.

Mahdi erreichte die obere Ebene des Regenrückhaltebeckens, dessen seichtes, spiegelglattes Wasser ihn aufs Neue an die siebte Ebene der Hölle erinnerte. Den tiefsten Abgrund des Dschahannam, der den Heuchlern vorbehalten war. All jenen, die nach außen vorgaben, Muslime zu sein, aber innerlich kein Vertrauen in ihren Glauben und in Gott hatten. Das schwarze Wasser glich einem bodenlosen Abgrund, aus dem sich steinerne Säulen emporreckten wie die Arme von ungläubigen Sündern, die Allah um Vergebung anbettelten und deren Hände sich weit oben in der Dunkelheit verloren. Doch Allah hatte kein Erbarmen mit ihnen – und da auch Mahdi bisweilen zweifelte, fürchtete er diesen Ort ganz besonders. Ein enges Treppenhaus brachte ihn zum tieferliegenden Becken, dessen Boden nur aus Morast und Schlamm bestand. Vorsichtig ging er von einer Säule zur nächsten, bis er fast in der Mitte der Halle stand. Dann rief er lauter, als er es vorhatte, Ahmeds Namen, der mehrmals von den steinernen Wänden zurückgeworfen wurde. Kaum waren die Echos verklungen, tauchte Ahmed überraschend wie ein Schatten neben Mahdi auf und erschreckte ihn fast zu Tode. Jedem anderen hätte er für eine solche Aktion seine Faust ins Gesicht gerammt. Doch Ahmed flößte ihm Angst ein. Nicht nur wegen seiner großen Erscheinung und seinem verstümmelten linken Ohr, sondern vor allem wegen der dunklen Aura, die ihn umgab. Als wäre er der Vollstrecker Allahs persönlich.

Sein Glaubensbruder Kamal Abdeslam hatte ihm erzählt, dass Ahmed einem Wachhund mit bloßen Händen das Genick gebrochen hatte, nachdem dieser ihn gebissen hatte. Mahdi atmete laut aus und versuchte, seinen Schreck zu verbergen, dann begrüßten und verbeugten sich die Männer traditionell auf Arabisch.

»Allah hat uns heute einen großen Sieg beschert«, begann

Ahmed das Gespräch. Irgendwo in der Dunkelheit tropfte Wasser in den See. Das gleichmäßige Geräusch klang wie eine langsam tickende Uhr.

»Allah ist auf der Seite der Furchtlosen, und der große Sturm war sein mächtiger Arm«, antwortete Mahdi.

»Also, Mahdi, ich frage mich schon die ganze Zeit, warum wurde die Aufgabe, die Allah dir zugedacht hat, nicht erfüllt?«

Der hellhäutige Salafist setzte an, um Ahmed zu unterbrechen, doch der hob mahnend die rechte Hand, und Mahdi blieb die Erwiderung im Hals stecken. Er spürte, wie Angst in ihm hochkroch. Ahmeds Blick schien ihm düsterer als das schwarze Wasser des Höllensees. War Ahmed gekommen, um ihn zu liquidieren? Ahmed fuhr mit tiefer, bedrohlicher Stimme fort:

»Kamal Abdeslam, der Vollkommene, hat Safaa auf seine letzte Reise geschickt, so wie wir es besprochen hatten. Aber du, der vom Recht geleitete, hast Allah enttäuscht.« Ahmed verstummte und nickte ihm zu.

Jetzt erst durfte Mahdi etwas zu seiner Verteidigung sagen. Stattdessen warf er sich vor Ahmed auf die Knie und küsste seine Schuhe. Das stetige Geräusch der Wassertropfen blieb plötzlich aus.

»Großer Ahmed al-Bāṭin, ich habe versagt, aber ich bitte um Gnade. Mich trifft keine Schuld. Wir haben alles genau so ausgeführt, wie es geplant war. Aber ...«

Mahdi blickte vom Boden auf und suchte nach Verständnis in Ahmeds Augen.

»Aber vielleicht hatte Allah andere Pläne?«

Unerwartet trat Ahmed ihm auf die Hand, die sich noch immer neben seinem Schuh am Boden befand. Mahdi schrie vor Schmerzen auf, und Ahmeds Stimme klang wie Donnerhall zu ihm hinab.

»Wage es nicht, Allah für dein Versagen verantwortlich zu machen. Seine Wege mögen unergründlich sein, aber niemand hat das Recht, den Allmächtigen infrage zu stellen«, entgegnete Ahmed laut und wuchtig. Dann zog er langsam seinen Schuh zurück und breitete lächelnd beide Arme aus.

»Mahdi Walaa, du musst dich nicht fürchten. Nicht vor mir. Aber du weißt, versagst du noch einmal, wird Allah keine Vergebung mehr kennen.«

Mahdi nickte eifrig und stand auf, wobei er sich die schmerzende Hand fest an seine Brust drückte.

»Mahdi, ich bin vor allem gekommen, um dir mitzuteilen, dass es nun an der Zeit für dich ist, Deutschland zu verlassen. Bevor unsere Feinde dich in ihre Obhut nehmen.«

»Aber ich würde Allah nie verraten.«

»Bist du dir dessen so sicher, Mahdi Walaa?«

»Ich habe mir hier ein Leben aufgebaut – ich bin hier zu Hause.«

»Nein, Mahdi, dein Zuhause ist dort, wo Allahs Wege dich hinführen.«

Mahdi senkte den Kopf. Wie konnten sie das nur von ihm verlangen, obwohl er doch alles für sie getan hatte?

Ahmed legte ihm wie einem geliebten Bruder seine Hand auf die Schulter.

»Erzähl mir von dem Boten«, bat er ihn sanft.

Mahdi brauchte einen Moment, um den Themenwechsel zu verinnerlichen.

»Er ... Er ist jung, steht fest zu unserer Sache. Er hat uns über das Internet gefunden, kennt alle meine Videos und war in vielen meiner Vorträge. Ich habe ihn überprüfen lassen, mehrmals. Er geht regelmäßig in die Moschee ...«

»Aber er ist keiner von uns?«

»O doch. Er ist geboren in Maschhad, hat dort lange gelebt, ist ein gläubiger Moslem.«

»Ich möchte, dass du den Boten persönlich zu mir bringst.«

Mahdi war überrascht. Noch nie war Ahmed al-Bāṭin in Erscheinung getreten oder hatte jemandem seine Identität offenbart außer ihm und Kamal Abdeslam.

»Von Angesicht zu Angesicht?«, fragte er deshalb mit dünner Stimme.

»Ich will in seine Augen sehen. Ich will seine Stimme hören ... Ich will mir selbst ein Bild davon machen, ob er bereit ist, seinen Brüdern beizustehen. Besteht er meine Prüfung, wird er unter meiner Hand, als Schahīd, auf dem Weg zu Gott ein Vorbild für alle Gläubigen werden. Besteht er die Prüfung nicht, wird er Augen und Zunge verlieren, um niemandem ein Zeugnis über mich abgeben zu können.«

* * *

Obwohl der Helm fast eine Sicht von hundertachtzig Grad erlaubte, hatte Indira die Quarantänestation gänzlich ausgeblendet. Ihre volle Aufmerksamkeit galt Hamid, der vor ihr lag und dem sie bereits zum dritten Mal in regelmäßigen Abständen zwei Milligramm Atropin injizierte. Bereits nach der ersten Injektion vor einer halben Stunde hatten sich die Werte auf den Monitoren deutlich verbessert. Inzwischen war der Tremor, die unwillkürliche, rhythmisch zitternde Bewegung verschiedener Körperteile, vollkommen verschwunden. Puls und Blutdruck hatten sich normalisiert. Und doch war sich Indira noch nicht sicher, dass Hamid gerettet war. Sie malte sich unzählige Komplikationen aus, die das Atropin auslösen konnte. Etwa eine allergische Reaktion, die ihn ersticken ließ, oder einen Herzstillstand oder weiß Gott was sonst.

Mit ihren aufgequollenen Augen konnte sie nicht scharf sehen. Hin- und hergerissen zwischen Zweifeln, Angst und Sorge platzierte sie erneut die Nadel auf Hamids Unterarm. Routiniert führte sie sie im 45-Grad-Winkel in die Vene ein, als sich unvermittelt fest eine Hand auf ihre Schulter legte.

»Frau Kohli, nehmen Sie bitte sofort Ihre Hände von dem Patienten und sagen Sie mir, was genau Sie da tun!«, erklang Professor Struves Stimme.

Indira fuhr zusammen. Aber um nichts in der Welt ließ sie sich davon abbringen, die Injektion zu beenden. Erst als sie den Kolben bis zum Anschlag durchgedrückt hatte, wandte sie sich ihrem Chef zu, der in Begleitung von Dr. Bauer, einer Kollegin, hinter ihr stand.

»Was haben Sie diesem Patienten injiziert?«, wollte Struve wissen und hielt ihr seine nach oben geöffnete Handfläche entgegen.

Wortlos legte sie ihm das halb geleerte Fläschchen mit Atropin in die Hand. Ihr Blick war eisig und entschlossen.

Struve betrachtete das gläserne Objekt und war sichtlich erregt darüber, dass sich eine Doktorandin seiner klaren Anweisung widersetzt und ihn belogen hatte.

»Wie viel Atropin haben Sie ihm injiziert?«

»Bislang dreimal je zwei Milligramm in der letzten halben Stunde«, antwortete sie ruhig.

»Frau Kohli, Ihnen ist bewusst, dass Sie das Leben des Patienten riskieren? Was ist nur in Sie gefahren?«, erklärte er aufgebracht.

»Wann haben Sie das letzte Mal eine schwierige Entscheidung getroffen, Herr Professor? Glauben Sie, mir ist das leichtgefallen?«

Struve ging nicht darauf ein, sondern wandte sich an die Kollegin neben ihm.

»Frau Dr. Bauer, Sie übernehmen an dieser Stelle. Und Sie, Frau Kohli, Sie sind für heute freigestellt. Weitere disziplinarische Maßnahmen ...«

»Ich werde nicht gehen, und ich werde diesen Platz nicht verlassen«, unterbrach Indira den Chefarzt entschlossen. Struves Gesicht lief rot an.

»Was erlauben Sie sich?«

»Ich habe die Verantwortung für diesen Patienten, und es obliegt vollkommen meiner Entscheidung, wie ich ihn behandle. Ich habe absolut nichts falsch gemacht«, konterte Indira.

»Falsch gemacht? Sie haben sich ganz klar meiner Anweisung widersetzt, und das, glauben Sie mir, wird noch Konsequenzen für Sie haben!«

Mutig streckte Indira dem Chefarzt die Hand entgegen.

»Das Atropin bitte!«

Struve war sprachlos. Schließlich gab er nach. Er drückte Indira das kleine Fläschchen in die Hand, die es überrascht entgegennahm. Denn eigentlich hatte sie damit gerechnet, dass Struve den Sicherheitsdienst rufen würde.

»Sie werden es bereuen, nicht auf mich gehört zu haben«, zischte er.

»Nein«, erwiderte Indira mit pochendem Herzen. »Ich würde bereuen, wenn ich es nicht zumindest versucht hätte.«

Struve startete einen letzten Versuch: »Sie haben keine Ahnung, wovon Sie da sprechen. Sie sind aufgewühlt, voller Angst, fühlen sich missverstanden. Aber all das geht irgendwann vorbei. Was aber ewig bleiben wird, wenn Sie unrecht haben, ist das Gefühl, für seinen Tod verantwortlich zu sein. Glauben Sie mir – das würde Sie Ihr Leben lang verfolgen.«

»Es ist Nowitschok. Ich weiß es«, sagte Indira trotzig, war sich ihrer Sache aber längst nicht mehr sicher.

Einen Moment lang starrten sie einander in die Augen.

»Ich hoffe wirklich, Sie haben recht«, erklärte Struve, dann drehte er sich um und öffnete die Tür zur Dekontaminationskammer.

Kaum hatte sich die Tür hinter ihm wieder geschlossen, spürte Indira, wie Dr. Bauer ihr die Hand auf den Arm legte.

»Was?«, fuhr sie die Kollegin an. »Sie können mich nicht umstimmen, außerdem ist es jetzt zu spät dafür.«

»Das ist es nicht«, erwiderte diese, ohne die Assistenzärztin anzusehen.

Indira folgte ihrem Blick, der auf Hamid ruhte, und hielt die Luft an. Ihre Wangen begannen zu zittern, und ihr Blick wurden glasig.

Hamid hatte die Augen weit geöffnet und lächelte sie an – und diesmal war es kein Traum.

***

Bunker. So nannten Insider abfällig die unterirdische Ebene des Innenministeriums am Odeonsplatz. Und tatsächlich war der knapp zehn Meter unter der Oberfläche gelegene Trakt ein ehemaliger Luftschutzraum aus dem Zweiten Weltkrieg, den man im Kalten Krieg aufwendig saniert und umgebaut hatte. Im Zentrum des Trakts befand sich ein großer Sitzungssaal mit modernster Technik, von dem aus der Minister und seine wichtigsten Mitarbeiter in Krisensituationen wie dieser unbehelligt Gegenmaßnahmen veranlassen und steuern konnten. Rund um diesen Saal hatte man weitere Räumlichkeiten angelegt, darunter Schlafräume, eine Küche, zwei Bereitschaftsräume, sanitäre Anlagen, Technikräume und Vorratskammern. Nahrung, Wasser, Strom und Sauerstoff für zwei Wochen waren ebenfalls vorhanden. Zum Schutz der dort Versammelten ließ sich die Ebene hermetisch abriegeln und konnte mit wenigen Schutzeinheiten von Polizei oder Militär effektiv gesichert werden.

Antonia hatte bislang nur selten Gelegenheit gehabt, den Bunker von innen zu sehen. In der Regel wurden ihr hier Dokumente mit dem Siegel *streng geheim* gezeigt – und nur selten ausgehändigt –, die befreundete Geheimdienste wie FBI oder NDEDIU über Gefährder zusammengestellt hatten. Die Sichtung geschah jedes Mal unter Aufsicht in einem abhörsicheren Raum mit glatten schwarzen Wänden, in dem nur ein einziger Tisch stand. Genau in diesem kleinen Raum wartete sie nun mit feuchten Händen auf Torge.

Als sie vom Stabschef des Ministeriums offiziell die Aufforderung erhielt, am Krisentreffen des BKA-Einsatzleiters Torge Prager im Sitzungssaal des Bunkers teilzunehmen, hatte sie es für das Beste gehalten, ihm ohne seine Mitarbeiter gegenüberzutreten. Seit ihrem Telefonat fühlte sie sich wie betäubt. Es war, als hätte jemand einen Schalter umgelegt und damit die Gegenwart ausgeblendet. Auf dem Weg zum Bunker war Antonia an verängstigten Menschen vorbeigefahren, von Notärzten überholt worden und hatte Straßensperren mit Polizisten passiert, die Schutzanzüge und Gasmasken trugen, während der Himmel voller Hubschrauber zu sein schien. Doch all das spielte sich hinter einem milchigen Schleier aus Erinnerungen an ihre gemeinsame Vergangenheit ab. Sich ihm unter vier Augen zu stellen, schien ihr der einzige Weg, um wieder klar denken zu können. Die Vergangenheit war eine Illusion, ein Trugbild aus melancholischen Gedanken. Alles, was jetzt zählte, war das Hier und Jetzt. Und deshalb, ganz allein deshalb hatte sie ihm schließlich eine WhatsApp geschickt.

Gib uns fünf Minuten, VOR der Sitzung.

Es gab so viel, was sie ihm sagen wollte. Aber nichts von alldem würde über ihre Lippen kommen. Nur eine kurze und bündige Erklärung, dass die Vergangenheit keine Bedeutung mehr für sie hatte. Und dass ihr Wiedersehen ausschließlich auf geschäftlicher Ebene stattfinden würde wie mit jedem anderen Kollegen.

Er musste darüber nachgedacht haben, denn seine Antwort kam erst Minuten später.

15 Jahre in 5 Minuten?

Sie antwortete unverzüglich.

5 Minuten, oder ich werde nicht kommen.

Diesmal reagierte er schneller.

Wo?

Daraufhin hatte sie ihm eine kurze Wegbeschreibung zum Dokumentenraum im Bunker geschickt, der direkt auf seinem Weg lag, wenn er zum Sitzungssaal ging. Er antwortete.

Ich werde da sein.

Sie hatte erreicht, was sie wollte. Ihr Spiel, ihre Regeln. Nervös strich sie über ihre hochgesteckten Haare, dann schloss sie den obersten Knopf ihrer Bluse und war froh, dass sie sich wie üblich nur dezent geschminkt hatte.

Torges Laufschuhe verursachten keinen Ton, als er in einem schlecht sitzenden blauen Anzug, den ihm ein Kollege des LKA mitgebracht hatte, die Treppen zum Bunker hinabging. Zwei hochrangige Mitarbeiter aus dem Krisenmanagement des Ministeriums versuchten, ihm das aktuelle Lagebild zu vermitteln, konnten aber kaum Schritt halten. Zu dritt eilten sie vorbei an mächtigen Stahltüren mit schwer bewaffneten Wachen, um schließlich dem gewundenen Gang zu folgen, den Antonia in ihrer WhatsApp erwähnt hatte. Bis auf der rechten Seite eine holzgetäfelte Tür erschien, die sich nahtlos in die Wand einfügte. Auf einem Display neben der Tür leuchtete ihm verheißungsvoll das Wort *BONN* entgegen.

Torge blieb stehen.

Er wandte sich den beiden Beamten zu. Sie sahen ihn etwas irritiert an, da der Eingang zum Sitzungssaal noch einige Meter entfernt lag.

»Frau Link, Herr Konze, Sie müssen mich bitte kurz entschuldigen.« Er zeigte auf die Tür. »Ich habe hier noch eine Besprechung.«

»Herr Prager, das ist unser Dokumentenraum«, begann Link schwer atmend.

»Danke, ich weiß. Frau Himmel von der AG BIRGiT wartet da drin auf mich, um mir einige sensible Informationen zu unserem Attentäter mitzuteilen.«

Konze, der eine dicke Hornbrille trug, konnte seinen Missmut nicht verbergen.

»Wenn ich fragen darf, Herr Prager, was kann Frau Himmel wissen, was das LKA nicht weiß?«

Torge lächelte, aber nur leicht, um seinen Führungsanspruch nicht zu untergraben.

»Herr Konze, wenn das LKA so allwissend wäre, wie Sie andeuten, wären wir jetzt nicht in dieser misslichen Lage. Sie entschuldigen mich bitte.«

Konze wollte noch etwas erwidern, aber die Tür vor ihm schwang bereits auf.

Torge blickte Antonia direkt in die Augen. Für einen Moment war nichts anderes mehr von Bedeutung. Nicht Konze, nicht die anstehende Krisensitzung, noch nicht einmal der fürchterliche Anschlag. Die Tür fiel klickend hinter ihm ins Schloss. Dann war es so still, als würde er sich mit Antonia in einer Taucherglocke am Grunde des Meeres befinden.

»Antonia.«

Hatte er ihren Namen laut ausgesprochen oder nur geflüstert? Er wusste es nicht. Noch vor einer halben Stunde hatte er sich den Kopf zermartert, was seine ersten Worte an sie sein würden. Doch jetzt war alles, was er denken und sagen konnte, ihr *verdammter* Name, während er sich in ihren dunklen Augen verlor, die ihn musterten.

Ihre ganze Erscheinung wirkte kühl, unnahbar und abweisend, aber ihre Augen waren für ihn wie weit geöffnete Fenster zu ihren wahren Gefühlen. Ohne ein weiteres Wort zu sagen, umrundete er vorsichtig den Dokumententisch, der zwischen ihnen stand, bis er ihr so nahe kam, dass er ihr Parfüm riechen konnte. Sie wich keinen Millimeter zurück, öffnete ihren Mund und wollte ganz offensichtlich etwas sagen, aber die Worte schienen ihr ebenso zu fehlen wie ihm. Er legte seine Hände an ihre Wangen, und sie ließ es geschehen. Dann küsste er sie so zärtlich und sanft, als wäre es das erste Mal, dass sich ihre Lippen berührten. Nichts hatte sich geändert, seit sie damals zueinandergefunden und sich verliebt hatten, auch wenn sie seitdem ein Leben voller Zweifel und düsterer Geheimnisse lebten. Es war, als würde man nur zwei schöne Bilder auf der ersten und der letzten Seite eines Fotoalbums betrachten und von all den Aufnahmen dazwischen wären lediglich hässliche Klebestreifen zurückgeblieben.

Vorsichtig lösten sich ihre Lippen, und Antonia strich mit sanfter Kraft seine Hände von ihrem Gesicht. Dabei schüttelte sie mit feuchten Augen den Kopf, und der Moment verflog.

Es klopfte an der Tür. Torge blickte beschämt zu Boden und machte einen Schritt zurück. Die Gegenwart hatte sie wieder eingeholt.

»Ja bitte?«, sagte er knapp.

Die Tür öffnete sich, und Konze schob den Kopf durch den Spalt.

»Der Innenminister ist hier, wir sollten anfangen.«

Torge nickte ihm zu.

»Wir sind fertig. Ich ... Wir kommen jetzt.«

Torge wagte es nicht, Antonia noch einmal anzusehen, aber er spürte ihre Blicke in seinem Rücken. Dann verließ er den Raum, und sie folgte ihm.

Martin Himmel schritt an vorderster Stelle seines Stabes zum Sitzungssaal. Dass die Generalbundesanwaltschaft als Ermittlungsführer für die Aufklärung des Anschlags Torge Prager beauftragt hatte, war ihm erst auf der Fahrt hierher mitgeteilt worden. Es hatte sich wie ein Schlag ins Gesicht angefühlt. Seit vierzehn Jahren wartete er auf diese Begegnung, aber dass es inmitten einer katastrophalen Großlage passieren würde, damit hatte er nicht gerechnet. Schon von Weitem konnte er den verhassten Lackaffen erkennen, der mit verknittertem Anzug und Turnschuhen neben seiner Tochter stand. Prager hatte offenbar nicht mal in einer solchen Lage den Anstand gehabt, sich vernünftig zu kleiden.

Kaum sahen Konze und Link den Innenminister auf sich zukommen, wichen sie auf die Seite.

»Herr Innenminister, das ist Erster Hauptkommissar Torge Prager, der Ermittlungsführer der GBA. Herr Prager, Herr Himmel«, stellte Konze die beiden einander vor und war sichtlich verwundert, als keiner der beiden Männer Anstalten machte, dem anderen die Hand zu reichen.

Stumm und für alle Anwesenden einige Sekunden zu lange blickten sich die beiden Männer starr in die Augen. Dann gab Torge nach und lächelte künstlich.

Diesmal wird es dir nicht gelingen, mich mit einem Kontaktverbot von deiner Tochter fernzuhalten. Diesmal nicht, dachte Torge.

»Herr Minister, lassen Sie uns reingehen und anfangen.«

Martin Himmel spielte das Spiel mit und lächelte ebenfalls.

»Ja, lassen Sie uns keine Zeit verschwenden, damit Sie so schnell wie möglich die Stadt wieder verlassen können.«

Torge verkniff sich eine Antwort. Die Lage war zu ernst, als dass ihre alte Fehde jetzt von Bedeutung wäre.

»Hier lang, Herr Prager«, erklärte Frau Link und zeigte auf die geöffnete Tür des Sitzungssaals, woraufhin sich Torge aus der Gruppe löste und vorausging. Bis auf Martin Himmel und Antonia folgten alle seinem Beispiel.

»Hast du das im Griff?«, fragte Himmel seine Tochter schließlich und ließ die Frage bewusst wie einen Vorwurf klingen. Trotzig erwiderte sie: »Dasselbe könnte ich dich fragen!«

Über dreißig Angehörige unterschiedlichster Behörden und Ministerien, deren Abkürzungen oft nur von Insidern verstanden wurden, wie LfAR, BPOL, BAMF, BLKA, BBK, BfV, GBA, StMI und ZAB, wohnten der Krisensitzung bei. Davon war die Hälfte online per Video zugeschaltet. Die andere Hälfte hatte an dem U-förmigen Besprechungstisch Platz genommen, von dem aus jeder einen optimalen Blickwinkel auf den riesigen Bildschirm hatte, der den Raum dominierte.

Innenminister Himmel hatte soeben erneut betont, wie schwer ihm die Verhängung des Wellenbrecher-Lockdowns gefallen sei, dass dies aber auf dringende Empfehlung des Gesundheitsministeriums, des Robert Koch-Instituts und hoch angesehener Fachärzte aus der Infektiologie geschehen sei. Solange man noch keine gesicherten Erkenntnisse über das mutmaßlich hoch virulente Virus habe, sei es die wirksamste Maßnahme, um eine rasante Ausbreitung der Infektionen zu verlangsamen.

Nach ihm war Frau Dr. Brinkmann vom Bundesamt für Bevölkerungshilfe und Katastrophenschutz auf dem Bildschirm zu sehen. Sie referierte über die Ausbreitung und Gefährlichkeit der Ansteckung.

»Die Betroffenen zeigen zum überwiegenden Teil die gleichen Symptome, vor allem Krämpfe, Tremor und Lähmungen. Der Krankheitsverlauf entwickelt sich hingegen bei allen Patienten mit sehr unterschiedlicher Geschwindigkeit, führt aber bei dem überwiegenden Teil der Patienten früher oder später zu Bewusstlosigkeit und Koma.«

Eine Frau aus dem Stab des Ministers fragte besorgt: »Kann man denn bei den betroffenen Personen ein Muster erkennen? Ich meine, sind mehr alte als junge Menschen betroffen? Oder mehr Frauen als Männer? Können Sie dazu etwas sagen?«

»Zum aktuellen Zeitpunkt ist es schwer, hier eine Aussage zu treffen. Nach unseren ersten Erkenntnissen ist aber kein Muster erkennbar. Bislang konnten wir keine Korrelationen zu Alter, Geschlecht oder Vorerkrankungen herstellen. Dazu ist es einfach zu früh, aber wir arbeiten daran.«

»Wie hoch ist die Sterblichkeitsrate?«, rief ein uniformierter Offizier dazwischen.

Dr. Brinkmann blickte auf die Seite zu einem Kollegen, der außerhalb des Bildes stand, dann wandte sie sich wieder der Kamera zu.

»Auch diese Frage lässt sich nur schwer beantworten. Aktuell haben wir eine Letalitätsrate von knapp einem Prozent, das entspricht in etwa dem Wert, den das Coronavirus weltweit erreichte. Aber ...« Sie nahm einen Schluck Wasser. »... aber die Infektionen der ersten Welle sind gerade mal zweieinhalb Stunden alt. Ein Prozent Letalitätsrate innerhalb von hundertfünfzig Minuten ist ein Wert, den ich bislang von keinem anderen Virus kenne. Die Inkubationszeit bei diesem noch unbekannten Virus liegt – ich muss es so dramatisch ausdrücken – fast bei null. Zum Vergleich, das Ebolavirus, das je nach ärztlicher Versorgungslage bei dreißig bis neunzig Prozent der Patienten zum Tode führt, also eine extrem hohe Letalitätsrate besitzt, benötigt eine Inkubationszeit von durchschnittlich 5,7 Tagen.«

Torge nutzte Brinkmanns Pause, um selbst eine Frage zu stellen.

»Was wollen Sie uns damit sagen, Frau Dr. Brinkmann?«

»Was ich damit sagen will?« Sie tat sich ganz offensichtlich schwer, die Prognosen ihrer Experten laut auszusprechen, und nippte erneut an dem Glas Wasser. »Aktuell haben wir keine gesicherten Erkenntnisse, ob und wie ein Infizierter überhaupt gerettet werden kann. Denn soweit ich zum jetzigen Zeitpunkt weiß, gibt es bislang keinen einzigen Fall, bei dem eine Besserung eingetreten wäre. Das körpereigene Immunsystem scheint dazu kaum in der Lage zu sein.«

Dr. Brinkmann straffte die Schultern und setzte neu an.

»Im Klartext ... Wir sollten auf eine Katastrophe vorbereitet sein, die es in diesem Ausmaß in Deutschland noch nie gegeben hat.«

»Wie lange wird es noch dauern, bis wir genau wissen, um welche Art Virus es sich handelt?«, hakte Torge nach.

Endlich eine Frage, auf die Brinkmann sofort eine Antwort parat hatte.

»Wir haben Proben der Substanz, die der Terrorist bei seinem Anschlag versprüht hat, an das Robert Koch-Institut sowie an das Institut für Pharmakologie und Toxikologie der Bundeswehr gegeben. Beide haben Labore direkt in München, und ...«

»Wäre es nicht sinnvoll, auch an andere Labore Blutproben zu geben?«

»Das wäre sehr zeitaufwendig und auch mit einem Risiko verbunden. Aus Sicherheitsgründen dürfen die Proben nicht per Luftfracht transportiert werden – außerdem müsste ein Spezialkonvoi den Transport überwachen. Das alles kostet Zeit ...«

»Das bedeutet?«

»Das bedeutet, dass wir mit einem ersten Ergebnis frühestens bis Mittwoch rechnen können.«

Torge schüttelte empört den Kopf. »Mittwoch?«, stieß er entsetzt aus.

»Glauben Sie mir, Herr Prager, die Spezialisten, die darauf angesetzt wurden, sind die besten ihres Fachs. Sie tun wirklich alles, um so schnell wie möglich zu einem Ergebnis zu kommen. Und selbst wenn wir wissen, worum es sich handelt, ist vollkommen offen, wie schnell wir ein Gegenmittel herstellen können. Die Entwicklung und Zulassung eines Vakzins kann sogar Jahre dauern. Dass man bei der Coronapandemie extrem schnell eins parat hatte, ist nur die halbe Wahrheit. Denn man hatte bereits 2002 nach einem SARS-Ausbruch, ebenfalls ein Coronavirus, mit der Forschung begonnen.«

Torge senkte den Kopf und schloss für einen Moment die Augen. Er versuchte, sich erneut klarzumachen, dass seine Aufgabe nicht die Bekämpfung des Virus war, sondern die Neutralisierung der Terrorzelle, die hinter dem Anschlag steckte.

Reiß dich zusammen, das ist nicht dein Krieg. Du musst die Scheißkerle kriegen, die das angerichtet haben.

Nach weiteren Berichten zur Katastrophenlage in München, die einer der ranghohen Beamten mit der Erklärung abschloss, dass die Ausgangssperre in München zwischenzeitlich in Kraft getreten sei und von jetzt an nicht mal mehr eine Maus nach München rein- oder rauskäme, war Antonia an der Reihe. Sie klärte die Runde über die gesammelten Erkenntnisse zum Attentäter Safaa Al Aifuri auf, der isoliert von anderen Patienten und bewacht im Klinikum Schwabing lag. Sie tat es im Stehen und mit großer Selbstbeherrschung und Ruhe, ohne Torge bei ihrem Vortrag auch nur einen Blick zu schenken. Kurz bevor sie fertig war, betrat Markus Erdmann den Raum.

Torge erkannte ihn sofort. Er sah genauso aus, wie er ihn von den Berichterstattungen zum Turm-Drama in Erinnerung hatte, ein wenig untersetzt und mit spärlichem Haupthaar.

Martin Himmel ergriff das Wort.

»Herr Erdmann, wir haben Sie schon erwartet.«

Antonia war offenbar erleichtert, dass nun alle Aufmerksamkeit auf Erdmann gerichtet war, und setzte sich wieder. Torge beobachtete, wie sie nervös über ihre glatten Haare strich und die Gelegenheit nutzte, gespielt beiläufig zu ihm hinüberzusehen. Kaum trafen sich ihre Blicke, zuckte sie zurück.

»Herr Erdmann, bleiben Sie doch gleich stehen und bringen Sie uns auf den Stand der laufenden Ermittlungen«, forderte Himmel ihn auf.

Markus Erdmann hatte den einzigen verbliebenen freien Platz erreicht. Er hasste es, vor einer Gruppe von Menschen referieren zu müssen, und hatte das Gefühl, er könne die Blicke der Anwesenden förmlich spüren. Zaghaft fischte er einen handbeschriebenen Notizblock aus seiner Mappe und legte diesen vor sich auf den Tisch. Dann blickte er in die Runde und wischte sich mit dem linken Ärmel die Schweißperlen von der Stirn.

Antonia hatte Mitleid mit ihm. Markus war ein hervorragender Ermittler, ein stets loyaler Freund, auch ihres Vaters. Aber er war kein Mensch für öffentliche Auftritte.

»Ich ... Ich muss mich entschuldigen. Noch vor einer halben Stunde habe ich versucht, den Attentäter Safaa Al Aifuri im Krankenhaus zu befragen, der dann aber während der Vernehmung bewusstlos wurde. Danach musste ich mich um meine Tochter kümmern, die ...«

Martin Himmel unterbrach ihn, um ihm die peinlich anmutende Rechtfertigung seiner Verspätung zu ersparen.

»Herr Erdmann, wir sind alle gerade in großer Sorge um unsere ... Liebsten. Ich hoffe, Ihrer Tochter geht es gut?«

Erdmann dachte daran, wie er Kornelia eingebläut hatte, bei ihrer Freundin Sally zu bleiben und mit niemandem Kontakt zu haben. Er hoffte, dass sie seine Ratschläge beherzigen würde.

»Ja ... Äh, ja, es geht ihr gut, danke.«

»So schwer es auch fällt, wir müssen uns jetzt auf das Wesentliche konzentrieren. Frau Borchardt hat uns bereits alles über den Attentäter mitgeteilt, was von Bedeutung ist. Jetzt hoffen wir, dass es aus Ihrem Team neue Erkenntnisse zum Hintergrund des Anschlags gibt, zu etwaigen Komplizen oder zur Art und Herkunft der Flüssigkeit, die der Attentäter versprüht hat.«

Erdmann klappte seinen Notizblock zu. Die Einführung von Martin Himmel schien ihm geholfen zu haben, in die Spur zu kommen.

»Al Aifuri war regelmäßiger Besucher der Orhan-Moschee, einer kleinen Moschee in einem Industrieviertel im Norden Münchens. Er war dort auch heute Morgen, bevor er seinen Anschlag verübte. Zwei Beamte hatten ihn observiert, haben ihn dann aber verloren. Die Umstände sind noch zu klären. Beide Beamte können derzeit nicht befragt werden, da sie selbst Opfer der giftigen Flüssigkeit geworden sind, von der man Reste im Keller der Moschee gefunden hat. Der Imam der Moschee war bis April dieses Jahres noch ein Mann namens Mahdi Walaa – so nennt sich der deutsche Staatsbürger Sven Falk seit einigen Jahren. Den meisten Anwesenden dürfte er ein Begriff sein.

Auch er wird wegen seiner staatsfeindlichen Äußerungen und radikalen Ansichten seit Längerem vom Verfassungsschutz observiert. Er steht außerdem im Verdacht, Kontakte zu extremistischen Kräften aus dem Umfeld des ehemaligen IS zu pflegen. Ein Dossier zu Sven Falk finden Sie in Ihrem elektronischen Posteingang mit dem Vermerk *streng vertraulich*. Zum Zeitpunkt den Anschlags war Sven Falk zu Gast in der Moschee Islamisches Zentrum in München und betete dort. Dafür gibt es mehrere Augenzeugen. Auch haben wir bislang keinen Anhaltspunkt, dass zwischen ihm und dem Attentäter ein Kontakt bestand.«

»Wo befindet sich Sven Falk jetzt, haben wir Zugriff auf ihn?«, wollte Torge wissen.

»Nein, er ist vor Kurzem von unserem Radar verschwunden. Seitdem ist sein Aufenthaltsort unbekannt.«

Himmel ballte eine Hand zur Faust, während Erdmann wie ein Schuljunge seinem strengen Blick auswich. Es war offensichtlich, dass jeder im Raum mit einer verbalen Entgleisung des Innenministers rechnete, aber nichts dergleichen passierte.

»Danke, Herr Erdmann, für Ihren Bericht.« Das war alles, was er schließlich von sich gab.

Erleichtert machte Erdmann Anstalten, sich zu setzen, doch dann überlegte er es sich anders.

»Haben Sie uns noch etwas zu sagen, Herr Erdmann?«, fragte Himmel.

Zögernd setzte Erdmann wieder an: »Kurz bevor der Attentäter das Bewusstsein verlor ... Es könnte aber auch sein, dass er nur wirres Zeug geredet hat. Ich meine, er war ...«

Himmel kam ihm wieder zu Hilfe.

»Herr Erdmann, beruhigen Sie sich. Für uns alle ist das heute ein sehr belastender Tag. Was genau wollen Sie uns sagen?«

Erdmann räusperte sich und begann von Neuem: »Der Attentäter erwähnte, dass es noch einen weiteren Boten gibt.«

Torge hakte ein: »Was meinte er mit Bote?«

Erdmann hatte seine Nervosität inzwischen im Griff.

»Al Aifuri selbst bezeichnet sich als Boten, der mit seinem Anschlag eine Botschaft Allahs verbreitet hat. Er sieht sich nicht als jemand, der einen brutalen Anschlag verübt hat, sondern als jemand, und das klingt jetzt absurd, der für seinen Gott eine gute Tat vollbracht hat. Und der dafür im Jenseits eine Belohnung erhalten wird. Die Bezeichnung *Bote* steht nach meiner Einschätzung daher ganz klar für *Attentäter*. Und auch wenn er mir all das in einem Zustand geistiger Beeinträchtigung erklärt hat, so bin ich dennoch der Meinung, dass seine Aussage nur eine Schlussfolgerung zulässt.«

»Und die wäre?«, wollte Himmel wissen.

»Irgendwo da draußen bereitet sich erneut ein verblendeter Extremist auf einen Anschlag vor.«

* * *

Nach ihrer Onlineteilnahme an der Krisensitzung des Innenministeriums stand Dr. Brinkmann auf und zündete sich eine Zigarette an. Dann erst öffnete sie das Fenster ihres Büros und blies den grauen Rauch hinaus, der ihre Sicht auf die Häuser von Bonn-Lengsdorf vernebelte. Hier schien alles friedlich, aber sicher klebten die meisten Menschen an den Fernsehern oder ihren Smartphones und verfolgten schockiert die Meldungen aus München.

In einer Viertelstunde würde dort die Ausgangssperre in Kraft treten. Hundertschaften der Polizei aus ganz Bayern wurden gerade in die Landeshauptstadt verfrachtet, um die Einhaltung der strengen Maßnahmen zu garantieren. Sie alle brachten sich dabei selbst in Gefahr.

Es war eine Sache, als Polizist zu einer Protestkundgebung gerufen zu werden. Es war jedoch eine vollkommen andere Sache, sich in ein Krisengebiet zu begeben, in dem ein unbekanntes Virus grassierte, das nach jetzigem Kenntnisstand äußerst virulent und tödlich war.

Sie stellte sich die Lebenspartner, Verwandten und Freunde der Einsatzkräfte vor, die vielleicht erst vor Minuten von diesem gefährlichen Einsatz erfahren hatten. Sie konnte kaum ermessen, welche Angst diese Menschen um ihre Liebsten hatten, wie groß ihre Sorge war. Dazu kamen all die Menschen, die jemanden kannten, der in München lebte oder heute in die Stadt gekommen war. Und schließlich die Angst der gesamten Bevölkerung um das eigene Leben, die Angst davor, dass sich dieses Virus ausbreiten würde wie noch vor Kurzem das Coronavirus.

Die Ruhe vor ihrem Fenster war trügerisch, denn aller Wahrscheinlichkeit nach spiegelte sie nur die Ratlosigkeit der Menschen wider. Es fühlte sich an, als wäre diese Großlage lediglich ein weiteres Glied in einer Kette von Katastrophen, die das Ende der Zivilisation heraufbeschworen.

Die Bürotür flog auf und riss Dr. Brinkmann aus ihren Gedanken. Kathrin Nebe, klein, untersetzt und immer parat, wenn es galt, die Laune zu heben, stürzte in den Raum. Sie war seit Jahren Brinkmanns Assistentin. Doch eigentlich war sie viel mehr als das, denn ohne Kathrin Nebe hätte sie längst den Überblick verloren. Ein Septum-Piercing – ein Ring durch die Nasenscheidewand – hatte ihre Beziehung zwischenzeitlich einmal auf die Probe gestellt. Brinkmann hatte damals angemerkt, dass dieses Ding durch die Nase bei Besuchern der Behörde zu Irritationen führen könnte. Kathrin hatte sie daraufhin eine »bornierte, dumme Kuh genannt«. Einen Tag später hatte Brinkmann ihr eine Tafel Schokolade geschenkt und sich entschuldigt. Damit war der Fall für die beiden Frauen erledigt gewesen und ihre geschäftliche Beziehung noch intensiver geworden.

Nebe schloss die Tür hinter sich.

»Es gibt da eine Meldung von einer Ärztin in einem Münchner Krankenhaus, die behauptet zu wissen, um was für eine Art von Vergiftung ... also, die die Ursache für die Vergiftung zu kennen glaubt.«

Brinkmann schnippte die Zigarette hinaus auf die Straße und schloss das Fenster.

»Frau Nebe, bei aller Liebe, wissen Sie, die wievielte Meldung der Art das heute ist? Thesen gibt es Tausende, aber solange wir keine Ergebnisse durch ...«

»Meine Schwester liegt im Sterben!«, platzte es aus Nebe heraus. »Sie lebt in München und wurde heute in die Quarantäne gebracht.«

Brinkmann ging auf die Kollegin zu und tat etwas, was sie unter anderen Umständen nie getan hätte. Sie machte Anstalten, sie zu umarmen. »Das tut mir so unendlich leid.«

Nebe wich zurück und hob abwehrend beide Hände. »Diese Meldung ist anders!«

Brinkmann fühlte sich beschämt und zurückgewiesen. Ihr Tonfall nahm wieder die gewohnt kühle Sachlichkeit an.

»Was immer daran anders ist, unterm Strich sind uns die Hände gebunden. Persönliche Gefühle dürfen jetzt keine ...«

»Sie schwört, dass es kein Virus ist, sondern dass die Menschen mit dem Nervengift Nowitschok vergiftet wurden.«

»Nowitschok?« Brinkmann kamen sofort die Fälle Skripal und Nawalny in den Sinn.

»Nun, selbst wenn die Frau mit ihrer These recht hat, und da wäre ich erst einmal sehr skeptisch, müssten wir trotzdem auf die Ergebnisse aus den Laboren warten.«

»Sie hat nicht nur eine These, sie hat es ausprobiert.«

Brinkmann verstand nicht.

»Sie hat ... Was hat sie ausprobiert?«

»Also sie hat, sie hat einem Patienten mit schweren Symptomen – laut Bericht des Chefarztes lag er bereits im Koma – ein Gegengift verabreicht.«

»Dann ist das ein Fall für den Disziplinarausschuss des Krankenhauses und gehört ganz sicher nicht auf meinen Schreibtisch«, erwiderte Brinkmann schroff.

Ihre Geduld war zu Ende. Sie wandte sich ab und setzte sich hinter ihren Schreibtisch. Aber Kathrin Nebe rührte sich nicht vom Fleck.

Das Telefon auf ihrem Tisch läutete.

»Sonst noch was?« Sie erwartete keine Antwort, hob demonstrativ den Hörer ab und drückte ihn sich ans Ohr.

»Ja, am Apparat. Wer?«

Brinkmanns Augen weiteten sich.

»Der Ministerpräsident? Söder?«

»Das war es, was ich Ihnen sagen wollte«, meldete sich Nebe wieder zu Wort und ergänzte: »Der behandelte Patient ist wieder aus dem Koma erwacht, und der bayrische Ministerpräsident wird anrufen.«

Dr. Brinkmann hatte keine Zeit mehr, sich Gedanken zu machen, was das alles zu bedeuten hatte, denn am anderen Ende der Leitung klickte es, und die markante Stimme des Ministerpräsidenten meldete sich.

»Frau Dr. Brinkmann, ich komme gleich zur Sache. Es gibt da etwas, worüber wir sprechen sollten. Und ich hoffe, Sie schenken mir zehn Minuten Ihrer kostbaren Zeit.«

* * *

Als Martin Himmel gegen 21 Uhr von seiner Fahrerin Frau Wolf in der gepanzerten Staatskarosse nach Hause chauffiert wurde, kam ihm die leer gefegte Stadt apokalyptisch vor. Außer seiner schweren Eskorte aus zwei Polizeiwagen und mehreren Polizeimotorrädern war weit und breit kein Mensch zu sehen. Nur wenn er hinaufblickte zu den Fenstern der Häuser, an denen sie vorbeifuhren, konnte er manchmal Menschen erkennen, die in die Nacht hinausblickten und wohl dasselbe dachten wie er.

Wie konnte es so weit kommen? Wir, die Menschheit, haben Gottes Geschenk mit Füßen getreten, und nun folgt die Sintflut.

Ein Krankenwagen, gefolgt von einem ATF-Einsatzfahrzeug, rauschte an ihnen vorbei. Allen Rettungskräften stand eine lange Nacht bevor. Er verspürte den Wunsch, in eine Kirche zu fahren, um zu beten. Aber zu Hause wartete sein Sohn Lukas, mit dem er ein Gespräch führen sollte, vor dem er mehr Angst hatte als vor diesem fürchterlichen Virus. Allein der Gedanke daran schnürte ihm die Luft ab.

Shohreh saß neben ihm und blickte ihm in die Augen.

Du schaffst das. Ich weiß, dass du das kannst. Und ich weiß, dass er es verstehen wird.

»Und wenn nicht?«

Vertrau mir, er kann es zwar nur schwer zeigen, aber er liebt dich – und er wird es verstehen. Du musst nur den ersten Schritt machen, der Rest geschieht dann wie von allein.

Frau Wolfs Stimme riss ihn aus seinen Gedanken.

»Frau Dr. Brinkmann ist in der Leitung, soll ich auf laut stellen?«

»Ja, bitte.«

»Herr Innenminister, Brinkmann hier.«

»Frau Dr. Brinkmann, was haben Sie für mich?«

»Sie haben sicher schon von dieser Ärztin gehört, Indira Kohli.« Brinkmanns Stimme klang erregt.

»Ja, der Ministerpräsident hat mich heute persönlich über diesen Fall unterrichtet.«

»Dank der Initiative dieser Frau ...«

»Nennen wir das jetzt so, wird das der offizielle Presseterminus?«, unterbrach Himmel sie.

»Nein, Herr Minister, das ist mir nur gerade in den Sinn gekommen.«

»Fahren Sie bitte fort.«

»Ihr Verdacht, dass die Symptome durch das Nervengift Nowitschok ausgelöst werden, wurde durch das Robert Koch-Institut inzwischen als relativ hoch eingestuft.«

»Die Ärztin hat recht?«

»Vorläufig sieht es danach aus. Aber noch will man sich nicht festlegen, bis weitere Tests durchgeführt wurden.«

»Wie kommt ein islamistischer Attentäter an eine so große Menge russischen Kampfstoffes?«

»Das müssen Sie mit dem leitenden Ermittler des BKA besprechen, darauf habe ich keine Antwort.«

»Wann können wir denn mit einer endgültigen Aussage der Experten rechnen?«

»Die Sequenzierer und Analysen laufen die ganze Nacht, aber wir hegen die Hoffnung, dass beide beauftragten Labore das Ergebnis gegen vier Uhr morgens verifizieren können. Wenn das passiert, könnten wir sofort grünes Licht für wirksame Gegenmaßnahmen geben. Und unter bestimmten Umständen ließen sich dann zeitnah auch die Ausgangssperre und der Lockdown wieder aufheben.« Himmel konnte deutlich hören, wie Brinkmann tief ein- und ausatmete.

»Es besteht Hoffnung, dass wir mit einem blauen Auge ...«

»Sprechen Sie lieber nicht weiter, Frau Dr. Brinkmann. Für viele Menschen kommt jetzt schon jede Hilfe zu spät. Ihre Euphorie in allen Ehren, aber ...«

»Es tut mir leid, Herr Minister, ich habe mich da wohl hinreißen lassen.«

»Sie müssen sich nicht entschuldigen, Frau Dr. Brinkmann. Ich bin stolz auf das, was Sie und Ihr gesamter Stab heute geleistet haben. Rufen Sie mich wieder an, wenn Sie Neuigkeiten haben.«

»Selbstverständlich, Herr Minister – und danke für die aufmunternden Worte, das bedeutet mir ... Das bedeutet uns sehr viel. Ich werde sie an die Kollegen weitergeben.«

»Guten Abend, Frau Dr. Brinkmann«, verabschiedete Martin sich trocken und legte auf.

Bereits hundert Meter vor seinem Haus bemerkte Martin Himmel den Container, der direkt an der Einfahrt aufgestellt worden war. Er gehörte zu der Sicherungsgruppe, die den Innenminister während der Krise rund um die Uhr zu beschützen hatte. Durch den Terroranschlag war die Gefährdungsstufe des Ministers auf das höchste Level angehoben worden.

Sicherheitsstufe 1: Die betreffende/n Person/en ist/sind erheblich gefährdet, mit einem Anschlag/Übergriff ist jederzeit zu rechnen.

Die zwei Personenschützer im schusssicheren Container waren nur ein Teil der umfangreichen Maßnahmen. Bereits bei Himmels Ernennung zum Innenminister war sein Haus aufwendig umgebaut worden, um in Ernstfällen wie diesem seine Sicherheit zu garantieren. Die Glasscheiben im ganzen Haus hatte man gegen Panzerschutzglas ausgetauscht, die Türen entsprachen der Zertifizierung RC6, der höchsten Widerstandsklasse. Sie hielten selbst dem Beschuss von Schnellfeuerwaffen stand. Im Obergeschoss der Villa befand sich außerdem ein Panikraum, der über eine eigene Luftversorgung, Frischwasser und sichere Onlineverbindungen verfügte und der laut Experten als uneinnehmbar galt. Dazu kamen Notmelder an allen Zugängen sowie ein Dutzend Überwachungskameras, auf die die Männer und Frauen im Container Zugriff hatten. Und auch im Haus waren zwei Personenschützer stationiert worden, die mit schusssicheren Westen und schwerer Bewaffnung ausgerüstet waren. Das ganze Team wurde alle sechs Stunden ausgewechselt, zudem waren in der nächstgelegenen Polizeidienststelle weitere Einheiten rund um die Uhr in Bereitschaft, um bei einem Angriff zu Hilfe eilen zu können.

Martin Himmel konnte sich noch gut an die Worte des zuständigen Sicherheitsoffiziers erinnern, als dieser ihm nach einer zweistündigen Einweisung in alle elektronischen Finessen das Haus wieder übergeben hatte.

»Herr Minister, sollte es einmal notwendig werden, sind Sie in diesem Gebäude absolut sicher.« Dabei hatte er schmunzelnd einen Seitenblick auf das Haus geworfen, denn ganz offensichtlich war er mehr als zufrieden mit dem Resultat seiner Bemühungen. »Das Haus mag von außen nicht viel anders aussehen als vor unserem Upgrade.« Er hatte ihm zugezwinkert bei dem Wortspiel. »Aber jetzt ist das nicht mehr nur eine Villa, jetzt es eine Festung!«

Die Eskorte hatte sich mittlerweile rund um das Haus verteilt und sicherte auch die Einfahrt. Himmel stieg aus und wurde an der geöffneten Haustür von einem Personenschützer in Empfang genommen, der sofort eine Meldung über Funk absetzte.

»Minister eingetroffen und in Obhut.«

Kaum hatte sich die armierte Haustür automatisch geschlossen, rückte der Tross der Einsatzfahrzeuge ab.

Himmel legte wie gewohnt seine Tasche ab, zog sein Jackett aus, hing es an den Haken und tauschte seine Anzugschuhe gegen Pantoffeln aus Leder. Während der ganzen Prozedur stand nicht weit von ihm der Personenschützer, der schweigend aus dem Fenster neben der Haustür blickte.

Verlegen richtete Himmel sich an den drahtigen Mann in schwarzer Kampfmontur, der einen Kopf kleiner war als er.

»Kann ich Ihnen irgendetwas anbieten? Ihnen oder Ihren Kollegen?«

Der Mann verzog keine Miene und schüttelte den Kopf.

»Wir wurden bereits verpflegt, Herr Minister.«

»Wie ist Ihr Name?«

»Leutnant Bogdanowicz.«

Himmel stutzte.

»Bundeswehr?«

»Ja, Herr Minister. Die Kollegen draußen im Container sind vom LKA, aber nachdem es heute eine Reihe von Ausfällen gab, hat das LKA Verstärkung angefordert. Aber machen Sie sich keine Sorgen. Wir gehören zum Feldjägerregiment 1 und sind auf Personenschutz spezialisiert.«

»Wollen Sie wenigstens Kaffee oder irgendetwas anderes zu trinken?«

»Danke, aber wir haben ausreichend Kaffee in Thermosflaschen erhalten.«

Oben am Treppenabsatz erschienen die schweren Kampfstiefel des zweiten Personenschützers. Für einen Augenblick dachte Himmel an Shohreh, die es nicht ausstehen konnte, wenn jemand im Haus Straßenschuhe getragen hatte. Sicher waren diese glänzend schwarzen Kampfstiefel frisch gewachst und poliert worden. Er konnte förmlich sehen, wie die schwarzen Schuhsohlen Ränder auf dem Boden hinterließen. Aber er verkniff sich einen Kommentar. Schließlich konnte er von den Soldaten schlecht erwarten, dass sie sich in Socken oder mit Hausschuhen einem potenziellen Angriff stellten. Shohreh würde das verstehen – hoffentlich.

»Na dann«, sagte er nur.

»Tun Sie einfach so, als wären wir nicht anwesend«, versuchte der Mann, der seinen kritischen Blick bemerkt hatte, ihn zu beruhigen.

Wortlos wandte sich Himmel ab, ging ins Wohnzimmer und schloss leise die Tür hinter sich.

Lukas saß an ihrem Esstisch und war in ein Fotoalbum vertieft. Er nahm keine Notiz von seinem Vater, obwohl er ihn bemerkt haben musste.

Seinen Sohn ganz allein an diesem Tisch sitzen zu sehen, weckte in Martin schmerzhafte Erinnerungen. Als Shohreh noch gelebt hatte, war der wuchtige große Tisch aus naturbelassenem Akazienholz das Zentrum des sozialen Lebens in diesem Haus gewesen. Kaum ein Monat verging, in dem Shohreh nicht wenigstens einmal eine Schar von Freunden an diesem Tisch bewirtet hatte. Ihre Freunde, ihre Gäste. Martin hatte sich bei solchen Anlässen wie ein Fremder im eigenen Heim gefühlt, so als wären alle anderen hier zu Hause und er nur ein Gast. Vielleicht war das der Grund, warum er den Tisch inzwischen mied und die Theke bevorzugte, die das Wohnzimmer von der Küche trennte.

»Was siehst du dir an?«

»Nach was sieht's denn aus?«, antwortete Lukas, ohne den Kopf von den Bildern zu nehmen.

»Ich meinte, welchen Jahrgang?«

Shohreh hatte Fotoalben geliebt und sich immer über die unzähligen Digitalaufnahmen in seiner Mediathek lustig gemacht.

Mag sein, dass du von einem Urlaub tausend Aufnahmen mitbringst. Aber deine endlosen Sammlungen anzusehen, ist für mich immer so ermüdend, als würde ich das Leben von Fremden in einer TV-Show verfolgen.

Und tatsächlich waren ihre Alben etwas ganz Besonderes. Jedes Foto, das sie einklebte, musste ihrem strengen Urteil standhalten. Oft wurden die Motive zurechtgeschnitten, und immer erhielten sie dann ein- oder zweizeilige Untertitel. Zusätzlich befanden sich eingeklebte Flugtickets, Konzertkarten oder sogar vertrocknete Blätter und Blüten zwischen den Bildern, sodass die Gesamtkomposition den Betrachter förmlich in die Vergangenheit entführte. Nach ihrer Beerdigung hatte Martin die Alben – es mussten fast ein Dutzend gewesen sein – in einen Karton gepackt und in den Keller getragen. Weit weg aus seinem Leben, aber dennoch greifbar, sollte er eines Tages stark genug sein, sie anzusehen. Nun stand der Karton weit geöffnet neben dem Tisch, bedrohlich wie die Büchse der Pandora.

Hastig schenkte Martin sich ein Glas Rotwein ein und brachte die Theke zwischen sich und die Erinnerungen. Nach einem kräftigen Schluck stellte er das Glas ab und wagte einen neuen Kontaktversuch.

»Lukas, rede mit mir, bitte.« Lukas hob den Kopf leicht an. Seine Augen waren gerötet, wahrscheinlich hatte er geweint.

»Oktober 2018«, antwortete er trocken.

Martin überlegte.

»Das Jahr, in dem du mit Mama im Iran warst?«

Lukas nickte.

Verzweifelt überlegte Martin, wie er ein Gespräch in Gang bringen konnte, bevor Lukas sich in sein Zimmer zurückzog. Wie er es üblicherweise tat, wenn sein Vater das Haus betrat.

Aber Martins Kopf war leer, und so schwieg er, trank seinen Wein und rechnete jeden Augenblick damit, dass Lukas aufstand und ihn mit diesen Alben voller schmerzvoller Erinnerungen alleine ließ. Was würde er dann tun? Würde er versuchen, den Karton zu ignorieren, würde er Lukas in sein Zimmer folgen?

Lukas' Stimme beendete abrupt seine düsteren Gedanken.

»War ein Scheißtag heute, oder?«

Martin hätte beinahe lauft geseufzt, so sehr überraschte es ihn, dass Lukas eine Frage stellte. Eilig antwortete er:

»Ja, ein fürchterlicher Tag. Wie ging es dir heute?«

Lukas ließ sich lange Zeit mit seiner Antwort, doch dann spuckte er zwei Worte aus.

»Geht schon.«

Zwei armselige Wörter für einen ganzen Tag, ohne ihn dabei anzusehen. Fiel es dem Jungen wirklich so unsäglich schwer, ihn länger als ein paar Sekunden anzuschauen? Wut kochte in ihm hoch.

»Geht schon? Mehr haben wir uns nicht zu erzählen an einem Tag, an dem diese Stadt von einer Katastrophe in noch nie da gewesenem Ausmaß heimgesucht wird?«

»Was interessiert mich die Stadt oder die Menschen da draußen?« Mit einem lauten Knall schlug Lukas das Fotoalbum zu und stand auf, um das Wohnzimmer zu verlassen.

»Ich denke, wir sollten reden«, warf ihm Martin entgegen.

»Reden? Alles, was du kannst, ist Vorträge halten.«

»Das ist nicht wahr.«

»Ist es doch, nur sagt dir das keiner mehr offen ins Gesicht. Aber was viel schlimmer ist, deine Vorträge stecken voller Lügen ... oder sagen wir ... Halbwahrheiten, weil die Lügen glaubwürdiger werden, wenn man sie mit Wahrheiten mischt.«

»Du willst über den Unfall reden? Willst du das?«

»Du tust es schon wieder. Steh einfach zu deinem Scheiß.«

»Es war ein Unfall!«, schrie Martin.

Wortlos stürzte Lukas aus dem Raum, rannte in sein Zimmer und warf die Tür knallend zu.

Aufgebracht schenkte Martin sich Wein nach. Als er das Glas zum Mund führte, sah er Shohreh am Tisch vor dem Fotoalbum sitzen. Sie sah ihn mit finsterem Blick an.

Martin, du weißt, dass er recht hat ... Also, was wirst du jetzt tun?

TAG 2

Dienstag, 13. September 2022
2:30 Uhr – 3:30 Uhr

Es war weit nach Mitternacht, als Torge mit einem zivilen Elektroauto auf dem Weg zu seinem vorübergehenden Quartier lautlos durch die menschenleere Stadt fuhr. Selbst um diese Uhrzeit waren normalerweise noch einige Fahrzeuge unterwegs, und so legte sich die gespenstische Leere der Straßen wie ein kalter Umhang auf Torges Gemüt. Würde so die Zukunft aussehen? Seelenlose Hightechstädte, in denen die Menschen ihre Wohnungen kaum noch verließen?

Torges Navi führte ihn weg von den Hauptverkehrsadern zu einem abgelegenen Neubau am Rand eines Industriegebietes. Vor einem schwarzen Gebäude mit getönten Glasscheiben meldete die Stimme des Navigationssystems: *Sie haben Ihr Ziel erreicht. Das Ziel ist rechts.*

Torge hielt an und blickte an dem düsteren Bauwerk hinauf, das keinerlei Balkone oder Vorsprünge hatte, sondern aalglatt war wie der Monolith aus Kubricks *2001*. Im Kegel seiner Scheinwerfer verkündete eine Bautafel:

BEZUGSFERTIG AB OKTOBER 2022
PROVISIONSFREI
JETZT MELDEN UNTER
APARTMENT-PARADIES-MÜNCHEN.DE

Stellten sich heutige Architekten so das Paradies vor? Unsicher, ob ihn sein Navi wirklich zum richtigen Ort gebracht hatte, steuerte Torge die Zufahrt zur Tiefgarage des Gebäudes an und hielt eine unbedruckte weiße Chipkarte an die Bediensäule der Einfahrt. Daraufhin öffnete sich gemächlich das Rolltor.

Wenige Minuten später bestieg er misstrauisch die Kabine eines verspiegelten Aufzugs, von dessen Decke noch einige lose Kabel hingen. Er drückte den obersten Knopf auf dem Panel und stieg im achten Stock aus, in der Hand eine Plastiktüte, in der sich sein Jogginganzug und ein Schulterholster mit seiner Dienstwaffe befanden. Auf dem Gang lagen immer noch Werkzeuge herum, außerdem eine Palette Fliesen. Es dauerte eine Weile, bis er schließlich das Apartment 808 fand, das man ihm zugeteilt hatte. Inzwischen war sich Torge sicher, dass er der einzige Mensch im Gebäude war. Was hatten sich die im Präsidium nur dabei gedacht?

Ungeduldig hielt er die Chipkarte an ein Lesegerät neben dem Türknauf, doch nichts tat sich. Er probierte es erneut, wendete die Karte und hielt sie mehrmals in verschiedenen Stellungen an den Sensor, aber die Tür blieb verschlossen. Ein wenig verzweifelt ging er zur gegenüberliegenden Tür mit der Nummer 880 und versuchte es dort. Und tatsächlich, das Schloss entriegelte sich mit einem lauten Summen und gab den Weg ins Apartment frei.

Erschöpft und ausgelaugt hatte Torge nur noch den Wunsch, endlich schlafen zu dürfen.

Antonia hatte den Bunker nach der Sitzung sofort verlassen, während Torge und auch ihr Vater in Einzelgespräche verwickelt waren. Leise hatte sie sich davongestohlen, um nachdenken zu können, denn alles war anders gekommen, als sie es geplant hatte. Und auch wenn an diesem Tag gefühlt die Welt untergegangen war, so war es vor allem der Kuss, der sie seither peinigte und der sich in ihren Gedanken immer wieder abspielte wie ein Lied, das man nicht mehr aus dem Kopf bekam. Alles in ihr sträubte sich dagegen, ihn anzurufen. Und dennoch hielt sie ihr Telefon fest umklammert, hoffte insgeheim auf einen Anruf oder wenigstens eine Nachricht von ihm. Doch das Telefon blieb stumm. Sie kam sich egoistisch und schwach vor, weil sie in dieser katastrophalen Lage nur an sich und diesen Kuss dachte, einen Kuss, der so viel Bedeutung hatte und doch keine Zukunft.

Entschlossen legte sie das Handy zur Seite und blickte hinaus in die Nacht. Sie musste versuchen zu schlafen. In wenigen Stunden würde die Sonne aufgehen, und sie war gewillt, ihren Teil dazu beizutragen, die Terrorzelle zu finden. Für ihre naive Gefühlsduselei war jetzt kein Platz – und wahrscheinlich hatte Torge das längst eingesehen. War am Ende doch er der Stärkere von ihnen beiden?

In diesem Augenblick summte das Telefon, und das Display zeigte seinen Namen an. Und obwohl die Vernunft ihr riet, nicht dranzugehen, nahm sie das Gespräch entgegen.

»Ja?«

Es dauerte eine Weile, bis Torge antwortete.

»Schläfst du schon?«

»Tief und fest«, antwortete Antonia.

Dann waren beide still.

Torge lag auf seinem Bett und blickte hinaus auf die leuchtende Silhouette der Stadt. Er hörte, wie Antonia leise atmete.

»Was war das heute?«, fragte er sanft.

»Eine Dummheit, nur ... nur eine Dummheit.«

»Es war mehr ... Und wir beide wissen das.«

»Und es war falsch ... Das wissen wir auch«, ergänzte sie.

Torge zögerte. Er wollte die unangenehme Wahrheit nicht aussprechen, tat es dann aber doch: »Nur weil du meine Cousine bist, ist es noch lange nicht falsch.«

»Nicht in deiner Welt, aber in meiner«, erwiderte sie entschieden. Für Torge fühlte es sich so an, als würde sich eine schwere Tür zwischen ihnen schließen. Dann schwiegen beide. Es wurde so still in der Leitung, dass Torge befürchtete, sie hätte aufgelegt.

»Bist du noch dran?«, fragte er in die lautlose Ungewissheit hinein.

»Ja«, antworte sie so leise, dass er es kaum hören konnte.

»Komm zu mir, wir finden einen Weg.«

»Jetzt?«

»Ja, wieso nicht?«

»Weil ... Weil das verrückt ist.«

»Ich bin verrückt nach dir.«

Er konnte so kitschig, so theatralisch sein, dachte sie.

»Wir können nicht ausblenden, wer wir sind, ganz sicher ist im Augenblick auch die falsche Zeit, um ...«

»Bullshit«, unterbrach er sie verärgert.

»Bullshit? Du bist so ein Prolet, das habe ich immer an dir gehasst.«

»Warum belügst du dich selbst?«

Sie dachte nach, ob er recht hatte – und weiß Gott, er hatte recht.

»Ich mach jetzt Schluss.«

»Bitte nicht, Antonia.«

»Gute Nacht«, sagte sie entschlossen, legte aber nicht auf.

Torge lauschte angestrengt ihrem Atem und wünschte, der Moment würde nie zu Ende gehen, dann machte es klick in der Leitung, und das Bild, das er von ihr vor Augen hatte, verblasste.

Antonia schaltete das Handy ab und legte es auf den Beifahrersitz. Ihr Blick glitt die schwarze, glänzende Fassade hinauf, an der nur ein einziges Fenster hell erleuchtet in die Nacht strahlte. Sie hatte ihm nah sein wollen, um letztlich trotzdem auf Distanz zu bleiben. Denn nur so konnte sie Torge vor sich und ihren Geheimnissen beschützen. Oben am Fenster erschienen die Umrisse eines Mannes. Sie wünschte sich, sie könnte hinaufgehen und die Vergangenheit hinter sich lassen. Sie würde ihn in den Arm nehmen, und dann würden sie sich lieben. Für den Augenblick wären sie glücklich ... Aber was käme danach? Sie würde ihm alles beichten, gefolgt von Tränen und Schmerzen, denn Torge würde die Wahrheit sicher nicht verstehen – ebenso wenig, wie sie heute kaum noch verstehen konnte, was sie damals getan hatte. Aber es war passiert und ließ sich nicht ungeschehen machen. Und so gab sie sich damit zufrieden, ihn heimlich zu beobachten, bis er schließlich vom Fenster verschwand und nur ein bitterer Nachgeschmack ihrer Sehnsüchte übrig geblieben war.

Antonia wartete noch ein paar Minuten, dann startete sie den Motor ihres Wagens und fuhr nach Hause.

Torge stand am Fenster und ließ das Gespräch mit Antonia in seinen Gedanken immer und immer wieder ablaufen. Manchmal veränderten sich dabei seine Fragen, manchmal ihre Antworten. Aber wie er es auch drehte und wendete, es ergab alles keinen Sinn für ihn. Und daran hatte sich seit ihrer Trennung vor vierzehn Jahren nichts geändert.

Schließlich riss ihn ein lautes Geräusch auf dem Flur aus seinen Überlegungen.

Torge ging zu seinem Bett, auf das er achtlos die Plastiktüte und sein dunkelblaues Jackett geworfen hatte. Da war das Geräusch wieder. Ein kräftiges Hämmern oder Klopfen, aber nicht an seiner Tür, sondern irgendwo draußen auf dem Gang. Er zog das Holster aus der Tüte und entnahm ihm seine Dienstwaffe, dann löschte er das Licht im Raum und trat vorsichtig an den Türspion. Auf der anderen Seite des Gangs stand ein kräftiger Mann vor der Tür von Apartment 808 und holte gerade erneut mit der Faust aus, um dagegenzuschlagen.

»Prager, ich weiß, dass Sie da sind. Los, machen Sie schon auf«, rief der Mann.

Torge öffnete leise seine Tür und zielte mit der Dienstwaffe auf den Hinterkopf des Mannes.

»Wer sind Sie?«, fragte er den Unbekannten scharf, woraufhin dieser die Papiertüte, die er in der anderen Hand hielt, klirrend auf den Boden fallen ließ.

»O Gott, haben Sie mich erschreckt! Ich dachte, Ihre Zimmernummer ist die 808«, gab der Mann von sich – und diesmal erkannte Torge die Stimme.

»Erdmann? Markus Erdmann?«, sagte er überrascht und steckte seine Waffe in den Hosenbund.

Der etwas rundliche Kollege blickte ihn nur kurz an und bückte sich dann nach der Tüte, aus der Flüssigkeit austrat. Auf dem Holzlaminat bildete sich eine gelbliche Lache.

»O nein ... Das schöne Bier«, jammerte Erdmann, riss die Tüte auf und rettete eine von zwei Bierflaschen sowie zwei durchweichte Sandwiches, die er Torge in die Hand drückte, während er mit Servietten aus der Papiertüte die Bierlache aufwischte.

»Lassen Sie das, da kommt sicher eine Putzkolonne und macht das morgen weg ...«

»Sie meinen heute«, hielt Erdmann dagegen. »Ist ja schon nach drei. Und es gibt hier noch keinen Reinigungsdienst, der ist erst ab Oktober beauftragt.«

Torge breitete die Arme mit den beiden Sandwiches aus.

»Was zum Henker tun Sie hier?«

»Ich wische den Boden auf.«

»Ich meine, um diese Zeit ... hier?«

»Hab Sie nur auf den Arm genommen, ich weiß, was Sie meinen!«

Erdmann zog sich am Türknauf hoch.

»Ich dachte, Sie könnten Hunger haben. Der Kühlschrank in Ihrem Apartment ist leer, und Sie werden in dieser Stadt heute Nacht nirgendwo etwas zu essen finden. Sie wissen schon ... Ausgangssperre, Lockdown?«

Er setzte ein entwaffnendes Grinsen auf und zeigte auf Torges geöffnete Apartmenttür.

Torge reagierte nicht darauf. »Sie sollten bei Ihrer Tochter sein!«, sagte er stattdessen.

»Damit ich sie vielleicht anstecke? Kommt gar nicht infrage.«

»Und das da?«

Torge hielt ihm mit ernster Miene die beiden Sandwiches unter die Augen.

»Notverpflegung Innenministerium. War alles, was ich finden konnte. Besser als nichts, oder?« Sein Blick fiel auf Torges Apartementnummer.

»880, wahrscheinlich ein Zahlendreher«, kombinierte er. »Zu viele Aufgaben für zu wenig Personal. Man kann den Kollegen und Kolleginnen wirklich keinen Vorwurf machen, die tun alle ihr Bestes. Sollen wir nicht reingehen?«

»Warum, haben Sie Angst, wir stören hier im Flur irgendjemand?«, antwortete Torge mit eisiger Miene und verstellte den Eingang zu seinem Apartment.

Erdmann wich irritiert zurück, aber dann grinste Torge. »Kleine Retourkutsche«, sagte er und machte den Weg frei.

Prager und Markus saßen sich an einem kleinen runden Tisch gegenüber und verschlangen hungrig die Sandwiches. Markus zeigte auf die Flasche Bier.

»Haben Sie vielleicht einen Becher da oder irgendetwas?«

»Zwei Männer, ein Bier. Kein Problem, oder?«, antwortete Torge.

»Ich meine ja nur wegen ... wegen dem Virus.«

Ohne ein weiteres Wort zu sagen, griff Prager zu der Flasche und trank. Dann reichte er Markus die Flasche.

»Ist das wirklich vernünftig? Wir beide sind die leitenden Ermittler in dieser Sache, sollte da nicht wenigstens einer ...«

»Der Mensch ist vielerlei, aber vernünftig ist er nicht«, antwortete Prager.

»Was?«

»Oscar Wilde! Also trinken Sie endlich.«

Zögernd griff Markus nach der Flasche und setzte sie vorsichtig an seine Lippen. Dabei grinste Prager ihn so entwaffnend an, dass er schließlich alle Hemmungen über Bord warf und einen kräftigen Schluck nahm. Schwungvoll und mit einem triumphierenden Gesichtsausdruck stellte Markus das Bier wieder zwischen ihnen ab, so als hätte er soeben eine schwierige Mutprobe bestanden.

»Was ist das hier für ein Haus?«, erkundigte sich Prager, während er zufrieden den letzten Bissen seines Sandwiches in den Mund schob.

»Staatlicher Wohnungsbau. München ist so teuer geworden, dass überall in der Stadt Apartments für Staatsbedienstete und Auszubildende gebaut werden. Sonst könnte man sich das Leben als Polizist hier nicht mehr leisten.«

»Klingt übel. Aber nach der Sache hier werden demnächst sicher einige Wohnungen frei werden.« Prager zwinkerte Markus zu.

Der konnte kaum glauben, was er gerade gehört hatte.

»Finden Sie das lustig? Ich nicht.«

Prager überlegte, ob er Markus falsch eingeschätzt hatte oder ob die Anspielung unangebracht war.

»Hey, so etwas nennt man Galgenhumor. Schon mal gehört?«

Markus ließ die Frage unbeantwortet ihm Raum stehen und biss wieder von seinem Sandwich ab.

»Übrigens«, begann er nach einer Weile mit vollem Mund. »Als ich parkte, hätte ich schwören können, dass Antonia Borchardt vor dem Haus stand.«

Prager hätte sich beinahe verschluckt, versuchte es aber zu überspielen und nahm einen großen Schluck Bier.

»Borchardt, Sie wissen schon, die Tochter des Innenministers. Ich hatte heute Nachmittag den Eindruck, dass Sie sich kennen.«

Torge stellte das Bier ab, langsam und ein wenig zu bedächtig.

»Flüchtig. Nur flüchtig.«

Markus ließ nicht locker.

»Aus Karlsruhe?«

»Lassen Sie uns lieber über die Lage reden.«

Obwohl der abrupte Themenwechsel Markus Erdmanns Neugierde jetzt erst recht angestachelt hatte, ließ er es erst einmal dabei bewenden. Er verspeiste stumm den letzten Happen seines Sandwiches, wischte sich den Mund mit einer Serviette ab und lehnte sich zurück.

»Ich hab Nachforschungen angestellt. Wenn es wirklich Nowitschok war, das diesen MANI ausgelöst hat, dann stellt sich natürlich die Frage, wie diese Terrorzelle an so eine große Menge von diesem Nervengift gekommen ist. Ich meine ... Es ist nicht damit getan, dass wir hier die Terrorzelle finden. Das ist dann eine Sache für den Geheimdienst. Ich weiß nicht, BND, NSA, wer auch immer.«

Prager reichte Markus die Flasche Bier, in der noch ein letzter Rest verblieben war.

»Nicht BND. Das liegt in der Zuständigkeit des MAD. Militärischer Abschirmdienst. Nowitschok wird als Kriegswaffe eingestuft, deshalb haben die das Sagen. Ich hatte heute schon ein kurzes Gespräch mit einer hochrangigen Offizierin aus dem Verteidigungsministerium, die behandeln das quasi wie eine Kriegserklärung. Die gehen davon aus, dass irgendein feindlich gesinnter Staat das Gift geliefert hat. Sie glauben, die Islamisten wären selbst nicht fähig gewesen, eine solche Menge herzustellen.«

Markus stellte die Flasche ab, ohne zu trinken.

»Mit feindlich gesinntem Staat meinen die sicher Russland. Wieso sagen die das nicht freiheraus? Warum muss alles immer verklausuliert werden?«

»Sie wissen es nicht, aber wenn sich dieser Verdacht erhärten würde, dann wäre das in der jetzigen Situation ein echtes Pulverfass.«

»Und was bedeutet das für uns?«, hakte Markus nach.

»Erst mal gar nichts. Wir machen unseren Job, versuchen, die Hintermänner ausfindig zu machen. Und, ja, Scheiße, hoffen, dass die bösen Jungs mit den Russen nicht unter einer Decke stecken.«

Markus schüttelte besorgt den Kopf. Er musste an den Anschlag vom 11. September denken, der die Operation Enduring Freedom nach sich gezogen hatte. Militäreinsätze in Afghanistan und am Horn von Afrika hatten schließlich zu einer Kriegserklärung an den Irak und zum Sturz von Saddam Husseins Regime geführt. Enduring Freedom kostete knapp hundertzwanzigtausend Soldaten das Leben, der Irakkrieg forderte weitere vierzigtausend militärische Opfer. Dazu kamen sechshunderttausend tote Zivilisten bis zum Ende der Besatzungszeit im Jahr 2011. Was würde erst passieren, wenn ...

Prager beugte sich nach vorn. Er legte vertrauensvoll eine Hand auf sein Knie. Erdmann zog irritiert das Bein an, um die intime Geste zurückzuweisen.

»Was war das denn?«, fragte er aufrichtig.

»Sie machen sich Sorgen, und ich habe versucht, Sie zu beruhigen.«

»Macht man das so im Norden?«

»Ist so meine Art. Wenn mir was ans Herz geht, werde ich immer ein wenig ... touchy.«

Markus versuchte, sich einen Reim auf den merkwürdigen Mann zu machen, der seit heute sein neuer Vorgesetzter war. Er dachte an einen Fall, bei dem er mit einer lokalen Berühmtheit zu tun gehabt hatte, einem jungen Rocksänger. Der war Prager nicht unähnlich gewesen. Immer offen, direkt und manchmal sehr impulsiv.

Überraschend streckte Prager ihm seine rechte Hand entgegen.

»Ich bin übrigens Torge.«

Markus zögerte einen Augenblick, aber Pragers Hand blieb auf ihn gerichtet. Was hatte er schon zu verlieren? Die ganze Welt ging gerade den Bach runter, da konnte ein Freund wie Torge Prager nicht schaden.

Markus ergriff Torges Hand und drückte sie fest.

»Und ich bin Markus«, antwortete er mit fester Stimme und erwiderte das kurze Lächeln seines Gegenübers.

* * *

Indiras Mutter hatte in ausweglos erscheinenden Situationen immer Mahatma Gandhi zitiert, um sich und anderen Hoffnung zu machen: *Kümmern wir uns um das Heute, Gott wird sich um das Morgen kümmern.*

Seit Hamid auf dem Weg der Besserung war, verstand Indira dieses Zitat zum ersten Mal in ihrem Leben nicht nur, sondern fühlte es. Ihre Eltern waren gläubige Hindus. Indira hatte schon als kleines Mädchen am Glauben ihrer Eltern vor allem geschätzt, dass man dort Tiere als Teil der Schöpfung achtete. So sehr, dass man sie niemals essen würde, auch wenn die meisten Hindus dieses Gebot nur für Rinder sehr streng nahmen. Und auch wenn sich Indira rein vegetarisch ernährte, so hatte sie immer ihre Zweifel gehabt, ob die Rituale ihrer Eltern zur Verehrung ihrer Götter und zur Vertreibung böser Geister und Dämonen am Morgen und am Abend sinnvoll waren. Bis heute.

Gab es einen Zusammenhang zwischen Hamids Rettung und den Gebeten, die sie an die Götter ihrer Vorfahren geschickt hatte? Erst waren diese traditionellen Gebete für sie nur so etwas gewesen wie das letzte Aufbäumen, der letzte Versuch, Hamids Leben zu retten. Aber nach und nach hatte sie immer mehr an die Wirksamkeit der Gebete geglaubt, und schließlich hatte sie sogar ihre Mutter angerufen und um Hilfe gebeten.

»Die Hilfe unserer Götter bekommt man nicht umsonst, mein Liebes«, hatte sie gesagt. »Du musst ihnen im Tausch dafür etwas anbieten, du musst ihnen ein Versprechen geben. Als kleines Baby warst du einmal schwer krank, woraufhin ich den Göttern versprach, dass ich siebzigmal in den Tempel gehen und siebzig Pujas besuchen würde. Die Götter nahmen mein Angebot an und heilten dich.«

Als Hamid schließlich die Augen geöffnet und sie angelächelt hatte, da hatte sie es ganz deutlich, tief in ihrem Herzen, gespürt: Die Götter waren auf ihren Handel eingegangen.

Seitdem waren Stunden vergangen. Aber noch immer war dieser neu gewonnene Glaube eine unerschöpfliche Kraftquelle, mit deren Hilfe sie nicht nur ihren Professor überzeugte, die Verabreichung von Atropin für alle Patienten freizugeben, sondern auch trotz größter Erschöpfung über hundert Patienten und deren Angehörige persönlich beriet, betreute und schließlich das Gegengift verabreichte. Wie auch viele andere Ärzte und Ärztinnen. Und das nicht nur in der Infektiologie in München-Schwabing. Wie ein Lauffeuer hatten sich die Nachrichten über die Behandlungserfolge in allen Kliniken und Hilfseinrichtungen in München ausgebreitet – kein Leitender Arzt wollte mehr die Empfehlung des Gesundheitsministeriums abwarten. Zum Glück war Atropin in ausreichender Menge in allen Krankenhäusern vorhanden. Nach dem unfassbaren Schock am Vormittag war es der reinste Segen, endlich dem unsichtbaren Killer etwas entgegensetzen zu können.

Nur einen Patienten hatte man in all der Euphorie vergessen, den Mann, der vermeintlich all das Leid ausgelöst hatte: Safaa Al Aifuri. Als Hamid seine Stimme wiedergefunden hatte, war er es gewesen, der Indira auf den Gedanken gebracht hatte, auch ihn zu behandeln.

Wenige Minuten später hatte sie die Patientenakte im Computer gefunden. Safaa lag hier im Krankenhaus, abgeschirmt von den restlichen Patienten und polizeilich bewacht. Aus Platzgründen hatte man ihn in einem Zimmer der Palliativstation untergebracht, die sich im Erdgeschoss der Infektiologie befand. Aber das Wichtigste: Bislang war er nicht mit Atropin behandelt worden. Vielleicht ein Versehen? Hatte man ihn einfach vergessen? Letztendlich war das für Indira nicht von Bedeutung. Denn alles, was für sie in diesem Augenblick zählte, war seine Rettung.

»Aber du kommst wieder?«, rief Hamid ihr hinterher.

Und sie antwortete aus der Luftschleuse laut lachend: »Worauf du Gift nehmen kannst!«

Wieder einmal lief sie an diesem Tag die langen Krankenhausgänge entlang, besorgte in der Apotheke eine Ampulle Atropin und erreichte keuchend die Palliativstation, vorbei an Polizeikontrollen, die nur autorisierte Personen hineinließen. Es war kurz vor halb vier, und die Anstrengungen der vergangenen Stunden forderten ihren Tribut. Erschöpft verlangsamte sie ihr Tempo. Safaa würde der letzte Patient in dieser Nacht sein, danach würde sie versuchen, ein paar Stunden an Hamids Seite auf einem Stuhl zu schlafen.

Jede Station des Krankenhauses hatte ihre ganz eigene Atmosphäre, zumindest bildete sich Indira das ein. Vor allem hier, wo unheilbare Patienten auf ihrem Sterbeweg begleitet wurden, fühlte sie immer eine besonders sakrale Aura. Erneut kam ihr ihre Mutter in den Sinn, die für jede Lebenslage eine spirituelle Weisheit zitieren konnte.

Hazrat Inayat Khan hat gesagt: »Sterben ist nichts anderes als das Umwenden einer Seite im Buche des Lebens.«

Konfrontiert mit so viel Leid und Tod sorgte dieses Zitat für ein wenig Linderung. Vor allem hoffte sie, dass ihre Hilfe für Safaa nicht zu spät kam. Links und rechts von ihr erstreckten sich jeweils ein Dutzend Zimmer, aber nur vor einem davon saß ein bewaffneter Polizist. Dort musste Safaa liegen. Der Polizist war eingeschlafen; offensichtlich vertraute er darauf, dass seine zahlreichen Kollegen draußen vor der Station jede Gefahr abwenden würden.

Dank der herabgesetzten Sicherheitsstufen musste Indira nicht mehr in voller Montur zu ihren Patienten gehen. Darum trug sie nur einen Schutzmantel, eine Kopfbedeckung und eine FFP3-Maske, die sie über Mund und Nase zog, als sie neben dem schlafenden Polizisten ankam.

Behutsam öffnete sie die Tür. Die provisorische Luftschleuse war zum Teil abmontiert worden, und so hatte sie freie Sicht auf das Krankenbett, in dem ein bewusstloser Patient mit einem kräftigen Vollbart lag. Safaa. Zu ihrer Überraschung beugte sich ein Mann über den Terroristen, der ihm soeben langsam und präzise die Kehle durchschnitt.

Er hatte Indira nicht kommen hören, und so fuhr er zusammen, als sie plötzlich hinter ihm panisch um Hilfe schrie. Danach ging alles ganz schnell: Indira rannte hinaus auf den Gang der Palliativstation und packte den schlafenden Polizisten bei den Schultern, worauf er leblos zur Seite kippte. Noch bevor sie einen weiteren Schrei von sich geben konnte, wurde sie von hinten brutal zu Boden gestoßen. Dann spürte sie das Gewicht des Killers auf ihrem Rücken und einen brennenden Schmerz unter dem linken Schulterblatt.

Zu ihrer eigenen Überraschung hörte Indira in diesem Moment die vorwurfsvolle Stimme ihrer Mutter.

Törichtes Kind. Was hast du den Göttern im Tausch gegen die Genesung deines Freundes angeboten?

Irgendwo ertönte eine Sirene. Der Mann auf ihrem Rücken ließ von ihr ab und verschwand, Türen wurden aufgeschlagen, Schritte näherten sich.

Ich will es wissen, Indira. Sprich zu mir.

Indira wurde schwarz vor Augen. Mit letzter Kraft antwortete sie der strengen Stimme ihrer Mutter: »Mein Leben für sein Leben.«

Alles war plötzlich zu Ende.

Das Letzte, was sie fühlte, war, wie die Seite im Buch ihres Lebens umgeblättert wurde.

III LEVITIKUS

Tag der Versöhnung

TAG 8

Montag, 19. September 2022
9:00 Uhr – 14:00 Uhr

In ganz Deutschland waren an diesem sonnigen Montag die Nationalflaggen an allen öffentlichen Gebäuden auf halbmast gesetzt oder mit Trauerflor versehen worden. Zahlreiche Menschen in der gesamten Republik trugen schwarze Kleidung. Selbst dann, wenn sie keinen geliebten Menschen, Freund oder Bekannten bei dem Anschlag in München vor einer Woche verloren hatten. Hatte der Anschlag auf den Berliner Weihnachtsmarkt durch einen Salafisten 2016 bundesweit für hohe Anteilnahme, Betroffenheit und breite Solidarität gesorgt, stand die Nation diesmal unter Schock. Dies war kein Schlagwort aus der Tagespresse, sondern tatsächlich ein pathologischer Befund: Die Menschen hatten Angst, furchtbare Angst.

Zuerst hatten die Sondermeldungen der Medien die Bürger zu Hause an ihre Bildschirme gefesselt, danach war es die Angst davor, auf die Straße zu gehen. Öffentliche Veranstaltungen mussten abgesagt werden, weil die Besucher fernblieben; aber auch der Einzelhandel und die Gastronomie hatten seit der Pandemie keinen so starken Einbruch mehr erlebt wie in der vergangenen Woche. Das Nachtleben in den Großstädten war praktisch nicht mehr existent. Selbst öffentliche Parks, Spielplätze und Fußgängerzonen der Innenstädte wurden gemieden. Die enorme Präsenz von Polizeikräften im öffentlichen Raum gab dieser Angst ein Gesicht, und schließlich griff eine Paranoia um sich wie Schimmel, der in feuchten, geschlossenen Räumen gedieh, sich in den Ecken der Wände einnistete und seine giftigen Sporen verbreitete. Menschen mit dunkler Hautfarbe wurden kollektiv als potenzielle Terroristen verdächtigt, insbesondere, wenn sie Muslime waren, Kopftücher trugen oder Moscheen besuchten. In U-Bahnen und Bussen nahmen die Fahrgäste erst gar nicht mehr Platz, um fluchtartig aussteigen zu können, wenn »verdächtig aussehende« Personen zustiegen. Reihenweise gab es Notrufe bei der Polizei, weil Menschen ihre muslimischen Nachbarn verdächtigten, Terroristen zu sein. Dann kamen die Übergriffe: Bilder von brutal zusammengeschlagenen und misshandelten Ausländern machten Schlagzeilen. Und wieder einmal brannten in Deutschland Asylantenheime, weil Demagogen aus dem rechten Flügel mit populistischen Parolen Flüchtlinge für das Leid verantwortlich machten. Aus demselben braunen Sumpf entsprang auch die Idee, in Stadtvierteln und Ortschaften »Nachbarschaftswachen« zu organisieren – ganz nach amerikanischem Vorbild, am besten bewaffnet und uniformiert. Das Erschreckende dabei war nicht die Idee allein, sondern die große Zustimmung, die der Vorschlag bei einer breiten Bevölkerungsschicht fand.

Ein großes Boulevardblatt fasste in seiner Sonntagsausgabe all diese düsteren Entwicklungen in einem plakativen Aufmacher zusammen und brachte damit auf den Punkt, was viele Menschen in Deutschland dachten:

GOTT STEH UNS BEI

Unter diesem Eindruck traf am Montag das gesamte Kabinett der Bundesregierung in München ein, um gemeinsam mit der Bayerischen Staatsregierung der dreihundertvierzehn Opfer zu gedenken, die seit dem Anschlag vor einer Woche gestorben waren. Über zweitausend Menschen hatten noch immer mit den Folgen der Vergiftung zu kämpfen und waren auf Krankenhäuser im ganzen Freistaat verteilt. Bei gut drei Prozent von ihnen rechnete man mit einem Ableben innerhalb der nächsten fünf Tage.

Schulen und viele Firmen hatten geschlossen, und auch das weltbekannte Münchner Oktoberfest, das vor zwei Tagen erstmals nach der Coronapandemie wieder eröffnet hätte werden sollen, war auf einstimmigen Beschluss erneut abgesagt worden.

Zahlreiche internationale Staatsgäste wurden zu der Zeremonie erwartet, weshalb man über achttausend Beamtinnen und Beamte von Bundespolizei und Bundeskriminalamt zusammenzog. Dazu kamen achtzehntausend Beamte aus dem Großraum München. Da wenige Monate zuvor nicht weit entfernt der G7-Gipfel in einer ähnlichen Dimension stattgefunden hatte, konnte Martin Himmel, dessen Ministerium für die operative Leitung der Gedenkzeremonie verantwortlich war, auf ein bestehendes Sicherheitskonzept zugreifen, das nun reaktiviert wurde.

Tage zuvor hatten inzwischen weitere Labore aus ganz Deutschland das Nervengift Nowitschok als Auslöser für die Erkrankungen bestätigt.

Die meisten Experten waren sich einig, dass die Folgen des Anschlags weit schlimmer hätten ausfallen können, wenn man nicht bereits am ersten Tag mit der Verabreichung von Atropin begonnen hätte. Kaum einer von ihnen kannte jedoch den Namen und die Geschichte jener Frau, die durch ihren couragierten Einsatz unzählige Leben gerettet hatte: Indira Kohli.

Niemand würde bei der Gedenkzeremonie ihren entscheidenden Beitrag zur Bewältigung der Krise würdigen. Nur die Namen der Opfer würden verlesen werden, die an diesem Tag von einem religiösen Fanatiker ermordet worden waren. Die

Frage, wieso Menschen zu so etwas fähig waren, würde die Hinterbliebenen ein Leben lang quälen, denn eine befriedigende Antwort darauf würde es nie geben.

Um 12 Uhr eröffneten Kardinal Reinhard Marx und der evangelische Landesbischof Heinrich Bedford-Strohm gemeinsam mit Vertretern des Judentums und des Islams in der Frauenkirche München einen ökumenischen Gottesdienst. Trotz aller Ängste waren die Bürger der Stadt zu Tausenden gekommen, um der Zeremonie beizuwohnen. Nicht nur der Liebfrauendom war bis auf den letzten Platz gefüllt, sondern auch öffentliche Plätze, auf denen die Gedenkfeier live übertragen wurde. Darunter der Münchner Königsplatz, der geschichtsträchtige Platz vor der Feldherrnhalle oder die Münchner Freiheit. Ein Meer aus schwarz gekleideten Trauergästen zeigte Millionen von Fernsehzuschauern weltweit, dass man sich dem Terror nicht beugen würde.

»Wir klagen vor Gott und den Menschen über das Böse, das wir nicht überwinden können, aber das uns immer wieder neu bedrängt. Die Klage wird aber nicht zur Ohnmacht«, erklärte der Kardinal. Mit seinen Worten brachte er ein wenig Zuversicht in die Herzen der Trauergäste: »Sie wird verwandelt in eine Haltung der Hoffnung, des konstruktiven Widerstandes gegen das Böse, gegen die Feindschaft unter Menschen, Religionen und Kulturen.«

Im Anschluss sangen vierundsechzig Chorsängerinnen und Chorsänger der Oberammergauer Passion aus voller Kehle und mit großer Leidenschaft: »Ihr alle, die ihr vorübergehet, stehet stille! Habet acht und sehet: Wo trifft man eine Liebe an, die dieser Liebe gleichen kann? Halleluja! Überwunden hat der Herr der Hölle Macht!« Damit gaben sie den Anwesenden das Gefühl, dass allein die Macht der Musik Brücken schlagen und die Menschheit auf alle Zeiten einen könnte.

Torge Prager verfolgte den Gottesdienst beiläufig auf einem iPad in seinem provisorischen Büro in der Münchner LKA-Zentrale am Marsplatz. So ergreifend die Zeremonie auch war, so wenig konnte sie ihm bei der Erfüllung seiner Aufgabe helfen. Die Task Force zur Ermittlung der Hintermänner, die er leitete, war in den letzten sechs Tagen auf dreiundvierzig Beamte angewachsen, die wiederum mit Spezialeinheiten unterschiedlichster Behörden und Institutionen zusammenarbeiteten. Teilweise hatten sie sogar Befehlsgewalt beziehungsweise Rückendeckung von ganz oben; die Aufgaben seiner Einheit waren mit oberster Priorität zu behandeln. Darüber hinaus hatten alle großen Geheimdienste der westlichen Welt ihre volle Kooperation zugesichert. Ob CIA, Interpol oder Mossad – plötzlich standen Kommunikationskanäle offen, die vorher nur mühsam oder gar nicht funktioniert hatten.

Und auch Torges oberste Dienstherrin, Oberstaatsanwältin Dr. Oster, war mit einem Team aus weiteren Staatsanwälten und Richtern Tag und Nacht für ihn erreichbar, um Hausdurchsuchungen freizugeben, Untersuchungshaften zu verlängern oder Strafverfahren zu erlassen. Zum ersten Mal konnte sich Torge vorstellen, welche geballte Macht der Terrorakt vom 11. September 2001 in den USA bei den Behörden freigesetzt hatte. Ganz ähnlich war es nun hier. Mit einem Mal gab es immer einen Weg, um die Bürokratie klein zu halten, und wo vorher Bedenkenträger Ermittlungen gebremst oder sogar gestoppt hatten, gab es kaum mehr jemanden, der sich Torge und seinem Team in den Weg stellte. Auch Kosten und Ressourcen spielten keine Rolle. Was die Task Force an technischen und finanziellen Mitteln brauchte, wurde ohne Wenn und Aber freigegeben. Die Vorstellung, dass es zu einem zweiten »München« kommen könnte, hing wie ein Damoklesschwert über jeder verantwortlichen Institution in ganz Europa.

Markus öffnete schwungvoll die Tür zu Torges Büro. Er trug

einen schwarzen Anzug mit einem dunklen Hemd und einer schwarzen Krawatte und setzte sich auf einen Sessel, der zu einer Sitzgruppe mit einem kleinen Tisch gehörte.

»Schon mal was von Anklopfen gehört?«, fragte Torge ihn, klappte sein iPad zu und setzte sich zu Markus, der ihn von oben bis unten musterte.

»Hättest du was gesagt, hätte ich dir einen schwarzen Anzug besorgt«, warf dieser Torge vor, der Jeans und einen gestreiften Sommerpulli trug.

»Hätte sicher genauso gut gepasst wie der blaue, oder?«, konterte Torge. »Also leg los, ich bin durchgetaktet bis in die Nacht«, forderte er Markus auf.

»Die Assistenzärztin, die ...«

»Dr. Indira Kohli?« Torge hatte sich angewöhnt, alle Personen, die Teil ihrer Ermittlungen waren, bei vollem Namen zu nennen, und erwartete das auch von seinen Mitarbeitern, damit es zu keinem Missverständnis kommen konnte.

»Ja, Dr. Kohli, sie ist außer Lebensgefahr.«

»Das ist gut ... Das sind gute Nachrichten«, sagte Torge mehr zu sich selbst als zu Markus.

»Sie wird aber die nächsten ein oder zwei Wochen noch nicht vernehmungsfähig sein ... sagen zumindest ihre Ärzte.«

Torge schüttelte enttäuscht den Kopf.

»Sie ist vielleicht die Einzige, die Safaas Mörder gesehen hat und uns ein Phantombild liefern könnte.«

»Ich denke an nichts anderes, Torge.«

»Gehen wir immer noch davon aus, dass es jemand aus dem Krankenhaus war?«

Markus nickte und griff nach einem der Schokoriegel, die vor ihm auf dem Tisch in einer Dose steckten.

»Die gesamte Klinik, jedes einzelne Gebäude und vor allem die Infektiologie waren gesichert, und jede Person, die rein- und rausging, wurde streng kontrolliert. Auch Dr. Kohli hatte zwei Kontrollstellen passiert, bevor sie die Palliativstation betrat.«

»Aber laut Protokollen war sie um diese Uhrzeit die Einzige, die diese Kontrollstellen passierte, oder? Und bis man sie, Safaa und den toten Polizisten ...«

»Polizeimeister Gerold«, erinnerte Markus ihn.

»... Polizeimeister Gerold fand, hatte kein Mensch die Station wieder verlassen. Der Täter muss also zwangsläufig einer der Ärzte oder Patienten auf der Palliativstation gewesen sein. Lieg ich da falsch?«

»Klingt logisch, können wir aber ausschließen. Wir haben jeden Angestellten mehrmals überprüft ... Das ergab alles keinen Sinn.«

»Warst du selbst schon dort und hast dich mal umgesehen?«

Markus riss die Verpackung von dem Schokoriegel und biss ab.

»Hat Hakan übernommen«, antwortete er mit vollem Mund. »Hakan Yilmaz«, ergänzte er schnell und wischte sich einige Brösel von der Lippe.

»Tu mir den Gefallen und fahr selbst noch mal hin.«

»Wie stellst du dir das vor? Mein Terminkalender sieht nicht viel besser aus als deiner.«

»Bitte! Wir müssen etwas übersehen haben. Und vielleicht bringt uns das irgendwie weiter.«

Markus schob sich den Rest des Riegels in seinen Mund und rollte ein wenig mit den Augen, was Torge als Zustimmung wertete.

»Und Laid Abaaoud? Habt ihr das Go von der Staatsanwaltschaft?«

Markus hatte sich immer noch nicht an die flapsige Ausdrucksweise seines Vorgesetzten gewöhnt.

»Wenn du den Durchsuchungsbeschluss meinst, ja, haben wir.« Er blickte auf seine Uhr. »Zwei Einsatzteams werden in weniger als einer Stunde zugreifen.«

»Das muss reibungslos ablaufen. Der Mann ist derzeitig alles, was wir haben. Er darf keine Chance kriegen, Geiseln zu nehmen oder sich in die Luft zu sprengen.«

»Bei allem Respekt, Torge, aber wir machen den Job auch nicht erst seit gestern.«

***

Markus fuhr nach dem Treffen mit Torge direkt zum Klinikum Schwabing, um den Chefarzt der Infektiologie zu treffen, Professor Dr. Struve.

Er erinnerte sich lebhaft daran, wie er vor einer Woche durch das große Eingangsportal geschritten war und um ihn herum das Chaos tobte. Davon war jetzt nichts mehr zu spüren, zumindest nicht nach außen. Denn hinter verschlossenen Türen kämpften Ärzte auf zahlreichen Stationen immer noch um das Leben von Patienten, bei denen der Kampfstoff Nowitschok irreparable Organschädigungen hinterlassen hatte. Kaum hatte Markus sich am Empfang angemeldet, eilte auch schon ein kleiner, sportlich wirkender Mann in weißem Kittel die breite Steintreppe am Ende der Halle hinunter und steuerte direkt auf ihn zu.

»Sie sind sicher Professor …«, setzte Markus an, als ihn der Mann erreicht hatte.

»Struve, die Titel können Sie sich sparen. Und Sie müssen Kriminalhauptkommissar Erdmann sein. Ihr Ruf eilt Ihnen voraus«, kokettierte er mit einem künstlichen Lächeln.

Markus ging nicht auf die Anspielung ein, nickte aber.

»Ihre Dienststelle hat uns informiert, dass Sie kommen würden. Was mich ein wenig wundert, weil Ihre Kollegen bereits minutiöse und teils wirklich unangenehme Befragungen bei meinem Team durchgeführt haben. Wir helfen gerne, aber im Augenblick wäre es angebracht, uns nicht länger als absolut notwendig von unserer Arbeit abzuhalten.«

Markus gab dem Mann innerlich recht, ließ sich das aber

nicht anmerken. »Herr Dr. Struve, ich habe größte Hochachtung vor Ihrer Leistung, und ohne Sie würde diese Stadt ...«

»Lassen Sie es gut sein. Ich habe nur meine Pflicht getan.«

»Wie ist der Zustand Ihrer Ärztin, Frau Dr. Kohli?«

»Ohne Doktor, wenn ich bitten darf – noch hat Frau Kohli nicht promoviert.«

»Und?«

»Sie ist stabil, aber nicht bei Bewusstsein. Der Messerstich ist von hinten durch ihren linken Lungenflügel gedrungen und hat das Herz nur um wenige Zentimeter verfehlt. Dass Sie noch lebt – und ich neige in der Regel nicht zu solchen Floskeln –, gleicht wirklich einem Wunder.«

»Wir müssten sie so rasch wie möglich befragen.«

»Natürlich müssten Sie das. Und glauben Sie mir, sobald der behandelnde Arzt grünes Licht gibt, sagen wir Ihnen Bescheid. Aber das wussten Sie auch schon vor Ihrem Besuch, Herr Kommissar Erdmann – deshalb sind Sie doch nicht hier, oder? Womit kann ich Ihnen also wirklich behilflich sein?«

Markus irritierte die scheinbar gefühlskalte Art Struves. Er schrieb sie jedoch dem gewaltigen Druck zu, unter dem der Mann stehen musste.

»Ich möchte mir noch einmal den Tatort ansehen, das ist alles.«

Struve musterte sein Gegenüber abschätzig, rang sich dann aber wieder ein Lächeln ab.

»Für einen so prominenten Besucher opfere ich gerne meine Zeit. Die Palliativstation liegt allerdings im hinteren Teil des Geländes, in Haus 6. Keine Sorge, wir nehmen eine Abkürzung. Folgen Sie mir einfach.«

Markus eilte Struve hinterher, der mit kleinen, schnellen Schritten auf eine Nische in der Eingangshalle zuhielt und schließlich vor einer schwarzen Stahltür stehen blieb.

»Das gesamte Anlage hat knapp zweitausend Quadratmeter, aber die Erbauer dieses weitverzweigten Komplexes, und das war 1909, haben alle Häuser durch unterirdische Gänge miteinander verbunden. Gut vier Kilometer sind die lang. Sie werden es gleich sehen.«

Struve hielt eine kleine weiße Chipkarte an den elektronischen Türöffner, bis es klickte.

»Wenigstens ein kleiner Vorteil, wenn man hier Chefarzt ist«, sagte er trocken, öffnete die Tür und ging die Stufen hinab, die jetzt vor ihnen lagen. Gleichzeitig schalteten sich Neonlampen an, die vermutlich auf einen Bewegungssensor reagierten.

»Wer hat alles Zugang zu diesen Gängen?«, wollte Markus wissen, während er am unteren Ende der Treppe nach Struve durch eine weitere Tür trat.

»Chefärzte und Personal von der Logistik. Hier geht Wäsche rein und raus, auch Lebensmittel. Eben alles, was den Krankenhausbetrieb oben stören könnte.«

In diesem Augenblick gingen weitere Lichter über ihnen an und gaben den Blick frei auf einen breiten, scheinbar endlosen Gang, der sich in beiden Richtungen irgendwo in der Dunkelheit verlor.

Begeistert erklärte Struve: »Nach dem Krieg hat die US-Armee das Krankenhaus beschlagnahmt und als General Hospital betrieben. Die sind hier unten mit Jeeps gefahren, um schneller von A nach B zu kommen.«

»Und diese Gänge verbinden alle Häuser auf dem Gelände miteinander? Oder gibt es auch Gänge, die außerhalb des Geländes enden?«

Struve schüttelte den Kopf. »Ich weiß, worauf Sie hinauswollen. Aber nein, die Gänge verbinden nur die Gebäude auf dem Gelände, und der Zugang ist nur mit einer Schlüsselkarte möglich. Außerdem werden alle Schlüsselkarten bei der Benutzung registriert, mit Nummer und Uhrzeit. Vor einer Woche, am 12. September, gab es den ganzen Tag lang keine einzige Registrierung. Niemand hat an diesem Tag diese Gänge benutzt, es gab Wichtigeres zu tun. Niemand war hier unten.«

Markus hatte eine Eingebung.

»Warten Sie hier.«

Ohne sich zu erklären, rannte er zurück ins Treppenhaus und kehrte eine Minute später schnaufend zu Struve zurück, der demonstrativ auf seine Uhr sah.

»Darf ich Sie daran erinnern, dass meine Zeit äußerst kostbar ist?«, mahnte er, aber Markus ging nicht darauf ein.

»Die Zugänge sind Fluchttüren und lassen sich von innen öffnen – auch ohne Schlüsselkarten.«

»Ich kann Ihnen nicht folgen, Herr Erdmann.«

»Angenommen, der Attentäter war schon lange vor der Tat hier unten. Dann hätte er zum Tatzeitpunkt unbemerkt nach oben gehen können. Um dort zu verhindern, dass die Tür einschnappt, den Patienten zu ermorden und danach auf demselben Weg, den er kam, wieder unerkannt zu entkommen – ohne Schlüsselkarte.«

Struve klatschte herablassend und theatralisch dreimal in die Hände, bevor er diese These kommentierte.

»Bravo, Sie haben den Fall gelöst. Aber eines möchte ich zu bedenken geben.«

»Und das wäre?«

»Ganz offensichtlich war Ihr Attentäter Hellseher, oder?«

Markus kochte innerlich, ging aber nicht auf die rhetorische Frage ein. Blasiert hoben sich Struves Augenbrauen.

»Angenommen, er hat sich einen Tag zuvor hier unten einsperren lassen. Ungeachtet der Tatsache, dass auch dann eine Schlüsselkarte notwendig gewesen wäre, hätte er nicht wissen können, dass man Safaa Al Aifuri in dieses Krankenhaus bringen würde. Richtig?«

Verärgert musste Markus dem Professor schon wieder recht geben. Er nickte ihm zu, was Struve zufrieden zur Kenntnis nahm.

»Trotzdem, irgendetwas übersehen wir hier.«

»Wenn Sie meinen. Sie sind die Kriminalkoryphäe.«

Demonstrativ sah Struve erneut auf seine Uhr.

»Gehen wir jetzt noch zur Palliativstation, oder nicht?«, drängte er schließlich.

»Nein, das können wir uns sparen. Ich glaube, ich habe genug gesehen.«

Mit diesen Worten drehte Markus dem Arzt den Rücken zu und stieg die Stufen hinauf, ohne sich zu verabschieden.

* * *

Begegnete man Laid Abaaoud, stach einem als Erstes seine ausgeprägte, kerzengerade Haltung ins Auge. Von ihm ging etwas Erhabenes und Stolzes aus, das anderen Respekt einflößte. Selbst in dem abgetragenen Anzug, in dem er soeben auf dem Weg zu seinem Arbeitsplatz war. Obwohl die Praxis, in der er arbeitete, fünf Kilometer von seiner Sozialwohnung am Münchner Hasenbergl entfernt lag, mied er die U-Bahn und ging stattdessen die vier Stationen bis Milbertshofen zu Fuß. In seinem Bekanntenkreis hatten furchterregende Geschichten die Runde gemacht, von Glaubensbrüdern und -schwestern, die in öffentlichen Verkehrsmitteln angepöbelt und angespuckt worden waren. Er selbst hatte im Supermarkt ein erschreckendes Erlebnis gehabt. Er hatte sich an einer kurzen Schlange vor der Kasse eingereiht. Obwohl der Markt gut besucht war, hatte sich hinter ihm kein einziger Kunde mehr in die Schlange gestellt, und die Frau, die vor ihm stand, brachte unter einem fadenscheinigen Vorwand ihren Verkaufswagen zwischen sich und den dunkelhäutigen Araber. Als Laid schließlich an der Reihe war und seinen Geldbeutel aus der Innentasche seiner Jacke holen wollte, stand die Kassiererin wortlos auf und verschwand zwischen den Regalen des Supermarktes. Frustriert ließ er den Einkauf auf dem Förderband liegen und ging nach Hause.

Als er die Geschichte seiner Frau Nilufar erzählte, lachte sie ihn aus und sagte: »Du machst dich verrückt, Laid. Die Frau musste sicher nur aufs Klo oder sonst was. Warum sollte sie vor dir weglaufen?«

Laid setzte sich verzweifelt an den Küchentisch.

»Weil sie vielleicht dachte, ich sei ein Islamist.«

»Schau dich im Spiegel an. Sieht so ein verrückt gewordener Attentäter aus? Mit Anzug und Krawatte. Laid, wir sind hier in Sicherheit, wir haben eine Wohnung, du verdienst Geld. Alles ist gut.« Sie nahm ihn in ihre Arme und küsste seine Stirn.

Laid Abaaoud und seine Frau Nilufar waren im März 2019 der Hölle auf Erden entkommen, wie er es nannte. Sechs Wochen lang hatten sie die Schlacht um seinen syrischen Heimatort Baghuz, nahe der irakischen Grenze, am eigenen Leib miterlebt. Selbst jetzt, drei Jahre danach, träumte er von Granaten, die vor ihrem Haus einschlugen, von den Schreien der Verwundeten und dem rußgeschwängerten Himmel, der selbst den Tag zur Nacht werden ließ.

Seit dem 9. Februar 2019 war das Areal rund um Baghuz und Marashida andauernden Angriffen ausgesetzt, um die letzte Bastion von knapp viertausend verbliebenen IS-Kämpfern zu brechen. Fast täglich kam es zu Luftangriffen auf den Ort, da die vereinten Streitkräfte aus SDF (Syrian Democratic Forces), USA und Frankreich vermuteten, dass der Großteil der Zivilisten bereits geflohen sei. Sie irrten sich. Tausende von Zivilisten harrten unter extremen Bedingungen in dem Kampfgebiet aus und hofften auf ihre Befreiung.

Aber da die Häuser weder Keller hatten noch ausreichend Schutz gegen Artilleriefeuer oder Luftraketen boten, traf der Krieg vor allem wehrlose Frauen, Kinder und alte Männer. Wer versuchte, aus dem Ort zu fliehen, wurde von den IS-Fanatikern kaltblütig erschossen. Bis zum 1. März 2019 gelang dennoch etwa fünfzehntausend Zivilisten die Flucht aus dem umkämpften Gebiet, denn die Reihen der IS-Kämpfer lichteten sich von Woche zu Woche. Die letzten verbliebenen Zivilisten wurden von den verzweifelten IS-Truppen als lebende Schutzschilde gegen die Angreifer eingesetzt. Am 17. März bombardierte die US-Luftwaffe das Gebiet unter den Hängen des Baghuz-Kliffs. Innerhalb von fünf Minuten wurden bei diesem Angriff siebzig Zivilisten zerfetzt, die von nur wenigen IS-Kämpfern bewacht worden waren.

Sechs Tage später endete die Schlacht um Baghuz und besiegelte das Ende des IS-Kalifats. Trotz unzähliger ziviler Todesopfer war vielen Menschen die Flucht aus dem Kriegsgebiet gelungen, zwei davon waren Laid Abaaoud und seine Frau. Danach begann für die beiden eine beschwerliche Odyssee, die sie erst über die Grenze in den Irak führte bis nach Mossul. Mit gefälschten Pässen flüchteten sie schließlich in die Türkei. Von dort aus folgten sie den Flüchtlingsströmen entlang der Balkanroute, über das Meer nach Griechenland, weiter nach Mazedonien, Serbien, Kroatien, Slowenien und gelangten schließlich über Österreich nach Deutschland, wo sie Asyl beantragten. Acht Monate waren sie unterwegs gewesen und hatten dabei dreitausend Kilometer zurückgelegt, einen Großteil der Strecke zu Fuß. Das Leid, das sie dabei erlebten, war nicht weniger erbarmungslos als der Krieg, vor dem sie geflüchtet waren.

Im Asylaufnahmelager in Deggendorf wurde schließlich im Januar 2020 mithilfe des »Königsteiner Schlüssels«, der die Quote der Flüchtlinge nach Bundesländern vornimmt, der innerdeutsche Transfer des Ehepaares Abaaoud geregelt. Die konkrete Zuordnung vollzog schließlich ein Computer durch das sogenannte EASY-Verfahren. Der Computer entschied, dass die Abaaouds in Bayern verbleiben durften, wo letztendlich auch ihr Asylantrag bearbeitet und bewilligt wurde.

Es dauerte allerdings zwei weitere Jahre, bis Laid Abaaoud seinen ursprünglichen Beruf auch in Deutschland ausüben durfte. Im Dezember 2021 erhielt er die lang ersehnte Approbation als Zahnarzt und fand im April dieses Jahres eine Anstellung in einer Zahnarztpraxis im Norden von München, wo man vor allem Ausländer und Deutsche mit Migrationshintergrund behandelte. Zum ersten Mal seit den Kriegserlebnissen vor drei Jahren war wieder so etwas wie Normalität in seinen Alltag eingekehrt. Nilufar und er hatten Anschluss zur muslimischen Gemeinde in München gefunden, Laid besuchte regelmäßig die Orhan-Moschee in der Nähe der Praxis und betonte seinen neuen Bekannten und Patienten gegenüber immer wieder, wie glücklich er nun war, seinen Glaubensbrüdern und teilweise auch Landsleuten helfen zu können, denen die Flucht nach Deutschland ebenfalls gelungen war. Es tat gut, vertraute Stimmen aus der Heimat zu hören und Geschichten über die Zeit vor dem Krieg auszutauschen.

Der Anschlag am 12. September hatte ihm mit aller Härte gezeigt, wie brüchig dieses Glück war. Denn seither fühlte er sich erneut, als wäre er auf der Flucht, hatte Angst um seine Frau und seine engsten Freunde und war an jedem Abend nach der Arbeit froh, wenn er Nilufar gesund in seine Arme schließen konnte.

Laid kam um kurz nach halb eins in die Praxis. Eigentlich hatte sein Chef beschlossen, die Zahnarztpraxis an diesem Tag zu schließen, aber Laid hatte einer Patientin versprochen, die Nachuntersuchung einer Zahn-OP vorzunehmen. Außerdem war er froh über die Ablenkung, brachte sie ihn doch auf andere Gedanken, denn seit Tagen hatte er das Gefühl, beobachtet oder sogar verfolgt zu werden. Bei einem kurzen Ausflug mit seiner Frau am Samstag in den Englischen Garten war er sicher gewesen, dass ein und derselbe Jogger mehrmals ihren Weg gekreuzt hatte. Am Sonntag hatte ein weißer Lieferwagen mit getönten Scheiben vor der Moschee gestanden, das gleiche Modell, das er auch am Abend zuvor vor ihrem Haus im Parkverbot gesehen hatte. Erregt war er auf die Straße gerannt. Doch bevor er den Lieferwagen erreichen konnte, war dieser weggefahren.

Immer wieder hatte Nilufar versucht, ihn mit rationalen Erklärungen zu beruhigen, jedoch vergeblich.

Laid schaltete die Lichter in der Praxis an, hängte sein Jackett an einen Haken in seinem Sprechzimmer und schlüpfte in den weißen Kittel. Dann füllte er Kaffeepulver und Wasser in die Maschine, schaltete sie ein und rief Nilufar an, während sich der Duft von frisch gebrühtem Kaffee in der Praxis ausbreitete.

Nilufar hob ab.

»Bist du jetzt erst angekommen?«, fragte sie besorgt.

»Ich bin doch pünktlich, die Patientin kommt erst um eins.«

»Du bist wieder zu Fuß gegangen, stimmt's?«

»Das tut mir gut, ich brauche die Bewegung.«

Nilufar wusste, dass es eine Lüge war, ging aber nicht darauf ein.

»Ist die Zeremonie vorbei?«, wollte er wissen.

»Ja, um zwölf haben die Glocken der Frauenkirche geläutet. Fünf Minuten lang. Und sie haben Kirchen in ganz Deutschland gezeigt, die alle geläutet haben. Überall waren Menschen, die zugehört und geweint haben.«

»Das Läuten habe ich gehört, bin an einer Kirche vorbeigekommen.«

»Wann kommst du heim?«

»Ich weiß es noch nicht. Ich dachte, ich bleibe bis halb fünf.«

In diesem Moment hörte Laid, wie es bei Nilufar an der Tür klingelte.

»Warte schnell, ich muss an die Tür. Vielleicht ein Päckchen«, erklärte sie.

»Wir haben nichts bestellt«, erwiderte er misstrauisch, aber sie hatte das Telefon schon beiseitegelegt. Dann wurde es plötzlich laut. Stimmengewirr. Er glaubte, das Wort »Polizei« verstanden zu haben, etwas zerbrach laut am Boden, Nilufars Stimme war entfernt zu hören.

Er konnte nicht verstehen, was sie sagte, aber sie klang erregt.

»Nilufar!«, schrie er aufgebracht ins Telefon, aber niemand nahm von ihm Notiz. Er versuchte es erneut, dieses Mal noch lauter. Seine Stimme überschlug sich fast, während immer mehr Geräusche und Stimmen durch das Telefon zu ihm drangen. Da läutete es an der Praxistür.

Laid hatte nur einen Gedanken: Er musste so schnell wie möglich nach Hause. Seine Patientin würde Verständnis haben. Noch während er ein drittes Mal den Namen seiner Frau ins Telefon schrie, öffnete er die Tür. Aber statt der Patientin stand dort ein schwarz gekleideter Mann mit Helm, Sturmmaske und Sichtschutz.

Ohne Vorwarnung packte ihn der SEK-Polizist am Arm, schlug ihm das Telefon aus der Hand und wirbelte ihn herum. Als drei weitere Polizisten mit gezogenen Waffen an ihm vorbeistürzten, spürte Laid, wie sich in seinem Rücken das kalte Metall von Handschellen um seine Handgelenke legte und zuschnappte.

* * *

Antonia hatte während der vergangenen Woche alle Nachrichten und Anrufe von Torge ignoriert. Es schien ihr der einzig richtige Weg zu sein. Und da Markus ihre Schnittstelle bei den Ermittlungen war, hatten Torge und sie auch beruflich keinen Kontakt. Als Torge am Wochenende seine Bemühungen, sie zu erreichen, schließlich aufgab, war sie dennoch nicht froh darüber.

Heute hatte sich jedoch etwas ergeben, das dazu führte, dass sie ihre Zurückhaltung über Bord warf und Torge persönlich in der LKA-Zentrale aufsuchte. Am Empfang gab sie an, Herrn Erdmann sprechen zu müssen. Sie wollte auf jeden Fall verhindern, dass sich Torge auf ihren Besuch vorbereiten konnte.

Im vierten Stock des Hauptgebäudes fragte sie schließlich einen jungen Beamten nach Torges Büro. Auf dem Weg dorthin konnte sie spüren, wie ihr das Blut in den Kopf stieg. Sie hatte das Gefühl, förmlich zu glühen. Ohne anzuklopfen, öffnete sie die graue Tür zu seinem Büro, hoffte aber im selben Augenblick, er möge nicht anwesend sein. Doch stattdessen stand er direkt vor ihr. Er hatte offensichtlich gerade vorgehabt, das Büro zu verlassen.

»Antonia? Was tust du hier?«

Sie trat ein, schloss die Tür hinter sich und versuchte sich daran zu erinnern, was sie ihm mitteilen wollte.

»Ihr macht einen gewaltigen Fehler.«

»Wovon zum Teufel sprichst du?«, entgegnete er.

»Laid Abaaoud.«

Torge war sichtlich überrascht. Bereits einen Tag nach dem Attentat hatte das LKA unter seiner Leitung die Personalie verschiedenen Behörden und ausländischen Geheimdiensten gemeldet, um Informationen einzuholen. Die AG BIRGiT war auch darunter, hatte aber zurückgemeldet, dass Laid Abaaoud in keinem ihrer Datensätze auftauchte und auch niemals als Gefährder eingestuft gewesen war. Womit man die AG BIRGiT von weiteren Erkenntnissen um Laid Abaaoud ausgeschlossen hatte. Antonias hochroter Kopf verriet Torge aber, dass sie mehr wusste, als sie sollte.

»Von was sprichst du?«, fragte er.

»Von eurer heutigen Festnahme. Der Mann ist unschuldig!«

Torge konnte kaum fassen, was Antonia da soeben von sich gab. Nicht ihre Meinung zu Abaaouds Unschuld war es, die ihn skeptisch machte, sondern die Tatsache, dass sie von einer streng vertraulichen Operation wusste.

»Markus, richtig?«, schlussfolgerte er fassungslos, doch sie ging nicht darauf ein.

»Ich habe alle Fakten zu dem Mann und seiner Frau recherchiert. Die beiden sind durch die Hölle gegangen – und beide sind wegen posttraumatischer Belastungsstörung in psychiatrischer Behandlung. Wie könnt ihr nur? Kannst du dir im Entferntesten vorstellen, was die Festnahme für sie bedeutet?«

»Das reicht, Antonia«, unterbrach Torge sie scharf.

Antonia verstummte.

»Läuft das hier so in Bayern, dass über persönliche Beziehungen streng vertrauliche Informationen weitergegeben werden?«

»Wenn sich damit ein zweites Guantanamo verhindern lässt, ja!«, konterte sie.

»Markus kann wegen so etwas in Teufels Küche kommen, so ein verdammter Idiot.«

Torge legte beide Hände auf sein Gesicht, atmete aus und gab sein Gesicht wieder frei. In diesem kurzen Moment beschloss er, Antonia zu involvieren. In seinen Augen war es die einzige Möglichkeit, sie von der Richtigkeit seiner Entscheidung zu überzeugen. Würde er sie jetzt mit ihrem Halbwissen im Regen stehen lassen, dann würde das aller Wahrscheinlichkeit nach auch das letzte Band zwischen ihnen trennen.

»Also gut. Ich bin gerade auf dem Weg zur Vernehmung von Abaaoud. Er ist hier im Gebäude. Markus wartet bereits. Du hörst dir das Ganze an, und danach reden wir weiter.«

Antonia konnte es kaum glauben. Sie hatte mehr erreicht, als sie überhaupt zu hoffen gewagt hatte.

Torge brachte Antonia in den Überwachungsraum, der direkt neben dem Verhörzimmer lag. Der leicht abgedunkelte Raum hatte kein Fenster, die Luft war muffig und roch nach Schweiß und Elektronik.

Vor einem großen Monitor saßen zwei Beamte in Uniform und folgten der Vernehmung eines dunkelhäutigen Mannes in einem abgetragenen Anzug. Der Bildschirm zeigte auf der linken Seite den Mann im Anzug, auf der rechten Seite Markus, der ihm an einem kleinen Tisch gegenübersaß.

»Schauen Sie sich das Bild noch mal genau an«, sagte Markus gerade und schob dem Mann ein Bild zu. Ohne sich die Fotografie genauer anzusehen, schüttelte der Befragte energisch den Kopf.

»Ich habe doch schon gesagt, ich kenne den Mann nicht. Wann kann ich mit meinem Anwalt sprechen? Ich weiß, dass ich das Recht habe auf einen Anwalt«, tönte es blechern aus den Lautsprechern, die neben dem Monitor aufgestellt waren.

»Das ist Laid Abaaoud, seinen Angaben zufolge ist er zweiundfünfzig Jahre alt und kommt aus Syrien«, erklärte Torge. Antonia hatte ihn jedoch sofort aus den Akten wiedererkannt. Doch im Vergleich zu den Bildern, die vor zwei Jahren bei seiner Ankunft im Asylaufnahmelager in Deggendorf entstanden waren, wirkte er jetzt deutlich gepflegter. Seine Haare waren kurz geschnitten, sein Vollbart abrasiert, und Schürfwunden sowie Pusteln an Gesicht und Kopf, die von seiner strapaziösen Reise zeugten, waren vollständig verheilt. Auf Antonia machte der Mann mit seinen weichen Gesichtszügen einen gütigen und zugleich verängstigten Eindruck.

Und noch etwas stach Antonia ins Auge, als sich Laid nervös eine Haarsträhne aus der Stirn strich: ein goldener Ring mit einem grünen Stein an seinem Finger.

Torge bot Antonia einen Stuhl hinter den beiden Beamten an, die konzentriert die Aufzeichnung überwachten.

»Ingmar und Miriam sind Analysten in meinem Team.«

Die beiden drehten sich um, nickten Antonia höflich zu und reichten ihr kurz die Hand.

»Das ist Frau Borchardt, Leiterin der AG BIRGiT. Sie wird sich ein paar Notizen machen.«

Miriam tippte etwas in den Laptop, der neben ihr stand.

»Borchardt mit ›dt‹?«, hakte die Frau nach, und Antonia nickte.

»Ich gehe davon aus, dass Sie die erforderliche Sicherheitsfreigabe besitzen?«, fragte sie spröde.

Antonia zog ein kleines Etui aus der Innentasche ihres Jacketts und reichte der Beamtin ihren Dienstausweis. Die Frau warf einen prüfenden Blick auf das Dokument und gab es ihr zurück.

Torge schaltete sich wieder ein.

»Ich werde Markus, ich meine, Herrn Erdmann, bei der Befragung unterstützen. Vielleicht sind Sie danach noch hier?«

»Hat er schon einen Anwalt?«, fragte Antonia.

Irritiert blickte Miriam von ihrem Computer auf, und sogar Ingmar ließ für einen Augenblick den großen Monitor außer Acht.

»Ich schätze nein. Wir werden ihn nach der Vernehmung dem Haftrichter vorführen. Und wenn er bis dahin keinen Anwalt hat, stellen wir ihm einen Strafverteidiger«, antwortete Torge, und Miriam nickte.

»Aber vielleicht braucht er ja auch gar keinen Rechtsbeistand?«, ergänzte Miriam wenig überzeugend.

Noch bevor Antonia die Gelegenheit bekam nachzubohren, hatten die beiden Beamten sich demonstrativ abgewandt, und Torge hatte den Raum verlassen.

Die Temperatur im Vernehmungsraum war deutlich zu hoch eingestellt. Als Torge das Zimmer betrat, schlug ihm beißender Schweißgeruch entgegen.

Laids Aufmerksamkeit richtete sich sofort auf ihn.

»Sind Sie mein Anwalt?«, fragte er flehend.

»Nein, ich bin Herr Prager von der Kriminalpolizei«, antwortete Torge. Er setzte sich auf den freien Stuhl neben Markus und legte einen Stapel Unterlagen auf den Tisch.

»Wo bleibt mein Anwalt, ich hab das Recht auf einen Anwalt.«

Torge war überrascht über das fehlerfreie Deutsch, das Laid sprach, wenn auch mit arabischem Akzent.

»Brauchen Sie denn einen Anwalt?«, wich Torge der Frage aus.

Laid runzelte die Stirn und hatte nicht sofort eine Antwort parat.

»Hören Sie«, ergänzte Torge einfühlsam und beugte sich ein wenig nach vorne. »Es gibt in unseren Unterlagen ein paar Ungereimtheiten, die wollen wir lediglich ausräumen.«

Torge setzte ein entwaffnendes Lächeln auf.

»Sie wissen schon, deutsche Gründlichkeit und so. Aber mal im Vertrauen, auch wir machen Fehler. Und ich denke, Sie können uns dabei helfen, die Fehler zu finden.«

Er legte seine Hand auf den Stapel mit Unterlagen.

»Das Ganze dauert sicher nicht lange. Und Ihnen liegt doch auch etwas daran, dass wir diese Bestien finden, die hinter dem Anschlag vom vergangenen Montag stecken, oder?«

Es hatte den Anschein, als würde Torges freundliche Art dazu führen, dass Laid sich ein wenig entspannte.

»Ich weiß gar nichts. Aber wenn ich helfen kann ...«

Torge hatte sein Ziel erreicht, lehnte sich zufrieden zurück und griff nach einer Thermoskanne, die auf dem Tisch stand.

»Ich wusste, dass wir auf Sie zählen können. Tee?«

Laid wiegelte ab.

»Danke, nein, sehr freundlich. Was ist mit meiner Frau?«

Torge stellte die Kanne wieder ab. Er hatte den Tee nur wegen Laid bestellt. Eigentlich sehnte er sich nach einer Tasse Kaffee.

»Das mit Ihrer Frau tut uns leid. Irgendetwas ist da schiefgelaufen«, erklärte Markus und zückte sein Telefon.

»Sie müssen verstehen, die Kollegen haben nur ihren Job gemacht, auch wenn Ihnen das jetzt nicht hilft. Es tut mir echt leid, was da passiert ist.«

Laids Stirn legte sich wieder in Falten.

»Was meinen Sie damit? Was ist denn passiert? Wo ist meine Frau?«

»Sie haben einen Anruf frei. Wollen Sie sie anrufen?«

»Ja, bitte.«

Während Markus eine Nummer wählte, erklärte Torge: »Was der Kollege meinte, ist die Durchsuchung Ihrer Wohnung. Da ist man wohl nicht zimperlich vorgegangen, und sollte etwas kaputtgegangen sein, dann …«

»Ist meine Frau gesund?«

»Sie ist zu Hause, ihr geht es gut«, antwortete Torge, während Markus Laid sein Telefon entgegenschob. Es läutete, dann hob jemand ab, und Laids Frau erschien auf dem Bildschirm. Laid seufzte erleichtert, nahm das Handy mit beiden Händen und küsste das Display.

Torge zog eine Augenbraue hoch, kassierte dafür aber sofort von Markus einen rügenden Blick. Dann folgten sie aufmerksam der Unterhaltung des Ehepaars, auch wenn sie kein Wort verstanden, da die beiden Arabisch miteinander sprachen. Offensichtlich versuchte Nilufar, ihren Mann zu beruhigen, dem Tränen in den Augen standen und der unablässig eifrig nickte, bis Markus das Telefon wieder an sich nahm und die Verbindung unterbrach.

»Je schneller wir hier durch sind, desto schneller sind Sie wieder bei Ihrer Frau zu Hause. Okay?«

Laid wischte sich die Augen trocken, während Markus den Bildschirm des Handys an seinem Hosenbein trocken rieb.

»Es gibt da einen Hinweis, der uns wirklich Kopfzerbrechen bereitet«, begann Torge mit ernster Miene und schlug seine Unterlagen auf.

»Warum haben Sie bei Ihrer Ankunft in Deutschland gelogen?«

Laid zuckte zusammen.

»Ich habe nicht gelogen.«

Markus steckte sein Handy weg und erwiderte: »Doch, haben Sie. Und jetzt wäre der richtige Zeitpunkt, uns die Wahrheit zu sagen!«

Torge zog ein Foto aus der Mappe. Es zeigte einen jungen Araber. Er hielt es Laid übertrieben nahe vor das Gesicht.

»Schauen Sie, Herr Abaaoud. Sie können mir vertrauen, und ich versuche, Ihnen zu vertrauen. Aber das mit dem Vertrauen ist so eine Sache. Wenn Sie mich verarschen – und ich weiß, dass Sie mich verarschen –, dann läuft das richtig scheiße zwischen uns. Wollen Sie das? Wollen Sie, dass es richtig scheiße zwischen uns läuft? Also, dieser Mann hier auf dem Foto, kommt Ihnen der irgendwie bekannt vor?«

Laid hatte den Mann schon nach einem flüchtigen Blick wiedererkannt. Es war Fadwa Nasri, sein ehemaliger Zahnarzthelfer in Syrien. Er war sicher gewesen, dass Nasri während der Schlacht um Baghuz getötet worden war. Dieses Foto sah genauso aus wie das Bild, das man von Laid in der Asylaufnahmeeinrichtung gemacht hatte. Nasri war nicht nur am Leben, sondern schien sich ebenfalls in Deutschland aufzuhalten. Das Schicksal konnte so grausam sein.

»Es ist nicht so, wie Sie denken«, sagte Laid nervös, und sein Gesichtsausdruck verriet die Panik, die ihn erfasst hatte.

»Wie ist es denn dann?«, wollte Markus wissen.

»Sie werden das nicht verstehen ... Sie ... Sie ...«

»Verstehen, was? Dass Sie zu den IS-Terroristen gehörten? Denn genau das hat Fadwa Nasri zu Protokoll gegeben.«

»Dass man keine Wahl hatte. Man wurde dazu gezwungen, oder Sie schlugen einem den Kopf ab.«

Torge zog das Bild von Nasri wieder zu sich.

»Das ist eine Version der Geschichte. Aber Fadwa Nasri hatte eine ganz andere Version auf Lager. Er sagte, Sie waren schon lange vor der Schlacht um Baghuz ein Mitglied des IS. Es kostete ihn verdammt viel Überwindung, uns das zu erzählen.«

»Der Mann lügt, oder er irrt sich ... Das muss eine Verwechslung sein!«

Torge übernahm das Gespräch wieder.

»Tut er das? Wir haben gestern noch einmal mit Nasri gesprochen, haben ihn sogar gebeten, heute für eine Gegenüberstellung zur Verfügung zu stehen. Aber der Mann hat so eine Scheißangst vor Ihnen, dass er letzte Nacht versucht hat, sich umzubringen.«

Laid fuhr hoch, der Stuhl hinter ihm flog zu Boden, dann schrie er die beiden Kommissare an: »Das ist alles gelogen!«

Auch Torge stand auf und hielt ihm zwei weitere Bilder unter die Nase.

»Tut sich das jemand an, der lügt?«, schrie er zurück.

Das erste Bild zeigte Nasris blutverschmierten Kopf, auf dem zweiten Foto war seine abgetrennte Zunge zu sehen.

Laid stockte der Atem, dann wandte er den Blick ab.

»Los, setzen Sie sich wieder«, forderte ihn Torge auf, und Laid folgte schwankend seinem Befehl.

»Ich will einen Anwalt«, brachte er leise hervor.

Torge wechselte einen kurzen Blick mit Markus, dann antwortete er.

»Sie hatten Ihren Anruf. Oder, Herr Erdmann? Hatte er doch, richtig?«

Markus stimmte betont gelassen zu: »Definitiv, er hat darauf bestanden, seine Frau anzurufen. Keine Ahnung, was die beiden besprochen haben, ich hab kein Wort verstanden. Aber ich hoffe, er hat daran gedacht, ihr zu sagen, dass sie ihm einen Anwalt besorgen soll.«

Laid stand der Mund weit offen, als er begriff, dass er so schnell keinen Anwalt bekommen würde.

»Aber wir sind ja keine Unmenschen«, erklärte Markus. »Wir besorgen Ihnen einen Strafverteidiger, sobald wir hier fertig sind.«

»Ich glaube Ihnen kein Wort mehr«, antwortete Laid verunsichert.

»Können wir weitermachen?«, forderte Torge trocken und fuhr fort: »Es gibt einen Hinweis darauf, dass Sie verwandt sind mit Abdelhamid Abaaoud, dem Mann, der für die islamistische Anschlagserie in Paris am 13. November 2015 verantwortlich war. Hundertdreißig Menschen sind dabei getötet und fast siebenhundert verletzt worden.«

Laid platze vor Wut.

»Haben Sie irgendeine Ahnung, wie viele Araber Abaaoud heißen? Wir sind alle Allahs Kinder, und wenn Sie nur lange genug suchen, werden Sie zu jedem Araber irgendeine Verbindung finden. Das ist doch Wahnsinn. Und Abdelhamid war Marokkaner ... Ich bin Syrer!«

Schweißtropfen hatten sich auf Laids Stirn gebildet, und auch an seinen Achseln zeichneten sich dunkle Flecken ab, die langsam größer wurden.

Torge blickte zu Markus und legte ihm eine Hand auf den Unterarm, um zu verhindern, dass er antwortete.

»Vielleicht hat er recht? Ich meine, wie ich schon am Anfang gesagt habe, auch wir machen Fehler. Oder, Markus?«

Markus reagierte nicht, sondern fixierte Laid, als könne er dadurch in seinem Gesicht die Wahrheit lesen.

»Aber ein Punkt wäre da noch, den Sie uns erklären müssen.«

Laid wischte sich über die Stirn und vermied es, die beiden Beamten anzusehen. Er schien jede Hoffnung verloren zu haben, dass man ihn wieder gehen lassen würde.

»Am Montag, dem 12. September, also am Tag des Anschlags, besuchte der Attentäter Punkt sieben Uhr die Orhan-Moschee. Er wurde dabei observiert, nur leider haben die beiden Fahnder ihn nicht mehr aus der Moschee kommen sehen. Und jetzt raten Sie mal, wen sie stattdessen gesehen haben?«

Torge ließ die Frage im Raum stehen und sah zu, wie Laid sich wand.

»Ich besuche diese Moschee, seit ich hier arbeite, seit ich hier lebe. Es ist meine Moschee«, rechtfertigte er sich. »Fragen Sie nach, fragen Sie den Imam, ich bin regelmäßig dort.«

»Regelmäßig um sieben Uhr?«, drängte Markus ihn.

Laid hob den Kopf. Seine Stimme klang verzweifelt.

»Ich weiß es nicht genau, vielleicht später, vielleicht früher. Fragen Sie den Imam.«

»Das haben wir getan, Herr Abaaoud. Imam Ahmad Idriz bestätigte uns, dass Sie regelmäßig um 7:15 Uhr in die Moschee kommen und sie fünfzehn Minuten später nach dem Morgengebet wieder verlassen. Um Viertel vor acht treffen Sie dann in der Regel in Ihrer Praxis ein, die um acht Uhr öffnet«, erklärte ihm Markus sachlich.

»Aber dann verstehe ich nicht, was Sie von mir wollen.«

Torge übernahm wieder das Wort.

»An diesem Morgen waren Sie fünfzehn Minuten früher in der Moschee.«

»Fünfzehn Minuten früher?«, wiederholte Laid und riss die Augen dabei weit auf. »Bin ich deshalb hier? Wegen fünfzehn Minuten, die ich früher als sonst zum Gebet in die Moschee kam?«

»Fünfzehn Minuten, in denen Sie mit dem Attentäter ganz allein in der Moschee waren. Der Imam hatte die Moschee um 6:30 Uhr verlassen und kehrte erst um 7:30 Uhr wieder zurück.«

Laid hatte jegliche Kraft verloren, weiter auf die Anschuldigungen einzugehen. Entmutigt senkte er den Kopf.

Markus tippte unter dem Tisch Torge mit dem Knie an und gab ihm zu verstehen, dass sie eine Pause machen sollten. Laid Abaaoud tat ihm leid, und inzwischen hatte auch er Zweifel an seiner Mittäterschaft.

Torge hingegen ließ sich nicht beirren. Für ihn stand zweifelsfrei fest, dass Laid einer der Drahtzieher des Anschlags war. Zornig bäumte er sich auf und beugte sich nach vorne, ganz nah an Laids Gesicht, der sich abwandte und auf den Boden blickte.

»Herr Abaaoud, wir glauben, dass Sie den Attentäter Safaa Al Aifuri kannten und ihn am Morgen des 12. September in der Orhan-Moschee trafen, um den Anschlag vorzubereiten, bei dem über dreihundert unschuldige Menschen kaltblütig ermordet wurden. Das jüngste Opfer war zwei Monate alt, die Mutter überlebte, verlor aber bei dem Anschlag nicht nur ihr Baby, sondern auch ihren Mann. Und ich werde nicht eher ruhen, bis ich ihre Mörder zur Strecke gebracht habe!«

Antonia hatte genug gesehen. Ihre Kehle war trocken und ihre Hände eiskalt, sie fühlte sich leer und hilflos. Sie stand auf und ging zur Tür.

»Sie verlassen uns schon?«, wollte Miriam wissen.

»Ich habe noch einen Termin«, log Antonia. »Richten Sie Herrn Prager aus, dass ich ihn anrufe.«

»Er hat Ihre Nummer, nehme ich an?«, fragte die Beamtin nach, und Antonia kam nicht umhin, einen gewissen Sarkasmus in ihrer Stimme wahrzunehmen. Aber vielleicht bildete sie sich das auch nur ein.

»Hat er.« Mehr sagte sie nicht, dann verließ sie den stickigen Raum und schloss die Tür hinter sich.

Kurze Zeit später war Antonia mit ihrem Auto unterwegs in die Stadtmitte. Auf der Lindwurmstraße kam sie an eine Straßensperre, an der schwer bewaffnete Polizisten mit Maschinenpistolen im Schatten eines gepanzerten Kampffahrzeugs standen. War das wirklich ihre Stadt? Die Szenerie ähnelte so sehr Nachrichtenbildern aus Krisengebieten in aller Welt, dass ihr allein der Anblick Angst machte. Fahrig hielt sie dem Mann mit der kugelsicheren Weste ihren Ausweis entgegen, der ihn prüfte und sie schließlich durchwinkte.

Von hier aus waren es nur noch wenige Minuten bis zu ihrer Dienststelle. Sie musste jetzt eine Entscheidung treffen und tat es schließlich auch. Ihr Mini kam mitten auf der leeren Fahrbahn zum Stillstand, dann schaltete sie die Ruferkennung aus und wählte eine Nummer, von der sie gedacht hatte, dass sie niemals persönlich mit der Institution dahinter in Kontakt treten würde. Ihr Puls ging schneller, als sich am anderen Ende der Leitung eine Stimme meldete: »Bayerischer Flüchtlingsrat, Simone Köster.«

»Hören Sie«, sagte Antonia nervös. »Ich rufe Sie an, weil ein syrischer Flüchtling mit befristeter Aufenthaltsgenehmigung in Deutschland dringend Ihre Hilfe benötigt.«

»Wie ist Ihr Name, wenn ich fragen darf?«, wollte die Frau wissen.

»Das spielt keine Rolle. Der Mann, von dem ich spreche, braucht einen Anwalt, und zwar dringend.«

»Wenn Sie wüssten, wie viele solche Anfragen wir im Augenblick bekommen. Wir sind vollkommen überlastet seit diesem furchtbaren Anschlag. Sie können von Glück reden, dass Sie mich überhaupt erreicht haben.«

»Der Mann ist aber nicht irgendjemand. Sein Name ist Laid Abaaoud, und ihm wird vorgeworfen, der Drahtzieher hinter dem Münchner Anschlag zu sein.«

Simone Köster verschlug es für einen Moment die Sprache.

»Schreiben Sie sich den Namen auf«, fuhr Antonia fort. »Laid Abaaoud. Noch befindet er sich in der Zentrale des LKA am Marsplatz, wird aber vermutlich in der nächsten halben Stunde einem Haftrichter vorgeführt.«

»Sie scheinen ja gut informiert zu sein. Warum wollen Sie dem Mann helfen?«

Antonia entschloss sich, die Wahrheit zu sagen.

»Weil ich fest davon überzeugt bin, dass Laid Abaaoud unschuldig ist.«

Dann kappte sie die Leitung und legte nachdenklich die Stirn auf das Lenkrad. Sollte der Anruf jemals zu ihr zurückverfolgt werden, konnte sie das ihren Job kosten.

TAG 8

Montag, 19. September 2022
14:00 Uhr – 19:00 Uhr

Oberstaatsanwältin Dr. Oster legte das gemeinsame Dossier eines ausländischen Geheimdienstes und der OPCW, der Organisation für das Verbot chemischer Waffen, zur Seite. Es war aus Den Haag gekommen, und der Inhalt war mehr als besorgniserregend. Kam jetzt die Quittung dafür, dass ihre Generation seit Jahrzehnten ein fast unbeschwertes, sorgenfreies Dasein führen durfte? Wie konnten sie nur alle gedacht haben, das würde bis in alle Ewigkeit so weitergehen? Bald würde ihr drittes Enkelkind auf die Welt kommen. Die Festredner hatten bei der Taufe der ersten beiden Enkel den Eltern und ihrem Nachwuchs eine glückliche und gesunde Zukunft gewünscht. Damals war es im Grunde nur eine Floskel gewesen. Aber bei der nächsten Taufe würden diese Wünsche von einer Welle aus Sorgen und Angst getragen werden.

Kreuzer meldete sich über die Gegensprechanlage und riss Oster aus ihren Gedanken.

»Erster Kriminalhauptkommissar Prager wäre jetzt in der Leitung.«

»Stellen Sie ihn durch.«

Dr. Oster hatte kurz damit gehadert, Prager mit der neuen Information zu belasten, da sie ihm bei seinen Ermittlungen nicht weiterhelfen konnte. Sie würde höchstens den Druck auf seine Arbeit nochmals deutlich erhöhen. Aber absolute Transparenz war eines ihrer Dogmen, und Prager musste das aushalten können.

»Prager am Apparat«, hörte sie seine vertraute Stimme.

»Hallo, Herr Prager«, antwortete sie und beschloss, sich zur Einstimmung erst auf den neuesten Stand bringen zu lassen.

»Wie lief das Verhör des Hauptverdächtigen?«

»Enttäuschend. Es brachte keine neuen Erkenntnisse. Der Haftrichter hat inzwischen Untersuchungshaft angeordnet.«

»Sie wissen, dass Ihre Anklage auf sehr wackeligen Beinen steht?«

»Und deshalb das Telefonat?«

Frederike Oster erlaubte es sich, ein wenig zu schmunzeln. Prager konnte man nur schwer etwas vormachen, und das war gut so.

»Ich habe von Interpol ein streng geheimes Dossier zum Fall Nowitschok erhalten, dessen Inhalt ich Ihnen nicht vorenthalten möchte.«

»Ich höre.«

»Seit die Labore bestätigt haben, dass bei dem Anschlag das Nervengift Nowitschok zum Einsatz kam, interessiert die Geheimdienste dieser Welt vor allem, wer das Gift herstellt und wie viel davon existiert. Nach dem Anschlag im März 2018 mit Nowitschok auf den russischen Überläufer Sergei Skripal und seine Tochter in England erstellte die OPCW ein Dossier, in dem auch die geheime Strukturformel des Nervengifts enthalten war. Ein gewisser Patrick Peterlik, zu diesem Zeitpunkt Generalsekretär des österreichischen Außenministeriums, forderte im Oktober 2018 das Dossier an, um es an den österreichischen Geheimdienst weiterzugeben. Und da passierte etwas sehr Skurriles. Sagt Ihnen der Name Jan Marsalek etwas?«

Prager musste nicht lange nachdenken.

»Der ehemalige Vorsitzende von Wirecard, der wegen Bilanzfälschung in Höhe von knapp zwei Milliarden auf der Flucht ist? Was hat der mit Nowitschok zu tun?«

»Laut *Financial Times* hat Marsalek 2018 in London mit diesem Dossier Investoren wieder auf Kurs bringen wollen, die zuvor den Aktienkurs von Wirecard unter Druck gesetzt hatten.«

Torge konnte kaum glauben, was er da hörte.

»Wie? Hat er Ihnen gedroht, sie zu vergiften?«

»Herr Prager, bitte. Ich glaube nicht, dass er es so direkt ausgedrückt hat. Die *Financial Times* umschrieb es mit den Worten, ›er habe sie beeindrucken wollen‹. Wie auch immer, damals dachte man wohl, dass Marsalek nur geblufft hätte. Aber im Zuge seiner Flucht 2020 ermittelte auch das österreichische Bundesamt zur Korruptionsbekämpfung und kam zu dem Ergebnis, dass es im österreichischen Geheimdienst eine undichte Stelle gab und die Unterlagen tatsächlich an Marsalek weitergegeben wurden. Infolge dieser Ermittlungen wurde auch Patrick Peterlik von all seinen Aufgaben entbunden. Die Presse nannte es den ›Nowitschok-Leak‹. Nun, wie es zur Weitergabe des Dossiers kam, ist letztendlich für uns unerheblich. Das ist Aufgabe der Staatsanwaltschaft in Wien.

Kommen wir zu dem Punkt, der uns wirklich Sorgen machen sollte: Unsere Freunde vom israelischen Geheimdienst sind in den Besitz von Dokumenten gekommen, die belegen sollen, dass Marsalek auf seiner Flucht vor den Behörden das Nowitschok-Dossier an schiitische Islamisten im Iran verkauft hat.

Der Mossad hat eine Zahlungsanweisung von achtzigtausend Euro aus dem Iran aufspüren können, die das untermauern soll. Das Geld landete hier in München bei dem Vermieter der Wohnung, in der damals Marsaleks Freundin lebte. Zu dem Zeitpunkt hatte Marsalek aber nach großer Wahrscheinlichkeit bereits Unterschlupf beim militärischen Geheimdienst in Moskau gefunden. Da die Überweisung aus dem Iran aber in Marsaleks Namen geschah, gehen die Israelis davon aus, dass er im Iran über ein Guthaben verfügt, auf das er frei zugreifen kann. Oder anders gesagt, Nowitschok wird vermutlich seit geraumer Zeit im Iran produziert.«

Oster beendete ihre Ausführungen, um Prager die Möglichkeit zu geben, die Informationen zu verarbeiten. Sie konnte förmlich sehen, wie ihr leitender Ermittler ungläubig den Kopf schüttelte.

»Das ist das Verrückteste und Unglaubwürdigste, was ich je gehört habe«, fasste er sachlich und ruhig zusammen.

»Sie kennen den Spruch, die unglaubwürdigsten Geschichten schreibt immer die Realität?«, entgegnete Oster, um keinen Zweifel aufkommen zu lassen, dass jeder Punkt der Geschichte der Wahrheit entsprach.

»Und was bedeutet das jetzt für uns?«

»Der Mossad geht fest davon aus, dass es im Iran eine Chemiefabrik gibt, die Nowitschok im großen Stil produziert und damit IS-Terroristen beliefert hat. Und das wiederum bedeutet, dass mit großer Wahrscheinlichkeit mehr von dem Nervengift in Deutschland lagert, als bei dem ersten Anschlag freigesetzt wurde. Oder anders gesagt: Es geht nicht nur darum, die Hintermänner des Anschlags zu finden. Es geht vor allem darum, einen weiteren Anschlag zu verhindern.«

»Wie soll uns das gelingen, wenn immer mehr von diesem Dreck hergestellt und wahrscheinlich in die ganze Welt exportiert wird?« Torges Stimme hatte einen verzweifelten Ton angenommen.

Frederike Oster atmete tief durch und dachte an das brisante Meeting von CIA, MAD, MI 6 und Mossad, über das man sie unterrichtet hatte.

»Kümmern Sie sich um die Terrorzelle, und ich versichere Ihnen: Um die Quelle, aus der das Nervengift stammt, kümmern sich andere.«

* * *

Torge steckte das Handy in seine Hosentasche und blickte durch die Windschutzscheibe des SUV hinaus auf die nur spärlich befahrene Hauptstraße. Markus saß neben ihm am Steuer. Er hatte das Gespräch mitgehört.

»Was meinte sie mit ›kümmern sich andere‹?«, fragte er, ohne den Blick von der Straße zu nehmen.

»Keine Ahnung. Viel interessanter ist, dass sie überhaupt eine Andeutung gemacht hat. Einer Frau wie Oster rutscht nichts raus. Verstehst du, was ich meine?«

Markus reagierte mit einem Schulterzucken und lenkte den Wagen in eine Seitenstraße.

»Ist ja auch scheißegal«, ergänzte Torge. »Was immer die vorhaben, spielt am Ende für uns gar keine Rolle.«

Markus schwieg dazu.

»Aber die Sache mit den unterirdischen Krankenhausgängen stinkt doch zum Himmel, oder?«, wechselte Torge das Thema.

»Eine Hundestaffel sieht sich das noch mal an, mehr gibt's da im Augenblick nicht zu sagen.«

»Du bist nicht so der gesprächige Typ, oder?«

Markus blickte ihn kurz aus den Augenwinkeln an.

»Eigentlich rede ich wie ein Wasserfall, nur nicht am Steuer«, antwortete Markus trocken und brachte Torge damit zum Lachen.

»Was ist mit deiner Tochter, wie heißt sie noch gleich?«

»Kornelia. Es geht ihr gut, aber die ganze Sache hat ihr ziemlich zugesetzt. Ich zahl ihr eine Studentenwohnung, kostet mich siebenhundert Euro im Monat.«

»Nicht schlecht. Hast du ihr ein Penthouse gegönnt oder so was?«

»Das ist München, Torge. Für siebenhundert Euro kriegst du hier gerade mal eine Einzimmerwohnung mit vielleicht zwanzig Quadratmetern. Na, jedenfalls steht das Teil jetzt leer, weil sie vor lauter Angst zu einer Freundin gezogen ist.«

»Warum lebt sie nicht bei dir?«

»Das würdest du nicht fragen, wenn du eine zwanzigjährige Tochter hättest.«

»Was ist mit deiner Frau?«

»Hat das was mit deinem Beruf zu tun, dass du so viele Fragen stellst?«, antwortete er, aber Torge ging nicht darauf ein.

»Na, sag schon.«

»Meine erste Frau ist ein Jahr nach unserer Hochzeit mit einem Schausteller durchgebrannt.«

»Echt jetzt?«

»Kein Witz, einem Trapezkünstler. Hab dann irgendwann erfahren, dass die Beziehung nicht lange gehalten hat, weil er sich bei einer Vorstellung das Genick gebrochen hat.«

»Du verarschst mich!«

Markus grinste schelmisch, statt zu antworten. Daraufhin knuffte ihn Torge mit dem Ellenbogen in die Seite.

»Scheiße, ich hab dir das beinahe abgenommen. Und Frau Nummer zwei?«

»Ist kompliziert.« Markus machte eine längere Pause

»Kornelias Mutter hat mich vor zwei Jahren verlassen, als diese Sache mit dem Turm war.«

»Das Geiseldrama, hab davon gehört.«

Markus legte die Stirn in Falten und kniff die Augen zusammen.

»Ja, wer nicht?«

»War der Medienrummel schuld?«, mutmaßte Torge.

»Nein, eine andere Frau.«

»Du bist fremdgegangen?«

»Nein, sie.«

Damit hatte Torge nicht gerechnet, und obwohl er jetzt Dutzende von Fragen im Kopf hatte, fühlte er, dass es besser war, erst einmal zu schweigen.

»Hey, alles gut«, erklärte Markus. »Wir verstehen uns, sie ist glücklich mit dieser Frau. Ich nehm ihr nur übel, dass sie für ihre Tochter weniger Zeit hat als ich – und das heißt was.«

»Und du?«, setzte Markus an.

»Was meinst du?«

»Zwischen dir und Antonia – was ist das, ich meine, ich merk doch, dass ihr nicht nur Kollegen seid?«

»Ist auch kompliziert.«

Markus warf einen kurzen Blick zu Torge, über dessen Gesicht das Licht der Neonröhren wischte.

»Eigentlich ist ›kompliziert‹ nicht das richtige Wort. Ist mehr so, als wenn dir jemand bei vollem Bewusstsein die Haut abzieht.«

»Ganz schön theatralisch«, kommentierte Markus und steuerte den Dienstwagen in eine Unterführung. Grelle Neonleuchten ersetzten das warme Tageslicht. Torge kniff die Augen zusammen, bis sie nur noch schmale Schlitze waren, dann ließ er geräuschvoll die Luft aus seinen Backen entweichen.

»Also, was soll's, scheiß drauf. Ich erzähl dir den ganzen Mist. Willst du das wirklich hören?«

Markus drehte ihm kurz den Kopf zu.

»Na klar, lass hören.«

Es hätte wohl Dutzende Möglichkeiten gegeben, Antonias und seine Geschichte zu erzählen, aber nur eine, mit der sich die Ursache allen Übels vermitteln ließ.

»Mein Vater ... Wolfgang Prager«, begann Torge andächtig. »Er war kein Akademiker oder so was, hatte keine Kohle. Er war Arbeiter im Thyssen-Stahlwerk in Duisburg. Meine Mutter, Isolde Borchardt, hat er bei der DLRG kennengelernt ...«

»DLRG?«, hakte Markus nach.

»Rettungsschwimmer. Sie waren beide ehrenamtliche Rettungsschwimmer. Sie haben sich wohl schwer verliebt und wollten heiraten, aber die Sache hatte einen Haken. Die Familie meiner Mutter war verdammt reich und war total gegen diese Hochzeit. Du musst wissen, die jüngere Schwester meiner Mutter, Christiane ...«

»Antonias Mutter?«, unterbrach ihn Markus. Torge nickte und fuhr fort:

»... der haben die Borchardts den Mann quasi ausgesucht.«

»Du meinst, die haben der Tochter gesagt, wen sie heiraten soll?«

»Nein, nicht ganz so ... Aber in gewissen Kreisen arrangieren die Eltern, wer wen kennenlernt. Du verstehst, oder? Martin Himmel kam selbst aus einem guten Stall, vielleicht nicht so scheißreich wie die Borchardts, aber akzeptabel – noch dazu traute man ihm eine erfolgreiche Karriere in der Politik zu. So sahen die Kandidaten aus, die sich die Borchardts für ihre Tochter wünschten. Na, jedenfalls war mein Vater das genaue Gegenteil von Himmel, aber das war meiner Mutter egal, sie hatte ihren eigenen Kopf und heiratete heimlich meinen Vater. Für die Borchardts war das ein Schock, was dazu führte, dass sie den Kontakt zur ältesten Tochter abgebrochen haben. Einfach so.«

Torge schnippte mit den Fingern.

»Meine Mutter starb im Februar 2007 an Brustkrebs. Ich war damals achtzehn Jahre alt. Bei der Beerdigung hab ich Martin, meine Tante und meine Großeltern erst kennengelernt. Sie hat nie schlecht von ihnen geredet, kein einziges Mal. Noch im Krankenhaus, kurz vor ihrem Tod, bat sie mich darum, ihnen zu verzeihen. Scheiße.«

Torge holte tief Luft.

»Ich war fertig mit der Welt, hab die Abi-Prüfungen geschmissen, und ich hatte so viel Wut im Bauch – auf alles, verstehst du?«

Markus wusste nicht, wie er darauf reagieren sollte, doch zum Glück setzte Torge seine Erzählung fort.

»Meine Tante Christiane dachte wohl, es wäre eine gute Idee, den verlorenen Neffen über den Sommer nach München zu holen. Weißt du, mein Vater war ein feiner Kerl, aber mit Gefühlen konnte er nicht gut umgehen – und mit einem verzweifelten Halbstarken, der gerade seine Mutter verloren hatte, schon dreimal nicht. Also hielten es wohl alle für eine gute Idee, sogar Martin, keine Ahnung, vielleicht auch nicht. Auf jeden Fall verbrachte ich dann ein paar Wochen in den Sommerferien bei meinen reichen Verwandten in München.«

»Und da hast du Antonia getroffen, deine Cousine.«

»O ja. Meine Cousine!«

Torge lächelte bitter. Er machte eine Pause und strich gedankenverloren über seine Hand. Er konnte immer noch Antonias Haare spüren. Der Dienstwagen verließ die Unterführung, und grelle Lichtstrahlen zwangen die beiden, die Sonnenblenden nach unten zu klappen.

»Sie war sechzehn ... und wir haben uns null verstanden, sie war grauenvoll, jedenfalls am Anfang, aber dann ...«

Die Erinnerungen legten sich Torges Worten wie Hindernisse in den Weg. Schließlich begann er von Neuem.

»Kannst du dir vorstellen, was los war, als die Himmels rausfanden, dass ich und Toni, dass wir ... Weißt du, plötzlich war ich nicht mehr der Sohn von Christianes Schwester, ab da war ich der missratene Sohn von dem Arbeiter aus dem Stahlwerk. Du kannst dir gar nicht vorstellen, was da los war. Aber Toni und ich wollten das durchstehen, wir haben uns geschworen, dass wir uns nicht tyrannisieren lassen. Das klingt jetzt sicher kitschig, aber wir haben uns geschworen, dass wir für immer zusammenbleiben.«

Verunsichert blickte Torge zu Markus.

»Du denkst dir sicher, der spinnt, oder?«

Markus schüttelte betroffen den Kopf.

»Nein, wie kommst du darauf?«

»Toni war für mich ... Keine Ahnung, ich hab so etwas nie wieder erlebt. Ihr ging es ganz genauso, also haben wir uns heimlich geschrieben ... auch telefoniert und so, aber dann brach der Kontakt ab. Cut – das war's.«

»Das war's?«

»Ich hab sie nur noch ein einziges Mal gesehen. Es war scheißkalt, Winter ... irgendwo, verdammt viel Schnee. Sie saß in einem Wagen, am Steuer so ein Arsch, einer ihrer Freunde. Ich war verzweifelt. Sie hatte die Scheibe an ihrer Seite nur einen Spalt runtergemacht, wir haben uns angeschrien ... dann sind sie davongefahren. Danach habe ich sie nie wieder gesehen.«

»Hast du nicht mehr versucht, sie anzurufen oder so?«

»Doch, aber es war sinnlos. Hab sogar versucht, sie erneut zu treffen, aber Martin hat eine Kontaktsperre erwirkt. Von da an hätte jeder weitere Versuch ernste Konsequenzen gehabt.«

»Du hast sie gestalkt?««

»Ein hässliches Wort – ich hab sie geliebt!«

»Und dann?«

»Dann habe ich es aufgegeben. Hätte mich sonst um den Verstand gebracht.«

»Und jetzt?«, fragte Markus.

Torge schüttelte den Kopf und hob abwehrend eine Hand.

»Ich hab keine Ahnung.«

Torge musste wieder an den Kuss denken.

Markus fuhr mit seinem Daumennagel klickend über den Schlitz zwischen seinen Schneidezähnen.

»Eine Bekannte von mir, sie ist Türkin, hat ihren Cousin geheiratet. Das war für die Familie was ganz Besonderes, weißt du? Die Braut nennt man dann *Bint ʿamm*, was so viel bedeutet wie *Tochter des Vaterbruders*. Eine Bint-ʿamm-Hochzeit gibt es auch bei den Juden oder bei den Kurden.«

Torge legte die Stirn in Falten.

»Antonia ist aber keine Kurdin, sondern verdammte Christin, und die nennen so was ein Ehehindernis. *EHEHINDERNIS*. Rein gesetzlich gäbe es gar keine Probleme. Aber das alleine ist es nicht gewesen – und eigentlich hab ich eine Scheißangst davor, dass sie mir irgendwann die Wahrheit darüber erzählt, was damals passiert ist.«

Markus fuhr in die Einfahrt des Kriminaltechnischen Instituts des Bayrischen Landeskriminalamts und parkte den dunkelblauen SUV auf dem Besucherparkplatz.

Ein Großteil der Mitarbeiter des Instituts bestand aus Wissenschaftlern unterschiedlichster Fachrichtungen und Laborkräften. Eine erst kürzlich gegründete Abteilung befasste sich ausschließlich mit der softwaregestützten Auswertung von Bild- und Videodateien. Die Leiterin der Abteilung, Dr. Zhu Qiang, hatte sie gegen Mittag kontaktiert und dringend um ein persönliches Treffen gebeten.

Ein Laborant mit weißem Kittel und hoher Stirn brachte Torge und Markus in einen fensterlosen Raum, dessen Wände mit dunkelgrauen Akustikplatten verkleidet waren. Deren Oberflächen sahen aus wie eng aneinanderliegende kleine Pyramiden. Das Ambiente erinnerte Torge an die Regie eines Tonstudios. Hatten Markus' lederne Absätze auf dem Gang noch laut klackende Geräusche abgegeben, waren sie trotz des Parkettbodens in diesem Raum kaum noch zu hören gewesen. Im Zentrum des Raums befand sich eine beeindruckende Workstation mit mehreren großen Monitoren und Controllern.

»Frau Dr. Qiang wird jeden Augenblick kommen. Darf ich Ihnen etwas zu trinken anbieten?«, fragte der Laborant und zeigte auf eine Auswahl an Erfrischungsgetränken und silberne Thermoskannen, die zusammen mit Tassen und Gläsern auf einem Beistelltisch standen.

Torge ließ sich in einen der runden Sessel sinken.

»Zu Kaffee sag ich nicht Nein. Schwarz, ohne Zucker.« Markus ging zum Beistellwagen und griff nach einer der Flaschen.

»Ich nehm mir ein stilles Wasser, wenn ich darf.«

»Selbstverständlich«, antwortete der Laborant und schenkte Torge vorsichtig eine Tasse Kaffee ein.

»Was ist das hier?«, fragte Torge.

Der Laborant setzte die Kanne ab, dann reichte er Torge behutsam die volle Tasse.

»Das hier? Das ist eines unserer Videolabore.«

Torge schmunzelte.

»Deshalb der weiße Kittel?«

»Nein, nein, ich bin aus einer anderen Abteilung. Aber heute ist kaum jemand im Haus wegen der Zeremonie.«

In diesem Augenblick ging die Tür auf, und eine hochgewachsene, asiatisch aussehende Frau mit kurzen schwarzen Haaren betrat den Raum. Ihre Hornbrille war im unteren Drittel wegen der FFP2-Maske, die sie trug, angelaufen.

»Es tut mir leid, dass Sie warten mussten. Ich bin Dr. Qiang.«

»Mein Name ist Erdmann, und das hier ist mein Kollege Erster Kriminalhauptkommissar Prager, wir sind von der Kriminalpolizei.«

Markus streckte der Wissenschaftlerin die Hand entgegen, die daraufhin abwehrend beide Hände hob. Ihre Augen ließen erkennen, dass sie gezwungen lächelte.

»Sie verstehen sicher? Ich möchte unsere Zusammenkunft deshalb auch kurz und knapp halten, was angesichts der aktuellen Lage und der Last, die Sie auf Ihren Schultern tragen, auch sicher in Ihrem Sinne ist.«

Torge und Markus warfen sich nur kurz einen Blick zu, dann nickten beide. Torge fügte hinzu: »Von uns aus kann's losgehen.«

»Herr Dräger, vielen Dank für Ihre Hilfe, aber ich denke, wir kommen jetzt ohne Sie zurecht.«

Ohne ein weiteres Wort verließ der Laborant den Raum, und Torge wurde das Gefühl nicht los, als wäre er erleichtert darüber gewesen.

Dr. Qiang nahm auf einem ledernen Drehstuhl an der Workstation Platz und loggte sich in eine Datenbank ein.

»Wir haben mittlerweile vom 12. September 6483 Aufnahmen von städtischen und privaten Überwachungskameras aus ganz München erhalten, dazu 14 112 Videodateien von privaten Smartphone-Aufzeichnungen, nachdem die Polizei die Öffentlichkeit um ihre Mithilfe gebeten hatte.«

In Torges Ohren klang das wie ein versteckter Vorwurf.

Noch während im Hintergrund ein Programm startete, drehte sich Dr. Qiang auf dem Bürostuhl zu ihren Gästen.

»Bislang haben wir uns nur mit der Analyse der Aufzeichnungen der Verkehrsbetriebe befasst und konnten leider auch nur ein Drittel dieser Aufzeichnungen sichten.«

Torge war irritiert.

»Leider? Was soll das heißen?«

Theatralisch legte sie die Handflächen aufeinander und hielt die Fingerspitzen an ihr Kinn, fast so, als würde sie beten.

»Es gibt knapp zweihundertfünfzig U-Bahn- und S-Bahn-Stationen in München. Diese sind im Durchschnitt mit je acht Kameras ausgestattet. Dazu kommen Kameras in den Zügen selbst, mit circa zweitausend Zugfahrten an einem einzigen Tag. Bei einem Überwachungszeitraum von etwa zwölf Stunden ergibt das eine Datenmenge von ungefähr dreißigtausend Stunden Filmmaterial. Hätte ich hundert Mitarbeiter und würden diese jeden Tag rund um die Uhr nur diese Videos ansehen, wären sie damit in zwölfeinhalb Tagen fertig. DAS heißt leider!«

Torge stellte klappernd die Kaffeetasse auf den Beistelltisch.

»Haben Sie hier nicht irgendwelche Software, die Ihnen diese Analysen abnimmt?«

»Ja, haben wir. Aber auch die kann nicht zaubern und verlangt eine manuelle Kontrolle. Dazu kommen verfassungsrelevante Einschränkungen, über die ich jetzt nicht ins Detail gehen will.«

Bevor Torge seinem Unmut freien Lauf lassen konnte, hakte Markus mit besonnener Stimme ein.

»Frau Dr. Kingang.«

»Qiang«, korrigierte sie ihn.

»Frau Dr. Qiang, bitte verstehen Sie uns nicht falsch. Glauben Sie mir, wir wissen, was Sie und Ihr Team hier leisten. Aber wir stehen unter enormem Zeitdruck, weil wir ... weil ...«

Markus stockte, unsicher, inwieweit er Erkenntnisse aus den Ermittlungen preisgeben durfte.

»Was mein Kollege sagen will, ist, dass diese Scheißkerle noch immer auf freiem Fuß sind und vielleicht bereits den nächsten Anschlag vorbereiten. Also kommen Sie doch einfach zur Sache, und zeigen Sie uns, was Sie haben!«

Frau Dr. Qiang senkte die Hände und sah Torge aufmerksam an.

»Scheißkerle! Gefällt mir, wie Sie das auf den Punkt bringen.«

Wenige Minuten später war das leicht unscharfe Bild eines U-Bahn-Zugangs auf dem Monitor zu sehen. Torge und Markus saßen nun direkt hinter Dr. Qiang und blickten ihr aufmerksam über die Schulter.

Die Aufnahme der Überwachungskamera zeigte einen stattlichen Mann mit Anzug, der soeben die Rolltreppe hinabeilte, bis ihm ein Rollstuhlfahrer den Weg versperrte.

»Das hier ist Innenminister Himmel auf dem Weg zur U6, um genau 7:45 Uhr. Wie Sie hier sehen können, versperrt ihm ein Rollstuhlfahrer den Weg. Kurz darauf betätigt oben an der Rolltreppe jemand den Nothalt. So was kommt vor, vielleicht ein Streich von Jugendlichen? Aus diesem Grund verpasst Himmel die U-Bahn um 7:48 Uhr und nimmt stattdessen die nächste U-Bahn um 7:58 Uhr. Gleich kommt aber der Punkt, an dem wir angefangen haben, uns Gedanken zu machen über die Abfolge ungewöhnlicher Zufälle.«

Die Aufnahme wechselte zu einer anderen U-Bahn-Station und zeigt einen jungen Araber, der mit einem Kanister neben sich auf einer Bank saß und wartete.

»Das hier ist Ihr Attentäter, Safaa Al Aifuri. Er ist zum selben Zeitpunkt vier Stationen entfernt von Minister Himmel und lässt die U-Bahn weiterfahren, die der Minister soeben verpasst hat. Und jetzt – sehen Sie? –, exakt zehn Minuten später, steht er auf und steigt in genau die U-Bahn, in der zum selben Zeitpunkt der Minister fuhr.«

»Vielleicht ein Zufall?«, gab Markus zu bedenken.

»Warten Sie: Hier wieder die U-Bahn-Station, an der Herr Himmel zugestiegen ist. Und sehen Sie, was hier verlassen am Ende des Bahnsteigs steht?«

Torge kniff die Augen zusammen, in der Hoffnung, die vergrößerte und unscharfe Aufnahme besser erkennen zu können.

»Was ist das? Ein Rollstuhl?«

»Ganz genau. Aber nicht irgendein Rollstuhl. Es ist exakt der Rollstuhl, der den Innenminister davon abgehalten hat, den Zug um 7:48 Uhr zu erreichen – nur ohne seinen Besitzer.«

Die Aufzeichnung lief jetzt rückwärts, und man konnte deutlich sehen, wie ein Mann aus dem U-Bahn-Schacht kam und sich in den Rollstuhl setzte.

»Er kam aus dem U-Bahn-Schacht?«, fragte Markus.

Dr. Qiang schüttelte den Kopf und spielte die Aufnahme wieder vorwärts ab.

»Nein, er verschwand in den U-Bahn-Schacht – und zwar kurz nachdem der Innenminister seine U-Bahn verpasst hatte. Aber das ist noch nicht alles: Zum Zeitpunkt des Attentats stand die U 6 in einem Streckenabschnitt zwischen zwei Stationen, weil sich an der U-Bahn-Station Universität ein Unfall mit der vorausfahrenden U 3 ereignet hatte, der die U 6 mit dem Attentäter zum Anhalten zwang. Eine Frau war dort auf die Gleise gefallen und von der U 3 überfahren worden. Wie gesagt, nur deshalb musste die U 6 mitten im Streckenabschnitt stehen bleiben.«

Wieder wechselte die Aufnahme, diesmal zu einer Kamera, die von vorne die einfahrende U-Bahn der Linie 3 an der Universität zeigte. Plötzlich stürzte im Bild eine Person direkt vor der U-Bahn in die Tiefe, und die Aufnahme fror ein.

»Hier eine Aufnahme der U 3 bei der Einfahrt in die Station Universität. Schauen Sie jetzt nicht auf die U-Bahn, sondern achten Sie auf die Frau.«

Bild für Bild bewegte sich die Aufnahme rückwärts. Wie von Geisterhand flog die Frau wieder auf den Bahnsteig – und dann, ganz deutlich, waren zwei Hände zu sehen, die hinter der Frau auftauchten.

»O verdammt, sie wurde gestoßen«, kommentierte Torge die Szene.

»Ganz genau, sie wurde gestoßen. Sie ist nicht versehentlich gefallen. Fügt man diese Puzzleteile zusammen, ergibt sich ganz klar, dass der Anschlag auch dem Innenminister galt. Dass Minister Himmel überraschend die U6 zuvor wieder verließ, schien den Attentätern entgangen zu sein.«

»Weiß der Minister bereits davon?«, fragte Torge.

»Natürlich, ich habe heute Morgen sein Büro davon unterrichtet.«

Markus zeigte auf den Bildschirm.

»Gibt es Bilder von dem Rollstuhlfahrer oder der Person, die die Frau vor die Gleise gestoßen hat?«

»Den Rollstuhlfahrer haben wir. Er war unvorsichtig. Es gibt ein Bild von ihm ohne Maske, wie er ein belegtes Brötchen isst.«

Torge und Markus konnten es kaum glauben. Dr. Qiang präsentierte ihnen eine gestochen scharfe Aufnahme des Mannes, der gerade hungrig in eine Semmel biss. Auffällig war sein breiter Nasenrücken, der an einen Boxer erinnerte.

»Wir konnten ihn bereits identifizieren. Es handelt sich um Kujtim Biba, siebenunddreißig Jahre alt, geboren im Libanon, mit kurdischen Wurzeln. Es wird international nach ihm gefahndet. Dass er sich wieder in Deutschland aufhält, war den Kollegen bisher nicht bekannt.«

»Es muss doch auch ein Video von der Person geben, die die Frau vor den Zug geworfen hat.«

Dr. Qiang schüttelte den Kopf.

»Bislang nicht. Aber wir haben auch noch Stunden von Bildmaterial vor uns.«

Markus drehte sich zu Torge.

»Lebt die Frau noch?«

»Die Frau heißt Hiromi Ogawa, eine japanische Touristin. Kollegen wollten sie befragen, aber nach einer Notoperation bestanden die Angehörigen darauf, sie sofort in ein japanisches Krankenhaus zu überstellen. Inzwischen hat sie das Land verlassen.«

»Fuck«, kommentierte Torge und warf wieder einen Blick auf das Standbild von Kujtim Biba mit seiner Wurstsemmel.

»Mann, ist der Kerl bescheuert! Ich wette, der macht bald wieder einen Fehler, und dann kriegen wir ihn.«

Auf der Rückfahrt in die Zentrale entledigte sich Markus seiner Krawatte. Dann ließ er die Seitenscheibe herunter, bis ihm der kühle Fahrtwind kräftig ins Gesicht blies. Torge telefonierte mit der Analystin Camille Milloz von der Abteilung Terrorismusbekämpfung bei der Staatsanwaltschaft in Karlsruhe, die ihn mit ihrem Team rund um die Uhr unterstützte und für Torge inzwischen unersetzlich geworden war.

»Die Bilder und Informationen zu Kujtim Biba habe ich bereits weitergegeben«, erklärte sie ihm mit ihrem leichten französischen Akzent. »Aber was ich Ihnen jetzt schon sagen kann: Der Mann galt bisher nicht als Mitglied einer extremistischen Vereinigung, sondern wurde im Umfeld der Clankriminalität in Bremen strafrechtlich auffällig.«

»Miri-Clan?«, warf Torge ein.

»Mit großer Wahrscheinlichkeit. 2016 hat er sich seiner Verhaftung widersetzt und dabei einen SEK-Beamten erschossen. Danach ist er untergetaucht.«

»Und es gibt keinen Querverweis zu irgendwelchen islamistischen Gruppierungen?«

»Nicht auf seine Person bezogen, aber der Verfassungsschutz untersucht seit 2021, ob es Verbindungen von kriminellen Angehörigen arabischstämmiger Großfamilien zu Mitgliedern der islamistischen Szene gibt. Ich habe eine offizielle Anfrage an den zuständigen Ausschuss des Abgeordnetenhauses Berlin gefunden, da geht es um mögliche Verbindungen zwischen Clans und der libanesischen Schiitenmiliz Hisbollah. Michael Fischer, der Leiter des Verfassungsschutzes Berlin, wies das aber bislang zurück.«

Torge überlegte.

»Klar, der kann ja schlecht öffentlich irgendwelche Vermutungen anstellen, bevor er eindeutige Beweise hat. Aber irgendwas muss dran sein, wenn es dazu sogar einen Ausschuss gibt, oder?«

»Es wäre zumindest denkbar, ja, absolut«, stimmte Camille ihm zu.

»Sie geben auf jeden Fall weiter, dass wir davon ausgehen, dass dieser Biba mit großer Wahrscheinlichkeit Teil der Münchner Terrorzelle ist. Ich will, dass nicht nur unsere Jungs nach dem Kerl suchen. Ich will, dass sein Bild auf jedem Sender zu sehen ist und jedes Schmierblatt es auf der Titelseite bringt. Der Kerl ist im Augenblick das Beste, was wir haben. Wir brauchen jetzt Druck im Kessel.«

»In Ordnung, ich gebe es so an die Pressestelle weiter. Aber die werden Sie ganz sicher dazu nochmals sprechen wollen.«

»Sollen sie, aber schnell bitte, sonst geb ich das Foto persönlich an die *BILD* weiter.«

Markus zeigte ihm an, Schluss zu machen. Ein weiterer Anruf kam rein, und auf dem Display erschien Antonias Name.

»Ich muss jetzt aufhören. Sie melden sich wieder, wenn Sie was Neues für mich haben.« Schon hatte Torge die Leitung getrennt und wartete darauf, dass Markus den Anruf von Antonia entgegennahm.

»Bist du da?«, fragte er Torge stirnrunzelnd.

»Na klar bin ich da, wo soll ich denn sonst sein?«

Markus tippte auf einen Knopf an seinem Lenkrad und nahm das Gespräch an.

»Hi, Antonia, wie kann ich helfen?«

»Stimmt es, dass der Anschlag meinem Vater galt?«, fiel sie mit der Tür ins Haus.

Markus zögerte und sah kurz Torge an, der ihm zunickte.

»Ja, das ist korrekt«, antwortete er. »Aber woher weißt du das denn jetzt schon wieder?«

»Er rief mich an, nachdem der Leiter seines Personenschutzes die Sicherheitsmaßnahmen erhöhen wollte. Du kannst dir vorstellen, dass er darüber nicht besonders erfreut war – und jetzt weigert er sich, die Empfehlungen umzusetzen. Du musst mit ihm reden, auf dich hört er. Er ist so ein Dickkopf.«

In diesem Moment läutete Torges Telefon. Camille Milloz war wieder in der Leitung. Er nahm das Gespräch an und versuchte, ganz leise zu sprechen.

»Ja, was gibt es noch?«

Antonia erkannte offenbar sofort seine Stimme. Sie klang überrascht.

»Sitzt Torge, also Herr Prager, bei dir?«, fragte sie.

»Ja klar, wieso?«

»Nichts ... Nur so ... Versprich mir, dass du mit Martin redest.«

»Ja, versprochen.«

»Ich muss los. Sorry, und danke. Ciao.«

Ein Klick in der Leitung markierte das Ende des Gesprächs.

Auch Torge hatte inzwischen aufgelegt, sagte aber kein Wort, sondern wandte sich seinem Partner langsam zu.

»Hab ich was falsch gemacht?«, wollte Markus wissen.

Torge schüttelte den Kopf, als hätte er soeben ein Gespenst gesehen.

»Was? Sag schon«, forderte Markus.

»In der Zentrale ist ein anonymer Anruf eingegangen. Einer der Attentäter will sich mit mir treffen.«

»Das ist ein Witz, oder?«, argwöhnte Markus.

»Camille Milloz und ihr Team meinen nein. Der Anrufer hat

ein paar Dinge gewusst, die wir noch nicht an die Öffentlichkeit gegeben haben.«

»Mag sein. Aber was, wenn sich der Informant bei dem Treffen in die Luft sprengt? Was, wenn genau das der Plan ist?«

Torge dachte nach.

»Du meinst der zweite Bote?«

Markus nickte, fuhr den SUV rechts ran und schaltete die Warnblinkanlage ein.

»Du bist der Leiter der Ermittlungseinheit, das wäre verantwortungslos«, erklärte er Torge mit Nachdruck.

»Der Anrufer wollte explizit mich treffen. Er kannte sogar meinen Namen. Ohne mich wird es kein Treffen geben.«

Markus schüttelte den Kopf.

»Und? Dann gibt es eben kein Treffen!«

Torge bäumte sich auf.

»Das ist keine Option! Hast du's noch nicht kapiert? Das hier ist mit nichts vergleichbar, was du oder ich je gemacht haben. Markus, wir jagen keine Verbrecher, wir sind im Krieg, und das meine ich genau so, wie ich es sage!«

Ohne auf Markus' Reaktion zu warten, hielt Torge sein Handy hoch und spielte ein Video mit dem amerikanischen Präsidenten George W. Bush ab, das wenige Tage nach der Zerstörung des World Trade Center in New York gemacht worden war.

»Wie werden wir diesen Krieg führen und gewinnen?«, fragte Bush. »Wir werden alle uns zur Verfügung stehenden Mittel einsetzen – alle Mittel der Diplomatie, alle nachrichtendienstlichen Mittel, alle polizeilichen Instrumente, alle Möglichkeiten der finanziellen Einflussnahme und alle erforderlichen Waffen des Krieges, um das Netzwerk des weltweiten Terrors zu zerschlagen und zu besiegen.«

* * *

Torge saß am Fenster in einem kleinen Café im Norden der Stadt. Man hatte ihm eine gelbe Jacke angezogen, damit die Scharfschützen ihn in einer möglichen Konfliktsituation aus der Ferne besser identifizieren konnten. Er gestand sich ein, dass er Angst hatte, höllische Angst. Unter seinem langärmligen Sweatshirt trug er eine kugelsichere Weste. Aber was würde die schon nutzen, wenn sich der Terrorist vor seinen Augen in die Luft sprengte? Ein Polizeihundeführer in Zivil war zuvor unbemerkt in das Café gegangen und hatte nach Sprengstoff gesucht, jedoch ohne Ergebnis.

Eine Stunde war den Spezialeinsatzkräften geblieben, um das außergewöhnliche Treffen vorzubereiten. Eine Stunde, in welcher der Polizeiapparat fast Unmögliches geleistet hatte, um achtundvierzig zivile Einsatzkräfte rund um das Café so zu postieren, dass sie keinen Verdacht erregten. Im Café selbst war es wegen des regen Publikumsverkehrs aber unmöglich, alle Gäste durch Beamte zu ersetzen. Da man nicht wusste, wie die Kontaktperson aussehen würde, musste man das Café notgedrungen für jeden zugänglich machen.

Zeitweise hatte man überlegt, die Anwohner des Viertels zu evakuieren. Eine fingierte Fliegerbombe aus dem Zweiten Weltkrieg hätte man dafür als Vorwand benutzt. Ohne großes Aufsehen zu erregen, wäre das aber innerhalb der Frist nicht möglich gewesen. Stattdessen standen nun im Umkreis von einem Kilometer vierzig Krankenwägen und Feuerwehrlöschzüge in Bereitschaft, und man hatte vier Rettungstransporthubschrauber sowie vier Intensivtransporthubschrauber auf einem nahe gelegenen Flugfeld zusammengezogen. Zusätzlich wurde der Luftraum von acht Airbus-Helikoptern der Polizeihubschrauberstaffel Bayern überwacht, die mit Wärmebildkameras ausgestattet waren. Darüber hinaus wartete im Umkreis von zwei Kilometern eine Hundertschaft der Bereitschaftspolizei darauf, alle Straßen und Fußwege zu blockieren, sobald der Terrorist am Zielort bestätigt wurde.

Markus überwachte und steuerte in einem Kommandowagen mit Kastenaufbau die gesamte Aktion zwei Querstraßen von dem Café entfernt. Gemeinsam mit Nigel Kemper und Atli Olofsson, mit denen er schon während der Turm-Geiselnahmen zusammengearbeitet hatte, saß er vor einer Wand aus technischen Geräten, Bildschirmen und Computern.

»Atli, stehen die Standleitungen zum Innenministerium und zum Polizeipräsidenten?«

Der kleine, untersetzte IT-Spezialist mit den roten Haaren ließ einen Bleistift zwischen seinen Fingern rotieren wie einen Propeller und streckte Markus grinsend einen Daumen entgegen. Nigel, ein blasser, hagerer Kommunikations-Operator, aktivierte soeben die Bildschirme zu den Helmkameras einer versteckten SEK-Einheit, die in zwei zivilen VW-Bussen vor dem Café ausharrte.

»Und die Kameras der Scharfschützen aus dem gegenüberliegenden Haus?«, erkundigte sich Markus.

»Und jetzt!«, kommentierte Nigel die Tastenkombination auf der Konsole, die vor ihm in ein kurzes, abgeschrägtes Pult integriert war. Auf einem weiteren Monitor konnte man nun Torge hinter der Glasscheibe des Cafés sitzen sehen.

»Atli, legen Sie Prager auf die Lautsprecher«, bat Markus.

»Done!«, quittierte er verbal die Ausführung des Befehls.

»Torge, hörst du mich?«, fragte Markus in den engen Raum hinein.

»Klar und deutlich. Wir sind bereits fünf Minuten über der Zeit. Habt ihr irgendjemanden auf dem Schirm, der sich dem Café nähert?«, antwortete Torge.

Atli zeigte auf den vierten Monitor an der Wand.

»Eine Frau mit Kurzhaarschnitt und grüner Handtasche wird jede Sekunde das Café betreten«, erklärte Markus.

Im Café atmete Torge tief durch. Der Ober kam auf ihn zu und stellte eine Flasche Wasser mit zwei Gläsern auf den Tisch, die er zuvor bestellt hatte.

»Bitte schön, darf ich Ihnen noch etwas aus der Kuchentheke bringen?«, wollte er wissen und lächelte ihn an, während sich die Tür des Cafés öffnete und die Frau mit der grünen Handtasche eintrat.

»Nein, wir bleiben bei dem Wasser, danke.«

Der Ober zuckte pikiert mit den Schultern und ging zum Nebentisch, um dort eine Bestellung aufzunehmen. Die Frau mit der Handtasche war stehen geblieben. Torges und ihr Blick trafen sich für einen Moment. Hatte sie gelächelt? Plötzlich öffnete sie hektisch ihre Handtasche. Instinktiv griff Torge nach seiner verdeckten Dienstwaffe, einer SFP 9, die in seinem Schulterholster steckte. Doch bevor er die Waffe gezogen hatte, hielt sich die Frau bereits ein Smartphone ans Ohr, begann zu schimpfen und verließ das Café wieder.

»Etwas nervös heute?«, hörte er eine Stimme ganz nah neben seinem Ohr.

Erschrocken wirbelte Torge herum und blickte zu einem großen Mann auf, der eine schwarze Kandora trug, ein traditionelles arabisches Gewand, das einem weiten Hemd ähnelte, aber bis zum Boden reichte. Der Mann ging um den Tisch herum und nahm Platz. Ein grauer Vollbart und ein rot-weiß kariertes Kopftuch verdeckten den Großteil seines Gesichts.

»Mein Name ist Ahmed al-Bāṭin«, erklärte der Mann auf Englisch mit arabischem Akzent.

»Ist das unser Mann?«, hörte er Markus in seinem Ohr.

Torge nickte unauffällig, aber al-Bāṭin hatte es bemerkt.

»Ich würde es begrüßen, wenn wir keine Zuhörer hätten.«

Torge dachte gar nicht daran, dem Araber irgendetwas zuzugestehen.

»Der gesamte Block ist umstellt. Mehrere Scharfschützen haben Sie im Visier. Nennen Sie mir einen guten Grund, warum wir die Unterhaltung nicht auf dem Revier fortsetzen sollten.«

»Sie kennen die Antwort«, antworte al-Bāṭin ruhig, legte seine linke Faust auf den Tisch und öffnete sie. Ein zylindrischer Körper, nicht größer als ein USB-Stick, kam kurz zum Vorschein, dann schloss er die Faust wieder und schob sie unter den Tisch.

Markus, der jedes Wort mitgehört hatte, reagierte sofort.

»Torge, geh kein Risiko ein. Wahrscheinlich ist es der Auslöser für einen Sprengstoffgürtel, den er trägt.«

In diesem Augenblick bereute Torge, dass er dem Treffen zugestimmt hatte. Unweigerlich warf er einen Blick auf die wenigen Menschen, die sich im Moment in dem Café aufhielten. Eine ältere Frau hinter der Kuchentheke, ein schwules Pärchen an einem Tisch, ein Geschäftsmann, der hektisch und laut telefonierte, und eine stark tätowierte junge Frau, die auf ihrem Schoß einen Chihuahua Sahnecreme von ihrem Finger schlecken ließ. Sie alle würden vermutlich mit ihm in den Tod gerissen werden.

Der Ober kam wieder an ihren Tisch.

»Darf's jetzt noch was sein?«, fragte er fordernd.

Torge schüttelte den Kopf, aber al-Bāṭin gab lächelnd in brüchigem Deutsch eine Bestellung auf.

»Ein Mokka bitte schön.«

»Mokka haben wir nicht, aber einen Espresso kann ich Ihnen anbieten.«

»Danke, gerne«, antwortete al-Bāṭin, und es klang fast so, als hätte er die Worte auswendig gelernt.

Kaum war der Ober gegangen, streckte al-Bāṭin seine rechte Hand über den Tisch. Torge verstand. Sollte der Araber ruhig diesen kleinen Triumph genießen, es würde sein letzter sein. Er griff sich an sein Ohr und zog einen winzigen Stecker heraus, dann legte er ihn al-Bāṭin in die geöffnete Hand.

Der nahm das kostbare Stück Hightech entgegen und versenkte es in seinem Wasserglas, wo es langsam auf den Boden sank.

Torge fiel dabei der goldene Ring mit einem grünen Edelstein am kleinen Finger des Arabers auf. Irgendwo in seinem

Hinterkopf pochte ein stummer Alarm. Er hatte genau denselben Ring schon einmal gesehen, aber er wusste nicht, wo.

Eine auf Englisch gestellte Frage des Arabers riss ihn aus seinen Gedanken.

»Und Ihr Name?«

»Prager. Torge Prager – den sollten Sie sich gut merken.«

»Wieso sollte ich das wohl tun, Herr Prager?«

Weil ich dich und deine Clique bis ans Ende meiner Tage jagen werde! Und darauf kannst du Gift nehmen!

»Was sollen die Spielchen?«, fragte Torge stattdessen. »Warum sind wir hier?«

Der Ober kam zurück und stellte ein kleines silbernes Tablett mit einer Espressotasse und einem Zuckerspender ab.

»Ist das nicht die Frage aller Fragen, Herr Prager? Warum sind wir hier? Aber es ist keine Frage, die ich mir zu stellen erlaube, denn die Antwort darauf kennt nur Allah.«

»Ist es das, worüber Sie sich mit mir unterhalten wollen?«, entgegnete Torge gereizt. Er spürte, wie er von Minute zu Minute seine Geduld verlor. Das schwule Pärchen verließ das Café. Zwei potenzielle Opfer weniger.

»Sind Sie ein gläubiger Mensch, Herr Prager?«

Torge musste daran denken, wie ihn seine Mutter als Kind jeden Sonntag in die Kirche gezerrt hatte. Sie hatte auf ihn hinabgesehen und erklärt: »Der Teufel ist der Vater der Lüge.«

Dann beschloss Torge, auf al-Bāṭins Fragen einzugehen, um zu sehen, wo das Gespräch hinführen würde.

»Ich glaube, nicht. Ich will einfach nur ein normales Leben führen, ohne Götter und Dämonen in meinem Nacken.«

»Und führen Sie so ein Leben?«

»Ich schätze nein. Irgendwie haben mich die Götter und Dämonen eingeholt, sonst würde ich wahrscheinlich nicht hier sitzen.«

Der Araber nippte entspannt an seinem Kaffee. Torge nutzte die Gelegenheit, um eine Gegenfrage zu stellen.

»Und Sie, hatten Sie nie den Wunsch, ein normales Leben zu führen?«

al-Bāṭin stellte sachte seine Tasse zurück auf das silberne Tablett.

»Sie denken, ich würde mich nicht nach einem Leben in Frieden und Liebe sehnen? Sie liegen falsch. Eines Tages, wenn Allah mit mir zufrieden ist, werde ich ein solches Leben führen, bis er mich zu sich ruft – doch bis dahin werde ich sein Schwert sein.«

»Und wenn es nicht so weit kommt? Wenn ihr irdisches Dasein heute und hier endet?«

»Dann treten wir beide unsere letzte Reise gemeinsam an. Nur dass auf mich ein Paradies voller Freuden wartet, an der Seite Allahs. Aber was erwartet Sie, da Sie doch an nichts glauben?«

Torge tat so, als würde er über die Frage nachdenken, und blickte hinaus auf die Straße. Ein Lichtreflex hinter einem der Fenster der gegenüberliegenden Fassade verriet ihm, dass die Scharfschützen nur auf sein vereinbartes Zeichen warteten, um al-Bāṭin zu seinem Gott zu schicken. Er musste bloß einen Schluck aus dem Glas nehmen, das vor ihm stand, dann würde Markus den Schießbefehl geben. Allerdings war es völlig unklar, ob al-Bāṭin in der Sekunde seines Todes nicht doch noch fähig wäre, den Zünder in seiner Hand auszulösen. Die Experten glaubten das nicht, aber es könnte zu einem Lazarus-Effekt kommen. Dieser Effekt – benannt nach der Bibelgeschichte, in der Lazarus von den Toten auferstand – bezeichnete das Phänomen, wenn sich Gliedmaßen oder Finger kurz nach dem Hirntod eines Menschen reflexartig weiter bewegten. Das Risiko war einfach zu groß. Statt aus dem Glas zu trinken, schob Torge es deshalb an den Rand des Tisches, bis es vom Rand kippte und klirrend am Boden zersprang.

Zufrieden nahm Torge zur Kenntnis, dass die Augen des Terroristen bei seiner Aktion zusammengezuckt waren.

»Wir wissen beide, dass das hier und heute nicht endet«, erklärte er herausfordernd.

Der Ober stürzte herbei und hob die Scherben auf.

»Ich bringe gleich ein frisches Glas«, erklärte er dann.

Die beiden Männer schenkten ihm keine Beachtung.

»Warum sind Sie wirklich gekommen?«, wollte Torge wissen.

al-Bāṭin fixierte ihn mit seinem stechenden Blick.

Markus verfolgte gebannt den Fortgang des Gesprächs auf einem der Monitore. Torge war zu weit gegangen; er rechnete jeden Moment mit einer Eskalation.

Langsam griff der Araber mit der rechten Hand in den Stoff seiner Kandora.

Automatisch fuhr Torges Hand dabei zum Griff seiner Pistole im Schulterholster.

al-Bāṭin hielt inne.

»Sie spielen gerne mit dem Feuer.«

»Und Sie mit Gift, wenn ich richtig informiert bin«, antwortete Torge.

Der Ober trug kopfschüttelnd die Scherben fort.

»Keine Sorge, ich will Ihnen nur etwas übergeben«, sagte al-Bāṭin und holte vorsichtig einen verschlossenen braunen Umschlag hervor, den er vor Torge auf den Tisch legte.

»Ich werde jetzt kurz auf die Toilette gehen. In der Zwischenzeit sehen Sie sich an, was ich Ihnen mitgebracht habe. Und dann überlegen Sie, wie weit Sie gehen würden, um die Überbringung der Botschaft Allahs zu verhindern. Wenn ich zurückkomme, bin ich gespannt auf Ihre Entscheidung.«

Ohne ein weiteres Wort zu sagen, stand der Araber auf und folgte einem Schild mit dem Aufdruck *WC*. Fast im selben Moment, als der Mann den Gastraum verließ, läutete Torges Handy in seiner Tasche. Torge überlegte kurz, ob er zuerst den Umschlag öffnen oder abheben sollte. Er entschied sich für das Handy, hob ab, schaltete den Lautsprecher an und legte es auf den Tisch.

Markus war am Apparat. Seine Stimme überschlug sich fast.

»Fass das Ding bloß nicht an. Wenn nur minimale Partikel von Nowitschok auf dem Umschlag sind, bist du ...«

Aber es war zu spät. Torge hatte den Umschlag bereits aufgerissen und entnahm ihm zwei Farbausdrucke, dann erstarrte er.

»Was siehst du?«, fragte Markus.

Statt zu antworten, ließ Torge die Ausdrucke auf den Tisch fallen und zog seine Dienstwaffe. Er reckte sie für alle deutlich sichtbar zusammen mit seiner Dienstmarke in die Luft und schrie um sich.

»POLIZEI! Verlassen Sie auf der Stelle das Gebäude.«

Das Tablett des Obers krachte scheppernd auf den Boden, und die Menschen im Café sahen den Mann mit der Waffe erschrocken an.

»Los, machen Sie, dass Sie rauskommen ... LOS!«

Jetzt erst griff die Panik um sich, und die Menschen rannten verängstigt ins Freie, wo ihnen bereits SEK-Beamte mit Kampfanzügen und Maschinenpistolen entgegenkamen, die sie in Sicherheit brachten.

Ohne auf Verstärkung zu warten, stürmte Torge auf den Gang, wo die WCs lagen. Mit ausgestrecktem Waffenarm öffnete er die Tür zum Herrenklo und lief die Toilettenkabinen ab. Den Gedanken, dass ihn jeden Augenblick eine Explosion in Stücke reißen konnte, hatte er verdrängt. Ein SEK-Beamter stürmte hinter ihm in die Toilette.

Torge sah ihn an und schüttelte den Kopf.

»Herren-WC gesichert. Zielperson nicht gesichtet«, meldete der Beamte seinem Teamleiter.

Torge rannte wieder hinaus auf den Gang. Zwei weitere SEK-Männer standen in der Frauentoilette, zwei durchkämmten die Küche. Überall dasselbe Ergebnis.

»Negativ, negativ. Zielperson nicht hier!«

Torge folgte zwei Beamten, die hinab in den Keller liefen.

Am Ende der Treppe lagen al-Bāṭins schwarzer Umhang, das Kopftuch und ein falscher grauer Bart, aber von ihm selbst fehlte jede Spur.

Markus war inzwischen ebenfalls im Café angekommen, wo es bereits von SEK-Leuten wimmelte. Er ging auf den Tisch zu, auf dem der braune Umschlag und zwei Farbausdrucke lagen. Vorsichtig schob er die Ausdrucke mit einem Kugelschreiber auseinander. Es waren zwei Fotografien, die mit einem starken Teleobjektiv aufgenommen worden waren. Beide Aufnahmen zeigten Antonia, einmal, wie sie aus dem Ministerium kam, und einmal durch eine Fensterscheibe hindurch fotografiert an der Seite ihres Vaters.

* * *

Es war kurz nach fünf, als Sami in Antonias Büro kam. Pia und Carmen waren heute nicht zum Dienst erschienen, und ihr Praktikant Leo war am Samstag mit Vergiftungen ins Krankenhaus eingeliefert worden. Noch immer forderte Nowitschok Opfer; der geringste Hautkontakt mit Spurenelementen an Kleidung oder Gegenständen konnte auch noch Tage nach dem Anschlag zu schweren Vergiftungen führen. Einmalhandschuhe waren deshalb komplett vergriffen.

»Leos Mutter hat mir eine Nachricht geschickt. Es geht ihm nicht gut. Das Schlimmste hat er aber überstanden.«

»Gott sei Dank«, entgegnete Antonia und wandte sich dann wieder ihrem Bildschirm zu. Seit ihrer Rückkehr wartete sie darauf, dass irgendein Portal eine Meldung zu Laid Abaaouds Festnahme brachte.

»Alles in Ordnung?«, fragte Sami besorgt.

Antonia lehnte sich zurück und sah ihn an. Er trug ein schwarzes ausgewaschenes T-Shirt, auf dem *The North Remembers* stand.

»Nein, nichts ist in Ordnung«, antwortete sie.

Verlegen wich Sami ihrem Blick aus.

»Ich geh dann mal.«

Antonia nickte nur und sah ihm nach, bis er die Tür hinter sich schloss. Ein Google-Alert lenkte ihre Aufmerksamkeit wieder auf den Bildschirm.

Endlich. Sie hoffte, dass ihr Insidertipp doch noch Früchte getragen hatte. Die Presse würde sicher auf die Polizei Druck ausüben und das Unrecht anprangern, das man Abaaoud und seiner Frau antat. Sie klickte den Link an, der sie zum Portal des größten deutschen Boulevardblatts führte. In fetten Lettern ploppte eine Schlagzeile auf.

DER TERRORMACHER?

Darunter war ein Bild von Laid in einem Zahnarztkittel zu sehen, über seinen Augen hatte man einen schwarzen Balken angebracht. Klein eingeklinkt in Schwarz-Weiß gab es ein weiteres Bild von Laid, wie man ihn in Handschellen zu einem Polizeiwagen brachte. Sein Name wurde nicht genannt.

Nervös überflog Antonia die Zeilen und blieb erst wieder bei einer Zwischenüberschrift hängen:

WIE VIEL WUSSTE SEINE FRAU?

Darunter das Bild von einer Frau, die einen blauen Niqab, einen Gesichtsschleier, trug.

Da der Artikel nicht mit Angaben zu Laids Person sparte, etwa erklärte, dass *der syrische Flüchtling im Münchner Norden als Zahnarzt* arbeitete, wäre es sicher nicht besonders schwer, die Identität des Ehepaars herauszufinden.

Verzweifelt wählte Antonia Markus' Nummer, der aber nicht abhob. Torge wäre eine weitere Option, aber das würde die Dinge noch komplizierter machen. Also beschloss sie, ein unausgesprochenes Tabu zu brechen, und wählte eine Mobilnummer.

»Martin Himmel«, meldete sich ihr Vater ungehalten.

»Papa, ich bin's. Antonia.«

»Antonia?«, fragte er besorgt. »Geht es dir gut, ist alles in Ordnung?«

Ohne auf seine Frage einzugehen, spulte Antonia die Sätze ab, die sie sich zurechtgelegt hatte.

»Du weißt, ich habe dich beruflich noch nie um etwas gebeten, aber diesmal brauche ich deine Hilfe. Torge und Markus haben einen Verdächtigen in Gewahrsam, der ihrer Meinung nach mit dem Anschlag in Verbindung stehen könnte.«

»Liebes, was soll das? Ich kann mich doch nicht in eine laufende Ermittlung der Generalbundesanwaltschaft einmischen.«

»Das sollst du auch gar nicht. Es geht um die Frau des Verdächtigen. Ihr Name ist Nilufar Abaaoud, und ihr Bild geht in den sozialen Netzwerken gerade viral, weil irgendein quotengieriger Journalist mutmaßt, sie könnte eine Mittäterin sein.«

»Und was kann ich da machen?«

»Papa – die Frau ist in Lebensgefahr!«

»Übertreibst du da nicht?«

»Nein, ich übertreibe nicht, und ich möchte ... Ich bitte dich, dass sie Polizeischutz erhält. Kannst du das machen?«

»Antonia, wieso bist du denn überhaupt in diese Sache involviert? Und woher weißt du von der Verhaftung? Du bringst dich in Teufels Küche und mich noch mit dazu, wenn ich mich da einmische. Du weißt, wie das läuft, du bist doch keine Anfängerin. Allein schon, dass wir beide so offen darüber telefonieren, ist fragwürdig. Also hör zu: Ich weiß von keiner Festnahme und will auch nichts davon wissen.«

»Das ist alles?«, schleuderte sie ihrem Vater wütend entgegen.

»Nein, ist es nicht. Ich mache mir ganz andere Sorgen.«

»Es geht immer nur um dich!«, schrie sie ihn an.

»Hör zu und unterbrich mich nicht«, blaffte er zurück. Einen Moment lang hielten beide inne, dann fuhrt Martin in gemäßigterem Tonfall fort: »Es gibt den berechtigten Verdacht, dass du ein mögliches Ziel für einen weiteren Anschlag sein könntest. Ich habe veranlasst, dass du Personenschutz erhältst. Ein Streifenwagen ist bereits auf dem Weg zu dir ins Büro.«

Antonia platzte erneut der Kragen.

»Ich bekomm Personenschutz, aber die arabische Frau, von der jetzt die halbe Welt annimmt, dass sie an dem Anschlag beteiligt war, die nicht? Ganz ehrlich, Papa, ihr habt sie doch nicht mehr alle!«

Sie beendete das Gespräch, packte wütend ihren Kram zusammen und stieg kurz darauf in ihren Mini, der direkt vor dem Haupteingang des Ministeriums parkte. Nervös blickte sie in den Rückspiegel, schaltete das Radio ein und wartete. Soeben meldete der Wetterbericht ein aufkommendes Tiefdruckgebiet mit starken Regenfällen in der Nacht. Antonia blickte nach oben in den strahlend blauen Himmel. Es fiel schwer, an eine düstere Zukunft zu glauben, wenn einem gerade die Sonne ins Gesicht schien. Eine Polizeistreife bog in die Seitenstraße ein und blieb in zweiter Reihe vor dem Eingang des Ministeriums stehen. Antonia stieg aus und ging auf den blau-gelb gestreiften BMW zu. Der Polizist auf der Beifahrerseite ließ die Scheibe herunter.

»Sind Sie mein Personenschutz?«, fragte sie den verblüfften Beamten.

»Wenn Sie Frau Borchardt sind?«

Antonia hielt dem Mann ihren Personalausweis unter die Nase, der ihn prüfte und ihr wieder zurückgab.

»Der Innenminister möchte, dass wir Sie zu ihm ins Ministerium bringen. Darüber hat er uns soeben informiert. Am besten, Sie stellen Ihren Wagen hier ab und fahren bei uns mit.«

»So, möchte er das? Richten Sie ihm doch bitte aus, dass ICH das nicht möchte. Aber ich bin froh, dass Sie da sind – und am besten fahren Sie mir jetzt nach«, erklärte sie.

»Eigentlich war das nicht unser Auftrag«, entgegnete ihr der Beamte.

»Sollen Sie nicht für meine Sicherheit sorgen?«

»Doch ... aber ...«

»Sehen Sie? Das können Sie allerdings nur, wenn Sie mir folgen.«

Ohne eine Antwort abzuwarten, drehte Antonia sich um, ging zu ihrem Mini und fuhr los. Im Rückspiegel konnte sie sehen, wie der Streifenwagen sich an ihre Fersen heftete.

Ihr Ziel war die Sozialwohnung der Abaaouds am Münchner Hasenbergl. Während sie den Blick auf die Straße richtete und den Befehlen des Navis gehorchte, holten die düsteren Gedanken sie wieder ein. Was musste diese geplagte Frau durchmachen? Nach all dem Elend, das sie erlebt und überlebt hatte, war ihr nun nicht nur ihr Mann genommen worden, sondern mit Sicherheit auch die Hoffnung, endlich Frieden zu finden. Als wäre das alles nicht genug, bestand außerdem die Gefahr, dass irgendein Mob versuchen könnte, der Frau Gewalt anzutun. Auf dem Armaturendisplay des Minis tauchte der Name ihres Vaters auf und verschwand wieder. Sie hatte ihr Telefon stumm geschaltet, aber seine Warnung konnte sie im Kopf immer noch hören.

Es gibt den berechtigten Verdacht, dass du ein mögliches Ziel für einen weiteren Anschlag sein könntest.

Dass ihr Vater das Ziel eines Anschlags werden könnte, war nichts Neues. Drohungen gegen ihn gab es immer wieder, nicht nur zu seiner Amtszeit. Aber welchen Zweck sollte es haben, sie zu bedrohen?

Wieder zeigte das Display des Wagens einen eingehenden Anruf an. Doch diesmal war es nicht ihr Vater, sondern Torge. Es hatte eine Zeit gegeben, da hatte sie sehnlichst gewünscht, er würde sich melden. Würde ihr Fragen stellen, würde sie zwingen, zu ihm zurückzukehren. Würde verhindern, dass sie den größten Fehler ihres Lebens beging. Aber dann war es zu spät gewesen.

Dass er ausgerechnet jetzt, in dieser Zeit voller Schmerz und Angst, wieder in ihr Leben getreten war, fühlte sich an, als wolle eine höhere Macht sie bestrafen.

Sie schüttelte den Kopf. Diese Gedanken waren absurd! Antonia hatte mit der Frömmigkeit ihres Vaters nie etwas anfangen können, aber das Absurde war in den letzten Jahren überall auf der Welt real geworden. Nur half es auch nichts, jetzt den Kopf in den Sand zu stecken. Das war der Grund, warum sie auf dem Weg zu Nilufar war. Und nichts konnte sie davon abhalten, der Frau zu helfen – ihr Vater nicht, Torge nicht und auch keine wahnsinnigen Terroristen.

Als Antonia mit dem Streifenwagen im Schlepptau im Hasenbergl eintraf, stand die Sonne tief am Horizont. Bei Ortsunkundigen weckte der Name sicher die falschen Erwartungen. Ab 1960 waren hier Tausende Wohnungen am Reißbrett geplant und schließlich gebaut worden, mit denen korrupte Bauunternehmer Millionen in die eigenen Taschen wirtschafteten. Eine sinnvolle Verkehrsanbindung, ausreichend Ärzte, Kindergärten, Schulen und Einkaufsmöglichkeiten hatte man bis 1968 schlichtweg unter den Tisch fallen lassen.

Die Vorzeige-Trabantenstadt wurde so in München zum ersten »sozialen Brennpunkt«. Die Lage hatte sich inzwischen längst gebessert; aber der Anblick der alten Sozialbauten, die in Reih und Glied stehend an Kasernen erinnerten, erzeugten bei Antonia Demut, da sie selbst in wesentlich privilegierteren Verhältnissen aufgewachsen war.

In Ermangelung einer Parkmöglichkeit stellte Antonia den Mini auf dem Gehsteig vor der Zieladresse ab. Aus den Augenwinkeln konnte sie sehen, wie einer der beiden Polizisten empört die Hände hob. Sollten sie die Karre doch abschleppen lassen, es war ihr egal. Sie stieg aus und fand kurz darauf die richtige Hausnummer an einem der Eingänge zu den Betonblöcken, die sich über ihr auftürmten.

Die Tür zum Treppenhaus stand offen. Gleich an der ersten Wohnungstür befand sich unter dem Klingelknopf ein weißer Aufkleber, auf den jemand mit Kugelschreiber *ABAAOUD* geschrieben hatte.

Gerade als sie klingeln wollte, kamen auch die beiden Beamten ins Treppenhaus.

»Können Sie nicht in Ihrem Wagen warten?«, herrschte sie die beiden an, da sie befürchtete, der Anblick der Polizisten würde Nilufar ängstigen.

»Wir machen nur unseren Job, Frau Borchardt«, erklärte einer der beiden.

»Bitte, das hier ist wichtig.«

Ratlos sahen sich die beiden Polizisten an, schienen dann aber stumm eine Entscheidung getroffen zu haben.

»Okay, wir warten vor dem Haus.«

Kaum war Antonia wieder allein, drückte sie den Klingelknopf. Ein schrilles Geräusch wie von einer Kreissäge ertönte, dann verdeckte ein Schatten das Licht, das durch den Türspion fiel. Schließlich öffnete eine gepflegt ältere Frau mit toupierten graublonden Haaren und einer dunkelblauen Strickjacke die Tür. Das war nicht die Frau des Zahnarztes.

»Sind Sie von der Presse? Was wollen Sie?«, warf sie Antonia entgegen und stand trotz ihrer schmächtigen Erscheinung so selbstbewusst im Türrahmen, dass Antonia ein wenig zurückwich.

»Mein Name ist Borchardt, ich bin vom Innenministerium.«

»Und was will das Innenministerium von Frau Abaaoud?«

»Die Wahrheit ist, ich bin inoffiziell hier. Ich ...«

»Können Sie sich ausweisen?«

Erst jetzt wurde Antonia bewusst, dass sie diesen Besuch vollkommen unvorbereitet angetreten hatte.

»Hören Sie mir zu. Meine Tasche liegt im Auto, aber Sie müssen mir glauben, ich bin nicht von der Presse. Ich bin hier, weil ich glaube, dass der Mann von Frau Abaaoud zu Unrecht festgehalten wird.«

Die Frau mit den graublonden Haaren unterbrach sie und kniff dabei ihre Augen ein wenig zusammen.

»Ich kenne Ihre Stimme. Haben Sie heute Nachmittag bei mir angerufen?«

»Flüchtlingsrat, Frau Köster?«, schlussfolgerte Antonia.

»Simone Köster, und Sie sind?«

»Antonia Borchardt von der AG BIRGiT.«

Nicht viele Menschen konnten mit dem merkwürdigen Namen der Arbeitsgruppe etwas anfangen. Doch Simone Köster war eine davon, denn die AG BIRGiT war für zahlreiche Abschiebungen verantwortlich, die ihre Vereinigung zu verhindern suchte.

Sie trat beiseite und bat Antonia in die Wohnung.

»Sie wollen sicher zu Nilufar Abaaoud. Sie sitzt da drin.« Simone Köster zeigte auf eine halb geöffnete Tür.

Antonia nickte und erwiderte: »Aber zuerst würde ich gern wissen, ob Sie irgendetwas wegen ihrem Mann erreicht haben.«

»Wir sind dran, aber die Behörden machen es uns nicht leicht. Unser Anwalt ... Wir erreichen ihn nicht. Aber sobald man ihm einen Strafverteidiger zuweist – und das dürfte spätestens morgen sein –, können wir aktiv werden. Im Augenblick ist alles etwas anders als sonst. Sie verstehen, was ich meine.«

Antonia wusste, worauf die Frau anspielte. Der Ausnahmezustand hinterließ seine Spuren, auch bei der Polizei und in der Justiz. Sie hatte das Gefühl, wo noch vor zehn Tagen Kontrollinstanzen laut aufgeschrien hätten, herrschte jetzt kollektive Blindheit, und Graubereiche wurden ausgereizt, soweit es irgendwie möglich war.

»Aber eins nach dem anderen«, fuhr Frau Köster fort. »Noch leben wir in einem Rechtsstaat. Die können Abaaoud nicht ewig von uns fernhalten, und sobald unser Anwalt Orthofer sich um die Abaaouds kümmert, werden die ihr blaues Wunder erleben.«

Antonia lächelte zuversichtlich. Die Frau machte ihr Mut.

»Danke.«

»Sie müssen sich nicht bedanken. Das war heute sehr mutig von Ihnen.« Anerkennend legte sie Antonia die Hand auf den Arm. »Ich weiß das. Ich habe selbst mal für die Inneren gearbeitet.«

Damit hatte Antonia nicht gerechnet. Sofort fühlte sie sich der Frau ein wenig näher. »Haben Sie die News über die Abaaouds im Netz gesehen?«, fragte sie.

»Den Dreck? Ja, gottverdammt, ja!«

»Dann sind wir also aus demselben Grund hier: um sie in Sicherheit zu bringen«, fasste Antonia zusammen.

»Wenn das so leicht wäre! Sie ist stur wie ein Esel – sie will nicht weg aus der Wohnung. Aber vielleicht schaffen wir es gemeinsam?«

Simone Köster ging voraus und schob die Tür zum Wohnzimmer ganz auf. Bis auf einen flachen Tisch befanden sich in dem Raum keine Möbel, sondern nur Kartons mit Kleidungsstücken, Geschirr und sonstigen Utensilien. An der Decke hing eine nackte Glühbirne. Der Tisch war umringt von großen bunten Kissen und stand auf einem abgetragenen Teppich, der einen Großteil des grauen Linoleumbodens bedeckte. Auf einem der Kissen saß eine Frau in einem weiten blauen Kleid mit langen Ärmeln und einem schwarzen Tuch auf dem Kopf, das auch einen Großteil ihres Gesichtes einrahmte.

»Frau Abaaoud, das ist Frau Borchardt. Sie will uns helfen, eine sichere Unterkunft für Sie zu finden.«

»Ich hier ... Ich nirgendwo hingehen. Ich warten auf meinen Mann.«

Simone Köster setzte sich auf eines der großen Kissen, und Antonia folgte ihrem Beispiel. Zum ersten Mal blickte sie in das Gesicht der arabischen Frau. Sie war viel jünger als Laid, keine dreißig – und wunderschön, soweit sie das erkennen konnte.

»Frau Abaaoud, Sie müssen uns vertrauen, hier ist es nicht sicher.«

»Wieso hier nicht sicher?«

Noch ehe Antonia die richtigen Worte finden konnte, krachte ein Gegenstand durch das Wohnzimmerfenster. Glas splitterte, dann streifte etwas Hartes Antonias Kopf. Der Schreck ließ die drei Frauen im ersten Augenblick erstarren, dann fiel Antonia blutend zur Seite auf den Boden, wo mitten im Raum ein schwerer Ziegelstein lag. Simone Köster reagierte als Erste, sprang auf und schaltete das Licht aus, während sich Nilufar schreiend aufrichtete. Doch sie schrie nicht aus Angst, sondern aus Zorn. Sie griff nach einer der großen Glasscherben, rannte zum Fenster, streckte den unbekannten Angreifern ihre Waffe entgegen und brüllte arabische Flüche in den Hinterhof, die als Echo von den Betonwänden zurückgeworfen wurden.

Doch das schüchterte die Angreifer nicht ein. Im Gegenteil. Einer von ihnen hatte eine Waffe in der Hand, zielte auf sie und schoss. Die Kugel verfehlte Nilufar nur knapp und blieb in der Zimmerdecke stecken. Aber Nilufar schien gar nicht daran zu denken, in Deckung zu gehen, sondern spuckte weiter wilde Flüche aus. Da krachte es hinter ihr in der Wohnung, und die Tür flog aus den Angeln. Einer der beiden Polizisten stürmte auf Nilufar zu und riss sie um, wobei sich ihr Hidschāb verschob und ihr gesamtes Gesicht freigab. Sie blickte Antonia direkt an, die nur einen Meter von ihr entfernt am Boden lag, während eine weitere Kugel in der Decke stecken blieb. Erschrocken zog sich Nilufar ihren Schleier wieder über das Gesicht.

Ein dritter Schuss fiel, doch der kam nicht von einem der Angreifer, sondern von dem zweiten Polizisten, der inzwischen den Hinterhof erreicht hatte. Die Kugel zerschmetterte dem

Schützen das Knie, woraufhin seine beiden Gefährten die Flucht ergriffen.

Als ein Rettungswagen und weitere Streifenwagen eintrafen, hatten die Polizisten den verletzten Schützen bereits entwaffnet und sein Bein abgebunden. Nachbarn waren herbeigeeilt und hatten für die beiden verletzten Frauen Verbandszeug gebracht. Für Antonias Schläfe reichte ein großes Pflaster aus, aber Nilufar hatte an ihren Fingern und am Handballen tiefe Einschnitte von der Glasscherbe und musste genäht werden.

Kurz darauf folgte der Rettungswagen mit Nilufar einem der Streifenwagen Richtung Krankenhaus.

Antonias Kopf schmerzte wie nie zuvor. Vielleicht war das der Grund, warum sie nun alle Hemmungen verlor, ihren Vater ein weiteres Mal anzurufen. Doch diesmal würde sie sich nicht abwimmeln lassen. Sie war fest entschlossen, alles zu tun, um Nilufars Sicherheit zu gewährleisten.

Wieder meldete sich ihr Vater sehr schnell. »Was ist?«, fragte er scharf, nachdem er den Namen seiner Tochter im Display gelesen hatte.

»Es gab soeben einen Anschlag auf Nilufar Abaaoud.«

»Ich kenne zwar niemanden mit diesem Namen, aber das ist bedauerlich.«

»Verkauf mich nicht für dumm, Papa. Du weißt genau, wer die Abaaouds sind. Und eines sage ich dir: Wenn Nilufar Abaaoud auch nur ein Haar gekrümmt wird, dann mache ich dich dafür verantwortlich. Sie ist jetzt auf dem Weg ins Schwabinger Krankenhaus, und du sorgst dafür, dass sie ab sofort unter Polizeischutz steht. Hast du mich verstanden?«

»Antonia, hast du jetzt vollkommen den Verstand verloren?«

»O nein, ich habe die Dinge noch nie so klar gesehen wie in diesem Augenblick. Und ich rate dir, die Situation richtig einzuschätzen. Denn ich habe einen Punkt erreicht, an dem ich zu allem fähig bin. Und glaub mir, das wirst du nicht wollen.«

Antonia glaubte zu hören, wie ihr Vater schlucken musste.

»Drohst du mir etwa?«

»Ganz genau, das tue ich«, sagte sie und legte auf.

* * *

Der Bote folgte Mahdi Walaa durch das unterirdische Labyrinth der Münchner Abwasserkanäle. Der Boden unter seinen Turnschuhen war feucht, und die gewölbten Kanäle aus Klinkersteinen waren mit einer schleimigen Schicht überzogen, die sich anfühlte wie der Leib einer Nacktschnecke. Irgendwo neben ihm rauschte in der Dunkelheit ein trüber Fluss aus Abwasser und Fäkalien, aber alles, was er vor sich sehen konnte, war der kleine Lichtkegel von Mahdis Stirnlampe, der unruhig bei jedem Schritt seines Trägers hin und her hüpfte und das schmale Parkett, auf dem sie dem Kanal folgten, nur unzureichend beleuchtete. Mahdi hatte ihm vor einigen Tagen bei einem persönlichen Treffen eröffnet, dass ihm eine große Ehre zuteilwerden würde, da der glorreiche General Ahmed al-Bāṭin ihn persönlich treffen wollte. Der General sei ein direkter Abgesandter des höchsten Kalifen der freien arabischen Welt, hatte Mahdi mit tiefer Stimme und weit ausgebreiteten Armen erklärt. Allah höchstpersönlich habe den General auserkoren, das flammende Schwert unter die Ungläubigen zu bringen.

Der Bote hatte Mahdis Worten mit großer Ehrfurcht gelauscht. Er kam sich wahrlich auserkoren vor. Nie zuvor in seinem Leben hatte er eine solche Wertschätzung erlebt, wie sie ihm seit seiner Begegnung mit Mahdi Walaa zuteilwurde. All die vergangenen Jahre hatte er an sich und an der Sinnhaftigkeit seiner Existenz gezweifelt, doch seit er Walaas Worten zum ersten Mal auf Videos gelauscht hatte und später auch persönlich sein gelehriger Schüler werden durfte, hatte er fühlen können, wie Allahs Präsenz in ihm mit jedem Herzschlag stärker wurde. Er war Teil eines großen Ganzen geworden, Teil einer mächtigen Bewegung, vor der die Welt zitterte. Und Teil einer Familie, die sich um ihn sorgte, die ihn verstand und die ihn vor allem liebte.

In diesen dunklen, übel riechenden Gängen voller Kloake offenbarte sich ihm auch die wahre Bedeutung, die sich hinter dem Namen des glorreichen und vom Himmel geweihten Generals verbarg: al-Bāṭin, der Verborgene, den niemand wirklich begreifen kann. Für seine Feinde war er sozusagen unsichtbar, und das galt ebenso für all jene, die ihm folgten und die sich erst offenbarten und ins Licht traten, wenn es für die Ungläubigen zu spät war.

Der Weg des Boten endete in einer gewaltigen unterirdischen Halle, die sich aus dem flackernden Schein von unzähligen Kerzen hinauf in ungeahnte Höhen erstreckte und sich in der Dunkelheit verlor. Als Kind war er über die Ruinen der antiken Stadt Persepolis gewandert. An diesem Ort schien es ihm, als wäre sie hier und jetzt wieder auferstanden, getragen von den flammenden Säulen der Prophezeiung.

Ein großer Mann trat ihnen aus der Dunkelheit entgegen, bis das Licht der Kerzen auf seinen schwarzen Gewändern tanzte. Bei seinem Anblick beugte der Bote sein Knie und wagte es nicht aufzusehen.

»Erhebe dich, mein Bruder, denn deine Entschlossenheit und dein unbeirrbarer Glaube sind ein leuchtendes Vorbild. Und niemand, der von dieser Stärke erfüllt ist, sollte jemals sein Haupt senken, außer vor Allah dem Allmächtigen selbst.«

Und so tat der Bote, wie ihm geheißen wurde, erfüllt von den Worten des großen Generals, und spürte eine Willenskraft in sich, die stärker war als jeder Zweifel und jede Angst vor dem Tod.

* * *

Die Runde, die sich im Bunker des Innenministeriums zusammengefunden hatte, war deutlich kleiner als bei Torges erstem Besuch in dem unterirdischen Besprechungsraum. Außer ihm und Markus waren noch Markus' Stellvertreterin Frau Link anwesend sowie ein Protokollant des Innenministeriums. Ein Verbindungsmann des MAD sollte noch zu ihnen stoßen, er ließ aber auf sich warten. Frau Link hatte ihre Vorgesetzten soeben über den Angriff auf Nilufar Abaaoud informiert und darüber, dass sich der Innenminister persönlich dafür ausgesprochen hatte, Frau Abaaoud in ein Safe House überstellen zu lassen.

»Im Protokoll ist vermerkt, dass auch Oberregierungsrätin Borchardt bei dem Angriff verletzt wurde«, ergänzte sie abschließend.

Torge zuckte zusammen. »Was hatte Frau Borchardt dort zu suchen?«

»Genau dasselbe habe ich mich auch gefragt«, konterte Link.

Torge wandte sich an Markus. »Sollte sie nicht unter Polizeischutz gestellt werden?«

»Hatte ich vor, aber dann erhielt ich einen Anruf von Innenminister Himmel, der sich persönlich darum kümmern wollte.«

»Und wo ist sie jetzt?«, wollte Torge wissen, aber Link zuckte nur mit den Schultern.

»Was schauen Sie mich so an? Frau Borchardts Überwachung fällt ganz sicher nicht in meinen Zuständigkeitsbereich.«

Laut klackende Lederabsätze kündigten den Verbindungsmann des MAD an, der kurz darauf in einem streng geschnittenen grauen Anzug den Besprechungsraum betrat.

»Mein Name ist Ammon, tut mir leid, dass Sie warten mussten. Aber ich brauchte noch Freigaben für Informationen, die ich mit Ihnen teilen darf. Von mir aus können wir anfangen!«

Torge schenkte ihm kaum Beachtung, da er soeben eine Nachricht von Antonia erhielt.

Wir müssen reden.

Die Zeit drängte, der Protokollführer startete Videoschaltungen zu weiteren Teilnehmern. Torge dachte über Antonias knappe Aussage nach. Sollte es ein berufliches Gespräch werden, oder war sie endlich bereit dafür, ihm zu erklären, was damals zum Bruch ihrer Beziehung geführt hatte?

Also jagte er eine ebenso knappe Gegenfrage durch das digitale Netz, in der Hoffnung, die Antwort würde ihn nicht enttäuschen.

Worum geht es?

Die Antwort kam prompt. Sie war kurz und unmissverständlich.

Einfach um alles.

Es war Punkt 18:30 Uhr, als Dr. Oster und Commander Curtis, ein britischer Offizier vom NDEDIU, auf den Monitoren im Konferenzraum erschienen. Die charismatische Oberstaatsanwältin eröffnete die Runde und stellte in akzentfreiem Englisch jeden der Anwesenden kurz vor. Dann leitete sie zum Kern des Meetings über.

»Ich komme ohne Umschweife zur Sache, da die jüngsten Ereignisse aufgezeigt haben, dass uns vor allem Zeit fehlt. Dem ein oder anderen mag die Zusammenstellung dieser Runde ungewöhnlich erscheinen, aber ich halte den unmittelbaren und offenen Austausch von Informationen direkt mit den Dienststellen der deutschen Ermittler für den wichtigsten Schlüssel zum Erfolg. Ich möchte daher betonen, wie wichtig die Anwesenheit der Behörden ist, die Sie, Herr Dr. Ammon, und Sie, Honorary Commander Curtis, hier und heute vertreten. Ich würde Sie jetzt bitten, Commander, mit neuen Erkenntnissen zu den möglichen Mitgliedern der Terrorzelle zu beginnen.«

Der britische Offizier drückte ebenfalls seinen Dank aus, schlug eine Mappe auf, fuhr sich ein letztes Mal über seinen grauen Schnurrbart und begann mit monotoner Stimme seinen Vortrag.

»Zu Ihrem Hauptverdächtigen Laid Abaaoud: Wir konnten bislang keine weiteren Querverweise finden, welche die Anschuldigung von Fadwa Nasri untermauern. Die mutmaßliche Mitgliedschaft von Laid Abaaoud beim IS konnten wir daher bislang nicht verifizieren. Allerdings gibt es ein Indiz dafür, dass er bei seinem Asylantrag die Unwahrheit gesagt hat. Unsere Analysten sehen Unstimmigkeiten in der Beschreibung seiner Flucht aus dem Kriegsgebiet bei der Schlacht um Baghuz, wo das Paar angeblich als Geisel von IS-Einheiten festgehalten worden war. Laut der Analyse war der Radius des verteidigten Areals zum Zeitpunkt ihrer Flucht auf eine so geringe Fläche geschrumpft, dass jeder Versuch, den IS-Sektor unbemerkt zu verlassen, praktisch unmöglich war. Die Topografie rund um Baghuz besteht aus steinigen Ebenen und so gut wie keiner Vegetation. Personen, die trotzdem versuchten zu entkommen, wurden von den Scharfschützen der Verteidiger erschossen oder wären spätestens in den Minenfeldern ums Leben gekommen.«

Curtis machte eine Pause, zog ein Foto aus seiner Mappe und hielt es in die Kamera. Es zeigte Torge zusammen mit dem Araber in dem Münchner Café.

»Kommen wir zu Ihrem zweiten Hauptverdächtigen. Dieser Mann hier, der vermutlich der Anführer der Terrorzelle ist, gab sich laut Protokoll als Ahmed al-Bāṭin aus. Wir vermuten, Ahmed al-Bāṭin ist ein Kampfname. Eine Art Pseudonym, das ist bei islamistischen Extremisten üblich. Diese Kampfnamen dienen aber nicht der Verschleierung ihrer Identität, sondern dazu, die Ehrfurcht der Gefolgsleute zu steigern. al-Bāṭin zum Beispiel ist der sechsundsiebzigste Name Allahs im Koran und steht für den ›verborgenen Gott‹. Warum er sich mit Ihnen getroffen hat, wird man vielleicht erst verstehen, wenn man die Perspektive wechselt. Vermutlich waren nicht Sie das Ziel der

Nachricht, sondern seine Anhänger des IS. Das klingt verrückt, aber durch sein unerkanntes Verschwinden hat er seinem Namen alle Ehre gemacht.«

Torge schüttelte den Kopf. Er war erstaunt darüber, wie fremd ihm die Mentalität der Islamisten immer noch war – und in Markus' Augen konnte er sehen, dass es ihm ebenso ging. Beide hatten mit Extremisten jeglicher Gesinnung ihre Erfahrungen gesammelt, aber nichts war damit vergleichbar.

»Aber wie waren die zurückgelassenen Bilder von der Tochter des Innenministers zu verstehen, wenn nicht als Drohung?«, fragte er.

Commander Curtis zuckte mit den Schultern. »Das ist schwer zu sagen. Es könnte eine Ablenkung sein, aber das wäre jetzt reine Spekulation.«

»Können Sie sagen, wer dieser Mann wirklich ist?«

»Wir denken, es könnte sich um den IS-General Tufan Baran Shirazi handeln. Er war einer der engsten Vertrauten des selbst ernannten Kalifen Abu Bakr Al-Baghdadi, der im September 2019 bei der US-Operation Kayla Mueller in Syrien liquidiert wurde.«

»Worauf beruht Ihre Annahme, Commander?«, schaltete sich Dr. Oster ein.

»Es gibt zwar nur wenige und leider auch nur schlechte Fotografien und Videos von Shirazi, aber Gesichts- und Stimmenerkennungsanalysen haben deutliche Übereinstimmungen mit dem Mann ergeben, dem Sie in München gegenübersaßen. Der goldene Ring an seiner Hand war dann das ausschlaggebende Indiz.«

»Der Ring?«, entfuhr es Torge.

»Al-Baghdadi hat für seine treuesten Generäle goldene Ringe mit einem auffälligen grünen Smaragd schmieden lassen. In der wild zusammengewürfelten IS-Armee war dieser Ring nicht nur ein Symbol der Macht, sondern auch ein unverwechselbares Erkennungszeichen. al-Bāṭin trug genau diesen Ring bei Ihrem Treffen.«

»Wenn Sie recht haben, welche Stellung nimmt ...«, Dr. Oster blickte auf ihre Notizen, »... Tufan Baran Shirazi in der IS-Organisation Ihrer Erkenntnis nach ein?«

Commander Curtis legte die Stirn in Falten.

»Nach dem Tod zweier IS-Führer im letzten Jahr steht er auf Platz eins der Fahndungslisten aller westlichen Geheimdienste. Seine Macht, sein Einfluss – die CIA vergleicht das mit der Stellung, die Osama Bin Laden innerhalb der al-Qaida innehatte. Dass er sich mutmaßlich in Deutschland aufhält, wird mit großer Sorge betrachtet.«

»Was Sie nicht sagen«, kommentierte Torge impulsiv. Das brachte ihm einen strengen Blick von Dr. Oster ein.

»Vielen Dank, Commander Curtis, für die wertvollen Informationen. Herr Dr. Ammon, wenn ich nun Sie bitten dürfte?«

Ammon nickte und reckte das Kinn in die Höhe. Torge wartete förmlich darauf, dass der Mann die Hacken zusammenschlug. Ganz offensichtlich tat er sich schwer damit, die Erkenntnisse des militärischen Abwehrdienstes mit ihnen zu teilen.

»Auch ich will es kurz machen, Frau Oberstaatsanwältin. Wir können mit ziemlicher Gewissheit davon ausgehen, dass das bei den Anschlägen in München eingesetzte Nervengift nicht aus russischer Produktion stammte.«

Danach machte Ammon eine so lange Pause, dass Frederike Oster nachhakte.

»Herr Ammon, fahren Sie doch bitte fort. Mir wurde mitgeteilt, dass der MAD weit mehr Informationen besitzt.«

Unruhig nestelte Ammon an seinem Krawattenknoten und ergänzte seine Angaben.

»In Abstimmung mit dem CIA glauben wir, Kenntnis davon zu haben, dass sich die Labore, in denen der Kampfstoff produziert wird, im Iran, in Karadsch, befinden.«

»Ja, und weiter?«, drängte Oster.

»Eine amerikanische Spezialeinheit wird demnächst mit unserer Unterstützung den Standort eliminieren. Das ist alles, was ich Ihnen sagen kann.«

Commander Curtis meldete sich zu Wort. Sein Kopf war rot angelaufen. »Lassen Sie mich raten, es wird nach einem Unfall aussehen?«, mutmaßte er vorwurfsvoll.

»Dazu kann ich nichts sagen«, erwiderte Ammon.

Aber Curtis ließ sich nicht ruhigstellen. »Ich darf an die Explosion am Hafen von Beirut vor zwei Jahren erinnern. Bei Schweißarbeiten wurden zufällig Feuerwerkskörper entzündet, die im Nebenraum lagen, wodurch es zu einer Explosion von knapp dreitausend Tonnen Ammoniumnitrat kam. Ein Mittel, das ebenfalls ganz zufällig bevorzugt auch von Extremisten zur Herstellung von selbst gebauten Bomben verwendet wird. Wie gesagt, alles reiner Zufall, eben ein Unfall. Nur starben bei dieser Explosion über zweihundert Menschen, und mehr als sechstausend wurden verletzt. Wie viele unschuldige Opfer wird es diesmal geben, wenn bei der Aktion das Gift freigesetzt wird?«

Ammon kratzte sich an der Schläfe, dann beugte er sich näher an die Kamera. »Dazu kann ich nichts sagen. Alles, was ich Ihnen im Augenblick mitteilen darf, ist, dass etwaig gelagerte oder in Produktion befindliche Kampfstoffe zeitnah restlos zerstört werden.«

»Und wie wollen Sie das anstellen, ohne dass das Gift freigesetzt wird?«, drängte ihn Curtis.

Ammon zögerte, bevor er seine Antwort gab. »Mit Feuer.«

TAG 8

Montag, 19. September 2022
19:00 Uhr – 24:00 Uhr

Der Himmel über München hatte sich verdunkelt, Windböen peitschten durch die Straßen, und noch immer beherrschten polizeiliche Einsatzkräfte das Stadtbild.

Für achtzehntausend Münchner Beamte galt noch immer erhöhte Alarmbereitschaft. Nur die Kollegen vom Bundesgrenzschutz und des LKA waren nach Beendigung der Gedenkzeremonie wieder an ihre Heimatstandorte zurückgekehrt. Hatte das immense Aufgebot an schwer bewaffneten Polizisten und schwarz gekleideten Spezialeinheiten bereits tagsüber bedrohlich gewirkt, war die Wirkung bei Nacht noch beklemmender. Rein rechtlich gesehen waren alle Maßnahmen des kurzzeitigen Lockdowns aufgehoben worden, aber die Angst war geblieben. Seit die Dämmerung eingesetzt hatte, wagte es kaum noch jemand, auf die Straße zu gehen. Selbst Hundebesitzer mieden den Spaziergang zu den öffentlichen Grünanlagen und ließen ihre Vierbeiner ihr Geschäft direkt vor der Haustür verrichten.

Auch wenn die Behörden vehement versicherten, dass die Gefahr gebannt sei, so war das Vertrauen in die Staatsmacht am Nullpunkt angekommen. Immer mehr Stimmen wurden laut, die den Behörden kolossales Versagen vorwarfen. Seit der Lockdown vorüber war, hatte ein politischer Grabenkampf begonnen, wie er selbst für deutsche Verhältnisse untypisch war.

Jeder gab jedem die Schuld. Rücktritte wurden gefordert, und sogar von einem Misstrauensvotum gegen die Bundesregierung war die Rede. Selbst der russische Angriffskrieg gegen die Ukraine war in den vergangenen Tagen in den Hintergrund gerückt.

DER KOLOSS DEUTSCHLAND WANKT

So hatte die *Times* am Freitag getextet und damit den Kern der Wahrheit getroffen: Die Menschen in Deutschland hatten das Gefühl, als hätten sie den Boden unter den Füßen verloren.

Martin Himmel war nicht nur mit der Wiederherstellung der öffentlichen Ordnung und der Jagd nach der Terrorzelle beschäftigt, sondern vor allem auch damit, seinen Posten als Innenminister nicht zu verlieren. Die einzige Rettung bestand darin, greifbare Fahndungserfolge vorweisen zu können. Würde es stattdessen zu einem weiteren verheerenden Anschlag kommen, dann gäbe es einen Erdrutsch in der Parteienlandschaft, dessen Ausgang nicht nur ungewiss wäre, sondern in seinen Augen auch sehr gefährlich. Die Agitatoren der AfD erhielten jeden Tag mehr Zulauf – und nicht nur die. Und als wären das nicht schon genug Sorgen, drohte ihm nun auch noch die eigene Tochter.

Martin hatte soeben eine nervenaufreibende Videokonferenz mit dem Ministerpräsidenten beendet. Er war am Ende seiner Kräfte und wollte nur noch nach Hause, doch sein Arbeitstag war noch lange nicht vorbei. Er wünschte, Shohreh wäre an seiner Seite und würde ihm beistehen. Aber hier in seinem Büro, selbst wenn er ganz allein war, zeigte sie sich nicht. Sie hatte seinen Beruf für das Scheitern ihrer Beziehung verantwortlich gemacht und deshalb nie auch nur einen Fuß in das Ministerium gesetzt. Ihm war bewusst, dass Shohrehs Präsenz zu Hause nur seinem Kopf entsprang, aber das war eine unwichtige Nebensächlichkeit, die er leicht verdrängen konnte.

Sollte sich Shohreh hier in seinem Büro offenbaren, dann wäre der Selbstbetrug so offensichtlich, dass er sie womöglich für immer verlieren würde – und das konnte er auf keinen Fall zulassen.

Die Tür zu seinem Büro öffnete sich, und zu seiner Überraschung kam Lukas herein. Der Anblick seines Sohnes, selbst in der verschlissenen, ungewaschenen Sportkleidung, die er trug, wärmte seine Seele und ließ ihn für einen kurzen Augenblick seine Sorgen vergessen. Es war einer dieser magischen Momente, die er früher immer wieder erlebt hatte, wenn er einem seiner Lieben begegnet war. Etwa wenn er an einer Bushaltestelle auf Shohreh gewartet und sie dann plötzlich unter den Fahrgästen entdeckt hatte. Oder wenn Antonia, die aus der Schule gerannt kam, ihm ein Lächeln geschenkt hatte. Nichts war reiner und unschuldiger als diese Augenblicke, und nichts konnte trügerischer sein und sich schneller in Luft auflösen.

»Dein Personenschutz hat sich bei mir gemeldet, wo warst du?«, beklagte sich Martin.

Lukas ging zu einer Sitzgruppe aus zwei Sesseln und einer Ledercouch, die in Martins großem Büro um einen Tisch mit Rauchglasscheibe platziert waren.

»Ich musste raus, hab's zu Hause nicht mehr ausgehalten. Gib zu, dir gehen die Kerle doch auch auf den Sack, oder?«

Erschöpft ließ er sich in einen der Sessel fallen. Martin musste ihm recht geben. Seit der Personenschutz ihn auf Schritt und Tritt verfolgte, fühlte er sich ständig unwohl, egal, wo er war.

»Trotzdem, du solltest nicht ... Du weißt, was ich sagen will. Du hast nicht ohne Grund diese Männer, die dich beschützen.«

Martin stand auf, ging ebenfalls hinüber zu der Sitzgruppe und setzte sich in den zweiten Sessel.

»Meinst du wirklich, die Typen könnten irgendwas ausrichten, wenn es einer drauf anlegen würde, mich abzuknallen?«, fragte Lukas.

»Red nicht so.«

»Na gut. Aber wenn die schlau sind, haben die einen Sniper, und der pustet uns den Kopf aus zweihundert Metern weg. Was sollen deine Zinnsoldaten da schon ausrichten?«

Martin beugte sich vor, griff zu einer Karaffe mit Wasser und füllte ein Glas.

»Du auch?«, fragte er seinen Sohn, was sich merkwürdig anfühlte, denn an diesem Tisch bot er gewöhnlich nur Menschen etwas zu trinken an, von denen er im nächsten Moment einen Gefallen forderte. Der einzige Gefallen, den er sich von Lukas wünschte, war utopisch.

Könntest du mich nicht so lieben, wie du deine Mutter geliebt hast?

»Ja, aber 'ne Coke wäre mir lieber.«

Martin schluckte. Einen Moment lang hatte er gedacht, Lukas hätte auf seinen unausgesprochenen Wunsch reagiert. Dann stand er auf und ging zu einem kleinen Kühlschrank, öffnete ihn und warf Lukas eine Dose zu, die dieser geschickt auffing.

Lukas lachte. Eine solche Aktion hatte er von seinem Vater nicht erwartet.

»Hey, spinnst du?«, feixte er, und Martin hatte das Gefühl, zum ersten Mal seit Monaten einen echten Kontakt zu seinem Sohn zu haben. Er setzte sich wieder zu ihm und lächelte zurück.

»Weißt du, wie das spritzt, wenn ich die jetzt öffne?«

»Egal, ich mochte den Teppich noch nie«, konterte Martin.

Lukas versuchte abzuschätzen, ob er das ernst meinte, und sah ihm in die Augen, länger als sonst. Viel länger, und keiner von beiden wich dem Blick des anderen aus. Das Zischen der geöffneten Dose lenkte dann ihre Aufmerksamkeit auf die schäumende braune Flüssigkeit, die sich über den Glastisch ergoss. Hektisch saugte Lukas die Cola von der Dose ab, bis die Quelle versiegte.

»Hey, sorry. Tut mir leid ... Aber war nicht meine Schuld.«

»Kein Problem, die kennen mich hier, ich mach ständig so einen Blödsinn.« Martin nahm Lukas die Dose aus der Hand und nahm einen großen Schluck, während die nasse Dose braune Flecken auf seinem weißen Hemd hinterließ.

Wieder musste Lukas grinsen, und wieder freute es Martin, dass er ihn noch immer zum Lachen bringen konnte.

Doch dann setzte Lukas eine ernste Miene auf. »Ich wollte mit dir über Mama reden ... über den Unfall.«

»Ich weiß«, erwiderte Martin schuldbewusst.

»Und?«

»Es ist einfach der falsche Zeitpunkt. Ich kann noch nicht.«

»Das ist so scheißegoistisch von dir!«

»Hör zu.«

»Ich hör doch zu, aber du sagst nie etwas!«

Martin lehnte sich vor und stellte vorsichtig die Dose ab.

»Am 3. Oktober, an deinem achtzehnten Geburtstag, will ich mit dir an den Ort gehen, wo es damals passiert ist – und ich schwöre dir bei Gott, dass ich dir dann alles erzählen werde.« Er legte die linke Hand auf sein Herz und streckte drei Finger seiner rechten Hand in die Höhe.

Lukas wusste, wenn sein Vater etwas bei Gott schwor, war das nicht nur ein leichtfertiger Spruch, sondern ein heiliges Versprechen. Schon als Kind hatte er ihm erklärt, dass die drei Finger für die Unterwerfung des Menschen unter den dreifaltigen Gott standen und dass bei einem Meineid die Seele im Jenseits im Fegefeuer brennen würde.

Aus demselben Grund wurden in der gesamten westlichen Welt und auch in Deutschland Präsidenten und Ministerpräsidenten mit dieser Geste und diesem Schwur vereidigt.

Es klopfte leise an der Tür, die sich kurz darauf öffnete. Eine junge Frau machte einen halben Schritt in den Raum. »Herr Innenminister, der Polizeipräsident wäre jetzt hier.«

»Sagen Sie ihm, ich komme gleich.«

»In Ordnung.« Genauso sachte, wie sie gekommen war, verließ sie das Büro wieder.

»Und?«, wollte Martin von Lukas wissen.

»In Ordnung.«

Erleichtert stand Martin auf. Er konnte spüren, dass sie sich in den letzten Minuten mehr aufeinander zubewegt hatten als vielleicht in ihrem ganzen Leben zuvor. Und doch wollte er sichergehen.

»Soll ich dich nach Hause bringen lassen, oder fährst du nachher bei mir mit?«

Die Frage klang so banal, aber die Antwort darauf konnte vielleicht alles verändern.

Lukas zögerte, aber dann kam seine Antwort mit fester Stimme: »Ich warte auf dich.«

* * *

Torge hatte sich seit dem Meeting den Kopf darüber zermartert, wo er al-Bāṭins Ring – oder sollte er ihn jetzt Tufan Baran Shirazi nennen? – schon einmal gesehen hatte. Als er gerade mit Markus in der Tiefgarage in ihren Dienstwagen einstieg, fiel es ihm wie Schuppen von den Augen.

»Jetzt haben wir ihn, Markus.«

»Wenn meinst du?«

»Laid Abaaoud, den Zahnarzt, unser Unschuldslamm. Er trägt den gleichen Ring wie der Terrorist aus dem Café!«

Markus dachte nach.

»Ich weiß nicht. Bist du dir da so sicher?«

»Lass es uns rausfinden.«

Es war kurz vor acht, als Torge und Markus in dem nüchternen Vernehmungszimmer wieder Laid Abaaoud gegenübersaßen und gebannt den goldenen Ring mit dem massiven grünen Smaragd an seiner rechten Hand fixierten. Die Kollegen für die Videoüberwachung und Aufzeichnung hatten bereits Feierabend, weshalb Torge demonstrativ sein iPhone auf den Tisch legte und die Aufnahmefunktion aktivierte.

Laid hatte keine Ahnung, was vor sich ging, aber er spürte, dass ihn die beiden Kriminalbeamten aus einem konkreten Grund erneut aufgesucht hatten.

»Wie geht es meiner Frau? Bitte lassen Sie mich meine Frau anrufen«, flehte Laid die beiden an.

»Ihre Frau ist in Sicherheit, wir haben sie vorübergehend in einem Safe House untergebracht«, erklärte Markus, tat sich aber schwer damit, nicht ständig auf den goldenen Smaragdring zu sehen.

»Sie ist im Gefängnis? Sie hat nichts getan.«

»Ein Safe House ist kein Gefängnis, es ist ein sicherer Ort.«

»Warum braucht sie einen sicheren Ort, warum kann sie nicht zu Hause bleiben?«

»Es gab einen Anschlag auf Ihre Frau, aber ihr ist nichts passiert ... Wie gesagt, wir haben sie«, rechtfertigte sich Markus nervös.

»Es gab einen Anschlag auf Nilufar?«, wiederholte Laid.

Seine Augen hatten sich geweitet, sein Mund stand offen. Plötzlich packte Torge die Hand mit dem Ring. Abaaoud wehrte sich instinktiv, aber gegen Torges Kraft kam er nicht an.

»Hören Sie endlich auf mit dieser Gefühlsmasche. Das zieht nicht. Wir sind nicht hier, um über Ihre Frau zu sprechen. Wir sind hier, weil wir wissen wollen, woher Sie diesen verdammten Ring haben!«

Obwohl Laid mithilfe seiner zweiten Hand versuchte, sich aus der Umklammerung zu befreien, drehte Torge das goldene Schmuckstück an Laids kleinem Finger in das grelle Licht der

Neonröhre. Dann ließ er los, und Laids Hand verschwand unter dem Tisch.

»Wollen Sie uns weiterhin den Bären von der waghalsigen Flucht aus einem Kriegsgebiet aufbinden, das mit Tretminen übersät war?«, schrie Torge ihn an.

Laid sah hinunter auf seine schmerzende Hand mit dem goldenen Ring, dessen grün schimmernder Smaragd ihn an das Auge einer Schlange erinnerte. Er verfluchte den Tag, an dem er beschlossen hatte, aus Eitelkeit den teuflischen Ring zu behalten, der ihn nun ins Verderben stürzte.

»Es ist ganz anders, als Sie denken!«, begann er mit gesenktem Kopf.

»Ach was?«, blaffte Torge, woraufhin Markus ihm die Hand auf den Arm legte, um ihn zu beruhigen.

Laid zog den Ring von seinem Finger und legte ihn schuldbewusst auf den Tisch.

»Das hier ... Das ist nicht mein Ring«, sagte er. Dann schob er das Schmuckstück mit spitzen Fingern von sich fort. »Ja, ich war Mitglied des IS. Aber ich war nicht stolz drauf. Als die Soldaten des IS in unser Dorf kamen, stellte man alle Männer, von denen sie annahmen, dass sie für die kämpfen konnten ...« Laid presste kurz die Faust auf seinen Mund und fuhr dann fort: »Man stellte alle in einer Reihe vor einem Tisch auf. Auf dem Tisch waren eine Art Handschuh aus Metall und zwei Lederriemen festgeschraubt. Man musste sich setzen und seine linke Hand in diesen Handschuh stecken, dann wurde einem der Unterarm mit den Lederriemen auf dem Tisch festgezurrt. Die Finger ragten vorne aus dem Metallhandschuh bis zur Hälfte heraus. Darüber war eine Konstruktion mit mehreren Klingen angebracht. Das sah aus wie kleine Fallbeile für jeden Finger, nur dass über jeder Klinge eine flache Scheibe angebracht war. Es gehörte nicht viel Fantasie dazu, um sich auszumalen, was der Zweck dieses Apparats war. Vor allem, weil rund um das Ding abgehackte, blutende Finger lagen ... und das war sicher

Absicht. Wer sich weigerte, seine Hand in den Handschuh zu stecken, der wurde auf der Stelle erschossen, wenn man gnädig war. Wenn nicht, wurden einem die Augen ausgestochen, und danach setzten sie einen in der Wüste aus.«

Markus schüttelte entsetzt den Kopf und fuhr sich über die Augen, während Laid weitersprach.

»Hatte man erst einmal seine Hand in dem widerlichen Ding, wurden einem Fragen gestellt – gefiel dem IS-Kämpfer die Antwort nicht, schlug er mit der Faust auf eine der fünf flachen Scheiben und trennte damit einen Finger ab. Schlug er aber nicht fest genug zu, blieb die Klinge stecken, und der restliche Finger wurde von dem Schlächter brutal aus dem Handschuh gerissen. Die letzte Frage in diesem grausamen Schauspiel war immer, ob man bereit sei, für den IS zu kämpfen und zu sterben.«

Demonstrativ legte Laid beide Hände mit zehn gespreizten Fingern auf den Tisch.

»Wie hätten Sie geantwortet?«

Markus schluckte, und seine Finger verkrampften sich zu Fäusten.

»Eines Tages kam ein Kurier in unser Dorf. Man suchte einen Zahnarzt. Ich meldete mich, und man brachte mich in das Hauptquartier zu einem IS-General. Der Mann hatte furchtbare Schmerzen. Ein verwachsener Weisheitszahn war der Auslöser dafür. Aber das war nicht alles: Der Mann hatte versucht, sich mit einem Messer den Zahn selbst zu entfernen. Als ich eintraf, war er voller Blut. Sein Gesicht, seine Hände, sein Gewand, der Boden seines Zeltes, der Stuhl, auf dem er saß, einfach alles. Er hatte sich vor seiner Verstümmelung eine Betäubungsspritze gegeben und kaum etwas bei dem gespürt, was er da tat. Er hatte auch nicht gespürt, wie er mit der Klinge abgerutscht war und sich dabei die halbe Zunge abgetrennt hatte. Sie war nur noch ein roter Fleischklumpen, der leblos in seiner Mundhöhle lag. Man hielt mir eine Pistole an den Kopf und sagte mir, ich solle den Mann retten. Also operierte ich den General drei Stunden lang, und immer war der Lauf der Pistole fest an meine Schläfe gedrückt. Ich spüre das kalte Metall heute noch.

Der Mann überlebte. Und ich auch – das war wie ein Wunder. Als es ungefähr ein Jahr danach in meinem Heimatdorf zu dieser grässlichen Schlacht kam, traf ich den General zum zweiten Mal. Er ließ seine Truppen kilometerweit um das Dorf Befestigungsanlagen, Gräben und unterirdische Tunnel anlegen. Ich war einer der Männer, die dort gruben. Vielen hatte man nicht mal eine Schaufel zum Graben gegeben, und die Essensrationen wurden jeden Tag kleiner. Dann begannen der Beschuss und die Bombardierungen – und bei einem der Angriffe sprang der General in meinen Graben, da erkannte er mich. Als der Angriff vorbei war, musste ich ihn in seinen Befehlsstand begleiten. Zum ersten Mal seit Langem bekam ich wieder richtig zu essen ... so viel ich wollte. Dann schickte er seine Männer aus dem Unterstand und sagte mir, dass der Krieg verloren sei. Er zog seinen Ring vom Finger und steckte ihn mir an. Er erklärte mir, er würde dort sterben und bald bei Allah sein und deshalb habe er keine Verwendung mehr für den Ring. Mir würde er aber helfen, die eigenen Stellungen zu überwinden. Und so war das dann auch: Einer seiner Leibwächter brachte Nilufar und mich an den abgelegensten Teil der Front, dort übergab er mir eine zerfledderte Karte, auf der ein Korridor durch die Minenfelder eingezeichnet war, und überließ uns dann unserem Schicksal. Sie müssen sich vorstellen, da, wo wir waren, blicken Sie hinaus auf eine felsige Ebene und sehen nichts als Gestrüpp und Sand, der durch die Luft wirbelt. Dann ziehen Sie los, Schritt für Schritt, und jedes Mal, wenn Sie den Fuß auf den Sand setzen, zittern Sie vor Angst, dass eine Tretmine Ihnen die Beine zerreißt. Aber das ist nicht alles ... denn immer wieder tauchen wie aus dem Nichts Gräben und Unterstände auf, richten erschöpfte Soldaten die Waffen auf Sie, weil sie Befehl haben, jeden flüchtenden Zivilsten sofort zu erschießen. Als ich das erste Mal einem von denen meinen Ring gezeigt habe, dachte ich, jetzt wäre unser Ende gekommen. Stattdessen warfen sich die Männer beim Anblick dieses Rings ehrfürchtig in den Staub.«

Laid beendete seine Geschichte, indem er auf den Ring zeigte. »Ohne diesen Ring wären Nilufar und ich dieser Hölle nicht entkommen. Das ist die Wahrheit, die reine Wahrheit.«

Torge nahm den Ring hoch und betrachtete ihn aufmerksam.

»Wie war der Name des Generals?«, fragte er.

In diesem Augenblick flog die Tür auf, und ein kleiner Mann mit schwarzer Hornbrille betrat das Verhörzimmer, begleitet von einer älteren grauhaarigen Frau und einer Polizistin.

»Mein Name ist Dr. Gunther Orthofer, und ich bin der Rechtsanwalt des Mannes, den Sie gerade rechtswidrig verhören, Herr Kommissar. Das hier ist Frau Köster, die mir das Mandat durch Frau Nilufar Abaaoud übertragen hat, wie Ihnen Ihre werte Kollegin nach Einsicht der Vollmacht bestätigen wird.«

Alle Augen richteten sich auf die Polizistin, die sich an dem Anwalt vorbeidrückte und mit finsterer Miene nickte.

»Das ist korrekt, Herr Dr. Orthofer ist der Anwalt von Herrn und Frau Abaaoud.«

»Und als solcher wünsche ich jetzt, mit meinem Mandanten allein sprechen zu dürfen«, ergänzte der Anwalt energisch. »Wenn ich die Herren nun bitten dürfte ...«

Die beiden Kommissare standen mürrisch auf und verließen den Raum.

»Und glauben Sie nicht, dass Sie mit dieser Verfehlung durchkommen, meine Herren. Die Sache wird ein Nachspiel haben, darauf können Sie sich verlassen«, rief er ihnen nach, dann drängte er auch die Beamtin aus dem Raum und schloss geräuschvoll die Tür hinter ihr.

Auf dem Gang stoppte Torge die Aufzeichnung seines Smartphones und schob es in die Tasche.

»Glaubst du Laid?«, wollte Markus von ihm wissen.

»Kein Wort«, antwortete Torge.

* * *

Antonias Schritte hallten von den Mauern der St.-Ursula-Kirche zurück, die im Münchner Norden lag. Die Säulenvorhalle, die zur zweiundvierzig Meter hohen Tambourkuppel führte, war nur spärlich beleuchtet. Und obwohl sie völlig allein in der Kirche war, hatte sie keine Angst, denn Erinnerungen an ihre früheste Kindheit legten sich wärmend um ihre Seele. Die Kirchenbesuche an Sonn- und Feiertagen waren ein festes Ritual in ihrer Familie gewesen, eines, das sie damals als überflüssig und störend empfand und das sie als junge Frau abstreifte wie einen vertrockneten Kokon, aus dem sie als befreiter Schmetterling entschlüpft war, um nie wiederzukehren.

Aber das war vermutlich eine Lüge, denn der Kokon war geblieben, hatte sie ihr ganzes Leben lang eingeengt und ihr Handeln dirigiert. Sosehr sie sich auch bemüht hatte, es war ihr nie gelungen, ihn gänzlich abzustreifen. Und so hatte sie sich mit ihm arrangiert, hatte wieder begonnen, die Kirche zu besuchen, wenn auch selten und sehr unregelmäßig. Im Gegenzug war sie belohnt worden mit Geborgenheit, Liebe und Vergebung, wann immer die Hindernisse im Leben ihr zu groß geworden waren.

Ehrfürchtig ging sie an den Stufen vor dem Hochaltar in die Knie und bekreuzigte sich, dann senkte sie das Haupt und sprach das Vaterunser. All das passierte ohne bewusstes Zutun, es war, als hätte sich ein unsichtbarer Mechanismus von selbst in Gang gesetzt, der die Schleusen öffnete, um Gottes Kraft empfangen zu können.

Als Antonia anschließend vor die Kirche trat, zerrte ein kräftiger Wind an ihrer Kleidung. Sie hatte ihren Mini zu Hause abgestellt und war zu Fuß gekommen. Jetzt bereute sie die Entscheidung, denn sollte der Sturm auch Regen mit sich bringen, würde sie Torge klatschnass entgegentreten, und das wollte sie um jeden Preis vermeiden. Bei dem, was sie ihm nach all den Jahren offenbaren würde, sollte kein Mitleidsbonus eine Rolle spielen. Antonia verschränkte die Arme vor der Brust, stemmte sich gegen den Wind und trat den Rückweg an.

Auf dem gesamten Heimweg begegnete ihr kein einziger Mensch. In der Einsamkeit der Nacht dachte sie darüber nach, wie ihr Leben wohl verlaufen wäre, wenn sie damals nicht auf ihren Vater gehört hätte. Hätten Torge und sie eine Zukunft gehabt?

Mit schnellen Schritten bog sie schließlich in ihre Straße ein. Da in keinem der Fenster der vierstöckigen Altbauten mit Giebeldächern, Segmentbogenfenstern und spitzbogigen Portaleingängen noch Licht brannte, stach ihr die glimmende Zigarette in einem parkenden Auto auf der anderen Straßenseite ins Auge. Sie war jedoch so in Gedanken vertieft, dass sie den beiden Männern in der grauen Limousine keine wirkliche Beachtung schenkte.

Geräuschvoll drückte der Wind die schwere Haustür hinter ihr ins Schloss, dann schritt sie die knarzenden Holztreppen hinauf bis zu ihrer Mansardenwohnung unter dem Dach, wo auf den letzten Stufen, direkt vor ihrer Tür, Torge saß.

»Hey«, sagte er und lächelte ein wenig. Er sah erschöpft aus. Noch immer trug er den gestreiften Pullover, hatte darüber aber eine ärmellose graue Steppweste angezogen, unter der sich sein Schulterholster abzeichnete.

»Hey«, antwortete sie und konnte sich vorstellen, dass dieser Tag auch sichtbare Spuren an ihr selbst hinterlassen hatte.

Er betrachtete das breite Pflaster an ihrer Stirn und zeigte darauf.

Was zum Teufel hattest du heute dort verloren?

»Ist es schlimm? Lass mal sehen.«

Er rutschte ein wenig zur Seite, und sie setzte sich neben ihn.

»Da gibt's nichts zu sehen«, antwortete sie leise, weil sie nicht wollte, dass jemand ihr Gespräch im Treppenhaus mithören konnte.

Er streckte seine Hand aus und wischte sanft eine Haarsträhne beiseite, die das Pflaster verdeckte.

»Das hätte verdammt schiefgehen können heute«, sagte er.

»Aber zum Glück war ich da, um das zu verhindern«, hielt sie trotzig dagegen.

»Ich meinte dich«, erklärte er.

»Ich weiß, aber das ist doch das Problem. Wer denkt schon an die Frau eines syrischen Flüchtlings?«

Schuldbewusst blickte Torge auf die Stufen hinab.

»Du hast recht, das hatten wir unterschätzt, das hätte nicht passieren dürfen. Aber jetzt ist sie in Sicherheit.«

»Ich weiß«, antwortete sie erneut.

Überrascht blickte er sie an.

»Markus?«

»Mein Vater, ich hab ihn darum gebeten.«

»Da weißt du mehr, als du wissen dürftest. Warum involvierst du dich so sehr?«

Wie oft hatte er sich vorgestellt, ihr wieder so nahe zu sein! Und nun würde ein Hauch aus seinem Mund genügen, um die Haare über ihrem Ohr zu bewegen, die sich aus der strengen Frisur gelöst hatten.

»Weil ihr einen Unschuldigen zum Sündenbock macht.«

»Wie kannst du dir da so sicher sein?«

»Das Gleiche könnte ich dich fragen«, konterte sie.

Torge war wie ausgelöscht. Er hätte ihr von dem Ring erzählen können, von all den Lügen, die Laid den Behörden auftischte, seit er Asyl beantragt hatte. Aber ihm fehlte die Kraft, und Antonia war außerdem kein Mitglied der Task Force. Streng genommen durfte er ihr überhaupt keine Erkenntnisse aus den Ermittlungen verraten.

»Alles, was ihr gegen den Mann in der Hand habt, sind doch nur Indizien«, echauffierte sie sich, wobei ihr Knie das seine berührte.

Er erwiderte sanft den Druck, sodass sich ihre Oberschenkel aneinanderschmiegten. Nicht zu fest, nur so, als wäre es rein zufällig geschehen.

»Es ist ungemütlich hier auf der Treppe«, sagte sie mit gedämpfter Stimme.

»Soll ich dir eine Decke holen?«, fragte er.

»Und man könnte uns hören«, erwiderte sie.

»Dann müssen wir eben leise reden.«

Sie zog ihr Bein zurück. Torge verstand den subtilen Hinweis.

Du willst nicht, dass es noch mal passiert.

»Warum bin ich hier, Antonia?«

Und warum kannst du nicht zugeben, dass du noch immer Gefühle für mich hast?

Antonia rückte von ihm ab, lehnte sich an das gedrechselte Treppengeländer und sah ihn an.

»Erinnerst du dich an unsere letzten gemeinsamen Tage?«

Wort für Wort tastete sie sich an die Erinnerung heran, strich mit den Fingerkuppen über das Pflaster auf der pochenden Wunde an ihrer Stirn und fühlte, wie der Schmerz der Vergangenheit zurückkam. Ein Wimpernschlag seiner Augen verriet ihr, was er dachte.

Ja, Toni, ich erinnere mich an jeden einzelnen Tag, an jede Stunde und an jeden verdammten Augenblick.

»Damals, als wir uns trennten«, begann sie stockend.

Wir haben uns nicht getrennt, du hast mich verlassen.

»Es gab einen Grund dafür, einen, über den ich nicht reden konnte. Ich konnte es einfach nicht ...«

Behutsam versuchte sie, die Erinnerung aufzudecken, aber

je vorsichtiger sie den Mantel des Schweigens entfernte, desto größer wurde der Schmerz. Also legte sie die Wunde mit einem heftigen Ruck frei.

»Ich war schwanger und habe unser ungeborenes Kind getötet«, sagte sie lauter, als sie es gewollt hatte. Weil nur so der Stich zu ertragen war, den sie dabei in ihrer Brust spürte.

Torge zuckte zusammen, aber nur ein wenig. Denn irgendwo, tief verborgen unter unzähligen Schichten der Verzweiflung und der Hilflosigkeit, hatte er es geahnt.

Vielleicht war das der Grund, warum sich das Unaussprechliche, das nun fast spürbar zwischen ihnen stand, für Torge verflüchtigte wie kalter Rauch.

Torge rutschte mit ausgebreiteten Armen zu ihr, um sie fest an sich zu drücken, aber sie streckte den Arm aus und hielt ihn auf Distanz.

»Ich bin noch nicht fertig! Als ich dich verließ, war ich hin- und hergerissen. Du warst, du bist mein Cousin. Ich hatte Angst um das Kind, hatte Angst, es könnte ... Ich wusste einfach nicht, was ich tun sollte.«

Antonia zog den ausgestreckten Arm zurück und wischte sich über die Augen.

»Ich war sechzehn, Torge, es fühlte sich so falsch an.«

»Du hättest es mir sagen müssen«, antwortete er laut mit trockener Kehle und spürte, wie nun doch die Wut in ihm hochkochte. »Du hättest es mir sagen müssen!«

Dann atmete er tief durch und fügte leise hinzu: »Du hattest kein Recht dazu.«

»Wir hatten kein Recht dazu – unsere Liebe war vor Gott eine Sünde.«

Sie spürte die Blicke ihres Vaters und dachte an seine donnernde Predigt über das kanonische Recht der römisch-katholischen Kirche: *In der geraden Linie der Blutsverwandtschaft ist die Ehe ungültig zwischen allen Vorfahren und Nachkommen bis in die Seitenlinie vierten Grades. Ein Kind aus eurer unheiligen Beziehung hat in dieser Welt nichts verloren, Antonia. Alles daran ist falsch. ALLES!*

Erst stockend, dann immer klarer erzählte sie Torge von der verbalen Tortur, der sie täglich durch ihren Vater ausgesetzt war. Wie sie zitternd und ängstlich auf einem Stuhl gesessen hatte, als er ihr einmal drohend erklärte: *Gott wird dieses Kind nicht lieben.*

»Ich habe ihm geglaubt«, sagte sie. »Unsere Liebe war vor Gott eine Sünde.«

Torge stand auf und blickte aus dem Fenster im Treppenhaus hinaus in die tiefschwarze Nacht. Dabei legte er beide Hände an die Ohren, wie um sich vor diesem Irrsinn abzuschotten, aber Antonias letzter Satz hatte sich bereits in seinem Kopf festgesetzt und peinigte ihn. Weinend ließ er schließlich die Arme sinken und sah sie an.

»Du hast unser Kind getötet ... wegen Gott?«

Damals hätte sie ihm zugestimmt, heute verstand sie, dass sie es nur wegen ihres Vaters getan hatte. Aber was machte das noch für einen Unterschied? Unfähig, es zu erklären, biss sie sich auf die Lippen.

Verzweifelt sah er sie an und wartete auf eine Antwort.

Sie zitterte.

»Antonia?«, flehte er sie an und spürte, dass es keine Antwort mehr geben würde. Es war zu spät.

Vorsichtig näherte er sich ihr und setzte sich neben sie. Langsam beruhigte sie sich wieder.

»Wir haben immer noch uns«, sagte er leise und dachte im selben Moment, wie kitschig das geklungen haben musste.

Doch sie nahm seine Hand zwischen ihre und drückte sie.

In diesem Augenblick öffnete sich die Tür der Wohnung, die gegenüber von Antonias lag. Eine alte Frau in einem abgetragenen Bademantel erschien auf dem Hausflur. Ihr Blick verriet, dass sie den beiden vermutlich zugehört und einen geeigneten Moment abgewartet hatte, um sich zu zeigen.

»Frau Borchardt, also ich ...«

Antonia drehte sich um, wischte sich über die feuchten Augen und setzte ein künstliches Lächeln auf.

»Frau Petz, haben wir Sie geweckt? Es tut mir leid.«

»Nein, nein, ich war noch wach«, antwortete die alte Frau mit einem ausgeprägten tschechischen Akzent. Ihr faltiges Gesicht strahlte Verständnis und Güte aus.

»Ich wollte nur sagen, ich füttere doch immer Ihre Katze. Nur als die Heizungsableser heute da waren, habe ich danach die Tür zugeschlagen und den Schlüssel drinnen vergessen. Wenn ich morgen die Katze füttern soll, brauche ich ihn doch.«

Torge stand auf und half Antonia auf die Beine, die ein wenig wankte.

»Einen Augenblick, ich bringe Ihnen Ihren Schlüssel. Wo haben Sie ihn denn liegen lassen?«

Frau Petz hielt ihr verständnisvoll die greise Hand entgegen.

»Geben Sie mal, ich mach das schon. Ich will Sie auch gar nicht stören. Ich bin gleich wieder weg.«

Antonia legte den Schlüsselbund in ihre Hand und sah zu, wie sie die Wohnungstür aufsperrte. Torge blickte wieder aus dem Fenster, hinunter auf die Straße, wo ein Mann in einem parkenden Auto direkt zu ihnen hochsah.

Ein grauer Kater drückte sich aus Antonias Wohnung und rieb sich mit aufgerichtetem Schwanz schnurrend an ihren Beinen.

»Gatsby, mein Kleiner«, begrüßte Antonia ihn liebevoll, hob ihn hoch und küsste sein flauschiges weiches Fell, während Frau Petz das Licht in der Wohnung anschaltete und hineinging.

»Hast du Personenschutz bekommen?«, fragte Torge und schob alle anderen Gedanken und Probleme beiseite, denn irgendetwas stimmte nicht.

»Ich denke, schon, eine Streife.«

»Also nicht zivil? Und wusstest du von der Heizungsablesung heute?«

Torge griff nach seinem Handy und wählte Markus' Nummer, während Antonia versuchte, sich zu erinnern.

»Was ist los? Du machst mir Angst.«

Aus der Wohnung meldete sich Frau Petz mit kratzender Stimme: »Ich hab ihn gefunden ...«

Dann explodierte die Bombe.

Die Haustür wurde aus den Angeln gerissen, Glas splitterte, und eine gewaltige Rauchwolke schoss aus der Wohnung. Antonia und Torge wurden von der Druckwelle der Explosion samt Katze die Stufen hinuntergeschleudert und blieben an der Kehre liegen.

Hustend kroch Torge durch die rauchenden Trümmer zu Antonia hinüber, die verzweifelt nach ihrem Kater schrie, doch der war bereits die Treppen hinab geflüchtet.

»Bist du ... Ist alles okay?«

Antonia blickte an sich hinab, zog die Beine an und berührte mit den Händen ihr Gesicht. Der Schock blockierte den Schmerz, sie fühlte nichts, und ihre Ohren waren taub. Dann schrie sie auf, verzweifelt und endlos lange, als könnte der Schrei das Grauen ungeschehen machen.

Torge kroch zu Antonia hinüber und berührte sie leicht am Arm. Während er aus dem Augenwinkel den zerfetzten Türrahmen über sich wahrnahm, tauchten vor seinem inneren Auge Bilder von Opfern von Bombenanschlägen auf: entstellt, blutig, mit abgerissenen Gliedern, verrenkt, wie achtlos auf den Boden geworfene Marionetten.

Antonias Schrei endete in einer Totenstille. Sie japste nach Luft, blickte durch ihn hindurch, doch sie schien keine größeren Verletzungen zu haben, worauf Torge eine schwere Entscheidung traf.

Wankend kam er auf die Beine, zog sich am Treppengeländer die Stufen empor und blickte aus dem zersplitterten Fenster des Treppenhauses nach unten, wo gerade der graue Wagen aus der Parklücke ausscherte. Ohne ein Wort zu sagen, drehte er sich um und stolperte das Treppenhaus hinab, erst unbeholfen und langsam, bis Körper und Geist sich wieder koordinieren ließen. Dann wurden seine Schritte schneller und schneller, bis er schließlich vor der Haustür stand, wo ihm der Sturm ins Gesicht peitschte.

Von der grauen Limousine fehlte jede Spur. Entschlossen lief Torge mit großen, kräftigen Schritten in die Richtung, in die der Wagen gefahren war. Nach fünfhundert Metern erreichte er eine Kreuzung mit einer Einbahnstraße, der er mit unvermindertem Tempo folgte. Es fühlte sich an wie im Training, nur dass er bei dieser Geschwindigkeit keine vierzig Kilometer durchhalten würde. Der Sturm im Rücken und der Zorn in der Brust trieben ihn zur Höchstleistung an. Die Welt um ihn herum ausgeblendet, die Gedanken fokussiert auf den inneren Rhythmus von Körper und Geist, befeuert von Adrenalin und Rache. Und dann sah er die Rücklichter eines Wagens, der an einer roten Ampel stand, wo die Einbahnstraße in eine mehrspurige Hauptverkehrsader mündete. Der Abstand betrug vielleicht noch hundert Meter. Torges Schritte wurden kürzer und schneller, das Blut kochte in seinen Adern.

Der Fahrer des Mercedes traute seinen Augen nicht, als er im Rückspiegel einen Mann sah, der sich mitten auf der Straße schnell näherte.

»Biba ... der Bulle ... er lebt!«, schrie er den kräftigen Mann neben sich auf Arabisch an.

Kujtim Biba drehte sich hastig um. Malik hatte recht – das war der Typ, den al-Bāṭin im Café getroffen hatte. Geübt zog er seine Kleinkaliberpistole aus dem Hosenbund, entsicherte sie und zog den Schlitten zurück, um die erste Kugel in den Lauf zu befördern.

»Sollen wir nicht lieber abhauen?«, drängte Malik und legte

seine Hand auf die Schaltung, da packte ihn Biba an der Kehle und drückte zu.

»Fahr los, und die erste Kugel gehört dir!«, drohte er, packte dann mit beiden Händen wieder die Pistole und zielte auf den Mann, der wie ein Raubtier auf sie zusprintete.

Torge war nur noch zwanzig Meter entfernt. Noch konnte er nicht mit Sicherheit einschätzen, ob die Männer im Wagen etwas mit dem Anschlag zu tun hatten. Die Ampel sprang auf Grün, aber der Wagen blieb stehen. Dann zerrissen schnell hintereinander abgefeuerte Schüsse die Heckscheibe. Wie im Rausch zog Torge seine eigene Pistole und rannte unerschrocken dem Kugelhagel entgegen. Er widerstand dem inneren Drang, zurückzufeuern, denn jede Kugel wäre bei diesem Sprint Verschwendung gewesen.

Auch der Schütze im Wagen, der verrenkt auf dem Vordersitz saß, hatte eine ungünstige Schussposition und stand unter einem Höllendruck, denn da war dieses Blitzen in den Augen seines Angreifers: Der Mann wollte ihn töten! Mit schweißnassen Händen feuerte er zwei weitere Schüsse ab, dann war das Magazin leer. Fahrig schob er ein neues Magazin in den Schacht seiner Pistole, da war sein Gegner bereits am Wagen angekommen.

Mit einem gewaltigen Satz sprang Torge auf das Heck der Limousine und landete mit einem weiteren Schritt auf dem Dach des Benz. Panisch zielte Kujtim Biba nach oben und schoss. Die Kugel verfehlte Torge nur knapp, zeigte ihm aber, wo genau sich der Schütze befand. Breitbeinig jagte er ein halbes Dutzend Kugeln in das Innere des Benz und sah dabei die Gesichter all der Unschuldigen, die gestorben waren, dann sprang er seitlich vom Wagen und warf sich auf den Boden.

Keine Reaktion, nur der Wind, der um das Auto pfiff. Mit einem kräftigen Ruck und der Waffe im Anschlag riss er die Beifahrertür auf, da kippte ihm auch schon blutüberströmt der leblose Schütze entgegen – aber vom Fahrer selbst fehlte jede Spur.

Du hast den Kerl gesehen, aus den Augenwinkeln, wie er geduckt aus dem Wagen schlich und davonrannte.

Torge schob die Pistole in sein Holster, schnellte nach oben, dann sprintete er über die Kreuzung und schließlich die breite Hauptstraße entlang. Der Sturm warf ihm die ersten Regentropfen entgegen, und am Himmel spuckten die Wolken Blitze, aber der Mann, den er zur Strecke bringen wollte, war nicht zu sehen. Schließlich musste er einsehen, dass es aussichtslos war. Torge wurde langsamer, seine Brust bebte, dann blieb er stehen.

Wohin hast du dich verkrochen, du Scheißkerl?

Sein Blick wanderte die Straße hinab und die Eingänge der Häuser entlang, aber der Mann schien ihm entkommen zu sein. Der Regen nahm zu, seine Haare und sein Gesicht waren inzwischen klatschnass.

Wo hast du Ratte dich verkrochen?

Torge drehte sich um. Im Sprint hatte er einen offenen Straßenablauf passiert. Nur wenige Meter hinter ihm lag ein kreisrunder Betondeckel neben einem runden Loch, das in die Tiefe führte – ohne Absperrung, ohne jegliche Sicherung. Plötzlich ergab alles einen Sinn, das Verschwinden Ahmed al-Bāṭins nach dem Treffen im Café, der Mord an Safaa Al Aifuri im Krankenhaus und der Mordversuch an Indira Kohli. Einfach alles.

Torge rannte zurück zu dem Loch und stieg die Sprossen in der schmalen Röhre hinunter. Schon nach einem Meter war es so schwarz vor seinen Augen, dass er das Licht seines Smartphones anschalten musste. Wenig später kam er auf dem steinernen Parkett eines unterirdischen Kanals zum Stehen. Nur einen halben Meter neben ihm rauschte ein reißender Fluss an ihm vorbei. Der Mann konnte nicht weit sein. Flussaufwärts führte der gewölbte Schacht wie ein gerader Strich in die Dunkelheit. Wäre er auf der Flucht, er würde die andere Richtung wählen, die eine starke Biegung nach rechts machte und schwerer einsehbar war. Das Wasser zu seinen Füßen schwappte bereits über das Parkett, aber Torge verschwendete keinen Gedanken daran, aufzugeben.

Wieder begann er zu laufen, doch wesentlich langsamer als oben auf der Straße, denn der Boden unter seinen Füßen war extrem schlüpfrig. Kaum hatte er die Biegung hinter sich gebracht, verjüngte sich der Gang zu allen Seiten. Die niedrige Decke zwang ihn dazu, sich zu bücken und seine Schritte zu verlangsamen. Das Wasser stand ihm inzwischen bis zu den Knöcheln und zog mit unsichtbaren Klauen an seinen Schuhen. Wie weit mochte er von dem Ausstieg noch entfernt sein? Hundert Meter, vielleicht hundertfünfzig? War das Wasser gestiegen oder war es nur an dieser Stelle höher, weil der Kanal enger geworden war? Irgendwo vor ihm blitzte ein Licht auf, dann hörte er einen Schrei, der schnell näher kam. Der Lichtkegel seines Smartphones erfasste einen Kopf, der aus den Fluten ragte und nach Hilfe schrie.

Für den Bruchteil einer Sekunde dachte Torge, wie einfach es jetzt wäre, den Mann zu erschießen. Doch dann kauerte er sich an den Rand des Parketts und reckte ihm den Arm entgegen. In panischer Angst kämpfte der Mann um sein Leben, schlug auf das Wasser ein und versuchte aus dem reißenden Strom an den Rand des Flusses zu gelangen, um die Hand Torges zu erwischen, was ihm mit den Fingerspitzen schließlich gelang.

Einen Moment lang spürte Torge die nassen Finger des Terroristen in seiner Hand, dann riss ihn der gewaltige Wasserdruck zu Boden, und die Finger entglitten ihm. Dabei verlor er sein Smartphone, das in den Fluten versank. Von da an war es vollkommen dunkel.

Die Hilfeschreie des Mannes entfernten sich, bis nur noch das kräftige Rauschen des Stroms zu hören war.

Du musst hier raus, und zwar schnell!

Torge rollte sich an die Gewölbemauer, während das Wasser an ihm zerrte. Dann erhob er sich und schleppte sich den Weg in der Schwärze zurück. Das Wasser stand ihm inzwischen bis zu den Knien. Lang würde er sich nicht mehr halten können, er musste zumindest die Biegung hinter sich bringen, sonst würde ihn der Strom unweigerlich in die Mitte ziehen, von wo es kein Entrinnen mehr geben würde. Jeder Schritt konnte nun der letzte sein. Wenn sein Gewicht nicht mehr ausreichte, den Boden zu berühren, wäre er verloren.

Und noch ein Problem wurde ihm bei jedem Schritt bewusst: Mit dem steigenden Wasser kam die Kälte, die seine Nervenbahnen lähmte, bis er nicht mal mehr spürte, wie hoch der Wasserstand um ihn war. Mit kräftigen Schlägen auf die Wasseroberfläche versuchte er festzustellen, wie viel Zeit ihm noch blieb. Hatte er die Biegung schon hinter sich? War er noch an der Mauer? Da hatte das Wasser seine Hüfte erreicht und riss ihn von den Beinen. Es würde nichts bringen, sich zu wehren, das Wasser war stärker. Alle Kraft, die ihm jetzt blieb, musste er darauf verwenden, nicht unterzugehen.

Mit den Händen konnte Torge die Decke des Gewölbes berühren. Wie viel Zeit hatte er noch, bis der Strom über ihm zusammenschwappte? Was für ein jämmerlicher Tod!

Dicht vor ihm tauchte wie aus dem Nichts ein Licht auf, das schnell näher kam. Erst konnte er nicht erkennen, was es war, zu sehr versuchte er, in diesem Höllenfluss am Leben zu bleiben. Doch dann wurde ihm bewusst, dass es der Kanaleinstieg war – vielleicht seine letzte Hoffnung, um zu überleben.

Kämpfe nicht gegen das Wasser, sondern werde ein Teil dieser Kraft, hörte Torge die Stimme seines Triathlontrainers und ließ sich treiben, bis die Strömung ihn zur Luke getragen hatte. Dann peitschten seine Arme und Beine gegen den Strom, um das Licht zu erreichen, das auf ihn zuschoss. Seine rechte Hand erwischte eine der Sprossen. Augenblicklich spürte er den Schmerz in seinem Arm, denn der Fluss riss an ihm wie zehn starke Männer. Alles hing davon ab, nicht loszulassen und auch mit der zweiten Hand die Sprosse zu erreichen, während das dreckige Wasser über ihm zusammenschlug und seinen Rachen füllte. Prustend und schluckend kämpfte er gegen die Naturgewalt an.

Du wirst mich nicht kriegen, dachte er triumphierend, als sich auch seine zweite Hand um die Eisensprosse legte und seine Muskeln die Arme beugten wie bei einem Klimmzug unter Wasser. Mit letzter Kraft zog er sich in den rettenden Schacht und stieß seinen Kopf durch die Wasseroberfläche. Hustend und spuckend füllte sich seine Lunge mit Sauerstoff, dann kletterte er nach oben, aus dem Loch hinaus, und rollte sich auf den nassen Asphalt der Straße, wo er erschöpft liegen blieb.

Er blickte hinauf in den blitzenden Himmel. Er atmete tief ein, während der Regen auf sein Gesicht prasselte. Torge rang mit sich, doch dann dankte er Gott, dass er noch am Leben war.

IV NUMERI

Rache an den Medianitern

TAG 14

Montag, 26. September 2022
7:00 Uhr – 14:00 Uhr

Torge lag in seinem Bett und starrte die Wand an, die im Licht der Morgendämmerung langsam heller wurde. Die Hoffnung darauf, die Terrorzelle schnell zu zerschlagen, war verronnen wie die Füllung einer Sanduhr. Eine Woche war vergangen, seit eine Bombe Antonias Nachbarin in Stücke gerissen und ihre Wohnung zerstört hatte. Zwei Wochen seit dem Anschlag, in denen ein beispielloser Apparat aus Behörden und Beamten keinen einzigen nennenswerten Fahndungserfolg erzielt hatte. Stattdessen war es immer wieder zu falschen Verdächtigungen und Verhaftungen gekommen, die die Ermittlungen der Polizei in ein schlechtes Licht rückten.

Alles, was Torge und seinem Team noch blieb, war der syrische Zahnarzt Laid Abaaoud. Dessen Anwalt hatte mit Unterstützung von Simone Köster eine mediale Welle der Entrüstung losgetreten, der immer mehr Menschen und Institutionen gefolgt waren.

#FreeLaid lautete die Parole, die einen Riss durch die Gesellschaft zog und zunächst nur verbal zu Auseinandersetzungen in den Medien geführt hatte. Am vergangenen Samstag war es dann in München anlässlich einer Demonstration der #FreeLaid-Bewegung im Stadtkern zu gewalttätigen Auseinandersetzungen mit Gegendemonstranten gekommen. Mehrere Menschen waren verletzt worden, Polizisten wie Demonstranten.

Gestern hatte Oberstaatsanwältin Dr. Oster nach Absprache mit der bayerischen Polizei die Reißleine gezogen und beschlossen, Laid Abaaoud unter der Auflage, das Land nicht verlassen zu dürfen, vorläufig auf freien Fuß zu setzen. Genau das würde in wenigen Stunden unter großem Anteil von Presse und Menschenrechtsorganisationen geschehen.

Erschöpft und unendlich müde fielen Torge die Augen zu. Doch kaum wurde es hinter seinen geschlossenen Augenlidern schwarz, schwappten übel riechende Wellen über ihm zusammen. Hastig rang er nach Luft, riss die Augen auf und pumpte mit breiten Atemzügen Sauerstoff in seinen nass geschwitzten Körper. Und obwohl ihn die vertraute Umgebung seines Apartments langsam wieder beruhigte, hörte er immer noch die Schreie des Arabers, den die Flut mitriss. Dann verstummte er.

Man hatte die Leiche am nächsten Morgen an einem der Kanalausgänge gefunden, wo die Flut des Regenwassers in die Isar geleitet wurde. Er hing dort leblos und aufgedunsen an einem der Absperrgitter, die verhindern sollten, dass Jugendliche den Zugang in die Kanalisation nutzten, um dort illegale Partys zu feiern.

Torge hatte man in ein Krankenhaus gebracht und ihm dort den Magen ausgepumpt. Nach dieser Tortur hatte Markus in seinem Krankenzimmer auf ihn gewartet.

»Scheiße!«, hatte Torge mit entzündetem Rachen ausgespuckt.

Markus nahm die Vorlage grinsend an: »Kommt davon, wenn man seine Klappe nicht halten kann.«

»Was soll das? Tauschen wir jetzt die Rollen? Schon vergessen, ich bin der mit den markigen Sprüchen.« Dann setzte Torge sich gegenüber von Markus erschöpft auf das Bett, und Markus hatte ihn auf den aktuellen Stand gebracht.

»Der Mann im Auto ist tot. Es war Kujtim Biba, Mazedonier ... Du erinnerst dich, der Rollstuhlfahrer.«

»Klar erinnere ich mich. Denkst du, der Gestank hat mein

Gehirn vernebelt? Der soll in der Hölle verrecken ... Tut mir leid, sorry.«

»Besser, wir hätten ihn lebend gekriegt.«

»Schlaumeier. Und wie hätte ich das anstellen sollen?«

»Keine Ahnung, aber jetzt stehen wir wieder ganz am Anfang.«

Torge bekam einen Hustenanfall, rutschte vom Bett und ging in die Knie. Dann sah er zu Markus auf.

»Wo ist Antonia?«

»Liegt ein paar Zimmer weiter. Gehirnerschütterung, Rippenprellungen. Sie wird ein paar Tage hierbleiben müssen, genau wie du!«

»Einen Scheiß werd ich!«

Schwankend schlurfte er dann mit Markus' Hilfe bis zum Ende des Korridors, grüßte den Personenschutz vor Antonias Zimmer mit einem halbherzigen Gruß und bat Markus, vor der Tür zu warten.

Sie war wach, lag unter einer Decke, das Rückenteil war angewinkelt. Auf ihrer linken Gesichtshälfte verdeckte eine weiße Wundkompresse den Großteil ihrer Wange.

»Wie geht es dir?«, flüsterte er.

»Frau Petz ist tot«, antwortete sie, ohne ihn anzusehen.

»Ich weiß.«

Er setzte sich neben sie und nahm ihre Hand. Für eine Weile ließ sie es stumm geschehen, dann wandte sie sich ihm zu und ließ nichts unversucht, Laid Abaaoud als Opfer von Indizien und falschen Schlussfolgerungen hinzustellen. Es war, als hätte ihr Gespräch im Treppenhaus nie stattgefunden.

Dann war eine Krankenschwester gekommen und hatte ihn verscheucht.

»Frau Borchardt braucht dringend Ruhe, Sie sollten sie jetzt allein lassen.«

Fuck, ich hab sie vierzehn Jahre allein gelassen. Reicht das nicht?

Heute Nachmittag würde er Antonia wiedersehen, auf der

Trauerfeier ihrer Nachbarin Eliška Petz. Innenminister Himmel würde die Grabrede halten, so stand es in der schmucklosen E-Mail-Einladung. Er hatte lange damit gehadert, an der Beerdigung teilzunehmen, aus Angst davor, sich seinem Onkel gegenüber nicht beherrschen zu können.

Dieser scheinheilige Heuchler mit seiner verlogenen Doppelmoral.

Aber nachdem er von Markus erfahren hatte, dass auch Antonia dort sein würde, hatte er zugesagt.

Die ersten Sonnenstrahlen blitzten durch das Fenster und zeichneten das gleichförmige Muster der halb offenen Jalousien auf die Wände. Hell, dunkel, hell, dunkel. Irgendwo hinter diesem Zwielicht lag die Wahrheit.

Laids Freilassung ließ ihm ebenfalls keine Ruhe. Ein Grund mehr, warum er nicht schlafen konnte und die Wand anstarrte. Es stand so viel auf dem Spiel, und nach wie vor war Laid in seinen Augen der Hauptverdächtige. Natürlich nagten Zweifel an ihm, aber Laids Freilassung hielt er für einen großen Fehler. Wie die CIA inzwischen bestätigt hatte, war sehr viel mehr Nowitschok über die Balkanroute geschmuggelt worden, als die Terroristen bei dem Anschlag vom 12. September eingesetzt hatten. Allem Anschein nach stand eine weitere Attacke bevor.

Torges Telefon gab ein helles Ping von sich. Ohne sich auf die Seite zu drehen, griff er danach und öffnete die Nachricht, die ihm Oberstaatsanwältin Oster gesendet hatte. Enthalten war nur ein Link zu einem CNN-Beitrag, der sich kurz darauf öffnete.

Ein in Flammen stehendes Gebäude war zu sehen, Rettungswägen, Polizei, Frauen mit schweren Verbrennungen. Darüber stand als Ortsangabe *IRAN, KARADSCH.*

Die energische, aber kühle Stimme einer Reporterin kommentierte die Bilder: »Während einer Demonstration der Frauenrechtsbewegung ist in den gestrigen Abendstunden in der iranischen Stadt Karadsch ein Chemielabor explodiert und in Flammen aufgegangen. Nach Angaben der iranischen Nachrichtenagentur Tahsim wurden dabei zwei Frauen getötet und neun weitere Menschen schwer verletzt, darunter auch zwei Mitglieder der iranischen Polizei. Der Protest galt der Ermordung von Sarina Esmailzadeh, die wenige Tage zuvor an den Verletzungen durch Schlagstöcke iranischer Sicherheitskräfte gestorben war. Augenzeugen gehen davon aus, dass die Explosion kein Zufall war.«

Kaum war der Clip zu Ende, ließ Torge kraftlos den Arm sinken.

Er dachte an die Worte Ammons vom Militärischen Abschirmdienst zurück.

Eine amerikanische Spezialeinheit wird demnächst mit unserer Unterstützung den Standort eliminieren. Mit Feuer.

Der Mann hatte sein Wort gehalten. Die Quelle für Nowitschok war versiegt. Aber zu welchem Preis?

Torge fühlte sich hundeelend und starrte erneut auf das Schattenspiel an der Wand, das sich im Sonnenaufgang inzwischen blutrot gefärbt hatte.

* * *

Martin ging auf ein schwarzes Tor zu, dessen schwere Flügeltüren sich wie von Geisterhand öffneten und ihn hineinzogen. Kurz bevor er hindurchtrat, erkannte er eine glühende Inschrift über dem Tor.

Lasst, die Ihr eintretet, alle Hoffnung fahren!

Und noch bevor er die Worte verstand, schlugen aus dem Nichts Flammen an ihm empor. Unfähig, sich zu wehren, sah er zu, wie die Haut an seinen Fingern platzte und die Knochen freilegte, und fühlte, wie sich das Feuer an seinem Nacken hochfraß, bis sein ganzer Kopf in Flammen stand. Verzweifelt und nach Hilfe suchend wandte er sich zu dem Portal um. Für einen Moment glaubte er, dahinter Antonia und Torge zu sehen, dann verschwand auch das letzte bisschen Hoffnung, als sich die Tore donnernd schlossen – für immer.

Schweißgebadet wachte Martin auf, riss sich die Bettdecke vom Leib und betastete in der Dunkelheit seine gepeinigte Hand. Er spürte, wie die aufgeplatzte Haut sich über den Knochen wieder zusammenschob, bis die Brandwunden vollständig verschwunden waren. Sein Atem ging schwer. Seine Brust hob und senkte sich wie ein Blasebalg.

»Meinst du, er weiß es?«, hörte er Shohreh neben sich flüstern.

»Ja«, antwortete er, als hätte er sich vor dem Jüngsten Gericht soeben für schuldig erklärt.

Im nächsten Moment zweifelte er wieder daran.

»Ehrlich gesagt, ich weiß es nicht.«

»Eines Tages wird es aber geschehen. Meinst du, er wird dir dann verzeihen?«, fragte ihn Shohreh.

»Er hasst mich doch schon sein Leben lang. Er wird mir das nie verzeihen.«

»Antonia hat dir verziehen!«

Martin spürte die Hand seiner Tochter auf der seinen, dieselbe Hand, mit der er sie vierzehn Jahre zuvor geschlagen hatte, aus Zorn über ihre Empfängnis durch den eigenen Cousin. Er erinnerte sich daran, wie er sie zur Abtreibung gedrängt und darauf bestanden hatte, dass es ihr Geheimnis bleiben müsse. Niemand sonst hatte davon gewusst, nicht Torge, nicht Shohreh und nicht einmal Antonias Mutter. Inzwischen war ihm klar geworden, dass Antonia das Geheimnis und den Schmerz nur deshalb für sich behalten hatte, um ihm die Schmach und die Verurteilung durch andere zu ersparen. Sie hatte ihn beschützt, und er hatte es nicht einmal gemerkt. Wenn Antonia ihm verziehen hatte, konnte Gott es dann auch?

»Ich hätte beinahe auch sie verloren, das hätte ich nicht verkraftet. Und alles nur wegen dieser religiösen Fanatiker.«

Noch während er die Worte aussprach, spürte er Shohrehs Verachtung, die sich über ihn legte wie eine schwere Decke.

»Ich weiß, was du sagen willst. Ich mag ein religiöser Mensch sein, aber ich bin ganz sicher kein Fanatiker.«

Shohreh ließ sich Zeit mit ihrer Antwort.

»Religion ist wie ein Messer. Du kannst mit dieser Klinge das Brot teilen, aber du kannst damit auch töten.«

Der Wecker neben seinem Kopf begann zu piepen und riss ihn aus seinen Gedanken. Martin setzte sich auf, schaltete das Licht an, dann drehte er sich langsam um und blickte auf Shohrehs leere Bettseite.

Wie sollte er sein Leben nur ohne sie und ihre Hilfe weiterführen können? Stumme Tränen liefen ihm über die Wangen.

Eine halbe Stunde später saß Martin im schwarzen Anzug und mit schwarzer Krawatte in seiner gepanzerten Staatslimousine, die ihn mit Polizeieskorte in die Staatskanzlei brachte. Seit der Erkenntnis, dass er ebenfalls ein Ziel des Anschlags gewesen war, erlaubte er seiner Fahrerin, ihn auch montags abzuholen. Allein die Vorstellung, eine U-Bahn mit wildfremden Menschen zu teilen, bereitete ihm Qualen.

In den ersten Tagen nach dem Anschlag hatte Martin die Fassade eines entschlossenen und selbstsicheren Ministers noch aufrechterhalten können, aber das gelang ihm inzwischen nur noch selten. Kürzlich hatte er in einer Sitzung seinen Kaffee verschüttet, weil hinter ihm eine Tür laut ins Schloss gefallen war. Danach hatte er angewiesen, seine Besucher einer Leibesvisitation zu unterziehen, bevor sie sein Büro betraten. Der bloße Gedanke an die Trauerfeier und die anschließende Beisetzung des neuesten Terroropfers war ihm ein Grauen. Es würde zum Glück nur eine kleine Zeremonie werden. Der einzige Sohn der verstorbenen alten Frau lebte mit seiner Familie in den USA und hatte seine Teilnahme wegen *Sicherheitsbeden-*

ken, so stand es in dem Protokoll einer Mitarbeiterin des Auswärtigen Amtes, kategorisch ausgeschlossen.

»Wie sieht der Zeitplan aus, Frau Wolf?«

Die Fahrerin tippte auf das Touch-Display an ihrer Armatur und rief die Dispo auf, einen Kalender mit den Einsatzplänen für den gesicherten Transport des Ministers.

»8:30 Uhr Ankunft im Staatsministerium, elf Uhr Pressekonferenz und Freilassung von Laid Abaaoud. 14 Uhr Abholung Ihrer Tochter, danach Transfer zum Waldfriedhof. Beginn der Trauerfeier in der neuen Aussegnungshalle um 15 Uhr.«

Martin dachte an Lukas, der versprochen hatte, direkt nach der Schule ebenfalls zum Waldfriedhof zu kommen. Allerdings war er uneinsichtig gewesen, was seinen Polizeischutz anging, und so war es wieder einmal zum Streit gekommen. Wieso war alles nur so kompliziert? Martin schwitzte, nestelte an seinem Schlips und öffnete das Seitenfenster.

»Herr Minister, soll ich die Klimaanlage kälter stellen?«, fragte Frau Wolf mit einem aufmerksamen Blick in den Rückspiegel.

»Das fällt Ihnen jetzt erst auf, dass es hier viel zu heißt ist? Danke, nein, ich kann mir auch selbst helfen!«, blaffte er.

»Herr Minister, ich habe strikte Anweisung, die Fenster geschlossen zu halten, um Ihre Sicherheit nicht zu gefährden.«

Sie betätigte den Schalter für die Kindersicherung und schloss das Fenster wieder. Martin reagierte nicht darauf. Er blickte einfach nur stumm aus dem Fenster, ganz so, als hätte er sich seinem Schicksal ergeben.

* * *

Hannah Schneider stand an diesem Morgen lange vor dem Spiegel und betrachtete sich. Das Gesicht, in das sie sah, war nicht mehr dasselbe wie jenes, in das sie vor zwei Wochen geblickt hatte. Aus dem Hochzeitstag ihrer Schwester war der

Todestag ihrer Tochter geworden. Irgendwo hatte sie gelesen, dass ein solch tragisches Erlebnis die Wahrnehmung der eigenen Lebensgeschichte in zwei Hälften spaltet, in ein Davor und ein Danach, aber für Hannah war es anders. Es war vielmehr so, als hätte das Davor überhaupt nicht existiert, als wäre es nicht real gewesen. Während das Danach durch seinen immerfort tobenden Schmerz erdrückend wahrhaftig war. Dieser Schmerz hatte zu einem Entschluss geführt, der mit jedem Tag immer weiter wuchs. Wie ein unkontrollierbarer, wuchernder Tumor, der erst dann Ruhe geben würde, wenn sein Wirt gestorben war.

Gestern Nacht hatte Hannah sich im Krankenhaus wie üblich von ihrem Mann Florian verabschiedet, der noch immer laut röchelnd unter einem Sauerstoffzelt lag. Sie hatte nicht die Kraft gehabt, ihm zu sagen, dass es ein endgültiger Abschied war.

Nach der Morgentoilette mischte sie dem Futter von Fionas kleinem Hund eine hohe Dosis Barbiturat bei und sah schließlich stumm zu, wie Fionas kleiner Hund einschlief – für immer. Danach zog sie das schwarze Gewand an, das sie täglich trug, seit ihre Tochter brutal aus dem Leben gerissen worden war.

Den Abschiedsbrief, den sie danach mit unruhiger Hand an Florian schrieb, faltete sie einmal und legte ihn sorgfältig ausgerichtet neben seinen Füllfederhalter, den sie benutzt hatte. Sie redete sich ein, er würde es verstehen, wenn er die Zeilen las.

Kaum war sie damit fertig, warf sie einen Blick auf die Wanduhr in der Diele und stellte fest, dass ihr noch zwei Stunden Zeit blieben. Entspannt nahm sie auf einem Sessel Platz, starrte unentwegt auf die Uhr, hörte ihr Ticken und sah zu, wie die Zeit verstrich. Punkt zehn Uhr erhob sie sich wie eine Marionette, verließ das Haus, ohne einen Schlüssel mitzunehmen, und machte sich mit einem selbst bemalten Schild in Richtung Polizeipräsidium auf, um an der Freilassung von Laid Abaaoud teilzunehmen.

Auf dem Schild stand:

JESUS LEBT

* * *

»Der Ring fehlt«, bemerkte Simone Köster.

»Der Ring, wo ist der Ring?«, fragte daraufhin Laids Anwalt Dr. Orthofer, der neben seinem Mandanten stand, mahnend. In dem schmucklosen Raum des Münchner Polizeipräsidiums drängten sich mehrere Zivilisten und Beamte in Uniform um Laid und seinen Anwalt. Das Zimmer verfügte über zwei Zugänge. Durch einen davon hatte ein Vollzugsbeamter vor wenigen Minuten Laid Abaaoud gebracht, durch den anderen würde man ihn nach Abschluss der Formalitäten zur Pressekonferenz geleiten, auf deren Durchführung sich die Anwälte geeinigt hatten.

Simone Köster hatte soeben Laids persönliche Gegenstände entgegengenommen und anhand eines Formulars auf Vollständigkeit geprüft. Dabei war ihr aufgefallen, dass der Ring fehlte.

»Der Ring ist als Beweisstück in der Asservatenkammer«, antwortete Markus und betrachtete dabei Laid. Er sah gepflegt aus, sein Bart war gestutzt, seine Haare geschnitten und das frische Hemd, das er trug, schneeweiß. Ein geschickter Schachzug seiner Interessenvertreter, die damit bewusst den Klischees entgegenwirken wollten, die verängstigte Bürger vor Augen hatten, wenn sie an islamistische Attentäter dachten.

»Die Untersuchungen gegen meinen Mandanten sind eingestellt worden. Deshalb kommen wir heute und hier zusammen, um ihn vollständig zu rehabilitieren«, echauffierte sich

Orthofer. Belehrend fuhr er fort: »Der Einbehalt privater Gegenstände meines Mandanten ist inakzeptabel. Sie als Beweismittel zu bezeichnen, impliziert, dass er scheinbar doch noch Gegenstand einer Ermittlung ist. Das stellt einen klaren Bruch unserer Vereinbarungen dar.«

Ein wenig einnehmender Mann Ende vierzig, in einem schlecht sitzenden Anzug und mit beginnender Glatze, erhob das Wort gegen Orthofer.

»Werter Kollege, ich darf Sie beruhigen. Was Erster Kriminalhauptkommissar Erdmann damit sagen wollte, ist, dass sich das vermeintliche Corpus Delicti auf dem Weg hierher befindet und jede Minute eintreffen sollte. Und selbstverständlich bedauern wir die Verzögerung.«

Orthofer sah Simone Köster an, die an einem kleinen Tisch saß und die Augen verdrehte.

»Sie strapazieren unsere Geduld, und ich kann nur hoffen, dass sich der Ring bald wieder am Finger meines Mandanten befindet. Sonst wird das auf der Pressekonferenz zur Sprache kommen. Und glauben Sie mir, Ihnen wird nicht gefallen, was ich dann zu sagen habe.«

In diesem Augenblick stürzte Torge mit einem kleinen Koffer in der Hand in den Raum. Zu Markus' Überraschung trug er einen schwarzen Anzug.

»Hast du den Ring dabei?«, fragte er ihn.

»Wieso, steht eine Hochzeit an?«

Keiner lachte.

»Bitte schön!«

Torge legte den Koffer schwungvoll auf den Schreibtisch und öffnete ihn, sodass Simone Köster hineinsehen konnte. Vorsichtig entnahm sie einen schmucklosen kleinen Karton, der in schwarzen Schaumstoff eingehüllt war, öffnete ihn und ließ den goldenen Ring in ihre Hand fallen.

»Na also, sind jetzt alle glücklich?«, fragte Torge in die Runde.

Keiner antwortete.

Simone reichte Laid den Ring, der ihn gerade begutachten wollte, als Torge seine Aufmerksamkeit einforderte.

»Keine Sorge, wir haben den Ring wie unseren Augapfel gehütet. Ich würde sogar jede Wette eingehen, dass er jetzt noch heller glänzt also zuvor, nachdem wir jede DNA darauf fein säuberlich seziert und gesichert haben.«

»Ihr Auftritt ist eine Ungeheuerlichkeit«, donnerte Orthofer, während Laid sich den Ring ansteckte, ohne den Blick von Torge zu nehmen. Sogar Markus fand Torges Bemerkung unangebracht und zeigte ihm mit den Händen *Time-out* an.

»Sie haben recht, es tut mir leid«, entschuldigte sich Torge und nahm damit dem Anwalt den Wind aus den Segeln.

Kopfschüttelnd wandte sich Orthofer den restlichen Anwesenden zu.

»Können wir?«

»Der Polizeipräsident wartet bereits mit dem Innenminister auf Sie«, verkündete eine Pressereferentin. Orthofer legte Laid die Hand auf die Schulter und lächelte ihn siegesgewiss an.

»Sehen Sie, am Ende siegt die Gerechtigkeit. Nach Ihnen bitte.« Dann schob er Laid durch die geöffnete Tür, und der Tross an Beteiligten folgte ihm. Das Letzte, was Markus hörte, war die Stimme der Pressereferentin.

»Wir sind auf dem Weg, Herr Minister!« Dann waren er und Torge alleine.

»Was sollte das, Torge?«, wollte er wissen, kaum dass die Tür zugefallen war.

»Das erklär ich dir später«, antwortete Torge mit finsterer Miene.

* * *

Markus hatte sich mit Beginn der Pressekonferenz der Polizeimannschaft vor dem Haupteingang des Präsidiums angeschlossen. Eine Hundertschaft hatte eine Menschenkette gebildet, um Schaulustige und Demonstranten auf Abstand zu halten. Hundert von ihnen hatte man die Zufahrtsstraßen passieren lassen, nicht ohne sie zuvor auf Waffen zu untersuchen und die Personalien zu prüfen. Dann war das Gelände rund um das Präsidium abgeriegelt worden, und Scharfschützen sicherten auf den Dächern der umliegenden Häuser Laids Freilassung.

Torge war in die Tiefgarage gegangen und verfolgte die Ansprachen von seinem Dienstwagen aus, um nicht Gefahr zu laufen, Martin Himmel zu begegnen. Er war angespannt, fühlte sich wie ein Narr, der gegen Windmühlen kämpfte. Allein für die Überwachung der Kanalisation waren tausend Polizisten abgestellt worden, die in mehreren Schichten die wichtigsten Unterwasserstraßen und Knotenpunkte kontrollierten, teils elektronisch, teils persönlich im Untergrund.

Darüber hinaus hatte die Gefahr eines weiteren Terroranschlags dazu geführt, dass auch die Polizeipräsenz in allen deutschen Städten deutlich angehoben worden war. Bundesweite Kontrollen auf Autobahnen, Landstraßen und Grenzpunkten führten zu unzähligen Staus und langen Wartezeiten. Die Sicherheitsmaßnahmen an den Flughäfen waren so umfangreich geworden, dass der Flugverkehr große Einbußen zu verzeichnen hatte.

Zivil gekleidete, bewaffnete Sky Marshals, die bisher nur Passagierflüge begleitet hatten, gab es nun in ähnlicher Form auch im Schienenverkehr. In jedem Zug, in jeder U- und S-Bahn befand sich seit einer Woche ein Polizist in Zivil, um bei einem Anschlag eingreifen zu können. Die Belastung der Beamten, die sich im Einsatz befanden, und der Kollegen, die in den Schaltstellen arbeiteten und sich um die Logistik kümmerten, war von Tag zu Tag gestiegen. Die Polizeigewerkschaft und der Deutsche Beamtenbund forderten bereits Maßnahmen zur Entlastung ihrer Mitglieder. Die Konsequenz war klar: Über kurz oder lang würde das System zusammenbrechen, wenn man die Sicherheitsmaßnahmen nicht vehement zurückfuhr. Doch sobald das geschah, konnten sich die Terroristen wieder frei bewegen. Und spätestens dann war der nächste Anschlag nur noch eine Frage der Zeit.

»... und deshalb wird Herr Abaaoud nach eingehender Untersuchung von jedem Verdacht freigesprochen und wieder auf freien Fuß gesetzt«, verkündete soeben Münchens Polizeipräsident in der Übertragung auf Torges Handy. Ein Blitzlichtgewitter blendete die Akteure, vor allem Laid Abaaoud, dem die größte Aufmerksamkeit der Journalisten galt. Für einen kurzen Moment verdeckte seine Hand mit dem goldenen Ring sein Gesicht.

Zufall?, fragte sich Torge. Denn der Ring der IS-Herrschaft war groß und deutlich im Bild zu sehen. Ein Zeichen? Oder wollte sich Abaaoud tatsächlich nur vor den Blitzlichtern schützen? War er jetzt auch schon paranoid geworden?

Torge schloss die Augen und lauschte Martin Himmel, der jetzt an der Reihe war, noch ein paar ergänzende Worte zu sprechen.

»Deshalb appelliere ich erneut an die Bürgerinnen und Bürger dieses Landes, sich auf unsere demokratischen Werte zu besinnen. Die Übergriffe auf unsere ausländischen Mitbürgerinnen und Mitbürger verurteile ich aufs Schärfste – und ich werde nicht aufhören zu betonen, dass wir nicht müde werden, die Täter und ihre Hintermänner für derlei schäbige Gewalt zu verfolgen und vor Gericht zu bringen. Ja, wir alle haben ein traumatisches Ereignis erlebt. Aber das darf uns nicht dazu bringen, so zu werden wie die Feinde unserer Gesellschaft. Denn geschieht das, dann haben wir diesen Krieg verloren. Hass und Gegengewalt können und dürfen keine Mittel sein. Und so sehe ich die Freilassung von Herrn Abaaoud als Symbol für die Wirksamkeit unseres christlich geprägten Rechtsstaates. Ich gebe reumütig zu, dass sich unsere Ermittler girrt haben, dass wir uns geirrt haben – und im Namen Gottes, wir werden alles in unserer Macht Stehende tun, um das Unrecht, das Herrn Abaaoud zuteilwurde, wiedergutzumachen.«

Mit diesen Worten wandte sich Himmel an Laid, der ihm die Hand entgegenstreckte. Doch Himmel nahm den Araber bei den Schultern und drückte ihn fest an seine Brust.

Bei dem Anblick wurde Torge schlecht. Er schaltete das Handy ab und flüsterte leise: »Scheißheuchler.«

* * *

Kaum erschien Laid Abaaoud, begleitet von Personenschützern, seinem Anwalt und Simone Köster, am Ausgang des Polizeipräsidiums, kam Bewegung in die Menge, die jenseits der Polizeiabsperrung auf diesen Moment gewartet hatte. Er konnte kaum glauben, was er sah. Niemals hätte er damit gerechnet, dass sich so viele Menschen für seine Freiheit einsetzen würden. Zahlreiche Schilder mit *FreeLaid*-Slogans begannen über den Köpfen der Demonstranten zu tanzen, die in Sprechchören skandierten: »Freiheit für Laid, Freiheit für Laid, Freiheit für Laid ...«

Zutiefst gerührt löste sich Laid aus seiner Entourage und näherte sich der Polizeikette. Umspielt von den Scheinwerfern der Fernsehteams küsste er die Fingerspitzen seiner Hände, dann erhob er seine Arme und spreizte sie weit wie ein Prediger. Berauscht von der Euphorie, die ihm entgegenschwappte, drehte er sich um und winkte Simone und dem Anwalt zu, deren Gesichter aber Skepsis verrieten. In diesem Moment spürte auch er eine Ungereimtheit. Sie war nicht wirklich greifbar, mehr wie ein Fleck auf dem Objektiv einer Kamera, den man erst bemerkte, wenn man das fertige Bild betrachtete.

JESUS LEBT.

Auch das hatte er gerade auf einem Schild gelesen. Aber es war nicht der Text, der die Irritation ausgelöst hatte, sondern die Tatsache, dass sich dieses Schild nicht bewegte wie alle anderen, sondern nur steif in die Höhe gereckt wurde. Er wandte sich wieder der Menge zu, aber das Schild war verschwunden. Eine Gruppe von Gegendemonstranten begann soeben, die Befürworter von Laids Freilassung mit Drohgebärden einzuschüchtern und wüst zu beschimpfen. Die friedliche Demonstration konnte jeden Augenblick kippen. Orthofer packte Abaaoud am Oberarm und versuchte, ihn in Richtung der Wagenkolonne zu drängen. Da blickte Laid hinab auf eine kleine, unscheinbare Frau, die sich auf ihren Knien zwischen den Beinen der überforderten Polizisten in der Kette hindurchdrückte.

Die Frau lächelte ihn an. Sie hatte einen langen Bleistift in der Hand und erhob sich. Wollte sie sich etwa ein Autogramm geben lassen? Noch bevor er über diesen bizarren Gedanken nachdenken konnte, stand die Frau vor ihm und rammte den Stift mit einer schnellen Bewegung seitlich in seinen Hals. Alles ging so schnell, dass kaum jemand die Aktion wahrgenommen hatte. Laid spürte den Schmerz, schrie auf und schlug mit seinem Handrücken die Frau nieder. Der geschliffene Smaragd an seinem Finger hinterließ einen tiefen Cut auf ihrer rechten Wange, doch das hielt sie nicht davon ab, einen weiteren Angriff zu wagen. In Sekundenschnelle rappelte sie sich wieder auf, zog einen weiteren Bleistift aus ihrer Tasche und rannte erneut auf Laid zu.

Der Scharfschütze hatte bei der ersten Attacke noch gezögert, denn auch er konnte kaum glauben, dass diese Frau versuchen würde, einen Mord zu begehen. Eine zweite Chance würde sie nicht bekommen. Das Zielfernrohr erfasste ihr blutendes Gesicht, dann drückte er ab.

Hannah Schneider, dreißig Jahre alt, spürte nicht, wie das Leben in ihr erlosch. Ebenso wenig spürte sie den Aufprall, als ihr Körper mit dem Kopf auf den Asphalt knallte. Im Tumult der

Menge war der weit entfernte Schuss des Scharfschützen kaum zu hören gewesen, und trotzdem wurde es plötzlich ganz still. Nur wenige sahen, wie sich unter dem Kopf der Frau eine rote Lache bildete. Denn fast alle starrten Laid Abaaoud an, der nach dem Bleistift in seinem Hals griff, ihn langsam herauszog, zusammensackte und dann das Bewusstsein verlor.

* * *

Hamid Benhassi saß neben Indiras Krankenbett und schlief. Er sah abgemagert aus. Dunkle Ringe betonten seine geschlossenen Augenlider, unter denen sich seine Augäpfel rege auf und ab bewegten. Die Frau, die neben Indira im Zimmer lag, hatte Kopfhörer aufgesetzt und verfolgte eine Nachrichtensendung auf dem Fernseher, der leicht erhöht zwischen den Betten an der Wand angebracht war.

In seinem Traum saß Hamid neben Indira an einem Klavier. Ihr Gesicht wurde von Kerzen sanft beleuchtet. Jedes Mal, wenn sie sich verspielte, drehte sie kurz den Kopf zu ihm, zog übertrieben die Mundwinkel hoch und spielte dann weiter, weshalb jeder falsche Ton eine besondere Freude für ihn war. Der Traum war eine Erinnerung, die sich so intensiv in seinem Gedächtnis verewigt hatte, dass es sich anfühlte, als wäre er real. Nur eines war merkwürdig: Sie sprach mit ihm, doch ihre Lippen bewegten sich nicht.

»Hamid, ich habe Durst.«

»O bitte, spiel erst dieses wunderschöne Stück zu Ende«, bat er sie.

»Hamid ... Hamid ... Ich hab unendlich Durst«, konnte er sie sagen hören, während sie ihn stumm anlächelte.

Eine der Kerzen erlosch. Ein dünner Rauchfaden schlängelte sich aus der Spitze des Dochts und nebelte das Zimmer ein, bis Indira kaum mehr zu sehen war – nur ihre Stimme war noch da.

»Hamid?«

Er öffnete die Augen. Grelles Tageslicht lag direkt auf seinem Gesicht, das schräg durch das einzige Fenster im Raum fiel. Der Traum war zu Ende, doch die Stimme war noch da.

»Ich habe Durst«, wiederholte sie.

Wie konnte ihn die Stimme aus dem Traum noch immer erreichen? Er drehte sich zu Indira und blickte direkt in ihre offenen Augen.

»Du bist wach, Indira, du bist wach ...«, stammelte er, stand mit weichen Knien auf und beugte sich über sie.

»Und ich habe Durst, ich habe unendlich Durst.«

Hamid konnte sein Glück kaum fassen, umarmte und küsste sie.

»O mein Gott«, wiederholte er immer wieder und begann erneut, sie zu küssen, bis sie schließlich lächelnd ihr Gesicht mit ihren Händen bedeckte und er daraufhin von ihr abließ.

»Ich schwöre dir, Hamid, wenn ich nicht gleich was zu trinken bekomme, sterbe ich!«

Erschrocken füllte er einen Plastikbecher mit Wasser und beträufelte damit vorsichtig ihre Lippen.

»Wie lange?«, fragte sie leise.

»Zwei Wochen, Liebes, zwei unendlich lange Wochen ...«

»Zwei Wochen?«, wiederholte sie mit schwacher Stimme.

Hamid nickte und machte wieder Anstalten, sie zu küssen, aber sie wehrte ihn ab. Ihr Blick war auf den Bildschirm an der Wand gerichtet.

»Ist das ...« Ihre raue Stimme war nur noch schwer zu verstehen, weshalb Hamid sein Ohr nahe an ihren Mund führte. »Ist das eine Aufzeichnung? Was ist das?«

Hamid folgte ihrem Blick und schüttelte den Kopf.

»Nein, Liebes, das ist live, das sind die Nachrichten.«

Indira zog Hamid noch näher zu sich, aber ihre Stimmbänder verweigerten ihren Dienst nun gänzlich. Erregt bat sie mit Handzeichen um ein Blatt Papier und einen Stift. Hamid reichte ihr hastig das Klemmbrett am Ende des Bettes und fummelte einen Stift aus seiner Jackentasche. Dann sah er zu, wie sie mit zittriger Hand etwas auf das Papier kritzelte, bis sie ihm schließlich das Brett wieder in die Hand drückte.

Es dauerte nur wenige Sekunden, bis er verstand, was Indira ihm mitteilen wollte. Dann ließ er alles stehen und liegen und rannte aus dem Zimmer.

* * *

Der blaue SUV wechselte mehrmals im dichten Verkehr die Spuren, um schneller voranzukommen.

»Müssen wir so rasen?«, mahnte Markus.

Torge saß am Steuer, zog nach einem Lkw hart nach rechts und beschleunigte wieder.

»Was war das für eine Scheiße?«, rief er wütend und klatschte mit beiden Handballen gegen das Lenkrad.

Markus blieb stumm. Er musste Torge recht geben, auch wenn er es sicher anders ausgedrückt hätte.

»Ein Scharfschütze erschießt eine Hausfrau ... Geht's noch? Mein Gott, die Frau war mit einem Bleistift bewaffnet, und um sie herum standen Dutzende Polizisten, die sie ganz einfach ... Was zur Hölle hat sich der Mann gedacht? Hatte der überhaupt einen Schießbefehl?«

»Weißt du, was, fahr erst mal rechts ran und lass mich ans Steuer.«

»Einen Teufel werd ich tun«, sagte Torge, dabei stieg er auf die Bremse, passierte einen fest installierten Blitzer und gab wieder Gas.

»Der Mann stand unter einem ungeheuerlichen Druck«, erklärte Markus.

»Ach, was du nicht sagst! Also ist es vollkommen okay, wenn er in so einer Situation eine Frau über den Haufen schießt? Die stand nämlich auch unter einem *ungeheuerlichen* Druck, nachdem sie ihre Tochter verloren hat und fast auch noch ihren Mann.«

»Hey, ich find's auch *scheiße.*« Markus sprach das Wort aus, als hätte es in Watte gepackt werden müssen. »Aber ich war bei dem Briefing für die Einsatzkräfte dabei, und die hatten alle eine Höllenangst vor einem Anschlag. Jede noch so kleine Auffälligkeit sollte sofort gemeldet werden. Und ja, bei akuter Lebensbedrohung hatten die Scharfschützen das Recht, nach eigenem Ermessen zu entscheiden.«

Torge atmete tief ein. Nach einer langen Pause wiederholte er resigniert mit gedämpfter Stimme: »Es war ein verdammter Bleistift.«

Er drosselte die Geschwindigkeit und reihte sich etwas zivilisierter in den Verkehr ein.

»Was hatte der Idiot überhaupt da vorne zu suchen?«, ergänzte er.

Markus zuckte mit den Schultern, auch wenn Torge das kaum sehen konnte, da er sich auf den Verkehr konzentrierte.

»War nicht vereinbart worden, dass Laid sofort in den Wagen steigt und in das Safe House zu seiner Frau eskortiert wird?«

»Ja, genau.«

»Und wo ist er jetzt?«

»Er wurde in die Notaufnahme gebracht. Ich hab gerade die Rückmeldung bekommen.« Markus hob sein Handy leicht an. »Der Bleistift hat nur die Muskelschicht am Hals verletzt, aber nicht durchstoßen.«

»Soll heißen?«

»Hätte ihn der Stich nicht seitlich, sondern von vorne in die Kehle getroffen, hätte er ...«

»Wann kommt er wieder raus?«, unterbrach ihn Torge.

»Ich habe keine Ahnung. Ganz sicher nicht heute, warum?«

»Ich wollt's nur wissen.«

Eine Ampel vor ihnen schaltete auf Rot. Während Torge den

SUV abbremste, jagte neben ihnen ein anderer Wagen über die Kreuzung.

Kopfschüttelnd sah Markus dem Wagen hinterher.

»Wusstest du, dass sich die Zahl der Verkehrsdelikte seit dem 12. September verdoppelt hat?«

Torge sah ihn an.

»Echt jetzt?«

Markus schwieg. Erst als Torge wieder anfuhr, nahm er das Gespräch wieder auf.

»Du bist mir noch eine Erklärung schuldig.«

»Du meinst den Ring?«

»Ja. Wieso hast du den Ring selbst bei der Asservatenkammer abgeholt und ... und wieso ... Was sollte dein ganzer Auftritt?«

Torge bog schwungvoll in die Einfahrt des Kriminaltechnischen Instituts ab und zwängte den SUV zielsicher in eine enge Parklücke, wo er den Motor abstellte.

»Ich war einfach nur zufällig in der Nähe. Ehrlich, die Sache mit dem Ring hat mich stinksauer gemacht.«

Er drehte sich zu Markus.

»Hast du gesehen, wie er das Ding in die Kamera gehalten hat?«

»Hat er nicht, nicht bewusst, oder? Er hat doch nur mit der Hand die Augen abgeschirmt«, erklärte Markus.

»Der Ring ist doch nicht nur einfach ein Ring, Markus. Für alle IS-Extremisten da draußen war das so, als hätte ein Nazi mit 'nem Hakenkreuz gewedelt.«

»Das kannst du doch nicht vergleichen.«

»Kann ich schon.«

»Kannst du nicht. Das Hakenkreuz kennt wahrscheinlich jeder Rechtsextremist auf der ganzen Welt, aber *der* Ring ... Ich bitte dich, der sieht noch dazu aus wie jeder x-beliebige Goldring. So was tragen jede Menge Männer. Vor allem in den südlichen Ländern ist das doch weit verbreitet.«

»Ah, ist das so?«

»Keine Ahnung ...«

Torge zog irritiert eine Augenbraue hoch.

»Keine Ahnung?«

»Ich glaub, du machst da ein Fass auf, wo keines ist!«

Nachdenklich griff Torge nach dem Autoschlüssel und stieg aus. Einerseits gab er Markus recht. Andererseits war es aber auch der Strohhalm, an den er sich klammerte und den er nicht ohne Weiteres abgeben würde.

Dr. Zhu Qiang empfing die beiden Kommissare diesmal persönlich. Sie schien überrascht zu sein, Torge in seinem gut sitzenden schwarzen Anzug zu sehen. Sie musterte ihn, verlor jedoch kein Wort darüber.

Dann saßen die drei wieder in der abgedunkelten Videosuite des Instituts und betrachteten ein Standbild auf dem großen Monitor. Es zeigte weit entfernt eine U-Bahn, die soeben aus der dunklen Röhre kam.

»Bei der Auswertung privater Smartphone-Aufnahmen sind wir über diese Sequenz gestolpert. Der Mann, der die Szene filmte, muss sehr nah am Rand zu den Gleisen gestanden haben.«

Qiang drückte auf dem Controller vor ihr den Play-Knopf, und die U-Bahn setzte sich geräuschvoll in Bewegung. Sie kam direkt auf den Betrachter zu, der nach wenigen Sekunden nach rechts auf den Bahnsteig schwenkte, wo eng aneinandergedrängt die Fahrgäste warteten. Eine ältere Asiatin stolperte plötzlich ruckartig nach vorne, taumelte auf der Kante des Bahnsteigs, verlor das Gleichgewicht und stürzte in die Tiefe. Schreie, die Kamera wackelte, die U-Bahn zischte in die Aufnahme, das Bild blieb stehen.

Torge beugte sich vor und hob die Hände.

»Ist uns irgendwas entgangen? Die Szene kannten wir bereits aus einem Dutzend anderer Perspektiven.«

Qiang drehte sich kurz zu ihm um, dabei blitzten ihre Augen listig auf.

»Warten Sie ab.«

Die Aufnahme lief rückwärts und blieb an der Stelle stehen, als Hiromi Ogawa in die Tiefe stürzte. Mit dem Zeigefinger tippte Dr. Qiang rhythmisch auf eine der Tasten und bewegte den Film damit Bild für Bild wieder in die andere Richtung. Ogawa verschwand in der Tiefe, die U-Bahn kam mit jedem Schritt weiter ins Bild.

»Sehen Sie das?«

Torge und Markus schüttelten den Kopf.

Qiangs tippender Finger wurde langsamer, ebenso die Bewegungen der Menschen, die im Bild waren und erschrocken zurückwichen. Dadurch kam eine Frau ins Bild, die sich nicht rückwärtsbewegte, sondern stehen geblieben war und ausdruckslos in die Tiefe blickte – und erst dann mit einem großen Schritt zurück im Schutz der Menge verschwand. Dr. Qiang bewegte den Film erneut Schritt für Schritt in die andere Richtung, bis die Frau wieder deutlich im Bild auftauchte. Dann stoppte sie die Aufnahme.

Torge zuckte mit den Schultern.

»Gut, eine Frau reagiert langsamer als die anderen. Und?«

»Warten Sie ab«, sagte Dr. Qiang noch einmal. »Wir haben den Sturz des Opfers aus verschiedenen Perspektiven, aber auf keiner Aufnahme ist die Tat direkt zu sehen. Wenn man jedoch eine 3D-Software mit den vorhandenen Bewegungsprofilen aller Personen speist, die rund um das Opfer standen, ergibt sich folgende Animation.«

Eine einfache 3D-Ansicht des Bahnsteigs erschien auf der rechten Hälfte des Bildschirms. Darin waren sechs Personen grafisch animiert worden, die nur aus einem kugelrunden Kopf, Rumpf und Gliedern bestanden, sonst aber keine weiteren Merkmale aufwiesen. Fünf davon waren grau gehalten, das Opfer rot. Über einen Trackball wählte Qiang die Vogelperspektive aus. Wie in einem Computerspiel wurden die Figuren jetzt steil von oben gezeigt.

Eine der Figuren in der Animation stieß mit beiden Händen die rote Figur kräftig in den Rücken, die infolgedessen vor die U-Bahn stürzte. Daraufhin wichen vier Figuren einen Schritt zurück, nicht aber die Figur, die den Sturz verursacht hatte. Die Animation stoppte, das reale Standbild wurde wieder eingeblendet.

»Das hier ist eindeutig ihr Täter. Und vorausgesetzt, er oder sie trägt keine Perücke, ist es vermutlich eine Frau.«

Markus war sichtlich beeindruckt.

»Hat diese Animation vor Gericht Bestand?«

Qiang nickte. »Ja, hat sie.«

»Die Frau ist kaum zu erkennen. Was soll uns das helfen?«, fragte Torge und zeigte auf das stark pixelige Standbild.

»Ich war auch noch nicht fertig, Herr Prager«, antwortete Qiang schelmisch. Einen kurzen Augenblick später legte sich über das blasse, unscharfe Videobild eine gestochen scharfe Aufnahme in natürlich wirkenden Farben.

»Reicht Ihnen das?«, triumphierte sie und sah in die verblüfften Gesichter der beiden Männer.

Die Attentäterin trug einen blonden Pagenkopf mit Fransen, die weit in die Stirn reichten, und selbst die Sonnenbrille, die in ihren Haaren steckte, war auf dieser Aufnahme gut zu erkennen.

»Können wir das Gesicht auch von vorne bekommen?«, fragte Markus.

»Wir sitzen dran, aber das kann am Ende auch ziemlich danebenliegen, weil uns dafür einfach Daten fehlen.«

Torge dachte nach.

»Egal, bis wann können wir damit rechnen?«

Sie blickte auf ihre Uhr.

»Es ist jetzt kurz vor zwei – um circa drei könnte ich Ihnen die Aufnahmen zukommen lassen.«

»Kannst du das übernehmen, Markus? Die Bilder müssen sofort abgeglichen werden, und zwar von allen Geheimdiensten im In- und Ausland. Außerdem will ich, dass wir sie online bringen – überall, verstehst du? Das volle Programm, auf allen Sendern, auf allen Kanälen.«

»Und was machst du in der Zwischenzeit?«

»Ich fahre auf die Beerdigung.«

Markus blickte ihn verwundert an.

»Du gehst auf die Beerdigung … Hältst du das für eine gute Idee?«

»Meinst du, ich hab dieses schwarze Ding zum Spaß angezogen? Natürlich gehe ich dahin. Ich habe es Antonia versprochen.«

* * *

Protokoll Telekommunikationsüberwachung
Aktenzeichen: BKA-C64–267831
Automatische Aufzeichnung: 26.09.2022, 13:58 Uhr – 14:06 Uhr
Q-TKÜ nach § 100a Abs. 1 S. 2, 3 StPO
Freigabe und Autorisierung durch GBA, 14.09.2023, Anlage B4–15.
Nachrichtendienst: WhatsApp
Art: Textnachricht
Sprache: Arabisch/Übersetzung: Maschinell*
**Hinweis: Die softwaregestützte Übersetzung kann Fehler enthalten.*

(P1)
إن حفلتنا الموسيقية في برلين تصيبني بالصداع. أقترح أن نلتقي شخصيًا ونناقش تنظيم الاحتفال.
Unser geplantes Konzert in Berlin bereitet mir Kopfzerbrechen. Ich schlage vor, dass wir uns persönlich treffen und die Organisation der Feier besprechen.

(P2)

لسوء الحظ ، تم إغلاق قاعة المياه. لذلك لا أعتقد أن الاجتماع وجهًا لوجه مناسب في هذا الوقت. لكن نعم ، للأسف علينا الاستغناء عن الاحتفال في برلين. أقترح أن نحتفل مرة أخرى في ميونيخ.

Leider ist die Wasserhalle geschlossen worden. Ich halte deshalb ein persönliches Treffen derzeit nicht für angebracht. Aber ja, auf die Feier in Berlin müssen wir leider verzichten. Ich schlage vor, wir feiern noch einmal in München.

(P1)

ما الفترة التي كنت تفكر فيها؟ أود أن أشير إلى أن فريق المنظمة لم يكتمل في الوقت الحالي حيث غادرنا موظفان مؤخرًا. ألا يجب أن ننتظر حتى نحصل على موظفين جدد؟

An welchen Zeitraum hast du gedacht? Ich möchte darauf hinweisen, dass das Team der Organisation im Moment noch nicht vollständig ist, weil uns kürzlich zwei Mitarbeiter verlassen haben. Sollen wir nicht warten, bis wir neue Mitarbeiter bekommen?

(P2)

لا أعتقد أن هذه فكرة جيدة. سيحاول هير ماير منع حزبنا. كلما زاد الوقت المتاح له ، زادت احتمالية نجاحه. لذلك أريد أن أحضر العيد غدًا وأعده الليلة.

Ich glaube nicht, dass das eine gute Idee ist. Herr Meier wird versuchen, unsere Party zu verhindern. Je mehr Zeit er dafür hat, desto wahrscheinlicher ist es, dass ihm das gelingen könnte. Ich möchte deshalb morgen das Fest haben und es heute Abend vorbereiten.

(P1)

ثم فليكن كذلك. فرح الله في العيد.

Dann soll es so geschehen. Möge Allah Freude an dem Fest haben.

TAG 14

Montag, 26. September 2022
14:30 Uhr – 20:00 Uhr

Schwere Wolken wälzten sich über den ausgedehnten Friedhof. Nur selten gelang es vereinzelten Sonnenstrahlen, durch die Wipfel der Bäume zu stechen und auf den Ruhestätten der Verstorbenen zu tanzen.

Seit Anbruch des Morgens war der Waldfriedhof im Südwesten der Stadt für Besucher gesperrt worden. Fünfhundert Beamte hatten sich auf dem Gelände und in der Nähe verteilt, um die bevorstehende Zeremonie zu sichern. Keine leichte Aufgabe, bedachte man die Dimensionen des Friedhofs. Mit einer Fläche von hundertsiebzig Hektar und insgesamt neunundfünfzigtausend Gräbern war der Waldfriedhof der größte des Freistaats. Dass er zudem in einem Wald lag, erschwerte die Aufgabe der Einsatzkräfte.

Die Angehörigen von Eliška Petz hatten außerdem darum gebeten, die gesamte Zeremonie unter Ausschluss der Presse abzuhalten, was wiederum einige Fotografen dazu angestachelt hatte, dennoch ihr Glück zu versuchen. Für exklusive Aufnahmen von der Beisetzung winkten enorme Honorare. Die meisten Journalisten wurden allerdings bereits an den Haupteingängen abgefangen und weggeschickt. Nur ein besonders eifriger Vertreter hatte mit Camouflageumhang bereits in der Nacht zuvor in einem der Baumwipfel übernachtet und war unentdeckt geblieben. Gegen 14 Uhr war er durchgefroren und mit steifen Gliedern aus seinem Versteck geklettert, um in Reichweite des ausgehobenen Grabes eine optimale Stelle für sein Vorhaben zu finden.

Ein junger Polizist hatte ihn dennoch entdeckt, wie er in seinem Tarnanzug in gebückter Haltung hinter einem Baum Stellung bezogen hatte. Nervös hatte der Beamte sich dem vermeintlichen Terroristen bis auf Schussweite angenähert und ihn laut dazu aufgefordert, die Hände zu heben und sich zu ergeben. Der Fotograf, der sich die Kapuze seines Umhangs weit über den Kopf gezogen hatte, verstand aber kaum ein Wort und drehte sich deshalb mit dem Fotoapparat in der Hand um. Der Polizist wiederum deutete den Apparat als Waffe und feuerte reflexhaft einen Schuss ab.

Die Kugel zertrümmerte nicht nur die Kamera des Journalisten, sondern riss auch den Zeigefinger seiner rechten Hand mit sich. Erst eine halbe Stunde später, als der schwerverletzte Fotograf bereits auf dem Weg in die Notaufnahme war, fand die Spurensicherung den Finger.

Von alldem wussten Martin und Antonia nichts, als sie um 14:30 Uhr gemeinsam mit vier Personenschützern vom Parkplatz des Friedhofs Richtung Aussegnungshalle gingen. Flüchtig betrachtet gaben die beiden ein harmonisches Bild von Vater und Tochter ab. Doch sah man genauer hin, verriet der Abstand zwischen ihnen den Kompromiss aus gesellschaftlicher Verpflichtung und innerem Zerwürfnis. Der knirschende Kies unter ihren Schuhen und Antonias eng um den Leib geschlungene Arme verstärkten diesen Eindruck.

»Hast du Schmerzen, soll ich langsamer gehen?«, fragte Martin mit Blick auf die Wundkompresse in ihrem Gesicht.

»Nein, alles gut, ich hab Buprenorphin genommen – deshalb bin ich etwas benommen.«

Martin verringerte den Abstand und streckte ihr seinen Arm entgegen.

»Soll ich dich stützen?«

Antonia wich ein wenig zur Seite, um die Distanz wiederherzustellen.

»Geht schon, danke«, antwortete sie, ohne ihn dabei anzusehen. Stattdessen haftete ihr Blick auf den zwei bewaffneten Männern in schwarzem Anzug, die wenige Meter vor ihnen gingen.

»Ich hab gehört, man hat dir in einem Gästehaus der Behörde ein Zimmer besorgt.«

»Ja, auf Dauer war das bei meinem Kollegen nur eine Notlösung.«

»Du hättest bei uns wohnen können.«

»Das hatten wir doch schon, Papa.«

»Oder zumindest in dem Safe House, wo man auch Frau Abaaoud untergebracht hat.«

»Jeden Tag zweieinhalb Stunden bis ins Büro, nein, danke.«

»Kein Mensch erwartet von dir, dass du unter diesen Umständen arbeitest.«

»Doch, ich!«, erwiderte sie energisch.

Sie bogen an einer Weggabelung ab und konnten in der Ferne bereits den Flachbau der neuen Aussegnungshalle sehen, der auf einer grünen Anhöhe stand.

»Wird uns Herr Prager auch mit seiner Anwesenheit beehren?«, fragte Martin herablassend.

Antonia kochte innerlich.

Warum hast du nur so einen Dickschädel? Kannst du nicht einmal die Vergangenheit ruhen lassen? Zumindest an diesem Ort und zu diesem Anlass?

»Nein, ich hab Torge gebeten, nicht zu kommen. Er kannte Frau Petz ja kaum.«

»Torge! Wie du schon seinen Namen sagst!«

Antonia fiel es zunehmend schwerer, die Fassung zu bewahren.

»Warum tust du das?«, stellte sie ihn zur Rede.

»Was genau tue ich denn?«

»Warum nennst du ihn ›Herr Prager‹? Er ist dein Neffe.«

»Und ich wünschte, es wäre nicht so, dann ...«

Den Rest des Satzes verschluckte er, aber Antonia wusste genau, was er sagen wollte.

»Sag es, los, sag es schon!«, blaffte sie ihn an.

»Du wirst mich jetzt nicht aus der Fassung bringen. Also, was immer du loswerden möchtest, das hier ist nicht der richtige Augenblick dafür.«

»Ah, jetzt auf einmal ist der Augenblick nicht der richtige?«

»Junge Dame«, mahnte er sie in einem zunehmend autoritären Tonfall. »Es ist sicher auch dein Wunsch, dass mein Nachruf auf deine Nachbarin ...«

»O nein, komm mir jetzt bloß nicht so. Das war die Idee deiner PR-Leute, und wir wissen beide, dass du nur hier bist, weil man das von dir erwartet. Weil der Stuhl, auf dem du sitzt, auf wackeligen Beinen steht und du dir keine negative Publicity mehr leisten kannst. Gib es zu, meine Nachbarin ist dir vollkommen egal!«

Martin blieb stehen. Sein Kopf war hochrot angelaufen. Auch die Leibwächter vor und hinter ihnen hielten irritiert inne.

»Du bist das undankbarste Geschöpf, das man sich vorstellen kann.«

»Ja, bin ich das? Etwa so undankbar wie Mama oder wie Lukas, oder so undankbar wie Shohreh? Wie undankbar war sie, dass du sie irgendwo in den Bergen im Stich gelassen hast?«

Das war zu viel für Martin. Er hob die Hand, war kurz davor zuzuschlagen, senkte den Arm dann aber wieder.

Die Personenschützer wandten peinlich berührt ihre Augen ab, während Antonia keine Miene verzog.

»Schlag ruhig zu, wäre nicht das erste Mal.«

Wütend spürte Martin, wie sein Puls gegen den steifen Hemdkragen klopfte. Dann lief er so schnell mit großen Schritten davon, dass ihm die beiden Personenschützer ausweichen mussten und ihm dann nacheilten.

Antonia blickte ihm hinterher, als sie auf dem Hügel vor der Aussegnungshalle eine vertraute Silhouette ausmachte. Torge.

Laut rief sie Martin nach, der ihn in diesem Moment auch gesehen hatte.

»Er weiß es!«

Martin blieb stehen, ohne sich umzudrehen. Stattdessen fixierte er seinen Neffen, der bewegungslos zwanzig Meter entfernt leicht erhöht über ihm stand. Die Sonne brach durch die Wolken und ließ Torges Umrisse bedrohlich wirken. Deutlich langsamer als zuvor ging Martin weiter auf die Halle zu, damit einer der beiden Personenschützer Gelegenheit hatte, ihn zu überholen. Je näher er kam, desto deutlicher konnte Martin die Trauergäste erkennen, die ein Stück hinter Torge unter dem überhängenden Dach des Gebäudes Schutz vor der Sonne gesucht hatten.

Falls Torge ihm eine Szene machte, dann könnte sie jedes Wort mithören. Eine grauenvolle Vorstellung. Da Torge breitbeinig auf der Mitte des Kieswegs stand, beschloss Martin im letzten Augenblick, einen Bogen um ihn zu machen, und lief über die saftige grüne Wiese, wo seine glänzenden Schuhe nass wurden. Sofort wurde es unter dem Vordach still. Die ohnehin gedämpften Gespräche verstummten, und alle Blicke richteten sich auf den Innenminister, dessen merkwürdiges Verhalten niemandem verborgen blieb.

Martin versuchte, Torge nicht anzusehen, als er mit deutlichem Abstand an ihm vorbeiging. Aber er spürte seine stechenden Blicke, und für einen kurzen Augenblick war ihm, als hätte der Wind leise geflüsterte Worte von Torges Lippen zu ihm herübergeweht.

Du hast mein Kind auf dem Gewissen – du wirst in der Hölle schmoren!

Kaum war Martin an Torge vorbei, eilte dieser hinab zu Antonia, die immer noch auf dem schmalen Kiesweg stand, bewacht von zwei Personenschützern, die sichtlich ratlos waren, aber stumm blieben.

»Antonia, ich konnte nicht anders!«, erklärte er, als er ihr endlich gegenüberstand.

Wortlos schlang sie ihre Arme um ihn und spürte, wie auch er sie fest an sich drückte, spürte seinen kräftigen Körper, nahm seinen ganz eigenen Geruch wahr und wünschte sich, der Augenblick würde nie vergehen.

* * *

Das Haus stand frei auf einem kleinen Grundstück und war – wie die meisten Häuser in dieser Siedlung am Rande von Nürnberg – recht unauffällig. Es war weiß getüncht und hatte ein rotes Giebeldach, das bis über den Garagenanbau reichte. Eine Hecke sowie ein weißer Zaun aus verwitterten Holzlatten schützten Garten und Haus vor den Blicken neugieriger Fußgänger, aber auch das war nicht ungewöhnlich. Und doch bedachten die Nachbarn das Haus mit Argwohn. Die erwähnte Hecke hatte dicke Löcher, war krumm gewachsen und ermöglichte einen Blick auf den ungepflegten Garten, in dem kreuz und quer wilde Gräser wucherten. Den Besitzer, einen grauhaarigen Bürokraten mit dunkelblauem SUV, kannten die Bewohner der Siedlung nur aus der Ferne. Kaum einer hatte ihn je gesprochen, und diejenigen, die Gelegenheit dazu gehabt hatten, erzählten, er sei kalt, distanziert und humorlos. Auch wenn all diese Umstände bereits den Unmut der angrenzenden Anwohner schürten, so waren es vor allem die zahlreichen Fremden, die regelmäßig in dem Haus gastierten – und zwar auch dann, wenn der Hausherr nicht anwesend war.

Bei den Besuchern handelte es sich fast immer um breitschultrige, finster blickende Männer, die kaum grüßten und sogar am Tag die Jalousien des Hauses schlossen. Man war sich sicher, dass in diesem Haus dunkle Machenschaften vor sich gingen. Beschwerden bei der hiesigen Polizeistation mehrten sich, aber immer, wenn ein eifriger Polizist sich um das Anliegen der braven Bürger kümmern wollte, hielt ihn ein Hinweis in der Datenbank der Polizei davon ab.

STAATSEIGENTUM: FÜR WEITERE INFORMATIONEN UND ANFRAGEN WENDEN SIE SICH BITTE AN DAS BUNDESMINISTERIUM FÜR VERFASSUNGSSCHUTZ

Nilufar Abaaoud hasste das Safe House. Sie hasste die heruntergelassenen Jalousien, und sie hasste es, dass sie den Garten nur in Begleitung und dann auch nur für kurze Zeit betreten durfte. Seit sie von dem Angriff auf Laid erfahren hatte, übertraf die Angst um ihn die Wut auf diesen fürchterlichen Ort. Noch Minuten nach der Attacke vor dem Polizeipräsidium – sie hatte gemeinsam mit einem der Personenschützer die Liveübertragung verfolgt – war sie schreiend in dem nüchtern ausgestatteten Wohnzimmer auf und ab gerannt. Weil es keine Vasen gab, hatte sie alte Bücher auf den Boden geschmissen und hätte beinahe auch den Fernseher umgestoßen, wenn Mike, einer der Personenschützer, sie nicht gestoppt und sie in seine muskulösen Arme genommen hätte, bis ihr Zorn tiefster Verzweiflung gewichen war.

Seitdem waren mehr als vier Stunden vergangen, und erst jetzt drückte Mike ihr ein iPad in die Hand, auf dem Laid zu sehen war, der einen dicken Verband an seinem Hals trug, sonst aber gesund wirkte. Sie wartete, bis der Personenschützer sich abwandte, dann lüftete sie den Schleier über ihrem Gesicht.

»Du musst dir keine Sorgen machen, mir geht es gut«, versuchte Laid sie in ihrer gemeinsamen Muttersprache zu beruhigen.

»Du hättest sterben können. Wie konnte das nur passieren? Da waren doch Hunderte von Polizisten …«

»Wenn es Allahs Wille gewesen wäre, hätten auch hundert Polizisten nichts daran ändern können.«

»Allahu Akbar«, rezitierte sie wie bei ihren täglichen Gebeten, verneigte sich und faltete die Hände dabei.

»Allah ist größer als alles andere«, ergänzte Laid.

»Wann werde ich deine Augen küssen dürfen, wann werden wir wieder eins sein?«, fragte sie ihn flehend.

»Man wartet noch einen Befund aus dem Labor ab, dann wird man mich zu dir bringen, Blume meines Herzens.«

»Ich zähle die Stunden, die Minuten und die Sekunden.«

»Ich zähle meine Herzschläge und jeden Atemzug.«

In diesem Augenblick läutete es an der Tür. Mike stand auf, zog ganz automatisch seine Pistole aus dem Schulterholster und entsicherte sie.

Nilufar und Laid verstummten.

»Kello, kannst du sehen, wer es ist?«

Aus dem Hausflur meldete sich eine Stimme.

»Nein, da ist niemand. Vielleicht ein Kinderstreich? Soll ich nachsehen?«

Mike stand auf und wandte Nilufar den Rücken zu.

»Lass stecken, die Nachbarn haben uns eh auf dem Kieker.«

Nervös meldete sich Laid zu Wort.

»Was passiert da bei euch?«

»Nichts, mach dir keine Sorgen, alles wird gut«, antwortete Nilufar und lächelte ihn an.

* * *

Markus Erdmann hatte nach einer zweistündigen Autofahrt mit seinem dunkelblauen SUV die Stadtgrenze von Nürnberg erreicht. Er war auf dem Weg zu Nilufar. Sie war in demselben Safe House untergebracht, in dem einst auch der Neonazi Karl Rieger einige Monate lang gelebt hatte.

Auf dem Beifahrersitz lag ein großes ausgedrucktes Bild der

blonden Attentäterin von der U-Bahn-Station, das kurz nach 15 Uhr auch an die Presse gegangen war. Seitdem hatte es Dutzende Rückmeldungen von Bürgern aus dem gesamten Bundesgebiet gegeben, die genau diese Frau gesehen haben wollten. Es würde viel Zeit kosten, all den Hinweisen nachzugehen. Zeit, die sie offensichtlich nicht mehr hatten.

»Ich kann dir das jetzt nicht erklären«, wiederholte Markus. Er telefonierte über die Freisprecheinrichtung mit seiner Tochter.

»Du machst mir Angst. Ich will die Stadt nicht verlassen und bei Mama wohnen ...«, antwortete sie.

»Es ist ja nur für eine kurze Zeit, vielleicht eine Woche.«

»Eine Woche? Was ... Wie stellst du dir das vor, ich hab Uni, und außerdem kann ich auch weiterhin bei Sally wohnen.«

»Dann wenigstens heute und morgen. Bitte, Kornelia, tu es mir zuliebe.«

Markus hatte kurz zuvor die vertrauliche Abschrift einer Telekommunikationsüberwachung erhalten. Diese TKÜ ließ Rückschlüsse auf einen geplanten Terroranschlag in München zu, der innerhalb der nächsten vierundzwanzig Stunden stattfinden könnte. Da das Protokoll noch nicht offiziell freigegeben und bewertet worden war, ließ sich der Wahrheitsgehalt nur schwer einschätzen. Trotzdem wollte Markus zumindest seine Tochter aus dem potenziellen Gefahrengebiet bringen.

Der Anschlag mit Nowitschok vor zwei Wochen hatte gezeigt, wie rasend schnell sich das tödliche Gift verbreiten konnte. Gleichzeitig plagte ihn aber auch sein Gewissen. Wie egoistisch war es, die eigene Tochter zu retten, während alle anderen Bewohner der Stadt einer weiteren Katastrophe ausgesetzt wurden?

Markus bog in die Straße ein, in der das Safe House lag.

»Das ist alles zum Kotzen, Papa, zum Kotzen!«, schrie Kornelia ihn plötzlich an. Ihre schrille Stimme überschlug sich, dann wurde die Leitung gekappt.

»Kornelia? Kornelia??«, rief Markus besorgt in die Freisprechanlage, aber es war zu spät. Er löste die Wahlwiederholung aus. Kurz darauf ertönte eine mechanische Stimme: *Dieser Anschluss ist vorübergehend nicht erreichbar.*

Gerade als er es erneut versuchen wollte, bekam er einen Anruf aus der Zentrale. Genervt nahm er das Gespräch an.

»Ja?«

»Herr Erdmann, Kuyas hier«, meldete sich eine Kollegin.

»Geht's bitte kurz?«

»Äh, ja, ich weiß nicht.«

»Na, dann probieren Sie es bitte.«

»Sie erinnern sich an die Ärztin im Krankenhaus, die mutmaßlich von einem ...«

»Indira Kohli. Was ist mit ihr?«

»Sie ist wach und will unbedingt mit Ihnen sprechen.«

»Kann das nicht jemand anderes übernehmen?«

»Nein, Sie will explizit mit Ihnen reden.«

Markus' SUV wurde langsamer und rollte in die Garagenzufahrt des Safe House.

»Warten Sie einen Moment«, unterbrach er Kuyas, als er sah, dass die Haustür weit offen stand. Sofort begann sein Puls zu rasen.

»Kuyas! Hier stimmt was nicht. Haben Sie meine Position?«

»Ja, ich kann Sie orten.«

»Ich bin am Safe House, wo man Nilufar Abaaoud untergebracht hat. Die Haustür steht offen, die Lichter sind aus. Schicken Sie auf der Stelle mehrere Streifenwagen hierher.«

In einer fließenden Bewegung löste Markus seinen Gurt, griff zu einer versteckten Waffe neben dem Fahrersitz, zog sie heraus und entsicherte sie.

Kayas meldete sich wieder.

»Der nächste Streifenwagen ist sieben Minuten entfernt und bereits auf dem Weg.«

»So lange kann ich nicht warten. Informieren Sie auch ein

Rettungsteam. Aber ich will, dass die ohne Blaulicht und Geheule hier eintreffen und auf Abstand bleiben, bis wir wissen, was passiert ist. Verstanden?«

»Verstanden.«

Entschlossen öffnete Martin die Fahrertür einen Spaltbreit und zwängte sich hinaus. Er wünschte, er würde seine kugelsichere Kevlarweste tragen, die jedoch im Kofferraum lag. Ein Windstoß wirbelte welkes Laub auf und wehte einige Blätter in das abgedunkelte Haus.

»Wird Zeit, dass Sie sich mal wieder blicken lassen«, krakeelte eine Stimme hinter ihm. »Das reinste Sodom und Gomorrha da drin, schämen Sie sich.«

Markus drehte sich erschrocken um und sah eine alte Frau mit Gehhilfe, die hinter ihm in der Einfahrt stand. Verächtlich spuckte sie auf den Boden und schlurfte weiter. Markus ging neben seinem SUV in die Hocke und wartete nervös, bis die Frau hinter der nächsten Hecke verschwunden war. Erst dann näherte er sich vorsichtig dem gusseisernen Gartentor, von dem aus es nur wenige Meter bis zur Haustür waren. Behutsam griff er über das Tor, drückte die Klinke auf der anderen Seite lautlos nach unten, dann schob er es mit dem Knie auf. Ein ohrenbetäubendes Quietschen nahm ihm jede Hoffnung darauf, unentdeckt bis zum Eingang zu gelangen, weshalb er bis zur Tür sprintete und seitlich davon Deckung suchte. Nichts geschah, kein einziges Geräusch drang aus dem Haus. Angestrengt wagte er einen Blick in das Innere, konnte aber in der Dunkelheit nichts erkennen. Das musste an den geschlossenen Jalousien liegen, denn außerhalb des Hauses war es immer noch taghell.

Sollte er doch auf die Verstärkung warten? Was, wenn es Schwerverletzte im Haus gab? Er musste handeln.

Entschlossen lehnte er sich gegen die halb offene Haustür, um mehr Tageslicht in die Diele zu bekommen, doch die Tür gab kaum nach. Geduckt drückte er sich durch den Spalt hindurch und wartete darauf, dass sich seine Augen an die Dunkelheit gewöhnten. Nach und nach konnte er neben sich am Boden einen leblosen Körper ausmachen. Seine schlimmsten Befürchtungen bestätigten sich – das Safe House war angegriffen worden.

Aufgeregt tastete er mit seiner Hand nach dem Hals des Mannes, der am Boden lag, fühlte aber keinen Puls. Er rief sich den Grundriss des Hauses in Erinnerung und entschied sich dafür, erst das Wohnzimmer mit der offenen Küche zu sichern. Zwei Schritte, dann stand er mit ausgestreckter Waffe neben der verglasten Tür zum Wohnzimmer und spähte hinein. Die schmalen Schlitze in den geschlossenen Jalousien tauchten den Raum in ein feines Netz aus schmalen Lichtstreifen. Leise gab er der Tür einen Stoß und betrat mit rasendem Puls den Raum. Die Luft war ungewöhnlich warm und stickig. Ein Schweißtropfen bahnte sich seinen Weg durch eine seiner Augenbrauen und brannte in seinem linken Auge. Nervös fuhr er sich mit dem Unterarm über die klitschnasse Stirn, da hörte er ein leises Stöhnen. Fast zeitgleich bemerkte er einen wuchtigen Körper, der mitten im Raum auf einem Sessel saß.

Langsam näherte er sich ihm in gebeugter Haltung, bis er vor ihm in die Knie ging. Der Mann war gefesselt, aber er lebte. Seine Arme waren um einen wuchtigen zylindrischen Körper geschlungen. Irgendetwas versuchte der Mann von sich zu geben, aber sehr leise. Markus musste sich weit zu seinem Mund beugen, um seine Worte zu verstehen.

»Kein Licht. Kein Licht. Kein Licht«, wiederholte der Gefesselte unablässig – und dann konnte Markus das Gas riechen. Wieso war ihm das zuvor nicht aufgefallen?

Die Haustür wurde aufgerissen. Wahrscheinlich war die Verstärkung eingetroffen. Panisch sprang Markus auf und rannte auf die Wohnzimmertür zu, wo gerade eine dunkle Gestalt das Licht einschalten wollte.

Ohne zu zögern, rammte er mit seinen hundert Kilo den Mann zu Boden und schrie: »KEIN LICHT!«

Dann traf Markus ein harter Gegenstand am Kopf, und er verlor das Bewusstsein.

* * *

Martin und Antonia saßen stumm nebeneinander im Fond der gepanzerten Limousine. Die Wolkendecke über der Stadt hatte sich geschlossen und beraubte die spärlichen Grünstreifen entlang der mehrspurigen Hauptstraße ihrer Herbstfarben. Die Sonne hatte ihre Kraft bereits verloren, und so schalteten sich an vielen Straßen die Neonröhren der Straßenbeleuchtung ein. Vermutlich auch, um den Menschen die Illusion von Sicherheit zu vermitteln.

Sie fuhren stadtauswärts zu Antonias vorübergehendem Wohnsitz. Juliane Wolf genügte ein einziger Blick in den Rückspiegel, um zu erkennen, dass die beiden nicht in Trauer versunken waren, sondern dass vermutlich Wut und Verachtung sie zum Schweigen gebracht hatten. Martin hatte darauf bestanden, seine Tochter zu ihrem vorübergehenden Wohnsitz zu eskortieren, von dem sie nur noch wenige Minuten entfernt waren.

Unvermittelt sprach er einen Gedanken laut aus, der ihm schon die ganze Zeit durch den Kopf ging: »Du hättest mit ihm mitfahren können.«

Die versteckte Frage war Martins unbeholfener Versuch, ein Gespräch in Gang zu bringen. Sein Blick blieb dabei aber auf die graue Straße hinter dem Fenster gerichtet.

Antonia ließ sich Zeit mit ihrer Antwort. Ihr Vater hatte aus ihrer innigen Umarmung mit Torge ganz offensichtlich die falschen Schlüsse gezogen. Merkwürdigerweise hatte sie das Gefühl, ihm eine Antwort schuldig zu sein. Eine Erklärung, keine Rechtfertigung.

Er sollte wissen, wie die Dinge um Torge und sie standen. Nicht, damit er sich besser fühlte, sondern damit es eine Grundlage gab, auf der sie vielleicht einen Neuanfang wagen konnten.

»Torge und ich – wir sind kein Paar. Vielleicht mehr so etwas wie Seelenverwandte. Aber wir sind nicht zusammen.«

Als sie es ausgesprochen hatte, fragte sie sich, ob das die Wahrheit gewesen war. Ihren Vater hatte sie jedenfalls nicht überzeugt, das konnte sie an seinem unverändert skeptischen Gesichtsausdruck ablesen.

»Das, was wir hatten, ist lange her. Wer weiß, ob das auf Dauer gut gegangen wäre. Selbst wenn die Sache damals nicht gewesen wäre.«

Sie hatte es unbewusst *Die Sache* genannt. Sofort fühlte sie sich schmutzig. Und natürlich hatte sie gelogen, was ihre Beziehung zu Torge betraf, aber ihren Vater schien sie überzeugt zu haben. Er wandte sich ihr zu und griff zaghaft nach ihrer Hand.

»Man kann die Zeit nicht zurückdrehen, und niemand ist frei von Fehlern, ich auch nicht«, sagte er.

War das seine Art, sich zu entschuldigen, oder war es nur eine der unzähligen Phrasen, die man als Politiker immer parat haben musste? Seine Hand auf ihrer fühlte sich warm und vertraut an. Sie wollte sich von ihm lösen, doch die Wärme, die von der väterlichen Liebkosung ausging, lähmte ihren Entschluss.

»Willst du nicht doch zu Hause ... also ich meine, bei uns schlafen? Lukas würde sich bestimmt freuen, dich mal wiederzusehen. Er macht gerade eine schwere Phase durch.«

Antonia dachte nach. *Zu Hause* – wo war das eigentlich? War es das Haus, in dem Martin mit Lukas wohnte? Die Erinnerung daran war voller Schmerz. Als sie mit ihrer Mutter vor zwölf Jahren dieses Haus verlassen hatte, gab es kein Zuhause mehr. Weder das alte noch ein neues, und der Klang des Wortes, der

Gefühle von Geborgenheit auszulösen vermochte, schmeckte bitter und kalt.

»Meine Koffer sind bereits auf dem Weg in die neue Wohnung. Ich hab nichts dabei«, erklärte sie nur halbherzig. Martin spürte das sofort, hatte sie doch früher seine Einladungen deutlich vehementer abgelehnt.

»Antonia, wir haben einen ganzen Schrank voll mit deinen alten Sachen.«

»Meine Mädchensachen?«

»Es ist alles noch da – also alles, was du damals nicht mitgenommen hast. Ich habe nichts weggeworfen.«

Antonia versuchte sich zu erinnern, aber vergeblich. Hatte sie überhaupt irgendetwas zurückgelassen? Sie traute ihm nicht – auch wenn er sie gerade liebevoll anlächelte.

»Komm doch einfach mit und ...«

»Was soll das? Wenn da noch etwas ist, dann ist es entweder zu klein oder einfach unpassend. Ich zieh doch keine Sachen mehr an von einem, wie alt war ich damals ...«

»Neunzehn, du warst neunzehn, als du mit Mama ausgezogen bist.«

Antonia schloss die Augen. Das war knapp zwei Jahre nach der Abtreibung gewesen.

Martin konnte fühlen, was sie dachte, und versuchte, sie zurückzuholen.

»Wir suchen ja nicht das Kleid von deinem Abschlussball, ein Schlafanzug sollte reichen.«

Er lachte. Es klang echt. Aber was war an Martin schon echt? Und trotzdem war die Verlockung, sich einer Illusion hinzugeben, sehr groß. Noch dazu fühlte sie sich schwach, ausgelaugt, und der Gedanke, eine weitere Nacht allein zu verbringen, machte ihr Angst. Also nickte sie ihm wortlos zu.

Martin konnte sein Glück kaum fassen. Er lehnte sich vor zu Frau Wolf, zögerte aber und drehte sich wieder Antonia zu, um sicherzugehen, dass er sie richtig verstanden hatte.

»Willst du es schriftlich?«, fragte sie trocken, lächelte dann aber ein wenig.

»Frau Wolf, Planänderung«, erklärte er enthusiastisch. »Wir machen kehrt, meine Tochter übernachtet heute bei uns!«

Juliane Wolf schmunzelte und setzte sich mit dem Motorradfahrer an der Spitze der Eskorte in Verbindung.

»Polizeihauptmeister Grünwald, wir haben ein neues Ziel. Wir machen kehrt und bringen den Innenminister direkt nach Hause.«

»Verstanden. Bestätige neues Ziel.«

Im selben Moment machte ein Signalton auf einen eingehenden Anruf aufmerksam.

»Das Präsidium«, erklärte Frau Wolf.

»Ja, bitte.« Sofort nahm Martins Gesicht wieder diesen unnahbaren, ernsthaften Ausdruck an. Er ließ Antonias Hand los und rückte ein wenig ab.

»Himmel«, sagte er laut und deutlich und wartete auf eine Antwort.

»Herr Minister, Kranzmayer hier, aus dem Büro des Polizeipräsidenten.«

»Hallo, Frau Kranzmayer. Was gibt es?«

»Man bat mich, Sie persönlich zu unterrichten. Es gibt leider schlechte Nachrichten. Das Safe House, in dem die Frau von Laid Abaaoud untergebracht war, wurde überfallen. Einer ihrer Personenschützer wurde dabei getötet, der zweite schwebt in Lebensgefahr, und von Nilufar Abaaoud fehlt jede Spur.«

Martin schnappte nach Luft. Er malte sich bereits die Schlagzeilen in der Presse aus. *TOTALVERSAGEN DER POLIZEI.* Und sicher noch Schlimmeres.

»Gibt es Spuren? Was sagt Thomas dazu?«

»Der Polizeipräsident ist gerade in einer Krisensitzung, ich soll Ihnen ausrichten, er meldet sich im Anschluss bei Ihnen. Aber es gibt noch etwas.«

Soeben sperrten an einer Kreuzung zwei Streifenpolizisten den Gegenverkehr, und die Eskorte vollzog eine Kehrtwende.

»Einer der leitenden Ermittler war ebenfalls vor Ort, Herr Erdmann. Er war der erste Beamte, der nach dem Überfall am Tatort eintraf.«

»Was zum Teufel hat Herr Erdmann denn in Nürnberg gemacht?«

Antonia hielt es nicht länger aus und platzte dazwischen.

»Was ist mit Markus?«

»Die Attentäter hatten eine Sprengfalle angebracht. Herr Erdmann konnte die Explosion zum Glück verhindern.«

»Also ist er in Ordnung?«, fragte Antonia und griff unbewusst nach dem Arm ihres Vaters.

»Nein, leider nein ... Er hat eine Kopfverletzung und wird derzeit behandelt.«

»O Gott, wie schlimm ist es?« Antonia hielt die Luft an.

»Ich kann Ihnen nicht mehr sagen, es tut mir so leid.«

»Ich versteh das nicht«, sprach Martin seine Gedanken laut aus. »Ich dachte, Erdmann kam *nach* dem Überfall?«

»Wir haben noch keine näheren Details bekommen, aber er wurde womöglich von einer Beamtin niedergeschlagen.«

»Von einer Beamtin?«, wiederholte Martin. »Und mehr haben Sie nicht für mich?«

»Nicht zum jetzigen Zeitpunkt, es tut mir wirklich leid.«

»Und was ist mit Abaaouds Frau? Gibt es irgendwelche Spuren?«

»Wir haben Hubschrauber im Einsatz, und alle Straßen rund um den Tatort wurden großräumig abgesperrt. Wir tun wirklich alles, um die Frau zu finden.«

»Wenn sie überhaupt noch am Leben ist«, sagte Martin leise und legte die Stirn in seine aufgestützte Hand. »Hat man den leitenden Ermittler bereits informiert?«, ergänzte er lauter.

»Ja, Herr Prager ist zusammen mit dem Polizeipräsidenten in der Krisensitzung.«

»Dann danke. Und bitte halten Sie mich auf dem Laufenden. Sie können mich den ganzen Abend und die ganze Nacht lang erreichen. Ich werde eh kein Auge schließen.«

»Werde ich machen, Herr Minister. Ich melde mich. Auf Wiederhören.«

»Auf Wiederhören.«

Es machte klick in der Leitung, und der Name auf dem Display erlosch.

* * *

Der Konferenzraum im Präsidium war grell und stickig. Es roch nach Nikotin. Der Geruch haftete an den Haaren und Jacken der Raucher, die bis zum Beginn des Meetings an den offenen Fenstern gestanden hatten, um hektisch noch eine halbe Zigarette zu inhalieren. Dann war Münchens Polizeipräsident Thomas Rappel erschienen, in dunkelblauer Uniformjacke mit zwei goldenen Sternen in Eichenlaub auf den Schulterklappen. Sofort wurden die Fenster geschlossen, und das hektische Geplapper verstummte.

Rappel ging ohne Umschweife dazu über, den Anwesenden »Totalversagen« vorzuwerfen. Er bezeichnete das Verhalten der Polizei bei dem Überfall der Terroristen auf das Safe House als den »Höhepunkt in einer Kette von Fehlern und Versäumnissen auf ganzer Linie«.

So aufbrausend und emotional hatte den Präsidenten keiner in diesem Kreis je zuvor erlebt. Die Wassergläser auf dem Tisch blieben unangetastet, und zu dem Nikotingestank mischte sich langsam beißender Schweißgeruch. Und so hoffte jeder, Rappels Vorhaltungen würden bald ein Ende finden. Doch der dachte überhaupt nicht daran, sondern ließ weiterhin seinem Zorn freien Lauf. Nacheinander zählte er die Fehlschläge auf. Die verpatzte Festnahme von Ahmed al-Bāṭin. Die Beinaheermordung der Tochter des Innenministers. Der blutige Angriff einer Zivilistin auf Laid Abaaoud, dann deren Tod durch einen Scharfschützen. Und nun die Entführung von Abaaouds Frau, bei der ein Beamter sein Leben verloren hatte.

Mitten in dieser laut vorgetragenen Anklage blitzte Torges Telefon auf und brachte den Präsidenten aus seinem Redefluss. Zwar hatte Torge sein Handy vor der Krisensitzung auf lautlos geschaltet, aber vergessen, den Stroboskopalarm zu deaktivieren.

»Glauben Sie bloß nicht, Herr Prager, dass Sie hier irgendeine Sonderstellung genießen, nur weil Sie einer anderen Behörde unterstehen. Sie sind für diesen Schlamassel genauso verantwortlich wie alle anderen auch.«

Das Telefon in Torges Hand hörte nicht auf zu blitzen. Der Anruf kam von Markus. Torge erhob sich und brachte damit den Polizeipräsidenten erneut aus dem Konzept.

»Sie haben vollkommen recht«, gestand er Rappel zu. »Der Scheißhaufen ist verdammt groß geworden – und glauben Sie mir, ich weiß, dass ich dafür die Verantwortung trage. Aber zum Glück stehe ich da nicht allein da – Sie und Ihr Duzfreund, der Innenminister, teilen sich doch mit mir diese Last, oder?«

Rappel schnappte nach Luft. So hatte noch niemand mit ihm zu sprechen gewagt. Und noch bevor er darauf antworten konnte, hatte Torge den Raum mit dem Handy am Ohr bereits verlassen.

»Gott, Markus, was zum Henker hast du in dem Safe House gewollt?«, platzte Torge heraus, sobald die Tür hinter ihm zugefallen war.

»Danke der Nachfrage. Mir geht es gut, ich bin okay«, antwortete Markus sarkastisch.

»Dann wär das ja geklärt.«

»Verdammt, nein. Mir geht es dreckig. Die Platzwunde an meinem Kopf wurde mit zwölf Stichen genäht, ich schwanke wie ein Schiff und hab mir den Anzug vollgekotzt. Und du sagst mir jetzt hoffentlich, dass diese Schweine an irgendeiner Straßensperre ins Netz gegangen sind.«

Torge schüttelte den Kopf. »Bislang nicht.« Er schritt langsam den gefliesten Gang entlang. Von Schwarz-Weiß-Fotos an den Wänden blickten die Gesichter hochdekorierter Polizisten auf ihn herab.

»Du weißt, es grenzt an ein Wunder, dass wir beide jetzt miteinander reden können?«, sagte Markus.

»Ehrlich gesagt, nein. Ich konnte den Bericht bisher nur überfliegen.«

»Die haben einem der Wachleute eine Propangasflasche auf den Bauch geklebt und aufgedreht. Direkt über der Flasche hatten die an das Kabel von der Deckenlampe einen elektrischen Zünder montiert. Hätte man das Licht angeschaltet, dann hätte ein Funke des Zünders das Gas in Brand gesetzt – und ich hab's vor lauter Angst nicht gerochen, obwohl die Flasche schon leer war, als ich kam. Verstehst du, was ich meine? Wenn, wenn ...«

»Es ist nicht passiert. Vergiss das Wenn. Alles, was zählt, ist, dass du dem Mann das Leben gerettet hast.«

»Das ist gar nicht sicher. Er schwebt in Lebensgefahr, Stichverletzung, ziemlich tief. Ich versteh's nicht, Torge. Warum tun die das?«

»Warum warst du dort?«

Die Tür zum Besprechungsraum öffnete sich, und einer von Rappels Lakaien streckte den Kopf heraus.

»Der Polizeipräsident lässt fragen, wann sie gedenken, an dem Meeting wieder teilzunehmen.«

Fick dich, und sag ihm, er kann sich auch ficken.

»Ist wichtig.« Torge zeigte auf das Telefon. »Ich bin in einer Minute da.«

Der Mann nickte verständnisvoll und verschwand wieder.

»Ich hatte einen Verdacht, dem ich nachgehen wollte«, erklärte Markus.

»Welchen Verdacht?«

»Eigentlich war es kein richtiger Verdacht, ich wollte nur sichergehen …« Er zögerte.

»Red schon.«

»… dass Nilufar Abaaoud nicht die U-Bahn-Terroristin vom Bahnsteig war.«

Torge schluckte.

»Und dafür bist du zwei Stunden nach Nürnberg gefahren? Gab's denn keine Bilder von der Frau in der Datenbank?«

»Nur mit Schleier. Und das Bild, das man von ihr im Asylaufnahmelager gemacht hatte, war gelöscht worden. Die Kollegen von der Ausländerbehörde konnten mir also auch nicht weiterhelfen. Also hab ich beschlossen hinzufahren, um sie mir persönlich anzusehen.«

»Und das hat keiner der Beamten vor Ort für dich erledigen können?«

»Nein, weil … Sagt dir der Cross-Race-Effekt was?«

»Kein Schimmer.«

»Das ist, wenn Weiße zum Beispiel Schwarze schlecht voneinander unterscheiden können – gibt's natürlich auch umgekehrt. So was führt immer wieder zu falschen Zeugenaussagen.«

»Du verarschst mich. Das war der Grund?«

»Irgendwie ja, ich kann's nicht erklären. Ich wollte es einfach selbst machen, um sicherzugehen.«

»Du hättest das mit mir absprechen sollen!«

»Du hättest es mir ausgeredet.«

»Blödsinn, aber ich hätte dir gesagt, dass ich ein gestochen scharfes Foto von Nilufar in einer Akte habe. Und ich hätte dir versichert, dass unsere mordende Blondine vom Bahnsteig nicht Abaaouds Frau ist.«

Markus schluckte.

»Mist.«

»Was hast du jetzt vor?«, fragte Torge.

»Ein Streifenwagen steht vor der Tür und bringt mich nach München.«

»Und dein Kopf?«

»Bist du meine Mama?«

»Zum Glück nicht.«

»Hey.« Markus legte eine unheilschwangere Pause ein. »Was ist dran an dem Abhörprotokoll?«

»Ich kann's dir nicht sagen, aber ich hab eine Scheißangst.«

* * *

Simone Köster rannte durch die Notaufnahme des Krankenhauses, das sie erst wenige Stunden zuvor verlassen hatte. Ihr graues Haar, sonst akkurat drapiert, wurde nur notdürftig von einer Haarspange zusammengehalten und hüpfte bei jedem Schritt auf und ab. Sie hatte bereits mit einem Buch zu Hause auf der Couch gelegen, sich aber nicht konzentrieren können, da sie immer wieder das schreckliche Bild vor Augen hatte, wie die unbekannte Frau einen Bleistift ins Laids Hals rammte; dann der Schuss, das Blut und ihr toter Körper auf dem Asphalt. Was trieb Menschen nur an, so weit zu gehen? Sie fand keine Antwort auf diese Frage und deshalb auch keine Ruhe.

Als sie schließlich der Anruf aus dem Krankenhaus erreichte, dass man dringend ihre Hilfe benötige, zögerte sie keine Sekunde. Sie schlüpfte hastig in Jeans und einen Pullover und fuhr zurück ins Krankenhaus, wo Laid Abaaoud nach ihrem Kenntnisstand eigentlich längst nicht mehr hätte sein dürfen.

Eine Polizistin und eine Ärztin warteten bereits auf Köster und schoben sie in einen schmalen Behandlungsraum, um sie vor den neugierigen Blicken der wartenden Patienten zu verbergen.

»Also, was ist passiert, geht es ihm gut? Warum ist er noch hier?«, überhäufte sie die beiden mit Fragen.

»Es geht ihm gut«, antwortete die Ärztin.

»Den Umständen entsprechend«, ergänzte die Polizistin.

»Was soll das heißen?«

Die Ärztin sah die Polizistin auffordernd an, die sich daraufhin durchrang, die wenigen Informationen preiszugeben, die sie von der Zentrale erhalten hatte.

»Die Ehefrau von Herrn Abaaoud wurde entführt.«

Es dauerte einen Augenblick, bis Simone die Aussage richtig verstanden hatte.

»Aber stand Frau Abaaoud nicht unter polizeilicher Bewachung?«

»Das ist richtig. Ich weiß nur das, was man auch Herrn Abaaoud mitgeteilt hat. Es scheint einen Überfall gegeben zu haben – bei dem seine Frau entführt wurde. Und man hat keine Ahnung, wer die Entführer waren.«

»Das kann doch nicht wahr sein! Das ist doch ...«

Die Ärztin schob Simone einen Stuhl hin, auf den sie sich zitternd setzte.

»Hören Sie«, setzte die Polizistin wieder an. »Ich habe den Befehl erhalten, Herrn Abaaoud in Sicherheitsgewahrsam zu nehmen und in die Zentrale zu bringen. Aber er weigert sich, mit uns zu kommen. Er verlangte nach Ihnen.«

Die Ärztin nickte zustimmend.

»›Verlangen‹ ist wohl etwas untertrieben. Er schrie und hat eine Flasche mit Infusionslösung nach einer Assistentin geworfen.«

»Aber was kann ich tun?«, fragte Simone hilflos.

»Ihnen vertraut er. Sie könnten ihn vielleicht überzeugen«, erklärte die Polizistin.

»Wer immer die waren, die seine Frau entführt haben, sie sollten kein Krankenhaus als nächstes Ziel im Visier haben. Er muss mit uns kommen – wir finden einen Ort, wo er sicher ist.«

Simone blickte von dem Stuhl auf.

»So sicher, wie seine Frau es war?«

Die Polizistin blieb stumm. Darauf hatte sie keine Antwort.

Laid saß mit angezogenen Beinen zusammengekauert in einer Ecke des Krankenzimmers auf dem Boden. Sein Bett lag umgestürzt vor ihm. Ringsherum lagen wild verstreut Utensilien aus einem zerschlagenen Medizinschrank.

Vorsichtig betrat Simone den Raum. Die offene Tür hinter ihr gab den Blick auf wartende Polizeibeamte frei.

»Sie sollen verschwinden!«, schrie Laid sie aufgelöst an.

Simone drehte sich um und blickte in die Gesichter der Polizisten.

»Ist schon gut, mir passiert nichts.« Ihr Tonfall klang nicht besonders überzeugend. Dann schloss sie die Tür hinter sich.

»Sie haben Nilufar, sie haben mir Nilufar genommen«, schluchzte er. Dabei hielt er aus Scham die Handflächen vor sein Gesicht. Dadurch wurde der Verband an seinem Hals sichtbar, der sich rot färbte.

Simone musste wieder an den Bleistift denken und spürte, wie ihr übel wurde. Sie kämpfte dagegen an und versuchte sich auf Laids Gesicht zu konzentrieren.

»Es ist schrecklich, was geschehen ist. Aber bis wir mehr wissen, müssen wir Sie an einen anderen Ort bringen.«

Laid regte sich nicht.

»Sie wissen, dass Sie hier nicht bleiben können.«

Er riss seine Hände auseinander und schrie sie an:

»Nicht zur Polizei! Ich gehe nicht mit zur Polizei. Die haben Nilufar, die waren es ... Die waren es. Ich geh nicht mit denen. Können die mich zwingen?«

Simone überlegte. Sie wünschte, sie hätte Orthofer an ihrer Seite. Ohne ihn konnte sie nur mutmaßen.

»Ich glaub nicht. Sie sind ein freier Mann. Ich glaub nicht, dass man Sie zwingen kann. Aber wo wollen Sie denn sonst hin?«

Laid sah sie mit seinen wässrigen Augen Hilfe suchend an.

»Ich könnte vielleicht mit zu Ihnen? Für eine Nacht, nur für eine Nacht.«

Simone schluckte. Was für eine absurde Idee!

»Bitte, niemand weiß von Ihnen, es wird nichts passieren. Und ich wäre nicht allein. Ich schaff das sonst nicht ... Ich schaff das sonst nicht. Nilufar hat Ihnen vertraut, ich vertraue Ihnen auch. Bitte.«

Simone fühlte sich, als würde man sie gegen eine Wand drücken und ihr die Luft abschnüren.

»Ich kann auf dem Boden schlafen, in der Badewanne, wo Sie wollen. Aber ich kann nicht zur Polizei, bitte«, flehte er sie erneut an.

Sie überlegte. Im Gästezimmer, in dem früher ihre Mutter übernachtet hatte, wenn sie zu Besuch war – heute die reinste Rumpelkammer, gefüllt mit Kisten und Gerümpel –, stand noch immer eine Klappcouch. Wie oft hatte sie sich dafür eingesetzt, dass Flüchtlinge eine Unterkunft in privaten Haushalten bekamen. Und wie oft hatte sie schon mit sich gerungen, selbst einen Flüchtling aufzunehmen, nur um dann unter fadenscheinigen Ausreden den Gedanken wieder zu verwerfen.

War das hier die Möglichkeit zu beweisen, dass sie außer Worten auch zu Taten fähig war? Schließlich war es nur für eine Nacht. Laid hatte recht, niemand würde wissen, dass er bei ihr war. Und sie konnte zur Bedingung machen, dass man ihr Haus und ihre Wohnung bewachte. Eine Nacht, was war schon eine Nacht im Vergleich zu dem Leid, das den Mann sein ganzes Leben lang begleitet hatte?

Simone beugte sich zu Laid hinunter, nahm seine Hände in ihre und flüsterte: »Nur eine Nacht.«

Laid zog dankbar ihre Hände zu sich und küsste ihre Handflächen.

* * *

Antonia stand allein in der Diele des Hauses und blickte sich um. Zwölf Jahre waren vergangen, seit sie zum letzten Mal hier gestanden hatte. Alles hatte sich verändert und irgendwie auch nichts. Bilder, Möbel, Teppiche, mit viel Liebe zum Detail geschmackvoll aufeinander abgestimmt, und doch wirkten sie wie Fremdkörper in einer Umgebung, die ihr so vertraut war. Wie der Treppenaufgang, der leicht geschwungen in das obere Stockwerk führte. Auf einem ausladenden Sideboard aus Rosenholz mit Messinggriffen stand ein silbernes Bilderrahmenpaar mit kunstvoll gearbeiteten Jugendstilornamenten. Eines der Fotos zeigte Martin mit Shohreh, das andere Shohreh mit Lukas, als er noch ein kleiner Junge war. Sie alle lächeln in die Kamera.

Sosehr Antonia auch dagegen ankämpfte, Wut stieg in ihr hoch. Und auch Verachtung, denn dieses Lächeln war auf den Trümmern ihrer Kindheit gewachsen. Vorsichtig kippte sie die Rahmen auf die Bildseite, als sich die Tür ihres Kinderzimmers öffnete. Ihres ehemaligen Kinderzimmers. Lukas kam heraus und sah sie überrascht an.

Antonia fühlte sich ertappt und zog ein wenig zu hastig ihre Hand von dem Sideboard.

»Antonia?«

»Hi«, antwortete sie verlegen. Er hatte sich kaum verändert, seit sie ihn das letzte Mal gesehen hatte. Das war auf der Beerdigung seiner Mutter gewesen. Nur der spärliche Bart in seinem Gesicht war ungewohnt.

»Ich mag die Bilder auch nicht«, erklärte er mit einem Blick auf die umgelegten Silberrahmen.

»Es tut mir leid«, stammelte sie leise. »Ich stell sie wieder auf.«

»Lass es. Wo ist Martin?«

»Ist oben und duscht, glaube ich.«

Er musterte sie skeptisch in ihrem steifen Hosenanzug, dann ging er an ihr vorbei und öffnete die Tür zum Wohnzimmer.

»Magst du hier stehen bleiben?«, fragte er, ohne eine Antwort zu erwarten, und ging hinein. Antonia löste sich aus ihrer Starre und folgte ihm. Noch intensiver als in der Diele übermannte sie im Wohnzimmer ein Déjà-vu, obwohl bis auf einen alten Kronleuchter an der Decke nichts mehr so war wie früher.

Lukas entging das nicht. Es war die Art, wie sie mitten im Raum stand und sich umsah.

»Du warst noch nie hier, oder?«

Sie schüttelte ein wenig den Kopf. »Nicht, seit er seine alte Familie gegen eine neue eingetauscht hat.«

Es klang gemeiner, als sie eigentlich gewollt hatte, deshalb schob sie fahrig eine Entschuldigung hinterher.

»Es tut mir leid, ehrlich. Ich bin vollkommen durch den Wind.«

»Du musst dich nicht entschuldigen. Du hast nur die Wahrheit gesagt. Seit Mamas Tod hab ich den Wert der Wahrheit schätzen gelernt.«

Das klang in ihren Ohren überhaupt nicht nach einem Siebzehnjährigen. Verwundert sah sie zu, wie er sich abwandte, eine Teekanne nahm und zwei Teegläser füllte, die sich zur Mitte hin verjüngten und mit goldenen orientalischen Ornamenten verziert waren. Er brachte die Gläser auf einem kleinen kreisrunden Tablett zu einem niedrigen Tisch mit Schachbrettmuster und setzte sich davor im Schneidersitz auf den Boden.

»Magst du? Ist noch warm.«

Antonia kniete sich ihm gegenüber auf den Boden. Gerade als sie nach dem Tee griff, entdeckte sie auf dem Tablett ein quadratisches Päckchen mit dem Bild einer lachenden Zitrone.

»Was ist das?«

»Ein Erfrischungstuch.«

Antonia sah ihn fragend an.

»Die sind noch von Mama. Kein Mensch braucht sie mehr.«

Was für ein merkwürdiger Junge, dachte Antonia, nahm eines der Gläser und nippte daran.

»Danke«, sagte sie.

»Jazakallah kheir«, antwortete er und verbeugte sich.

»Was bedeutet das?«

»Das ist Arabisch und bedeutet: Möge Gott dich belohnen.«

»Du sprichst Arabisch?«

»Du weißt gar nichts über mich.« Lukas' Stimme hatte einen vorwurfsvollen Ton angenommen.

Er hatte recht, sie hatte sich nie sonderlich für ihn und seine Geschichte interessiert. Er war einfach nur das Kind gewesen, das ihren Platz eingenommen hatte. Wie ein Kuckucksjunges, ein Parasit, der die Eier der fremden Eltern aus dem Nest wirft. Jetzt schämte sie sich dafür.

»Ich wurde hier geboren, aber aufgewachsen bin ich im Iran, bei der Familie meiner Mutter. Zumindest bis ich sechs Jahre alt war, dann haben sie mich nach Deutschland geholt, Martin und sie.«

Antonia erinnerte sich. Sie war dabei gewesen, als Martin ihrer Mutter gebeichtet hatte, dass er nicht nur eine Geliebte hatte, sondern auch einen sechsjährigen Sohn. Es war für beide ein Schock gewesen, besonders aber für Antonia, der das Geheimnis ihrer Abtreibung schwer zu schaffen machte und die es aus Scham und auf Drängen ihres Vaters hin nicht einmal ihrer Mutter anvertraut hatte. Aber gleichzeitig war es ihr gemeinsames dunkles Geheimnis gewesen. So absurd es auch klang, sie hatte damals das Gefühl gehabt, als hätten sie durch diesen abscheulichen Frevel ein dunkles, undurchtrennbares Band geknüpft, einen lebenslangen Pakt, der mit dem Opfer ihres Babys besiegelt worden war.

Sein Geständnis, ein weiteres Kind mit einer anderen Frau gezeugt zu haben, hatte ihr das Herz aus dem Leib gerissen und ihren Verstand gelähmt. Dann folgten eine Leere und der verzweifelte Versuch, diese Leere zu füllen.

Sie weinte, nicht offensichtlich, sondern mit Tränen, die am Rand der Augenlider hochquollen.

»Ich habe dich gehasst«, beichtete sie.

Lukas öffnete ein wenig den Mund, brachte erst kein Wort hervor, flüsterte aber dann mit trockener Kehle: »Ich hasste dich auch.«

Die Antwort überraschte Antonia. Sie wischte sich die Tränen aus den Augen und zog die Nase hoch. Sie spürte, wie die Bluse auf ihrer nassen Haut klebte – es schien unerträglich heiß geworden zu sein.

»Aber wieso?«, fragte sie, denn sie konnte es nicht verstehen.

Lukas' dunkle Augen weiteten sich.

»Du warst diejenige, von der er erzählte, wenn er nach Hause kam. Die er am Wochenende besuchte ... und die, für die er ständig Sachen kaufte. ›Schau mal, was ich für Antonia gefunden hab‹«, äffte er die Stimme von Martin nach. »›Das könnte doch gut in ihre Wohnung passen.‹ Und dann die Bilder von deiner Unifeier, wo man ihn sieht, wie er eine Rede für dich hält, wo er dich im Arm hält und küsst. Du hattest das, was ich nie hatte: einen Vater, einen richtigen Vater. Für mich war er nur der Mann meiner Mutter, der mich in dieses ... dieses fremde Land gebracht hat.«

Lukas holte nach den letzten Worten tief Luft. Sein Brustkorb hob und senkte sich deutlich unter dem grauen T-Shirt.

Antonia versuchte zu verstehen. Ihre Hände schwitzten. Lukas war nie der Feind gewesen, ganz im Gegenteil, sie spürte in diesem Moment eine Verbindung zu ihm wie zu einem vertrauten Menschen, den man schon ewig kannte. Wie konnte das möglich sein? Sollte sie ihm ihr Geheimnis anvertrauen? Vielleicht würde ihr Schmerz den seinen lindern? Außer Martin hatte sie sich bisher nur einer guten Freundin und Torge anvertraut.

Antonia konnte sehen, wie Lukas' Atem wieder flacher

wurde, und so begann sie, in ihrem Kopf nach den richtigen Worten zu suchen.

»Fühlst du dich hier ... Fühlst du dich nicht als ...«

»Du meinst, ob ich mich als Deutscher fühle?«

»Unser Vater ist Deutscher, deine Mutter hat hier die meiste Zeit ihres Lebens verbracht. Wäre das so abwegig?«

»Meine Mutter ist vor vier Jahren den ganzen Sommer über mit mir zu unseren Verwandten in den Iran gereist. Das war, als wenn ich nach Hause gekommen wäre. Ich weiß nur eins: Wenn ich volljährig bin, werde ich Deutschland verlassen und zu meinem Onkel und meiner Tante in den Iran gehen. Das ist sicher.«

»Weiß Papa davon?«

Lukas schüttelte den Kopf.

»Der würde es doch nicht mal merken, wenn ich weg bin.«

Antonia hatte noch so viele Fragen auf der Seele, deren Quelle die Selbstvorwürfe waren, die sie sich jetzt machte. Weil sie in Lukas nie den Bruder gesehen hatte oder den Menschen, der viel mehr mit ihr gemeinsam hatte, als sie wahrhaben wollte.

Aber dann war es zu spät. Der Moment der Offenheit und Nähe war unwiederbringlich vorbei, als Martin schwungvoll die Tür öffnete und eintrat. Sofort spürte sie die eiskalte Distanz, die zwischen den beiden Männern bestand. Reflexartig griff sie nach dem Erfrischungstuch auf dem Tablett und stand auf. Es war der falsche Ort und der falsche Zeitpunkt, um Lukas besser kennenzulernen.

»Lukas, bitte verzeih mir. Ich muss gehen, aber du darfst das nicht falsch verstehen. Ich würde dich wirklich gerne besser kennenlernen, nur jetzt ...«

»Antonia«, unterbrach Lukas sie. »Du musst das nicht sagen, denn es bedeutet nichts. Du schuldest mir nichts. Und ich schulde dir nichts.«

Antonia schluckte, sah ihren Vater an, der ebenfalls ein wenig hilflos aussah und nicht wusste, wie er reagieren sollte.

»Ich muss gehen, ich kann hier nicht schlafen, Papa.«

»Was? Wieso denn, wir könnten …«

Antonia rannte aus dem Zimmer und öffnete die Haustür. Kühle, wohltuende Luft umspielte ihr Gesicht.

Martin eilte ihr nach und sagte zu ihr: »Er kann komisch sein, aber er meint es nicht so. Gib ihm eine Chance, gib uns eine Chance!«

»Ich weiß nicht, ich hab im Augenblick nicht die Kraft dafür. Wir könnten so tun, als ob wir eine ganz normale Familie wären. Aber es bringt doch nichts, wenn wir uns andauernd selbst belügen.«

Sie beugte sich vor und gab ihm einen Kuss auf die Wange.

»Vielleicht ein andermal, Papa?«

»Wie du willst.«

Martin ging an ihr vorbei auf einen der Securitymänner zu, der am offenen Fenster eines SUV saß und sie aufmerksam beobachtet hatte.

»Kann jemand meine Tochter zu meinem Apartment bringen?«

»Das sollte kein Problem sein«, erwiderte der Mann und nahm Kontakt mit der Zentrale auf. Antonia warf einen Blick auf das Erfrischungstuch in ihrer Hand, mit der lachenden Zitrone, die ihr in diesem Augenblick wie eine hässliche Fratze erschien.

»Steigen Sie ein, ich fahre Sie«, sagte der Mann am Steuer zu Antonia und entriegelte die hinteren Türen.

Antonia ließ das Briefchen mit dem Erfrischungstuch in ihre Jackentasche gleiten und stieg ein. Als der Wagen abfuhr und sie sich nach ihrem Vater umsah, war er schon wieder im Haus verschwunden. Er hatte nicht einmal zum Abschied gewinkt.

* * *

Torge kam in sein Apartment und riss sich den schwarzen Anzug förmlich vom Leib. Den ganzen Tag lang hatte er sich gefühlt, als würde sein Körper in einem Korsett stecken. Jackett, Schuhe, Hose – ein Teil ums andere flog irgendwo in den Raum. Erst als er sich auch seines Hemdes entledigt hatte und nur noch mit Unterwäsche im Raum stand, stellte er fest, dass es nicht der Anzug allein war, der ihm die Luft zum Atmen genommen hatte. Sein Blick blieb an seinem Spiegelbild hängen.

Was hast du getan?

Bedrohlich näherte er sich seinem Gegenüber.

Es ist der einzige Weg.

Der Mann im Spiegel sah ihn skeptisch an.

Ist es den Preis wert?

Er hatte keine Antwort darauf.

Sein Handy klingelte. Fahrig fummelte er es aus der Innentasche des Sakkos, das quer über dem Bett lag.

»Ja.«

»Herr Prager?«

»Reden Sie!«

»Nichts. Alles ruhig. Aber das muss nichts heißen.«

»Tun Sie jetzt einfach genau, was ich Ihnen gesagt habe.«

»Jawohl.«

»Sonst noch was?«

»Nein.«

Ohne sich zu verabschieden, legte Torge auf. Diesmal machte er nicht den Fehler, einen Blick in den Spiegel zu werfen. Er begab sich direkt ins Bad, wo er seine Unterwäsche ablegte, sich unter die Dusche stellte und das kalte Wasser aufdrehte. Tausend kleine Nadelstiche schossen in seine Haut, dann hatten sich die Nerven an die Eiseskälte gewöhnt.

Erschreckend, wie schnell man sich an etwas Unangenehmes gewöhnen konnte. Mit einem schnellen Ruck drehte er den Hebel an der Mischbatterie bis zum Anschlag in die entgegengesetzte Richtung. Langsam wurde das Wasser angenehm warm, rann an seinem Körper hinab. Er fühlte, wie sich alle Glieder nach dem Kälteschock dieser wohltuenden Wärme hingaben – doch dann wurde das Wasser immer heißer. So heiß, dass es kaum noch erträglich war. Schmerzen schossen von allen Nervenenden in sein Gehirn, um ihn zu zwingen, aus der Dusche zu treten. Dichter Wasserdampf stieg an ihm hoch, aber er biss die Zähne zusammen, wollte den Schmerz spüren, der sich anfühlte, als würde seine Haut brennen, bis der Körper so betäubt war, dass die Qualen verblassten.

Weinst du? Scheiße, ja, du weinst.

Wieder bewegte er mit einem Ruck den Hebel in die andere Richtung. Die Kühle kam zurück und mit ihr eine ungewollte Erektion. Schwer atmend stellte er das Wasser ab und betrachtete sein steifes Glied. Es war feuerrot, genau wie seine gesamte Haut. Die letzten Rinnsale bahnten sich einen Weg hinab an seinem Körper, in dem eine geschundene Seele Frieden zu finden versuchte. Aber für ihn gab es keinen Frieden, außer vielleicht, wenn er zum Telefon griff und ...

Ein schnarrendes, klickendes Geräusch schob all seine Gedanken beiseite. Es war ganz leise, aber nicht leise genug. Hätte er nur eine Minute länger unter der Dusche gestanden, hätte er es nicht gehört. Klatschnass eilte er hinaus in das große Zimmer, suchte nach seiner Waffe, machte das Licht aus und näherte sich der Wohnungstür, unter der ein schmaler Lichtstreifen zu sehen war. Das Geräusch war verschwunden. Hatte er sich geirrt? Dann verdunkelte ein Schatten den Lichtstreifen. Er hatte sich nicht geirrt. Blitzschnell riss er die Tür auf, zielte mit seiner Waffe auf die Gestalt vor seinem Apartment und war bereit zu töten, da blickte er in das erschrockene Gesicht von Antonia.

Sie schrie kurz auf, als ein feuerroter Körper aus der Dunkelheit trat und ihr eine Pistole ins Gesicht hielt.

»Antonia?« Sein Herz pumpte und schlug ihm bis zum Hals.

Erst als sie seine Stimme hörte, begriff sie, dass der nackte Mann vor ihr Torge war.

»Bist du wahnsinnig? Und was machst du in meinem Apartment?«, schrie sie ihn an und betrachtete die Pistole in seiner Hand voller Abscheu.

Zögernd legte er sie auf den Boden, machte aber keine Anstalten, sich zu bedecken.

»Dein Apartment?«

Wütend hielt sie ihm die Schlüsselkarte entgegen.

»880 – erzähl mir doch nicht, dass du zufällig in meinem Zimmer bist!«

Er schüttelte den Kopf. »Deine Karte funktioniert hier nicht.« Dann nahm er ihr die Karte aus der Hand, ging über den Gang und steckte sie in die Tür von Apartment 808 direkt gegenüber. Das elektronische Schloss sprang von Rot auf Grün.

Verblüfft nahm sie die Karte von Torge entgegen, der ihr die Tür aufhielt und das Licht anschaltete. Sie erkannte ihre Koffer, die im Zimmer standen.

»Wer hat dir das Zimmer zugeteilt?«, fragte er.

»Markus«, antwortete Antonia.

»Markus«, wiederholte er, und beide hatten denselben Gedanken.

Was hast du dir nur dabei gedacht, Markus?

Es war, als könnten sie förmlich sehen, wie Markus schelmisch grinste und sagte: Ist das so schwer zu verstehen?

Torge hob fahrig die rechte Hand mit drei ausgestreckten Fingern.

»Ich schwör's dir, es war wirklich nicht meine Idee, ich kann nichts dafür. Du weißt das, oder?«

Sie legte einen Zeigefinger auf ihre Lippen, um ihn zum Schweigen zu bringen, und ihre Blicke versanken ineinander.

Es ist so lange her.

Ihre Hände fanden seine, ohne dass sie die Verbindung zu seinen Augen verlor.

Viel zu lange.

Zärtlich fuhr sie mit ihren Händen seine Arme hinauf bis zu seinen Schultern. Augenblicklich kehrte seine Erektion zurück.

»Es tut mir leid«, flüsterte sie.

Passierte das gerade wirklich? Unzählige Nächte hatte er davon geträumt. Er spürte ihre Hände, die von den Schultern zu seinem Hals hinaufwanderten. War das auch wirklich keine Einbildung? Er ertrank in dem Leuchten ihrer Augen, wagte kaum zu atmen, um diesen unglaublichen Moment nicht zu gefährden. Ihre Finger streiften sanft über seine Bartstoppeln, über seine Lippen, seine Ohren, packten schließlich seine Haare und zogen ihn hinab zu ihr, wo sich ihre Lippen fanden und miteinander verschmolzen. Torge schloss die Augen, hatte das Gefühl zu rennen, kilometerweit, rastlos ... Doch diesmal wartete am Ende keine Leere, kein weiterer Marathon. Er war endlich angekommen. Er fasste Antonia kräftig um die Taille, hob sie hoch, ohne seinen Mund von ihrem zu lösen, und trug sie in sein Apartment. Alles, was er sich je erhofft hatte, passierte in genau diesem Moment. Jetzt konnte ihm nicht einmal mehr der Tod etwas anhaben.

Antonia lag nackt auf dem Bett, als er aufstand, um sich anzuziehen. Ihr sonst streng zurückgekämmtes Haar war wild zerzaust und bedeckte das Kissen.

Regungslos folgte sie jeder seiner Bewegungen, als er in seine Shorts schlüpfte und sich nach seinem T-Shirt beugte.

»Du musst noch mal weg?« In ihrer Stimme schwang Besorgnis mit.

Torge hielt inne. Sein Blick wanderte an ihr hinauf, über ihre Scham bis zu ihren Brüsten und verharrte bei ihren Augen. Wie schön sie war.

»Es gibt da noch etwas, dem ich nachgehen muss.«

»Kann das nicht bis morgen warten?«

Nervös nestelte sie an der Wundkompresse in ihrem Gesicht, die sich an einer Stelle ein wenig gelöst hatte.

»Es steht zu viel auf dem Spiel, mehr kann ich dir nicht sagen.«

»Kann ich nicht einfach mitkommen? Ich kann doch im Auto bleiben.«

»Auf keinen Fall. Ich ...«

Mit einem kräftigen Ruck riss sich Antonia den Verband von der Wange. Leuchtend rotes Fleisch kam zum Vorschein und begann zu bluten.

»Was soll der Scheiß«, rief er erschrocken, aber sie sah ihn nur weiterhin an, während sich ein schmales Blutgerinnsel seinen Weg über ihre Wange bahnte und auf das weiße Bettlaken tropfte.

»Es heilt besser, wenn Luft rankommt«, antwortete sie trotzig, ohne selbst richtig zu verstehen, warum sie das gerade getan hatte.

»Scheiße, ich hab keine Pflaster hier«, antwortete er besorgt.

Jetzt tat er ihr leid.

»Im meiner Jackentasche ist ein Erfrischungstuch, das kühlt.«

Torge griff nach ihrer Jacke, die über dem Stuhl hing, fand das Briefchen und drückte es ihr in die Hand.

»Antonia, bitte, versteh doch. Wenn ich wüsste, dass du in der Nähe bist, wären meine Gedanken ständig bei dir. Ich wäre abgelenkt, ich wäre nicht hundertpro bei der Sache. Hier bist du in Sicherheit, vor dem Haus sind Wachen stationiert und ...«

Sie riss die Verpackung auf, zog das feuchte Tuch heraus, faltete es auseinander und drückte es sich auf die Wange.

»Ist das, wo du hingehst, denn so gefährlich?«

Das Tuch brannte auf der offenen Wunde.

Torge zögerte die Antwort hinaus. Er war noch nie gut darin gewesen, sie anzulügen.

»Das willst du nicht wissen«, sagte er schließlich.

»Na, dann danke für dein Feingefühl. Jetzt geht es mir gleich viel besser.«

Sachte setzte er sich neben sie auf die Bettkante. Ihre Nähe, ihr Duft, ihr verlockender Anblick, einfach alles an ihr kostete ihn größte Überwindung, nicht erneut seinen Gelüsten nachzugeben. Sie erkannte den stillen Kampf in seinen Augen und wandte sich enttäuscht ab, als sie merkte, dass sein Pflichtbewusstsein die Oberhand behielt.

»Es tut mir leid, glaub mir. Es geht nicht anders.«

Ein letztes Mal fühlte sie seine Lippen auf ihren Haaren, während sie durch die bodentiefen Fenster hinaus auf die nächtliche Stadt blickte, bis er sich fertig angezogen hatte und ohne ein weiteres Wort die Wohnung verließ.

Erst als die Tür laut klickend ins Schloss fiel, machte sie die Augen zu und sank in einen unruhigen Schlaf.

TAG 14

Montag, 26. September 2022
21:00 Uhr – 24:00 Uhr

Simone Köster blickte nervös aus dem Fenster im vierten Stock ihrer Altbauwohnung in Milbertshofen. Das Smartphone in ihrer Hand hatte sie auf Lautsprecher gestellt. Endlich hob jemand ab.

»Simone Köster hier, bin ich jetzt mit der Polizei verbunden?«

»Ja, das sind Sie, Frau Köster. Prager am Apparat, von der Kripo.«

»Prager?«, hakte sie nach und versuchte, sich zu erinnern.

»Prager, ja. Wir kennen uns, ich war bei der Freilassung von Herrn Abaaoud dabei.«

»Der Mann, der mit dem Ring zu spät kam.«

»Genau der.«

Sie sah ihn nun vor sich, gehetzt, in seinem schwarzen Anzug, wie er in die Runde platzte. Wie ein kleiner Junge, der zum ersten Mal seinen Kommunionsanzug trug.

»Man hat mir Ihre Nummer gegeben, falls ...«

»Ist etwas nicht in Ordnung?«

»Doch, doch«, antwortete sie schnell. Dann sah sie wieder verängstigt auf die dunkle Straße hinaus und ergänzte ihre voreilige Antwort: »Also, ich dachte, es wären Polizeistreifen vor dem Haus. Ich habe aber niemanden entdecken können. Auch nicht, als wir herkamen.« Jetzt war es raus.

»Warten Sie einen Augenblick«, hörte sie die Stimme am anderen Ende, bevor die Leitung mit einem leisen Klick verstummte.

Nach endlos erscheinenden Sekunden blieb ihr zaghaftes »Hallo?« in Richtung des Smartphone-Displays unbeantwortet. War die Leitung unterbrochen worden? Sollte sie erneut anrufen?

Geräusche aus dem Bad lenkten sie ab. Wie konnte sie nur einen vollkommen Fremden mit zu sich nach Hause nehmen? In der Sicherheit des Präsidiums schien alles so einfach und unkompliziert. Der Mann zu ihren Füßen, der ihre Hände küsste, ein bemitleidenswertes Individuum, dem man einfach helfen musste. Aber jetzt war sie allein mit diesem Mann, der gar nicht mehr so hilflos wirkte, zwei Köpfe größer war als sie und, bis er ins Bad gegangen war, kaum ein Wort mit ihr gesprochen hatte.

Sie hatte die Polizei nicht angerufen, weil sie sich vor einem Überfall sorgte, wie Nilufar ihn erleiden musste, sondern weil sie Angst vor diesem unbekannten Mann hatte. Mit jeder Minute, die sie allein mit ihm verbrachte, wuchsen die Zweifel.

»Hallo?«, sagte sie erneut, diesmal ein wenig lauter.

»Ja, hier bin ich wieder«, antwortete der Kommissar. Erleichtert atmete sie auf.

»Frau Köster, Sie müssen sich keine Sorgen machen. Die Kollegen vor Ihrem Haus sind Zivilpolizisten, keine Streifenpolizisten. Sehen Sie mal hinaus.«

Simone folgte der Anweisung und sah, wie die Warnblinkanlage eines schwarzen BMW aktiviert wurde.

»Können Sie die Kollegen sehen?«

Vor lauter Aufregung nickte sie nur.

»Frau Köster?«

»Ja, ja, ich kann sie sehen.«

Die Warnblinkanlage des BMW erlosch wieder.

»Ist Herr Abaaoud bei Ihnen?«

»Ja, also nein, nicht direkt, er ist im Bad und duscht sich.«

»Ich kann mir vorstellen, wie Sie sich im Augenblick fühlen.«

Simone widersprach innerlich. Wie sollte ein Mann verstehen können, was sie im Augenblick durchmachte?

»Aber hören Sie, wir sind da, und wenn Sie wollen, kann ich auch einen Kollegen bitten, zu Ihnen hochzukommen und die Nacht bei Ihnen zu verbringen.«

Ja bitte, dachte sie sofort, aber wie würde das für ihren Gast aussehen? Eine größere Peinlichkeit konnte sie sich kaum vorstellen.

»Nein, das wird nicht nötig sein. Ich bin nur froh, dass Ihre Kollegen ein Auge auf mich ... auf uns haben.«

»Und wie gesagt, auch ich bin nur einen Anruf entfernt!«

»Danke, Herr Prager, ich weiß das sehr zu schätzen und wünsche Ihnen eine gute Nacht.«

»Wünsche ich Ihnen auch, Frau Köster.«

Dann legte sie auf und war wieder allein mit ihrer Furcht und dem fremden Mann, der soeben mit klatschnassen Haaren aus dem Bad kam und nichts trug außer einer Unterhose. Schaute er sie an, oder war sein Blick auf die Uhr gerichtet, die hinter Simone an der Wand hing?

»Ich mache Ihnen sicher Umstände, Frau Köster. Das tut mir leid. Ich werde jetzt in mein Zimmer gehen und beten. Ich hoffe, das stört Sie nicht.«

Simones Blick wechselte zwischen seinen Augen und der frisch genähten Wunde an seinem Hals, die feuerrot leuchtete und an den Rändern, wo der schwarze Faden die Haut nicht zusammenpresste, einen Wulst bildete.

»Nein, nein, es stört mich gar nicht. Haben Sie denn keinen Hunger?«

»Sie haben schon mehr als genug für mich getan, ich will Ihre Hilfsbereitschaft nicht ausnutzen.«

»Das tun Sie nicht«, entgegnete sie ihm und ging einen Schritt auf ihn zu.

Wassertropfen lösten sich aus seinen schwarzen Haaren und liefen ihm über das Gesicht.

»Haben Sie deshalb mit der Polizei telefoniert, Frau Köster?«

Sie schluckte unwillkürlich.

Stumm starrte er sie an, aber sein Blick wirkte nicht bösartig, eher neugierig. Sein Ausdruck erinnerte sie an den eines Kindes, das ein Insekt in einem Glas gefangen hielt und es beobachtete, wohl wissend, dass es mit ihm tun konnte, was immer es wollte.

»Es ist anders, als Sie denken, weil ...«, stammelte sie.

»Ich verstehe Sie«, unterbrach er ihren halbfertigen Satz. »Wir sind hier ganz allein. Nur Sie, ich – und Allah, der Allmächtige.« Daraufhin drehte er sich um, verschwand in Simones Gästezimmer und schloss leise die Tür hinter sich. Wenig später, sie stand immer noch an derselben Stelle, hörte sie Laid beten. Die monotonen arabischen Sätze hatten eine beruhigende Wirkung auf sie.

Mach dich nicht verrückt, Simone, sprach sie sich selbst Mut zu. Führ dir doch mal vor Augen, wie merkwürdig du selbst wärst, nach all dem, was Laid erlebt hat. Der Schmerz an seinem Hals, die Angst um seine entführte Frau. Was erwartest du denn – dass er mit dir Tee trinkt und eine gepflegte Konversation führt?

Das Selbstgespräch half. Sie löste ihre Arme, mit denen sie sich verkrampft umschlungen hatte. Alles war gut. Laid betete, und vor dem Haus wachte die Polizei über sie. Alles war gut. Beiläufig warf sie noch einmal einen Blick aus dem Fenster – aber zu ihrem Erstaunen war der schwarze BMW verschwunden, und eine Lücke klaffte zwischen den parkenden Autos. Eine Lücke, die sie schlagartig mit Panik erfüllte. Fahrig zog sie ihr Handy aus der Tasche, wählte die Nummer von Prager, aber niemand hob ab.

Da beendete Laid sein Gebet. Irgendetwas stimmte nicht. Noch hatte sie Zeit zu entkommen. Aber vielleicht hatten sich die Beamten nur etwas zu essen geholt, vielleicht gab es für alles eine plausible Erklärung. Ein eiskalter Schauer lief ihr über den Rücken. Sosehr sie auch versuchte, dagegen anzukämpfen, ihr ganzer Körper schrie: DU BIST IN GEFAHR, SIMONE, VERSCHWINDE EINFACH!

Sie hielt dagegen: Okay, okay, du gehst jetzt einfach nach unten und sagst den Polizisten, dass sie dich zu einem Hotel bringen sollen. Einer der Beamten kann doch hier schlafen. Los, beweg dich.

Es war erstaunlich, wie leicht ihr jeder Schritt fiel, nachdem sie erst einmal diesen Entschluss gefasst hatte. Während ihr Blick auf Laids geschlossener Zimmertür haftete, öffnete sie leise die Wohnungstür und wäre beinahe mit der Gestalt zusammengestoßen, die direkt vor ihr stand.

Nilufar Abaaoud.

»Frau Köster, wollen Sie etwa schon gehen?«

Erschrocken stolperte Simone zurück in die Wohnung, und Nilufar, die keinen Schleier trug und sie ebenso neugierig betrachtete wie Laid zuvor, kam ihr langsam nach. Simone sah, wie hinter Nilufars Rücken ein weiterer Araber aus der Wohnung gegenüber in den Hausgang trat und Laids Frau betont vorsichtig folgte.

»Was ... Was hat das alles zu bedeuten?«

In diesem Augenblick läutete das Telefon in ihrer schweißnassen Hand. Kommissar Prager leuchtete gut lesbar auf dem Display auf.

Laid umfasste sie von hinten und hielt ihr ein Messer an den Hals. Dann nahm er ihr vorsichtig das Telefon aus der Hand.

»So dumm sind Sie doch nicht, dass Sie die Frage nicht selbst beantworten können, oder? Frau Köster, irre ich mich?«

Das Telefon verstummte. Simone stand Todesängste aus, sie weinte, und ihre Blase entleerte sich, aber niemand nahm davon Notiz. Der Araber drückte sich an Nilufar vorbei, ohne Simone eines Blickes zu würdigen. Er ähnelte von der Größe und Statur her Laid, hatte dieselben schwarzen Haare, und an seinem Hals haftete deutlich sichtbar ein weißer Kompressionsverband.

»Kamal, es ist alles vorbereitet, so wie du es gewünscht hast«, sagte der Araber.

»Adhim, du findest meine Sachen hinter der Tür«, antwortete Laid.

Eilig verschwand der Mann in Simones Gästezimmer.

»Und wir beide machen jetzt einen kleinen Spaziergang, Frau Köster. Aber bei dem kleinsten Mucks wird die Klinge dieses Messers Ihren Hals bis zum Rückgrat durchtrennen. Langsam und schmerzvoll, sodass Sie Ihrem eigenen Tod beiwohnen können.«

Das war zu viel für Simone. Schluchzend wollte sie auf die Knie sinken, aber Laid – oder war es Kamal – legte blitzschnell den Arm um sie und drückte sie gegen seinen nackten Oberkörper.

»So geht das nicht, Frau Köster, und ich werde mich auch nicht wiederholen.«

Simone versuchte, das Messer zu sehen oder zu spüren, aber ein tauber Schleier hatte sich über ihr ganzes Dasein gelegt. Fast wie in Trance setzte sie einen Fuß vor den anderen, oder war es der Mann mit dem Messer, der sie voranschob? Sie konnte Nilufar erkennen, die vorausging, hinaus auf den Hausflur, aber mehr nicht. Ihr Gesichtsfeld war zu einem engen schwarzen Tunnel geworden. Eine Tür öffnete sich, der Richtung nach musste es die Wohnungstür ihrer Nachbarn sein. Ein strenger Geruch stieg ihr in die Nase, die Erkins kochten gerne scharf und würzig. Gehörten sie zu den Terroristen? Nein, unmöglich. Die Erkins waren keine ... Aber hatte sie das nicht auch von Laid und Nilufar gedacht? Würde sie jetzt sterben? Sie schloss die Augen und hörte, wie jemand in die Küche ging und einen der Holzstühle über die Fliesen zog. Dann packte man sie an den Oberarmen und drückte sie hinab auf den Stuhl.

»Machen Sie die Augen auf, los!«, befahl ihr eine Stimme.

Sie gehorchte – und fast im selben Augenblick schlug ihr Kamal mit der flachen Hand ins Gesicht und trat dann aus ihrem Gesichtsfeld.

Direkt vor ihr saßen die Erkins mit ihrer zehnjährigen Tochter Elif. Alle drei waren gefesselt und geknebelt, ihre Augen weit aufgerissen.

Nilufar tauchte in Simones Blickfeld auf.

»Du tust jetzt genau, was wir dir sagen, oder die drei werden einen grausamen Tod sterben.«

Simone war unfähig, irgendetwas darauf zu erwidern.

»Nick einfach, wenn du mich verstanden hast.«

Es dauerte eine Weile, dann nickte sie.

* * *

Am Ende der Straße vor Simones Haus parkte ein unscheinbarer weißer Sprinter, der mit dem Bild von einem grinsenden Gesicht auf der Seite für einen Installationsbetrieb warb. Im Bauch des getarnten Kommandowagens saß Torge mit zwei leitenden Kriminalkommissaren der Terrorismusbekämpfung des LKA und starrte unablässig auf zwei Monitore, die aus verschiedenen Perspektiven den Eingang zu Simones Haus zeigten.

»Sie geht nicht mehr dran«, erklärte Torge und hob sein Handy leicht an.

»Wir sollten jemanden reinschicken«, erklärte Hauptkommissar Uhlig, der im Gegensatz zu Prager mit voller Kampfmontur ausgerüstet war. Uhlig hatte durch den Anschlag am 12. September einen Enkel verloren. Seitdem war er im Dauereinsatz, schob Überstunden und hielt sich mit Koffein und Ritalin wach. Durch den Schlafentzug hatte sein schmales Gesicht, in dem die dunkel geränderten Augen in tiefen Höhlen zu liegen schienen, eine fahle Farbe angenommen. Nach außen wirkte er trotz allem besonnen und umsichtig, aber innerlich fraß ihn die Trauer auf. Nicht einmal seinen engsten Kollegen hatte er von dem tragischen Verlust erzählt. Es war qualvoll für ihn, diese Maskerade aufrechtzuerhalten. Aber nur so kam er vielleicht nahe genug an einen der Terroristen heran, um den Tod seines Enkels zu rächen.

»Nein, sicher ein Fehler. Ich will die Aktion nicht gefährden«, antwortete Torge, der im Gegensatz zu seinen Kollegen keinen Kampfanzug trug, sondern den Einsatz in Jeans und Hoodie leitete.

Andersson, der bereits schneeweiße Haare hatte, auch wenn er nicht älter aussah als fünfzig, setzte sich über das Mikrofon an seinem Kragen mit den Gruppenleitern in Verbindung.

»Hier Andersson, bitte um Statusmeldung.«

Die Lautsprecher neben den Monitoren gaben ein knarzendes Geräusch von sich, begleitet von einem langen Rauschen, dann meldeten sich die Gruppenleiter nacheinander.

»Team 1, nach wie vor hat außer den beiden Zielpersonen niemand das Haus betreten oder verlassen.«

»Team 2, keine Auffälligkeiten an den Zufahrtsstraßen.«

»Team 3, Schichtwechsel des vorgeschobenen Postens, sonst keine Meldungen.«

Ein blauer VW bog soeben in die Straße ein und stellte sich auf den freien Parkplatz vor dem Haus, wo noch kurz zuvor der BMW gestanden hatte.

»Team 3, wir sehen die Ablösung, soeben eingetroffen«, bestätigte Andersson monoton.

»Hier Team 1, melde Bewegung im Objekt.«

Auf den Monitoren vor Prager konnte man sehen, wie die Lichter im Treppenhaus angingen. Vermutlich ein Bewegungssensor. Alle Fenster des Treppenhauses leuchteten wie ein senkrechter Strich an der Fassade auf.

»Ja, wir sehen es«, antwortete Torge.

»Das Licht in der Wohnung der Zielperson ist soeben ausgegangen, zwei Personen im Treppenhaus«, fügte der Teamleiter hinzu.

Torge sah kurz zu Uhlig.

»Was passiert da? Wo wollen die so spät hin?«

Uhlig sah ihn regungslos an.

»Nicht gut. Was immer die beiden jetzt vorhaben, wenn es keinen Köder mehr gibt, wird auch der Fisch nicht anbeißen. Wir sollten sie in den Plan einweihen.«

Torge schüttelte energisch den Kopf.

»Auf gar keinen Fall. Wenn die Frau erfährt, was wir hier machen, kann ich morgen meine Sachen packen. Wir warten ab und folgen ihnen. Vielleicht holen sich die nur 'ne Pizza oder einen Burger und kommen wieder zurück.«

Andersson schaltete sich ein, seine Stimme klang skeptisch: »Pizza oder Burger? Ich darf daran erinnern, dass Köster vorhin ziemlich verängstigt gewirkt hat.«

»Gut, dann ist das vielleicht der Grund. Vielleicht will sie einfach nur raus an die frische Luft. Sie weiß ja, dass wir da sind, und das muss erst mal reichen.«

Die Stimme des Teamleiters meldete sich wieder.

»Die zwei Personen sind jetzt auf der Straße.«

»Bestätigen Sie bitte, dass es sich um die Zielpersonen handelt«, forderte Andersson. Eine kurze Pause folgte, während auf den Monitoren zu sehen war, wie die beiden in einen orangefarbenen Kleinwagen stiegen.

»Zielpersonen bestätigt. Simone Köster und Laid Abaaoud.«

Der Kleinwagen scherte aus der Parklücke aus und fuhr die schmale Straße entlang. Kurz darauf folgte in gebührendem Abstand der blaue VW.

»Okay, schicken Sie ein Team in die Wohnung, bevor sie wieder zurück sind«, befahl Torge.

Uhlig runzelte die Stirn.

»Auf welcher Grundlage? Wir wurden nicht autorisiert, die Wohnung zu betreten.«

Torge musste sein Temperament zügeln.

Scheiße, Mann, wenn ich dir das verrate, mach ich dich zum Komplizen, zum Mittäter. Also tu doch einfach verdammt noch mal, was ich sage.

»Verdacht auf eine terroristische Gefahr«, log er.

Uhlig ließ nicht locker. »Was für eine Gefahr?«

»Wir haben den dringenden Tatverdacht, dass sich in der Wohnung Sprengstoff befindet.«

»Deuten Sie an, dass Frau Köster verdächtigt wird, eine Terroristin zu sein?«

Torge zögerte und wählte eine Kurzwahl auf seinem Handy. Nach nur einem Klingelton wurde abgehoben.

»GBA, Oster am Apparat.«

»Frau Dr. Oster, Prager hier.«

»Wie weit sind Sie?«

»Die Dinge haben sich etwas verkompliziert, wir brauchen einen richterlichen Beschluss zur Durchsuchung von Frau Kösters Wohnung.«

»Schicken Sie mir die Daten, ich kümmere mich darum – und Prager, halten Sie mich weiter auf dem Laufenden.«

Damit war das Gespräch beendet, und Uhlig sah ihn mit großen Augen an. Damit hatte er nicht gerechnet.

»Uhlig, Sie bleiben hier und warten auf die Freigabe. Andersson, wir steigen um und holen Köster zurück!«

* * *

Markus Erdmann war auf dem Weg nach München im Fond des Polizeiwagens eingeschlafen. Es war ein unruhiger Schlaf.

Er träumte davon, wie er auf das Safe House zusteuerte und die offene Haustür entdeckte. Eine junge Polizistin stand im Eingang und sah ihn streng an. Er blieb stehen und stieg aus.

Ihre Stimme klang verzerrt, fast so, als würde sie durch einen billigen Lautsprecher zu ihm sprechen.

»Herr Erdmann, Polizeiobermeisterin Kuyas.«

»Geht's bitte kurz – ich muss in dieses Haus, um Leben zu retten.«

Er ging auf sie zu, aber sie versperrte ihm den Weg.

»Es ist wichtig«, entgegnete sie.

»Dann machen Sie schnell.«

»Sie erinnern sich an die Ärztin im Krankenhaus, Indira Kohli?«

»Kann das nicht warten?«

»Sie wartet seit Stunden.«

Markus wandte sich ab und sah zurück zu dem Wagen, wo Kuyas Stimme plötzlich aus dem Lautsprecher dröhnte: »SIE WARTET SEIT STUNDEN!«

Markus erwachte. Sein Schädel pochte, als würde eine Schraubzwinge an seinen Schläfen sitzen. Das Schmerzmittel hatte offensichtlich seine Wirkung verloren. Er richtete sich auf und blickte mit zusammengekniffenen Augen hinaus auf die Autobahn.

»Ich bin wohl eingeschlafen«, sagte er zu den Kollegen, die vor ihm saßen.

»Alles okay?«

»Wo sind wir?«

»Noch dreißig Minuten, dann erreichen wir München.«

»Verbinden Sie mich bitte mit der Zentrale, ich muss mit Polizeiobermeisterin Kuyas sprechen.«

Der orangefarbene Kleinwagen jagte mit hundertsechzig Stundenkilometern stadtauswärts. Er schoss waghalsig durch den spärlichen Verkehr und tauchte hinab in eine Unterführung. Zwei jaulende Streifenwagen folgten ihm bereits, waren aber angewiesen, wegen der mutmaßlichen Geisel auf Abstand zu bleiben. Es war nur eine Frage der Zeit, bis der Kleinwagen an einer der Straßensperren zum Stehen kommen würde. Diese wurden gerade an verschiedenen Stellen errichtet, nachdem man potenzielle Fluchtwege kalkuliert hatte. Gleichzeitig wurde in der Polizeizentrale ein Notfallplan in Gang gesetzt, der den Verkehr in den betroffenen Gebieten umleitete, Ampelanlagen an Kreuzungen steuerte und Meldungen an die örtlichen Radiosender weitergab, das Gebiet weiträumig zu umfahren und die Häuser nicht mehr zu verlassen.

Torge und Andersson saßen bereits mit zwei weiteren SEK-Männern in einem Hubschrauber, der in wenigen Minuten das Fluchtfahrzeug eingeholt haben würde. Torge trug inzwischen auch eine schusssichere Weste und darüber eine Mehrzweckjacke mit Camouflagemuster. Jeder der vier Männer trug einen halb offenen Gefechtshelm mit Headset, kombiniert mit einer Sturmhaube, die nur die Augenpartie frei ließ. Angespannt warteten sie auf den Einsatz, während die donnernden Rotoren eine gleichmäßige Vibration auf sie übertrugen. Es fühlte sich an, als würden sie unter Strom stehen.

Andersson legte die Hand über die Ohrmuschel und horchte einer eingehenden Sprachnachricht zu, dann gab er die Information an den Einsatzleiter weiter.

»Herr Prager, die Freigabe der Generalbundesanwältin ist eingetroffen. Uhlig führt jetzt den Zugriff durch!«

In voller Kampfmontur stürmte das vierköpfige SEK-Team das Treppenhaus hinauf, während vor dem Hauseingang zu Kösters Wohnblock weitere Einsatzkräfte mit einem Schäferhund auf ihren Einsatz warteten. Im zweiten Stock öffnete ein alter Mann mit Strickjacke neugierig die Tür, schloss sie aber beim Anblick der vermummten Männer mit Maschinenpistolen sofort wieder.

Vor Kösters Wohnungstür blieb der Trupp stehen. Uhlig gab einem der Männer, der eine schwere zylinderförmige Ramme – purer Stahl, schwarz lackiert und mit zwei Griffen – in den

Händen hielt, ein Zeichen. Der Mann holte aus und schlug zu. Holz splitterte, die Tür krachte auf, er trat blitzschnell auf die Seite, und zwei seiner Kollegen glitten geduckt in die verdunkelte Wohnung. Uhlig folgte ihnen.

* * *

Hamid hatte den ganzen Tag bei Indira im Krankenhaus verbracht. Gebannt sahen sie die Nachrichten von einer Verfolgungsjagd in München. Die öffentlichen Warnhinweise der Polizei, in bestimmten Gebieten die Häuser zum eigenen Schutz nicht mehr zu verlassen, hatten die Verfolgung als Sondersendung auf alle großen TV-Kanäle katapultiert. Das wiederum brachte die sozialen Netzwerke zum Glühen. Was einschlägige Kanäle voller Verschwörungstheorien bereits prophezeit hatten, schien jetzt einzutreten.

München würde zum zweiten Mal das Ziel eines grauenvollen Anschlags werden – ein Anschlag, der schrecklicher und gefährlicher wäre als der vor vierzehn Tagen. Erneut gingen Archivaufnahmen viral, welche die Einheiten der Analytischen Task Force bei der Dekontaminierung von Zivilisten oder unscharfe Fotos von Leichensäcken in den Intensivstationen zeigten. Sosehr sich die Pressevertreter der Polizei auch bemühten, einer Panik entgegenzuwirken, so wenig gelang es ihnen. Unzählige Menschen beschlossen, Hals über Kopf die Stadt zu verlassen.

Indira hatte ihre Hände über ihrem Smartphone auf der Decke gefaltet. Als es lautlos zu vibrieren begann, hob sie blitzschnell ab und hielt sich das verschwitzte Display ans Ohr.

»Jaaaa?« Ihre Stimme hatte sich etwas erholt, aber noch immer klang sie heiser und rau.

»Erdmann am Apparat. Sie wollten mich unbedingt sprechen?«

»Gott sei Dank rufen Sie endlich an!«

»Warum haben Sie sich denn nicht einfach einem Kollegen anvertraut?«

»Weil ich Ihnen vertraue, weil ich unsicher bin, weil Sie ... Ich will einfach nichts falsch machen, und ich habe Angst, ehrlich, ich habe wahnsinnige Angst.«

»Frau Kohli, sind denn keine Kollegen zu Ihrem Schutz abgestellt?«

»Doch, die sind vor der Tür, aber das hat Aifuri nicht gerettet. Und mich auch nicht.«

Hamid strich ihr zärtlich über den Kopf, lächelte sie an, dann nahm er ihr das Handy ab.

»Herr Kommissar, Hamid Benhassi am Apparat, Indiras Verlobter. Hören Sie, was Indira eigentlich versucht zu sagen: Der Attentäter, der auf sie eingestochen hat, ist der Mann aus dem Fernsehen. Der Mann, der heute Mittag entlassen wurde.«

»Laid Abaaoud?«, fragte Markus fassungslos.

»Ja genau, Laid Abaaoud. Indira ist sich zu hundert Prozent sicher, dass er der Mann war, der Safaa Al Aifuri ermordet hat und danach auch auf sie einstach!«

* * *

Die Lichter der Stadt unter ihnen wurden spärlicher und verschwanden schließlich ganz, als der Hubschrauber ein Waldgebiet überflog. Eine gewundene Bundesstraße zog eine Schneise durch den Wald und mündete am Horizont, das ließ sich von hier oben gut erkennen, in einen hell erleuchteten Vorort. Und da tauchte sie auf, eine Kolonne von inzwischen vier Streifenwagen mit blau pulsierenden Lichtern, die in der Dunkelheit dem Fluchtwagen folgten.

»Okay, wir sind bereit. Stoppen Sie den Fluchtwagen, sobald er den Wald verlässt und auf offenem Gelände ist«, wies Prager über Funk seinen Kontakt in der Zentrale an.

Andersson meldete sich zu Wort.

»Uhlig ist dran.«

»Schalten Sie ihn durch.«

»Uhlig hier, Objekt gesichert und leer. Hundeführer bestätigt, die Wohnung ist sauber. Kein Verdacht auf Sprengstoff. Wir warten noch auf die Spurensicherung, dann rücken wir ab zum vereinbarten Bereitstellungsraum.«

»Los, los, los!«, schrie einer der Polizisten seine Kollegen aus einem der Mannschaftstransporter an, die kurz hinter dem Wald Nagelsperren quer über der Fahrbahn ausrollten – lange Metallketten mit hohen Dornen, die kein Zivilauto überwinden konnte. Über ihnen kreiste geräuschvoll der Hubschrauber, der das trockene Laub des Waldes aufwirbelte.

»Sie müssen jeden Augenblick hier sein, los, los, los!« Und da tauchte der leuchtende Pulk an Fahrzeugen bereits am Ende einer lang gezogenen Kurve auf.

»Jetzt nichts wie weg her!«, schrie der Mann.

Gehetzt sprangen die beiden Männer in den Mannschaftswagen und knallten die Schiebetür zu. Dann jagte der Bus davon zu einer Gruppe von unbeleuchteten Einsatzwagen, die ungefähr hundert Meter von den Nagelsperren entfernt die Straße blockierten.

Simone Köster war kaum noch fähig, einen klaren Gedanken zu fassen. Der Schock in ihrer Wohnung und die wilde Verfolgungsjagd durch die Stadt hatten jede Hoffnung darauf ausgelöscht, diese Nacht lebend zu überstehen. Sie wagte nicht, den Mann am Steuer neben ihr anzusehen, warf nur ab und zu einen gehetzten Blick in den Seitenspiegel, wo sie die Polizeiwagen erkennen konnten, die ihnen mit jaulenden Sirenen folgten. Die waghalsige Flucht hatte sie auf die Straße durch einen düsteren Wald geführt. Die Bäume bildeten im Kegel der Scheinwerfer links und rechts eine geschlossene Front, als würden sie durch einen engen Tunnel jagen. Da erfasste ein grelles

Licht sie von oben. Direkt vor ihnen schwebte ganz nah ein donnernd lauter Helikopter. Die Straße vor ihnen war kaum noch zu erkennen, nur Blätter und kleinere Äste, die zu Dutzenden wie Insekten an die Windschutzscheibe klatschten – und dann knallte es, mehrmals, ohrenbetäubend.

Unmittelbar darauf wurde der Wagen heftig durchgeschüttelt, als hätte sich die Straße in groben Schotter verwandelt. Der Araber neben ihr schrie auf, fluchte und riss das Lenkrad herum. Der Wagen schleuderte um die eigene Achse, der Sicherheitsgurt krallte sich tief in Simones Körper, ihr Mageninhalt entleerte sich, Erbrochenes wirbelte umher, der Airbag öffnete sich, und sie verlor das Bewusstsein.

Der Kleinwagen war mit aufgerissenen Reifen eine leichte Böschung hinuntergerutscht und lag nun rauchend auf der Seite. Im Lichtkegel des Hubschraubers erinnerte Torge der Anblick an einen toten Käfer mit abgerissenen Flügeln. Die Polizeikolonne war am Waldrand zum Stehen gekommen. Die vordersten Fahrzeuge hatten sich quer gestellt, und die Insassen beeilten sich, um hinter ihren Fahrzeugen in Deckung zu gehen. Auch die Einsatzfahrzeuge der Straßensperre auf der anderen Seite des Fluchtfahrzeuges hatten sich verschanzt. Alle Augen waren auf den umgekippten Kleinwagen gerichtet, aber nichts tat sich.

»Wir steigen aus. Setzen Sie uns da seitlich auf dem Feld ab!«, befahl Torge dem Piloten.

»Zentrale, hier Zugriffsteam, wir landen und übernehmen«, erklärte Andersson.

Torge schaltete sich dazu.

»Hören Sie, die Kollegen von der Streife sollen sich einfach ruhig verhalten und in Deckung bleiben – ich will verdammt noch mal keine Heldentaten. Wir übernehmen das jetzt!«

Als die Kufen des Helikopters in dem weichen Acker versanken, wandte sich Torge direkt an seine Männer.

»Ich will Laid Abaaoud lebend.«

Dann sprang er als Erstes geduckt aus der Maschine und ging in Deckung. Andersson und die beiden anderen SEK-Männer folgten ihm in knappem Abstand. Staub, Matsch und kleine Erdklumpen prasselten auf sie herab, als der Hubschrauber wieder abhob. Dann verschluckte die Dunkelheit die vier Männer auf dem freien Feld. Sofort trennte sich einer der beiden Kämpfer von Torge und Andersson, lief geschützt von der Dunkelheit links auf das Fahrzeug zu und legte sich flach auf den zerfurchten Acker. Dort klappte er am Lauf seines Gewehrs ein Zweibeinstativ auf, blickte durch das Zielfernrohr und meldete sich über Funk bei seinem Trupp.

»Scharfschütze in Position und einsatzbereit. Bislang keine Bewegung am Zielobjekt zu sehen.«

Torge gab den verbliebenen SEK-Männern ein Zeichen mit dem Zeigefinger, woraufhin sie sich zu dritt vorsichtig mit angelegten Waffen der Straße näherten. Doch dann blieb Torge abrupt stehen und kniete sich auf den erdigen Boden. Ein Gedanke war ihm durch den Kopf gejagt, der augenblicklich den bevorstehenden Zugriff zu einer Nebensächlichkeit degradierte.

»So eine Scheiße«, fluchte er.

Andersson kniete sich neben ihn.

»Ich glaube, wir wurden verarscht.«

Andersson kniff die Augen zusammen, er verstand nicht, was sein Einsatzleiter meinte. Torge zog sein Telefon aus der Weste und warf einen Blick darauf.

»Fuck, fuck, fuck!« Seine Stimme klang gepresst.

»Andersson, ich brauche Uhlig, und zwar sofort!«

Der SEK-Mann hatte zwar keinen blassen Schimmer, was vor sich ging, stellte aber eine Verbindung her und schaltete zu Torges Headset durch.

»Uhlig, wo sind Sie jetzt mit Ihren Leuten?«

»Wir treffen in Kürze am Bereitschaftsraum ein.«

»Kehren Sie um.«

»Ich verstehe nicht, bitte wiederholen Sie!«

»Kehren Sie um! Wir wurden verarscht, Laid Abaaoud ist nicht in dem Fluchtwagen, er befindet sich nach wie vor in der Wohnung!«

»Unmöglich, wir haben alles ...«

»Dann eben in dem Haus, aber er ist noch dort. Durchsuchen Sie den Keller, läuten Sie an allen Türen. Laid Abaaoud hat das Haus nicht verlassen!«

»Und woher wissen wir das?«

Der Scharfschütze meldete sich.

»Bewegung am Zielobjekt, männlicher Verdächtiger mit Schusswaffe verlässt das Fahrzeug.«

Torge würgte das Gespräch ab.

»Kehren Sie um, und stellen Sie das Haus auf den Kopf, mehr kann ich Ihnen im Moment nicht sagen!«

Er legte auf und fokussierte den umgestürzten Kleinwagen, auch wenn er mit den Gedanken nicht mehr bei der Sache war.

Mit bloßem Auge konnte er erkennen, wie der Araber schwankend die Böschung emporkletterte und mit seiner Waffe auf die Straßensperre zielte, dann fielen die ersten Schüsse.

»Erbitte Feuerfreigabe.«

»Erteilt«, antwortete Torge trocken.

Sekunden später fiel ein Schuss und streckte den Terroristen zu Boden.

»Zielperson ausgeschaltet.«

Torge rappelte sich auf und rannte schneller als die SEK-Männer über den Acker auf die Straße zu. Jeder Schritt war kraftraubend, da seine Stiefel in dem erdigen Untergrund einsanken, bis er schließlich auf der Straße ankam und festen Boden unter den Füßen hatte. Der Entführer kroch geradewegs und mit weit ausgestrecktem Arm auf ihn zu, um seine Pistole zu erreichen. Eine blutige Spur zog sich quer über die Fahrbahn bis zu seiner zerfetzten Schulter, mit der er seinen leblosen rechten Arm hinter sich herschleifte. Noch bevor er die Pistole erreicht hatte, blieb er regungslos mit dem Gesicht nach unten liegen.

Torge musste Gewissheit haben. Er kickte die Pistole auf dem Asphalt weit weg von dem Entführer, beugte sich über ihn, packte seine gesunde Schulter und drehte den Mann mit einem heftigen Ruck auf den Rücken. Der Schmerz brachte ihn wieder zu Bewusstsein, und er schrie laut auf. Sofort erkannte Torge, dass er recht gehabt hatte. Dieser Mann war nicht Laid Abaaoud.

»Tatort gesichert, schicken Sie die Sanitäter«, sagte er in sein Headset, während ihn Andersson mit seinen Männern umrundete.

Torge hörte, wie die Scheiben des Kleinwagens eingeschlagen wurden, und eilte hinzu. Köster lag eingekeilt zwischen der zerknautschten Armatur und ihrem Sitz, der sie gegen das Seitenfenster quetschte, das tief in den dunklen Acker gesunken war. Sie lebte, ihr Kopf bewegte sich leicht hin und her – aber auf die Zurufe der Polizisten reagierte sie nicht.

»Wo bleibt das Bergungsfahrzeug?«, erkundigte sich Uhlig über Funk.

»Ist unterwegs, müsste jeden Augenblick eintreffen«, kam die Antwort aus dem Headset.

Zwei Ambulanzfahrzeuge machten soeben am Tatort halt und begannen damit, sich um die beiden Verletzten zu kümmern, doch davon bekam Torge kaum noch etwas mit. Gepeinigt von Selbstvorwürfen, lief er bereits zurück auf den Acker, über den sich soeben der Hubschrauber senkte.

Ich hatte es im Griff, ich hatte alles im Griff, und dann das. Ich Vollidiot.

* * *

Noch bevor Kriminalhauptkommissar Uhlig mit seiner Einheit wieder zu dem Altbauwohnblock zurückgekehrt war, hatten sich die Ereignisse überschlagen. Reguläre Polizeieinheiten waren wie ein Schwarm in das Stadtviertel geströmt und hatten damit begonnen, die Bewohner des gesamten Hauses zu befragen und das Viertel hermetisch abzuriegeln – auch unterirdisch.

Laut Zentrale hatte eine glaubwürdige Augenzeugin Laid Abaaoud mit dem Mord an Safaa Al Aifuri in Verbindung gebracht. Darum wurde er ab sofort als mutmaßlicher Terrorist eingestuft, was wiederum zur Folge hatte, dass der gesamte Wohnblock, in dem er zuletzt gesehen wurde, als Risikobereich galt. Uhligs Team hatte sich daraufhin nach der Ankunft im gesamten Haus verteilt, um im Notfall die Polizisten, die die Befragungen durchführten, unterstützen zu können.

Fast zeitgleich hatte man Uhlig mitgeteilt, dass es sich bei dem Entführer von Frau Köster nicht um Laid Abaaoud, sondern um einen marokkanischen Imam namens Adhim Kassou handelte, der seit 1997 in Deutschland lebte und vom Verfassungsschutz als Salafist eingestuft worden war. Die Tatsache, dass Prager, den er ohnehin nicht besonders schätzte, das bereits gewusst hatte, noch bevor der Zugriff geschah, bereitete ihm Kopfzerbrechen.

Er hatte sich darüber kurz mit seinem Kollegen Andersson ausgetauscht: »Es war dunkel, wir waren fünfzig oder sechzig Meter von der Zielperson entfernt auf einem Feld abgesetzt worden. Auf die Entfernung war es unmöglich, das Gesicht des Entführers erkennen zu können.«

Woher auch immer Prager sein Wissen bezogen hatte, er teilte es nicht mit ihnen. Es war merkwürdig, aber da auch er selbst seine Geheimnisse hatte, fühlte er eine gewisse Vertrautheit mit Prager.

In seinem abschließenden Bericht würde er diesen Vorfall deshalb übergehen. Uhlig spürte innerlich, dass er nur nahe genug an Prager dranbleiben musste, dann würde dieser ihn zu gegebener Zeit zu den Mördern seines Enkels führen.

Während die Befragung der Anwohner in vollem Gang war, suchte Uhlig die Kollegen von der Spurensicherung in Kösters Wohnung auf. Dabei erfuhr er jedoch nichts Nennenswertes, außer dass es Anzeichen einer Geiselnahme gab, wie Rückstände einer Urinlache auf dem Wohnzimmerboden, die nicht besonders aufwendig entfernt worden war. Da forderte einer seiner Männer seine Aufmerksamkeit.

»Wir müssen das Haus so schnell wie möglich räumen. Familie Erkin, die gegenüber wohnt, ist seit zwei Tagen von niemandem mehr gesehen worden. Eine Mutter aus dem zweiten Stock hat bestätigt, dass auch die Tochter der Erkins seit zwei Tagen unentschuldigt in der Schule fehlte. Außerdem hat die Familie, die direkt unter der Wohnung der Erkins lebt, ausgesagt, dass es bis vor einer Stunde ein regelmäßiges Klopfgeräusch an ihrer Decke gab.«

Uhlig zögerte keine Sekunde.

»Tun Sie es! Bis auf die Sprengstoffexperten will ich, dass der gesamte Block und alle angrenzenden Häuser geräumt werden – ohne Ausnahme!«

* * *

Der Hubschrauber setzte Prager einen halben Kilometer entfernt von Kösters Wohnblock auf dem Sportplatz einer Schule ab. Ein Streifenwagen brachte ihn von dort in die Sicherheitszone.

Über Funk hatte er bereits von Uhligs Entscheidung erfahren, das Gebiet weiträumig zu evakuieren. Wahrscheinlich waren ihnen deshalb auf der Fahrt hierher so viele Fahrzeuge entgegengekommen. Konnten das alles Anwohner aus dem geräumten Areal sein?

Dann folgten städtische Busse, aber auch Polizeitransporter, die vor allem alte Menschen und Mütter mit Kindern abtransportierten. Zuletzt kam Prager an Strömen von evakuierten Bewohnern vorbei, die zu Fuß auf dem Weg zu einer nahe gelegenen Turnhalle waren, missmutig, verängstigt und wütend. Manche hatten das Nötigste in Koffer gepackt, manche gingen allein, manche klammerten sich an einen anderen Menschen. Es zerriss Torge das Herz – und immer wieder fragte er sich, wie hoch die Wahrscheinlichkeit war, dass die Terroristen im Wohnhaus von Köster zuschlugen. Der Anschlag in der U-Bahn hatte gezeigt, dass die Terrorzelle große Ziele hatte. Aber das hier, das passte irgendwie nicht zu dem Protokoll, das die Terrorismusabwehr abgefangen hatte.

Konzentriert las er zum gefühlt hundertsten Mal einen markanten Absatz aus dem Protokoll auf seinem Handy:

> لا أعتقد أن هذه فكرة جيدة. سيحاول هير ماير منع حزبنا. كلما زاد الوقت المتاح له ، زادت احتمالية نجاحه. لذلك أريد أن أحضر العيد غدًا وأعده الليلة.
>
> Ich glaube nicht, dass das eine gute Idee ist. Herr Meier wird versuchen, unsere Party zu verhindern. Je mehr Zeit er dafür hat, desto wahrscheinlicher ist es, dass ihm das gelingen könnte. Ich möchte deshalb morgen das Fest haben und es heute Abend vorbereiten.

Heute Abend vorbereiten.

Für Prager waren das die entscheidenden Worte. Niemand würde hier heute Abend eine Bombe zünden, dessen war er sich nun fast sicher, aber nur fast.

Uhlig stand im Gespräch mit zwei Kommissaren vor dem Kommandowagen, der direkt hinter den Absperrungen Stellung bezogen hatte. Kaum sah Uhlig aus den Augenwinkeln Prager aus dem Streifenwagen aussteigen, bat er die Kollegen um einen Moment Geduld und ging Prager entgegen.

»Ich übernehme das Kommando jetzt wieder«, erklärte

Torge, der Uhligs düsteren Blick fälschlicherweise als Ablehnung interpretierte.

»Ich hatte nichts anderes erwartet«, antwortete Uhlig kühl.

»Wo stehen wir gerade?«, wollte Torge wissen.

»Sie wollen wissen, wie die aktuelle Lage ist?«, erwiderte Uhlig herablassend.

»Genau das.«

Du arrogantes Arschloch.

Für einen Augenblick hielt Uhlig dem stechenden Blick von Prager stand, dann blinzelte er und sah die leere Straße hinunter, die zu Kösters Haus führte.

»Das Sprengstoffteam hat einen Telemax angefordert, der sollte in knapp einer Stunde hier eintreffen.«

Der Telemax war ein neunzig Kilo schwerer Roboter zum Entschärfen von Bomben, der auch in Treppenhäusern eingesetzt werden konnte. Torge schüttelte ungläubig den Kopf.

»Eine Stunde?«

»Knapp eine Stunde, um Roboter und Operator an den Tatort zu bekommen.«

Torge musste nicht lange überlegen. Was immer Tufan Baran Shirazi und seine Terrorzelle vorbereiteten, sie würden nun eine Stunde mehr Zeit dafür haben – das konnte er nicht zulassen.

»Sagen Sie dem Sprengstoffteam, dass sie sich ihren R2-D2 sparen können, die Zeit haben wir nicht!«

Uhlig wollte protestieren, kam aber nicht mehr dazu, denn Prager rannte bereits mit großen Schritten die Straße entlang.

Überrascht sahen das Sprengstoffteam und mehrere SEK-Beamte, die hinter einer mobilen Schutzwand gegenüber dem Hauseingang auf ihren Einsatz warteten, einen Mann in Camouflageweste die Straße entlangrennen. Einer der SEK-Männer entsicherte seine Waffe, doch sein Kollege legte die Hand auf den Gewehrlauf und drückte ihn nach unten.

»Spinnst du? Das ist Prager, der hat das Kommando hier. Er hat letzte Woche zwei Terroristen im Alleingang fertiggemacht, einen davon in der Kanalisation.«

»Das ist Prager?« Der Mann hatte von ihm gehört wie wahrscheinlich jeder andere Polizist im ganzen Bundesgebiet. Nur konnte er kaum glauben, dass der Einsatzleiter einer solchen Operation allein und zu Fuß auf den Tatort zurannte.

Schwer atmend blieb Torge vor den irritierten Männern stehen und zückte seinen Ausweis.

»Mein Name ist Prager, ich ...«

»Wir wissen, wer Sie sind!«

Prager steckte den Ausweis weg und zeigte auf die Ramme, die neben einem der SEK-Männer an der ballistischen Wand lehnte.

»Darf ich?«

Noch bevor der Mann reagieren konnte, hatte Torge die schwere Ramme bereits an sich genommen.

»Ist das Gebäude leer?«

»Bis auf die Wohnung oben im vierten Stock. Bis vor wenigen Stunden haben Anwohner noch Lebenszeichen aus der Wohnung gehört. Oder zumindest ein ... Pochen oder Klopfen oder so.«

»Welcher Name steht an der Tür?«

Jetzt erst verstand der Polizist, was Prager vorhatte.

»Ist das echt Ihr Ernst?«

»Der Name!«, beharrte Prager.

»An der Tür steht Erkin. Es ist das oberste Stockwerk, die Tür rechts im Treppenhaus.«

Torge kramte in seinen Taschen und brachte ein kleines türkisfarbenes Samttäschchen zum Vorschein.

»Wenn irgendetwas passieren sollte, geben Sie das hier an Kommissar Erdmann, zusammen mit meinem Handy. Mein Code lautet 120991.«

Antonias Geburtsdatum.

»Tun Sie das für mich?«

Er drückte dem verblüfften Mann beides in die Hand, rannte über die leere Straße und verschwand im Hauseingang.

Torge nahm bei jedem Schritt zwei Treppenstufen auf einmal, bis er mit der Ramme den vierten Stock erreicht hatte. Keuchend schaute er sich um. An Kösters Tür hing ein fein poliertes Messingschild mit geschwungener Schrift. An der Tür gegenüber haftete nur ein vergilbter Aufkleber, auf dem man mit Kugelschreiber einen Namen geschrieben hatte: ERKIN. Würde es hier und jetzt enden?

Sein Vater schrie ihn an: Du bist so ein Weichling, Junge. Er spürte seine raue Hand, die ihm ins Gesicht klatschte, dann konnte er für einen winzigen Moment Antonias Augen sehen, die ihn sanft anlächelten, obwohl sie voller Tränen waren.

Laut schreiend donnerte er mit aller Gewalt die Ramme gegen das Türschloss. Krachend gab die Tür nach, flog auf und gab den Blick frei auf einen schmalen Flur. Torge warf die Ramme auf den Boden, riss seine Pistole und eine Taschenlampe hoch und betrat die Wohnung. Er spürte den Adrenalinschub. Der Lichtkegel vor ihm zitterte leicht. Schon nach den ersten paar Schritten roch er den Gestank von Fäkalien, Urin und Erbrochenem.

Er erinnerte sich an Erdmanns Bericht von der Sprengfalle, die mit dem Lichtschalter verbunden gewesen war. Er bewegte sich schnell, blickte kurz ins Badezimmer, in die Abstellkammer und ging dann, ohne zu zögern, ins Wohnzimmer, wo das Licht der Taschenlampe mehrere bewegungslose Gestalten erfasste, die auf einer Couch und einem Stuhl saßen, geknebelt und gefesselt.

Dann glitt er wieder hinaus, durchsuchte ebenso flink das Schlafzimmer, die Küche und das Kinderzimmer – immer darauf gefasst, dass irgendwo einer der Terroristen lauerte. Aber die Wohnung war leer.

Er kehrte ins Wohnzimmer zurück, atmete tief durch und schaltete das Licht ein. Nichts passierte, aber der Anblick der regungslosen Familie war grauenvoll. Mutter und Tochter waren auf der Couch gefesselt worden, der Vater auf einem Bürostuhl. Auf dem Boden waren Blut, Urin und Erbrochenes verteilt, auf den ersten Blick waren die Substanzen nicht zuzuordnen. Der Kopf des Mädchens lag auf der Schulter ihrer Mutter, die ihr Gesicht tief in den Haaren ihrer Tochter vergraben hatte. Der Vater war seitlich über die Lehne des Bürostuhls gekippt, leblos, und wurde nur noch durch seine Fesseln auf dem Stuhl gehalten.

Torge riss sich los, öffnete das große Fenster hinter ihnen, beugte sich hinaus und schrie verzweifelt nach den Sanitätern.

* * *

Die Bilder, die in Torges Wohnung über den Bildschirm flimmerten, waren für Antonia zutiefst verstörend – und doch konnte sie den Blick nicht abwenden. Obwohl bislang kein Anschlag verübt worden war und die Polizei sogar darauf hinwies, dass »die Situation unter Kontrolle« sei, verließen die Menschen in Scharen die Stadt. Die krustige Wunde, die die Katastrophe vor zwei Wochen im kollektiven Bewusstsein der Bevölkerung hinterlassen hatte, war aufgebrochen. Lange Staus bildeten sich auf den Ausfallstraßen stadtauswärts – und irgendwo in dem ganzen Chaos steckte jetzt Torge. Kalter Schweiß auf der Stirn und im Nacken ließ sie frösteln.

Jahrelang hatte sie ihre Liebe für ihn unterdrückt und kontrollieren können. Aber ausgelöst durch den leidenschaftlichen Sex am Nachmittag war ein Damm gebrochen. Und das hatte einen reißenden Strom von aufgestauten Gefühlen freigesetzt, in dem sie nun aus Sorge um ihn zu ertrinken drohte. Immer wieder tigerte sie in dem Apartment auf und ab, wählte seine Nummer, schickte ihm Nachrichten, aber vergeblich.

Schließlich schaltete sie den Fernseher stumm, kniete sich vor das Bett, in dem die aufgewühlten Laken noch immer nach ihm rochen, und begann zu beten. Dabei hielt sie das kleine Kreuz, das an einer Kette um ihren Hals hing, fest zwischen ihren gefalteten Händen.

»Vater unser im Himmel, geheiligt werde dein Name. Dein Reich komme. Dein Wille geschehe, wie im Himmel, so auf Erden ...«

Einer Eingebung folgend unterbrach sie ihr Gebet und sah genau in dem Moment zum Fernseher, als auf der rechten Bildschirmhälfte ein Pressefoto von Simone Köster eingeblendet wurde. Erschrocken griff sie nach der Fernbedienung und schaltete den Ton wieder an. Das Standbild wechselte zu einer verwackelten Aufnahme. Sie zeigte eine Ambulanz, in die soeben eine Bahre geschoben wurde, auf der eine Frau lag.

... wurde die Geisel aus dem Gefahrenbereich gerettet und anschließend von Rettungskräften versorgt. Danach brachte man sie in ein Krankenhaus. Welche Verletzungen die Frau erlitt, ist noch unklar.

Die Welt begann zu schwanken. Verzweifelt schaltete Antonia den Fernseher aus. Die Wände des Zimmers kamen näher, sie würden sie zerdrücken – panisch löschte sie das Licht, tastete sich mit weichen Knien zum Bett vor und verlor das Gleichgewicht. Ihr Körper bebte – oder war es das Haus? Mit letzter Kraft drehte sie sich auf den Rücken und blickte hinauf an die Decke, auf der das Licht von vorüberfahrenden Autos im lautlosen Wettstreit mit den Mächten der Dunkelheit lag.

Ihr Brustkorb hob und senkte sich wie nach einem Marathonlauf. Mit weit geöffnetem Mund versuchte sie, ihre Lunge mit Luft zu füllen. Doch sie hatte das Gefühl, als würde sich die Kette um ihren Hals wie eine Schlinge zuziehen. Fühlte es sich so an, wenn man sterben musste?

Mit bebender Stimme setzte sie ihr Gebet fort:

»... und vergib uns unsere Schuld, wie auch wir vergeben unseren Schuldigern. Und führe uns nicht in Versuchung, sondern erlöse uns von dem Bösen …«

Doch die sonst so vertrauten Worte hinterließen nur Schmerz und Wut. Gott mochte ihr die Schuld vergeben, aber sie war nicht mehr imstande, Gott zu vergeben. Denn das Versprechen der Erlösung von dem Bösen war angesichts der letzten Wochen eine pure Lüge gewesen. Ein kurzer Ruck an der Kette, die feinen Glieder rissen, dann schleuderte sie das Kreuz in den Rachen ihrer Dämonen. Die Wände rückten ab von ihr, das Beben verebbte, und kühle Luft füllte ihre Lunge mit Leben, als der Vibrationsalarm an ihrem Handy sie in die triste Realität des Apartments zurückholte.

Torge?

Schwankend stand sie auf, knipste das Licht an und suchte nach ihrem iPhone, als es verstummte. Fahrig und unkontrolliert riss sie das Laken vom Bett, kippte den Inhalt ihrer Tasche auf den Boden und wischte Mappen und Papiere von einem Sideboard, die Torge dort fein säuberlich gestapelt hatte, aber das Handy tauchte nicht auf. Erschöpft sank sie auf die Knie, um unters Bett zu schauen, da streifte ihr Blick zwei Fotos, die aus einer der Mappen gerutscht waren. Sie hielt inne. Mit offenem Mund nahm sie die Bilder an sich und betrachtete sie ganz genau. Eines der Fotos stammte von der Einwanderungsbehörde und zeigte Nilufar Abaaoud, das andere war ein Fahndungsfoto der Polizei von einer Frau mit blonden Haaren an einer überfüllten U-Bahn-Station. Entsetzt stellte Antonia fest, dass es sich ebenfalls um Nilufar handelte.

Der Vibrationsalarm meldete sich wieder – das Handy lag direkt vor ihrer Nase unter dem Bett. Das Display zeigte Torges Namen. Sie hob ab.

»Antonia«, sagte er.

»Ich bin hier.«

»Wieso gehst du nicht dran? Ich habe mir Sorgen gemacht.«

»Du hast dir Sorgen gemacht?«, schleuderte sie ihm entgegen. Dann fuhr sie zornig fort: »Hast du auch nur den blassesten Schimmer, was ich hier durchmache, weil du verdammter Arsch auf keinen meiner Anrufe oder meine Nachrichten reagierst?«

»Es tut mir leid, ich ... Ich hatte mein Handy nicht ... Ich konnte dich nicht anrufen.«

»Was ist mit Simone Köster – sie ist in den Nachrichten gewesen, und jetzt erzähl mir nichts von Geheimhaltung. Ich muss das wissen!«

»Das ist kompliziert.«

»Was du nicht sagst! Du bist doch sonst nicht auf den Mund gefallen.«

»Laid Abaaoud und seine Frau sind aller Wahrscheinlichkeit nach die IS-Terroristen Kamal Abdeslam und Hasna Abdeslam. Simone Köster wurde als Geisel genommen und entführt – wahrscheinlich diente das aber nur als Ablenkung, um den beiden die Flucht zu ermöglichen. Frau Köster lebt, wir konnten sie befreien, sie hat nur leichte Verletzungen. Mehr kann ich dir nicht sagen.«

Antonia blickte hinunter zu den beiden Fotos.

»Wie lang wusstest du schon, dass Nilufar eine Terroristin ist?«

Torge zögerte.

»Du hast die Fotos entdeckt?«, schlussfolgerte er mit tiefer Stimme. Es klang wie ein Schuldeingeständnis.

»Wie lange?«

Er antwortete nicht.

Antonia dachte wieder an das Gebet.

... und vergib uns unsere Schuld, wie auch wir vergeben unseren Schuldigern. Und führe uns nicht in Versuchung, sondern erlöse uns von dem Bösen ...

»Wie lange schon?«, schrie sie ihn an.

Sein Schweigen pochte wie wild in ihrem Kopf. Hatte er tatsächlich Nilufar und Laid als Köder benutzt?

»Das Böse darf nicht siegen, Antonia«, erklärte er leise.

»Das Böse hat längst gesiegt«, antwortete sie verbittert und vorwurfsvoll. Erneut überkam sie eine Welle von Kontraktionen.

»Wegen dir sind unschuldige Menschen gestorben – und beinahe auch Markus!«

»Das war so nicht geplant.«

Torges Antwort klang, als hätte man einen kleinen Jungen bei einem harmlosen Streich erwischt, der ein wenig außer Kontrolle geraten war.

Der Schüttelfrost hatte sie jetzt voll im Griff. Zitternd ging sie lautlos zu Boden und biss die Zähne zusammen, denn sie wollte auf keinen Fall, dass er es merkte.

»Antonia, ich bring das zu Ende, und dann reden wir.«

Unfähig zu antworten, ohne sich zu verraten, streckte sie das Telefon von sich fort, aus Angst, er könnte ihre Zähne hören, die rhythmisch aufeinanderstießen.

»Du musst jetzt nicht antworten, Antonia. Ich werde mit dieser Schuld leben müssen. Du hast mir gezeigt, dass das möglich ist – auch wenn ich nicht weiß, ob ich so stark sein kann wie du.«

Torge machte eine Pause, versuchte, in der Stille eine Reaktion wahrzunehmen. War die Leitung unterbrochen worden? Dann hörte er ihren schweren Atem.

»Antonia. Ich liebe dich!«

Erst wollte er auf eine Antwort warten, dann fürchtete er sich aber davor und tippte zögerlich auf das runde Symbol mit dem roten Telefonhörer. Hatte er sich zu weit vorgewagt, hatte er den falschen Augenblick gewählt? Er wünschte, er könnte den letzten Satz rückgängig machen, aber es war zu spät.

Er irrte sich, Antonia hatte das Bewusstsein verloren und lag regungslos neben ihrem Telefon.

Torge steckte das Handy, das ihm Markus zuvor in die Hand gedrückt hatte, in seine Tasche. Er verließ die Küche und ging zurück zu Markus ins Wohnzimmer, wo sich Rettungskräfte soeben um die Erkins kümmerten. Das Mädchen hatte man bereits abtransportiert.

»Und?«, fragte er leise.

»Alle drei sind vollkommen dehydriert, haben wohl seit zwei Tagen nichts mehr zu essen und trinken bekommen. Aber sie überstehen es. Laids Flucht war ganz offensichtlich lange geplant gewesen. Sein richtiger Name ist Kamal Abdeslam, er war einer von al-Baghdadis Generälen, und seine Frau Hasna ist eine glühende IS-Terroristin mit französisch-marokkanischen Wurzeln. Sie gehörte vermutlich zum Kreis der Terrorzelle, die die Anschläge 2015 in Paris verübte. Du hattest einen verdammt guten Riecher – und keiner hat auf dich gehört. Aber ...«

Markus wandte sich ihm zu und ließ das türkisfarbene Samttäschchen an seinem kräftigen Zeigefinger baumeln. Seine Stimme nahm einen bedrohlichen Unterton an.

»Aber das hier musst du mir erklären!«

Torge schnappte blitzschnell das Täschchen von seinem Finger und zerrte Markus in die Küche.

»Also?«, forderte der ihn auf, nachdem Torge die Tür hinter ihnen geschlossen hatte.

»Du hast reingesehen?«

»Na klar habe ich reingesehen. Aber verstanden hab ich es nicht, wenn ich ehrlich bin.«

Torge öffnete den Beutel, entnahm ihm einen grün schimmernden Smaragd und hielt ihn gegen das Licht.

»Das ist der Edelstein aus Laids goldenem Ring. Ich meine Kamal, aus Kamals goldenem Ring.«

»Und Kamal?«

»Der hat bloß ein billiges Plastikimitat am Finger – und wir können nur hoffen, dass er das nicht merkt, denn unter dem Fake klebt ein Sender.«

Markus wusste nicht, ob er wütend oder verblüfft sein sollte.

»Warum hast du mich nicht eingeweiht? Und jetzt mal ehrlich, das klingt irgendwie ...«

»Du warst so überzeugt davon, dass Laid unschuldig ist«, unterbrach ihn Torge, »dass du mir wahrscheinlich im Weg gestanden hättest – und darauf hatte ich keinen Bock. Gib zu, dass ich recht hab. Und ja, das klingt verdammt nach James Bond. Ist aber eine Erfindung der Israelis und hat auch keinen GPS-Empfang oder so. Das Ding hat einen sehr begrenzten Senderadius. Im Freien vielleicht hundert Meter, in einem Gebäude gerade mal die Hälfte. Ich hab vermutet, dass Kamal sich irgendwann mit seinen Leuten treffen wird, dann hätten wir ihn unauffällig verfolgen können. Der Plan war, dass er uns automatisch zu ihrem Versteck bringt ... aber die waren uns einen Schritt voraus. Das hab ich allerdings erst geschnallt, als wir Kösters Geiselnehmer gestellt haben, weil beim Zugriff kein Signal von ihm ausging. Da wusste ich, dass sie uns gehörig verarscht haben.«

Markus versuchte die vielen Informationen in seinem Kopf zu ordnen.

»Und Köster? Hast du auch nur eine Sekunde lang an die Frau gedacht?«

»Natürlich hab ich an Köster gedacht, was glaubst du denn?«, schnauzte er ihn an. »Aber ich bin davon ausgegangen, dass sich Laid erst am nächsten Tag aus dem Staub machen wird. Die wussten ja, dass wir Köster rund um die Uhr beschatten. Ich hab einfach nicht damit gerechnet, dass sie den Kerl vor unseren Augen rausholen! Das war ein verdammter Fehler.«

»Und was bringt uns dein tolles Spielzeug jetzt noch?«

»Ich habe Scheiße gebaut. Kannst du dir vorstellen, wie ich mich fühle?«

»Soll ich jetzt weinen? Weißt du, wie Köster sich fühlt, weil du ihr Leben aufs Spiel gesetzt hast? Die werden dir den Arsch aufreißen, wenn das hier vorbei ist.«

»Werden sie nicht!«

Markus runzelte die Stirn.

»Das war abgesegnet?«

»Was dachtest du denn, wie ich sonst an das Teil gekommen wäre«, sagte Torge und zeigte dabei auf den Stein.

Markus schüttelte den Kopf. Sein Missfallen war kaum zu übersehen.

»Was?«, ging Torge ihn scharf an.

»Ich mag gar nicht darüber nachdenken, wie viele Grauzonen überschritten wurden, um die Genehmigung für die Durchführung einer solch riskanten Aktion zu erhalten. Es gab eine Zeit, da haben wir verächtlich mit dem Finger auf Guantanamo gezeigt – und jetzt schau uns an.«

Torge steckte den Stein wieder weg.

»Das hier ist etwas ganz anderes«, erwiderte er trotzig.

»Ist das so?«

Verunsichert wich Torge Markus' Blick aus.

»Und jetzt?«

»Jetzt brauchen wir ein Wunder«, antwortete Torge.

* * *

Kamal Abdeslam und seine Frau Hasna fuhren schweigend die nächtliche Leopoldstraße entlang Richtung Stadtmitte, dem Strom unzähliger Fahrzeuge entgegen, die in dieser Nacht nur ein Ziel hatten: die Stadt zu verlassen. Ihre Seite der Straße war hingegen vollkommen leer.

Eine Stadt in Angst. Kamal genoss den Anblick. Er dachte an die Eroberung von Mossul im Juni 2014 im Irak und die Vertreibung der Christen aus der Stadt, die zu Tausenden geflohen waren. Mit 2,8 Millionen Einwohnern war Mossul doppelt so groß gewesen wie München – und sie hatten nur zehn Tage gebraucht, um die Stadt vollständig zu erobern. Ihr religiöser Anführer, Kalif al-Baghdadi, hatte den Christen nach prophetischem Vorbild zuvor den Dhimma-Status angeboten – die Aussicht darauf, unbehelligt im Machtbereich des IS leben zu können, solange Christen jeglichen feindlichen Akt gegenüber dem Islamischen Staat unterlassen würden. Aber das war nur eine Finte gewesen, um die Christen in Sicherheit zu wiegen. Anhänger des IS hatten schon vor der Eroberung von Mossul die Türen von Häusern, in denen Christen lebten, mit dem arabischen Buchstaben Nūn markiert. Wenige Tage später begann die »Säuberung«, die Kamal persönlich leitete. Man stellte die Christen vor die Wahl: Konvertierung, Flucht oder Hinrichtung. Nicht wenige wurden daraufhin grausam enthauptet – Videos von diesen Gräueltaten gingen um die Welt. 1,3 Millionen Christen lebten unter Saddam Hussein im Irak; am Ende der Herrschaft des IS waren es noch zweihunderttausend.

Obwohl Kamals Gesicht kaum eine Regung verriet, konnte Hasna in seinen funkelnden Augen die Genugtuung erkennen, die er beim Anblick der Flüchtenden in ihren voll bepackten Autos empfand. Sie nahm zärtlich seine rechte Hand und küsste seinen goldenen Ring der Macht, dann leckte sie an seinem Ringfinger und saugte schließlich daran.

»Eines Tages wird auch der letzte Christ von diesem Erdball getilgt sein«, erklärte er, ohne den Blick von den entgegenkommenden Fahrzeugen zu nehmen.

»Allah wird über die westliche Hemisphäre herrschen – und die Juden und Schiiten wird dasselbe Schicksal ereilen, denn Allah ist allmächtig.«

Hasna ließ von seinem Finger ab, griff ihm in den Schritt und konnte seine Erektion spüren.

»Ich will dich haben«, hauchte sie in sein Ohr. »Morgen, wenn sie sterben wie die Fliegen, will ich dich in mir spüren und dabei auf dem Bildschirm in die Gesichter ihrer Toten blicken. Versprich mir das!«

Kamal nickte, während sie seine Hose aufknöpfte. Er dachte daran, wie morgen das Bayerische Kabinett mit Ministerpräsident Söder sowie siebzehn Ministern und Staatssekretären, darunter auch Martin Himmel, im Ministerratssaal tagen würde, einem lichtdurchfluteten Raum mit Panoramafenstern und gläserner Decke. Und wie aus den winzigen Düsen der Sprinkleranlage ein tödlicher Nebel aus hochkonzentriertem Nowitschok strömen und ihren sofortigen Tod herbeiführen würde.

In vollkommener Euphorie und berauscht von den Gefühlen, die Hasna mit ihrem Kopf in seinem Schoß auslöste, drückte er unbeabsichtigt das Gaspedal durch, schoss mit achtzig Stundenkilometern die leere Ludwigstraße in Richtung Feldherrnhalle entlang und wurde geblitzt. Wütend trat er aufs Gaspedal und riss ihren Kopf hoch.

»Ahhh!«, schrie Hasna auf. »Was??«

»Wir sind geblitzt worden«, antwortete Kamal. Er sah sich nervös um und wartete darauf, dass ein Polizist mit Warnweste sie von der Straße winken würde. Aber nichts geschah. Sein Herz pochte. Das Ziel lag so nahe.

»Wir müssen vorsichtig sein. Noch so ein Fehler, und wir gefährden die ganze Aktion. General al-Bāṭin würde uns das nie verzeihen – und Allah auch nicht.«

»Du hast den gleichen Rang wie er«, platzte sie heraus. »Er hat dir nichts zu sagen!«

»Hüte deine Zunge! Du hast keine Ahnung, wovon du sprichst«, ermahnte er sie streng. »Der Verborgene ist nicht nur mächtig und einflussreich, sondern sieht von oben herab auf das große Ganze. Wenn wir zusehen, wie der erste Dominostein kippt, hört er schon das Klacken des letzten Steins in der Kette. Eines Tages wird al-Bāṭin der neue Anführer, der neue Kalif werden.«

»Ist das der Grund, warum er sich auch bei dieser Aktion kaum blicken lässt? Oder will er einfach nur seinen Arsch in Sicherheit bringen, wenn es brenzlig wird?«

Blitzschnell und mit ungezügelter Wucht knallte Kamals Handrücken in Hasnas Gesicht.

»Du dummes Weib!«, schrie er sie an. »Erheb nie wieder die Stimme gegen mich! Und jetzt zieh deinen Niqab über und schweig, bis ich dir erlaube, wieder zu sprechen.«

Hasna biss die Zähne zusammen, hob den Schleier an, der um ihre Schultern hing, und wischte sich damit das Blut von der Nase. Dann verhüllte sie damit ihr Gesicht.

* * *

Es war kurz nach 23 Uhr, als in der Münchner Verkehrspolizeiinspektion Karl-Heinz Lindner von der Verkehrsüberwachung Zerstreuung suchte, indem er während seiner Spätschicht damit begann, automatisch erstellte Bilder von Blitzern zu prüfen und zur weiteren Bearbeitung freizugeben. Es war keine seiner Kernaufgaben, aber die einzige, der er im Augenblick mental bewältigen konnte.

Dennoch unterbrach er immer wieder den stupiden Job, um auf seinem Handy der dramatischen Berichterstattung zu folgen. Die Nachrichten über all die Menschen, die mitten in der Nacht fluchtartig München verließen, schürten seine Angst um seine eigene Familie und schufen einen Zustand von Misstrauen, der ihn immer fester in den Griff bekam. Dagegen kam auch der Newsticker eines etablierten Nachrichtenmagazins, der immer wieder dieselbe Leier abspulte, nicht mehr an.

Bewahren Sie Ruhe, bleiben Sie zu Hause, es gibt keinen Grund zur Sorge. Die Polizei betont nachdrücklich, dass keine Gefahr für die Bevölkerung besteht. Die aus Sicherheitsgründen vollzogene Evakuierung in Giesing wurde mittlerweile beendet. Laut Polizei handelte es sich um einen falschen Alarm. Alle evakuierten Bewohner sind bereits in ihre Wohnungen zurückgekehrt.

Auf der verzweifelten Suche nach Antworten und, wie er meinte, der Wahrheit landete er schließlich auf Kanälen, die seine Zweifel nährten. Wie Benzin, das man ins offene Feuer goss.

Glaubt der Lügenpresse und der Polizei kein Wort! Verlassen Sie die Stadt, solange noch Zeit ist. 09/12 war nur der Vorbote ... München wird das neue Sodom und Gomorrha werden. Diesmal werden Tausende sterben. Bringen Sie Ihre Kinder und Ihre Familie in Sicherheit, solange Sie noch können.

Gerade als Karl-Heinz Lindner seine Frau anrufen wollte, um ihr zu sagen, sie solle die Koffer packen, stach ihm ein Schwarz-Weiß-Foto auf seinem PC ins Auge, das eine fest installierte Kamera auf der Leopoldstraße vor knapp einer Stunde gemacht hatte. Es war nicht das Fahrzeug, das seine Aufmerksamkeit erregte, noch nicht einmal der Mann am Steuer oder die verschleierte Frau an seiner Seite. Es war schlicht die Tatsache, dass es als einziges Fahrzeug mit deutlich überhöhter Geschwindigkeit in die Stadtmitte fuhr. In seinem aktuellen Gemütszustand empfand er diese Tatsache als so absurd, dass er sich das Foto deutlicher ansah. Und augenblicklich erinnerte er sich an einen Fahndungsaufruf, der ungefähr zur selben Zeit, wie das Foto entstanden war, durch den Polizeifunk gejagt wurde.

Karl-Heinz Lindner glaubte nicht an Zufälle, vielmehr an ein vorbestimmtes Schicksal. Und jetzt, in diesem Augenblick, hatte er das Gefühl, als würde das Universum zu ihm sprechen wie einst Gott durch einen brennenden Dornbusch zu Moses.

Er rief die interne Hotline der Zentrale an und sagte dem jungen Mann, der sich meldete: »Polizeiobermeister Lindner hier. Ich glaube, ich hab was für euch.«

»Könnten Sie sich bitte genauer ausdrücken, Polizeiobermeister Lindner?«

»Der Fahndungsaufruf nach den zwei Terroristen heute

Nacht. Ich schicke Ihnen eine Aufnahme von einem Blitzgerät an der Leopoldstraße.«

Lindner löste den Sendebefehl an seinem PC aus.

»Haben Sie das Bild bekommen?«

»Ja, einen Augenblick, es öffnet gerade.«

Der Mann ließ sich Zeit.

Lindner hielt den Atem an. Hatte er sich alles vielleicht nur eingebildet?

Lindner hörte eine zweite Stimme im Hintergrund, die sich schließlich erregt am Telefon meldete.

»Wann und wo genau entstand die Aufnahme?«

Und obwohl es eine Frage war, grinste Lindner über das ganze Gesicht. Denn eine Macht, die größer war, als er sich vorstellen konnte, hatte sich ihm soeben offenbart.

* * *

Der Hubschrauber mit Torge und Markus landete im Hofgarten der Bayerischen Staatskanzlei, nicht weit vom Odeonsplatz entfernt, wo der Blitzer das entscheidende Bild geschossen hatte. Wie aus dem Nichts war rund um das Areal eine Hundertschaft der Einsatzpolizei und Spezialeinsatzkommandos zusammengezogen worden.

Als Torge und Markus an der Ludwigstraße eintrafen, warteten Uhlig und Andersson bereits in einer kleinen Seitenstraße vor der mobilen Einsatzzentrale, gesichert von mehreren zivilen Einsatzfahrzeugen, die sich unauffällig an den Enden der Straße postiert hatten.

Ohne Umschweife kam Torge zur Sache und richtete sich an den Mann mit den schneeweißen Haaren.

»Andersson, haben Sie meine Anweisungen befolgt?«

»Soweit es mich angeht, sind wir unsichtbar – aber das bedeutet auch, dass wir nur verzögert auf einen Einsatzbefehl reagieren können.«

»Markus, du und Andersson leitet von hier die Abschirmung des gesamten Gebietes im Umkreis von einem Kilometer – unauffällig. Ich will keine Ansammlung von Bereitschaftspolizisten auf irgendwelchen Handyaufnahmen im Internet sehen. Und falls eure Männer doch von irgendjemandem gefilmt werden, nehmt ihnen die Handys ab und steckt die Leute in Gewahrsam.«

»Dein Ernst?«, erwiderte Markus irritiert.

»Was ist dir lieber, ein paar Anzeigen wegen Polizeigewalt oder ein weiterer Anschlag?«

»Aber aufgrund welcher Fakten, Torge? Wir wissen doch gar nicht, ob und was diese Terroristen vorhaben.«

Andersson blieb stumm, aber es war ihm deutlich anzusehen, dass er sich nicht wohlfühlte.

»Das können wir nicht machen«, widersetzte sich Markus energisch.

Torge baute sich vor ihm auf und sah ihm aus kürzester Distanz fest in die Augen.

»Wir heben die Schweine jetzt aus, Markus, und das wird verdammt dreckig werden. Sollten die auch nur den blassesten Hinweis darauf bekommen, dass wir kommen, werden sie nicht davor zurückschrecken, uns alle in die Hölle zu schicken. Und sich selbst als Märtyrer gleich dazu.«

Markus spürte Torges Atem in seinem Gesicht.

»Du bist vollkommen außer Kontrolle! Hörst du dich eigentlich selbst reden? Es gibt Grenzen, Torge, und du hast zu viele davon bereits überschritten.«

Torge wich einen Schritt zurück. Er musste an Antonia denken. Hatte sie ihn nicht auch verurteilt und war deshalb stumm geblieben? Doch dann waren da auch die unzähligen Bilder von den Opfern der Anschläge, die wie ein Film in einer Endlosschleife immer und immer wieder vor seinem geistigen Auge abliefen.

Ich mache doch nur das, wozu ihr alle nicht imstande seid.

Ihr solltet mir dankbar sein, statt mit dem Finger auf mich zu zeigen.

Torge kam es so vor, als hätte Markus seine Gedanken gelesen, als dieser in ruhigem Tonfall erklärte: »Ohne dich wären wir jetzt nicht hier, Torge. Aber lass nicht zu, dass du wirst wie sie. Denn dann hätten wir nichts gewonnen, sondern nur alles verloren, was uns von ihnen unterscheidet. Alles, was uns ausmacht. Und für diesen Unterschied, nur dafür kämpfen wir.«

Torge senkte den Kopf, dann sah er Markus wieder an.

»Gott, das kannst du echt gut, weißt du das?«, sagte er mit aufrichtiger Anerkennung. Markus nickte nur mit einem winzigen Lächeln auf den Lippen.

»Können wir jetzt wieder zur Sache kommen?«, schaltete Uhlig sich ein.

Torge wandte sich dem knöchrigen Gesicht zu, in dem keine Regung zu erkennen war.

Obwohl Uhlig jeden Tag und jede Nacht auf diesen Moment hingefiebert hatte, wagte er kaum zu hoffen, dass er nun endlich die Gelegenheit bekommen würde, sich an den Mördern seines Enkels zu rächen.

»Woher wissen wir, dass die Terrorzelle überhaupt hier in der Nähe ist?« Das war alles, was ihn wirklich interessierte.

Torge zeigte Uhlig sein Handy, auf dem ein Umgebungsplan mit einem grünen Punkt zu sehen war, der wenige Straßen entfernt von ihrem Standort unablässig blinkte.

»Kamal Abdeslam alias Laid Abaaoud trägt an seinem Finger einen Sender, um genauer zu sein, in seinem Ring. Leider hat der Sender nur eine begrenzte Reichweite.« In diesem Moment verschwand der grüne Punkt auf dem Display.

»Und dass das geschieht, war längst überfällig«, erklärte Torge.

Uhlig hielt die Luft an. »Was?«

»Die Batterie hat ihren Geist aufgegeben.«

Uhlig war nicht mehr in der Lage, seine Erregung zu verbergen.

»Worauf warten wir dann noch?«

* * *

Die konspirative Vierzimmerwohnung der Terrorzelle lag im obersten Stockwerk eines Sozialbaus aus den Achtzigern. An einer schmucklosen grauen Fassade ragten kleine, rechteckige Balkone aus Beton mit vergilbten Markisen und verwahrlosten Blumenkästen hervor. Der schmale Hauseingang lag zwischen einem Elektronik- und einem Gemüseladen, beide von Pächtern mit Migrationshintergrund, und war mit obszönen Graffitis verunstaltet worden, die sich bis ins geflieste Treppenhaus fortsetzten.

Der Besitzer des Hauses hatte den Mietvertrag mit einer Personalfirma in Ankara geschlossen, die in der Wohnung Saisonarbeiter unterbrachte, was die regelmäßig wechselnden Bewohner erklärte. Seine einzige Bedingung war gewesen: »Keine Drogen, keine Nutten. Sonst fliegt ihr raus. Von allem anderen will ich nichts wissen – solange die Miete pünktlich bezahlt wird und die Kaution auf meinem Konto liegt, könnt ihr machen, was ihr wollt.«

Da in der Regel solche Deals mit Firmen abgeschlossen wurden, die Schwarzarbeiter in Deutschland beschäftigten, war die Miete exorbitant und die Kaution nur ein anderer Begriff für Wegsehen und Schnauze halten.

Oder wie es Tufan trefflich bezeichnete, als er mit Kamal zwei Jahre zuvor erstmals die Wohnung in Augenschein genommen hatte: »Wenn du einen Baum verstecken willst, such dir einen Wald.«

Hasna hasste das Domizil. Für sie war es schlimmer als einst die feuchten Schützengräben und Lehmhäuser in Baghuz. Die Räume rochen nach einer Mischung aus Schweiß, würzigem

Essen und Nikotin. Möbel fehlten gänzlich, stattdessen befanden sich überall Kisten und Koffer mit dreckiger Wäsche, Schachteln mit Pizzaresten, aus denen die Maden krochen, und Waffen. Jede Menge Waffen: Kleinkaliber, Maschinenpistolen, Handgranaten, Totschläger und vieles mehr. Geschlafen und gegessen wurde am Boden – wo gerade Platz war, denn eine Raumaufteilung gab es nicht. Bis auf den einen Raum, Hasnas Raum. Hier mixte die gelernte Chemikerin die zwei Komponenten zusammen, die sie über lange Zeit in kleinen Mengen aus einem Labor im Iran erhalten hatten, bis die Quelle versiegt war.

Jede der beiden grobkörnigen Substanzen war nur wenig giftig und stand auf keiner Verbotsliste für Chemiewaffenkonventionen, was den Transport und die Lagerung vereinfachte. Erst die Vermengung beider Stoffe mit einer Trägerflüssigkeit machte daraus einen gefährlichen Kampfstoff, bei dem schon der leichteste Hautkontakt tödliche Konsequenzen haben konnte. Allein aus diesem Grund hatte Hasna für die Endfertigung von Nowitschok auf einem eigenen Raum bestanden und diesen auch erhalten. Es war ihr klinisch weißes Reich am Ende des langen Flurs, von dem aus die restlichen Zimmer und die Küche abzweigten. Die anderen Mitglieder der Terrorzelle fürchteten diesen Raum, denn in ihm war der Tod zu Hause. Aber Hasna hatte eine ganz besondere Beziehung zu dem Nervengift entwickelt. Es schenkte ihr Macht, Unabhängigkeit und das Gefühl, selbst der Allmächtige zu sein. Nowitschok war für sie kein mörderisches Gift; es war ihr Heilsbringer, ihr Schutzpanzer, ihr Freund.

Sie aß und sie schlief zwischen den Chemikalien, und wenn niemand sie hören konnte, sprach sie auch mit dem mörderischen Stoff. Fast zwei Wochen lang hatte sie unter falscher Identität in dem Safe House gelebt – nun war sie endlich zurückgekehrt in den Schoß ihres tödlichen Freundes. Heute Nacht würde sie noch fast siebzehn Liter hoch konzentriertes

Nowitschok herstellen, abgefüllt in vierundzwanzig handelsübliche Getränkeflaschen, die am Morgen von einem als Getränkelieferant getarnten Komplizen in die Sprinkleranlage der Bayerischen Staatskanzlei geleert werden würden.

Üblicherweise legte sie bei dieser Prozedur einen speziellen Ganzkörperanzug an, der sie vor dem Gift schützte, doch diesmal verzichtete sie darauf. Es war vielleicht für lange Zeit das letzte Mal, dass sie ihrem Freund so nahe sein konnte, denn der letzte Vorrat an Granulat würde mit dieser Aktion aufgebraucht werden. Danach wäre sie wieder ein Niemand, in einer Organisation, in der Frauen nicht den geringsten Stellenwert besaßen. Ein kleines, entbehrliches Zahnrad. Was war ihr Leben dann noch wert?

Sie würde es nicht so weit kommen lassen und blickte auf eine markierte Schachtel, in der sich keine Chemikalien befanden, sondern ein Sprengstoffgürtel, von dem ihre Komplizen nichts wussten. Gleich nach dem Anschlag würde sie in einem Infernal an Grausamkeit abtreten und sich in einer Menschenmenge panischer Münchner in die Luft sprengen. Allah sollte sehen, dass Frauen nicht weniger Helden sein konnten als Männer. Melancholisch sah sie zu, wie sich die Flüssigkeiten in einer weiteren Glasflasche vermengten und ihren tödlichen Freund zum Leben erweckten. Behutsam verschloss sie die Flasche, hob sie an und küsste sie, wohl wissend, dass schon der Hauch eines Tropfens genügen würde, um ihr Leben zu beenden.

Kamal saß mit den libanesischen Zwillingen Fadil und Hakim an einem PC, dessen Bildschirm flach am Boden lag und einen Aufriss der Staatskanzlei zeigte.

»Fadil, du weißt, was du morgen zu tun hast. Wir haben das schon mehrmals geprobt. Du bringst wie jede Woche die Getränke in die Staatskanzlei.«

Kamal zeichnete mit dem Finger den Weg auf dem Bildschirm nach, den Fadil zu gehen hatte.

»Nimmst dann die zwei Wasserträger, fährst in den Servicebereich und füllst die Flaschen in den Zulauf für die Sprinkleranlage.«

Fadil nickt entschlossen. Obwohl er wusste, dass die Gefahr enorm groß war, dabei kontaminiert zu werden, hatte Kamal ihm verboten, Schutzmaßnahmen zu ergreifen. Nicht einmal Latexhandschuhe durfte er anziehen. Auf keinen Fall durfte er Verdacht erwecken.

Kamal wandte sich Fadils Bruder zu: »Hakim, als Mitglied der technischen Servicecrew kommst du unbemerkt in das oberste Stockwerk, in dem sich der Ministerratssaal befindet. Um elf Uhr beginnt dort die Kabinettssitzung – und um 11:15 Uhr löst du mit einem Feuerzeug die Sprinkleranlage im gesamten Stockwerk aus.«

Fadil berührte seinen Bruder am Arm, denn anders als er selbst hatte Hakim nicht die geringste Chance, dem Regen mit der tödlichen Flüssigkeit zu entkommen. Hakim erwiderte die Berührung.

»Wir werden uns im Dschanna wiedersehen, mit all unseren Brüdern, Schwestern und unseren Eltern. Sie werden uns feiern und ehren, und an Allahs Seite wird eigens für uns Platz gemacht werden.«

Hakims Augen füllten sich mit Tränen.

»Warum weinst du, Hakim?«, fragte Kamal besorgt. Er hatte erlebt, wie viele seiner Krieger mit einem strahlenden Lächeln in den Tod gegangen waren.

»Es sind Tränen der Freude, Tränen für Allah«, log Hakim, den schwere Zweifel plagten und der nur eines wollte: mit seinem Tod das Leben seines Bruders schützen.

In diesem Augenblick hob eine Explosion die Haustür aus den Angeln und schleuderte sie den Flur entlang. Gleichzeitig ging das Licht aus.

Hakim sprang auf, riss seine Pistole aus der Tasche und stürzte, wild um sich schießend, hinaus auf den Flur. Doch noch bevor das Magazin leer geschossen war, hatte ihn der Laser der Zieloptik einer Maschinenpistole erfasst. Mehrere präzise abgefeuerte Kugeln zerfetzten Lunge, Herz und Stirn. Leblos sackte Hakim zu Boden.

Uhlig stürmte über den Leichnam und konnte in seinem Nachtsichtgerät in einem der Zimmer, die vom Gang abzweigten, einen zweiten Terroristen erkennen, der gerade den Splint einer Handgranate ziehen wollte. Ein weiterer Feuerstoß streckte auch ihn zu Boden, dann zielte er auf Kamal, der hinter dem Toten kniete, doch der hob panisch beide Hände und schrie in die Dunkelheit:

»Nicht schießen! Sie haben mich entführt, bitte nicht schießen, ich bin eine Geisel!«

Uhligs Laserpointer erfasste Kamals Gesicht und kam zwischen seinen Augen zum Stillstand. Dann drückte sich einer seiner Männer an ihm vorbei, trat Kamal in den Rücken und kniete sich auf ihn. Kamal schnappte nach Luft. Er spürte, wie der Mann ihm im Rücken Handschellen anlegte.

»Zielperson gesichert.«

Das Licht ging an, und Kamal sah direkt in die leblosen Augen von Fadil, der immer noch seine Handgranate fest umklammert hielt.

Voller Zorn durchsuchte Uhlig bereits die anderen Räume nach weiteren Terroristen, nach potenziellen Opfern, um seinen Blutdurst zu stillen, aber sie waren leer. Dann gelangte er an eine verschlossene Tür, hinter der er Geräusche wahrnehmen konnte. Er war fast erleichtert, dass sich dahinter eine weitere Zielperson verbarg.

Gerade als er die Tür mit Gewalt öffnen wollte, ertönte hinter ihm Torges Stimme.

»Halt, Uhlig! Was für einen Scheiß ziehen Sie da ab?«

Uhlig hielt inne und drehte sich blitzschnell zu Torge um, als könne er ihn dadurch einschüchtern.

»Das ist purer Selbstmord, gehen Sie von der Tür weg!«, schrie Torge ihn an. »Das ist ein Befehl!«

Uhlig gab nichts darauf. Er drehte sich um und wollte gerade die Tür eintreten, als Torge ihn erneut aufzuhalten versuchte.

»Das macht Ihren Enkel auch nicht wieder lebendig.«

Uhlig schluckte. Sein Brustkasten hob und senkte sich, Schweiß lief ihm unter dem Helm in Strömen über das Gesicht, aber seine Lippen blieben geschlossen.

»Was? Glauben Sie, ich wusste das nicht?«, fügte Torge hinzu.

Wie erstarrt stand Uhlig vor der geschlossenen Tür und senkte seine Waffe.

»Gut so, Uhlig – und jetzt kommen Sie verdammt noch mal von der Tür weg.«

Im nächsten Moment krachten mehrere Schüsse durch das Holz der Tür und rissen Uhlig zu Boden. Torge hechtete vor und packte seinen Arm. Sofort eröffnete ein SEK-Mann das Feuer auf die Tür, während ein anderer dabei half, Uhlig aus der Gefahrenzone zu ziehen.

»Stopp – Sperrfeuer einstellen!«, schrie Torge, nachdem sie Uhlig in eins der Nebenzimmer gezogen hatten. Uhlig schnappte nach Luft und schob sich den Helm vom Kopf, während Torge seine Weste aufriss.

»Wo, verdammt?«

»In die Brust«, kam es leise von Uhlig, der an die Decke starrte.

Torge konnte jetzt deutlich die tiefen Abdrücke in der kugelsicheren Weste sehen.

»Sie verdammtes Arschloch, was haben Sie sich eigentlich dabei gedacht?«

Zu seiner Überraschung grinste Uhlig, obwohl die Schmerzen in seiner Brust gewaltig sein mussten.

»Das sagen ausgerechnet Sie?«, gab er keuchend von sich.

Und für einen Moment hatte Torge das Gefühl, in einen Spiegel zu sehen.

Lass nicht zu, dass du wirst wie sie, denn dann hätten wir nichts gewonnen, sondern nur alles verloren, hörte er Markus sagen.

Torge schloss kurz die Augen, dann sprintete er in das gegenüberliegende Zimmer, wo Kamal immer noch bewegungslos unter dem Knie eines SEK-Mannes lag.

Er schob den Mann beiseite und zog Kamal hoch.

»Hören Sie mir jetzt genau zu ...«

»Ich bin hier das Opfer, Sie müssen mir glauben«, flehte Kamal ihn an.

»Und Ihre Frau hinter der Tür da, die gerade auf meinen Kollegen geschossen hat, ist dann Mutter Theresa, oder?«

»Warum sagen Sie so etwas?«

»Es ist vorbei, Kamal Abdeslam – so heißen Sie doch.«

Torge konnte die Überraschung in seinen Augen erkennen.

»Wir haben jetzt zwei Möglichkeiten. Wir greifen zu – das wird hässlich werden, und meiner Einschätzung nach wird Ihre Frau Hasna das nicht überleben.«

»Oder?«, fragte Kamal.

Torge packte ihn am Kragen und zog ihn zur Zimmertür, die zum Flur führte.

»Oder Sie reden mit ihr, bringen sie dazu, sich zu ergeben. Niemand wird ihr etwas tun, wenn sie unbewaffnet und mit erhobenen Händen herauskommt.«

Misstrauisch blicke Kamal hinüber in das andere Zimmer, in dem sich gerade Uhlig langsam wieder erhob.

»Sie haben mein Wort! Glauben Sie mir, keiner will hier noch mehr Opfer sehen.«

Kamal streckte zaghaft seinen Kopf zum Flur hinaus und wagte einen Blick auf die durchlöcherte Tür.

»Hasna?«, fragte er in die Stille hinein.

»Kamal?«, kam leise ihre Antwort.

»Bist du bereit?«, fragte er auf Arabisch.

»Ich war immer bereit, Kamal.«

Torge wurde nervös, weil er die Worte nicht verstand.

»Was sagt sie?«, wollte er von Kamal wissen und zog ihn fest zu sich. Kamal sah in die maskierten Gesichter der verschanzten SEK-Männer, dann wandte er sich Torge zu. Sein unterwürfiger, mitleidsvoller Ausdruck wich einem dämonischen Grinsen.

»Sie glauben, es wird keine Opfer mehr geben? Sie sind ein Narr.« Er spuckte Torge ins Gesicht, rammte ihm sein Knie in den Unterleib und riss sich los.

Noch während Torge sich stöhnend krümmte, rannte Kamal den Flur entlang und warf sich mit aller Kraft gegen die durchlöcherte Tür, die krachend nachgab und mit ihm zusammen zu Boden ging.

Torge richtete sich unter Schmerzen auf und streckte den SEK-Männern hektisch seine Handfläche entgegen, um ihnen anzuzeigen, nicht einzugreifen.

Die Zeit schien stillzustehen.

Kamal drehte sich auf den Rücken und blickte nach oben in Hasnas Gesicht. Mit einem letzten Wimpernschlag konnte er den wuchtigen Sprengstoffgürtel erkennen, den sie angelegt hatte. Sie weinte, dann betätigte sie den Auslöser in ihrer Hand, und eine gewaltige Explosion zerfetzte ihre Leiber.

* * *

Die Lichter der Stadt zogen an Torge vorbei, strahlend, funkelnd und doch bedeutungslos. Wie durch ein Wunder waren Torge und seine Männer von der Explosion und der giftigen Chemikalie verschont geblieben, weil sie in den Zimmern abseits des Flurs gestanden hatten.

Markus saß am Steuer. Schweigend und erschöpft fuhr er Torge an den einzigen Ort, an dem er sein wollte – zu Antonia.

Er hatte es verweigert, sich in ein Krankenhaus bringen zu lassen, obwohl Blut aus seinen Gehörgängen rann und ein Hörsturz ihn im Würgegriff hatte. Markus hatte ihn verstanden, ihn fortgezogen von den Sanitätern, auf den Beifahrersitz gehievt und war losgefahren. Einfach los, ohne ein Wort mit ihm zu wechseln.

Die Nachrichten berichteten unablässig von dem Ende der Bedrohung, trotzdem verließen noch immer unzählige Menschen die Stadt. Aber Torge konnte das Radio nicht hören, nur einen klaren, stechenden Pfeifton, der alles andere überdeckte.

Der Dienstwagen machte halt vor der aalglatten schwarzen Fassade des Apartmenthauses, wo Antonia wartete. Das Einzige, was für Torge im Augenblick von Bedeutung war.

»Wir sind da«, sagte Markus.

Torge sah an dem düsteren Gebäude hinauf.

»Ich werde deine Hilfe brauchen.«

Torge versuchte, aufrecht zu stehen, und Markus stützte ihn, während der Aufzug langsam in den achten Stock fuhr. Torge betrachtete im Spiegel seine Haare, die vom Dreck und Staub der Explosion dunkelgrau waren.

Die Explosion, die Druckwelle, der Sturz auf den Boden, Schreie, Schmerzen, Stille.

Markus schleppte ihn den Flur entlang, bis sie vor der Tür mit der Nummer 880 standen. Beim Anblick der Nummer spürte er ihre Küsse, ihr Verlangen, ihre Liebe. Fahrig zog er die Schlüsselkarte aus seiner Tasche und steckte sie in den Magnetleser. Das Schloss klickte.

»Von hier aus schaffe ich das selbst.«

»Bist du dir sicher?«

Torge versuchte zu lächeln.

»Es wird alles gut.«

Markus umarmte Torge und drückte ihn fest an sich. Er wusste nicht einmal genau, warum er das machte. Aber es tat gut – und Torge ließ es geschehen.

Dann drehte Markus sich um und ging den Flur zurück, den Aufzug vor Augen, gedankenverloren, einsam ... bis ihn ein lauter, qualvoller Schrei innehalten ließ. Panisch drehte er sich um, rannte, so schnell er konnte, zurück, stieß die Tür zu dem Apartment auf und sah, wie Torge schluchzend über Antonia kniete.

Hilflos hielt er ihr schmales Gesicht.

»O mein Gott, was ist mit ihr?«, rief Markus.

Torge antwortete nicht.

Markus drängte Torge auf die Seite und suchte nach Antonias Puls. Ihre Augen waren zur Hälfte geöffnet, weißer Schaum tropfte von ihren schmalen Lippen.

»O Gott, Markus ... O Gott, Markus, ist sie tot?«, flehte Torge.

»Ich weiß es nicht. Ich fühle keinen Puls, wir brauchen sofort einen Arzt!«

V DEUTERONOMIUM

Der letzte Tag im Leben Mose

TAG 21

Montag, 3. Oktober 2022
9:00 Uhr – 15:00 Uhr

Torge sah in den Spiegel, sah *sich* im Spiegel.

War es das alles wert, du Arschloch?

Der schwarze Anzug, den er trug, war voller Falten, genau wie die schlampig geknotete blaue Krawatte. Beides hatte er vor einer Woche zur Beerdigung von Antonias Nachbarin getragen, an dem Tag, als sie sich geliebt hatten.

Vor vier Tagen hatten ihm die Kriminaltechniker des LKA den Anzug zurückgegeben und ihn als unbedenklich eingestuft. Vor drei Tagen hatte er zum ersten Mal seine Wohnung wieder betreten dürfen.

Torge versenkte das Gesicht in seiner Armbeuge und sog ihren Duft ein, den er noch immer in dem Anzug riechen zu können glaubte. Dabei schloss er die Augen und sah plötzlich Kamals Gesicht vor sich, der ihn anspuckte.

Sie glauben, es wird keine Opfer mehr geben? Sie sind ein Narr.

Zornig riss er die Augen wieder auf, erblickte Kamals Fratze im Spiegel und wollte schreiend zuschlagen, bremste seine Faust aber kurz vor dem Glas wieder ab.

Du verdammter Idiot, du musst lernen, dich im Griff zu haben. Oder willst du, dass Antonia dich mit aufgeschnittener Hand sieht?

Verschwommen schüttelte sein Spiegelbild den Kopf. Mit

dem Ärmel wischte er sich über die feuchten Augen – und als er wieder klar sehen konnte, lächelte ihn Antonia für einen Wimpernschlag aus dem Spiegel an.

Es läutete an der Tür. Mit pochendem Herzen öffnete er sie. Markus stand vor ihm und musterte ihn skeptisch.

»Findest du das passend?«, fragte er.

»Was meinst du?«

»Den Anzug.«

»Können wir?«, antwortete Torge, ohne auf seine Frage einzugehen.

Ein lautes Ping drang aus Markus' Jacke. Er holte sein Telefon aus der Innentasche und warf einen Blick auf die Nachricht.

»Und?«, wollte Torge wissen.

Markus sah ihn an – seine Augen strahlten Zuversicht und Hoffnung aus.

»Sie ist jetzt wach«, antwortet er.

* * *

Goldenes Morgenlicht tauchte die beiden Pfannen mit brutzelndem Rinderspeck und glasig schimmernden Spiegeleiern in ein Ambiente wie aus einem Werbespot. Martin Himmels Laune könnte nicht besser sein. Seit einer Ewigkeit hatte er kein Frühstück mehr für sich und Lukas zubereitet, doch ab heute sollte alles anders werden.

Noch immer waren die Zeitschriften voll des Lobes über den geglückten Schlag gegen die islamistische Terrorzelle in München. Das politische Blatt hatte sich schlagartig gewendet. Die Regierung und alle Institutionen, die an der Aufklärung beteiligt waren, wurden geradezu frenetisch gefeiert. Ein Nachrichtenmagazin spekulierte sogar darüber, dass Himmel es mithilfe seiner augenblicklichen Popularität innerhalb seiner Partei bis zum Spitzenkandidaten für die nächste Bundestagswahl bringen könnte. Er galt allgemein als Held der Stunde, der durch sein kluges Handeln, verbunden mit seinem rigorosen Vorgehen, Deutschland vor einem weiteren Terroranschlag bewahrt hatte.

Man hatte den Kopf der Terroristin Hasna Abdeslam, der mutmaßlich bei der Explosion aus dem Fenster geschleudert worden war, auf der Straße gefunden. Ein großes Boulevardblatt zeigte ein Foto von dem blutverschmierten schwarzen Klumpen, daneben ein Bild von Himmel, und textete dazu:

HIMMEL SCHLUG DER HÖLLE DEN KOPF AB

So geschmacklos der Aufmacher auch war, das Blatt erreichte damit erstmals wieder eine Auflage wie vor der Jahrtausendwende.

Das Gebläse der Abzugshaube über dem Herd war so laut, dass Martin beinahe den Bayerischen Defiliermarsch, den Klingelton seines Handys, nicht gehört hätte. Im letzten Moment ging er dran.

»Himmel«, antworte er kurz und energisch, auch um dem Anrufer klarzumachen, dass er sich gestört fühlte.

»Dr. Struve am Apparat«, entgegnete die Stimme am anderen Ende der Leitung. Sofort wechselte Himmel in einen zuvorkommenden, freundlichen Tonfall und schaltete die Lüftung der Abzugshaube aus.

»Ah, Herr Professor, ich hatte Ihren Namen noch nicht gespeichert. Wie geht es meiner Tochter?«

»Deshalb rufe ich an, Herr Minister. Wie ich Ihnen ja schon mitteilte, haben wir die Langzeitnarkose vor zwei Tagen sukzessive gesenkt, nachdem sichergestellt war, dass es zu keinen weiteren neurotoxischen Effekten oder einer Polyneuropathie kommen würde. Ihre Tochter ist heute Morgen aus der Narkose aufgewacht, aber es wird noch eine Weile dauern, bis sie ...«

»Wird sie ... Wird Antonia irgendwelche dauerhaften Schäden haben?«

»Die Frage kann ich Ihnen leider nicht beantworten. Nach jetzigem Ermessen gilt sie als genesen, aber noch fehlen uns Erkenntnisse zu Spätfolgen, die es durch Nowitschok geben kann. Sie sollte auf jeden Fall eine Auszeit nehmen, sich erholen. Sie hat viel mitgemacht in den letzten drei Wochen.«

»Erzählen Sie das nicht mir, sondern meiner Tochter. Auf mich hört sie nämlich nicht.«

Dr. Struve gab ein gespieltes Lachen von sich.

»Aber aus reiner Neugier, Herr Minister ...«

Feiner grauer Nebel bildete sich über dem Küchenblock.

»Hat man denn schon herausgefunden, wie und wo Frau Borchardt in Kontakt mit dem Gift gekommen ist?«

»Soweit ich weiß, nein.«

»Ist auch nicht ungewöhnlich, wir bekommen immer noch vereinzelt Patienten, die sich erst jetzt vergiftet haben. Zum Beispiel wurde vergangenes Wochenende ein junger Mann eingeliefert. Eine winzige Spur des Gifts befand sich auf einem Seidenschal, den er sich von seinem Freund geliehen hatte. Aber in all den Fällen konnte der Überträger der Chemikalie ermittelt werden. Soweit ich weiß, war das aber bei Ihrer Tochter bisher nicht der Fall, oder?«

»Hören Sie, lieber Herr Professor, ich bin in die Ermittlungen nicht involviert. Ich verspreche Ihnen, ich melde mich, sobald es hier Ergebnisse gibt. Das Einzige, was für mich im Augenblick zählt, ist, dass Antonia wieder gesund ... Oh, so ein Mist!!«

Der Gestank von verbranntem Ei und Speck stieg Martin in die Nase.

»Ist alles in Ordnung?«, erklang Struves besorgte Stimme aus dem Hörer, aber Martin hörte ihm nicht mehr zu, sondern schob die rauchenden Pfannen von der Platte.

»Ich muss jetzt aufhören, ich melde mich wieder, wenn ich was weiß«, rief Martin ins Handy, dann legte er auf.

Lukas schlurfte in Unterwäsche zur Tür herein.

»Was stinkt hier so?«, fragte er verschlafen.

»Du bist schon wach? Ich wollte dich überraschen.«

»Ist dir gelungen!«, antwortete er sarkastisch und wedelte den Rauch vor seinem Gesicht weg.

»Hey, Sohnemann! Ich wünsche dir alles Gute zu deinem achtzehnten Geburtstag!«

»Können wir das Frühstück vielleicht überspringen und gleich losfahren?« Er hustete ein wenig.

»Aber ...« Martin blickte auf das verbrannte Essen, dann hörte er Shohrehs Stimme hinter sich.

Kein »Aber« mehr, Martin. Du hast es ihm versprochen.

Martin gab sich einen Ruck, auch wenn ihm vor der heutigen Aussprache graute.

»Okay, okay, wir essen was auf dem Weg. Wann bist du so weit?«

»Hose, Shirt, Schuhe, fertig.«

»Na, dann los.«

Der schwarze BMW jagte mit zweihundertvierzig Stundenkilometern den Bergen entgegen. Die Sonne stand bereits hoch, und die Gipfel, die vor einer halben Stunde winzig am Horizont aufgetaucht waren, türmten sich nun bedrohlich vor ihnen auf. Es war fast neunzehn Jahre her, dass Martin diese Strecke zum ersten Mal gefahren war. Es war der Tag gewesen, an dem er Shohreh kennengelernt hatte, der Tag, der sein Leben verändern sollte. Sie eine zweiundzwanzigjährige Germanistikstudentin, er ein verheirateter Landtagsabgeordneter Mitte vierzig, der den Kopf freibekommen wollte. Martin erinnerte sich an die zierliche dunkelhaarige Frau, der er seit drei Stunden auf dem Weg zum Gipfel des Rotkogel gefolgt war. Sie hatte kein Zeichen der Erschöpfung gezeigt, während er mit jedem weiteren Höhenmeter heftiger nach Luft geschnappt hatte. Bei einer kurzen Pause hatte er sie schließlich eingeholt – vielleicht hatte sie aber auch nur auf ihn gewartet.

»Verfolgen Sie mich etwa?«, hatte sie ihn lachend mit einem leicht orientalisch klingenden Akzent aufgezogen. Doch ihm fehlte die Luft, um schlagfertig zu antworten. Stattdessen verlor er sich in ihren Augen.

»Geht es Ihnen gut, alles in Ordnung? Oder kippen Sie mir jetzt gleich um?«

Martin konnte sich nicht mehr daran erinnern, ob er darauf geantwortet oder sie nur weiter angestarrt hatte.

»Der Gipfel ist auf fast dreitausend Metern, da wird die Luft dünn. Setzen Sie sich, und atmen Sie tief durch.«

Martin war ihrer Aufforderung gefolgt, hatte sich zu ihren Füßen auf den Boden gesetzt und ihr Wasser getrunken. Danach waren sie gemeinsam das letzte Drittel des Weges bis zum kargen, felsigen Gipfel aufgestiegen, von wo aus man einen atemberaubenden Blick auf die Tuxer Alpen hatte. Aber noch bevor sie das Gipfelkreuz erreicht hatten, das über ihnen verwittert und von drei Stahlseilen gestützt weit in den wolkenlosen Himmel ragte, war es um beide geschehen gewesen – einfach so.

Martin hatte später oft darüber nachgedacht, wie es so weit hatte kommen können, aber es gab dafür keine Erklärung. Seine Ehe schien gefestigt, er liebte seine zwölfjährige Tochter und war auf dem Weg, zum Staatssekretär ernannt zu werden. Er hatte alles erreicht, was er sich bis dahin vorgenommen hatte. Und doch war er plötzlich bereit, all das aufzugeben. Weil er glaubte, sein Leben würde nur noch an Shohrehs Seite Sinn machen – und das Verrückte daran war, dass sie genauso gedacht hatte.

Das Telefon im Wagen läutete. Mit einem sanften Druck am Lenkrad nahm er das Gespräch an.

»Himmel.«

»Knauer hier. Meine Männer haben mir soeben mitgeteilt, dass Sie darauf bestanden haben, ohne Personenschutz einen Ausflug mit Ihrem Sohn zu machen.«

»Ja, und?«

»Ich bin verantwortlich für Ihre Sicherheit und rate Ihnen dringend davon ab.«

»Hören Sie, Herr Knauer. Die Gefahr ist vorüber, Ihre Männer sollten sich freinehmen. Außerdem weiß kein Mensch, wo ich bin.«

»Das stimmt so nicht ganz. Ich kann Ihren Wagen orten, und wenn wir ihn orten können, könnten die das vielleicht auch.«

»Was soll das, Knauer? Jetzt noch einmal deutlich zum Mitschreiben: Ich werde heute einen Ausflug mit meinem Sohn machen – alleine. Und damit ist die Diskussion beendet, haben wir uns verstanden?«

»Ganz, wie Sie wollen. Aber ich muss das Gespräch zu Protokoll geben, das verstehen Sie hoffentlich?«

»Tun Sie, was Sie nicht lassen können. Noch einen schönen Tag, Herr Knauer.« Dann legte Martin auf.

Lukas hatte mitgehört und runzelte die Stirn.

»Der Mann wollte doch nur, dass du in Sicherheit bist.«

»Das kann schon sein, Lukas, aber versprochen ist versprochen. Der Tag soll etwas Besonderes werden. Auf der Tour, die wir heute machen, habe ich deine Mutter kennengelernt.«

»Ich weiß, sie hat oft davon geredet.«

»Dann hat sie dir sicher auch erzählt, dass wir dieselbe Tour nach eurer Rückkehr aus dem Iran fast jedes Jahr einmal wiederholt haben.«

»Daran kann ich mich nicht erinnern.«

»Das hörte auf, als du ungefähr zwölf oder dreizehn Jahre alt warst.«

»Warum? Wegen mir?«

»Wegen ... Wegen allem ... Das ist schwer zu erklären. Aber jetzt soll es unsere Tour werden.«

Lukas wandte den Kopf ab und schaute aus dem Beifahrerfenster. Das irritierte Martin.

»Habe ich was Falsches gesagt? Das klang vielleicht ein wenig merkwürdig, oder?«

Lukas sah ihn an, kühl, irgendwie distanziert.

»Ich will kein Ersatz sein für Mama. Das war euer Ding und nicht unseres. Aber egal, wir machen das heute, weil du es so möchtest und weil du mir noch so viele Antworten schuldig bist.«

* * *

Torge und Markus wurden persönlich vor Dr. Struve durch die langen weißen Gänge des Krankenhauses zu Antonias Zimmer gebracht. Ihre schnellen Schritte hallten gleichmäßig von den glatten Wänden wider wie bei einem Marsch. Sie sprachen kein Wort miteinander. Erst als sie vor einer schmucklosen weißen Zimmertür haltmachten, richtete Struve eine Frage an die beiden.

»Herr Himmel wollte es mir nicht verraten, aber Sie beide wissen doch sicher inzwischen Bescheid.«

»Was meinen Sie?«, fragte Markus.

»Also, wo kam Frau Borchardt mit dem Gift in Berührung?«

Markus schüttelte ahnungslos den Kopf.

»Ganz ehrlich, wir wissen es nicht. Unsere Kriminaltechniker haben das ganze Apartment auf den Kopf gestellt, jedes Kleidungsstück, alle Teppiche, Toilettenpapier, einfach alles. Aber wir konnten nichts finden, gar nichts. Aber jetzt, da Antonia – ich meine, Frau Borchardt – wach ist, kann sie uns vielleicht einen Hinweis in der Sache geben.«

»War's das?«, wollte Torge schroff wissen.

Struve sah den großen Fremden mit dem verknitterten Anzug nur kurz an und nickte.

»Na dann«, sagte Torge und öffnete vorsichtig die Tür.

»Wir melden uns, wenn wir mehr wissen«, ergänzte Markus höflich und wartete, bis Torge allein in das Zimmer ging und die Tür hinter sich schloss. Ein wenig irritiert sah Struve den zurückgebliebenen Kommissar an.

»Wollen Sie sie denn gar nicht sehen?«

»Familiensache. Ich komme noch früh genug dazu.«

Struve schüttelte leicht den Kopf, dann machte er auf dem Absatz kehrt und eilte den Gang zurück.

Durch einen schmalen Spalt zwischen den zugezogenen Vorhängen drang nur wenig Licht auf das einzige Krankenbett des Zimmers. Torges Augen mussten sich erst an die Dunkelheit gewöhnen. Dann näherte er sich zaghaft dem Kopfende des Krankenbettes, bis er deutlich ihr fein geschnittenes Gesicht erkennen konnte. Ihre Augen waren geschlossen. Ihre sonst streng geknoteten Haare flossen über das Kissen, auf dem sie lag. Hätte Struve nicht betont, dass sie in einer Art Dämmerzustand weilen würde, er hätte angenommen, sie wäre tot. So leblos, aber auch so friedlich lag sie vor ihm, kerzengerade unter einem Leintuch, das die Konturen ihres schmalen Körpers nachzeichnete, die Hände über der Brust gefaltet, als hätte man sie aufgebahrt.

Während Torge sie betrachtete, stellte er sich unweigerlich die Frage, wie ihre Zukunft aussehen würde. Hatten sie überhaupt eine Zukunft, eine, die sie gemeinsam erleben würden? Vorsichtig streckte er seine Hand aus und berührte die verkrustete Schürfwunde in ihrem Gesicht. Die Stelle fühlte sich rau an, uneben, ein Makel auf ihrer sonst so ebenmäßigen Haut, aber auch das Zeichen für eine gemeinsame, schmerzhafte Erinnerung. Der Schorf würde verheilen und irgendwann gänzlich verschwinden, aber die Erinnerung, die er mit ihr teilte, die würde bleiben, ebenso wie die Erinnerung an ein gemeinsames Kind, das ihnen verwehrt worden war.

Antonia hatte jahrelang diesen Schmerz allein mit sich herumgetragen. Er konnte nur im Ansatz erahnen, welche Kraft dazu nötig gewesen war. Doch jetzt war es auch sein Schmerz, und vielleicht schweißten all die Schmerzen, die sie von nun an teilten, sie mehr zusammen als alles Glück, das sie einst erfahren hatten. Er wünschte sich so sehr, dass sie das auch so empfand, also beugte er sich hinab zu ihren schmalen Lippen und küsste sie zärtlich. Eigentlich war es nur der Hauch einer Berührung, und doch reichte er, damit sie ihre Augen öffnete. Seine Lippen lösten sich von ihren, aber er blieb ihr so nah, dass er jeden ihrer Atemzüge auf seiner Haut spüren konnte.

»Torge?«, fragte sie leise, obwohl sie die Antwort wusste.

Sein Herz pochte. Würde sie ihn jetzt von sich stoßen? Ihre Blicke wanderten über seine dunklen Augenringe, hinab zu seinem unrasierten Kinn und wieder hinauf zu den dunklen Strähnen, die ihm in die Stirn hingen. Dann griff sie nach seinem Kopf und küsste ihn voller Leidenschaft, als wäre es der letzte Kuss, den sie auf Erden zu verschenken hatte.

Als sie ihn wieder freigab, richtete er sich ein wenig auf und musste tief Luft holen.

Sie musterte ihn. »Wieso trägst du einen schwarzen Anzug?« Ohne eine Antwort abzuwarten, setzte sie schelmisch hinzu: »Ist jemand gestorben?«

Torge war so überrascht, dass ihm keine Antwort darauf einfiel.

»Ich hab gesehen, wie du reinkamst«, erklärte sie. »Beinahe hätte ich mich verraten, aber du hast nichts gemerkt, stimmt's?«

»Wie kannst du nur in so einer Situation ...«

»In was für einer Situation?«

»Ich habe mir solche Sorgen gemacht!«

»Ich weiß, Markus hat's mir erzählt.«

»Markus hat was? War Markus schon vor mir hier?«

»Nein, er hat mich angerufen. Ich hab ihn gebeten, draußen zu warten, wenn ihr kommt.«

Was stimmt nicht mir dir? Ich hab Todesängste ausgestanden, und du liegst hier im Bett und grinst mich an, als wenn nichts gewesen wäre.

Kraftlos ließ er sich neben ihr auf der Bettkante nieder.

»Ich kenne keinen Menschen, der so unvorhersehbar ist wie du.«

»Geht mir mit dir genauso«, antwortete Antonia, und ihre Lachfalten verschwanden. Sie griff nach seiner rechten Hand und zog sie zu sich.

»Ich hab viel Zeit gehabt, über alles nachzudenken. Ich glaube, ich habe sogar über uns nachgedacht, als ich im Koma lag. Hört sich verrückt an, oder?«

Er schüttelte den Kopf, spürte, wie seine Hand schützend in ihrer lag.

»Ich habe alles noch mal erlebt, unser Kennenlernen, unsere ganze Zeit, als wir jung waren, einfach alles. Ich war so unendlich glücklich, dass ich hoffte, niemals aufzuwachen. Und jetzt bin ich wach und habe das Gefühl, ich würde noch immer träumen.«

Torge hatte ihre Stimme gehört, hatte ihre Worte verstanden und gesehen, wie sich ihre Lippen dazu bewegten, doch nach all den Jahren der Verbitterung hatte er furchtbare Angst davor, ihr nächster Satz würde mit einem »Aber ...« beginnen.

»Ich«, setzte sie an und suchte nach den richtigen Worten, während ihre Handflächen feucht wurden. »Ich habe keinen Plan, ob das mit uns funktioniert, nach ... nach allem, was wir durchgemacht haben. Ich weiß es nicht ...«

Der Druck auf seine Hand wurde fester.

»Aber ich weiß eines: Wir werden es rausfinden müssen, gemeinsam. Denn ich werde den Fehler, dich fortzuschicken, nicht ein zweites Mal machen. Niemals.«

Torge hatte das Gefühl, als würde sein Herz aufhören zu schlagen. Der Marathon war wirklich zu Ende – er war angekommen.

Ich liebe dich so sehr, dass ich verdammt noch mal nicht weiß, was ich jetzt sagen soll.

Seine Augen wurden glasig.

»Weinst du?«, fragte sie, löste ihre Hände und fuhr ihm zärtlich über die Augen.

Es war, als würde ein Damm brechen. Er schluchzte laut auf, kippte zu ihr hinab und vergrub sein Gesicht weinend auf ihrer Brust, während sie seinen Kopf fest an sich drückte.

* * *

Die Zillertaler Höhenstraße wand sich in Serpentinen im strahlenden Licht der Sonne immer weiter dem Himmel entgegen, flankiert von steil aufragenden Felsmassiven und tiefen Schluchten. Martin sprach kein Wort, war nur bedacht darauf, den Wagen schnellstmöglich durch diesen abenteuerlichen Parcours zu lenken. Die Schönheit der Natur rings um ihn herum nahm er kaum wahr.

Nach einer besonders engen Kehre brach Lukas das Schweigen.

»Ich schaff das nicht.«

»Was meinst du?«, fragte Martin, beschleunigte bis zur nächsten Kehre, bremste ab und schlug das Lenkrad ein.

»Mir ist kotzübel, und wenn du nicht willst, dass ich dir gleich ins Auto reihere, dann find ganz schnell einen Parkplatz!«

»Jetzt komm schon, das sind vielleicht noch zehn oder fünfzehn Minuten, dann sind wir da.«

Lukas gab einen kehligen Würgelaut von sich und beugte sich nach vorne.

»O nein, bitte nicht, den Gestank krieg ich wochenlang nicht aus dem Auto.«

Schon senkten sich alle Scheiben des Wagens, und kühler Wind blies ihnen in die Gesichter.

»Ich bleib ja schon stehen. Aber bitte, wenn es schon sein muss, dann aus dem Fenster!«

Ein grünes Schild mit der Aufschrift Aussichtspunkt markierte den einsamen Parkplatz, vor dem sich ein beeindruckendes Bergpanorama erstreckte, so weit das Auge reichte. Die dunkle Limousine wirkte in dieser Idylle wie ein schwarzer Fremdkörper.

»Musst du jetzt oder nicht?«, drängte Martin seinen Sohn, um endlich weiterfahren zu können.

»Es geht schon wieder. Lass uns einfach nur hier stehen und die Aussicht genießen.«

»Komm schon, oben ist der Ausblick noch viel besser, und wer weiß, wie viele Touristen heute noch kommen.«

Lukas reagierte nicht darauf, sondern sah nur hinaus auf die weit entfernten Berge, von denen einige bereits verschneite Gipfel hatten.

Martin blickte ebenfalls hinaus und spürte, wie der Anblick sein Adrenalin senkte und der Puls langsamer wurde. Ein Motorradfahrer jagte laut röhrend hinter ihnen vorbei, dann wurde es wieder still.

»Du wolltest mir erzählen, wie es passiert ist«, sagte Lukas abgewandt, aber der Wind warf die Worte zurück, gerade deutlich genug, dass Martin sie verstehen konnte. Kurz überlegte er, die Geschichte noch hinauszuzögern, vielleicht, bis die Wanderung begonnen hatte. Aber Shohreh hinderte ihn daran.

Jetzt ist der richtige Zeitpunkt, bring es hinter dich!

Während der vergangenen Wochen, während der Krise, war das Ereignis unter einem immer dichter werdenden Nebel langsam verschwunden. Aber hier, beim Anblick der vertrauten Bergwelt, wurde alles wieder lebendig, schmerzvoll lebendig.

Plötzlich fielen Martin Details ein, die er schon vergessen geglaubt hatte, wie Shohrehs Bergschuhe, die kaum noch ein Profil hatten, oder die wilden Blumen, die sie am Wegesrand gepflückt hatte. Alles lag offen vor seinem inneren Auge, und er musste die Geschichte nur noch in Worte kleiden.

Samstag, 9. Oktober 2021, 12:00 Uhr

Seit zwei Stunden war Shohreh schweigend vorausgegangen, und nur mit aller Mühe konnte er ihr hohes Tempo halten. Es war ihre übliche Tour, hoch zum Rotkogel. Aber vielmehr war es der Versuch, etwas heraufzubeschwören, was irgendwann in der Vergangenheit verloren gegangen war. Ihre Liebe. Die Wolken hingen tief und bedrohlich über den Gipfeln, und Shohreh hatte die Hoffnung aufgegeben, dass diese Tour an ihrer kaputten Beziehung noch irgendetwas ändern würde. Aber sie hatte seinem Drängen nachgegeben. Ein letztes Mal sollte er seinen Willen bekommen, danach würde sie Lukas nehmen und aus dem goldenen Käfig ausbrechen, in den Martin sie beide gesperrt hatte.

Hier oben war sie ihm überlegen, hier oben fühlte sie sich frei und sicher genug, um mit ihm Schluss zu machen. Seit zwei Stunden war sie in einem kraftraubenden Tempo vorangegangen, stumm, immer nur konzentriert auf den nächsten Schritt, während er hinter ihr in einem immer größer werdenden Abstand versuchte, Schritt zu halten.

Nun kam das finale Stück zum Gipfel, steil, felsig und uneben, voller Geröll und Steinbrocken, die sich unter den Füßen lösten, um dann polternd den Hang hinabzuspringen, bis sie irgendwo tief unten im niedrigen Gestrüpp zum Liegen kamen.

»Shohreh, warte!«, rief ihr Martin keuchend nach.

Shohreh dachte gar nicht daran, ihm jetzt schon eine Pause zu gönnen. Wenn es so weit war, sollten seine Knie schlottern, und die Atemnot sollte jede Erwiderung verhindern, also mobilisierte sie ihre letzten Kräfte und verdoppelte das Tempo. Mit kräftigen Schritten, den schwitzenden Körper weit nach vorn gebeugt, erklomm sie Fels um Fels, bis sie auf halber Strecke über sich das mächtige Gipfelkreuz sehen konnte und auf einem Felsvorsprung zum Stehen kam.

Martin war übel vor lauter Anstrengung. Ihre Kondition war immer schon die bessere gewesen, aber so schwach wie dieses Jahr hatte er sich noch nie zuvor gefühlt. Bisher hatte sein Stolz ihn immer daran gehindert, diesen Umstand zuzugeben, aber diesmal hatte sie ihn eindeutig bezwungen. Er hatte ihren seit Jahren andauernden Wettbewerb verloren, er hatte den Kampf verloren. Als er sah, dass sie zwanzig Meter über ihm stehen geblieben war, schöpfte er jedoch wieder Hoffnung. Ganz offensichtlich hatte sie sich übernommen und musste wieder zu Kräften kommen. Er biss auf die Zähne, überwand seinen inneren Schweinehund und versuchte, sich nichts anmerken zu lassen, obwohl sein Puls raste, seine Brust schmerzte und er seine Füße in den klobigen Bergschuhen kaum noch spürte. Nur noch ein Felsen, dann würde er neben ihr stehen, auf Augenhöhe.

Ihre schmale Hand reckte sich ihm entgegen, er blickte nach oben, ihr direkt ins Gesicht. Ihr schwarzes Haar flatterte im Wind, sie wirkte von hier unten so übermächtig, so majestätisch, und doch verzichtete er auf ihre Hilfe, krallte sich an dem Felsen fest, auf dem sie stand, und zog sich nach oben. Zitternd richtete er sich auf, da hielt sie ihm schon ihre Wasserflasche entgegen, die er sich an die Lippen presste und gierig daran saugte, bis das Wasser an seinem Kinn entlanglief und sich mit dem Schweiß seines T-Shirts mischte.

Shohreh nahm ihm die Flasche ab, drehte den Verschluss fest und packte sie in ihren Rucksack, den sie danach mit einer fließenden Bewegung wieder auf ihrem Rücken platzierte.

»Ich hab mich mit Antonia getroffen«, sagte sie beiläufig, wohl wissend, dass ihm diese Nachricht durch Mark und Bein gehen würde.

»Nein, getroffen ist eigentlich nicht das richtige Wort, ich habe mich mit ihr angefreundet. Treffen tun wir uns schon seit einigen Monaten.«

Martin schaute sie ratlos an, noch immer pochte sein Herz, und es fiel ihm schwer genug, Luft in seine Lunge zu pumpen.

»Sie hat sich mir anvertraut.«

Zu viele Informationen, zu schnell. Martin versuchte zu begreifen, was das bedeuten konnte.

»Ich weiß von der Abtreibung, Martin.«

Er spürte, wie ihn die Worte trafen wie ein Stich mitten in die Brust. Wie hatte Antonia nur ihr Geheimnis preisgeben können – sie hatten sich doch geschworen, es für immer für sich zu behalten und nie mehr darüber zu reden.

»Sie war doch erst siebzehn«, gab er kleinlaut zurück. »Und es war kein Kind, das Gott gewollt hätte.«

Erst jetzt sah Martin das Kreuz, das weit über ihnen am Himmel thronte.

»Was redest du da, Martin? Sie wollte das Kind, es war das Kind von jemandem, den sie liebte, von jemandem, der sie liebte. Und du hast das alles zerstört. Warum? Wegen deines Glaubens oder weil du Angst hattest, es könnte deiner politischen Karriere schaden? Oder war es alles zusammen?«

»Gott, du weißt, dass das nicht stimmt, sonst hätte ich dich nie geheiratet.«

»Gott hat damit gar nichts zu tun! Und geheiratet hast du mich nur, weil deine Frau herausgefunden hat, dass du einen unehelichen sechsjährigen Sohn hast, der mit mir im Iran aufgewachsen ist. Mir ist das alles erst sehr viel später klar geworden. Du warst für mich lange der Samariter, für den du dich ausgegeben hast, aber nichts davon war die Wahrheit. Glaubst du, ich hätte deine Affären nicht mitbekommen? Warum bin ich wohl vor drei Jahren mit Lukas zu meiner Familie in den Iran zurückgekehrt?«

»Ich war dagegen, das weißt du ...«

»Aber du hast auch nicht versucht, es zu verhindern. Du hast es nur vertuscht. Ich weiß das, Martin, ich kenne jede kleine Ausrede, mit der du meine Flucht vor dir bei deinen politischen Freunden gerechtfertigt hast, jede!«

»Aber du bist zurückgekommen.«

»Ich musste zurückkommen, für Lukas, denn das Land hat ihn verändert. Ich bin nicht freiwillig zurückgekommen. Aber hätte ich damals schon verstanden, dass du nicht nur ein machthungriger Politiker, sondern ein abscheulicher Mensch bist, der seine eigene Tochter zwang, ein Kind zu töten, dann wäre ich lieber im Iran geblieben.«

Martins Hand schoss vor und traf Shohreh mitten ins Gesicht. Noch nie hatte er sie geschlagen, aber in dieser Sekunde verlor er jegliche Kontrolle über sich. Es war nur ein winziger Schritt, den Shohreh deshalb zurück machte.

Ihre Füße verloren den Halt, sie stolperte, dann entfernten sich ihre weit aufgerissenen Augen, die ihn unentwegt anstarrten und nicht fassen konnten, was soeben vor sich ging. Fast gleichzeitig wurde ihm bewusst, was er getan hatte, er stürzte nach vorne, versuchte verzweifelt, sie zu packen, aber seine Hände griffen ins Leere.

Schreiend ging er in die Knie und sah, wie Shohreh zwanzig oder dreißig Meter in die Tiefe stürzte, bis sie mit dem Kopf auf einem Felsen aufschlug. Um Hilfe flehend schrie er hinauf zu dem Kreuz, zu Gott, aber Gott blieb stumm.

Montag, 3. Oktober 2022

Schweigend saß Lukas neben seinem Vater und dachte nach. Der Wind, der durch die offenen Fenster zog, war stärker geworden.

»Es war ein Unfall. Lukas, du musst mir glauben.«

Martins Stimme klang leise. In Gedanken schien er immer noch auf dem Felsvorsprung zu stehen.

Lukas schaffte es nicht, ihn anzusehen. Und auch Martin

blickte stumpf nach vorne hinaus auf den kleinen, leeren Parkplatz.

»Kannst du die Fenster zumachen, es zieht«, bat Lukas. Sogleich surrten die elektrischen Scheiben langsam nach oben, bis die Welt draußen ausgesperrt war und durch eine Grabesstille innen ersetzt wurde.

»Sag was, sag irgendwas!«, forderte Martin ihn auf.

Lukas konnte nicht, zu viel Geschrei in seinem Kopf, zu viele Fragen. Er griff hinter sich und holte seinen Rucksack von der Rückbank, öffnete ihn und warf einen Blick hinein.

»Was brauchst du?«, fragte Martin fürsorglich.

Lukas holte eine Wasserflasche heraus.

»Ruhe, einen Moment Abstand.«

Er drückte die Tür auf.

»Ich muss nachdenken.«

Ihre Blicke trafen sich, und Martin hatte den Eindruck, Lukas würde lächeln, wenn auch nur ein wenig.

»Von heute an wird alles anders, Lukas.«

»Ich weiß«, antwortete er, stieg aus und warf die Tür hinter sich zu.

* * *

Markus hatte es offenbar draußen auf dem Gang nicht länger ausgehalten und trat ein. Erschrocken richtete Torge sich auf und wischte sich die feuchten Augen trocken.

»Es tut mir leid, wirklich, aber wir müssen reden, Antonia.«

Torge wandte sich ihm zu.

»Sie hat doch schon gesagt, dass sie nichts weiß.«

Markus ging hinüber zum Fenster und schob die Vorhänge beiseite. Im grellen Sonnenlicht zeigte der Raum sein kaltes, klinisches Antlitz. Dann trat Markus nahe vor Antonias Bett und versuchte es erneut.

»Antonia. Ein ganzes Expertenteam von Kriminaltechnikern

hat alles auf den Kopf gestellt, um die Ursache für deine Vergiftung zu finden. Jede Faser in dem Raum, jede Oberfläche, jedes Glas, jeder Teppich und jede Blume, deine Kleidung, auch die von Torge – sie haben nichts, rein gar nichts gefunden. Und dennoch sagt der ärztliche Befund, dass du zum Zeitpunkt der Infektion in dieser Wohnung warst. Bitte denk noch mal nach. Versuch, dich zu erinnern, wir müssen etwas übersehen haben.«

Antonia musste nicht nachdenken. Sie wusste genau, wie sie sich infiziert hatte.

»Ich kann es nicht sagen«, antwortete sie.

»Kannst du oder willst du es nicht sagen?«, hakte Markus nach.

»Markus«, griff Torge ein. »Spielt das denn jetzt noch eine Rolle?«

»Ob das eine Rolle spielt?«, erwiderte Markus scharf. »Natürlich spielt das eine Rolle.«

»Ich kann mich aber nicht mehr erinnern, Markus«, antwortete Antonia und wich seinem strengen Blick aus.

»Wisst ihr, was? Ich glaube euch beiden nicht. Oder um es mal mit Torges Worten auszudrücken: Das ist alles Bullshit!«

Wütend ging Markus zur Tür, riss sie auf, stürzte hinaus auf den Gang und schlug sie laut hinter sich zu.

»Der beruhigt sich schon wieder.«

Antonia schüttelte den Kopf.

»Er hat recht, aber ich kann es ihm nicht sagen.«

»Warum nicht?«

Sie zögerte.

»Keine Geheimnisse mehr, Antonia. Was immer es ist, ich werde es verstehen«, sagte Torge, und sie glaubte ihm.

»Das Gift muss in einem Erfrischungstuch gewesen sein. Ich habe es im Klo runtergespült, kurz bevor du angerufen hast.«

»Aber wieso hast du das Markus nicht erzählt?«

»Weil ich das Tuch von meinem Bruder bekommen habe.«

»Von Lukas?«

»Ja, ich konnte Markus das nicht sagen.«

»Wo soll er das hergehabt haben? Und du meinst, er hat es dir ganz bewusst gegeben?«

»Du verstehst das nicht.«

Torge schüttelte den Kopf. Er verstand es wirklich nicht.

»Deutest du an, er könnte einer von denen sein? Das ist doch absurd.«

»Nein, das glaube ich nicht. Aber genau deshalb habe ich ihn nicht verraten. Ich will erst mit ihm reden und danach entscheiden.«

»Antonia, ich hab keine Ahnung, was da zwischen euch war oder ist, und ich werde auch niemandem davon erzählen, aber du musst ihn anrufen! Du darfst das auf keinen Fall aufschieben.«

»Du meinst jetzt?«

»Ja, jetzt!«

* * *

Lukas stand wenige Meter vor der großen schwarzen Limousine und nahm einen großen Schluck aus der Wasserflasche. Das Handy in seiner Tasche läutete. Er ließ die Flasche fallen, zog das Telefon heraus und nahm den anonymen Anruf an.

Eine tiefe Stimme mit starkem arabischem Akzent sprach zu ihm.

»Hast du alles genau so gemacht, wie ich es dir gesagt habe?«

»Ja, ich habe den Schalter umgelegt.«

»Wann?«

»Vor gut einer Minute.«

»Wo befindet sich das Geschenk jetzt?«

»Wie Sie gesagt haben, in meinem Rucksack, direkt neben dem Fahrer. Bi-smi llāhi r-raḥmāni r-raḥīm.«

»In schā'a llāh«, antwortete die tiefe Stimme.

Martin sah aus dem Inneren des Wagens seinem Sohn zu, wie er ein Telefonat führte und dann das Handy senkte. Er konnte sich keinen Reim darauf machen, mahnte sich aber zur Geduld.

Kaum hatte Lukas das Gespräch beendet, erreichte ihn ein weiterer Anruf. Überrascht las er Antonias Namen auf dem Display.

»Ja, Antonia?«

»Lukas, wir müssen reden, wir müssen dringend reden!«

Martin hatte ein komisches Gefühl, irgendetwas stimmte nicht. Lukas nahm ihn mit dem Handy ins Visier. Filmte er ihn etwa? Dann hob sein Sohn die andere Hand. Ein Gruß, ein Abschied? Martin verstand die Geste nicht, erwiderte sie aber ganz automatisch.

In diesem Augenblick zündete der Brandsatz neben ihm.

Antonia schrie auf. Gerade noch hatte ihr Vater aus dem Auto heraus in die Kamera gewinkt, da verwandelte sich das Innere der Limousine in einen gewaltigen Feuerball.

Für ein paar Sekunden hatte es den Anschein, als würde Martin aufschreien und gegen das Feuer ankämpfen, aber der Sicherheitsgurt fesselte ihn an den Sitz. Er hatte keine Chance. Als die Scheiben wegen der Hitze explodierten, war bereits kein Leben mehr in der brennenden Gestalt, die bewegungslos in sich zusammensackte und von den Flammen mit Haut und Haaren aufgefressen wurde.

Torge war an ihrer Seite, drückte sie fest an sich, aber sie konnte den Blick nicht von dem Display abwenden, als plötzlich Lukas wieder auftauchte, mit ausdruckslosem Gesicht.

»Fahr zur Hölle, Antonia.«

Dann wurde der Bildschirm schwarz.

Lukas starrte auf den brennenden Wagen. Hitze schlug ihm mit jedem Windstoß entgegen. Schwarze Rauchwolken stiegen in den Himmel. Bald würde es hier von Polizisten nur so wimmeln, trotzdem blieb er bewegungslos stehen. Er hatte gehofft, dass sich nach dieser großen Tat ein Gefühl der Erleichterung und der Freiheit einstellen würde, aber nichts dergleichen geschah. Im Gegenteil, er fühlte sich schmutzig und allein.

Ein hellblauer Kleinwagen hielt auf der Bergstraße neben dem Parkplatz an. Am Steuer saß eine große Gestalt.

Tufan Baran Shirazi, oder wie ihn Lukas ansprach, Ahmed al-Bāṭin, sah zufrieden hinaus auf das lodernde Feuer und seinen Boten, der sich als würdig erwiesen hatte. Tufan sah großes Potenzial in dem Jungen. Er würde ihn mitnehmen in die Wüste, würde ihn ausbilden und seine Wut schüren. Irgendwann würde er ihn in Allahs Namen zurückschicken, in eine andere deutsche Stadt, vielleicht Frankfurt, Köln oder Hamburg. Er würde ihm alles beibringen, wie man Kämpfer akquirierte, wie man eine Terrorzelle aufbaute und wie man junge Aktivisten dazu brachte, für Allah in den Tod zu gehen.

Aber dafür war es jetzt noch zu früh. Vielleicht in zwei oder drei Jahren, es spielte keine Rolle, sie hatten Zeit. Aber eines wusste er sicher: Dieser Krieg hatte gerade erst begonnen, und eines Tages würde Lukas Farhadi zurückkehren.

PERSONENREGISTER DER WICHTIGSTEN FIGUREN

Familie Himmel

Martin Himmel, Bayerischer Innenminister, Vater von Antonia und Lukas
Christiane Borchardt, Martins erste Frau, Mutter von Antonia
Shohreh Himmel, Martins zweite Frau, Mutter von Lukas
Antonia Borchardt-Himmel, Oberregierungsrätin der AG BIRGiT
Lukas Tiyam Himmel, Sohn von Martin und Shohreh

Polizei

Torge Prager, Erster Kriminalhauptkommissar des Bundeskriminalamts
Markus Erdmann, Erster Kriminalhauptkommissar des Bayerischen Landeskriminalamts
Dr. Frederike Oster, Oberstaatsanwältin des Generalbundesanwalts

Flüchtlingsrat

Simone Köster, Ehrenamtliche Mitarbeiterin
Dr. Gunther Orthofer, Anwalt von Laid

Krankenhauspersonal & BKK

Hamid Benhassi, Rettungssanitäter
Indira Kohli, Assistenzärztin in der Infektiologie
Dr. Rüdiger Struve, Chefarzt
Dr. Gabriele Brinkmann, Einsatzleiterin im Bundesamt für Bevölkerungsschutz und Katastrophenhilfe

Terroristen

Tufan Baran Shirazi, oberster Gesandter des »Islamischen Staats«
Safaa Al Aifuri, Attentäter in der Münchner U-Bahn
Ahmed al-Bāṭin, »Der Verborgene«, Leiter der Münchner Terrorzelle
Kamal Abdeslam, al-Bāṭins treuer General
Hasna Abdeslam, Kamals radikale Gefährtin
Sven Falk alias Mahdi Walaa, deutscher salafistischer Prediger
Kujtim Biba, Terrorist mit albanischen Wurzeln aus Nordmazedonien

Flüchtlinge

Laid Abaaoud, Zahnarzt
Nilufar Abaaoud, Laids Frau

GLOSSAR ZU REALEN ORGANISATIONEN IM ROMAN

AG BIRGiT – Arbeitsgemeinschaft Beschleunigte Identifizierung und Rückführung von Gefährdern aus dem Bereich des islamistischen Terrorismus
ATF – Analytische Task Force
BAMF – Bundesamt für Migration und Flüchtlinge
BBK – Bundesamt für Bevölkerungsschutz und Katastrophenhilfe
BPOL – Bundespolizei
BfV – Bundesamt für Verfassungsschutz
BKA – Bundeskriminalamt
BND – Bundesnachrichtendienst
GBA – Der Generalbundesanwalt beim Bundesgerichtshof
GMLZ – Gemeinsames Melde- und Lagezentrum
IMB – Institut für Mikrobiologie der Bundeswehr
KPI/Z – Kriminalpolizeiinspektion mit Zentralaufgaben
LfAR – Landesamt für Asyl und Rückführungen
LKA – Landeskriminalamt
MAD – Militärischer Abschirmdienst
MANI – Massenanfall von Infizierten
MANV – Massenanfall von Verletzten
NDEDIU – National Domestic Extremism and Disorder Intelligence Unit (USA)
NINA – Notfall-Informations- und Nachrichten-App des BBK
NOAH – Nachsorge, Opfer und Angehörigenhilfe
NSA – National Security Agency (USA)
OPCW – Organisation für das Verbot chemischer Waffen

SEK – Spezialeinsatzkommando
StMI – Bayerisches Staatsministerium des Innern, für Sport und Integration
THW – Technisches Hilfswerk
TKÜ – Telekommunikationsüberwachung
USK – Unterstützungskommando der Bayerischen Polizei
ZAB – Zentrale Ausländerbehörde

DANKSAGUNG

Ohne das Fachwissen und die umfangreiche Unterstützung zahlreicher Helfer hätte HÖLLENFEUER nie verwirklicht werden können. Ganz besonders danken möchte ich daher:

E.L.I, durch die ich meine weibliche Hauptfigur erst zum Leben erwecken konnte.

Fabian Ewald, Stadtratsmitglied München und Politikexperte, der mir erneut mit Rat und Tat zur Seite stand.

Philipp Fischer, Institut für Notfallmedizin und Medizinmanagement des LMU-Klinikums, für seine Expertise zu den Themen »Massenanfall von Verletzten (MANV) und Infizierten (MANI)«.

Thomas Gabler, Kriminalhauptkommissar, war mir eine große Hilfe bei Fragen rund um die Abläufe innerhalb der Kriminalpolizei.

Meiner Agentin Meike Herrmann, Literaturagentur Graf & Graf, die nie müde wird, mich zu fordern, zu unterstützen und mir immer mit Rat und Tat zur Seite steht.

Felix Penner, mehrfacher Ironman und Triathlet, dessen sportliche Leistungen mir jedes Mal den Atem rauben (allein vom Zusehen).

Andreas Pflüger, Schriftsteller und Drehbuchautor, der mir umfangreich Auskunft geben konnte über Behörden und staatliche Institutionen.

Sepp Seier und Karen Vestner von der Münchner Stadtentwässerung, durch die ich die faszinierende Welt der Münchener Kanalisation kennenlernen durfte.

Meiner Lektorin Tina Vogel vom Piper Verlag und meinem Redakteur Lars Zwickies, die dem Roman den nötigen Feinschliff gegeben haben.

Professor Dr. Clemens Wendtner, Chefarzt der München Klinik Schwabing, der mir im Fachgebiet Infektiologie eine enorme Stütze war.

Claus Zimmermann und Maximilian Grandl, deren Feedback als Probeleser zu wichtigen Änderungen und Ergänzungen führte.

Und zum Abschluss ein ganz besonderer Dank an meine Familie. »You are my life.«